大观红楼 ①

欧丽娟讲红楼梦

欧丽娟 著

北京大学出版社

图书在版编目（CIP）数据

大观红楼：欧丽娟讲红楼梦 . 1 / 欧丽娟著 . —北京：北京大学出版社，2017.8

ISBN 978-7-301-28362-2

Ⅰ. ①大… Ⅱ. ①欧… Ⅲ. ①《红楼梦》研究　Ⅳ. ① I207.411

中国版本图书馆 CIP 数据核字（2017）第 120986 号

本书简体中文版由台湾大学出版中心授权出版

书　　名	大观红楼 1：欧丽娟讲红楼梦 DA GUAN HONGLOU 1
著作责任者	欧丽娟　著
责任编辑	吴　敏
标准书号	ISBN 978-7-301-28362-2
出版发行	北京大学出版社
地　　址	北京市海淀区成府路 205 号　100871
网　　址	http://www.pup.cn　新浪微博 @ 北京大学出版社
电子邮箱	编辑部 wsz@pup.cn　总编室 zpup@pup.cn
电　　话	邮购部 010-62752015　发行部 010-62750672 编辑部 010-62757065
印 刷 者	北京中科印刷有限公司
经 销 者	新华书店
	880 毫米×1230 毫米　A5　16.5 印张　356 千字 2017 年 8 月第 1 版　2024 年 6 月第 11 次印刷
定　　价	66.00 元

未经许可，不得以任何方式复制或抄袭本书之部分或全部内容。
版权所有，侵权必究
举报电话：010-62752024　电子邮箱：fd@pup.cn
图书如有印装质量问题，请与出版部联系，电话：010-62756370

开卷语

英国哲学家约翰·洛克（John Locke, 1632—1704）早已指出，一个人对于他所不了解的事物并不是"反对"，而是"忽略"（ignore）。

葡萄牙诗人费尔南多·佩索亚（Fernando Pessoa, 1888—1935）也意识到："一个人只能看见他已经看见的东西。"（《惶然录·视而不见》）

而值得省思的是，在忽略之下，人们不仅看不到他所不了解的东西，对于他已经看见的也往往以既有的成见来理解，导致在投射中失去原貌。

有如黑格尔（Georg W. F. Hegel, 1770—1831）所说：

> 人们总是很容易把我们所熟悉的东西加到古人身上去，改变了古人。（《哲学史演讲录》）

所以，一个人必须不断让自己看到更多，才能在熟悉的文本与生活世界里"重新看见"——让原来所看到的恢复原貌或创造新貌；并且因为"重新看见"的原故，进一步 macht sichtbar——使看不见的东西被看见。

目 录

绪 言 ... i

第一章 总论：经典的阅读与诠释原则 ... 001

　一、"手稿不发光"：读者的重要性 ... 006

　二、读者之难Ⅰ：直觉反应的常识性意见 ... 008

　三、读者之难Ⅱ：忽略细节 ... 011

　四、读者之难Ⅲ：时代价值观 ... 014

　五、读者之难Ⅳ：好恶褒贬 ... 024

　六、"创作"与"评析"的混淆：文学批评的独立性 ... 033

　七、读者之境界 ... 037

第二章 清代贵族世家的回眸与定格 ... 039

　一、清代贵族世家的阶级特性 ... 046

　二、作者曹雪芹：没落贵族的落魄王孙 ... 059

　三、清代贵族世家的阶级反映 ... 091

第三章　作品的主旨：追忆与忏悔　　　　　143

　　一、青春生命之挽歌　　　　　　　　　　161

　　二、贵族家庭之挽歌　　　　　　　　　　168

　　三、尘世人生之挽歌　　　　　　　　　　181

第四章　评阅的小众世界：版本与批点　　　191

　　一、脂砚斋及其评点批语　　　　　　　　195

　　二、脂批的价值　　　　　　　　　　　　197

第五章　神话的操演与破译　　　　　　　　233

　　一、女娲补天：石头神话（贾宝玉）　　　234

　　二、娥皇女英与绛珠仙草（林黛玉）　　　264

第六章　作者的塔罗牌："谶"的制作与运用　281

　　一、历史中隐谶的主要类型　　　　　　　286

　　二、谶谣：个别人物悲剧的预言　　　　　294

　　三、诗谶：个别人物悲剧的预言　　　　　337

　　四、戏谶：贾府集体命运的暗示　　　　　349

　　五、物谶：两性婚姻关系的缔结　　　　　358

第七章　《红楼梦》与才子佳人模式　　　　375

　　一、"戏曲"与"小说"之别：传播途径与闺阁接受的
　　　　双重性　　　　　　　　　　　　　　381

二、结构缺陷："千部共出一套" 389

三、情理缺陷："庄农进京"式的伪富贵想象 392

四、贾母的批判权力/权利 414

五、"佳人"的真正典范："心身自主"的学识才女 416

第八章 《红楼梦》的爱情观：人格与意志的展现 425

一、"不只是"一部爱情小说 425

二、"怎样的"爱情：深度、厚度与长度 427

三、超越爱情霸权：广度与高度 452

第九章 度脱模式：贾宝玉的启蒙历程 459

一、传统"度脱模式"的挪借与超越 462

二、度人者：一僧一道 465

三、启悟经历 480

第十章 总　结 503

附　录 《红楼梦》主要人物关系表 508

绪　言

>　　《红楼梦》是中国许多人所知道,至少,是知道这名目的书,谁是作者和续者姑且勿论,单是命意,就因读者的眼光而有种种:经学家看见《易》,道学家看见淫,才子看见缠绵,革命家看见排满,流言家看见宫闱秘事。
>
>　　　　　　　　　　　　　　　　　　　　——鲁迅

　　对《红楼梦》的研读与探索,自清中期以来就已经蓬勃发展,甚至独立成为一门学问,形成了所谓的"红学"。民国以来,由于空间的承续性以及人口的优势,大陆地区的红学研究更是欣欣向荣,在历史考据上屡出新见,版本、传记、文物等等,也都成绩斐然。著述丰硕的学者专家不胜枚举,尤其集合众人之力,收到汇整之效的书刊,更见证了一代又一代对《红楼梦》之爱的持久与深刻。主要有以下两种类型:

　　一是早期的论著汇编,如一粟(周绍良、朱南铣)所辑的《红楼梦资料汇编》,收罗自乾隆至民国初年有关曹雪芹与《红楼梦》的各种评论资料,贡献厥伟。民国以后,散见于报刊书信的论红见解,零珠碎玉,亦有可观,则可参考吕启祥、林东海主编的《红楼梦研究稀见资料汇编》。另外，由冯其庸、李希凡主编的《红楼梦大辞典》（增订本），上编包括：词语典故、服饰、器用、建筑、园林、饮食、医药、称谓、职官、典制、礼俗、岁时、哲理宗教、诗词韵文、戏曲、音乐、美术、游艺、人物、文史、地理等二十一类；下编则含：作者家世交游、版本、译本、续书等八类，允为齐备周全的工具书。

二是现代的学术论著，专门的学术期刊早在1979年就开始成立并运作，如《红楼梦研究集刊》自1979至1989的十年间，共出版了十四辑，收录了许多优秀的论文；同样于1979年创刊的《红楼梦学刊》，由中国艺术研究院《红楼梦》研究所主办，则迄今三十五年仍屹立不摇，是红学研究的常青树与领头羊，凝聚了无数《红楼梦》爱好者的心血。

以上只是一个极为粗略的鸟瞰，远不足以涵括红学发展的长江大河，更多请参见陈维昭《红学通史》[①]一书。两百多年来，无数涓滴汇流为澎湃汪洋，从中可以得见众多前辈所灌注的庞大心力，至于研究上的大方向，在时代变迁之下，也已经开始从意识形态的主导而转向纯文本的分析，进行思想性、文学性、艺术性的内缘探讨，足证人类历史的曲折道路上，文明的进展仍是可以期待的。

唯个人深深感到，在如此之异彩纷呈的多样研究角度与丰富的

[①] 陈维昭：《红学通史》（上海：上海人民出版社，2005）。其中涵括自1754至2003年二百五十年中国及海外的《红楼梦》研究。

研究成果中，似乎仍然缺乏一种比较切近于作者与作品之特殊阶级的视野。因为各种因素的影响，使读者容易把文学"扁平化"地思考，以为无论时空的差异，"人"都具有相同的本质，所追求的生命意义与价值也大致相通，而忽略了其实连"人的本质"都是后天建构出来的，因此与他的成长背景息息相关，也会随着不同的时代文化与家庭环境而改变。扁平化的思考，使我们误以为人都是追求平等的，都是以个人的自我实践为终极意义，因此，在探讨作者与小说的阶级属性时，即使涉及曹雪芹的内务府世家背景，或贾府的满洲旗人文化或贵宦生活，但对这等富贵阶级的认识仍是停留在概念的层次，以致对于"富"往往以奢靡看待之，或艳羡、或抨击，却不免有所隔阂；对于所谓的"贵"也笼统地以权势为说，有关"贵"的精神性更不甚了了，从而对成长于其中的人物会有何种思想、信仰、价值观、心理感受，就几乎是置之不论了。

然而，既然《红楼梦》是一部清代贵族世家的小说，贵族世家的思想、信仰、价值观、心理感受，岂非是其中所有情节的基础吗？身为读者的我们，是否因为历史的、人性的种种因素，而严重地忽视了这一点，以致所热爱、所争辩的，其实是自己想象的《红楼梦》？固然极端地说，所有的阅读研究都是"误读"，作品的意义也是被创造出来的，《红楼梦》的丰富性也是在这样的过程中逐渐累积，但既然一部作品就像一个人一样，是一个有机的生命体，那么，要了解这部作品是否也应该像了解一个人般，必须回到他的生命史来掌握？而一个生命，尤其是心灵特别复杂奥妙的人类，在孕育、成长形成个体的过程中，必然受到基因、家庭的直接影响，并与他所在的社会环境、历史文化息息相关，是"个案"而不仅是"通例"，有着我们所不知道的特殊性与复杂性。于是，认识"清代贵族世家"以及他们的思想、信仰、价值观、心理感受，岂非是理解《红楼梦》的必要前提？透过"（清代）贵族世家"的角度，在探索寄寓其中的是非判断与价值理念时，也才不会因为我们自己的标准或需要而曲解误判。

也就是在这样的认知之下，我感到也许有另外开拓红学视角的必要，《大观红楼》系列即是为此而生。简单地说，一般而言，《红楼梦》的多数读者都同意、甚至坚持曹雪芹是反传统、反封建、反礼教的，情、礼（理）是对立的，小说所写的就是情、礼（理）的对立所造成的个人悲剧，为此而对诸儿女发抒不平与同情。本系列则持相反意见，认为曹雪芹和《红楼梦》都是站在传统的、封建的时代脉络里，去面对和思考他们所遇到的问题，而对于人与人之间，包括亲子、婚恋、朋友的各种关系，也都是主张"情、礼（理）合一"为最高境界。小说中固然出现了各种不尽如人意的缺憾，但缺憾作为存在的必然，本来就是每一个个人、家庭、社会都无法免除的面向，如同第七十六回中透过一段对话所表示的，湘云笑道："贫穷之家自为富贵之家事事趁心，告诉他说竟不能遂心，他们不肯信的；必得亲历其境，他方知觉了。就如咱们两个，虽父母不在，然却也忝在富贵之乡，只你我竟有许多不遂心的事。"黛玉笑道："不但你我不能趁心，就连老太太、太太以至宝玉、探丫头等人，无论事大事小，有理无理，其不能各遂其心者，同一理也。"恰似托尔斯泰（Leo N. Tolstoy, 1828—1910）在《安娜·卡列尼娜》

这本小说一开始所说的：

> 幸福的家庭都是相似的；不幸的家庭各有各的不幸。①

可惜世上的幸福家庭何其稀有，描写幸福家庭的作品也明显少得多，海明威（Ernest M. Hemingway, 1899—1961）甚至说："如果你有一个不幸的童年，那么恭喜你，你会成为一位伟大的小说家。"可见就"不幸的家庭"而言，小说和小说家之间似乎有着不必然、却常见的关联。从本质来说，《红楼梦》所写的并不是幸福的家庭，也和每一个家庭一样都有其幸与不幸，只是因为贾府这个家庭是非常罕见的贵族世家，时时、处处都牵动到"封建礼教"，因此与别的家庭所遇到的幸与不幸并不相同，而当它触及贵族世家的不幸时，其实是谈不上反封建礼教的。

　　基于这个前提，我们回到传统中去理解这部在传统中诞生的作品，并且重新由文本出发，探测到无论是作者曹雪芹或作品《红楼梦》，"清代贵族世家"的习俗、思想、信仰、价值观、心理感受，都是最根本的核心，"封建礼教"则是这一切的先天规定，小说中的人物、事件，都是根植于这样的意识形态而展开。本书是《大观红楼》系列的第一卷，之后将会透过众多的文本举证说明，呈现出这一重要特点，使之更为清楚而全面。

---

① 〔俄〕托尔斯泰著，曹资翰译：《安娜·卡列尼娜》（台北：志文出版社，1986），页25。

其中,"本卷"作为《大观红楼》系列的第一部,带有总论的性质,对关于《红楼梦》常见的阅读现象与理解方式的省思也最集中。考量《红楼梦》阅读史上最主要的几个面向,书中各个章节的安排,希望能以主题性的、全局性的角度一一分擘。

第一章"总论:经典的阅读与诠释原则"是对于理解、研究经典时,阅读活动的本质的思考,包括其中的历史限制与心理盲点。而这确实是引导乃至误导我们的理解方向的重要因素,可是却因为这些引导力量是潜意识的、不自知的,因此是最难以察觉而跳脱出来的。因此,本章中,我们期待读者也必须自我要求、训练有素,在享受读小说的乐趣之际,也应该勤下苦功,避免受到"直觉反应的常识性意见""忽略细节""时代价值观"等等人性弱点的左右。如此一来,所热爱的就不会只是投射出来的《红楼梦》,更不会在莫名的坚持中产生没有意义的争辩;而在理性的认识下,才会有知识的进展。

第二章到第四章,则是从外缘的范畴来把握"清代贵族世家"的种种特性,包含:家庭背景、社会环境、历史文化等,以及由此所产生的思想、信仰、价值观、心理感受,以便于建构出理解《红楼梦》的认知框架。

第二章"清代贵族世家的回眸与定格",虽不能免俗地要从作者的范畴切入,但其重点并不是传记的考察,而是对"清代贵族世家的阶级特性"的贴近。由此,在矫正一般对"内务府包衣"的错误认知后,可以重新认识到,"内三旗"出身的曹雪芹是没落贵族的落魄王孙,他的才性内涵与此是分不开的;而《红楼梦》其实是清代贵族世家的阶级反映，那不只是泛泛的"富贵"而已，而是非常具体细腻的写实再现，包括：世袭爵位、经济财务、诗书礼法、生活运作等等，都有着历史的客观依据，而这也正是影响到人物的思想、信仰、价值观、心理感受的直接因素。小说是在这个特定的基础上所进行的艺术虚构，却不能脱离这个阶级背景来塑造人物情节，因此认清《红楼梦》是对清代贵族世家的回眸与定格，实为至关紧要，而这一阶级特性将会贯穿于以下的所有章节主题中。

由此，我们将可以了解到，《红楼梦》其实是一部追忆文学，本质上是对繁华往事的眷恋，以及对失落的悲恸与自我谴责，第三章"作品的主旨：追忆与忏悔"便是透过文本中作者所介入的种种自我表白，来说明这些意涵。"追忆"同时也就是"追悼"，而曹雪芹与《红楼梦》所哀吟的，除了一般人都深刻感受到的青春生命之挽歌、尘世人生之挽歌外，还包括了贵族家庭之挽歌，这更是专属于曹雪芹与《红楼梦》的大失落与大悲恸。事实上，青春短暂、尘世如幻是一种文学中普遍的、常见的感慨，但贵族家庭之败灭是极少数的王孙子弟才会有的切身之痛，甚至可以说，《红楼梦》中青春短暂、尘世如幻的感慨又与家族的败落密不可分，也因此小说中对于无法挽救家业的自我忏悔、自我咎责才会如此之深重难遭，这才是《红楼梦》最与众不同的地方。

而对于此等贵族世家的阶级自豪以及失落之痛最能体知的脂砚斋，透过他的评点批语也不断证成这一点，第四章"评阅的小众世界：版本与批点"便是从作者亲友的角度，透过与《红楼梦》关系密切的脂砚斋，看同一背景出身的人是如何理解《红楼梦》的，而这种理解又与一般读者有着多大的不同。脂砚斋及其评点的最大价值，包括：传记上补充了个人经历的提点、文本上则提供了八十回之后的线索与艺术手法的揭示，但最重要的是反映出与曹雪芹近似的生活背景与意识形态，而这一点却向来受到严重的忽略。然若采用贵族世家的眼光，将会发现脂砚斋指点了正确理解《红楼梦》的宝贵视角，而且与前面两章所谈的完全一致，可以互相补充加强。

从第五章开始，我们进入《红楼梦》的文本中，对小说的几个重要主题加以说明：由于"神话"是小说第一回开宗明义的设定，也是作者对包括人物、情节在内的许多基本内容所给予的象征性的解释，可以说是攸关全局，因此第五章"神话的操演与破译"就从这里着墨，包括：与贾宝玉有关的"女娲补天"神话，以及专为林黛玉打造的"绛珠仙草"神话。就"女娲补天"神话而言，"女娲"是母神崇拜心理的展现，后续拙著将有专章详述，此处便不再赘言；此外，我们则有几个不同于一般的新看法，也就是补天被弃的畸零石，其实就是"玉石"，在古代的玉石文化中，本即是贵族血统的隐喻，因此才能降生于诗礼簪缨之族；其次，女娲之所以必须出面补天，正是因为面临"末世"，而无力补天、回天无望就构成了畸零弃石，也就是贾宝玉的自忖所在。

由于无力补天、回天无望的这种设定，《红楼梦》自始至终都充盈着浓厚的命定色彩与强烈的悲剧预言，作者也煞费苦心地运用各种手法加以暗示，可以说是遍布全书，因此有必要作一整体的系统说明。第六章"作者的塔罗牌：'谶'的制作与运用"，即是将谶谣、诗谶、戏谶、物谶这四种预言方式逐一呈现，从其中的兼容并蓄可以看出小说家的深厚素养，而若干的推陈出新则可以见到小说家的青出于蓝。这些手法像指标一样地达到预言的目标，强化了情节内容的悲剧氛围；同时也呈现出精心结撰的巧思，增加小说创作的艺术能量，令人叹为观止。

在这四种预言方式中，"物谶"其实已经传达出曹雪芹对男女婚恋的真正看法。可是由于最令人低迴不已的，是以宝、黛之恋为主的各种爱情故事，于是许多人将这些爱情表现与传统中、特别是明末清初开始盛行的才子佳人小说相类比，以为《红楼梦》深受才子佳人小说的影响，以追求婚恋自主为最高价值，也以为小说中的爱情悲剧是来自封建礼教的扼杀。但基于贵族世家的阶级特点而言，实际情况并非如此，第七章"《红楼梦》与才子佳人模式"就是要从文本的所有证据，结合这等簪缨大族的思想、信仰、价值观、心理感受，重新看待《红楼梦》之所以批判"才子佳人模式"的真正原因，并且指出《红楼梦》中的爱情关系本质上也与才子佳人类型大不相同，不应笼统地一概而论。

既然《红楼梦》中的爱情本质上与才子佳人类型大不相同，于是，这里就很有必要对《红楼梦》的爱情观仔细地探究。于第八章"《红楼梦》的爱情观：人格与意志的展现"中，可以看到曹雪芹是如何在合情、合理、合法的情况下，为宝玉与黛玉两人创造出日常的、写实的、平凡却坚韧的爱情，而这其实才切合爱情的本质，也就是人格与意志的展现，因此超越了一般人所眩目陶醉的强度与速度，而在长度、深度上延展出持久而深刻的情感。说来吊诡的是，这既是在合乎封建礼教的规范之下所创造出来的，因此表现出"情礼（理）合一"的形态；但同时又是超越时代的，因为在讲究男女之防的世家大族中，缺乏日夜相处的必要条件，如小说中紫鹃所说的："别的都容易，最难得的是从小儿一处长大，脾气情性都彼此知道的了。"（第五十七回）因此这种知己式的爱情实属罕见。既合乎时代又超越时代，这就是小说家最了不起的地方。

由于《红楼梦》是一阕宏大的悲剧交响曲，所有的美好人事物都注定是要幻灭的，宝、黛之间的知己式爱情正是其中的一曲哀歌；复在青春生命之挽歌、尘世人生之挽歌、贵族家庭之挽歌的齐奏共鸣之下，终究面临"落了片白茫茫大地真干净"的贾宝玉也就大彻大悟，随着家族的幻灭同时走上了舍离人世的出家之路。第九章"度脱模式：贾宝玉的启蒙历程"，是以贾宝玉为聚焦的主轴，回顾他在贾府这个贵族世家中的成长历程，呈现出由儿童式的自我中心到人我合一的逐渐成熟，从而了解到"真理"并不是只有一种，"真情"也不是只有一种方式，群体与自我之间并不是互相对立甚至对抗的，而是可以互相辅助、彼此成就的，在符合家族的期待时也同样可以保全自己，曹雪芹称之为"两尽其道"的"痴理"。从这个角度而言，宝玉的出家就不是受到打击之后的灰心绝望，而是扩大理解后突破局限的宏大视域；不是对社会的逃避与抗议，而是圆善之后的超离与了结，可以说是成长步骤中最终"灵"的成熟。

于是，悲剧就不仅只是悲剧，而焕发着饱含沧桑之后的豁达与慈悲，再回首前尘往事时，可以绽放出一朵含泪的微笑。犹如弘一大师圆寂前所写的"悲欣交集"，高程续本第一百二十回卷终写宝玉由一僧一道伴随，在雪地上遥遥向贾政拜别时，脸上的表情也是

"似喜似悲"，读者沉浸于《红楼梦》故事而掩卷醒来之际，那一种满足与惆怅的怔忡心境，亦莫非如是。

由于《红楼梦》本身的高度争议性，《大观红楼》的系列之作并不以各种红学知识的导读为目标，而是将个人十多年来的研究心得作一统合，呈现的是透过《红楼梦》学习成长的成果，包含了对于个体、社会、时代的种种思考，不只是针对《红楼梦》，本质上更是对读书的方法与意义、应该如何待人处世的人生态度所作的反省。既然人智有限，而学海无涯，这一系列的《大观红楼》可以说是一个阶段性的面貌，也注定是一家之见。其中的未尽之处，幸祈读者谅察焉。

以下，就本书的若干体例加以说明：

一、由于《红楼梦》成书过程的特殊情况，不但版本考据独立成为一门学问，续书对整体叙事所造成的统一性问题也依然聚讼纷纭，这些都不免会牵引"文本"的建构，而松动诠释基础的稳定性。为了避免版本歧异与前后冲突所造成的混淆与干扰，本书的分析乃以前八十回为主要范围，相关之引文亦皆依据台北里仁书局出版、由冯其庸等学者撰定的《红楼梦校注》，此书前八十回以甲戌本、庚辰本为底本，后四十回以程甲本补足，已经学界公认为最接近曹雪芹创作原貌的最佳版本；而考证、索隐、探佚等论题，亦与本书专注于文本之路径有别，为免枝节歧出造成失焦，故论述时多不涉及。如此种种，书中行文时不另一一注明。

二、各处所引述的脂砚斋批语，都出自陈庆浩《新编石头记脂砚斋评语辑校（增订本）》（台北：联经出版事业公司，1986），行文时仅标示回数，以清版面，读者可自行覆按版本与页码。另外，由一粟所纂辑的《红楼梦资料汇编》，收罗自乾隆至民国初年有关曹雪芹与《红楼梦》的各种评述，包括：评点、诗词、序跋、笔记、短论……等等。本书引述时，仍一一详细注明出处。

　　三、本书中有关清代皇族贵戚的生存样貌，除参考历史学的研究成果外，主要还参考了两本爱新觉罗皇族出身者的著作，一本是金寄水（1916—1987）的《王府生活实录》，一本是金启孮（1918—2004）的《府邸世家的满族》。金寄水是睿亲王之末代子裔，自幼成长于睿王府中，而金启孮则是乾隆的第八代直系子孙，所提供的都是身历目睹的第一手纪录，两人名字中的"金"氏正是爱新觉罗的汉姓。固然金寄水之所见所闻，主要是民国成立后1911至1924年间的状貌，然而，此时不仅"小朝廷"犹在，王府亦未完全解体，一切力图率由旧章，以此等特殊阶级的制度规模与生活运作，若非大幅改变，约略还是延续着过去的常态而大同小异，犹如民国以前的世家大族之间也找得到一些不同处，但这并无碍于其主要架构与意识形态的共通性与延续性；而代代相沿下来的家族传闻与运作方式，更是对清代贵族世家的如实反映。因此两书及其他的各种回忆录所记述的，可以视为该阶级生活与思想感受身历目睹的第一手见证，对于我们了解《红楼梦》具有很大的价值。

　　四、全书中加黑体及楷体加粗者，皆为笔者所强调，不再一一注明。

　　最后，感谢曾双秀小姐、杨宜佩小姐认真负责的大力协助，两位极为精良的校对是我前所未见的，促进了本书形式上的完善；

还要感谢昔日同窗李宗焜先生，念旧重情、诚厚笃实的性格始终如一，以其高妙书法为本书增光，至所感激！当然最要感谢王仁宏先生，既是好丈夫，更是平生罕见的良师益友，本书中有些发人省思的哲理良言，便是从日常对话中汲取得来的。

得遇这些情缘，是我的幸运，在此致谢，也将感念终身。

第一章
总论：经典的阅读与诠释原则

弗斯特（E. M. Forster, 1879—1970）曾为"小说"定义道："小说是用散文写成的某种长度的虚构故事。"[①]这些虚构故事能说得动听，小说能让人看得入迷，都不见得就可以使之成为经典。何况单单只就好的小说而言，其实就必须具备一些重要条件，绝不仅动听迷人而已。

对于《红楼梦》这部毫无疑义已是经典的作品而言，固然可以从一般的范畴来说明它的价值，诸如卡尔维诺（Italo Calvino, 1923—1985）在《为什么读经典》里谈到的，经典就是每次重读都像初读那样带来发现的书，是即使我们初读也好像是在重温的书；[②]也可以从中国传统小说发展史的角度，看到它把中国传统"百

[①] 弗斯特在此借用了法国批评家谢弗利（M. Abel Chavalley）的说法。参〔英〕弗斯特著，李文彬译：《小说面面观》（台北：志文出版社，2002年修订新版），页16。

[②] 〔意〕卡尔维诺著，黄灿然等译：《为什么读经典》（南京：译林出版社，2012），页3—4。

科全书式"(encyclopedic)①的特点发挥到淋漓尽致,其中对传统文化的全景(panorama)探照,真可称得上洋洋大观,如更早之时,评点者脂砚斋就已借怡红院的精巧设计,双关地指出《红楼梦》之"集大成",所谓:"花样周全之极。然必用下文者,正是作者无聊,换出新异笔墨,使观者眼目一新。所谓集小说之大成,游戏笔墨,雕虫之技,无所不备,可谓善戏者矣。又供诸人同同一戏。妙极。"(第十七回批语)但在集大成的同时,又"打破历来小说窠臼",即鲁迅所说的"把传统的写法都打破了",可以说是小说的登峰造极之作。

另一方面,从《红楼梦》所刻画的题材内容而言,可以归类于自《金瓶梅词话》以降一批同性质的"世情书""人情小说"(novels of human experience)②,鲁迅对"世情书"此一定名解释道:

> 当神魔小说盛行时,记人事者亦突起,其取材犹宋市人小说之"银字儿",**大率为离合悲欢及发迹变态之事**,间杂因果报应,而不甚言灵怪,又缘**描摹世态,见其炎凉**,故或亦谓之"世情书"也。③

---

① 语见 Northrop Frye, *Anatomy of Criticism: Four Essays* (Princeton: Princeton University Press, 1957).

② 这是〔美〕浦安迪(Andrew H. Plaks)的译法,《浦安迪自选集》(北京:三联书店,2011),页164。

③ 鲁迅:《中国小说史略》,《鲁迅全集》第9卷(北京:人民文学出版社,1981),第19篇"明之人情小说(上)",页179。

并进一步阐释云:"作者之于世情,盖诚极洞达,凡所形容,或条畅,或曲折,或刻露而尽相,或幽伏而含讥,或一时并写两面,使之相形,变幻之情,随在显见,同时说部,无以上之。"① 这些对该类小说之表现特点的抽象说明,说的虽是《金瓶梅》,也完全适用于《红楼梦》,甚且《红楼梦》更有过之,杨懋建《梦华琐簿》便说它是"后来居上":

> 《红楼梦》《石头记》出,尽脱窠臼,别开蹊径,以小李将军金碧山水楼台树石人物之笔,描写闺房小儿女喁喁私语,绘影绘声,如见其人,如闻其语。……《红楼梦》叙述儿女子事,真天地间不可无一,不可有二之作,……正如《金瓶梅》极力摹绘市井小人,《红楼梦》反其意而师之,极力摹绘阀阅大家,如积薪然,后来居上矣。②

可见无论是从各方面而言,《红楼梦》都是中国传统小说的最伟大之作,经典的地位无庸置疑。

但杨懋建所说的这一段话,重点并不在于表达肯定与赞美而已,更重要的是他看出两部小说所描写的对象截然有别,《金瓶梅》极力摹绘的是市井小人,《红楼梦》则是极力摹绘阀阅大家,西门

---

① 鲁迅:《中国小说史略》,《鲁迅全集》第9卷(北京:人民文学出版社,1981),第19篇"明之人情小说(上)",页180。

② (清)杨懋建:《梦华琐簿》,一粟编:《红楼梦资料汇编》(北京:中华书局,1964年初版,2004年重印),卷4,页364—365。

庆的"暴发户"完全不等于"诗礼簪缨之族"。因此，虽然写的都是尘俗人间的"世情"或"人情"，但在思想感受、精神风貌、生活方式、价值理念、意识形态等等，都判然二分；单就《金瓶梅》和《红楼梦》所表现的经济生活而言，一是明代临清社会商业经济，一是清代官庄农业经济，两者各具特色①，因而人物的社会关系必然大大不同，所描写的人类经验（human experience）也可以说是迥不相侔。

如此说来，《红楼梦》的独特之处，便是兼具了"经典"的复杂深妙，以及其所书写的"阀阅大家"本身的复杂殊异；前者是一般性的，可以从文艺批评的角度给予认知，后者却是特定的，必须要有专业知识才能体认。两者相加，使得这部小说的复杂度超乎寻常，却又融入于动人有味的情节中，令人浑然不觉。于是，被个别人物所吸引、或受某种价值观所引导而产生的眼光，就很容易地将作品中"超乎寻常的复杂"加以简化；再加上时代的快速脚步，使读者更加匆促地浏览，以致产生了米兰·昆德拉（Milan Kundera）所感慨的现象：

> 可惜啊，小说也不能幸免，它也被简化所统领的白蚁大军好好啃了一顿，这群白蚁不仅简化了世界的意义，也简化了作品的意义。……小说的精神是复杂的精神。每一部小说都对读

---

① 郑克晟、冯尔康：《〈金瓶梅〉与〈红楼梦〉研究比证》，《史学集刊》1990年第3期，页65—72。

者说:"事情比你想象的复杂。"这是小说的永恒真理,但是在简单快速回应的喧哗之中,这样的真理越来越少让人听见了,喧哗之声先问题而行,并且拒斥了问题。对我们时代的精神来说,要嘛是安娜有理,要嘛是卡列宁,而塞万提斯却向我们诉说着**知之不易**,告诉我们**真理是无从掌握的**,可他老迈的智慧却看似笨重累赘又无用。①

如果小说的任务就是要表现"复杂",甚至提出一些无法解答的问题,告诉读者"理解是不易的""真理是无从掌握的",则《红楼梦》实在更是此一永恒真理的绝佳体现者,却也同样在"简化"所统帅的白蚁大军啃食下,使其中"超乎寻常的复杂"在劫难逃,拒绝对问题的探索,而只成为某些特定意识形态的注脚。

然而,这老迈的智慧却是经典的创造所不可或缺的,更是读者在阅读经典以抉发其丰富内涵时所绝对必要的。小说家已经在这个老迈的智慧下创造出复杂的世界,告诉我们"真理的相反仍然还是真理",而读者是否要成为白蚁大军中的一员,则必须有所自觉才能进行选择;至于自觉后所可以思考的问题,以下尝试提供一些作为参考。

---

① 〔法〕米兰·昆德拉著,尉迟秀译:《小说的艺术》(台北:皇冠文化出版有限公司,2004),页27—28。

一、"手稿不发光":读者的重要性

能不能把停留在手稿上的作品,称为完成的作品?小说人物沃兰德(Woland)的名言说:"手稿不发光"①,意思是文字作品并不会自我开启,更不会自我阐述,如果没有读者的阅读与思考,它就只不过是图书馆里的一堆白纸黑字,无法自动产生意义。而我们可以继续追问,当读者打开了书本,这本书会发出怎样的光?姑且不论作品本身的高下,毕竟这也会直接影响读者阐释的光度;单单只就读者本身而言,即使是同一本书、同一部经典,不同的读者当然也会使书本发出不同的回音。日本的山本玄峰禅师(1866—1961)在龙泽寺讲经时,便说:

> 一切诸经,皆不过是敲门砖,是要敲开门,唤出其中的人来,此人即是你自己。

这就清楚表明了读者的角色与经典一样重要。而赋予经典更多价值的读者,都是必须下过功夫、付出极大努力的人,欠缺良好的心智训练与知识装备,那敲开经典后所唤出来的"你自己",就只会是一个普通的读者而已。

---

① 一般误以为是布尔加科夫(Mikhail Bulgakov)所说。见〔苏联〕伊·谢·科恩(Igor S. Kon)著,佟景韩等译:《自我论:个人与个人自我意识》(北京:三联书店,1986),页490。

固然从经典的文化现象来看,总是所谓的"有一千个读者,就有一千个《哈姆雷特》",而在中华文化圈中同样也产生了"有一千个读者就有一千个《红楼梦》"的缤纷情景。鲁迅曾说:"《红楼梦》是中国许多人所知道,至少,是知道这名目的书。谁是作者和续者姑且勿论,单是命意,就因读者的眼光而有种种:经学家看见《易》,道学家看见淫,才子看见缠绵,革命家看见排满,流言家看见宫闱秘事……"① 这些出于不同的个人关怀所形成的"眼光",固然都使之有所见也有所得,丰富了《红楼梦》的内涵,功不可没;但从另一个角度来说,这只是说明人心不同,所见自然有别,并不等于这一千个读者的所见都是等价的,甚至于每一种眼光所看到的命意,若没有更周延的知识给予支持,就会停留在一般的感性层次或自己感兴趣的思路,错失了经典所要告诉我们的复杂的深厚内涵。

因此,清初著名的小说评点家张竹坡便说:

> 作书者固难,而看书者为尤难,岂不信哉? ②

这同样是提醒我们,相较于作书者的呕心沥血,看书者实际上可能是更辛苦、更困难的,毕竟作者只要面对自己的世界就可以,再复

---

① 鲁迅:《〈绛洞花主〉小引》,《鲁迅全集》第 8 卷,页 145。
② (清)张竹坡:《批评第一奇书金瓶梅》,黄霖编:《金瓶梅资料汇编》(北京:中华书局,1987 年初版,2004 年重印),页 65。

杂奥妙都是他所熟悉而理解的；但后世读者以不同的个体又处于不同的时空下，在进入经典的世界时必然会面临更多的障碍，其挑战性其实更高。而如何能更好地敲开经典之门，让那从门中被召唤出来的读者自己可以更清明，我们可以从好几个角度去进行思考，其中包含了我们甚至都没有意识到的心理盲点。

二、读者之难 I：直觉反应的常识性意见

以自己的当下直觉和好恶情绪给予本能的反应，这是所有人都难以避免的人性弱点。因为每一个人都是有限的个体，所知所思都是从自我出发，而囿于非常狭小的范围；再加上自我中心所产生的某种自信与自负，导致了托尔斯泰所说的"每一个人都希望谈论自己或是自己感兴趣的话题"，于是，从人性本质来说，去关心与理解不属于自己的世界、自我节制以避免对不熟悉的事物轻判妄断，都是很困难的事。因此只要用心观察就可以发现，许多的诠释和人与人之间的讨论，往往是以一般性的常识和松散的逻辑来进行的，等于是成见的衍生。这样一来，不但问题不能厘清，也无法达到有效的沟通，让客观知识可以逐步累积；甚至适得其反地制造了更多的纷扰，而治丝益棼。

清代乾嘉学派著名的皖派代表人物戴震就对这类现象深有洞察，据此提出"意见"与"理"之分，并且发现，"人莫患乎蔽而自智，任其意见，执之为理义"，结果往往是：

> 处断一事，责诘一人，**凭在己之意见，是其所是而非其所非**，……而不知事情之难得，是非之易失于偏。……天下智者少而愚者多……，其所谓理，无非意见也。未有任其意见而不祸斯民者。①

其好友陆耀也对此说有所共鸣，在《复戴东原书》中呼应道：

> 来教举近儒理欲之说，而谓其**以有蔽之心发为意见，自以为得理，而所执之理实谬**，可谓切中俗儒之病。②

可见所谓的"意见"，只是在"自智"的情况下"以有蔽之心"所发出的看法，实际上经不起反复检验，即使获得大多数人的支持，仍然与客观的、普遍的"理"在层次与范畴上都完全不同。这种对于"意见"与"理"的辨析，在重视客观理性与知识的西方文化中，早在希腊时代已提出类似的区分，也就是"意见"（doxa）与"知识"（episteme）之别：所谓的"意见"是普通信念或流行见解，而"知识"则是客观的、甚至是科学的认知成果。虽然与戴震所言在具体指涉上并不完全相同，但在区分层

---

① （清）戴震：《孟子字义疏证》（北京：中华书局，1990），卷上，页4—5。
② 收入（清）贺长龄、魏源等编：《清经世文编》（北京：中华书局，1992），卷2，页75。"意见"与"理"之分，在于："心之所同然始谓之理，谓之义；则未至于同然，存乎其人之意见，非理也，非义也。……人莫患乎蔽而自智，任其意见，执之为理义。"见（清）戴震：《孟子字义疏证》，卷上，页3。

次差异，以有助于我们的自我反省与自我要求上，都是强而有力的启发。

当然，人文现象的复杂不可能只有一种"理"或"知识"，而在现实的状况中，人们也不可能完全避免"意见"，更不因此就要被剥夺发言权。但是，诚如司马迁所说的"虽不能至，心向往之"，在取法乎上的态度下，这并不妨碍我们以"追求知识"为目标，尽量自觉地不要停留在"意见"的层次上，以便让出更大的心灵空间给"理"进驻。因此，"有意见"却不"任其意见"，被"意见"蒙蔽的程度就会逐渐减少，也就会更接近"知识"，从而对存在于现象中与推论上的更多差异有所辨明，避免混淆。

举一个《红楼梦》解读上常见的"意见"为例：以"焦大醉骂"一段推论小说的宗旨是揭发贵族阶级的虚伪黑暗，这可以说是很流行的说法，殊不知，焦大訾骂的是世家大族在"末世"时所产生的不堪，是对"贵族末世"的痛心疾首而非对"贵族阶级"本身的批判，所以指控的是"那里承望到如今生下这些畜牲来"的不肖子孙，而对于宁荣二公所开创的富贵基业不但引以为豪，甚至还恃功而骄，何来"对贵族阶级的批判"？甚且客观地说，每一个社会或团体都有其矛盾复杂与正反各面，在非末世的状况中，贵族阶级固然也有其虚伪黑暗，却未必就比其他阶级（如平民阶级）或其他社会的虚伪黑暗来得多、来得严重；即使有些事比较少在平民社会中发生，不过只是因为缺乏相关条件，并不是因为这个阶级或社会中的人品本质上比较高尚。

其他推论上范畴混淆的类似情况很多，可见人性是多么容易地想当然尔,以致"亡鈇意邻"的情况极其普遍地发生在读书论人上。然而,感觉的"真实"却并不等于客观的"事实",更不是永恒的"真理"。戴着由常识意见所染色的眼镜去看小说,看到的当然处处都是过滤后的同一种颜色、都是对这些常识意见的印证,结果就是使自己既有的成见更顽强,从而把小说家就其所认识的丰富世界给予尽情开展的"复杂"简化成"意见"。这是读者要自我超越的第一个挑战。

三、读者之难Ⅱ:忽略细节

看故事是有趣的、吸引人的,可以满足急于想知道结局的好奇心,因此匆促的、选择性的快速翻阅,可以说是多数小说读者的常态。而在废寝忘食的酣读下,虽然是聚精会神地沉浸其中,浑然忘我,其实是忽略许多貌似不起眼的细节,并未全面地把握整体全局。

弗斯特在《小说面面观》中早已指出,这样的阅读只能让"然后呢?然后呢?"的追问得到解答,满足了感性的心理需要,但是,虽然知道了小说中所发生的故事,却不能深入看到故事中更重要的"情节"——也就是事件发展中的"因果关系"(causality)。而要看出具有因果关系的情节,所需要的能力远远超乎一般的、本能的好奇心,那就是"记忆"(memory)与"智慧"(intelligence)[①],而

[①] 〔英〕弗斯特著,李文彬译:《小说面面观》,第5章"情节",页114—117。

这两者都非经过严格锻炼与自我要求不可获得。

首先,"记忆"指的是对小说内容的充分掌握,也就是重视所有的描写,包含一切的细节。

西谚曾说"魔鬼就藏在细节里",甚至可以说,"细节就是魔鬼",因为细节所隐含的讯息往往更真实、更全面。一部作品就是由各种细节所组成的,杰出作品中的每一个细节更是不可或缺,因此,专家对于分析文艺作品的各种建议之一,即是"检阅细节",这是因为若说"每个字词都有涵义"乃言过其实,但多数优良的作品,其细节的确都是经过精心设计而非偶然。金圣叹《读第五才子书法》说:"《水浒传》章有章法,句有句法,字有字法。"《红楼梦》当然更是这样的作品,脂砚斋对《红楼梦》的批点就一再指出:"作者从不作安逸苟且文字"(第九回)、"文章中无一个闲字"(第六回)、"是作者具菩萨之心,秉刀斧之笔,撰成此书,一字不可更,一语不可少"(第五回),也都证明了作者的用心与苦心确实是没有轻易放过任何一个细节。因此,"细节的佐证"(testifying detail)在阅读研究上是极为重要的。

然而,《红楼梦》接受史的主要特色之一,即是突出书中某些"经典场面"、少数情节或片言只语的重要性与代表性,过度集中而又抱持特定成见的结果,往往在缺乏其他情节的全面考察之下,便落入断章取义与深文周纳的境况;甚至还有人将不符其成见的情节断定为"作者是随便写写",如此之不尊重作者的苦心谋篇、不珍惜作品的文本成分,为的只是要巩固自己的既有成见,实在令人匪夷所思。好的阅读批评必须慎重地尊敬每一个细节,并且还原这些单一情节或用语与小说整体的统一关系，抉发个别与全体的交互轨迹，以取得恰当的定位与适切的理解。

犹如亨利·詹姆斯（Henry James, 1843—1916）早已指出的："要说某些情节在本质上要比别的情节重要得多，这话听上去几乎显得幼稚。"因为"一部小说是一个有生命的东西，像任何一个别的有机体一样，它是一个整体，并且连续不断，而且我认为，它越富于生命的话，你就越会发现，在它的每一个部分里都包含着每一个别的部分里的某些东西。"①而面对伟大文学作品中那发展完整、复杂互涉的有机结构时，读者就更要养成一种巨细兼摄、全幅掌握的研读心态，始能将隐显不一的相关讯息充分挖掘，并且取得较客观的认知判断。因此，当代杰出的后现代主义小说家艾柯（Umberto Eco, 1932—2016）也同样表示："虽然文本具有潜在性的无止尽特质，但并不表示任何一种诠释方式都可以导引至好的结果。"因此主张读者应该将"部分"与文本整体性作对照检视，这是确认阅读是否合理的唯一方法。②如此一来，在尊重作家的全部心血、以致阅读较合理的情况下，从而达到俄国文论家别林斯基（Vissarion Belinsky, 1811—1848）所提醒的客观性："在论断中必须避免各种极端。每一个极端是真实的。但仅仅是从事物中抽出的一个方面而已。只有包括事物各个方面的思想才是完整的真理。这种思想能够

---

① 〔英〕亨利·詹姆斯著，朱雯等译：《小说的艺术：亨利·詹姆斯文论选》（上海：上海译文出版社，2001），引文依序见页18、17。

② 〔意〕安伯托·艾可著，颜慧仪译：《一个青年小说家的自白：艾可的写作讲堂》（台北：商周文化公司，2014）。

掌握住自己,不让自己专门沉溺于某一个方面,但是能从它们具体的统一中看到它们全体。"① 这些见解可以说是让人醍醐灌顶,教导习惯于偏食化、脸谱式阅读的读者应该要自觉地重新自我训练,否则就会陷入于普通常识的泥淖中。

当然,单单充分掌握小说各种细节的"记忆"仍然还是不够的,那很可能只是绝佳的背诵而已。当文本的地基全面打造完成之后,"智慧"才能接着发挥作用,让"情节"的因果关系从故事的表层之下浮现出来,发出闪光,我们也就可以看到原先所没有看到的意义。由此,才能逐渐接近"知识"与"包括事物各个方面的思想"的"完整的真理"。

四、读者之难Ⅲ:时代价值观

弗洛姆(Erich Fromm, 1900—1980)曾经指出:"每一个社会排斥某些思想和感情,使之不被思考、感觉和表达。有些事物不但'不做',而且甚至'不想'。"② 可见导致读者忽略细节、否定某些情节价值的成见,除了来自于个人的主观好恶之外,还有一种是时代价值观所排斥的思想和感情所产生的影响。如此一来,我们的社

---

① 转引自蒋和森:《红楼梦论稿》(北京:人民文学出版社,1981),页135。
② 叶浩生主编:《心理学理论精粹》(福州:福建教育出版社,2000),页104。再追溯弗洛姆原著的源头,应该是来自 Erich Fromm, *Beyond the Chains of Illusion: My Encounter with Marx and Freud* (London: Continuum International Publishing, 2010) 书中关于"社会潜意识"的论述概念。

会意识也潜在地阻挡我们去思考和感觉文本中某些情节的意义，以致自动忽视那些情节的存在，并且在无法忽视的时候，就以"作者是随便写写"给予否定。

对于《红楼梦》这部诞生于两百多年前、涵养了传统文化并集其大成的小说而言，现代读者在阅读诠释时，也必然面临了与过去时代沟通的问题，于是也随之产生理解障碍的历史难题。检视那些让我们对《红楼梦》或其他古典文学中某些情节或观念加以排斥，因而不思考更不认同的现代意识，主要有两个：

（一）清末民初以来的反传统思想

谭嗣同在撰于1896年的《仁学》一书中，高唱"冲决伦常之网罗"，是在特定历史背景下的激烈立场，却因为时代剧烈变动甚至是巨大断裂的情况下，成为此后社会发展的主流心态，构成了清末民初思想革命的核心，海外学者林毓生就认为，五四运动的特征即是对中国传统社会与文化全面而整体性的反抗运动[①]，以致五四时期就笼罩在"全盘反传统主义"（totalistic antitraditionalism）氛围下[②]，胡适所宣称的："重新估定一切价值"（transvaluation of all values），也正是全面反传统的宣示。而五四之为现代中国的思想启蒙，直到今天都还仍然被不同程度地奉为文化发展的指引，支配着

---

① 林毓生：《中国传统的创造性转化》（北京：三联书店，1988），页230。
② Lin Yu-sheng, *The Crisis of Chinese Consciousness: Radical Antitraditionalism in the May Fourth Era* (Madison: University of Wisconsin Press, 1979), pp. 3–9.

我们对传统的认识方式与接受心态,其影响既深且远。

然而,任何极端的主张都是偏颇危险的。一方面正如高彦颐所指出,五四运动对传统的批评本就是一种政治和意识形态的建构,"与其说是'传统社会'的本质,它更多告诉我们的是关于20世纪中国现代化的想象蓝图"①,因此,它对"中国传统"的认识其实是粗略而扭曲的,是为了诉诸当时的改革需要而树立出来的假想敌,并不是中国传统的本来面目,他们对传统的批评也因此并不客观公允。更关键的一点是,在"全盘反传统主义"的情况下,对于中国传统文化与古典文学的思考,往往容易落入一种所谓的"形式主义式的思想",林毓生指出:这里的"形式"二字相当于"形式逻辑"中所谓"形式"的意义,而"形式主义式的思想"是指:一种根据未对实质问题仔细考察而武断采用的前提,机械地演绎出来的结论。②正因为如此,导致了只要是与今天不同的、尤其是儒家伦理性的思考方式与价值观,就会一概被否定,因为它是"传统的";而即使本身存在着许多价值错谬与范畴混淆的想法,例如"身体解放""情欲觉醒"等等观念或行为,却因为是"现代的""启蒙的"便得到无条件的赞同。

从而在《红楼梦》的评论中,就产生了将宝玉与黛玉的儿童自我中心式任性视为反礼教的表现而加以歌咏,将贾政、薛宝钗等传统君子的正面德行加以嘲讽贬低之类的现象,并为小说添加了许多

---

① 〔美〕高彦颐著,李志生译:《闺塾师——明末清初江南的才女文化》(南京:江苏人民出版社,2005),页4。

② 林毓生:《中国传统的创造性转化》,页238。

的"进步意识"。种种都反映了未对实质问题仔细考察,而武断地采用、机械地演绎的"形式主义式的思想"。

(二)现代的个人主义

让清末民初以来的反传统思想获得强化与延续的一种现代意识,则是对个人追求自由最具魅力的"个人主义"。这个来自西方近代思潮的观念袭席全球,成为现代社会的无上价值,却是与传统社会格格不入的异质概念。

路易·杜蒙(Louis Dumont, 1911—1998)即指出:西方近代个人主义的崛起,其思想预设了自由与平等之类的观念,实不可用以取代其他社会本身的思想范畴,因为近代文明与其他文明和文化的根本不同,在于其中所充斥的唯名论(nominalism)"**只承认个体之存在,而不承认关系之存在,只承认个别要素,而不承认要素组群**。事实上唯名论可说是个人主义的另一个名字,或说是个人主义的一个面"。[①] 更进一步地说,个人主义是一种把人抽象化的精神法则,掩盖了现存的人与人在阶级、种族等方面不平等的事实,引导人们从"自然的"和"生理的"角度,而不是从"社会的"和"人为的"角度去思考问题。[②] 这也正是上面所说的,把

[①] 参〔法〕路易·杜蒙著,黄柏棋译:《个人主义论集》(台北:联经出版事业公司,2003),"导论",页17。

[②] Elizabeth Fox-Genovese, *Feminism Without Illusion: A Critique of Individualism* (Chapel Hill: University of North Carolina Press, 1991). 参余宁平:"女性主义政治与美国文化研究",鲍晓兰主编:《西方女性主义研究评介》(北京:三联书店,1995),页66。

"身体解放""情欲觉醒"等等当作进步启蒙的表现而给予赞同的原因。

其次,这种个人主义还建立在19世纪以来视社会与个人必然是对立的二元观念上,误以为"社会减少一分,个人即增加一分;个人减少一分,社会即增加一分",因此极力以反对社会来确认自我或成全自我,获取个人的自由,以致反对社会就被视为一种成就自我的正面价值。但事实上,诚如人类学家本尼迪克特(Ruth Benedict, 1887—1948)所提醒的,文化与个人的关系其实一向是相互影响的,一味强调文化与个人的对立,并不能厘清个人的问题;只有强调两者的相互影响,才能掌握个人的真相。[①] 这在惯于主张"《红楼梦》只可言情,不可言法。若言法,则《红楼梦》可不作矣"[②]的红学诠释史中,更是发人深省之见。

基于上述的两种时代价值观,当我们以自己当代的信念作为判断标准时,就会如谷川道雄(1925—2013)所说的,"错把近代社会的规律作为所有时代的普遍法则来看待了"[③],也必然会使传统文化与古典文学的诠释受到削足适履,而失去丰富的原貌与复杂的面向,在其主体性被抹除的情况下,只成为现代意识的

[①] 这种19世纪二元观的错误及应有思考,详参〔美〕潘乃德著,黄道琳译:《文化模式》(台北:巨流图书公司,1993),页299—301。

[②] (清)涂瀛《红楼梦问答》、野鹤《读红楼梦札记》,一粟编:《红楼梦资料汇编》,卷3,分见页145、287。

[③] 详参〔日〕谷川道雄著,马彪译:《中国中世社会与共同体》(北京:中华书局,2004),"中文版自序",页8。

注脚。

然而，正如同法国哲学家萨特（Jean-Paul Sartre, 1905—1980）所体认的："我们都是历史中的人"，是历史进程中的行动者，而不是回顾历史构建制度合理性的思考者，因此，

> 我们不得不满足于盲目地**锻造**我们的历史，一天一天地从所有选项中选择当下看起来是最好的一个。①

这意味着即使人们总是尽可能地做最好的选择，但对历史而言，那仍然是一种盲目的锻造，其结果也往往会有诸多缺憾，而人们仍然必须坦然接受这样"**盲目地锻造历史**"的命定情况。今人如此，古人也一样，他们活在传统文化的历史积淀里，传统文化就是古典作品之所以存在的先决前提，如果我们对传统无知或抱轻视态度，甚至总是强求古人与其作品都要表现出"回顾历史构建制度合理性的思考"，那就会根本无法正确地判断古典小说的价值。尤其是，"现代"真的一定完全优于"传统"吗？现代人面对自身文化的自信态度，和古人面对他们自己文化的坚持心理，又有什么不同？当我们对自己的时代价值观确信不疑时，是否因此就有权利过分质疑古人对传统文化的信仰？

就此，弗雷泽（J. G. Frazer, 1854—1941）对于远古巫术与宗教

---

① Jean-Paul Sartre, "The Nationalization of Literature," in *What is Literature? And Other Essays* (Cambridge: Harvard University Press, 1988), p. 278. 笔者自行翻译。

的研究心得，很是发人深省：

> 说来说去，我们和野蛮人相似的地方比我们和他们不同的地方要多得多：我们和他们共有的东西，我们认为真实有用故意保存的东西，都应归之于我们野蛮的祖先，他们从经验里逐渐获得那些看来是基本的观念，并把这些观念传给我们，我们倒容易把它们看成是新创的和本能的。……但是回忆和探索会使我们信服，**原来我们以为是我们自己的东西，有许多都应该归之于我们的祖先**，他们的错误并不是有意的夸张或疯狂的呓语，而是一些假说，在提出它们的时候确实是假说，只是后来更充足的〔检〕验证明那些不足以构成假说罢了！只有不断地检验假说，剔除错误，真理才最后明白了，**归根究底，我们叫做真理的也不过是最有成效的假说而已**。所以，检查远古时代人类的观念和做法时，我们最好是宽容一些，把他们的错误看成寻求真理过程中不可避免的失误，把将来某一天我们自己也需要的那种宽容给予他们。①

而对于比起远古时代已万分文明化的中国传统文化，上面这段话是更加适用的。也就是说，我们与传统相同的地方多过于不同的地方，毋须以贬低传统的方式来证明现代的优越；并且，实际上现代

---

① 〔英〕弗雷泽著，汪培基译，陈敏慧校阅：《金枝：巫术与宗教之研究》（台北：久大、桂冠图书股份有限公司，1991），上册，第23章"原始人类的遗泽"，页395。

文明和传统文化都是人类在建构生活时所采取的实验方式，现代文明只不过是另一种假说罢了，人类的尝试还只有短短两三百年的时间，被验证的时间并不够充分，当以后时间一到，也很可能会像我们推翻传统一样地被未来的历史所推翻。当此之际，坚信现代文明比较优越的我们，在面对当前的具体时空环境时，其实也和古人一样，没有人知道在某个具体问题上是应当坚持制度，还是创造一个特例①，那么，我们又有什么权利要求古典文学家担任"回顾历史构建制度合理性的思考者"，而不允许他们和我们一样，都只是"历史进程中的行动者"，以当时的时空条件去看待他们自己的历史，并以此创作他们的作品？

何况，由强调时代不同所产生的"传统与现代是对立并冲突"的二元观，只是无谓地简化问题与制造问题而已，事实上，真正的情况是如约翰尼斯·费边（Johannes Fabian）所提点的：

> 传统与现代性并不"对立"（除非就符号学的意义而言），它们也不发生"冲突"，所有这些都是（坏的）隐喻说法。事实上，相对立的、相冲突的、陷入敌对斗争中的，并不是处于不同发展阶段中的同个社会，而是在同一时间中彼此面对的不同社会。②

---

① 苏力：《法律与文学：以中国传统戏剧为材料》（北京：三联书店，2006），页111。

② Johannes Fabian, *Time and the Other: How Anthropology Makes Its Object* (New York: Columbia University Press, 1983), p. 155. 笔者自行翻译。

换句话说，以现代社会而言，与之发生冲突的其实不是"传统"，而是现代社会中各种不同的族群与意识形态，包括：西方与东方、伊斯兰教与基督教、城市与乡村、既得利益者与被剥夺损害者，当然还有各种小团体之间出于竞争意识所导致的倾轧敌对。换句话说，真正对立和冲突的，不是传统和现代，而是不同的利益和立场。这就提醒我们要慎重反思，当我们在"反传统"的时候，是否其实正在不自觉地媚俗或迎合某种当前的主流权威，以取得现实上的安身立命？

进一步来说，即使真的涉及传统与现代的差异的这一面，小说家的任务与小说的价值，是否就是要以批判当代、迎合未来作为衡量标准？对此，米兰·昆德拉以其兼具小说家与批评家的眼光，所给的答案全然否定。而其所以否定的理由，不是因为小说的价值还有其他的判断标准，关键在于此一思维本身就大有问题：

> 从前，我也一样，我把未来当作唯一有能力评价我们作品和行动的审判者。后来我才明白，**与未来调情是最低劣的因循随俗，是对最强者做出的懦弱奉承。因为未来总是强过现在。**毕竟，将来审判我们的，正是未来。可是未来肯定毫无能力。①

从这个角度来说，如果一味认为古人应以我们的价值观来写作，并且认定传统作品的价值在于"反传统"，那毋宁就是以强者的姿态，

---

① 〔法〕米兰·昆德拉著，尉迟秀译：《小说的艺术》，页29。

要传统作家采取"与未来调情"的书写态度,使之沦为因循随俗、懦弱奉承的低劣者。而当我们把现代价值观视为唯一的绝对真理时,一方面是坐井观天的贡高我慢,另一方面不也和把传统价值观视为真理的古人一样?我们对现代价值的自信和坚持,与自信和坚持于传统价值的古人其实是完全一样的。对于几乎注定和我们不一样的未来而言,如果我们不认为应该迎合未来世界的价值观而改变自己的信念,也不同意为此而遭受后代批评是合理的,那么,何以我们总是要戴着一副现代的单色眼镜,在传统作品中创造出不存在的"反传统",并且将古人不符合我们现代价值观的思想感受判定为"保守落后的糟粕"呢?

于是,昆德拉进一步说:"如果未来在我眼里不具任何价值,那么我依恋的是谁:是上帝?是祖国?是人民?还是个人?我的回答既可笑又真诚:我什么也不依恋,除了塞万提斯被贬低的传承。"而塞万提斯(Miguel de Cervantes Saavedra,1547—1616)所传承的,就是"复杂的精神":

> 小说的精神是复杂的精神。每一部小说都对读者说:"事情比你想象的复杂。"这是小说的永恒真理。[①]

换句话说,小说家作为历史进程中的行动者,其创作的唯一任务就

---

① 〔法〕米兰·昆德拉著,尉迟秀译:《小说的艺术》,第1部分"被贬低的塞万提斯传承",引文依序见页29、27。

是告诉读者：他所看到的世界有多么复杂！而判断小说之优劣的唯一标准，也同样是其中的世界有多么复杂！如此一来，好好地在小说的世界里看出其中的丰富、深刻与奥妙，就是读者应该努力的唯一工作。

五、读者之难Ⅳ：好恶褒贬

戴震还曾主张"学者不以人蔽己，不以己自蔽"，这段话所触及的道理，深刻地提醒我们，除了"时代"或社会主流价值观所带来的视野局限，产生"以人蔽己"的情况之外，人性本能更是不自觉地主导了我们的认知判断，在"以己自蔽"的情况下，于分析时便产生不客观的倾斜。探究在《红楼梦》阅读中"以己自蔽"的可能原因，可得而言者，至少有以下几种：

（一）阅读心理：现实的补偿

弗斯特认为，对于人们喜爱读小说的原因，我们需要一种较不接近美学而较接近心理学的答案，因为：

> 人类的交往，……看起来总似附着一抹鬼影。我们不能互相了解，最多只能作粗浅或泛泛之交；即使我们愿意，也无法对别人推心置腹；我们所谓的亲密关系也不过是过眼烟云；完全的相互了解只是幻想。但是，我们可以完全的了解小说人物。**除了阅读的一般乐趣外，我们在小说里也为人生中相互了**

解的蒙昧不明找到了补偿。①

也就是"阅读"所具有的这种心理补偿功能，使读者总是不自觉地倾向于在书中寻找认同（identify），于是从心理学的角度来看，那在小说中心灵呈现得透明清晰的人物，让我们没有因"不了解"所引发的种种障碍问题，而补偿了现实人生中追求互相了解、抹除人际隔阂的挫败，因此我们可以彻底解除心防，与他们合而为一地同喜同悲，产生了较大的心理接受度；即使不能认同，也总不失同情，甚至因了解而同情，又因同情而支持，于是不知不觉地形成了观照立场和价值观的偏向，从而在美学上给予了较高的评价。

以《红楼梦》中最具代表性的钗、黛褒贬来看，如果说，黛玉之人物形象的塑造是用"探照解剖式"的，着力于层层挖掘透底，使人物里外敞亮明晰、一览无遗，让读者可以得到完全的了解，因此是叙述观点与人物观点合一之后的产物；则相对而言，宝钗乃是"投影扫描式"的，或说是"外聚焦"（external focalization）的叙事角度。因为在小说的叙事过程中，作者忠实再现了现实人际关系里"守"与"藏"的本貌，其摹写仅止于外表的浮现，只见其言语行动而隐藏心理转折，致使读者不免陷入于认知模糊的状态，以及由它所带来的混沌不明和距离感，使人无法透视了解、逼近深入，因而不自觉地引发读者的防卫心理，无法真正与她同情共感，终究导致情感认同的背离。

---

① 〔英〕弗斯特著，李文彬译：《小说面面观》，页85—86。

这种人物塑造方法之不同，也直接导致了读者在喜好上的偏向：大部分的读者偏爱与现实世界格格不入的林黛玉，却质疑、甚至反感于现实中较接近于一般人的薛宝钗。同理可以推诸其他人物，凡是阻挡我们延伸自我的角色，就会引起厌恶与排斥；而能够满足自我需求的角色，就会获得赞同，无论是否合乎情理。这确实是一种强力支配阅读反应的心理因素。

（二）人性弱点：同情弱者

早在一千多年前，中国最伟大的文学批评家刘勰就已经注意到，"同情弱者"是如何地影响文学分析的客观判断，《文心雕龙·才略》说道：

> 俗情抑扬，雷同一响，遂令文帝以位尊减才，思王以势窘益价，未为笃论也。

也就是说，魏文帝曹丕因为是政治上的成功者，于是读者就以"平衡原则"降低对其才学的评价；而陈思王曹植因为现实的失败，以致读者便透过"补偿作用"而提高对他的肯定，这种非理性心态被严谨公正的文论家批评为"俗情""未为笃论"。

可惜的是，这种"同情弱者"的心理本能是极为普遍的，所以说"雷同一响"；而且所造成的结果不只是"以位尊减才""以势窘益价"而已，往往还牵涉到道德判断，如米兰·昆德拉所说：

> 每个人看事情的倾向都是在强大之中看到有罪的人，而在弱小之中看到无辜的受害者。①

就在这种本能倾向下，读者就很容易发生涂尔干（Émile Durkheim, 1858—1917）所说的现象："在一般情况下，我们可能容忍一些人类通常都有的弱点、缺陷，例如自私、软弱、偏见、固执、好色，但一旦这些弱点带来了甚或仅仅是伴随了严重后果，人们往往就无法容忍这些弱点了。而且，戏剧效果越好，艺术感染力越强（越'真实'），观众就越容易为这种情感左右，就越不容易理性、冷静体察和感受裁判者的视角。一种强大的……情感和心理需求会推动我们去寻找和发现敌人，创造坏人。"②这就深刻地说明了，《红楼梦》的人物论中，何以总是以黛玉、晴雯为"无辜的受害者"，忽视她们性格中的缺点甚至负面成分，并由此在"发现敌人，创造坏人"以寻求情感宣泄的情况下，将宝钗、袭人贴上有罪的标签，而横加贬抑。夏志清（C. T. Hsia, 1921—2013）也认为："由于读者一般都是同情失败者，传统的中国文学批评一概将黛玉、晴雯的高尚与宝钗、袭人的所谓虚伪、圆滑、精于世故作为对照，尤其对黛玉充满赞美和同情。"于是"除了少数有眼力的人之外，无论是传统的评论家或是当代的评论家都将宝钗与黛玉放在一起进行不利于前者的

---

① 〔法〕米兰·昆德拉著，尉迟秀译：《生命中不能承受之轻》（台北：皇冠文化出版公司，2012），页354。

② 〔法〕涂尔干著，渠东译：《社会分工论》（北京：三联书店，2000）。引自苏力：《法律与文学：以中国传统戏剧为材料》（台北：元照出版社，2006），页308—309。

比较",透显出"一种本能的对于感觉而非对于理智的偏爱"。① 可见同情弱者的心理本能是如何将读者带离"理智",而失去客观公允。对于《红楼梦》这部戏剧效果绝佳、艺术感染力超强而十分"真实"的作品而言,感情用事的非凡程度也就不言可喻了。

(三) 阅读心理:投射与认同

与"现实的补偿"这个阅读心理有些关联的,是读者很容易会对小说中的主角产生心理投射与认同作用,藉由主角所发生的人生遭遇,一方面可以满足当主角的渴望,一方面则可以扩充生命经验,某种意义来说,也是对现实中自己的平凡无奇的一种补偿。在《红楼梦》的阅读史中所出现的一些极端现象,如邹弢《三借庐笔谈》卷四所载:"《石头记》一书,笔墨深微,初读忽之,而多阅一回,便多一种情味,迨目想神游,遂觉甘为情死矣。余十四岁时,从友处借阅数卷,以为佳;数月后,乡居课暇,孤寂无聊,复借阅之,渐知妙;迨阅竟复阅,益手不能释。自后心追意仿,泪与情多,至愿为潇湘馆侍者,卒以此得肺疾。人皆笑余痴,而余不能自解也。……闻乾隆时杭州有贾人女,明慧工诗,以酷嗜《红楼》,致成瘵疾。绵惙时,父母以是书贻祸,恨而投之火,女在床大哭曰:'奈何烧煞我宝玉!'遂气噎而死。苏州金姓某,吾友纪友梅之戚也,喜读《红楼梦》,设林黛玉木主,日夕祭之。读至黛玉绝粒

---

① 〔美〕夏志清著,胡益民等译,陈正发校:《中国古典小说史论》(南昌:江西人民出版社,2001),页279—280、299。

焚稿数回，则鸣咽失声。中夜常为隐泣，遂得颠痫疾。一日，炷香凝跪，良久，起拔炉中香，出门，家人问何之，曰：'往警幻天，见潇湘妃子耳！'家人虽禁之，而或迷或悟，哭笑无常，卒于夜深逸去，寻数月始获。"① 这些都是投射与认同的极端例证。

　　除了认同主角之外，读者也往往倾向于认为主角就是作者的代言人，并进一步在主角视角的诱导之下，去进行对人事物的判断。如此一来，便形成了"作者＝小说主角＝正义化身"的推演脉络，以致采取主角的眼光来看待其他人物和事件，结果就是：与主角亲近的就是好人／正事、与主角冲突的就是坏人／恶事，从而失去了局外人所可以拥有的客观立场。清代解盦居士所谓："此书既为颦颦而作，则凡与颦颦为敌者，自宜予以斧钺之贬矣。"② 最足以反映此种阅读心理。赵之谦就曾经对这类的《红楼梦》人物接受现象有过疑惑，并通过思考，对于此一现象有了极佳的解释：

> 《红楼梦》，众人所着眼者，一林黛玉。自有此书，自有看此书者，皆若一律，最属怪事。……余忽大悟曰："**人人皆贾宝玉，故人人爱林黛玉。**"③

正是在"人人皆贾宝玉"的心理投射下，不仅宝玉年少时期的淘气

---

① （清）邹弢：《三借庐笔谈》，一粟编：《红楼梦资料汇编》，卷4，页388。
② （清）解盦居士：《石头臆说》，一粟编：《红楼梦资料汇编》，卷3，页191。
③ （清）赵之谦：《章安杂说》，一粟编：《红楼梦资料汇编》，卷4，页376。

任性被视为英雄革命，传达了所谓的反传统思想，而其所钟爱的黛玉更成了完美的女性，共同为超时代的"新人"；只要涉及作者对他们的负面描述，都会用"贬而后褒或贬中含褒"的立场进行讨论，如同凡遇到小说中明确是赞扬宝钗之处，则以"褒而后贬或褒中含贬"的逻辑咬定是贬抑。但事实上，所谓的"褒中贬""贬中褒"本质上还是建立在"褒贬"之价值判断的语词，并不是对人格特质的客观分析；而"褒贬"的判断标准最终还是一种简化的二元观。若我们对这些语词的使用情况细加检验，就会赫然发现："褒中贬"之说一定是用于宝钗、袭人身上，"贬中褒"之说则全数见诸宝玉、黛玉身上，由此可知这仍然是二元观的产物，其终极立场仍然是以黑白二分法看待人物特质，因此对前置语"褒""贬"所代表的客观叙事予以刻意否定，而以代表个人价值观的后置语"贬""褒"取代之，以符合自己的主观好恶。

更值得思考的是，曹雪芹真的是在进行褒贬吗？就算是，曹雪芹个人的褒贬就代表了唯一判断吗？而他的褒贬方式为什么就一定是"正言若反""反言若正"，而不是"如实表达"？何况，既然无论是理论上或实际上都堪称"作者已死"，谁又能确知曹雪芹的褒贬何在？尤其是，"作者"与"小说主角"的关系并不是如此简单的等同为一，"小说主角"的思想行为也未必就是作者在书写时所肯定的理念，若就这些问题进行更多的思考，应该可以得出不同于常识的答案。

就"作者"与"小说主角"的关系而言，也许应该参考不同于"二者为一"的观点，如米兰·昆德拉便说："小说人物不是对活生生的生命体进行模拟，小说人物是一个想象的生命，一个实验性的自我。""我小说中的人物是我自己没有意识到的诸种可能性。正因为如此，我对他们都一样地喜爱，他们也都同样的让我感到惊讶。"①这就等于否定了"作者"与"小说主角"的直接等同关系。而既然小说家并不以主角自居，反倒是以创作者的制高点对所有笔下的人物都一样地喜爱，则整部小说也必然失去那种一般以为是由主角来传达的绝对的声音和单一的价值观，以致如同法国文豪福楼拜（Gustave Flaubert, 1821—1880）所说的，小说家的任务就是力求从作品后面消失；而米兰·昆德拉引述福楼拜的这个意见并表示同意，声称："小说家不是任何人的代言人，……小说家甚至不是他自己的思想的发言人。"②而由此所达到的境界，才会是"复杂的精神"，实践了小说的永恒真理。

这种与传统不同的小说创作观，就是巴赫金（Mikhail M. Bakhtin, 1895—1975）所谓的"复调小说"，他指出：在一般独白型的浪漫主义小说家作品中，"人的意识和思想只不过是作者的激情和作者的结论；主人公则不过是作者激情的实现者，或是作者结论的对象。正是浪漫主义作家，才在他所描绘的现实中，直接表现出自己的艺术同情和褒贬"；但"陀思妥耶夫斯基的独特之处，不在于他用独白方式宣告个性的价值（在他之前就有人这样做了），而

---

① 〔法〕米兰·昆德拉著，尉迟秀译：《小说的艺术》，第 2 部分"关于小说艺术的对话"，页 45。

② 〔法〕米兰·昆德拉：《小说的艺术》，页 153。

在于他把个性看做是别人的个性、他人的个性,并能客观地艺术地发现它、表现它,不把它变成抒情性的,不把自己的作者声音同它融合到一起"。因此,"在他的作品里,不是众多性格和命运构成一个统一的客观世界,在作者统一的意识支配下层层展开;这里恰是众多的地位平等的意识连同它们各自的世界,结合在某个统一的事件之中,而互相间不发生融合。"① 从这个角度来说,贾宝玉就不是曹雪芹的传声筒,他和其他人物都是作者笔下平等存在的角色,体现了作者所证悟的各种复杂人性与生命姿态,同样是作者客观地发现、并艺术地表现的成果。

由此说来,对黛玉的评价,是否能完全由宝玉的角度为标准,二知道人有一段非常具有洞察力的说法,值得参考:

> 人见宝、黛之情意缠绵,或以黛玉为金钗之冠。不知宝、黛之所以钟情者,无非同眠同食,两小无猜,至于成人,愈加亲密。不然,宝钗亦绝色也,何以不能移其情乎?今而知一往情深者,其所由来者渐矣。若藻鉴金钗,不在乎是。②

换句话说,贾宝玉之所以钟爱林黛玉而一往情深,是因为从小到大的共同生活所培养出来的亲近关系与密切情感,主要包含了"青梅

---

① 〔俄〕巴赫金著,白春仁、顾亚铃译:《陀思妥耶夫斯基诗学问题》,《巴赫金全集》第5卷《诗学与访谈》(石家庄:河北教育出版社,1998),引文依序见页13、4—5。

② (清) 二知道人:《红楼梦说梦》,一粟编:《红楼梦资料汇编》,卷3,页101。

竹马"与"情人眼里出西施"的主观成分,并不等于客观上人格价值的评断,因此读者在品藻评鉴金钗们的时候,也不能以此为单一标准;事实上,作者并未把黛玉当作放诸四海而皆准的佳人典范,这一点在脂批里可以看得很清楚(请参本书第七章)。因此,对于一般读者容易受到这种心理盲点的遮蔽,野鹤也提醒道:

> 读《红楼梦》,第一不可有意辨钗、黛二人优劣。……作是说者,便非能真读《红楼梦》。①

由此可见,潜意识的本能支配了我们的知识建构,而这一现象唯有充分自觉后才能超越。事实上,放下褒贬之心,以深刻的理解取代好恶的感受,不但是"能真读《红楼梦》"的人所应努力的,也是一切"能真读小说"者的共同方向。

六、"创作"与"评析"的混淆:文学批评的独立性

我们很自然地会以为,小说既然是作家写出来的,因此作者最了解他自己的小说,也最是评论作品的权威,他对小说人物的看法就是衡量好坏的最高依归;此外,具有创作经验者应该更能体会小说家的用心,因此也比其他人具有评论的权威。

但是,如前面所说的,同为小说家的福楼拜曾经主张"小说家

---

① (清)野鹤:《读红楼梦札记》,一粟编:《红楼梦资料汇编》,卷3,页286。

的任务就是力求从作品后面消失",而昆德拉也服膺巴赫金的复调理论,认为小说家不应以自己的意识操纵一切,就此而言,在小说研究上其实并没有所谓的"作家权威"。同样地,曹雪芹也从不在《红楼梦》文本中径行介入个人评断,一如脂砚斋所指出:"妙在此书从不肯自下评注,云此人系何等人,只借书中人闲评一二语,故不得有未密之缝被看书者指出,真狡猾之笔耳。"(第四十九回批语)既然曹雪芹以杰出的小说家高度而从不在小说中自下评注,因此,要能掌握文本的用意,就非得经过研究思考不可;而即使如此,也都难以就此认定自己是曹雪芹的代言人,毕竟,古人已无法现身背书,作品创造者的权威也就注定无法发挥。

更何况,进一步来说,即使创作者仍然健在,能够表述自己的书写信念,但从"文学创作"与"文学批评"的不同范畴而言,作者本身的亲口表述也并不拥有更大的权威。就此,加拿大学者弗莱(Northrop Frye, 1912—1991)曾指出:

> 批评的要义是,诗人不是不知道他要说什么,而是他不能说他所知道的。因为,为了从根本上维护批评的存在权,就要假定**批评是一种思想和知识的结构,自有其存在的理由,就其所讨论的艺术而言有某种程度的独立性。**
>
> 诗人当然可以有他自己的某种批评能力,因而可以谈论他自己的作品。但是但丁为自己的《天堂》的第一章写评论的时候,他只不过是许多但丁批评家中的一员。但丁的评论自然有其特别的价值,但却没有特别的权威性。人们普遍接受的一个

说法是，对于确定一首诗的价值，批评家是比诗的创造者更好的法官。①

换句话说，作者在作品中只能表现，而不能表达；而当他在作品之外表达意见时，也只不过是各种评论中的一种而已，因为，训练有素的批评家会比作者本身更了解其作品的价值所在。诗歌如此，小说亦然。

可以说，创作与诠释所需要的是不同的能力，因此一个好的作家并不等于好的批评家。对此，《红楼梦》中也提供了一个绝佳的例证，即在"女子无才便有德""只以纺绩井臼为要"（第四回）的价值观之下成长的李纨，她既自谦"不会作诗""不能作诗"，在元妃省亲时众人赋诗志庆的场合中，也仅仅只能"勉强凑成一律"（第十八回），但却无碍于诗社盟主的称职担当，最根本的原因正是宝玉所指出的：

> 稻香老农虽不善作却善看，又最公道，你就评阅优劣，我们都服的。（第三十七回）

由随后众人对此话的应和，所谓众人都道："自然。"可知李纨品第评阅的眼光与客观公正的态度早已受到众人一致的认可，因此才具

---

① 〔加〕诺思罗普·弗莱著，陈慧等译：《批评的剖析》（天津：百花文艺出版社，1998），页4—5。

备了盟主威服众人、一言九鼎的权威。换句话说,"善作"与"善看"是两种性质不同的能力,一般甚至是难以兼具,如清代诗论家吴乔便提出此一看法:

> 读诗与作诗,用心各别。读诗心须细,密察作者用意如何,布局如何,措词如何,如织者机梭,一丝不紊,而后有得。于古人只取好句,无益也。作诗须将古今人诗,一帚扫却,空旷其心,于茫然中忽得一意,而后成篇,定有可观。①

此外,清代诗评家陈仅更进一步透过历史经验,归纳出"鉴赏"与"创作"这两种能力非但彼此性质不同,尚且具有排挤互斥的关系,认为一人往往不能兼容善作与善看的才性:

> 问:钟嵘《诗品》为千古评诗之祖,而记室之诗不传,岂善评诗者反不能诗乎?答:非特善评者不能诗,即善吟诗者多不能评诗。……因知人各有能、不能也。②

这些说法厘清了"读诗"与"作诗"的层次差异,让往往被混为一谈而模糊分际的"评论"与"创作"这两种不同的能力或概念得以真正区分开来,也为鉴赏分析与批评的独立性与专业性提供了可贵

---

① (清)吴乔:《围炉诗话》,卷4,收入郭绍虞辑:《清诗话续编》(台北:木铎出版社,1999),页591。

② (清)陈仅:《竹林答问》,收入郭绍虞辑:《清诗话续编》,页2250。

的认知。

尤其在"作者已死"的现代批评入径中,诠释者自有其不受作者干涉的解读权利,故清代词论家谭献就提出了以下的名言:"作者之用心未必然,而读者之用心何必不然。"①当然,并不是因此"读者之用心"就可以自由发挥,也不是每一个读者的见解都具有同样的价值,就此而言,诠释的高下就必须完全回到对"文本"的掌握程度与理解深度来判断了。

七、读者之境界

法国思想家伏尔泰(Voltaire,1694—1778)曾说:"不知情,须节制。"《红楼梦》所诞生的那个时代、那个阶级,于我们都是极其陌生、甚至根本上就是极力反对的。若是直觉地以现代人的价值观去阅读研究,结果自然只会是误解,而在误解中所产生的批评固然没有必要,从中产生的赞美(诸如反封建礼教的革命性、进步性)也没有意义。

尽量地"公正理解传统贵族"是一种应有的"尊重",尽力地"超越既有的自己"是一种美好的体验;前者会让我们更深入理解《红楼梦》,而后者会让我们的灵魂更壮大,两者都能带给我们更宏阔的视野。

正如印地安巫士唐望(Don Juan)所说的,不要"把你自己看

---

① (清)谭献:《复堂词话》(北京:人民文学出版社,1959),页19。

得太该死的重要"①，学着超越自我中心所产生的好恶成见，祛除我执之蔽己，才能客观地检讨自己，使自我获得更新，缩小自己反而会看到更多，这是"学习"的真谛。尤其是，对于不同于自己的"别人"，"设身处地"的温情远比"非我族类"的批评要来得可贵，一旦做到"把脚放进别人的鞋子里"（put your feet in others' shoes），人就不会用事不关己的局外人心态隔岸观火、轻断妄言，说些不负责任的风凉话；也就能多一点宽容，真切感受他人的处境，并因此促进更深的了解，从而把每个人都当成独立完整的个体，有其成长发展的生命史，因此照他原来的样子去看待他，而不是以自己的想法强迫他改变或扭曲其原貌，这正是一种真正的尊重。

读者在面对小说中的各种人物时，不也是应该如此？而无论是"无我"以超越自我、"慈悲"以理解别人、"智慧"以尊重别人，为的都是可以达到更多的"理解"——更理解自己、理解别人、理解世界，也就是理解存在的复杂奥妙。

于是，我们更乐意引述荷兰哲学家斯宾诺莎（Baruch de Spinoza, 1632—1677）所定义的：哲学家"不笑，不哭，也不痛骂，而只是理解。"②哲学家的境界，正应该是文学批评的境界，也就是读者的最高境界。

---

① 〔美〕卡罗斯·卡斯塔尼达（Carlos Castaneda）著，鲁宓译：《巫士唐望的世界》（台北：张老师文化事业股份有限公司，2004），页82。

② Baruch de Spinoza, Tractatus politicus, in *Spinoza Opera*, ed. Carl Gebhardt (Heidelberg: Carl Winters Universitätsbuchhandlung, 1925), vol. III, p. 279.

第二章
清代贵族世家的回眸与定格

《红楼梦》诞生于盛清时期康、雍、乾三朝的旗人贵族世家，既不是描写一般人情世态的小说，也不能以一般人的思想感受来理解。

虽然到目前为止，《红楼梦》的作者还是一个聚讼纷纭的问题，其真实身份犹在未定之天；但考证派所主张的"曹雪芹"，仍然是一个较适切的作者符码。说是"作者符码"，意指无论这部小说是否真的出自曹雪芹之手，虽不中亦不远矣，这位历史中的曹雪芹确实符合了创作《红楼梦》的各种主客观条件，即使真正的作者另有其人，也应与曹雪芹相去不远。

所谓创作《红楼梦》的各种主客观条件，其一是自幼成长的豪门背景，再加上由盛而衰的非凡际遇，使之对各色人等、荣枯况味都能有深切贴近的观察体悟。杨懋建早已注意到：

> 《金瓶梅》极力摹绘市井小人，《红楼梦》反其意而师之，极力摹绘阀阅大家，如积薪然，后来居上矣。①

---

① （清）杨懋建：《梦华琐簿》，一粟编：《红楼梦资料汇编》，卷4，页365。

这种"阀阅大家"的生活惯习与意识形态,以贾宝玉为叙事中心,如实展开了脂砚斋所批示的:"写出贵公子家常不迹不离气致。经历过者则喜其写真,未经者恐不免嫌繁。"① 家族中仍进行着严格的道德价值,如伦常、安分、辨上下、严内外等。② 对此,不仅现代人毫无概念,即使对出身一般中上阶层的传统文人而言都有所隔阂,当然更迥异于《金瓶梅》所摹绘的"暴发市井小人",因此其他小说中所描写的"富贵",其失真失格就被与曹雪芹同一背景的脂砚斋嘲讽为"庄农进京"(参本书第四章)。

然而这一点固然难得罕见,却也并非绝无仅有,其他非曹雪芹的作者论(如"洪昇")亦可就此而展开比对推衍;最主要的关键,还是小说中确实反映不少旗人世家的生活细节、气质见识等阶级特征与文化风俗,这就恐怕不是其他纯汉人出身的一般文士所能表现得如此自然传神、细腻入微的。满汉融合又与皇室(而不是朝廷)密切相关的贵族履历,作为《红楼梦》所具备的独特视野,是我们在考虑作者归属时所必须顾及的。在目前红学界还未有其他更切合此一条件的作者主张出现前,我们似乎仍宜认定曹雪芹是小说的作者,而本章中以其传记资料作为说明的依据,毋宁可以"作者符码"

---

① 第八回批语。此说非独针对该回情节而言,也适用于全书。
② William T. Rowe, "Ancestral Rites and Political Authority in Late Imperial China: Chen Hongmou in Jiangxi", *Modern China* (October, 1998), pp. 378-407. 及 *Saving the World: Chen Hongmou and Elite Consciousness in Eighteenth-Century China* (Stanford: Stanford University Press, 2001). 引自张寿安:《十八世纪礼学考证的思想活力——礼教论争与礼秩重省》(北京:北京大学出版社,2005),页 5。

视之,目的是呈现满汉融合又与皇室密切相关的旗人贵族世家的特殊性;从而透过历史传记的外缘研究,在一定程度上可以有效地帮助读者更确切地理解《红楼梦》。

当然,"作者"与"作品"是构成创作活动的整体,两者之间必然有所关联,从文学批评的角度来说,其关联方式可以有许多种,但就是完全不能画上等号。犹如韦勒克与沃伦所指出:"即使是在一件艺术作品中,也会具有可以确切判断出传记体的成份,但是这些成份会被特别地安排和改头换面以致完全失去了它们个人的意义,而变成只是一件作品的人为材料和不可分割的部份。"① 换言之,小说作为虚构化、艺术化的创作,本来就不是小说家个人或家族传记的如实纪录,小说中具体事件与个别人物所取材的现实来源,并不能成为解读情节意义的判准,因为它们已经被艺术法则重新整合在一个有着自己完整生命的小说世界里,成为虚构性情节内容的一部分,服从的是小说世界这个有机体的运作法则。果然,脂砚斋以其当局目击者的优势,也提供第一手见证道:

> 按此书中写一宝玉,其宝玉之为人,是我辈于书中见而知有此人,实未目曾亲睹者。(第十九回批语)

换言之,连一般被视为作者化身的男主角贾宝玉都是虚构人物,遑

---

① 〔美〕韦勒克、沃伦合著,王梦鸥、许国衡译:《文学论——文学研究方法论》(台北:志文出版社,1976),页120。

论其他。同样地，曹雪芹的《红楼梦》并不是其个人早期的家族传记，贾府的故事也并不等同于曹家的历史，两者所涉及的相关人物更不能直接画上等号，是故脂砚斋也确切地表明"此书原系空虚幻设"（第十二回批语）。再进一步言之，从回忆中取材时的微妙的心理特性，也会造成作品内容与真实经历的范畴落差。亦即当历史成了回忆，回忆就不等于历史，回忆来自于历史却又超越了历史，成为一种会随着时间改变、却又自在自为而独立自足的叙事话语。因此，应极力避免将曹家的传记资料与小说的人物情节混为一谈，在分析作品本身的意义时，必须完全放在文本框架中来看待，这确实是非常必要的基本态度。

不过，把《红楼梦》视为曹家的历史传记，把红学等同于曹学，固然是过于狭隘，也混淆了内缘与外缘、历史研究与文学批评的范畴差异，但这并不等于说，书中所赖以建立叙事背景的基础历史文化无关紧要。经典的价值虽是永恒性与普遍性的，却并不等于说对其内容的理解可以完全脱离当时的历史框架，相反地，若缺乏对其中所奠基的时空背景与社会条件的认识，则很可能造成误解，甚至得到相反的判断。这是因为作为特定历史阶段与社会阶级的产物，"文本的历史性"使得一部作品与时代、环境产生了必然联系，而带有特定历史事实的影子，艺术虚构性仍奠基于当时的社会规范与意识形态，犹如文论家韦勒克等人所言："文学模仿'人生'；然而'人生'便是社会的现实，……文学家本身便是社会的一分子，他具有一种特定的社会地位，那就是说他接受某种程度的社会认许和报酬；他以一群读者为对象，不管那是如何'假定'的读者"，因此"文学是文化的一部分,具有社会的关联性,而从生活环境中产生"。① 这也就是为什么除了艺术或思想的入径之外,"历史—传记方法"仍然是不可或缺的原因。

古尔灵(Wilfred L. Guerin)对于文学批评方法的解说中,就指出:"虽然历史—传记方法多年来一直在发展,但是它的基本内容也许在19世纪法国批评家 H·A. 泰纳(Hippolyte A. Taine, 1828—1893)的著作中就已得到了最充分的体现。泰纳关于种族、环境和时代的观点在他的《英国文学史》一书中得到了淋漓尽致的阐述,确立了一种遗传和环境决定论。简单地说,这种方法是把一部文学作品主要(如果不是完全)看成是它作者的生活和时代,或者是作品中人物的生活和时代的反映。……多数读者也会同意理查·D. 奥尔蒂克(Richard D. Altick, 1915—2008)的以下主张:'**几乎每一部文学作品都有许多外部环境。只要我们揭示并探索这些外部环境,它们就会使得整部作品具有其它的意义。**'(《文学研究的艺术》)"而"从某种意义上说,小说可能要比抒情诗更适用于这一特殊的阐释性方法。由于小说涉及的范围往往要比诗歌广泛,因此它们受外部因素的影响也要大一些"②。所以,玄珠在《小说研究 ABC》一书里,给小说下的定义才会特别加上"时代背景与身份环境"这一点。③

---

① 〔美〕韦勒克、华伦合著,王梦鸥、许国衡译:《文学论——文学研究方法论》,第9章"文学与社会",页149、168。

② 参〔美〕古尔灵等著,姚锦清等译:《文学批评方法手册》(沈阳:春风文艺出版社,1988),页33—37。

③ 见玄珠:《小说研究 ABC》(上海:ABC 丛书社,1929年11月第三版),页14。

就此而言，《红楼梦》作为小说的文类本身已经使它的"外部环境"应该受到较多的重视，更何况《红楼梦》确实是中国文学史上空前绝后的、唯一一部真正叙写贵族世家的小说，又是在"写实逻辑"（非"写实内容"）下进行书写，如第二回中写林如海"今已升至兰台寺大夫"，因清代并无此一官职，故脂砚斋眉批曰："官制半遵古名亦好。余最喜此等半有半无，半古半今，事之所无，理之必有，极玄极幻，荒唐不经之处。"其中所谓的"事之所无"即是指小说的虚构内容不可以实事相牵连攀比，而"理之必有"则是说明其叙事逻辑合乎当代历史背景与社会情理，与脂批多处提点"石头记一部中皆是近情近理必有之事，必有之言"（第十六回）相呼应。因而《红楼梦》所反映的阶级特殊性，不仅与清代历史、曹家历史密切相关，更重要的是，与该特定阶级文化所产生的意识形态相关。曹雪芹个人与曹家的历史传记以及其所提供的相关文化特征，诚然是研究与理解《红楼梦》的最佳参照、甚至是不可或缺的基准，不能以常例去衡量，也不仅是文学、美学的角度所能涵括。

而所谓"文化"，阿雷恩·鲍德温（Elaine Baldwin）指出这一术语主要在三个相对独特的意义上被使用：艺术及艺术活动；习得的，首先是一种特殊生活方式的符号的特质；作为发展过程的文化。① 其中，由后天习得的特殊生活方式此一"文化"的概念，正

---

① 参〔英〕阿雷恩·鲍德温等著，陶东风等译：《文化研究导论（修订版）》（北京：高等教育出版社，2004），页4。

是讨论《红楼梦》时最需要特别自觉地加以注意的，因为"旗人贵族"的上层阶级生活作为曹雪芹失落后眷恋缅怀的过去式、以及《红楼梦》所聚焦刻画的现在进行式，都是在时代隔阂与文化差异下的现代读者所容易忽略、却又是理解《红楼梦》所不可或缺的"外部环境"。就此，我们必须藉助苏联学者伊·谢·科恩（Igor S. Kon, 1928—2011）所说的一段话，作为阅读心态和诠释方法上的提醒：

> 一知半解者读古代希腊悲剧，**天真地以为古代希腊人的思想感受方式和我们完全一样**，放心大胆地议论着俄狄浦斯王的良心折磨和"悲剧过失"等等。可是专家们知道，这样做是不行的，**古人回答的不是我们的问题，而是自己的问题**。专家通过精密分析原文、词源学和语义学来寻找理解这些问题的钥匙。这确实很重要。①

那么，《红楼梦》的思想感受是何种方式？而曹雪芹透过小说所回答的他"自己的"问题，又是什么？这对现代的读者与研究者而言，可以说是最困难的功课。基于曹雪芹如此之特殊的作者身份与其叙写对象，加上"实录其事"（第一回）的自传式书写材料与写实逻辑，使得《红楼梦》所反映的并不仅仅只是一般的文化活

---

① 〔苏联〕伊·谢·科恩著，佟景韩等译：《自我论：个人与个人自我意识》，页54—55。

动与心理事实,而具有极其罕见的贵族阶级特性,许多情节中人物所言所行的基本意义,都必须在其特有的生活规范与意识形态下才能获得正确的判断。据此,透过《红楼梦》所奠基的历史阶级文化建立一个具体的认识框架,应该更有助于对其中所呈现之文化意义的了解。

倘若在了解"作者"与"作品"完全不能画上等号的这一点之后,能充分自觉地避免两者的混同为一,也就是莫以个别的、特定的、具体的人事物进行等同的比对,造成对文本解释的穿凿附会,那么,考察曹雪芹与《红楼梦》之间的共通性以及独特性,给予社会制度、意识形态、生活方式、阶级文化上的历史性参照,对于缺乏类似体验的现代读者而言,其帮助是十分可观的。因此下面要多费篇幅,对于曹雪芹与《红楼梦》所共同的独特阶级及其内蕴的历史特性加以说明。

一、清代贵族世家的阶级特性

首先,对于所谓的"贵族世家"必须要有较明确的理解,而大致上可以借伊沛霞(Patricia Buckley Ebrey)的定义来加以把握:

> 这些家族被称为贵戚阶层(nobility,中国史籍中最接近的词汇是"贵族"或"贵右"),通常享有**世袭的爵位、特权和薪俸,并经常被鼓励同皇族世代通婚**。由于拥有众多的法律和物质上的权利,这些贵戚家族**绵延长久**,连续三世、四世乃至

五世产生名流亦不足为奇。……此外，贵族（aristocratic）这个术语还被限定为**社会阶层最高的家族，他们在国家的声望得到全面认同**。①

这段文字加粗的地方，目的是清楚地呈现这类贵戚阶层或贵族世家的重要特点，也就是作为"社会阶层最高的家族，他们在国家的声望得到全面认同"，享有"世袭的爵位、特权和薪俸，并经常被鼓励同皇族世代通婚"，因此历及数代而"绵延长久"，这些条件对于作者范畴的曹家以及小说范畴的贾府同时都是可以适用的。

唯历时百年以上的世家大族，史上虽不绝如缕，但相对而言毕竟稀有得多；再加上该等阶级文化的特殊教养，使之更讳莫如深。无该出身履历者固然难以描摹，纵意想象往往流于浮夸失真；而身为局中人者，则因其尊贵矜持不以外扬为是，而不愿自曝家事，因此外界所知者往往一鳞半爪，无法一窥堂奥。而《红楼梦》恰恰是唯一一部叙写贵族世家的小说，将这等罕见稀有的家庭中，不能以一般人的经验见闻和思想感受来理解的生活实况及其内心想象作为全书刻画之重心，所以与曹雪芹同一出身背景的脂砚斋在评点《红楼梦》时，就不断地提醒这一点，多次批云：

· 画出**内家风范**，石头记最难之处着，**别书中摸不着**。（第

---

① 〔美〕伊沛霞著，范兆飞译：《早期中华帝国的贵族家庭：博陵崔氏个案研究》（上海：上海古籍出版社，2011），第 1 章"序言"，页 10。

十八回批语）

- **非经历过，如何写得出**。……追魂摄魄。《石头记》传神摸（摹）影，全在此等地方，**他书中不得有此见识**。（第十八回批语）

- 周到细腻之至。真细之致，不独**写侯府得理，亦且将皇宫赫赫，写得令人不敢坐阅**。（第五十八回批语）

而之所以能够"画出内家风范"并具备其他书中所不得有的"见识"，实必得奠基于非凡的出身经历，才能写得如此之巨细靡遗、入木三分，令人恍如身历其境，那并不是单纯靠着创作上的天才或透过想象力与资料收集就能描摹得出的。脂批就不断提到这个重要因素，所谓："无家法者不知""非经历过，如何写得出""作者身历之现成文字，非搜造而成者，故迥不与小说之离合悲欢窠旧（臼）相对"，作者曹雪芹也常常被赞赏为"古今王孙公子""作者不负大家后裔""非世代公子，再想不及此""非世家公子，断写不及此"。这都说明了作者的特殊出身与独门视野。

不过可惜的是，由于一般读者的文化限制，对于《红楼梦》的欣赏或理解往往舍此不顾，犹如林纾所感叹的：

中国说部，登峰造极者无若《石头记》，叙人间富贵，感人情盛衰，用笔缜密，着色繁丽，制局精严，观止矣。其间点染以清客，间杂以村姬，牵缀以小人，收束以败子，亦可谓善于体物。终竟雅多俗寡，人意不专属于是。①

他对《红楼梦》所赞叹的种种令人观止之处，"人间富贵"既是其中之一，也是所有"善于体物"之内容表现的共同基础，因此整部小说叙写才会是"雅多俗寡"，却也造成"人意不专属于是"的情况，这正是注意到一般读者对此隔阂甚深而不加留心的现象，以及导致此一现象的原因。尤其是现代人的意识形态，对于这类世家的认识往往只以"封建"概述之，即使六朝因为清谈风气而使人物风流为世所重，间接导致当时的名门世族留下较多的纪录，但迄今对于他们的认识程度，仍犹如钱穆先生所感慨的：

> 今人论此一时代之门第，大都只看在其政治上之特种优势，与经济上之特种凭藉，而未能注意及于当时**门第中人之生活实况，及其内心想象**。因此所见浅薄，无以抉发此一时代之共同精神所在。②

说的虽是六朝门第，却也合乎同类型的贵族世家的基本情况，今人对于贾府之为簪缨世家的种种现象，也多是从现代的平民观点与社会意识形态，抨击其政治上之权势与经济上之豪奢，完全忽

---

① （清）林纾：《孝女耐儿传序》，一粟编：《红楼梦资料汇编》，卷2，页64。
② 见钱穆：《略论魏晋南北朝学术文化与当时门第之关系》，《中国学术思想史论丛（三）》（台北：东大图书有限公司，1977），页155。

略其生成发展的内在脉络以及其合情合理之处；尤其更混淆了"富"与"贵"的范畴差异，既对其"富"不以为然，更对其"贵"不明所以，粗浅地以"权势地位"视之，而以极其简化且想当然尔的"豪奢霸道"为说。脂砚斋早已对这些现象给予"庄农进京"的嘲讽（请参本书第四章），但迄今众多评阅者却犹且以"庄农"自安而不自知。

特别是对于贵族之"贵"，都只一般地理解为权势地位上的高级身份，并笼统地与"富"相混同。但是，单单权势地位上的高级身份并不足以称"贵"，而且"贵"与"富"的范畴是截然不同的，诚如牟宗三先生所指出："贵族有贵族的教养，当然他不是圣人，但是有相当的教养，即使他的私生活也不见得好。""贵族在道德、智慧都有它所以为贵的地方，……贵是属于精神的（spiritual），富是属于物质的（material），……贵是就精神而言，我们必须由此才能了解并说明贵族社会之所以能创造出大的文化传统。周公制礼作乐，礼就是 form（形式），人必须有极大的精神力量才能把这个 form 顶起来而守礼、实践礼"，以之振拔生命并有所担当。因而"我们不能轻视贵族社会，斯宾格勒（Oswald Spengler）就知道这个道理，他认为一切能形成一大传统（great tradition）的文化都是贵族社会的文化。"① 这段话清楚地表明，"贵"与"富"有着本质上绝大的差异，且"贵"的精神内涵与礼法、礼教息息相关，这也是六

---

① 牟宗三：《中国哲学十九讲：中国哲学之简述及其所涵蕴之问题》（台北：台湾学生书局，1983），页160—164。

朝以至唐代的衣冠士族所最引以为重的地方,《红楼梦》亦然。

以具有类似阶级特性的六朝世族门第而言,钱穆先生指出:"门第起源,与儒家传统有深密不可分之关联。非属因有九品中正制而才有此下之门第。门第即来自士族,血缘本于儒家,苟儒家精神一旦消失,则门第亦将不复存在",故"当时门第在家庭中所奉行率守之礼法,此则纯是儒家传统。可谓礼法实与门第相终始,惟有礼法乃始有门第,若礼法破败,则门第亦终难保",这也就是何以史籍中处处可见魏晋南北朝门第以礼法作为家学核心,与行为上坚守礼教的一面。① 另外,陈寅恪先生也说,魏晋南北朝所谓的士族,主要条件就是累代官宦和经学礼法传家,而在家族门第之得以成立及维持不坠方面,儒学及其实践之礼法特征更为根本,使之具有不同于凡庶的独特的优美门风。他更指出:"所谓士族者,**其初并不专用其先代之高官厚禄为其唯一之表征,而实以家学及礼法等标异于其他诸姓**,……凡两晋、南北朝之士族盛门,考其原始,几无不如是。"② 此一情况一直延续到唐代,试看《资治通鉴》于唐宣宗大中二年(848)的一段历史记载:

十一月,庚午,万寿公主适起居郎郑颢。……公主,上之爱女,故选颢尚之。……颢弟顗,尝得危疾,上遣使视之,

---

① 详参钱穆:《略论魏晋南北朝学术文化与当时门第之关系》,《中国学术思想史论丛(三)》,页152、174—176。

② 陈寅恪:《唐代政治史述论稿》(上海:上海古籍出版社,1982),中篇,页71—72。

还,问:"公主何在?"曰:"在慈恩寺观戏场。"上怒,叹曰:"我怪士大夫家不欲与我家为婚,良有以也!"亟命召公主入宫,立之阶下,不之视。公主惧,涕泣谢罪。上责之曰:"岂有小郎病,不往省视,乃观戏乎!"遣归郑氏。由是终上之世,贵戚皆兢兢守礼法,如山东衣冠之族。①

由此可见,拥有数百年历史的世家大族,以其优越的文化地位与深厚的礼法教养反倒轻视极权在握的皇室,竟一直到了晚唐都还是避免与之联姻,而皇帝也以此自惭,包括文宗、武宗、宣宗均极力教女习士族礼法,以符士族之理想,并由此收到风行草偃之效,使"贵戚皆兢兢守礼法"。

而这种对礼法的看重是与《红楼梦》相通的,因此,脂砚斋便引述六朝的礼法故事来说明林黛玉初初来到贾府后的表现,于第三回处处提点"写黛玉自幼之心机""黛玉之心机眼力""行权达变",并申论道:

今(余)看至此,故想日后以阅(前所闻)王敦初尚公主,登厕时不知塞鼻用枣,敦辄取而啖之,早为宫人鄙诮多矣。今黛玉若不漱此茶,或饮一口,不无荣婢所诮乎。**观此则知黛玉**

---

① (宋)司马光编著,(元)胡三省音注:《资治通鉴》(北京:中华书局,1995),第17册,卷248,页8036。

平生之心思过人。①

换言之，黛玉之所以能够当下迅速地融入贾府的繁文缛节而未受嘲笑，固然是因为她的绝顶聪慧，透过"自幼之心机""心机眼力""心思过人"而"行权达变"，但应该明白，这也必须有赖于黛玉的出身背景与家世熏陶，才能产生如此"行权达变"的"心机眼力"，并且其出身背景与家世熏陶与贾府差异不大，否则断难在一时之间达到完美融合的地步，而这正是当时门当户对的联姻标准之下顺理成章的结果。就此而言，贵族世家的文化熏陶实际上是不可或缺的，从第二回所描述的"林如海之祖，曾袭过列侯，今到如海，业经五世。起初时，只封袭三世，因当今隆恩盛德，远迈前代，额外加恩，至如海之父，又袭了一代；至如海，便从科第出身。虽系钟鼎之家，却亦是书香之族"，并且林如海虽未袭爵，却是在"今已升至兰台寺大夫"的情况下"钦点出为巡盐御史"。清代的巡盐御史本是户部差遣的最高盐务专官，统管一区的盐务，一年一任，但林如海的"钦点出为巡盐御史"则应是朝廷另派至各省巡察盐政税务的钦差大臣，在一定的阶段对具体事务的处理中代表皇帝行使权力，因此是以选贤与能、才廉兼备的标准选派，属于临时性的特命

---

① 王敦事见《世说新语·纰漏》："王敦初尚主（案：晋武帝之女舞阳公主），如厕，见漆箱盛干枣，本以塞鼻，王谓厕上亦下果，食遂至尽。既还，婢擎金澡盘盛水，琉璃碗盛澡豆，因倒箸水中而饮之，谓是干饭。群婢莫不掩口而笑之。"刘义庆撰，余嘉锡注：《世说新语笺疏》（台北：华正书局，1984），页910。

官吏。① 是故第二十五回凤姐才会对黛玉笑道："你别作梦！你给我们家作了媳妇，少什么？"指宝玉道："你瞧瞧，人物儿、门第配不上，根基配不上，家私配不上？那一点还玷辱了谁呢？"可见林黛玉虽然孤身寄居贾府，其实同为四代列侯的贵族世家出身，林家的"钟鼎之家，书香之族"正与贾府的"钟鸣鼎食之家，翰墨诗书之族"（第二回）平分秋色，绝非一般的小家碧玉，在讲究门当户对的上层社会中，其母贾敏也才可能会嫁入林家为媳。

换言之，若没有封建礼教的制度基础与文化前提，就不可能有"公侯富贵之家"，而《红楼梦》恰恰是唯一一部叙写贵族世家成员之生活实况及其内心想象的小说，其"生活实况及其内心想象"作为全书之刻画重心，如实而细腻，有悲亦有喜，在光明中也有黑暗，是作者倾其全副认知与体验所展示的全幅图景，并不是为了现代人的"反封建思维"而写作，当然对贵族礼教更谈不上反讽与反对。事实上恰恰相反，其生活实况及内心想象都与礼法密不可分。值得注意的是，从脂砚斋引述六朝王敦的故事来类比说明贾府的繁文缛节，可见六朝与清代之间虽然有着在历史制度、具体内容上的时代差异，但"世族"的思想理念、家族文化、伦理价值观、社会期望或者说社会监督等等，包括其品味特性所产生的"美学的禀性"（disposition esthétique），甚至形诸行为仪态及生活习惯的高度要求，以及由此所形成的意识形态，在中国传统文化格局中其实是

---

① 参张晶晶：《清代钦差大臣研究》（北京：学苑出版社，2011），页32—36、148—157。

相通的，彼此具有一种可以相提并论的阶级特性，而这又是人格特质形成时不可或缺的关键因素。

对于人格特质的形成，早先黑格尔已使用"习性"（hexis）、"意索"（ethos）等概念，认为长久的禀性是实践伦理（Sittlichkeit）所构成，而非形式的责任伦理，也非抽象的纯道德主义；布尔迪厄（Pierre Bourdieu, 1930—2002）的教育社会学也指出，个人的禀性（disposition）与后天环境所产生的"惯习"（habitus，为拉丁语词，原义"生存的方式"，或译作习癖、习性体系、生存心态）息息相关，这种生存心态促使行动主体以某种方式行动和反应，也就是人们知觉和鉴赏的基模，一切行动均由此而衍生，它是在特定的历史条件下，个人无意识内化社会结构影响的结果，特别是特定社会中教育系统在个人意识的内化和象征结构化的结果。[1] 是故不可避免地会反映个人所处的社会条件，并根深蒂固地持续在个体的生命史发生作用，而早期的儿童经验尤其具有相当重要的影响。[2] 可见惯习的养成并非天生使然，而是在社会化过程中长期积累的结果，因此个人的禀性带有深厚的阶级性与地域性。

尤其是，这等人家实际上处于等级制的规范之下，之所以形成"礼法传家"与"优美门风"的因素，一定程度上也是来自范伯伦

---

[1] 参邱天助：《布尔迪厄文化再制理论》（台北：桂冠图书股份有限公司，2002），页110—111。

[2] Pierre Bourdieu, *Language and Symbolic Power*. Edited and with an Introduction by John B. Thompson. Cambridge: Polity Press, 1991. 引自邱天助：《布尔迪厄文化再制理论》，页111—113。

（Thorstein B. Veblen, 1857—1929）所谓的"尊贵者的义务"。范伯伦指出，所谓"尊贵者的义务"（法语称为 Nobles Oblige，英语称为 Obligation of the Noble），亦即尊贵者所需尽的义务，这个阶级看似有权可以为所欲为，也拥有庞大的财富可供挥霍，但其实是阶级限制所致，并非只是享受乐趣，而他们也必须受到社会的监视与控制。①换句话说，包括生活排场甚至道德要求在内，都必须遵照一定的标准，这是他们的应尽义务而不仅是应享权利。

《红楼梦》中其实触及这一点：就生活排场来说，那些锦衣玉食、金碧辉煌虽然令平民瞠目结舌，却不是一般意义的奢靡浪费，而是必须遵守的条件。第五十一回写凤姐儿自掏腰包，让回家为母亲送终的袭人打扮称头，笑道："说不得我自己吃些亏，把众人打扮体统了，宁可我得个好名也罢了。一个一个像'烧糊了的卷子'似的，人先笑话我，说我当家倒把人弄出个花子来。"第五十五回中，王熙凤就提到她理家的为难是"多省俭了，外人又笑话"，第五十六回宝钗对整顿大观园以开源节流之举，也是说："虽是兴利节用为纲，然亦不可太啬。纵再省上二三百银子，失了大体统，也不像。……那时里外怨声载道，岂不失了你们这样人家的大体？"换句话说，俭省过度就会失去这等家族等级的大体统——也就是大户风范，以致受到外人的耻笑。所以说，庞大的排场用度不是不想缩减，而是无法缩减，有其不得不然的苦衷。

---

① 参〔日〕加藤秀俊著，彭德中译：《余暇社会学：探讨大众休闲生活的衍变与趋向》（台北：远流出版事业股份有限公司，1989），页17—19。

再就道德要求而言，这等诗书大家其实被要求很高的道德标准，因此第三十三回贾政听到丫环跳井自尽时，就无比震惊："好端端的，谁去跳井？我家从无这样事情，自祖宗以来，皆是宽柔以待下人"，从来不曾发生"暴殄轻生的祸患"，一旦发生该类苛虐下人之事，"外人知道，祖宗颜面何在"！于是才会在盛怒之下重重责打宝玉。这段描述所谓的"外人知道，祖宗颜面何在"，就和"多省俭了，外人又笑话"一样，清楚反映出这等家族其实是受到严格的社会监督，并不是可以滥使权力、为所欲为的。

据此，六朝世族所注重的"礼法传家"与"优美门风"，以及由此产生的生活情状与思想感受，本质上也适用于《红楼梦》所写的贵族世家。

因而，迥别于一般读者只对所谓的"反礼教"之处感兴趣，深知《红楼梦》之独特的脂砚斋则是不厌其烦地处处提示，其中所展现的种种情节，都是建立于上层贵族的"大家规范""大族规矩""大家风范""大人家规矩礼法""大家势派""大家气派""大家规模""大家风俗""世家风调""侯门风俗"的"礼法井井"上，而以贾宝玉为叙事中心的《红楼梦》乃笔笔"写尽大家"，可以说，若无《红楼梦》的小说书写，贵族世家的精神风貌与生活实况依然是迷雾中的讳莫如深。只不过，即使有了这部小说的细腻写真，但在大幅脱离、甚至一心排斥传统文化价值，因此对其内涵不加思考、感觉和表达的后世读者，仍然会不自觉地以现今生活于三房两厅、四口成员之小家庭格局来加以诠释，忽略了《红楼梦》所描写的乃是"真正"富贵传流、历及数代，并跃登为皇亲国戚的世家大族，以多达上千人的庞大规模①，依照各种森严规范、却又充满人情弹性的身份等级，进行集体的日常生活运作，其复杂纷扰的情况，也与一般出身的传统文人所写的家庭小说大异其趣，更与经由模拟想象所写出的伪贵族叙事迥然不同。

这也正是何以曹雪芹和脂砚斋都嘲讽暴发新荣之家，尤其更猛烈抨击才子佳人故事的真正原因，请参本书第四章、第七章的说明。

由此说来，小说家固然是一个具备高度观察力、想象力、创造力的一流作家，可以从历史、传说、现实中之识与不识者，提炼出《红楼梦》的众多人物、情节、环境，从此成为各种人物典型的代言人；而其笔下的大观园同样是综合南北各种园林内涵所创造出来的，绝不是某一家府邸的写实缩影，同样也成为桃花源之后最著名的乐园代名词。但无论是人物还是大观园，都来自旗人贵族世家所特有的阶级文化，从中所培养的深厚的知识学养以及广博的生活见闻，有其特定的生活模态，更具备自成一格的思想感受方式，也产生专属于自己的困扰与难题。因此，建立于考证基础上的"曹学"固然不是文本研究，写实自传说更产生了将《红楼梦》等同于曹氏家传的穿凿问题，但不可否认地，《红楼梦》确实是一部自传性浓厚的作品，透过"曹学"的成果也就是理解曹家的特殊家世，让我们能够更清楚掌握《红楼梦》中以贾府为主的人、事、物的阶级特性。

---

① 第五回宝玉说"单我家里，上上下下，就有几百女孩子呢"，第六回作者交代"荣府中一宅人合算起来，人口虽不多，从上至下也有三四百丁"，其总数恰恰是第五十二回麝月所概括的"家里上千的人"。

虽然这一点也可以直接取径于历史学而达成，但若无曹学的指引与启发，采取历史学的路径以掌握《红楼梦》独特的阶级特性，又谈何容易？这就是曹学的价值所在。当然若是将《红楼梦》当成是曹雪芹的个人回忆录，视其中的情节为曹氏的家族传记，而彼此比附为说，就是模糊了内缘与外缘的范畴分际，误失了在艺术的虚构改造之下文本的独立自足性了。换句话说，在作者的考证上，让我们更能精确地掌握到其所在罕见的特殊阶级性，只要不过度穿凿附会，实能对《红楼梦》的理解有很大的助益。

二、作者曹雪芹：没落贵族的落魄王孙

荣格（Carl G. Jung, 1875—1961）曾说："不是歌德创造了《浮士德》，而是《浮士德》创造了歌德。"从《红楼梦》流传过程的曲折命运来看，确实也可以说，是《红楼梦》创造了曹雪芹，因为有了《红楼梦》后来的风行，才使得作者被努力考证出来，将他自己都未必在乎的著作权还给他。

固然《红楼梦》的作者是谁，不仅早期的传闻多所不定，如与曹雪芹同时代的袁枚，其《随园诗话》所载已是失误连连："康熙间，曹练亭为江宁织造，……其子雪芹撰《红楼梦》一部，备记风月繁华之盛。（中有所谓大观园者，即余之随园也。）"[①]这段话不仅将

---

① （清）袁枚：《随园诗话》（台北：汉京文化公司，1984），卷2，第22则，页42。引号中的文字为后来再版时删去者。

曹寅与曹雪芹的祖孙关系误以为是父子关系，而且将随园附会到大观园，足见这位小说家的隐没不彰。而后来协助将《红楼梦》足成一百二十回出版的程伟元，在乾隆五十六年（1791）程甲本《新镌全部绣像红楼梦》的序里提到："《红楼梦》小说本名《石头记》，作者相传不一，究未知出自何人，惟书内记雪芹曹先生删改数过。"则连曹雪芹的作者身份都被剥夺。可见这是一个自始就迷雾重重的问题，直到今天都还仍然存在着争议。

然而，《红楼梦》既如脂批所屡屡指示的，乃笔笔"写尽大家"，曹雪芹也常常被赞赏为"古今王孙公子""作者不负大家后裔""非世代公子，再想不及此""非世家公子，断写不及此"，可以说，若无作者的特殊出身与独门视野，实际上就没有这部小说的出现。而脂批对小说与作者这两方面都使用的"大家""世家"两个词汇，固然都是意谓贵宦阶层，但在清代的用法却更有其特定指涉：所谓"大家"者，在清代一般指的正是王府、世家以及内务府，即阀阅门庭也[1]，而"世家"就是"除皇族以外的有功之臣的家庭。他们也有世代承袭的爵位、官职"[2]，其阶级之显贵优越又与皇室密切交涉。曹雪芹的出身正是"内务府世家"，才能耳濡目染、身历其境地具备对该阶层的丰富认识，而将小说中贾府这个以异姓功臣取得世袭爵位的阀阅门庭写得如此丝丝入扣；再加上小说中确实反映

---

[1] 金寄水、周沙尘：《王府生活实录》（北京：中国青年出版社，1988），第3章礼仪，"婚礼"，页165。

[2] 金启孮：《府邸世家的满族》，收入《金启孮谈北京的满族》（北京：中华书局，2009），页177。

不少旗人世家的阶级特征与文化风俗，这恐怕不是其他纯汉人出身的世家子弟所能表现得如此自然传神的，所以我们基本上还是接受曹雪芹才是《红楼梦》的作者。

至于曹家的历代世系目前也仍不乏纷歧的主张，并非此处所能决断，姑不论个别细节的出入，重点在于大体地掌握其家世背景与阶层特征即可。综合学术界对曹家的研究成果①，可知曹雪芹的先世本是汉人，其入辽东之始祖曹俊在明朝以军功发迹，子孙蕃盛，号为巨族，后裔以文武功名显耀于世，不可胜记。② 到了明末，清军攻陷沈阳时，曹雪芹五世祖曹锡远和其子曹振彦兵败而被迫归附清朝，"从龙入关"并编入满洲内务府籍正白旗。其曾祖曹玺自康熙二年（1663）出任江宁织造，历经祖父曹寅、父辈曹颙、曹𫖯三代四人几乎持续担任江宁织造，管理此一由内务府外放的重要皇差，四次为康熙皇帝接驾，可以说，曹家的繁华到曹雪芹的童年时代，辉煌地延续了半个多世纪，最后才于雍正五年（1727）底、六年初遭籍没而终结。

不仅如此，曹玺及其子寅、宣等，亦得以"佩笔充侍从"或"禁中任侍卫"，故得以出入禁中；曹玺之继妻孙氏曾被选为康熙帝玄

---

① 可参冯其庸：《曹雪芹家世新考》（北京：文化艺术出版社，1997）；刘世德：《曹雪芹祖籍辨证》（北京：中国大百科全书出版社，1998）；周汝昌：《曹雪芹传》（天津：百花文艺出版社，2003）；周汝昌、严中：《江宁织造与曹家》（北京：中华书局，2006）等。

② 曹士琦：《辽东曹氏宗谱叙言》，收入冯其庸：《曹雪芹家世新考》，页70—71。

烨幼时的保母,属一品夫人,而保母与幼主的关系十分亲密,因此康熙三十八年(1699)皇帝第三次南巡,再见到孙氏时其反应乃是欢欣之极、恩赏甚厚,所谓:"康熙己卯夏四月,皇帝南巡回驭,止跸于江宁织造臣曹寅之府。寅绍父官,实维亲臣、世臣,故奉其寿母孙氏朝谒。上见之,色喜,且劳之曰:'此吾家老人也。'赏赉甚厚。会庭中谖花开,遂御书'萱瑞堂'三大字以赐。尝观史册,大臣母高年召见者,第给扶,称'老福'而已,亲赐宸翰,无有也。"①所谓的"吾家老人",及以象征母亲的萱草赐名,正点出了"上三旗包衣"的真正意义,也就是皇帝的家人(详见下文),可见曹家与帝王家的一体性。

曹玺之长子曹寅,并非曹玺嫡妻孙氏所生。据考证,他的生母顾氏为清初著名诗人顾景星之妹,早亡。因曹寅曾"禁中任侍卫",很受康熙器重,故康熙二十三年曹玺病故于江宁织造任所时,康熙帝即命曹寅暂理织造事务;次年曹寅奉命返京担任内务府慎刑司郎中。至康熙二十九年又奉命自广储司郎中兼佐领出任苏州织造,于三十一年兼江宁织造,该年十一月转任江宁织造,从此,还曾办铜觔、兼巡盐。此外,康熙并指配曹寅的长女为平郡王纳尔苏的嫡福晋(正夫人),而纳尔苏的曾祖多罗克勤郡王岳托,乃是清初建国功劳最大的八大家铁帽子王之一,可见曹寅所受之宠幸非凡。康熙五十一年七月,曹寅病故于江宁任所,遗缺仍由其下一代的曹颙、

---

① (清)冯景:《御书萱瑞堂记》,《解春集文钞》(台北:艺文印书馆,《抱经堂丛书》本,1967),卷4。

曹頫相继接任，曹雪芹即曹颙之遗腹子。

曹寅特别喜欢收藏汉文化典籍，并奉命主持刻刊《全唐诗》《佩文韵府》，个人的创作则有《楝亭五种》《楝亭十二种》等，文艺修养当时知名，这也构成了曹家的家学渊源，曹雪芹对祖父的孺慕之情由此而生，其文学涵养也由此一家风家学而深厚打底。以下将曹家世系以及与皇族的互动关系表列如下：

第一代多罗克勤郡王岳托，"世袭罔替"的八大家铁帽子王之一			平郡王纳尔苏	平郡王福彭
曹振彦	曹玺（始任江宁织造）其妻孙氏曾被选为康熙帝玄烨的保母	曹寅（禁中任侍卫、任江宁织造）	长女为平郡王纳尔苏的嫡福晋（正夫人）曹颙、曹頫（任江宁织造）	曹雪芹（曹颙遗腹子）

在上述对曹家历史的概略说明中，我们已经清楚看到曹家与皇室（主要是康熙帝）的密切关系，绝不是一般的主奴关系，也不存在满汉血统的隔阂。就此，对于曹家所属的"内务府正白旗"以及"包衣"的身份与地位该如何理解的问题，实在是必须特别说明澄清的。

（一）内务府世家：内三旗

为了阐明曹家的特殊家世与社会地位，必须从清代特有的"八旗制度"谈起。

经由历史学者的研究，可知所谓"八旗制度"，是清代统治下特有的军事社会组织，在关外时期就已经逐渐确立，它以军事化的方式将满洲社会的军政、生产、司法、宗族融合在这一制度的管理之下。[①] 由于八旗制度涵括了满、汉、蒙、甚至高丽各族人在内，便形成了特殊的旗人文化。近年来，以往"旗人便是满人"的定义已逐渐受到质疑，新的看法认为，"旗人"是一种文化概念，"满人"则是血统概念，前者范围大得多，可以包含满族、汉人、蒙古人，甚至高丽人在内，血统并不是关键，也不造成根本性差异；而所谓的旗人文化内容，则主要是满人汉化、汉人满化所形成的满汉交融的结果。

实际上，"加入八旗的蒙古族、汉族以及其他族人，同受八旗制度的束缚，政治地位和经济待遇基本一致；在长期的征战和生活中，其生活习俗、语言使用，以及心理状态等方面，与八旗满洲也大体相同。所以，在北京的满族中过去有句谚语：'不分满汉，但问民旗'"。[②] 金启孮也曾说过，民族概念是新有的，"清代八旗满、蒙、汉区别并不十分严格。辛亥以后，因为处境的相同，八旗

[①] 阎崇年：《努尔哈赤传》（北京：北京出版社，2006），页134。

[②] 参辽宁省编辑委员会：《满族社会历史调查》，《民族问题五种丛书》及其档案汇编》，《中国民族问题资料·档案集成》第66册（北京：中央民族大学出版社，2005），页83。

满、蒙、汉更加亲近，同病相怜。解放前的满族群众团体，实质上都是八旗满、蒙、汉等族的联合团体。处理旗地时所谓'旗民租主'也是包括满、蒙、汉王公世家都在内。至于生活习惯、日常语言，也都相同。"[1]而曹家入旗的时间很长，到曹雪芹出生时至少已有百余年的历史，因而正式列入《八旗通志》中，可以说是不折不扣的旗人。

再从旗人中的满汉血统比例来看，"虽然能够进入八旗的汉人在汉族人口中所占的比例只是极少数，但对于旗人来说，八旗内半数甚至以上都是汉人，他们与满洲旗人又可以自由通婚，对于旗内汉人的满化以及满人的汉化，其作用如何就不难想象了"[2]。可以说，在"旗人"的统一概念下，本质上并不存在血统上满汉之别的问题。最重要的是，曹雪芹所出身的正白旗包衣世家，并不属于汉军八旗，而是另外由内务府所管的"内三旗"，绝不能以"包衣"的简单概念乃至错误常识来理解；"内三旗"和一般的"八旗"（又称外八旗）属于两个不同的独立系统，各自分别运作，彼此之间毫不相干。

要了解其中的差异与意义，就牵涉到两大层次的问题。其一，是"清朝入关后，在八旗内部，依据不同的从属关系，逐步确立两层关系：第一层是上三旗与下五旗的关系；第二层是内府三旗与外

---

[1] 金启孮：《府邸世家的满族》，收入《金启孮谈北京的满族》，引言，页175。

[2] 定宜庄：《满族的妇女生活与婚姻制度研究》（北京：北京大学出版社，1999），页354。

八旗的关系"。①

就"上三旗与下五旗"的关系而言，在清世祖顺治帝福临亲政后，努力打击宗室强藩，巩固了皇权，"正式形成上三旗与下五旗的体制。上三旗归皇帝亲领，地位高贵，人多势众，构成广八旗的核心。下五旗各司其职，成为诸王、贝勒等宗亲的分封之地。上三旗与下五旗的分治，是八旗制度的一次重大变革，是以皇权为代表的中央集权进一步加强的明显标志。"②

再就"内府三旗与外八旗"的关系而言，"上三旗下五旗分治后，各旗所有的包衣（满语'booi'，意即'家的'，指某人的私属）随之析为两个系统：上三旗包衣称'内务府属'或内府旗人，为皇家私属，编为内务府镶黄、正黄、正白三旗（俗称内三旗），亦分满、蒙、汉；下五旗包衣称'王公府属'，为各王公私属，编为府属佐领、管领。若食钱粮，只准在本府。除了不得挑取各旗钱粮（即披甲当兵）及预选秀女外，其余晋身之阶，与八旗同。③内三旗与八旗（俗称外八旗）是两个独立的组织体系。有别于八旗佐领（又称旗分佐领）统属于各旗都统，内三旗初隶领侍卫内大臣，康熙十三年（1674）改归内务府，从此终清之世不改。……内务府三旗的形成，是满洲皇帝独掌三旗，并在八旗中确立起经济、军事、政治绝对优势的产物，同时，又保留着满人早期蓄奴制的残余。内三旗与

---

① 刘小萌：《清代北京旗人社会》（北京：中国社会科学出版社，2008），页45。

② 同上书，页46。

③ （清）福格撰，汪北平点校：《听雨丛谈》（北京：中华书局，1984年二版），卷1，"八旗原起"，页4。

八旗并行不悖地存在,构成清代旗人社会组织的一大特色。"[1]进一步来说,内务府三旗"下属9个满洲佐领、12个旗鼓佐领(系由包衣尼堪即家奴汉人组成)和一个高丽佐领,……其中的旗鼓,由在辽东时就已归附满洲的汉人组成,著名小说《红楼梦》的作者曹雪芹家,就属内务府正白旗第五参领第三旗鼓佐领。"[2]

上述的说明可以简表开列如下:

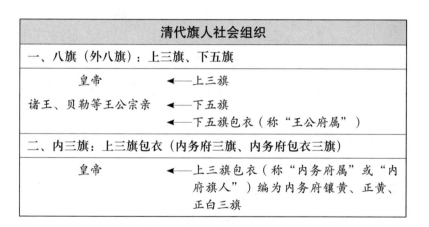

而要正确把握由上三旗包衣所构成的"内三旗"的身份地位,所涉及到的第二个问题就是对"包衣"的认识。"booi",意即"家的""家人",并非奴仆的同义词,在满语中有时还可以用在夫对妻、乃至妻对夫的称呼上,由此也才可以理解,"包衣旗人"完全不等于贱民意义的奴隶,观念上必须与"旗下家奴"严格区分开来。

---

[1] 刘小萌:《清代北京旗人社会》,页49—51。
[2] 定宜庄:《满族的妇女生活与婚姻制度研究》,页234—235。

其中，八旗都有所谓的"包衣旗人"，指的是"编入八旗佐领、管领中的包衣奴仆，汉文文献中又简称之为包衣，他们有独立的户籍，不同于附在主人户下的'旗下家奴'"。虽然"从私人隶属关系上讲，他们都是主家的奴仆，与家主成员有主仆名分，对于主人而言，都有低下的奴仆身份，这是他们的共同点。但在与社会上其他成员的等级关系中，这两种奴仆的等级地位却截然不同"。[①] 就此，以下分别言之：

1. "旗下家奴"：这才是一般意义上的贱民奴婢，"无论在主家还是社会等级结构中，在私属身份与社会地位上都是较低的贱民，至于贵族、官宦家中有的家奴依仗主子而成为富奴、豪奴，那只是个别人、特殊情况"。

2. "包衣旗人"：这是一种非贱民的奴仆，属于"正户"，可作正身旗人及法律身份上的"良人"理解。"在刑事判决中，他们具有良人的法律身份地位；可与良人通婚；在政治上，具有只有非贱民的良人才可能具备的入仕为官的权利。这几点，是判断社会成员良、贱的最根本依据，从而表明他们是处于良人等级之中。他们在社会中的这种等级地位，具有法律上的肯定性，他们所拥有的与八旗一般正身旗人基本同等的政治权利，具有制度上的规定性，并非个别人、个别现象，从而使他们在八旗乃

---

① 两段引文见杜家骥：《八旗与清朝政治论稿》（北京：人民出版社，2008），第8章"八分体制瓦解后八旗领主分封的长期残留及其政治影响"，页281；第13章"清入关后的八旗奴仆及其与清朝统治"，页444—445。

至整个社会中构成一个特别的群体。……包衣有自己的独立户籍,属正身旗人,所以他们的提高身份是'抬旗',而不是'开户'——脱离户下。在八旗奴仆中,非贱民的包衣既然并非个别人个别现象,而是一个特别的群体,在等级地位上大大高于旗下家奴。"①

总而言之,"包衣旗人"是"主子——皇帝、皇室或宗室王公之家的奴仆,世代与主家有主仆关系,包括对主家的所有家庭成员,但这种身份又仅仅是对自己的主家而言②,在与其他人的关系中并无意义,在社会等级关系中,他们与所有非奴仆身份的良人一样,处于良人等级之中。基于这种特征,似可称之为是'具有良人地位的包衣世仆'。"因此,在讨论与之相关的问题时,就应该特别注意不能简单地、不加区别地与低贱的奴婢混为一谈,"即使在一些细小的有关等级名分的事情上,这两种奴仆也要严格分清、区别对待"。③

而上三旗与下五旗分治后,上三旗包衣高于下五旗包衣,直属

---

① 这两点关于"包衣旗人"与"旗下家奴"的区别,引文中的说明出自杜家骥:《八旗与清朝政治论稿》,第13章"清入关后的八旗奴仆及其与清朝统治",依序见页458、455—456。

② 郑天挺指出:"就性质说,包衣是私家的世仆。不过有一点应该注意,就是包衣之所谓奴仆,只是对他们主人而言,他们可能另有自己的官阶,自己的财产,自己的奴仆。"郑天挺:《清代包衣制度与宦官》,《探微集》(北京:中华书局,1980),页89。

③ 本段引文中的说明出自杜家骥:《八旗与清朝政治论稿》,第13章"清入关后的八旗奴仆及其与清朝统治",依序见页457、454。

皇室的内务府三旗包衣又更为特殊。内务府是清代特有的、专为管理皇家事务所设立的机构，因此内三旗与皇帝、皇室也连带地关系密切。由此必须进一步澄清的是，内务府所属的包衣旗人是绝对不同于其他包衣旗人的，他们虽然"是皇帝的家奴世仆，但前辈学者早已指出，这种主奴关系，与内外文武大臣与皇帝的君臣关系并无本质不同，内三旗无论佐领还是管领下的正身旗人，在身份、地位上都与外八旗的正身旗人一样，如果说有何区别的话，也就是因为作为'家的人'，内三旗旗人与皇帝的关系比一般大臣更亲近、更特殊而已。所以，将内务府旗人一概视为奴仆，甚至将'包衣'一词与家奴视为同义，都是错误的。我们可以将这些内务府的包衣旗人，视为扩大意义上的皇室的家人"。① 也因此可以看到，比起外三旗人，内府旗人往往更受宠信与重用，有如皇帝的心腹家人般外任肥差，既富且贵，还形成了簪缨书香的世家望族，乾隆帝曾说："各省盐政、织造、关差皆系内务府世仆。"② 夏仁虎《旧京琐记》也说："内务府官缺，皆包衣旗人为之，其亲近膏腴又为朝官所不及。"③ 足以为证。

---

① 定宜庄：《满族的妇女生活与婚姻制度研究》，第 5 章"八旗制度与旗人婚姻"，页 235。由书中再三提醒把"包衣"等同于家奴是错误的，可见俗见的积误之深，与此一观念澄清之事关重大。

② 《清高宗实录》卷 1189，乾隆四十八年九月乙卯；(清) 福格撰，汪北平点校：《听雨丛谈》卷 2，"外省文职旗缺"记"盐政、织造、粤海监督、淮安监督、九江道，均用内府人"。

③ 夏仁虎：《旧京琐记》(北京：北京古籍出版社，1986)，页 73。

更具体地说,"内府旗人允许入学、考试、为官,旗鼓佐领下人在内务府的仕进与满洲人同,升至九卿,亦占满缺。在《八旗满洲氏族通谱》中,他们被列为'满洲旗分内汉姓人',在《八旗通志初集》中,他们被列入满洲官员志,而八旗汉军,则别列一门。①因此,又可将其视为八旗内部满洲化程度最高的汉人";不仅如此,还有专门为他们设置的包衣缺,再加上"他们入旗时间早,世代为皇室'家奴',关系特殊,加之'近水楼台先得月'的便利,其仕进不仅远较汉人为优,就连一般外八旗人也难望其项背。所以也就不奇怪内务府包衣何以会内任九卿、大学士、内务府大臣,外任织造、监督、总督、将军,不仅代不乏人,且有一家两三代连任高官者,这样就形成了内务府世家"。②据统计,"有清一代,包衣出将入相、任封疆大吏,'厕身清要、功名显赫者,不可胜记'③,其他任中央部院中的郎中、员外郎、主事、笔帖式,地方上的藩臬、道员、知府、知县,及织造、盐政、税关监督者,更是举不胜举。包衣还可与八旗官员一样,官一至四品者,享有荫子的特权,④

---

① (清)福格撰,汪北平点校:《听雨丛谈》,卷1,页17。

② 参刘小萌:《清代北京旗人社会》,第2章"旗人社会的形成",页50;第6章"旗人的世家",第1节"内务府世家",页506—507。

③ (清)昭梿著,何英芳点校:《啸亭杂录·续录》(北京:中华书局,1980),卷5,"祥德",页524—525。

④ (清)昆冈等修,(清)刘启端等纂:《钦定大清会典事例》,《续修四库全书》史部政书类(上海:上海古籍出版社,1995),第813册,卷1098,页265。

借此而成为官宦世家。立有军功者,可以封爵,成为世代贵族。"①这些由上三旗包衣(内务府三旗)所产生的簪缨之族,包括"著名的世家高氏、完颜氏、索绰罗氏、蒙乌吉氏、杨佳氏(钟祥家)间,存在着盘根错节的婚姻关系,联姻的网路,还延伸到内务府和外八旗官宦人家,且与皇室形成多重姻亲关系"。②这种种现象,也都反映在曹家历史和《红楼梦》中的贾家故事上。

实际上,汉裔的曹雪芹不折不扣地正是"内务府世家"的旗人贵族出身,虽然是血统上的汉人,却更是家世出身与文化认同上的旗人,并不存在所谓满汉的矛盾;与其说曹家是"汉族知识分子",不如说是文化修养极高的"旗人知识分子"。在满族人高度汉化、而汉裔旗人又高度满化的情况下,就出现众多对汉文的学术典籍造诣极高的满族人,不但康熙、雍正、乾隆等皇帝都饱读经书,能作出为数可观的汉文诗歌文章,程度绝不亚于一般的汉籍文士,而纳兰性德、文康、顾太清等等更是杰出的汉语文学家,顾太清还写了《红楼梦影》,可见旗人文化的满汉并存。这也是曹雪芹和爱新觉罗宗室敦敏、敦诚兄弟交好,且《红楼梦》中反映不少满洲世家的生活样貌,甚至出现了满文用法的原因。

以小说中所反映的旗人风俗而言,以下举较显著的几例示之。

首先是"选秀女"。秀女,满语为"sargan jui",初见于雍正

---

① 杜家骥:《八旗与清朝政治论稿》,第13章"清入关后的八旗奴仆及其与清朝统治",页454。

② 参刘小萌:《清代北京旗人社会》,第6章"旗人的世家",第1节"内务府世家",页566。

朝《大清会典》："宗室觉罗有弃子为他人收养者，所生子女俱应察明记载，选绣女时勿令混入。""选秀女"作为八旗的一项特殊婚姻制度，是八旗的义务，更是世家之女无法逃避的规定，只有撂牌（未被选中）之后方可由父母聘嫁。对此，定宜庄的解说非常详尽明白："皇族男子的婚配对象，是满洲异姓贵族、大臣和八旗官兵之女以及外藩蒙古的公主。而以前者为主。为保证他们择偶的优先权，朝廷特别制定了'选秀女'制度。"① 如吴振棫《养吉斋丛录》所记载："八旗挑选秀女，或备内廷主位，或为皇子、皇孙拴婚，或为亲、郡王及亲、郡王之子指婚，典礼各有等差，而挑选之制则无异也。"② 在乾隆上谕中也说："所有挑选旗人女子，原为与王阿哥等选拣福晋。"③ 而"这种将全民族的未婚女子都控制在自己手中，先经皇族挑选之后，余下的才能自行婚嫁的做法，在清入关之后成为定制，一直奉行了200多年"，这个制度的几个要点在于："第一，此时清廷虽然成为全国的统治者，但并没有将对妇女的控制推及汉人，'选秀女'的范围始终限于八旗之内。第二，……八旗所有官员兵丁乃至闲散之女，须一律参加阅选，如未经阅选便私行聘嫁，该管各官上自都统、参领、佐领，下至本人父母族长，都要治罪。"④

---

① 参定宜庄：《满族的妇女生活与婚姻制度研究》，页190。
② （清）吴振棫：《养吉斋丛录》（北京：北京古籍出版社，1983），卷25，页264。
③ （清）内务府编，文璧等纂：《钦定总管内务府现行则例》（香港：蝠池书院，2004），会计司卷3，页235。
④ 定宜庄：《满族的妇女生活与婚姻制度研究》，页226。

由于清代八旗制度又分为内务府包衣三旗和外八旗两个系统，选秀女制度也随之分成两个管道，分别阅选互不相干。按《国朝宫史》所言：

> 凡三年一次引选八旗秀女，由户部奏请日期。届日，于神武门外豫备，宫殿监率各该处首领太监关防，以次引看完毕，引出。
>
> 凡一年一次引选内务府所属秀女，届期由总管内务府奏请日期。奉旨后，知会宫殿监。宫殿监奏请引看之例同。①

然而，除阅选的频率不同外，两个系统所选出的秀女也有不同的用途，这才是最大的差别："其一，八旗满、蒙、汉军正身女子，年满十三岁至十七岁者，每三年一次参见验选，选中者，入宫为皇帝嫔妃或备王公贵族指婚之选，验选前，不准私相聘嫁。其二，内务府三旗佐领、内管领下女子，年满十三岁亦选秀女，选中者，留作宫女，余令父母择配。可见，同样是选'秀女'，八旗女子和内务府女子中选后的境遇却大相径庭。内务府女子被选入宫，多充当杂役，满二十五岁才能遣派出宫。②为皇室无偿服役十余年，按当时标准，出宫时已是十足的'大龄青年'，谈婚论嫁谈何容易？内务

---

① （清）鄂尔泰、张廷玉等编纂：《国朝宫史》（北京：北京古籍出版社，1987），卷8，页149。

② 本书补注：（清）允裪等奉敕撰：《钦定大清会典》，《文津阁四库全书》史部政书类（北京：商务印书馆，2006），第620册，卷87，页215。

府女子不乐入选,乃人之常情。"①

　　就此,《红楼梦》也有两处加以反映,第二回述及贾政长女元春"因贤孝才德,选入宫作女史去了",到了第十六回则是更进一步"晋封为凤藻宫尚书,加封贤德妃";而第四回写到宝钗之所以来到贾府,便是因为"因今上崇诗尚礼,征采才能,降不世出之隆恩,除聘选妃嫔外,凡仕宦名家之女,皆亲名达部,以备选为公主郡主入学陪侍,充为才人赞善之职",这段话可以说是元春入宫的进一步补充。从这两段情节描述来看,无论是元春的"女史"还是宝钗的"为公主郡主入学陪侍,充为才人赞善之职",都不是作为皇子的指婚,说明她们的入宫是属于内务府包衣三旗的选秀女系统。尤其是所谓的"凡仕宦名家之女,皆亲名达部",也清楚指出这是所有相关家庭都必须遵守的义务,不是个人意志所能选择决定。从这两点来看,固然元春的封妃属于不寻常之机遇,而宝钗的入京待选也完全谈不上存有飞黄腾达的野心。这对于人物分析与诠释可以说是提供了很有客观性的判断标准。

　　其次,从小说中多次写到贾府及其他亲友的子弟培训中,也包括"骑射"这一项,这就全然是汉族世家所无的教养形态。例如:第二十六回宝玉在大观园中闲逛,只见那边山坡上两只小鹿箭也似地跑来,宝玉不解何意,正自纳闷,只见贾兰在后面拿着一张小弓儿追了下来,一见宝玉在前面,便站住了,笑道:"二叔叔在家里呢,我只当出门去了。"宝玉道:"你又淘气了。好好的射他作什么?"

---

① 参刘小萌:《清代北京旗人社会》,页535—536。

贾兰笑道："这会子不念书，闲着作什么？所以演习演习骑射。"

而第五十四回贾府元宵开夜宴时，宝玉要了一壶暖酒，自李婶、薛姨妈等长辈以迄姐妹们一一斟起，凤姐儿便笑着特别嘱咐道："宝玉，别喝冷酒，仔细手颤，明儿写不得字，**拉不得弓**。"

又第七十五回写贾敬死亡，贾珍必须居丧而不得游顽旷荡，又不得观优闻乐作遣，无聊之极，便生了个破闷之法：**日间以习射为由，请了各世家弟兄及诸富贵亲友来较射**，在天香楼下箭道内立了鹄子，约定每日早饭后来射鹄子。来的皆系**世袭公子**，人人家道丰富，且都在少年，正是斗鸡走狗、问柳评花的一干游荡纨袴，因此，大家议定，每日轮流作晚饭之主，实际上是偷梁换柱，行聚赌之实，"不到半月工夫，贾赦、贾政听见这般，不知就里，反说**这才是正理，文既误矣，武事当亦该习，况在武荫之属。两处遂也命贾环、贾琮、宝玉、贾兰等四人于饭后过来，跟着贾珍习射一回，方许回去**"；而贾母也特别问贾珍道："这两日你宝兄弟的箭如何了？"贾珍忙起身笑道："大长进了，不但样式好，而且弓也长了一个力气。"贾母道："这也够了，且别贪力，仔细努伤。"贾珍忙答应几个"是"。

此外，神武将军公子冯紫英脸上的青伤，"是前日打围，在铁网山教兔鹘捎一翅膀"所致（第二十六回），孙绍祖"体格健壮，弓马娴熟"（第七十九回），再加上脂砚斋提到八十回之后原有"卫若兰射圃文字"（第二十六回）、"若兰在射圃所佩之麒麟"（第三十一回），可见"文武兼习"是以军功创建家族、形成武荫的世袭子弟们的最高理想，骑马射箭之类的武事与诵诗读书的文术一样重要。这也反映出满人的重武风习,连带成为旗俗的一大特征。学者即指出,"满族的旗人教育中,还有一项特殊的内容,就是骑、射,无论是官学学生的课程,还是考试选拔录用,科举考试,乃至承袭世职世爵,都有这方面内容,这无非是为保持满族的勇武之风、八旗兵的战斗力及其武艺特长。"① 因此贾兰作为克绍箕裘的佳子弟,便自动自发地于念书之余演练骑射,而贾珍之类的不肖子孙也能以之作为幌子蒙骗家长,遂行娱乐之实,可见"骑射"的崇高地位。

由此,也应该注意到小说中极其特殊地提到了武神关羽,巧妙反映了旗人的信仰。历史学者指出:这位由英勇善战、忠君信友的大将军演化而来的神祇,对崇尚武功、笃守信义的满人来说,有着特殊的魅力,因此在旗人的民间信仰中占有重要地位,随着旗人足迹所到之处皆修庙崇祀,不但旗营中八个旗就有八座庙,关帝庙在各类寺观中也为数最多,成为清代的护国神,绝不对他指名道姓;② 王府在六月二十四日关圣帝君寿诞的这一天,还要祭以"少宰"。③ 正是在此一写实背景下,堪称匠心独运的是,在《红楼梦》这部充满了女性咏叹与诗词情韵的作品中,竟然就在少女雅集作诗的场合中,出现了与文艺全然无涉的关羽,在反映了清代旗人普遍而热中的信仰状况之余,更巧妙与诗学相关。此一借武以论文的情节即发生于第五十一回,因薛宝琴所作的《怀古十绝句》中,最后

---

① 参杜家骥:《八旗与清朝政治论稿》,页402。
② 参刘小萌:《清代北京旗人社会》,页80。
③ 见金寄水、周沙尘:《王府生活实录》,页126。

两首的《蒲东寺怀古》《梅花观怀古》出自才子佳人小说而有触犯禁忌之虞，引发了"史鉴无考"的争议。李纨加以仲裁时便说："比如那年上京的时节，单是关夫子的坟，倒见了三四处。关夫子一生事业，皆是有据的，如何又有许多的坟？自然是后来人敬爱他生前为人，只怕从这敬爱上穿凿出来，也是有的。及至看《广舆记》上，不止关夫子的坟多，自古来有些名望的人，坟就不少，无考的古迹更多。"以此对薛宝琴将蒲东寺、梅花观这两个虚构地点作为诗歌的创作题材加以合理化，而与全书中多处认为诗歌创作来自于虚构的主张相一致，① 可谓善用旗人风俗而巧妙为其诗学见解给予有力辩护，令人叫绝。

再者，旗俗中更值得注意的一点，是未出嫁的小姑尊于已嫁者的家族地位，由于这牵涉到整个家庭基本的生活细节，因而在《红楼梦》中反映得最多。据徐珂《清稗类钞·风俗》载："旗俗，家庭之间，礼节最繁重，而未字之小姑，其尊亚于姑，宴居会食，翁姑上坐，小姑侧坐，媳妇则侍立于旁，进盘匜、奉巾栉惟谨，如仆媪焉。……小姑之在家庭，虽其父母兄嫂，亦皆尊称之为姑奶奶。因此之故，而所谓姑奶奶者，颇得不规则之自由。"② 而小说中确实常常出现众姊妹坐在椅子上，嫁入贾府的凤姐、李纨、尤氏乃至王夫人却站于地下侍候的身影，显然存在着与汉人在辈分与身份上不

---

① 详参欧丽娟：《诗论红楼梦》（台北：里仁书局，2001），页 132—144。
② （清）徐珂：《清稗类钞》（北京：中华书局，2003），第 5 册，"旗俗重小姑"条，页 2212。

同的尊卑原则。诸如：

第三回写林黛玉初入荣国府，即安排一场展示饮食礼节的家宴，其中，先是写到仆婢们"见王夫人来了，方安设桌椅"，对此一容易被误会为尊敬的作法，脂批特别提醒道："不是待王夫人用膳，是恐使王夫人有失侍膳之理耳。"果然接下来所呈现的，就是两代三个媳妇侍膳的场景："贾珠之妻李氏捧饭，熙凤安箸，王夫人进羹。贾母正面榻上独坐，两边四张空椅，熙凤忙拉了黛玉在左边第一张椅上坐了，……贾母命王夫人坐了。迎春姊妹三个告了座方上来。迎春便坐右手第一，探春左第二，惜春右第二。……李、凤二人立于案旁布让。"

第十八回写元妃省亲，再度入园游幸时，"至正殿，谕免礼归座，大开筵宴。贾母等在下相陪，尤氏、李纨、凤姐等亲捧羹把盏"。

第三十五回到王夫人上房中，贾母与薛姨妈分宾主坐了，薛宝钗、史湘云坐在下面，而"王夫人李宫裁等都站在地下看着放菜"。

第三十八回众姝开诗社作菊花诗前，设在藕香榭亭中的螃蟹宴，是"上面一桌，贾母、薛姨妈、宝钗、黛玉、宝玉；东边一桌，史湘云、王夫人、迎、探、惜；西边靠门一桌，李纨和凤姐的，虚设坐位，二人皆不敢坐，只在贾母王夫人两桌上伺候"。

第四十回写刘姥姥逛大观园时，一行人到缀锦阁听戏吃酒的摆设中，上面二榻四几是贾母、薛姨妈，下面一椅两几是王夫人的，余者都是一椅一几，分别由刘姥姥、史湘云、宝钗、黛玉、迎春、探春、惜春、宝玉等人挨次坐下，至李纨、凤姐二人之几乃"设于三层槛内，二层纱橱之外"。

第五十三回尤氏上房中，正面炕上请贾母上去坐了，地下两面相对十二张雕漆椅上让宝琴等姊妹坐了，尤氏与蓉妻捧茶奉与贾母、邢夫人与众姊妹，而凤姐、李纨等只在地下侍候。

将这几段的座次描写统合比观，可见站着侍候的主要是凤姐与李纨二人，她们总是一体出现，若有座位也是共设于独立之一桌，且若非在西边靠门处，则在三层槛内、二层纱橱外，都位居疏远、边缘的离心地带，是为卑位之所在；当女眷活动移到宁府的场合时，则站着侍候者又加入了尤氏与蓉妻。至于王夫人，有时也会出现在地下站着的行列中，但因为毕竟高长一辈，大多数时候是可以坐下来的。以上这些地下站着的女主们，她们的共通身份都是嫁入贾府的外姓媳妇，凤姐、李纨、尤氏更是年轻一代的玉字辈妻子，这应该是反映了旗俗中三春、宝钗等未出嫁的小姑尊于李纨、凤姐等已嫁者的家族地位，属于婚姻制度上特殊的礼法原则。这也说明了何以王熙凤在向尤二姐诉说自己绝非嚣张跋扈之辈时，所谓："若我实有不好之处，上头三层公婆，中有无数姊妹妯娌，况贾府世代名家，岂容我到今日。"（第六十八回）这些能够挟制她的家族成员中，除了汉文化也相同的"上头三层公婆"之外，还包括"中有无数姊妹妯娌"，此句话透过旗俗来理解，更显道理。

另外，第二十一回写巧姐儿出痘时，凤姐与平儿随着王夫人日日供奉痘疹娘娘，也反映出旗人文化中对"娘娘神"的信仰，学者指出：尤其是在妇女中间，"娘娘神"居有重要地位，而"娘娘"其实是对一组女神的泛称，以其职司分为子孙娘娘、接生娘娘、送生娘娘（管女临盆顺利生产）、眼光娘娘（管保护人不生眼病）、痘疹娘娘（管治"天花"）……，其中"痘疹娘娘"地位最高，因为出痘是人生一大关，必须过此一关，生命才算有了几分把握。①还有，第五十三回写晴雯生病时，提到"这贾宅中的风俗秘法，无论上下，只一略有些伤风咳嗽，总以净饿为主，次则服药调养。故于前日一病时，净饿了两三日"。"净饿"固然在学理上是为了平衡日常珍馐佳肴所造成的身体负担，也有传统中医的理论可以依循，如第四十二回王太医对巧姐儿的医嘱，就是："我说姐儿又骂我了，只是要清清净净的饿两顿就好了。不必吃煎药，我送几丸药来，临睡时用姜汤研开，吃下去就是了。"不过，既然说是"风俗秘法"，就表示不完全是正统医学的治疗方式，而主要是家传的特殊疗方，即使其中也有合乎医理之处；再加上"从一些回忆录上看来，当小孩生病时，母亲就采用满族特有的习俗，给小孩饿几顿，但，这方法有时矫枉过正，反将小孩饿死了"②，则"净饿"此一"风俗秘法"，应该也带有满洲文化的影响。

最后，再提一个与用语有关的有趣例子，也就是在《红楼梦》以京语为主的写作中，所出现的"出去走走"这个类似满文的用法。

先看第六十三回中，宝玉对众人说："我**出去走走**，四儿舀水去，小燕一个跟我来罢。"走至外边，因见无人，便问五儿进来怡红院的事，说毕复走进来，故意洗手。从又要丫头舀水、又在回来

---

① 刘小萌：《清代北京旗人社会》，页80—82。
② 赖惠敏：《但问旗民：清代的法律与社会》（台北：五南图书出版股份有限公司，2007），页46。

后洗手，可知宝玉所谓的"出去走走"即是出恭之意。再参照第五十一回述及麝月要宝玉与晴雯"两个别睡，说着话儿，我**出去走走回来**"，在此时"出去站一站，把皮不冻破了"的冬夜三更，独自特地开了后门出去而不加明言的行径，目的恐怕并非为了欣赏大好月色，而应是解决内急的迫切需要。这两处情节中的"出去走走"或许并不只是一般要求文雅的含蓄用法，而恰恰正是满文中用来表示上厕所的语汇，《满和辞典》中提到：tule 一词指"外面"，genembi 是"行、去"之动作，合而为字面义"走去外面"的 tule genembi，就是用来表示出恭的片语。①从八旗制度下因长期的共同征战和生活所形成的满汉并存的旗人文化，而于生活习俗、语言使用以及心理状态等方面也大体相同的情况，推测曹雪芹历时百年的家族中应该是双语的生活环境，则"出去走走"这个词语如果是渗入笔端的汉译满文，也是很自然的现象。

（二）曹雪芹：生平与才性

曹雪芹的字号甚至正名，都还是一个仍有争论的问题，就甲戌本《石头记》第十三回的回末总批中，提到畸笏叟命"芹溪"删去天香楼一节，再加上敦敏和敦诚兄弟称以"雪芹""霑""芹圃"，而张宜泉《春柳堂诗稿》中也有赠怀"曹芹溪""曹雪芹""芹溪居士"

---

① 见〔日〕羽田亨编著：《满和辞典》（高雄：学海出版社，1998），页433，感谢李瑞竹同学提供此一资料。更感谢庄吉发教授提供满文版，第六十三回的相关翻译是"bi tucime genefi majige yabuki"，第五十一回的相关翻译是"bi tule tucifi jiki"，并确认虽然并非使用该片语，但意思相同。

的诗作，并在"芹溪居士"下注解"姓曹名霑，字梦阮，号芹溪居士，其人工诗善画"，这些记载应可以证明芹溪、芹圃、雪芹均为曹霑之字号，也就是《红楼梦》的作者。

曹雪芹之生卒年虽也尚未有定论，但据第一回脂砚斋批语所说："能解者方有辛酸之泪，哭成此书。壬午除夕，书未成，芹为泪尽而逝。"及敦诚等相关的挽诗材料，学界大约已将其生年定于康熙五十四年（1715）或五十五年，也有雍正二年（1724）一说；其卒年则是乾隆二十八年（1763）或前后一年，即壬午（1762）、癸未（1763）、甲申（1764）这连续三年中的一年，差异不大。

其中，以康熙五十四或五十五年为出生年较为合理。虽然其好友敦诚《挽曹雪芹甲申》所说的"四十年华付杳冥"，是以"四十"的约数概略而言，就古人的使用习惯，有可能是三十多与四十几这两种可能；但若加上张宜泉《伤芹溪居士》诗题下所注解的"年未五旬而卒"，则应以四十几岁为是。再考虑曹家在雍正五年（1727）底被抄家，倘若曹雪芹生于康熙五十四年（1715），此时曹雪芹正值十三岁，[①] 作为一个青少年，其心智成熟度远较三岁多的幼龄小孩高得多，已经拥有较充分的生活体验与较详实的记忆，也储备了较完备的各种文化教养，足以为其小说创作奠基；毕竟《红楼梦》是一部货真价实的贵族小说，其生活实况与内心世界若非该阶级出

---

① 关于曹雪芹的生年，英译者霍克思（David Hawkes, 1923—2009）认同史景迁（Jonathan D. Spence）的康熙五十四年乙未说，见 Preface, David Hawkes, *The Story of the Stone*, I (London: Penguin Group, 1973), p. 22。

身且身经目睹者实难以想象。则如此算来，曹雪芹一生仅得年四十多岁。

就像文学史中包括陆机、刘琨、杜甫、李后主等等许多的诗人一样，其生平可以依家国剧变而分为前后两期。于雍正五年十三岁抄家前，曹雪芹完完全全称得上是"贵公子"，享有春花秋月、云烟绵连的高雅繁华；而突如其来的抄家正宣告了"秋风吹飞藿，零落从此始。繁华有憔悴，堂上生荆杞"（阮籍《咏怀诗》）的急遽变化，在此一分水岭之后，便从"已往所赖天恩祖德，锦衣纨袴之时，饫甘餍肥之日"，骤然落入"茅椽蓬牖，瓦灶绳床"的窘困之境（第一回）。可以说，曹雪芹除了少年期以前早岁的富贵繁华之外，自成长后的大半人生其实都是处于清贫状态中，过着"满径蓬蒿老不华，举家食粥酒常赊"（敦诚《赠曹雪芹》）的窘困生活，晚年移居西山黄叶村（位于香山正白旗村，即今天北京植物园内），开始"不如著书黄叶村"（敦诚《寄怀曹雪芹霑》）的写作，并饱受幼子殇逝而悲哀成疾的痛苦，因而这一后段的大半人生便被故交好友敦诚称为"坎坷以终"（《四松堂集·鹪鹩庵笔麈》）。

在身心的双重磨折之下，曹雪芹被敦敏、敦诚兄弟形容为"嶙峋更见此支离"（敦敏《题芹圃画石》）、"四十萧然太瘦生"（敦诚《挽曹雪芹》，后改为"四十年华付杳冥"），正是一幅饱受沧桑的形貌。至于较晚的裕瑞《枣窗闲笔》中说曹雪芹"身胖头广而色黑"，则属于后出的讹传，短短时间之内即发生谬以千里的误差，可见曹雪芹的籍籍无名与神秘难踪，仅在少数的亲友圈中活动，关系较远的就以讹传讹了。

可以说，他一出生从婴幼年开始，便在"公侯富贵之家"中熏陶涵养了种种思想感受与禀性惯习，构成了人格内涵与世界观的基本要素；在失去了富贵的条件之后就成为他所定义的"诗书清贫之族"，虽然物质清贫，但精神上仍拥有"诗书"的正统素养，属于不折不扣的上层文化精英，因此才有充分的知识条件从事各种文艺创作。而我们必须指出，在他各种字号中的"梦阮"，并不能简单地视为反封建礼教之意，而应该从魏晋文士"唯显逸气而无所成，无所成而无用，是为天地之弃才"①的情态来理解，其横恣激越之"逸气"固然展现出冲决罗网的奔放快意，但其所根源、所包挟的"弃才"之痛，作为人生存在价值的终极否定，实为其生命中深植固结、椎心透骨的悲剧核心。因而在曹雪芹"坎坷以终"的后段大半人生中，"唯显逸气"乃成其唯一的自遣之道，故"狂于阮步兵"，而这其实又与抄家所带来的家世陵夷密不可分。

试看其密友的描绘中，多次以此一巨变的前后落差为着墨，不断出现"秦淮繁华／燕市悲歌"的对比，所谓：

· 秦淮旧梦人犹在，燕市悲歌酒易醺。（敦敏《芹圃曹君霑别来已一载余矣，偶过明君琳养石轩，隔院闻高谈声，疑是曹君，急就相访，惊喜意外，因呼酒话旧事，感成长句》）
· 燕市哭歌悲遇合，秦淮风月忆繁华。（敦敏《赠芹圃》）
· 扬州旧梦久已觉雪芹曾随其先祖寅织造之任，且着临邛犊鼻裈。（敦

---

① 见牟宗三：《才性与玄理》（台北：学生书局，1974），页70。

诚《寄怀曹雪芹霑》）①

尤其敦诚特别以"雪芹曾随其先祖寅织造之任"为"扬州旧梦"加注，明确指出其"燕市悲歌"的狂放是与家世陵夷分不开的，这正是"旧梦久已觉"却"旧梦人犹在"的曹雪芹之所以"狂于阮步兵"的主要核心。作为改朝换代、家世陵夷之下"无所成而无用"的"天地之弃才"，也就恰恰与曹雪芹以"补天石被弃"为贾宝玉塑像定调，全然出于同一机轴。

就在"燕市悲歌酒易醺""燕市哭歌悲遇合"的悲恸狂放中，"无所用"的曹雪芹便纵情于诗文画酒的艺术世界，于友人之间以"能诗""善画""嗜酒"闻名，如张宜泉《题芹溪居士》诗前小注曾云："姓曹名霑，字梦阮，号芹溪居士，其人工诗善画。"诗中则说："门外山川供绘画，堂前花鸟入吟讴。"又于《伤芹溪居士》诗题下注曰："其人素性放达，好饮，又善诗画，年未五旬而卒。"敦敏也曾赋有《题芹圃画石》诗，并在《赠芹圃》中称其"卖画钱来付酒家"，可见诗、画、酒构成了其才性表现的主要特点。

而其"工诗"与"嗜酒"又往往与刘伶、阮籍之辈的狂放好酒相提并论。例如：

· 君诗曾未等闲吟，破刹今游寄兴深。（张宜泉《和曹雪芹西郊信步憩废寺原韵》）

---

① 一粟编：《红楼梦资料汇编》，卷1，页1、6—7。

- 爱将笔墨逞风流，庐结西郊别样幽。门外山川供绘画，堂前花鸟入吟讴。（张宜泉《题芹溪居士》）
- 诗才忆曹植，酒盏愧陈遵。（敦敏《小诗代简寄曹雪芹》）①

从这些引文中，我们首先得到了曹雪芹好诗、工诗并且慎重其诗的概略印象；再观敦敏之兄，即与曹雪芹私交甚笃、往来款密的宗室诗人敦诚（1734—1791），对曹雪芹之诗歌造诣所作的形容，似乎更提供了值得玩味的线索：

- 爱君诗笔有奇气，直追昌谷破篱樊。（《寄怀曹雪芹霑》）
- 曹子大笑称快哉！击石作歌声琅琅。知君诗胆昔如铁，堪与刀颖交寒光。（《佩刀质酒歌》）
- 牛鬼遗文悲李贺，鹿车荷锸葬刘伶。（《挽曹雪芹》二首之一）
- 开箧犹存冰雪文，故交零落散如云。……邺下才人应有恨，山阳残笛不堪闻。（《挽曹雪芹》二首之二）
- 诗追李昌谷松堂，谓曹芹圃，……狂于阮步兵亦谓芹圃。（《荇庄过草堂命酒联句，即检案头闻笛集为题，是集乃余追念故人录辑其遗笔而作也》）②

我们发现：在敦诚的诗学判断里，曹雪芹的诗歌风格或创作旨趣，

---

① 一粟编：《红楼梦资料汇编》，卷1，页7—8。
② 一粟编：《红楼梦资料汇编》，卷1，页1—3。

毋宁是更接近于中唐诗人李贺，试观其中一再宣称"直追昌谷破篱樊""诗追李昌谷"的说法，乃至曹雪芹死后，依然以"牛鬼遗文悲李贺"为哀挽之词，益发可以印证此点。可惜的是，现今所见曹雪芹本人之诗作仅存不成篇章的一联断句，端赖其友人敦诚的纪录始得以幸存，见于敦诚《四松堂集·鹪鹩庵笔麈》所记载：

> 余昔为《白香山琵琶行》传奇一折，诸君题跋，不下几十家。曹雪芹诗末云："白傅诗灵应喜甚，定教蛮素鬼排场"，亦新奇可诵。曹平生为诗大类如此，竟坎坷以终。余挽诗有"牛鬼遗文悲李贺，鹿车荷锸葬刘伶"之句，亦驴鸣吊之意也。①

此段引文中所载昔日题跋之事，约发生于乾隆二十七年（1762），而"白傅诗灵应喜甚，定教蛮素鬼排场"这一联诗也确实颇有李贺的诗鬼风格，这便是曹雪芹在至亲密友心目中最主要的才能与形象。值得注意的是，小说《红楼梦》并不在其中。

就此必须特别说明的是，就曹雪芹之同侪友辈全都是以"工诗"为其才能表现的定位与推崇之所在，丝毫未曾涉及小说创作，可见书写期长达十年的《红楼梦》本身在当时并未受到重视，则他之所以呕心沥血地书写小说，应不存在以小说建立功业的可能。这当然与传统文人视小说为小道、小技，无益于经国济民的价值观有关，而与传统中文化正统观对小说一门的贬低是一致的，"小"之一字

---

① 一粟编：《红楼梦资料汇编》，卷1，页6。

即寓含小道、小技、不登大雅、非关经世用志之意，远不如诗歌尚且可以"言志"的价值位序。可以说，构成魏晋时高门世族之基本教养的"重文艺""有经籍文史学业之修养"中，完全不包括"小说创作"在内，且此一文类价值的判定至清犹然，致使当代大儒钱大昕以"小说设教"猛烈抨击小说的流行毒害①，即连小说家本身也都自惭其事，因此当约略与曹雪芹同时、也出身于名门望族的吴敬梓写出了《儒林外史》时，友人程晋芳还作诗感叹道：

　　吾为斯人悲，竟以稗说传。②

而另一位清代旗人小说家《儿女英雄传》的作者文康，则怀咎自忏云：

　　人不幸而无学铸经，无福修史，退而从事于稗史，亦云陋矣！③

---

① 钱大昕《正俗》云："小说专导人从恶，奸邪淫盗之事，儒、释、道书所不忍斥言者，彼必尽相穷形，津津乐道。以杀人为好汉，以渔色为风流，丧心病狂，无所忌惮。子弟之逸居无教者多矣，又有此等书以诱之，曷怪其近乎禽兽乎！"（清）钱大昕：《潜研堂文集》，收入《嘉定钱大昕全集》第 9 册（南京：江苏古籍出版社，1997），卷 17，页 272。

② 见李汉秋编：《儒林外史研究资料》（上海：上海古籍出版社，1984），页 9。

③ （清）观鉴我斋：《儿女英雄传·序》，见丁锡根编著：《中国历代小说序跋集》（北京：人民文学出版社，1996），下册，页 1590。

在在都呼应了传统文人以"经籍文史学业"为终极价值的人生判准。同样地,写出中国最伟大的小说《红楼梦》的曹雪芹,却始终以"今风尘碌碌,一事无成""今日一技无成、半生潦倒之罪"来自我谴责,全不以"小说创作"为其才志功业之所在,诸家心态实乃出乎一辙,而与现代高度重视小说的文学价值,并给予市场利益回馈的状况大为不同。

　　换言之,曹雪芹虽然是一个 raconteur,也就是讲古论今的故事能手,但在中国古典文化的认知结构和价值体系下,为他留下千古声名的《红楼梦》,却完全不被亲友们视为他的事业成就,故并未涉及也一无赞扬。若从另一个角度来设想,他之所以呕心沥血地书写小说,是否带有现实谋利的可能,一如其他才子佳人小说的作者般,将书稿交给书商出版谋利营生?这个问题的答案也是否定的,曹雪芹绝不是贩卖贵族秘辛的轻薄射利之辈,小说在他生前一直都只在由少数亲友所构成的小众圈子里传阅,否则也毋须"卖画钱来付酒家"了。可以说,《红楼梦》的书写既不是为了谋求外界的价值肯定与利益回馈,完全缺乏创作上的现实动机,便完全是受一种非写不可的强大力量所促发,也就是在内心中特定的情感需要下,被"回忆的意念"(will to remember)所驱使而触及历历往事的"追忆"之作,"追忆"便构成了这部小说的宗旨。从他"哭成此书。壬午除夕,书未成,芹为泪尽而逝",呕心沥血直到生命的最后一刻,可见对所叙写之人事物的由衷挚爱与彻骨悲恸,因此含着泪水缅怀伤悼至死未休。从追忆文学的本质而言,《红楼梦》不折不扣正是一部悼念贵族生活的作品,这一点,请参本书第三章的说明。

三、清代贵族世家的阶级反映

由于曹雪芹的内务府世家出身背景与《红楼梦》中贾府的世袭国公地位,都属于与皇族密切相关的贵宦之家,小说中对此等阶级的许多特征,从爵位、官制、经济、生活运作各方面都有如实的反映。因此,下面的说明都采取文史互参的方式(陈寅恪先生的唐诗研究即是如此),让作者与作品的阶级特点更能突显,当然,小说毕竟有其虚构成分,并非一家一事的实录,但只要就该阶级之各家各事的共通处,采其可以互相补充的特殊部分作为参照,也就是考察文献性质的"实证"而非"本事还原"的"实录",则"文史互参"仍是让作者与作品的阶级特点更能突显的方式。

(一)世袭爵位

曹家与贾府都属于所谓的"府邸世家",对此,金启孮提出了说明:"简言之,'府',就是'王府''公府';'邸',俗称'王侯府第'曰'邸';府邸就是大小王公府第的统称。'世家',就是有世职、有功勋的大族之家。所述范围包括满、蒙、汉、朝鲜、达斡尔、锡伯等族在内的八旗府邸世家。"[①] 以曹雪芹的家世而言,在前文中已经看到曹家入旗的时间很长,到曹雪芹出生时,至少已有百余年的历史,并形成与皇帝十分亲近的内务府世家;而其"从龙入关"的家族史也如实投射在小说中的贾家上,第五回中,宁荣二公

---

① 金启孮:《府邸世家的满族》,收入《金启孮谈北京的满族》,页175。

之灵对警幻仙子的嘱托中有云：

> **吾家自国朝定鼎以来，功名奕世，富贵传流，虽历百年，**奈运终数尽，不可挽回者。

这段话有两个重点值得注意，一是将"家族肇兴"与"国朝定鼎（建国、开国）"相提并论，家族与国族同步并行而一并历时百年，恰恰正对应于清初满人入主中原（1644）到乾隆前期曹雪芹在世时的时空条件。其次是，这样的家族富贵势必与战争及其所建立的军功有关。这一点，小说中也清楚交代过，如《红楼梦》第七回记述尤氏叹道：

> 你难道不知这焦大的？连老爷都不理他的，你珍大哥哥也不理他。只因他从小儿跟着太爷们出过三四回兵，从死人堆里把太爷背了出来，得了命；自己挨着饿，却偷了东西来给主子吃；两日没得水，得了半碗水给主子喝，他自己喝马溺。不过仗着这些功劳情分，有祖宗时都另眼相待，如今谁肯难为他去。

而焦大也恃功而骄，赶着贾蓉喊叫：

> 不是焦大一个人，你们就做官儿享荣华受富贵？**你祖宗九死一生挣下这家业**，到如今了，不报我的恩，反和我充起主子来了。

宁荣二公正是以九死一生的出兵打仗而挣得世职爵位，第十四回提到的"一等宁国公"，便是功臣外戚世爵中最高的一等公。再参照第六十三回亦云"究竟贾府二宅皆有**先人当年所获之囚赐为奴隶**，只不过令其饲养马匹，皆不堪大用"，也完全符合当年二公征战的背景，因此成为军功的报偿之一。

另外，从小说中贾府只称"府"的现象，也是当时政治规范的精确反映。孙广安指出："在帝制时代对住所的称呼是不能随便乱叫的。《大清会典·工部》记载：'凡亲王、郡王、世子、贝勒、贝子、镇国公、辅国公的住所，均称为府。'其中'亲王、郡王称王府。'王府不仅品级高，而且建筑规模大，王府中的正房称为殿，殿顶覆盖绿琉璃瓦，殿中设有屏风和宝座，外表看上去很像一个缩小的宫廷。'府'比起王府来规模就小多了，府不仅不能用琉璃瓦覆盖屋顶，而且正房也不能称殿，当然屏风和宝座就更不能设置了。除此之外，在房屋间数、油饰彩画、台基高低、门钉多少，王府和府也都有规定，不能逾制。至于那些不是凤子龙孙的达官显贵，尽管有封爵或有尚书、大学士、军机大臣的头衔，**他们的住所也不能称'府'，只能称'宅'，称'第'**。清代有些权贵的宅第虽不能称'府'，但其规模并不亚于'府'。如：乾隆时的权臣和珅的私宅就是后来恭亲王府的前身。**在产权上，'府'和'王府'都是皇产，统归内务府管理，一旦撤掉了爵位，就要相应地撤府，产权收归内务府**，以备将来再分他人。'宅第'一般都是私产，由住房人建造或购置。"①

---

① 引自金寄水、周沙尘：《王府生活实录》，页7—8。

这段话的意思，可以表列如下，以便清楚掌握：

皇产（内务府）		私产
府（王府）	府	宅、第
亲王、郡王	世子、贝勒、贝子、镇国公、辅国公	达官显贵（尽管有封爵或有尚书、大学士、军机大臣的头衔）
	凤子龙孙	

而贾家并非爱新觉罗的凤子龙孙，故第十四回写到北静王水溶"近闻宁国公冢孙妇告殂，因想当日彼此祖父相与之情，同难同荣，未以异姓相视，因此不以王位自居"，可见与爱新觉罗为异姓，属于异姓功臣，但仍以近乎镇国公、辅国公的"国公"身份而居宅称"府"，小说中从未以"王府"称之，乃是非"亲王、郡王"等级而谨守分寸之故。只有第四回在门子提到贾雨村的补授金陵应天府"亦系贾府王府之力"，其中所谓的"王府"应是指贾、史、王、薛四大家中的"王氏之府"，如第六回刘姥姥为家中艰难，谋求与女婿家联过宗的王家出手相助，就建议道："如今王府虽升了边任，只怕这二姑太太还认得咱们，你何不去走动走动，或者他念旧，有些好处，也未可知。"又第十六回谈起皇帝南巡之盛事，王熙凤声称："我们王府也预备过一次。"这两处情节中所说的"王府"都是指"王氏之府"，仍然合乎其身份等级。因此，第四回所谓的"亦系贾府王府之力"，应该也是此意，否则便有笼统之嫌了。

至于小说中,所写到的比贾、史、王、薛四大家等级更高的王府,就包括郡王、亲王在内,有以下数家:

第十一回贾敬寿辰时,南安郡王、东平郡王、西宁郡王、北静郡王四家王爷,并镇国公牛府等六家、忠靖侯史府等八家,都差人持了名帖送寿礼来。

第十四回秦可卿丧礼时,出殡路旁彩棚高搭,设席张筵,和音奏乐,俱是各家路祭:第一座是东平王府祭棚,第二座是南安郡王祭棚,第三座是西宁郡王祭棚,第四座是北静郡王祭棚。原来这四王,当日惟北静王功高,及今子孙犹袭王爵。现今北静王水溶年未弱冠,生得形容秀美,情性谦和。近闻宁国公冢孙妇告殂,因想当日彼此祖父相与之情,同难同荣,如今又设路奠,命麾下各官在此伺候。自己五更入朝,公事一毕,便换了素服,坐大轿鸣锣张伞而来,至棚前落轿。手下各官两旁拥侍,军民人众不得往还。贾珍获报后,急命前面驻扎,同贾赦、贾政三人连忙迎来,以国礼相见。水溶在轿内欠身含笑答礼,仍以世交称呼接待,并不妄自尊大,而贾政都以忙陪笑、忙躬身答应之举动应对之。

除南安、东平、西宁、北静四家郡王外,第三十三回还有一"忠顺亲王府",贾政对其差派前来的长史官忙陪笑起身,并谦称:"大人既奉王命而来,不知有何见谕,望大人宣明,学生好遵谕承办。"这是比起郡王更高一等的亲王,故威势更甚。

从上面三段情节,在在可见贾府并非"亲王、郡王"等级,这也就是为什么以贾府之赫赫扬扬,小说中还出现两度提到他们自称并非富贵之极致者,一是第五十四回贾母破陈腐旧套时,笑道:"何尝他知道那仕宦读书家的道理！别说他那书上那些仕宦书礼大家，如今眼下真的，**拿我们这中等人家说起，也没有这样的事**，别说是那些大家子。可知是诌掉了下巴的话。"二是第七十四回王熙凤建议裁革丫鬟名额，王夫人叹道："**我虽没受过大荣华富贵，比你们是强的。如今我宁可省些，别委屈了他们。以后要省俭先从我来倒使的。**"就此而言，贾母所说的"我们这中等人家"与王夫人自称的"没受过大荣华富贵"，都不是谦虚之词，而是谨守身份等级的如实反映，与贾府只称"府"而不称"王府"是一致的。

如按照《大清会典事例》所定，宗室爵位封赐的方式分为：功封、恩封、袭封、考封等四种，各有详细规定。[①] 而并非凤子龙孙的贾家，属于所谓的"八旗世爵"，其所获爵位的方式与继承条件，乃是"功封"这一种；至于"袭封"这一种，在小说中也可以看到。

1. 功封

功封宗室王公，大多数是在清初之际。当清顺治帝入关以后，爵位授与是依据王公攻城略地的战功，世职是透过军功获得，在明清战役中皇族个个骁勇善战，大多获得王公爵位，依照《清太宗实录》卷九记录皇太极所定的"钦定功臣袭职例"，将士临阵率先攻克城池功大者，世袭罔替。[②] 而除皇族宗室之外，对旗人异姓功臣、

[①] 赖惠敏：《天潢贵胄——清皇族的阶层结构与经济生活》（台北："中央"研究院近代史研究所，2009），页58。

[②] 赖惠敏：《天潢贵胄——清皇族的阶层结构与经济生活》，页160；《清代的皇权与世家》（北京：北京大学出版社，2010），页190。

贵戚也封以世爵，即所谓"八旗世爵"，分为公、侯、伯、子（精奇尼哈番）、男（阿思哈尼哈番）、轻车都尉（阿达哈哈番）、骑都尉（拜他喇布喇哈番）、云骑尉（拖沙喇哈番）、恩骑尉九等。其中公、侯、伯为"超品"，位在正一品以上，各分为三等。子爵为正一品，男爵为正二品，轻车都尉为正三品，也分为一二三等。骑都尉为正四品，云骑尉为正五品，恩骑尉为正六品，不分等。清初规定：开创勋臣不论阶次，均世袭罔替，① 后改为降袭至恩骑尉而止。②

就上述所言，首先我们可以注意到，宁荣二公正是出于九死一生的出兵征战而挣得世职爵位，以异姓功臣受封成为所谓"八旗世爵"，而且是九等爵位中最高的"公"，属于位在正一品以上的"超品"。第十四回提到"一等宁国公"，正是功臣外戚世爵中最高的一等公，是为这一世爵的反映。

2. 袭封

在上述的功封中，战功最为显赫、入关功劳最大的皇族宗室，在赐封以后可以隔代不降爵，这叫"世袭罔替"，共有以礼亲王为首的八大家亲王，包括六家亲王府和两家郡王府，后世称为八大家铁帽子王，都赐有大型府第。③ 其中，第一代多罗克勤郡王的重孙

---

① （清）昭梿撰，何英芳点校：《啸亭杂录》，卷10，页329。
② 刘小萌：《清代北京旗人社会》，页21—22。
③ 金寄水、周沙尘：《王府生活实录》，页10。

纳尔苏封平郡王，即是曹雪芹的姑父，因康熙指配曹寅的长女为纳尔苏的嫡福晋，后来纳尔苏治罪削爵，其子福彭封平郡王，即曹雪芹的表兄，他们交往甚笃①，种种闻见都扩充了曹雪芹的视野，糅合在小说里塑造出独树一帜的贵族世界。而这"世袭罔替"的八家，也反映在《红楼梦》中，第十四回所说的"这四王，当日惟北静王功高，及今子孙犹袭王爵"，正是"世袭罔替"之投射。

而"世袭罔替"的王公勋爵极为少数，清朝一般的世袭爵位都是降一等承袭，由"亲王──→郡王──→世子──→贝勒──→贝子──→国公"一路递降。② 在这个规例之下，"国公"等级的贾家也不例外。

第三回记述林如海对贾雨村道："若论舍亲，与尊兄犹系同谱，乃荣公之孙：**大内兄现袭一等将军，名赦，字恩侯。**"则"一等荣国公"世袭三代到了贾赦，已是"一等将军"了。再加上第十三回写宁府贾蓉的履历道："江南江宁府江宁县监生贾蓉，年二十岁。曾祖，原任京营节度使**世袭一等神威将军贾代化**；祖，乙卯科进士贾敬；父，**世袭三品爵威烈将军贾珍。**"可知宁府的世袭乃是："一等宁国公"贾演──→"一等神威将军"贾代化──→"三品爵威烈将军"贾珍，也可以见出随代降等的轨迹。甚且并不只是贾府而已，与宁荣二公并称"八公"的其他六家，也反映了类似的状况，第十四回透过秦可卿的丧礼过程描写得很详细：

---

① 金寄水、周沙尘：《王府生活实录》，页14。
② 同上。

第二章 清代贵族世家的回眸与定格

官客送殡的,有**镇**国公牛清之孙**现袭一等伯牛继宗**,**理国公柳彪之孙现袭一等子柳芳,齐国公陈翼之孙世袭三品威镇将军陈瑞文,治国公马魁之孙**世袭三品威远将军马尚,**修国公侯晓明之孙**世袭一等子侯孝康;**缮国公**诰命亡故,故其孙石光珠守孝不曾来得。这六家与宁荣二家,当日所称"八公"的便是。余者更有南安郡王之孙、西宁郡王之孙、忠靖侯史鼎、平原侯之孙世袭二等男蒋子宁、定城侯之孙世袭二等男兼京营游击谢鲸、襄阳侯之孙世袭二等男戚建辉、景田侯之孙五城兵马司裘良。余者锦乡伯公子韩奇,神武将军公子冯紫英、陈也俊、卫若兰等诸王孙公子,不可枚数。

兹将没有提到的缮国公之外,前来送殡的其他五公的爵位变化表列如下,以醒眉目:

　　1. 镇国公牛清彪──➤孙现袭"一等伯"牛继宗

　　2. 理国公柳彪──➤孙现袭"一等子"柳芳

　　3. 齐国公陈翼──➤孙世袭"三品威镇将军"陈瑞文

　　4. 治国公马魁──➤孙世袭"三品威远将军"马尚

　　5. 修国公侯晓明──➤孙世袭"一等子"侯孝康

对照贾家的三代变化:

　　6. 宁国公贾演──➤孙世袭"三品爵威烈将军"贾珍(代贾敬)

　　7. 荣国公贾源──➤孙世袭"一等将军"贾赦

很一致地呈现出世袭爵位随代降等的轨迹,而所谓"八公"之称呼,也是八旗"八分体制"①的概念反映。由此可以思考到另一个问题,也就是秦可卿之所以要在死前托梦王熙凤,面授"于荣时筹画下将来衰时的世业"的"永保无虞"之道,其原因恐怕不仅是众所周知的日后抄家而已,也应该还包含这个重要因素在内。再参照第七十四回王熙凤建议趁机裁革丫鬟名额,王夫人叹道:

> 你说的何尝不是,但从公细想,你这几个姊妹也甚可怜了。也不用远比,只说如今**你林妹妹的母亲,未出阁时,是何等的娇生惯养,是何等的金尊玉贵,那才像个千金小姐的体统。**如今这几个姊妹,不过比人家的丫头略强些罢了。通共每人只有两三个丫头像个人样,余者纵有四五个小丫头子,竟是庙里的小鬼。如今还要裁革了去,不但于我心不忍,只怕老太太未必就依。虽然艰难,难不至此。**我虽没受过大荣华富贵,比你们是强的**。如今我宁可省些,别委屈了他们。以后要省俭先从我来倒使的。

这段话清楚表明,贾敏那何等的"娇生惯养""金尊玉贵",表现出比下一代春字辈金钗更高等级的"千金小姐的体统",而与她同辈的王夫人虽说"没受过大荣华富贵",那却是与上一代的贾母

---

① 郭成康认为,"八分,是一个享有特权的概念",张晋藩、郭成康:《清入关前国家法律制度史》(沈阳:辽宁人民出版社,1988),页166。另可参杜家骥:《八旗与清朝政治论稿》,页65—69。当然,《红楼梦》中的"八公"完全不等于清史中的"八分公",只是反映"八分制"之下"八"这个数字的特权概念而已。

比较而言的，较诸王熙凤这一辈仍然"比你们是强的"，很一致地呈现出每况愈下的局面，应该也是随代降等承袭所造成的。

至于与贾府"连络有亲，一损皆损，一荣皆荣，扶持遮饰，俱有照应"(第四回)，合称金陵四大家族的薛家，依照薛宝钗对邢岫烟所说的："这些妆饰原出于大官富贵之家的小姐，你看我从头至脚可有这些富丽闲妆？然七八年之先，我也是这样来的，**如今一时比不得一时了，所以我都自己该省的就省了**。……咱们如今比不得他们了，总要一色从实守分为主，不比他们才是。"(第五十七回)以及她对王夫人所劝告的："据我看，园里这一项费用也竟可以免的，**说不得当日的话**。姨娘深知我家的，**难道我们当日也是这样冷落不成**。"(第七十八回)可见也是在没落的下趋状态，诚然是"一损皆损"的共构关系。再参照第二回交代林黛玉的家世背景，也出现类似的轨迹，其父亲"林如海姓林名海，表字如海，乃是前科的探花，今已升至兰台寺大夫。……原来这林如海之祖，曾袭过列侯，今到如海，业经五世。**起初时，只封袭三世**，因当今隆恩盛德，远迈前代，额外加恩，至如海之父，又袭了一代；**至如海，便从科第出身**"，清楚说明了世袭仅仅数代即告终绝，必须转由科举之路才能延续家业，保有世家的规模，这正是降等承袭制度的绝佳体现。①

---

① 其中例外的是，只有史家一直都是保龄侯，第四回写其最初头衔是"**保龄侯尚书令史公之后**"，至第四十九回仍为"**保龄侯史鼐又迁委了外省大员，不日要带了家眷去上任**"，附志备考。

如此一来，即使贾府未来没有受到抄家之厄，但随代降等承袭后的家族收入仍有着天壤之别，最终成为所谓的"世袭穷官"后，甚至难以度日。从这个角度而言，便可以非常合理地解释了贾府何以到书中所聚焦描写的宝玉一代，会处于冷子兴所说的"其日用排场费用，又不能将就省俭，如今外面的架子虽未甚倒，内囊却也尽上来了"（第二回）的境地，主要的原因便是随代降等袭爵所造成的代间落差与财务缺口。

连黛玉都观察到："咱们家里也太花费了。我虽不管事，心里每常闲了，替你们一算计，出的多进的少，如今若不省俭，必致后手不接。"（第六十二回）这段话有如翻版般地出现在王熙凤的话语中，而其指涉更具体、更明确：

> 家里出去的多，进来的少，凡百大小事仍是照着老祖宗手里的规矩，**却一年进的产业又不及先时**。多省俭了，外人又笑话，老太太、太太也受委屈，家下人也抱怨刻薄；**若不趁早儿料理省俭之计，再几年就都赔尽了**。（第五十五回）

可见"日用排场费用"之所以会造成问题，必须靠省俭来因应，真正的原因并不是一般所谓的奢靡，因为这在前两三代并不成为家计问题；关键在于到了宝玉这一代时，其收支比例严重地不足以支应其奢靡——"日用排场费用"的开销仍比照贾母时期，但这时"一年进的产业又不及先时"，才导致"出的多进的少"的财务缺口。换言之，"出的多"是因为延续贾母的等级规模，"进的少"则来自于随代降等袭爵后的收入缩减，以致入不敷出的窘迫；然而若是将省俭的措施雷厉风行，以达到收支平衡，贾母、王夫人等受过大荣华富贵的长辈便要受委屈，也非子孙的孝养之道，这便是贾府所面临的道德上的难题，也是王熙凤理家的为难所在。

从这个角度来说，贾府的庞大支出并不完全都是因为道德出了问题，吊诡的是，其中反倒有一个原因是为了崇高的道德要求，也就是对孝道的坚持，才使得入不敷出的窘境更难以改变。如此一来，"末世"就不是对贵族的抨击，而也包含对贵族的怜惜，末世并不是全然的灰暗，却依然绽放出另一种光辉，展现的是末世的悲壮，这岂不令人对真相乃至真理的复杂更加敬畏？

财务问题既是贾府、也因此是整部小说的重心之一，直接牵动了故事情节的发展与人物性格的刻画，乃至家族与个体的命运走向，是了解《红楼梦》至关紧要的基础，下一项即就公侯世袭之家的经济来源加以说明。

（二）经济财务

先从皇族的范畴来看，历史学者指出，"一般说来，清代的王公和闲散宗室的收入有天壤之别。王公的经济来源包括俸饷、地租和商业活动等；闲散宗室只领俸饷一项，其收入与兵丁无异"。①

然而，"除了八位铁帽王是世袭罔替外，其余亲王子孙一律递

---

① 赖惠敏：《天潢贵胄——清皇族的阶层结构与经济生活》，页303。

降承爵，最后变成闲散宗室的身份。自……贵为王公将军者约占百分之六；闲散宗室约为百分之九十四左右。王公和闲散宗室的俸饷收入差距相当大，举例来说王公有俸饷和兼差机会之外，在二十一个爵位等第中，辅国公以上的王公才能分到官庄，其余不入八分公以下只有俸禄的收入。而闲散宗室和四品宗室的收入与八旗的披甲士兵一样，朝廷且禁止他们从事工商业的活动。所以闲散宗室维生之道主要是政府所给的钱两，或者祖宗遗产收取地租。"[1] 而贾氏属于非亲王子孙的功臣世爵，更是必须递降承爵，这就说明了何以秦可卿死前所授的"永保无虞"之道，主要就是"趁今日富贵，将祖茔附近多置田庄房舍地亩"，这固然可以在有罪时不入官，即使无罪也可以让下几代的闲散子孙藉此"祖宗遗产收取地租"，确属万全之计。

追溯贾家在宁荣二公奠定基业时，乃是因攻城略地的战功而获得"八旗世爵"，因此分到不少官庄，这就是二府主要的经济来源。清代皇室的庄田（即满语的tokso，拖克索）统归内务府会计司管理，来自"顺治入关以后，大量圈占北京附近的土地，作为八旗王公和兵丁田地，称为旗地。清代皇族所分得的旗地称为官庄，是按照爵位高低来领取，而**爵位授与是依据王公攻城略地的战功。在明清战役中皇族个个骁勇善战，大多获得王公爵位，故领赏的土地数量颇为可观**"[2]。一说赐予八旗宗室王公的庄田为王庄，计有

---

[1] 赖惠敏：《天潢贵胄——清皇族的阶层结构与经济生活》，页266—267。
[2] 赖惠敏：《天潢贵胄——清皇族的阶层结构与经济生活》，页160。

一万三千余顷,半庄和园八百二十三所①,从顺治元年(1644)开始圈地设庄,到康熙中,在畿辅、奉天、热河等处,共设皇庄(园)一千余所②,星罗棋布于京畿各处。③这个历史现象也清楚地反映于《红楼梦》中。

第五十三回写庄头乌进孝送租,因为"今年雪大,外头都是四五尺深的雪,前日忽然一暖一化,路上竟难走得很,耽搁了几日。虽走了一个月零两日,因日子有限了,怕爷心焦,可不赶着来了",可见是来自北京附近的旗地;接着是一大段巨细靡遗的说明:

> 只见小厮手里拿着个禀帖,并一篇帐目,回说:"黑山村的乌庄头来了。"……贾蓉接过禀帖和帐目,忙展开捧着,贾珍倒背着两手,向贾蓉手内只看红禀帖上写着:"**门下庄头乌进孝**叩请爷、奶奶万福金安,并公子小姐金安。新春大喜大福,荣贵平安,加官进禄,万事如意。"贾珍笑道:"庄家人有些意思。"贾蓉也忙笑说:"别看文法,只取个吉利罢了。"一面忙展开单子看时,只见上面写着:"大鹿三十只,獐子五十只,狍子五十只,暹猪二十个,汤猪二十个,龙猪二十个,野猪二十个,家腊猪二十个,野羊二十个,青羊二十个,家汤羊

---

① (清)伊桑阿等:《大清会典》,康熙二十九年(1690)内府刻本,卷21,页10下—21上;鄂尔泰等:《八旗通志初集》(长春:东北师范大学出版社,1985),卷19,页337—338。

② 参(清)昭梿撰,何英芳点校:《啸亭杂录》,卷8,页226。

③ 刘小萌:《清代北京旗人社会》,页25。

二十个，家风羊二十个，鲟鳇鱼二个，各色杂鱼二百斤，活鸡、鸭、鹅各二百只，风鸡、鸭、鹅二百只，野鸡、兔子各二百对，熊掌二十对，鹿筋二十斤，海参五十斤，鹿舌五十条，牛舌五十条，蛏干二十斤，榛、松、桃、杏穰各二口袋，大对虾五十对，干虾二百斤，银霜炭上等选用一千斤，中等二千斤，柴炭三万斤，御田胭脂米二石，碧糯五十斛，白糯五十斛，粉粳五十斛，杂色梁谷各五十斛，下用常米一千石，各色干菜一车，外卖梁谷、牲口各项之银共折银二千五百两。外门下孝敬哥儿姐儿顽意：活鹿两对，活白兔四对，黑兔四对，活锦鸡两对，西洋鸭两对。"贾珍便命带进他来。一时，只见乌进孝进来，只在院内磕头请安。……贾珍道："我说呢，怎么今儿才来。我才看那单子上，今年你这老货又来打擂台来了。"乌进孝忙进前了两步，回道："回爷说，今年年成实在不好。从三月下雨起，接接连连直到八月，竟没有一连晴过五日。九月里一场碗大的雹子，方近一千三百里地，连人带房并牲口粮食，打伤了上千上万的，所以才这样。小的并不敢说谎。"贾珍皱眉道："我算定了你至少也有五千两银子来，这够作什么的！**如今你们一共只剩了八九个庄子**，今年倒有两处报了旱涝，你们又打擂台，真真是又教别过年了。"乌进孝道："爷的这地方还算好呢！我兄弟离我那里只一百多里，谁知竟大差了。**他现管着那府里八处庄地，比爷这边多着几倍**，今年也只这些东西，不过多二三千两银子，也是有饥荒打呢。"贾珍道："正是呢，我这边都可，已没有什么外项大事，不过是一年的费用费些。我受些委屈就省些。再者年例送人请人,我把脸皮厚些,可省些也就完了。比不得那府里,这几年添了许多花钱的事,一定不可免是要花的,却又不添些银子产业。这一二年倒赔了许多,**不和你们要,找谁去!**"

从这一段资料来看,可以整理出几个重点:

1. 就朝廷拨付的岁俸这一项,功臣外戚世爵中最高的一等公岁俸银七百两,米三百五十石,①可见贾府的经济来源主要是赐予八旗宗室王公的庄田,称官庄或王庄。宁国府有八九个庄子,荣国府有八处庄地,而荣国府占地多了几倍,分别由庄头乌进孝及其兄弟管领,每年向宁荣两府所缴交的地租约五千两、七八千两。地租收成会因天候天灾而变动,直接影响王府的经济基础。这是因为皇族中有爵位和官位者的收入,其俸禄与地租所占的比例至为悬殊,以奉恩辅国公毓照为例,"估计他的庄园地租、俸禄、随爵差甲、蓝甲等项收入,发现地租所得占70%;俸禄只有3.59%"。②因此,说贾府的经济是靠贾政一人之薪俸支撑,是完全不合历史与文本的共同事实。

2. 这些庄田必须缴交各式各样的农牧产品,确如学者所言,"官庄依生产性质,分为粮庄、银庄、豆秸庄、稻庄、各种瓜菜果园。畿辅粮庄每庄领地十八顷,纳粮三百六十仓石。还要交纳大

---

① 刘小萌:《清代北京旗人社会》,页22。
② 赖惠敏:《天潢贵胄——清皇族的阶层结构与经济生活》,页275。

量的猪、鸡、鸭、鹅、蛋等,并将定额租折交杂粮,皇庄承担的杂泛差派也非常繁重"①,前面一大段引文中,就是这批物产的详细帐单。

3. 这些庄田由庄头经营,身份世袭,役使庄丁耕作,也都归内务府所辖。这些庄头"有的是清初带地投充的汉人,也有的是从兵丁中拨充的,不列于内佐领与内管领之内。他们受皇室的超经济剥削,对于皇室有很强的人身依附关系,其身份应该属于农奴",被严格束缚在庄园内;但必须注意的是,"他们可以考试仕进,女子也像其他正身旗人之女一样要参加阅选,甚至宗室中与庄头、庄丁结为姻亲的也不乏其人,他们在旗内的地位,又不可与旗下家奴同日而语"②。

正因庄头与庄丁的身份是世袭的,因此贾珍才会对乌进孝说道:"你儿子也大了,该叫他走走也罢了。"而乌进孝也笑道:"不瞒爷说,小的们走惯了,不来也闷得慌。他们可不是都愿意来见见天子脚下的世面?他们到底年轻,怕路上有闪失,再过几年就可放心了。"除了宁国府与荣国府的庄地是分别由乌进孝及其兄弟管领,《红楼梦》中出现的庄头还有张华父、祖至少两代,第六十四回贾琏所偷娶的尤二姐,乃是尤氏的异母异父姐妹,贾蓉道:"我二姨儿三姨儿都不是我老爷养的,原是我老娘带了来的。听见说,我老娘在那一家时,就把我二姨儿许给皇粮庄头张家,指腹为婚。"又

---

① 刘小萌:《清代北京旗人社会》,页25。
② 定宜庄:《满族的妇女生活与婚姻制度研究》,页238。

提及:"张华之祖,原当皇粮庄头,后来死去。至张华父亲时,仍充此役",由此可见,庄头确实是世袭的,而且得以与足可和贾家联姻的尤氏姐妹指腹为婚,确实不能以农奴小看之。

除了庄田的物产地租之外,贾府的主要收入还包括"房租地税"。试看第七十二回贾琏向鸳鸯道:"这两日因老太太的千秋,所有的几千两银子都使了。几处**房租地税**通在九月才得,这会子竟接不上。"这和第五十三回冬末由庄头送来的项目有所不同,至少"九月才得"便有着时间差距,似乎两者并非同一笔。而要有房租就得先有房产,除了南京老宅之外,《红楼梦》中提到过四次与取租有关的房地产:

一次是第十三回秦可卿死前托梦王熙凤,建言家族"永保无虞"之道即包括"趁今日富贵,将祖茔附近多置田庄、房舍、地亩,以备祭祀供给之费皆出自此处";另一次是第四十五回王熙凤核算李纨的收入,也包括"又给你园子地,各人取租子";还有第五十六回探春的整顿大观园可以每年省下四百两银子,这笔金额照宝钗的说法,是"一年四百,二年八百两,取租的房子也能看得了几间,薄地也可添几亩";再加上前引第七十二回贾琏向鸳鸯所说:"这两日因老太太的千秋,所有的几千两银子都使了。几处房租地税通在九月才得,这会子竟接不上。"可见这笔租金收入也是贾府的主要经济来源之一,其数额似乎也达数千两之多,才能填补贾母生日所耗尽的空缺。印证于乾隆皇帝整肃新疆贪官污吏的首要对象叶尔羌大臣高朴,彼时查抄家产时,高朴在京城的家产清单中,就包括:住房一所计一百一十三间、取租房五十间、坐落涿州等处地四千二百零八亩、家人男妇大小八十名①，可知"取租房"确实是达官贵人的财源之一，贾府也不例外。

其中，必须特别说明的是，秦可卿建议于祖茔附近购置的田庄、房舍、地亩，称作"祭田"，其用途主要是支应与祭祀有关的花费，宗室富勋提及："坟茔留有余地，令坟丁耕种，按季交租，作为祭品供物用费。"②其次，还用来修理坟茔、建造家祠等③，这也正是第十三回秦可卿所言："目今祖茔虽四时祭祀，只是无一定的钱粮；第二，家塾虽立，无一定的供给。依我想来，如今盛时固不缺祭祀供给，但将来败落之时，此二项有何出处？莫若依我定见，趁今日富贵，将祖茔附近多置田庄房舍地亩，以备祭祀供给之费皆出自此处，将家塾亦设于此。合同族中长幼，大家定了则例，日后按房掌管这一年的地亩、钱粮、祭祀、供给之事。如此周流，又无争竞，亦不有典卖诸弊。"显然这笔租金属于特定用途，虽不属于一般的家用范围，然而从家产的整体收支来看，至少其自给自足就毋须公库填补，若再以其有余补不足，更可以发挥开源节流的功能，尤其是抄家时也不入官，自属值得大量投资的永恒产业。

当然，身为朝廷所重的王公贵族，从宗室贵族中地位最高的和硕亲王，以下世子、多罗郡王、长子、多罗贝勒、固山贝子、镇国公、辅国公、镇国将军、辅国将军到最低一级的奉恩将军等，都有

---

① 赖惠敏：《清代的皇权与世家》，页241。

② 《宗人府堂稿来文》（北京：中国第一历史档案馆藏），第534包，光绪五年(1879)。

③ 赖惠敏：《天潢贵胄——清皇族的阶层结构与经济生活》，页142。

朝廷拨付的岁俸，依爵位递减，"其余闲散宗室及龄（十六岁）以后，都有钱粮和赏银。功臣外戚世爵中最高的一等公，岁俸银七百两，米三百五十石，以下递减至云骑尉，岁支银八十两，米四十石。八旗官七员中最高的都统，岁俸银一百八十两，米九十石，最低的骁骑校岁俸银六十两，米三十石"①。就贾府的庞大开销而言，一等公所领的岁俸银七百两、米三百五十石只能算是小宗，无法和其他来自庄田和房租地税的收入相比，但对闲散宗室来说，政府所给的钱两却是主要的维生之道。

另外还有"赏银"，虽非王公贵族的重要收入，却也是世袭穷官过年的主要依靠。《红楼梦》第五十三回也写到这一项：贾府于过年前夕，由贾蓉至朝廷礼部或光禄寺领春祭的恩赏，即朝廷于年节时例赏给封荫的官吏供祭祖用的银两②，贾珍对其妻尤氏提及："咱们家虽不等这几两银子使，多少是皇上天恩。早关了来，给那边老太太见过，置了祖宗的供，上领皇上的恩，下则是托祖宗的福。咱们那怕用一万银子供祖宗，到底不如这个又体面，又是沾恩锡福的。除咱们这样一二家之外，那些世袭穷官儿家，若不仗着这银子，拿什么上供过年？真正皇恩浩大，想的周到。"由此可见，"世袭"并非富贵的永恒保障，其子孙仍然会穷到连过年也撑不下去，成为所谓的"世袭穷官儿家"，这和我们的常识大相径庭的现象，自也必须从清代贵族随代递降承爵的特殊制度才能理解。

---

① 刘小萌：《清代北京旗人社会》页 22。
② 参冯其庸等：《红楼梦校注》（台北：里仁书局，1995），页 833。

最后，应该说明的是，宁荣二府虽然是以宁府的长房贾珍为族长，但和清代皇族一样，在"阖族公产"①之称下，"其实都只是财产共有，并未同居共爨。而就档案所见，宗室同产的家族又分两种情况，一种是同居异爨或称同房异爨；另一种为别居异爨，但是产权共有"。而皇族的同居异爨又可以分为两种形式，"第一种是由家中一人主事，按月给月费若干。……第二种形式为同居各门分取地租，即家族协议分析之后，将各项财产逐一开列，各房收取股份若干"，其中以同产而别居异爨的数量较多。②据此而言，《红楼梦》中的宁府、荣府也是属于这个类型，两府各有出入门户，都是三间兽头大门（见第三回），府间还有一小巷界断不通（见第十六回），可知是"同居异爨"甚或"别居异爨"的。因此两府人员提到对方时，都是称"那府里"，如第六十三回宁府丫环对贾蓉的淫滥推骂道："知道的说是顽，不知道的人，再遇见那脏心烂肺的爱多管闲事嚼舌头的人，吵嚷的那府里谁不知道，谁不背地里嚼舌说咱们这边乱账。"贾蓉则笑道："各门另户，谁管谁的事？"而当第七十一回尤氏发现大观园的班房放空城，要找溜班的人责付时，藐视东府奶奶的婆子竟恼羞成怒道："各家门，另家户，你有本事，排场你们那边人去。我们这边，你还早些呢！"这都清楚呈现宁荣二府是属于数量比较多的"同产而别居异爨"一类。

---

① 《宗人府堂稿来文》（北京：中国第一历史档案馆藏），第540包，同治十一年（1872）十二月。据族长宝琦所称，皇族称其土地种类为自置之产、阖族公产、公中祭产三种。

② 赖惠敏：《天潢贵胄——清皇族的阶层结构与经济生活》，页147—148。

由此，也可以看出大家族的分合关系存在着多层次面向，比一般家庭复杂得多，这都不是以小门小户的简单人口所能真切体会的。

(三) 诗书礼法

由于地位崇高、人口众多、关系复杂，"礼法"本就是维持家族秩序不可或缺的仪则，因此处处表现出"大家规范""大族规矩""大家风范""大人家规矩礼法"。《红楼梦》第五十六回中，有关甄、贾宝玉之待人谦和有礼、彬彬合宜的一段描述，最称典型：

> 贾母笑道："我们这会子也打发人去见了你们宝玉，若拉他的手，他也自然勉强忍耐一时。可知你我这样人家的孩子们，凭他们有什么刁钻古怪的毛病儿，见了外人，必是要还出正经礼数来的。若他不还正经礼数，也断不容他刁钻去了。就是大人溺爱的，是他一则生的得人意，二则见人礼数竟比大人行出来的不错，使人见了可爱可怜，背地里所以才纵他一点子。若一味他只管没里没外，不与大人争光，凭他生的怎样，也是该打死的。"（甄府）四人听了，都笑说："老太太这话正是。虽然我们宝玉淘气古怪，有时见了人客，**规矩礼数更比大人有礼**。所以无人见了不爱，只说为什么还打他。"

而"规矩礼数"的涵盖面遍及生活中的各种待人接物上，以其中最重要的一点来看，确如金寄水所说，王府长幼尊卑有序，十分严格,在礼节与称谓上有着神圣不可更异的种种规矩,以长幼之间的礼节而言,"晚辈在长辈面前绝不可随意坐下。当长辈发话让坐下的时候,就不能再站着。坐还有坐的规矩,……只能侧着身子,坐在椅边或椅角上,脚腿要承受身体的一部分重量,以表示对长辈的谦恭。对长辈的意见或吩咐绝不可辩驳,更不能拒绝。"①

这种对长辈的绝对尊敬服从,小说中处处可见,此处单就坐的规矩来说:第七十五回写中秋夜时,贾珍夫妻于晚间过荣国府来,只见贾政、贾赦都在贾母房内坐着说闲话取笑,"贾琏、宝玉、贾环、贾兰皆在地下侍立",贾珍一一见过后,"贾母命坐,贾珍方在近门小杌子上告了坐,警身侧坐",这正是金寄水所言的绝佳注脚。而除长幼之间的尊卑之外,同辈手足之间又以年龄较长者为尊,因此第二十三回记述道:"贾政在王夫人房中商议事情,……宝玉只得挨门进去。原来贾政和王夫人都在里间呢,赵姨娘打起帘子,宝玉躬身进去,只见贾政和王夫人对面坐在炕上说话,地下一溜椅子,迎春、探春、惜春、贾环四个人都坐在那里。一见他进来,惟有探春和惜春、贾环站了起来。"被称为二姐姐的迎春照坐不动,年龄稍轻的探春、惜春、贾环三个人则起立以示礼敬,符合第二十回所述"他家规矩,凡作兄弟的,都怕哥哥"之说,是为长幼有序。

有趣的是,所谓的"长幼有序"到了主仆关系上,便有了奇特的变化,也就是主不一定尊,仆不一定卑,在"时间"所带来的人

---

① 金寄水、周沙尘:《王府生活实录》,页213—214。

情因素下，有时还会适得其反。如金寄水说："'循规蹈矩'是王府生活中的核心，上上下下不得违背，对小孩子格外严厉。如稍逾越，便立即受到'这是什么样子！还有规矩没有'的厉声呵斥。这种言词不仅限于长辈对待晚辈，而且像那些'有头有脸'的老妈妈们，同样可以用来教训她们的小主人。"小王爷若是不遵教引劝导而被教引太监在"里头"奏上一本，轻者挨说，重者挨打，毫无自主能力。① 因此金启孮特别说："对府中的主仆关系，不能全用阶级斗争理论来解释。尤其是少年主人，经常在仆人的管辖之下，不得自由。"②

金寄水所说的"教引太监"，似乎并非男性小主人所独有，对照《红楼梦》第三回所言："贾母见雪雁甚小，一团孩气，王嬷嬷又极老，料黛玉皆不遂心省力的，便将自己身边的一个二等丫头，名唤鹦哥者与了黛玉。外亦如迎春等例，每人除自幼乳母外，另有四个教引嬷嬷。"这里的"教引嬷嬷"应如"教引太监"，负责管教指引女性小主人的礼仪规矩，与担任照顾保护的乳母分工合作，可知大家闺秀与世家公子的家庭教养都十分严格。也因此，包括"有头有脸"的老妈妈在内的资深高级仆人，都可以担任管束规训年轻主人的工作。小说中对此反映的也不少，只举几个例子来看，如第十五回宁府送殡过程中，"凤姐儿因记挂着宝玉，**怕他在郊外纵性逞强，不服家人的话**，贾政管不着这些小事，惟恐有个失闪，难见

---

① 金寄水、周沙尘：《王府生活实录》，页190、页117。
② 金启孮：《府邸世家的满族》，收入《金启孮谈北京的满族》，页210。

贾母，因此便命小厮来唤他"，宝玉只得来到他的车前，下了马爬入凤姐车上，二人说笑前进。这里所谓的"家人"，即家中仆人，可见连贾宝玉都得听服"家人"的话。

而平日家人的教管情形，小说中有两处详尽的描写：第五十二回宝玉骑马出门，李贵和王荣笼着嚼环，钱启、周瑞二人在前引导，张若锦、赵亦华在两边紧贴宝玉后身。宝玉在马上笑道："周哥、钱哥，咱们打这角门走罢，省得到了老爷的书房门口又下来。"周瑞侧身笑道："老爷不在家，书房天天锁着的，爷可以不用下来罢了。"宝玉笑道："虽锁着，也要下来的。"钱启、李贵等都笑道："爷说的是。便托懒不下来，倘或遇见赖大爷、林二爷，虽不好说爷，也劝两句。有的不是，都派在我们身上，**又说我们不教爷礼了**。"可见这些随身侍候宝玉的仆人，其实肩负着随时教导小主人礼仪的任务，不能失职。又第六十三回描写掌灯时分，林之孝家的和几个管事的女人走来怡红院查上夜的人，趁便对宝玉施加训诲，先是叮咛说："还没睡？如今天长夜短了，该早些睡，明儿起的方早。不然到了明日起迟了，人笑话说不是个读书上学的公子了，倒像那起挑脚汉了。"其次又挑出用语失礼的毛病，笑道："这些时我听见二爷嘴里都换了字眼，赶着这几位大姑娘们竟叫起名字来。虽然在这屋里，到底是老太太、太太的人，还该嘴里尊重些才是。若一时半刻偶然叫一声使得，若只管顺口叫起来，怕以后兄弟侄儿照样，便惹人笑话，说这家子的人眼里没有长辈。"不但宝玉得解释合理原因，以求宽释，袭人晴雯也都赶忙为他开解："这可别委屈了他。直到如今，他可'姐姐'没离了口，不过顽的时候叫一声半声名字，若当着人却是和先一样",终让林之孝家的听了笑道:"这才好呢,这才是读书知礼的。越自己谦越尊重,别说是三五代的陈人,现从老太太、太太屋里拨过来的,便是老太太、太太屋里的猫儿狗儿,轻易也伤他不的。这才是受过调教的公子行事。"可见宝玉虽身为贾母的心头宠儿,却仍必须时时服从"家人"的管教。

至于迎春对奶娘的态度最具代表性,当其乳母担任大头家开局聚赌之事发,遭贾母震怒重罚后,邢夫人与迎春之间有如下之对话:

> 邢夫人因说道:"你这么大了,你那奶妈子行此事,你也不说说他。……"迎春低着头弄衣带,半晌答道:"我说他两次,他不听也无法。况且**他是妈妈,只有他说我的,没有我说他的**。"邢夫人道:"胡说!你不好了他原该说,如今他犯了法,你就该拿出小姐的身份来。他敢不从,你就回我去才是。"(第七十三回)

显然乳母作为资深的高级仆妇,又有乳养之功,所具备的是可尊可卑的身份双重性,以及与年轻主子之间既权威又服从的关系矛盾性,但迎春却只选择性地片面采取"只有他说我的,没有我说他的"的服从性,以致饱受欺凌,形成了一般人家所难以理解的特殊版本。

然而,礼法必须靠精神力量来维系,不少历史学家的六朝研究都提出这一点。前引陈寅恪先生所说,已知魏晋南北朝的所谓士族，主要条件就是累代官宦和经学礼法传家，而在家族门第之得以成立及维持不坠方面，儒学及其实践之礼法特征实更为根本，使之具有不同于凡庶的独特的优美门风。他指出："所谓士族者，**其初并不专用其先代之高官厚禄为其唯一之表征，而实以家学及礼法等标异于其他诸姓。**"已可见"家学"之不亚于"礼法"的重要性，甚至应该说，"家学"即诗书学养更为重要。谷川道雄便提醒道，学问是贵族得以存在的依据，而实际上人格的培养又在于学问，①就"人格"培养而言，学问之所以涵养、充灌、提升精神力量，可谓孕育优良子弟以维系世家于不坠的关键因素，此所以凡大族人家皆极为注重诗书教育，而有"书香世家"之称，皇室王府亦莫不如此。

以皇室来看，赵翼（1727—1814）曾于军机处任职，在其所著的《檐曝杂记》中写到："本朝家法之严，即皇子读书一事，已迥绝千古。余内直时，届早班之期，率以五鼓入，时部院百官未有至者，惟内府苏喇数人往来。黑暗中残睡未醒，时复倚柱假寐，然已隐隐望见有白纱灯一点入隆宗门，则皇子进书房也。吾辈穷措大专恃读书为衣食者，尚不能早起，而天家金玉之体乃日日如是。既入书房，作诗文，每日皆有程课，未刻毕，则又有满洲师傅教国书、习国语及骑射等事，薄暮始休。然则文学安得不深？武事安得不娴熟？宜乎皇子孙不惟诗文书画无一不擅其妙，而上下千古成败理乱已了然于胸中。"金寄水也说："王府子弟的幼年时期学习是很艰苦

---

① 详参〔日〕谷川道雄著，马彪译：《中国中世社会与共同体》，页95—100。

的。每天一到钟点,必须始终在砖炕上正襟危坐,开始听讲,朗诵课文、背诵课文,以及读诗作诗、读文作文,写蝇头小楷,并临碑帖……除了大便小便之外,不到放学时间,想缓一口气的时间也没有。"①

　　同样地,综观《红楼梦》中所聚焦而不断出现的贾、史、王、薛、李、林等重要人物,其出身都是诗书与富贵相结合的书香世家,诸如:贾府为"诗书旧族"(第十三回)、"世代诗书"(第十八回)、"代代读书"(第十九回)的"诗礼簪缨之族"(第一回)与"钟鸣鼎食之家,翰墨诗书之族"(第二回),林如海"之祖曾袭过列侯,今到如海,业经五世,……虽系钟鼎之家,却亦是书香之族"(第二回)、"世代书宦之家"(第五十七回),薛家则"本是书香继世之家"(第四回)、"也算是个读书人家,祖父手里也极爱藏书"(第四十二回),李纨系"金陵名宦之女,……族中男女无有不诵诗读书者"(第四回),王熙凤亦属"诗书大宦名门之家"(第四十五回),这和一般靠读书以求功名而争取向上流动之士庶人家是很不相同的。根本上,读书可谓是这类世家子弟的必要教养,贾宝玉之以读书为苦,只是一般小孩心性的反应,并不能直接等同于反对科举制度;而他的性灵派作风,其实也不是读书的最高境界,因此,第七十五回写到中秋节贾府开夜宴时,因击鼓传花恰好到了贾环手中,便也索纸笔来立成一绝与贾政,贾政看了亦觉罕异,对此脂砚斋批云:

---

① 金寄水、周沙尘:《王府生活实录》,页31。

> 偏立（写）贾政戏谑，已是异文，而贾环作诗，贾（实）
> 奇中又奇之奇文也，总在人意料之外。竟有人曰，贾环如何又
> 有好诗，似前言不搭后文矣。盖不可向说问，贾环亦荣公子正
> 脉，虽少年顽劣，见（乃）今故（古）小儿之常情年（耳），
> 读书岂无长进之理哉。况贾政之教是弟子目（自）己，大觉跌
> （疎）忽矣。若是贾环连一平仄也不知，岂荣府是寻常膏梁（梁）
> 不知诗书之家哉。然后之（知）宝玉之一种情思，正非有益子
> （之）总（聪）明，不得谓比诸人皆妙者也。

这段话有两个重点，一是荣国府绝非一般富家，因此特别重视诗书教育，连贾环这等不肖子弟也必须具有基本学养，符合"世代诗书""钟鸣鼎食之家，翰墨诗书之族"的称号；二是宝玉最厌读书的"一种情思"，其实是来自于"非有益之聪明"，因此"不得谓比诸人皆妙"，这种正统观也恰恰反映在性灵诗歌所受到的批评上。

而对礼法学问的讲究，所形成的便是谦和宽柔、敦厚退让的家风，属于西方学术上所谓的"贵族道德责任感"（sense of noblesse oblige）。钱穆先生就以几段史籍记载说明此理，如六朝王谢大族的王羲之《与谢万书》中说：

> 顷东游还，修植桑果，今盛敷荣。率诸子，抱弱孙，游观
> 其间。有一味之甘，割而分之，以娱目前。虽植德无殊邈，犹
> **欲教养子孙以敦厚退让，戒以轻薄。庶令举策数马，仿佛万石
> 之风。**

此虽王羲之的一人之言，然敦厚退让、万石家风，实是当时门第共同所想望，《南史·王志传》也记载自王僧虔以来，"门风多宽恕，志尤惇厚，兄弟子侄，皆笃实谦和，……盖惟此乃是保家持禄之要道。不仅此一代人奉此为家教，即唐代门第，下至宋明清诸代，凡有家训家数，几无不采此一路。则所谓魏晋风流，其所感被，实决不即止于魏晋。"① 正是出于同一阶级特性，《红楼梦》中大家出身的优秀子弟，其最佳境界也是谦和有礼、温厚正派，如北静王水溶具备超胜于国公的王爵之尊，乃是"年未弱冠，生得形容秀美，情性谦和，……并不妄自尊大"（第十四回），而贾政亦是"为人谦恭厚道，大有祖父遗风，非膏粱轻薄仕宦之流"（第三回），故皆为维系家族的继承人。

相对地，到了末世局面的子孙不肖，第一个征兆便是教育沦丧、不肯读书，自然也丧失敦厚退让的万石家风。如第二回借冷子兴演说荣国府，提到"如今敬老爹一概不管。这珍爷那里肯读书，只一味高乐不了，把宁国府竟翻了过来，也没有人敢来管他。……这位琏爷身上现捐的是个同知，也是不肯读书，于世路上好机变，言谈去的"，这些恰恰都是促使贾家败灭的纨袴子弟。薛蟠亦复如是，第四回说薛蟠"五岁上就性情奢侈，言语傲慢。虽也上过学，不过略识几字，终日惟有斗鸡走马，游山玩水而已"，果然薛家产业也就是在他的手上葬送殆尽。

---

① 钱穆：《略论魏晋南北朝学术文化与当时门第之关系》，《中国学术思想史论丛（三）》，页173。

而应该注意的是，即使是若干以脱俗著称的性灵之辈，仍然免不了"不读书"所致的亏负庭训之责，因此小说中不但说"柳湘莲原是世家子弟，读书不成，父母早丧，素性爽侠，不拘细事，酷好耍枪舞剑，赌博吃酒，以至眠花卧柳，吹笛弹筝，无所不为"（第四十七回），而宝玉也是"长了这么大，独他没有上过正经学堂。我们家从祖宗直到二爷，谁不是寒窗十载，偏他不喜读书"（第六十六回），他们虽因独特的先天禀赋而未曾落入邪佞淫滥之辈，甚至展现出审美性灵的生命风姿，但确实也承担不了家族传承乃至复兴的使命，由此仍然跻身于"不肖子孙"之列而痛自罪咎。从《红楼梦》开卷第一回的自序可知，作者本身深怀"今风尘碌碌，一事无成，……**背父兄教育之恩，负师友规谈之德**，以至今日一技无成、半生潦倒之罪"的愧疚，痛自忏悔也自甘隐沦，"父兄教育"显然构成其衡量人生意义与人格价值的判准，并直接投射到贾宝玉的人物塑造上。而何谓"父兄教育"？显然正是抄家前"公侯富贵之家"的特殊门风庭训，而这都必须以正统的诗书礼法来加以把握。

（四）生活运作

除了由世袭爵位到经济财务都反映了清代贵族世家的特点外，《红楼梦》在生活运作的许多细节上也留下府邸的特殊痕迹，前述尊卑长幼之间礼节上的种种规矩最是其中之大宗，而应给予更多的补充说明，并兼叙其他独特的生活特色。

首先，就府邸的建筑规模而言，金寄水指出，"十二家王府建置都是按照一定的形制规划修造的，……这种建筑多采用'大式'

做法，应用高质量的建筑材料和雕砖、雕木、彩画、刻石等精细工程。……王府的建造形制，中路一律相同，……如下：亲王府门五间，郡王府门三间，又称宫门（均系坐北朝南），……府门东西各有角门一间，均叫阿司门，供人们出入。府门外有石狮、灯柱、拴马桩和輆禾木（古人称行马）等设施"①。

参照小说第三回的"街北蹲着两个大石狮子，三间兽头大门"，佐以第五十三回《宁国府除夕祭宗祠》所描写的："已到了腊月二十九日了，各色齐备，两府中都换了门神、联对、挂牌，新油了桃符，焕然一新。宁国府从大门、仪门、大厅、暖阁、内厅、内三门、内仪门并内塞门，直到正堂，一路正门大开""一时来至荣府，也是大门正厅，直开到底"，这正反映了所谓的中路。特别应该注意的是"府门东西各有角门一间，供人们出入"几句，这是因为"王府的府门是终年不开的，人来人往都走角门。但是，一到王府主要成员结婚那天，府门必须大开，只有知其王府礼制者，能看出府中是在办喜事。但是，宾客车辆依旧出入角门。"②这就是为什么第三回描述黛玉的车驾是"又往西行，不多远，照样也是三间大门，方是荣国府了。却不进正门，只进了西边角门"。如果了解这是王府的礼制使然，就不会把这一现象误解是黛玉受到贾府欺负，而得出谬以千里的推论了。

其次，金寄水指出：如王爷死了，私下叫做"殡天"，只不敢

---

① 金寄水、周沙尘：《王府生活实录》，页8—9。

② 金寄水、周沙尘：《王府生活实录》，页163。

上加"龙驭"二字罢了，对外则称"薨逝"。①对照第六十三回描写道：忽见东府中几个人慌慌张张跑来，说："老爷宾天了。"急报贾敬因修练神仙之术而烧胀致死。"宾天"正显示其阶级身份。同样地，王府和私家宅园等大型多院住宅常附有花园，花园一般建造在住宅的后面和侧面，中间有墙门和住宅相通②，这也反映于宁府的会芳园位在西侧后方的设计。特别的是，"王府的花园也有建在郊区的，但如引水进园，需经皇上特赏。醇王府花园中的恩波亭就是特许后建筑的"③，则小说第十六回中写宁国府的"会芳园本是从北拐角墙下引来一股活水"，这一情况也并非泛泛之笔，其引水入园实正体现了宁国府所享有的特权，始能获皇帝恩赏。

最重要的是，构成此等贵族世家的精神核心者，乃是源自儒家思想的礼法伦理观，以及规范身份的宗法制度。在攸关各种权力／权利的身份判定上，嫡庶的区分可以说是至关紧要。金寄水特别指出，"什么是嫡与庶，在王府有着明确的区分：由明媒正娶用花轿抬来的是'嫡'，由婢作妾或未经媒妁作证，未坐花轿进门的都是'庶'。"④嫡与庶不但在地位与待遇上高下悬殊，连家族之间的亲属关系也截然不同，在传统宗法社会中的法律观念下，"妾在家庭中以夫为家长，以妻为女主，她不是家长的家庭中亲属的一员，她与家长的亲属根本不发生关系，与他们之间没有亲属的称谓，也没

---

① 金寄水、周沙尘：《王府生活实录》，页177。
② 金寄水、周沙尘：《王府生活实录》，页19—20。
③ 金寄水、周沙尘：《王府生活实录》，页20。
④ 金寄水、周沙尘：《王府生活实录》，页177。

有亲属的服制;她自己的亲属与家长的亲属之间更不发生姻亲的关系。"① 在清代王府中更是如此,犹如溥杰《醇王府内的生活》所指出:"我的祖母固然是我们的亲生祖母,不过,她的娘家人,则仍然是王府的'奴才',我们当'主人'的是不能和'奴才'分庭抗礼的。"②

这一点也如实反映在《红楼梦》中,第五十五回探春初任理家之职时,便遇到生母赵姨娘之弟赵国基的死亡,因对赵姨娘要求探春徇私多给丧葬费的逾越之举给予拒绝,气得赵姨娘对亲生女儿探春问道:"谁叫你拉扯别人去了?你不当家我也不来问你。你如今现说一是一,说二是二。如今你舅舅死了,你多给了二三十两银子,难道太太就不依你?……明儿等出了阁,我还想你额外照看赵家呢。如今没有长羽毛,就忘了根本,只拣高枝儿飞去了!"探春没听完,已气得脸白气噎,抽抽咽咽地一面哭,一面问道:"谁是我舅舅?我舅舅年下才升了九省检点,那里又跑出一个舅舅来?我倒素习按理尊敬,越发敬出这些亲戚来了。既这么说,环儿出去为什么赵国基又站起来,又跟他上学?为什么不拿出舅舅的款来?"

如果了解王府的嫡庶之别,就会明白赵国基的身份仍是奴才,所以对亲侄儿贾环仍是卑躬屈膝服侍主子的下人姿态,并不是探春姐弟的"舅舅";他们的舅舅是嫡母王夫人的兄弟王子腾,探春所反驳的"谁是我舅舅?我舅舅年下才升了九省检点,那里又跑出一

---

① 李楯:《性与法》(郑州:河南人民出版社,1993),页64。
② 引自金寄水、周沙尘:《王府生活实录》,页217。

个舅舅来？"正是依据宗法制度而"按理"的"理"。探春的理家既然是代表王夫人行使职权，依贾家的立场以奴才身份处理赵国基的丧葬分例，完全是合法合理的表现。而她之所以发出撇清之谈，让不少人以无情加以苛责，实则是迫于无奈之下的自我捍卫，因为赵姨娘的要求是基于赵氏血缘本位的自私贪心，一旦顺应其情，探春不仅在法理上无法服众，接下来的理家势必窒碍难行，连她自己都不免落入徇私舞弊、沆瀣一气的营私谋利，绝非君子所能容忍。是故探春以宗法制度来杜绝这个非分的要求，其实是迫于无奈之下的悲哀之举，却完全合法合理，并不能解释为对王夫人的趋炎附势。可见正确把握贵族世家的思想观念与运作形态，是何等重要，由此才不会对人物情节的是非曲直发生误判。

除了"循规蹈矩"，"繁文缛节"也是贵族世家的根本特征。金寄水提到王府生活，晨起的例行仪式是："二遍汽笛响后，内眷们对镜梳妆。梳妆不在梳妆台前，而是盘腿坐在前沿炕上，对着旧式镜奁，由仆妇伺候着先洗脸后梳头。"[①] 对照第五十五回探春受辱于赵姨娘之后的梳洗情状，所谓："探春因盘膝坐在矮板榻上，那捧盆的丫鬟走至跟前，便双膝跪下，高捧沐盆；那两个小丫鬟，也都在旁屈膝捧着巾帕并靶镜脂粉之饰。平儿见待书不在这里，便忙上来与探春挽袖卸镯，又接过一条大手巾来，将探春面前衣襟掩了。探春方伸手向面盆中盥沐。"此外，小说中还有一段相关的描写，第七十五回尤氏"一面说，一面盘膝坐在炕沿上。银蝶上来忙代为

---

① 金寄水、周沙尘：《王府生活实录》，页191。

卸去腕镯戒指,又将一大袱手巾盖在下截,将衣裳护严。小丫鬟炒豆儿捧了一大盆温水,走至尤氏跟前,只弯腰捧着。李纨道:'怎么这样没规矩。'银蝶笑道:'说一个个没机变的,说一个葫芦就是一个瓢。奶奶不过待咱们宽些,在家里不管怎样罢了,你就得了意,不管在家出外,当着亲戚也只随着便了。'尤氏道:'你随他去罢,横竖洗了就完事了。'炒豆儿忙赶着跪下。"这两段情节说的虽不是早晨的梳洗,其细腻情状却是绝佳补充。

梳洗尚且如此,当然"日常换衣服,出门换衣服,都不简单,都很繁琐","王府的福晋、奶奶们如系出门请客、道乏,换装后要向太福晋请安,并说明去处。此礼较为简单,如出府参加寿礼听戏,随身所带伺候人员和平常一样,但随身所带之物,却难以数记,如衣服必须够数易其装,匙箸、怀挡(丝织品)、盥洗用具等日用品无所不带,……出府一次,形形色色的大包小包少不了装满半车。诚如王府俗谚所云:'堂客出门,如同搬家!'"[①]这一点对深宅大院的贾府实在是完全贴切,最具代表性的是第二十九回"享福人福深还祷福"一段,因贾母率领众女眷到清虚观打醮,可谓盛况空前:

> 到了初一这一日,荣国府门前车辆纷纷,人马簇簇。那底下凡执事人等,闻得是贵妃作好事,贾母亲去拈香,正是初一日乃月之首日,况是端阳节间,因此凡动用的什物,一色都

---

① 金寄水、周沙尘:《王府生活实录》,页210、页206。

是齐全的,不同往日。少时,贾母等出来。贾母坐一乘八人大亮轿,李氏、凤姐儿、薛姨妈每人一乘四人轿,宝钗、黛玉二人共坐一辆翠盖珠缨八宝车,迎春、探春、惜春三人共坐一辆朱轮华盖车。然后贾母的丫头鸳鸯、鹦鹉、琥珀、珍珠,林黛玉的丫头紫鹃、雪雁、春纤,宝钗的丫头莺儿、文杏,迎春的丫头司棋、绣橘,探春的丫头待书、翠墨,惜春的丫头入画、彩屏,薛姨妈的丫头同喜、同贵,外带着香菱、香菱的丫头臻儿,李氏的丫头素云、碧月,凤姐儿的丫头平儿、丰儿、小红,并王夫人两个丫头也要跟了凤姐儿去的是金钏、彩云,奶子抱着大姐儿另在一车,还有两个丫头,一共又连上各房的老嬷嬷奶娘并跟出门的家人媳妇子,乌压压的占了一街的车。贾母等已经坐轿去了多远,这门前尚未坐完。这个说"我不同你在一处",那个说"你压了我们奶奶的包袱",那边车上又说"蹭了我的花儿",这边又说"碰折了我的扇子",咭咭呱呱,说笑不绝。周瑞家的走来过去的说道:"姑娘们,这是街上,看人笑话!"说了两遍,方觉好了。前头的全副执事摆开,早已到了清虚观了。

这种如同搬家般的浩浩荡荡,正是因贾府女眷倾巢而出所造成,其排场确是令人大开眼界。

但打醮并不属于常态,尤其还可以出门透气,因此特别引起府中上上下下的高度兴趣;而在平常拘谨平板的家居生活中,只有各种节庆可以打破沉闷,首先是"过生日"。金寄水描述道:"过生日,是王府生活中的一件大事,不管是'散生日'或'正生日'都要庆祝一番。……特别是在过正生日时,还须按照身份地位的尊卑高下,演一次戏。""过生日的早晨,如同过元旦一样,府中官员、太监和差妇等首先要到家庙向祖先磕头行礼,接着是向长辈磕头行礼,寿星一一受礼完毕,倒也热热闹闹。一过中午,贺客盈门,熙熙攘攘,笑声彼绝此起,人人喜形于色,无非是赚取欢心!"至于寿礼,有一种特别有趣,源自于清代官场中流行的男女有别的装饰品,"这些统称'活计'的装饰品,包括眼镜套、荷包、扇袋、挂镜……用以装入寿礼之盒,中有七件、九件之分,包括苏绣、缂丝、抽纱、堆砌等精巧的工艺品。……再有,'尺头'(即衣料),如袍料、褂料等等,也是庄重的寿礼礼品之一。"①

这一点可以从第六十二回宝玉过生日获得印证。宝玉依制行礼的场所顺序是:最先到设下天地香烛的前厅院中炷香,"行毕礼,奠茶焚纸后,便至宁府中宗祠祖先堂两处行毕礼,出至月台上,又朝上遥拜过贾母、贾政、王夫人等。一顺到尤氏上房,行过礼,坐了一回,方回荣府。"在这段描述中,依次构成了"崇天——敬祖——尊长"的先后顺序,然后才是各色人等的庆贺不绝。所收到的贺寿之礼,则包括:"王子腾那边,仍是一套衣服,一双鞋袜,一百寿桃,一百束上用银丝挂面。薛姨娘处减一等。其余家中人,尤氏仍是一双鞋袜,凤姐儿是一个宫制四面和合荷包,里面装一个金寿星,一件波斯国所制玩器。……又另有宝琴之礼,不能备述。

---

① 金寄水、周沙尘:《王府生活实录》,页170—172。

姐妹中皆随便，或有一扇的，或有一字的，或有一画的，或有一诗的，聊复应景而已"，与上述的王府生日礼物可以互参。

比较起来，长辈的生日更是盛大庄重，因此，"在王府的主要成员中，如王爷、福晋、太福晋等过生日，称作'千秋之禧'。在寿礼中最隆重的礼物为一柄如意。……这是因为皇帝过生日，曰'万寿'，故王爷过生日只能降格为'千秋'"[①]。对照于《红楼梦》，第四十四回王熙凤的生日被平儿称"奶奶的千秋"，第五十三回则是"至次日五鼓，贾母等又按品大妆，摆全副执事进宫朝贺，兼祝元春千秋"，最值得注意的是第七十一、七十二回的贾母生日，两个姑子称为"今日老祖宗千秋"，尤氏也说："不为老太太的千秋，我断不依。"贾琏则向鸳鸯道："这两日因老太太的千秋，所有的几千两银子都使了。"可见其为奢华铺张之最。由第七十一回写到贾母八旬之庆，"礼部奉旨：钦赐金玉如意一柄，彩缎四端，金玉环四个，帑银五百两"。果然寿礼中便出现了最隆重的礼物一柄如意，更令人惊叹《红楼梦》的写实是何等的细腻入微。

除此之外，随着各种季候时节所产生的休闲娱乐，也都是调节府邸生活的重要活动。金寄水就说："提起放风筝，在王府中不仅孩子们爱放，诸如福晋、格格、奶奶们无一不喜爱放。那时，我家的风筝，约计其数，多达百只以上。……北京制作风筝历史悠久，工艺考究，精品名扬遐迩。王府的风筝多为精品。例如，东四南大街灯市口对角的'聚宝斋'（俗称'风筝俞'）这家的风筝以'白菜''花

---

① 金寄水、周沙尘：《王府生活实录》，页169。

篮'、'钟馗'、'哪咤'、'牡丹沙燕'、'龙井鱼'、'软翅蝙蝠'等为上品；西琉璃厂路口'哈记风筝'①，以'瘦沙燕'与'各种拍子'和软翅风筝见长；地安门外火神庙的'黑锅底'（又名'胖沙燕'）和八面槽的'蓝沙燕'皆为名品。'黑锅底'就是画成黑色图案花纹的大字形风筝；画蓝色羽毛图案的便叫蓝沙燕，状如瘦沙燕，两脚较长、较尖，很像燕子模样，但其嘴非尖形，而是画一只圆翅蝙蝠代之，似觉不类。除此之外，还有用绫绢糊成的凤凰、何仙姑和青蛇、白蛇等美人风筝。……有些风筝大至一丈二尺，小至一尺左右（五个一串的叫做"串燕"）。那些上施重彩的高级风筝，不仅尺寸大，的确画得漂亮，有的带锣鼓（一扁方形竹架，上置小锣、小鼓各一，旁有风兜，转动则响），有的带风琴（其形如弓，有一弦至五弦不等）。这等风筝不只很好看，也很好听。"②

《红楼梦》第七十回大家放的风筝就属于这一类，其中包括探春的"软翅凤凰"、晴雯的"大鱼"、贾环的"螃蟹"、黛玉与宝玉的"美人"、宝琴的"大红蝙蝠"、宝钗的"七个大雁"。其中，探春的凤凰和天外渐逼近来的另一个凤凰绞在一处，正不开交时，又见一个门扇大的玲珑喜字带响鞭，在半天如钟鸣一般，也逼近来，又与这两个凤凰绞在一处，三下齐收乱顿，断线后那三个风筝便飘飘飖飖都去了。那喜字风筝不但有门扇大，还带着响鞭，在空中的

---

① "哈记风筝"的创业者系清乾隆年间哈性回民，回族尊称人为"某把儿"，因而又名"哈把风筝"。据说，"哈记风筝"和"风筝俞"都是得自曹雪芹的风筝谱《南鹞北鸢考工志》的真传。

② 金寄水、周沙尘：《王府生活实录》，页106—107。

强劲气流下发出钟鸣一般的声音,果然是极视听之娱的等级。

除放风筝之外,《红楼梦》著名的螃蟹宴,也是清代王府生活的实况反映。

金寄水说:"北京不产螃蟹,所售的都是从外地运来。其产地有二:一为河北省任邱县的赵北口,一为河北省文安县的胜芳镇,赵北口以尖胜,胜芳以团胜。王府的内眷们,对吃螃蟹极感兴趣。螃蟹一上市,就取代了消闲遣闷的鸡头米。这两种食物在王府的生活中,一兴一替非常自然,而且年年如此。……称做'应时菜'。内眷们所喜欢吃的是指蒸蟹。吃的时间是在下午。有趣的是,一家之内,相互请客,……轮流作东,一个蟹季,一处要轮上四、五次之多。吃蟹费时费工,但一律不借重佣人掰剥,全由'宾主'自己动手。"[1]参照于第三十七至三十八回,宝钗道:"现在这里的人,从老太太起连上园里的人,有多一半都是爱吃螃蟹的。前日姨娘还说要请老太太在园子里赏桂花、吃螃蟹,因为有事还没有请呢。"而在吃蟹的过程中,薛姨妈果然就说:"我自己掰着吃香甜,不用人让。"这些都可以说是绝佳印证。

由此说到饮食方面,应该要注意到一点,即清代王府中三餐"有限量而食的规矩"[2],而贾府中尤其是女性们,也确实都处在"只吃这一点儿就完了,亏你们也不饿。怪只道风儿都吹的倒"(第四十回)、"不过拣各人爱吃的一两点就罢了"(第四十一回)、"素

---

[1] 金寄水、周沙尘:《王府生活实录》,页137—138。

[2] 金寄水、周沙尘:《王府生活实录》,页113。

日又不大吃杂东西"（第六十二回）的节食状态中，连王熙凤房中的正式用餐都是"桌上碗盘森列，仍是满满的鱼肉在内，不过略动了几样"（第六回），又如第七十一回凤姐儿打发人来请吃饭，尤氏道："我也不饿了，才吃了几个饽饽，请你奶奶自吃罢。"显然有时甚至只是简单果腹，满汉全席毕竟是特殊情况下的少数盛宴。这就与需要大量劳动之农妇刘姥姥的猛吃海喝呈现鲜明对比，难怪黛玉会讥笑刘姥姥是"母蝗虫"。

这种饮食减量的作法，还更应用在治病疗疾上。第五十三回提到："晴雯此症虽重，幸亏他素习是个使力不使心的；再素习饮食清淡，饥饱无伤。这贾宅中的风俗秘法，无论上下，只一略有些伤风咳嗽，总以净饿为主，次则服药调养。故于前日一病时，净饿了两三日，又谨慎服药调治，如今劳碌了些，又加倍培养了几日，便渐渐的好了。"其中的"素习饮食清淡"也说明了贾府高级成员生活上的另一面，犹如第四十二回平儿对刘姥姥的嘱咐是："我还和你要东西呢。到年下，你只把你们晒的那个灰条菜干子和豇谷、扁豆、茄子、葫芦条儿各样干菜带些来，我们这里上上下下都爱吃。"这固然也是对日常油腻饮食的一种平衡，但也显示贾府中确有"饮食清淡"之处，不能以"奢华"一概而论。何况，要求这等人家过得与庶民一样，实也是强人所难，毕竟当庶民富裕起来时，其对饮食之讲究也不在其下，"限量而食的规矩"却难以企及，实在毋须以妒恨之心加以嘲讽。

当然，"净饿"并不是效力无边的万灵丹，当遇到其他较重之病势，或初期的伤风咳嗽没有好转时，仍然必须延医服药。而贾府的常用医生，乃是几位太医，其姓氏与诊费的给付方式，由第五十一回可知："王太医和张太医每常来了，也并没个给钱的，不过每年四节大趸送礼，那是一定的年例"，配合第四十五回宝钗对黛玉的病也提到："这里走的几个太医虽都还好，只是你吃他们的药总不见效"，则显然不只王、张这两位太医，可见贾府与皇室一样都使用御医。至于第十回为秦可卿诊治的张友士，乃是冯紫英幼时从学的先生，与第五十一回为晴雯看病的胡庸医，都是特殊状况下从外面请来的，不在此列。而从医生入府诊治女眷的过程，更显府邸的威严礼数，如第四十二回写贾母欠安，吩咐毋须依礼放下幔子回避，便请医生：

> 一时只见贾珍、贾琏、贾蓉三个人将王太医领来。王太医不敢走甬路，只走旁阶，跟着贾珍到了阶矶上。早有两个婆子在两边打起帘子，两个婆子在前导引进去，又见宝玉迎了出来。只见贾母穿着青皱绸一斗珠的羊皮褂子，端坐在榻上，两边四个未留头的小丫鬟都拿着蝇帚漱盂等物；又有五六个老嬷嬷雁翅摆在两旁，碧纱橱后隐隐约约有许多穿红着绿戴宝簪珠的人。王太医便不敢抬头，忙上来请了安。贾母见他穿着六品服色，便知御医了。

单单现场服侍的老少女仆就有十几个，还不包括隐身在后的许多女眷，其排场可想而知。再参考第五十一回胡庸医诊治晴雯的情节，有一段详细的描述：

正说时，人回大夫来了。宝玉便走过来，避在书架之后。只见两三个后门口的老嬷嬷带了一个大夫进来。**这里的丫鬟都回避了**，有三四个老嬷嬷放下暖阁上的大红绣幔，晴雯从幔中单伸出手去。那大夫见这只手上有两根指甲，足有三寸长，尚有金凤花染的通红的痕迹，便忙回过头来。有一个老嬷嬷忙拿了一块手帕掩了。那大夫方诊了一回脉，起身到外间。……说着，便又随婆子们出去。彼时，李纨已遣人知会过后门上的人及各处丫鬟回避，那大夫只见了园中的景致，并不曾见一女子。一时出了园门，就在守园门的小厮们的班房内坐了，开了药方。……老嬷嬷悄悄笑道："我的老爷，怪道小厮们才说今儿请了一位新大夫来了，真不知我们家的事。那屋子是我们小哥儿的，那人是他屋里的丫头，倒是个大姐，那里的小姐？**若是小姐的绣房，小姐病了，你那么容易就进去了？**"说着，拿了药方进去。

由此可知，连受邀正当而来的医生入府时都关障重重，所有年轻女子也都必须回避，且病人只不过是个丫鬟，看诊把脉时就不但要放下帐幔，医生还不得直视玉手，因此赶紧回头避开，老嬷嬷也连忙用手帕掩盖，其男女之防的观念和作法已到滴水不漏之地步。则一般男子要进入府宅内院，真是谈何容易！

因此金寄水便说："王府处处讲求礼法，在关防院内除王府成员和小苏拉外，根本见不着男人的影子，出出进进只有太监们。虽然，在过年过生日也有至亲中的男子前来拜贺，也都只能到殿堂里为止，不得进入卧室，惟有医生（当年王府上下一律称'先生'）可以进入卧房，这在《红楼梦》里面写到看病就有描述。"① 这也说明了第五十四回贾母对才子佳人故事的破陈腐旧套，所批判的不合情理处之一，便是："既说是世宦书香大家小姐都知礼读书，连夫人都知书识礼，便是告老还家，自然**这样大家人口不少，奶母丫鬟伏侍小姐的人也不少，怎么这些书上，凡有这样的事，就只小姐和紧跟的一个丫鬟**？你们白想想，那些人都是管什么的，可是前言不答后语？"由此便清楚突显一般文人缺乏世家生活经验所犯的错误，以致笔下才子佳人的恋爱关系是建立在小家碧玉的格局中，外来男客直奔小姐闺房如入无人之境，所谓"《西厢》只两人事，组织欢愁"②，便无意间点出了这类爱情故事的社会真空状态，看在世家子弟眼中，实在是十分悖谬并深感羞辱，故特别透过贾母的一番贵族宣言发抒愤慨。

此外，金寄水继续说明有关医生到府邸看病的其他特点，包括："诊脉，有时在卧室，有时在'外间儿'。医生切脉、望闻以后，便向病人说一两句安慰之词，即步出至外书房开药方。药方照例用朱笺（一种红色八行纸）书写。药方抓来之后，由太监送往里面，各房均有专人按方核对药包，然后，由老妈妈们倒入砂锅，放到木炭炉子上煎熬。……王府内眷服药多在冬春两季。一到这两个季节，晚间进入各房，几乎都能闻到药香。在王公府第，朱门世家

---

① 金寄水、周沙尘：《王府生活实录》，页207。
② （清）诸联：《红楼评梦》，一粟编：《红楼梦资料汇编》，卷3，页118。

都与中药结有不解之缘,若许只有这样,才显得娇气、尊贵与黎庶不同。"① 这些描述也在小说中历历可见,以黛玉为例,第四十五回说"黛玉每岁至春分、秋分之后,必犯嗽疾",第五十二回她自己说"我一日药吊子不离火,我竟是药培着呢",又第五十五回道:"时届孟春,黛玉又犯了嗽疾。湘云亦因时气所感,亦卧病于蘅芜苑,一天医药不断",其他人如迎春、晴雯、李纨……众人,也都时染小恙,卧床调养,确实显得尊贵娇弱,产生一种楚楚可怜之美,与一般必须为生活奋斗的女子自然意态不同。

接着,有几个名词语汇的特殊用法也可以附带说明一下。

首先是在主仆关系中,王府"对下人的称谓也与世家不同。……对老年女佣人称妈,如'老孙妈''老李妈'等。对年轻佣人称'姐',如前冠以姓。"② 这一点在《红楼梦》中也有或隐或显的痕迹,如第三十一回宝钗称湘云的周姓奶娘"周妈",第三十七回、第五十二回、第七十七回等都提到怡红院的老宋妈,第六十回藕官的干娘夏妈,第七十四回后门上的张妈,此外便是第五十六回探春当家整顿大观园时,拣择以治圃的人选中所包括管理竹子的老祝妈、种庄稼的老田妈,以及怡红院的茗烟之母老叶妈,都属于"三四代的老妈妈"。至于对年轻佣人称"姐",查对起来则极少,仅见于第六十回提到探春处当役的蝉姐儿,且严格说来,也不是在姐之前冠以姓;若是从一般性的称呼而非个别人物的带姓称呼来看,这种以"姐"

---

① 金寄水、周沙尘:《王府生活实录》,页 207—208。

② 金寄水、周沙尘:《王府生活实录》,页 203。

称年轻佣人的情况则见诸第六十一回,大观园中专司厨娘柳家儿的提到园中各处的小姐丫鬟时,一再说"各房里偶然间不论姑娘**姐儿**们要添一样半样,谁不是先拿了钱来,另买另添""连姑娘带**姐儿**们四五十人""前儿三姑娘和宝姑娘偶然商议了要吃个油盐炒枸杞芽儿来,现打发个**姐儿**拿着五百钱来给我",这些话语中的"姐儿"指的都是年轻丫鬟。又第六十五回贾琏偷娶尤二姐后,某日跟的两个小厮都在厨下和鲍二饮酒,鲍二女人上灶,忽见两个丫头也走了来嘲笑,要吃酒,鲍二因说:"**姐儿**们,不在上头伏侍,也偷来了。一时叫起来没人,又是事。"情况相同。

再者,丫头称"姐儿",大丫头则可称为"大姐"。第五十一回老嬷嬷悄悄笑道:"我的老爷,怪道小厮们才说今儿请了一位新大夫来了,真不知我们家的事。那屋子是我们小哥儿的,那人是**他屋里的丫头,倒是个大姐**,那里的小姐?"可见"小姐"指的是年轻主子辈的姑娘,而"大姐"则是对大丫鬟的另一称呼。附志于此,作为参考比较。

此外,对于《红楼梦》第三十二回写有人来回说"兴隆街的大爷来了",宝玉听了便知是贾雨村来了,金启孮以此为例,指出这种以胡同名代府邸世家的称呼,是"因为当时府邸世家等大宅门究是少数,一个胡同里有一处便很惹人注目了",所以贾府仆人称住在兴隆街的贾雨村为兴隆街大爷,认为"《红楼梦》这些地方反映清代王府世家的风俗习惯,应该说是惟妙惟肖的。不过不为红学家所注意。"[①]

---

① 金启孮:《府邸世家的满族》,收入《金启孮谈北京的满族》,页181。

当然，贾雨村并不算是府邸世家，只是以其县太爷的身份仍属有头有脸之辈，故以胡同名代之，也还说得过去。

其次，《红楼梦》中所用的"打发"一词，有一些固然与今天的惯用法相近，有派遣、随便处理掉之意，但另有一些却完全不是这个意思，如以下这几段：

第二十三回王夫人道："明儿再取十丸来，天天临睡的时候，叫袭人伏侍你吃了再睡。"宝玉道："只从太太吩咐了，袭人天天晚上想着，打发我吃。"

第四十二回贾母命鸳鸯来："好生打发你姥姥出去。我身上不好，不能送你。"

第四十八回宝钗道："我没听见新闻。因连日打发我哥哥出门，所以你们这里的事，一概也不知道，连姊妹们这两日也没见。"

第六十二回平儿对宝玉笑道："我正打发你姐姐梳头，不得出来回你。后来听见又说让我，我那里禁当的起，所以特赶来磕头。"

第七十一回贾母对凤姐道："我正要吃晚饭，你在这里打发我吃，剩下的你就和珍儿媳妇吃了。"

第七十三回"赵姨娘骂了丫头几句，自己带领丫鬟上好，方进来打发贾政安歇。"

以上各对话中的"打发"一词，正是金寄水所说的王府用语，所谓："我家内眷们的午、晚两餐，向由太监伺候，从摆桌子（安放匙箸、布碟、手纸），到上菜、盛饭、盏粥、递漱口水等等，都是他们的分内差事。用王府的用语，叫做'打发饭'。这里的'打发'一词，与'伺候'义同，不作别解。"①第二十三回中，王夫人吩咐的"叫袭人伏侍你吃了再睡"与宝玉回答的"袭人天天晚上想着，打发我吃"，恰恰是上下文的互文表现。只不过贾府中等于"伺候""伏侍"的"打发"一词不只是用在吃饭上，范围更广。

最后，本节要以王府成员死后举办的丧礼特点为收结，其繁缛奢靡也与《红楼梦》存在着多所对照之处。兹以一例为说，即《红楼梦》第十四回于秦可卿丧葬仪式过程中提到了"伴宿"，所谓："这日伴宿之夕，里面两班小戏并耍百戏的与亲朋堂客伴宿，尤氏犹卧于内寝，一应张罗款待，独都是凤姐一人周全承应。……一夜中灯明火彩，客送官迎，那百般热闹，自不用说的。至天明，吉时已到，一般六十四名青衣请灵，前面铭旌，……宝珠自行未嫁女之礼外，摔丧驾灵，十分哀苦。"而金寄水也指出："出殡的前一天，叫做'伴宿'，傍晚送最后一次库，也是停灵最后一次高潮。这天从早到晚，宾客不绝，'白漫漫，人来人往；花簇簇，官去官来。'虽然隆重，却不备酒席，只用香茗待客，谓之'清茶恭候'。……王府在'伴宿'之夜，没有民间那些'添罐''扫村''欠棺'等等之说，只有'辞灵'之举，'辞灵'是因明日灵柩出堂，抬向墓地，最后向亡者告别，阖府上下跪在地上大哭一场，以寄哀思。"②两者都有出殡前夕的"伴宿"，而且都是客送官迎、宾客不绝，差别在于宁府似乎没有"辞灵"的大哭告别，可供对比。

---

① 金寄水、周沙尘：《王府生活实录》，页196。
② 金寄水、周沙尘：《王府生活实录》，页185—186。

以上举出众多的历史实例，目的是要彰显小说中贾府的特殊阶级性，其所反映的是清代历史中该阶层的整体现象，而非曹族的一家一事。清代孙静庵尝论《红楼梦》曰："说者极多，要无能窥其宏旨者。吾疑此书所隐，必系国朝第一大事，而非徒记载私家故实。谓必明珠家事者，此一孔之见耳。……此书所包者广，不仅此一事，盖顺、康两朝八十年之历史皆在其中。"① 若不因此拘泥于索隐而落入穿凿附会，这段话也可以说是看到了小说中所牵涉之清初史事包罗广杂的集体性。而裕瑞也尝称："书中所托诸邸甚多，皆不可考"②，则是在小说中看到了种种虚构不实之处。就这两段话我们可以另行领悟，亦即莫以"历史"去附会小说的人物情节，以免在"不可考"之处陷入穿凿；却应该透过"历史"去掌握小说的社会特征，在"可考处"了解远比曹氏家传更宽阔的时空背景与阶级文化。

若此，我们便比较不会以局外人或居高临下的角度隔岸观火，而比较容易进入《红楼梦》的真正氛围，体悟到一位落魄贵公子的追忆与忏悔。

---

① （清）孙静庵：《栖霞阁野乘》，一粟编：《红楼梦资料汇编》，卷4，页421。
② （清）裕瑞：《枣窗闲笔》，一粟编：《红楼梦资料汇编》，卷3，页114。

第三章
作品的主旨：追忆与忏悔

从读者的接受心理而言，对《红楼梦》是人人各取所需而各有所见，如明斋主人（诸联）所云：

> 《石头记》一书，脍炙人口，而阅者各有所得：或爱其繁华富丽，或爱其缠绵悲恻，或爱其描写口吻一一逼肖，或爱其随时随地各有景象，或谓其一肚牢骚，或谓其盛衰循环提蒙觉聩，或谓因色悟空回头见道，或谓章法句法本诸盲左腐迁。亦见浅见深，随人所近耳。①

但值得思考的是，固然在"作者已死"的思维下，"读者接受反应理论"使这些主张具有特定的时代意义，从历史的长远时间来说，可以形成"接受史"的重要一环，表现出不同时代的不同视野。不过，"有一千个读者就有一千个《红楼梦》"只能说明人心不同，所见自然有别，并不等于这一千个读者的所见都是等价的；并且，

---

① （清）诸联：《红楼评梦》，一粟编：《红楼梦资料汇编》，卷3，页117。

当"读者接受反应"一旦失去了当代的时空条件与文化语境,他们所提出的解释也就容易显出"过度移情"或"过度诠释",而失去对《红楼梦》本身的参考意义。且容我们再次引述苏联学者科恩(Igor S. Kon, 1928—2011)所说的那段话:

> 一知半解者读古代希腊悲剧,天真地以为古代希腊人的思想感受方式和我们完全一样,……可是专家们知道,这样做是不行的,古人回答的不是我们的问题,而是**自己的**问题。专家通过精密分析原文、词源学和语义学来寻找理解这些问题的钥匙。这确实很重要。①

就此而言,在探究《红楼梦》的创作宗旨是什么时,也应该要充分意识到,它所"回答的不是我们的问题,而是自己的问题"。若要了解它所要回答的自己的问题,就不能只从我们的角度来看,因为在缺乏历史意识的扁平化思考之下,往往如同黑格尔所说:

> 人们总是很容易把我们所熟悉的东西加到古人身上去,改变了古人。(《哲学史演讲录》)

再加上《红楼梦》作者的家世遭遇太过特殊,其笔下世界的社会阶级也极其罕见,可以说是历代小说的绝无仅有,此所以对于曹雪芹

---

① 〔苏联〕伊·谢·科恩著,佟景韩等译:《自我论:个人与个人自我意识》,页54—55。

个人与曹家的历史传记所衍生的"作者、版本、评点、续书"等专门学问,早已在胡适、周汝昌等众多学者的努力下蔚为一门学科,被接受为《红楼梦》的一种重要视角,甚至足以形成狭义的"红学"。①因而读者所应该自我建设的先决前提,乃是不以一般人、尤其是现代人的常识和价值观去理解评断,而是向心式地进入那一个特殊世界去体会领悟,这一点实为至关紧要,"作者、版本、评点"所形成的红学知识,对于正确把握《红楼梦》的宗旨,诚然是不可或缺的参考架构。

然则,此一成果虽然贡献卓著,毕竟仍只停留在"人事"的层面,属于创作素材的个别追踪;但可能更为重要的,是这些"人事"所内蕴的精神风貌与内心想象,尤其是那深受生长环境、出身背景所影响的惯习(habitus)与意识形态(ideology),这才是用来判断《红楼梦》之创作宗旨的主要依据。"惯习"已于前一章有所说明,至于"意识形态",指的是某一时代或某一具体历史状况的社会集团中所通行的一套思想,作为社会活动或政治活动的基础或指导的一切思想体系,一般是指维持多种政治、社会及阶级的利益,或与它们有关的知识。②

---

① 陈维昭:《"红学"何以为"学"》,《红楼梦学刊》2013年第3辑,页1—16。
② 综合自〔德〕布鲁格(Walter Brugger)编著,项退结编译:《西洋哲学辞典》(台北:国立编译馆,1976),页206;〔美〕戴维·贾里(David Jary)、朱莉娅·贾里(Julia Jary)著,周业谦、周光淦译:《社会学辞典》(台北:猫头鹰出版社,2007),页324;Peter J. O'Connell著,彭怀真等译:《社会学辞典》(台北:五南图书出版股份有限公司,1991),页414。

从意识形态的角度而言，在脂砚斋反映了阶级自豪的批语中最是清楚显现。可惜的是，对于成长于贵族世家所产生的、等于本能的"惯习"与"意识形态"的探讨，在现代追求平等自由、反对封建阶级的时代氛围中却是完全不受考虑的，因而对这一部分的思考与把握也是最具难度的，这是我们在理解曹雪芹与《红楼梦》时，最必须自觉并加强认知的部分。以下就是从贵族世家的意识形态出发，说明《红楼梦》的创作宗旨。

首先，历经抄家之毁灭性打击却又无可言宣的落魄王孙曹雪芹，其不可能借小说以寄托"排满""讽刺雍正""宫闱秘事"等政治寓意，这是早在小说伊始就已经清楚表明的，《红楼梦》第一回开宗明义地宣告其创作的原则时，便声称：

> 其中家庭闺阁琐事，以及闲情诗词倒还全备，或可适趣解闷；**然朝代年纪、地舆邦国却反失落无考**。……上面虽有些指奸责佞贬恶诛邪之语，亦非伤时骂世之旨；**及至君仁臣良父慈子孝，凡伦常所关之处，皆是称功颂德，眷眷无穷**，实非别书之可比。……**因毫不干涉时世**，方从头至尾抄录回来，问世传奇。

故小说中凡涉及今上帝室者，诚然"皆是称功颂德"，绝无伤时骂世之处，诸如：第二回提到黛玉出身于世袭列侯的家世背景，是"起初时，只封袭三世，因当今**隆恩盛德，远迈前代，额外加恩**，至如海之父，又袭了一代"；第四回写宝钗之所以入京待选，是"因今上崇诗尚礼,征采才能,降不世出之隆恩,除聘选妃嫔外,凡仕宦名家之女,皆亲名达部,以备选为公主郡主入学陪侍,充为才人赞善之职";而写元妃之所以得以回府省亲,与家人短暂团聚一偿思亲之情,乃是出于"当今至孝纯仁,体天格物"而"贴体万人之心",故"大开方便之恩"的仁德之举,第十六回透过贾琏之口长篇大论地说明道:

> 如今当今贴体万人之心,世上至大莫如"孝"字,想来父母儿女之性,皆是一理,不是贵贱上分别的。当今自为日夜侍奉太上皇、皇太后,尚不能略尽孝意,因见宫里嫔妃才人等皆是入宫多年,抛离父母音容,岂有不思想之理?在儿女思想父母,是分所应当。想父母在家,若只管思念儿女,竟不能见,倘因此成疾致病,甚至死亡,皆由朕躬禁锢,不能使其遂天伦之愿,亦大伤天和之事。故启奏太上皇、皇太后,每月逢二六日期,准其椒房眷属入宫请候看视。于是太上皇、皇太后大喜,**深赞当今至孝纯仁,体天格物**。因此二位老圣人又下旨意,说椒房眷属入宫,未免有国体仪制,母女尚不能惬怀。竟**大开方便之恩**,特降谕诸椒房贵戚,除二六日入宫之恩外,凡有重宇别院之家,可以驻跸关防之处,不妨启请内廷銮舆入其私第,庶可**略尽骨肉私情、天伦中之至性**。

也就是在不违背国体仪制的大前提之下,对既有的规令给予弹性调节以成全人情,而此一改革创新乃源自于柔软的推己及人之心,泽被众多椒房嫔妃,确属于"至孝纯仁,体天格物"的仁君表现。是故第十八回元妃回宫时,劝慰家人的就是"如今天恩浩荡,一月许进内省视一次,见面是尽有的",第五十五回也写道:"且说元宵已过,只因当今以孝治天下,目下宫中有一位太妃欠安,故各嫔妃皆为之减膳谢妆,不独不能省亲,亦且将宴乐俱免。故荣府今岁元宵亦无灯谜之集。"至于第六十三回写到贾敬炼丹烧胀而殁,礼部"见当今隆敦孝弟",具本请旨,代奏其事,果然因为"天子极是仁孝过天的,且更隆重功臣之裔",于是,

> 天子听了,忙下额外恩旨曰:"贾敬虽白衣无功于国,念彼祖父之功,追赐五品之职。令其子孙扶柩由北下之门进都,入彼私第殡殓。任子孙尽丧礼毕扶柩回籍外,着光禄寺按上例赐祭。朝中由王公以下准其祭吊。钦此。"此旨一下,**不但贾府中人谢恩,连朝中所有大臣皆嵩呼称颂不绝。**

这一段则是用以突显天子的顾念旧臣之情义,故赢得朝中大臣的称颂感戴。尤其特别的是,就在同一回中,宝玉对芳官之打扮成小土番,以及改名为耶律雄奴所说的一段话,堪称最具代表性:

> (宝玉)喜出意外,忙笑道:"这却很好。我亦常见官员人等多有跟从外国献俘之种,图其不畏风霜,鞍马便捷。既这等,再起个番名,叫作'耶律雄奴'。'雄奴'二音,又与匈奴相通,都是犬戎名姓。况且这两种人自尧舜时便为中华之患,

晋唐诸朝，深受其害。**幸得咱们有福，生在当今之世，大舜之正裔，圣虞之功德仁孝，赫赫格天，同天地日月亿兆不朽**，所以凡历朝中跳梁猖獗之小丑，到了如今竟不用一干一戈，皆天使其拱手俛头缘远来降。**我们正该作践他们，为君父生色。……如今四海宾服，八方宁静，千载百载不用武备。咱们虽一戏一笑，也该称颂，方不负坐享升平了。**"

此中采取传统的夷夏之别，透过强烈的种族歧视，以清为继承尧舜晋唐之华夏正统而加以歌功颂德之意昭然可见，难怪第三十六回宝玉会说："要知道，那朝廷是受命于天，他不圣不仁，那天地断不把这万几重任与他了。"同样地，第十三回贾府为秦可卿举丧时，僧道轩坛榜文上乃大书曰："四大部州至中之地、奉天承运太平之国"，就此脂砚斋批云：

日至中之地，不待言可知是光天化日，仁风德雨之下矣。不亡（云）国名更妙，可知是尧街舜巷衣冠礼义之乡矣。直与第一回呼应相接。

若从旗人贵族世家的背景而言，此一恪遵君父伦理的心态不但合情，也十分合理。

因此不仅慈禧太后好读《红楼梦》，紫禁城内廷西六院之一的长春宫中，于廊庑的四面墙壁上即绘有取材自《红楼梦》大观园的一组十八幅大型壁画，显然视之为我辈中人与吾人之事，因此引以为同道知音。如果说《红楼梦》中带有反满、反王权的隐意,这就会产生一个问题:脱离当时文化语境甚远的现代读者所能够看出的"政治讽谕",在同一时空下被讽谕的对象却反倒浑然不觉,还为之津津乐道?这就如同在唐诗研究中,说李白的《清平调词三首》是在唐玄宗面前讽刺"常得君王带笑看"的杨贵妃,却还受到帝王的赞赏一样,都是不合情理逻辑的。

而试想,凡遭遇白色恐怖者,遗族的戒慎恐惧之深就足以使政治成为两代以上的家族禁忌,是避之唯恐不及的精神地雷,何况是文字狱发达的环境下,一个深受抄家灭族之苦的遗民?此所以小说中不断地提点读者,不要进行历史的穿凿附会,以避开任何的现实联想,脂砚斋也对此心领神会,于第五回"因此也不察其原委,问其来历,就暂以此释闷而已"数句,批云:"妙。设言世人亦应如此法看此红楼梦一书,更不必追究其隐寓。"第四回的评点说得更清楚:"可谓此书不敢干涉廊庙者,即此等处也,莫谓写之不到。盖作者立意写闺阁尚不暇,何能又及此等哉。"据此,政治寓意说实可以搁置矣。而"排满"说更是不了解清代"旗人文化"之下的满汉相容性,以血统差异想当然尔地附会投射,不符曹雪芹身为旗人贵族的家世背景并无族群认同问题,请参本书第二章的"作者曹雪芹"一节,兹不赘述。这些都清楚排除了《红楼梦》中的任何政治指涉,是故读者也毋须在此空转心思。

至于对整部小说所主力着墨的富贵叙事,虽然因为败落的宿命而时时窜入若干阴影,然而,作者对富贵的态度,却不是今天出于现代平等意识所以为的嘲讽和批判,而其实是渴慕与眷恋,以及失去之后的追悼与哀挽。

首先，就作者方面而言，敦敏、敦诚兄弟对曹雪芹所描写的"秦淮旧梦人犹在，燕市悲歌酒易醺""燕市哭歌悲遇合，秦淮风月忆繁华""扬州旧梦久已觉"，可知其"燕市哭歌"的放旷悲楚是与"秦淮旧梦""秦淮繁华"之失落密不可分的，因此在梦觉之后感慨系之。从而，《红楼梦》本身在开宗明义的第一回，也透过开卷的"作者自云"，坦承道：

> 因**曾历过一番梦幻**之后，故将真事隐去，而借"通灵"之说，撰此"石头记"一书也。……当此，则自欲将已往所赖天**恩祖德**，**锦衣纨袴之时**，**饫甘餍肥之日**，背父兄教育之恩，负师友规谈之德，以至今日一技无成、半生潦倒之罪，编述一集，以告天下人。

应该注意到，以"一番梦幻"比喻往事者，所梦的内容都是欲望的满足，故总是美梦而非恶梦，并在醒觉后为其消逝而生"幻灭"之感，如《红楼梦》的"梦"、贾宝玉的"沉酣一梦"，曹雪芹个人的"秦淮旧梦""秦淮风月忆繁华""扬州旧梦久已觉"的"梦／忆"，唐传奇中"黄粱一梦""南柯一梦"的"梦"，以及《陶庵梦忆》《西湖梦寻》的"梦／忆"，说的都是无限美梦，未有自噩梦醒来却以"幻"感慨唏嘘者。台静农先生为《陶庵梦忆》所作的序说得好：

> 一场热闹的梦，醒过来时，总想将虚幻变为实有。于是而

有"梦忆"之作。也许明朝不亡,他不会为珍惜眼前生活而着笔;即使着笔,也许不免铺张豪华,点缀承平,而不会有"梦忆"中的种种境界。至于"梦忆"文章的高处,是无从说出的,如看雪箇和瞎尊者的画,总觉水墨淹郁中,有一种悲凉的意味,却又捉摸不着。①

曹雪芹的"红楼"之梦也是如此,第十六回回前总批说道:"借省亲事写南巡,出脱心中多少忆惜(昔)感今。"所感之"今",固当是眼前"燕市悲歌酒易醺""燕市哭歌悲遇合"的当下不堪;而所忆之"昔",自不只是省亲南巡之事而已,而是贵族世家中的一切生活。则其所经历的一番梦幻,便是"已往所赖天恩祖德,锦衣纨袴之时,饫甘餍肥之日",包括此一富贵场中所涵纳的温柔乡,故第五回的脂批便说:"作者自云所历,不过红楼一梦耳。"接着才是对自己辜负家族使命的罪忏表白。因"梦觉"而"忆",所以为追忆的挽歌。

其次,更应特别注意的是,全书开宗明义的石头神话,既是对贾宝玉之性格所作的后设说明,给予一种类似先天规定的解释,因而当神话叙事发展到"畸零被弃"的局面后,接下来还有进一步的情节,同样都是构成贾宝玉之人格特质的重要成分,也不应选择性地加以忽略。亦即当第一回石头静极思动,欲往人世经历一遭时,

---

① 台静农:《陶庵梦忆·序》,见(明)张岱:《陶庵梦忆》(台北:台湾开明书局,1957),页4。

其所动心发想并苦求于一僧一道而明确指定的，即是"富贵场、温柔乡"的受享意识：

> 一僧一道……便说到红尘中荣华富贵。此石听了，不觉打**动凡心，也想要到人间去享一享这荣华富贵**；但自恨粗蠢，不得已，便口吐人言，向那僧道说道："大师，弟子蠢物，不能见礼了。适闻二位谈**那人世间荣耀繁华，心切慕之**。……如蒙发一点慈心，携带弟子得入红尘，**在那富贵场中、温柔乡里受享几年**，自当永佩洪恩，万劫不忘也。"……这石凡心已炽，那里听得进这话去，乃复苦求再四。二仙知不可强制，乃叹道："此亦静极思动，无中生有之数也。既如此，**我们便携你去受享受享**，只是到不得意时，切莫后悔。"

此中再三出现的"受享"一词①，正切中其旨，实际上也就先天地排除"诗书清贫之族"与"薄祚寒门"这两种环境，而本质地决定了"公侯富贵之家"的单一选项，以兼取"富贵场、温柔乡"的两全其美，故那僧便携之"到那昌明隆盛之邦，诗礼簪缨之族，花柳繁华地，温柔富贵乡去安身乐业"；脂批更指出这四句抽象指称分别隐伏了现实界的四个具体环境，而形成以下的对应关系：

---

① 亦有学者注意到这个现象，如周思源：《红楼锁钥话"受享"》，《红楼梦学刊》1995年第4辑，页117—131。

昌明隆盛之邦——长安大都
诗礼簪缨之族——荣国府
花柳繁华地——大观园
温柔富贵乡——紫芸轩（怡红院）

因此，到了第十八回元妃省亲游园时，"说不尽这太平气象，富贵风流"的繁华景观便使石头庆幸"若不亏癞僧、跛道二人携来到此，又安能得见这般世面"，恰恰正是"人世间荣耀繁华"的体现。而当时一僧一道二位仙师劝阻石头的思凡炽心，道：

> 那红尘中有却有些乐事，但不能永远依恃；况又有"美中不足，好事多磨"八个字紧相连属，瞬息间则又乐极悲生，人非物换，究竟是到头一梦，万境归空，倒不如不去的好。

更证明所谓的"梦"乃是由"好事""乐极"所构成的美梦，因此对于其最终的幻灭才有"美中不足，好事多磨，乐极悲生"的悲哀与感慨。总而言之，"受享"意识使得这部小说非但不是反对、更应该说是向往贵族阶层的，因此写出来的便不是革命分子与穷酸文人的思想事迹与意识形态，而是必须在公侯富贵之家才能培育出来的"情痴情种"。

也就是说，贾宝玉那令人感动回肠的"情痴情种"，实际上正是有赖于此一兼具富贵场、温柔乡的"公侯富贵之家"始能造就，这在第二回贾雨村论才性的一段长篇大论中，提供了清楚的说明：

> 使男女偶秉此气而生者，……若生于公侯富贵之家，则为情痴情种；若生于诗书清贫之族，则为逸士高人；纵再偶生于薄祚寒门，断不能为走卒健仆，甘遭庸人驱制驾驭，必为奇优名倡。

可见曹雪芹对于人格形成因素的认识是兼摄两端，对先、后天成因已然赅备俱全，未尝偏废，明确表示了"正邪两赋"作为个体发生的始源，仅只是"情痴情种"的必要条件（necessary condition or essential condition）而非充分条件（sufficient condition），两者以源、流的形式直接相关，却范畴有别，自不能一概而论。也就是这些特异分子之先天禀赋虽皆同源于正邪二气，但在进入现世社会后，仍必须依照"公侯富贵之家""诗书清贫之族""薄祚寒门"等不同的后天环境，才落实分殊为"情痴情种""逸士高人""奇优名倡"这三种表现型，各自具备不同的阶层性（hierarchies）。① 而我们必须特别注意到，"在等级中，……贵族总是贵族，roturier〔平民〕总是 roturier，不管他们其他的生活条件如何；这是一种与他们的个性不可分割的品质"②。就此，一般把"情痴情种"解释为"痴情"，因此将李娃、杜十娘等等痴情名妓都放在这里一概而论，这

---

① 详参欧丽娟：《论〈红楼梦〉中人格形塑之后天成因观——以"情痴情种"为中心》，《成大中文学报》第 45 期（2014 年 6 月），页 287—338。
② 〔德〕马克思、恩格斯：《费尔巴哈唯物主义观点和唯心主义观点的对立》，《德意志意识形态》第 1 卷，《马克思恩格斯全集》第 3 卷（北京：人民出版社，1960），页 86。

乃是望文生义的想当然尔，并不符合曹雪芹在这段文字中所给予的独特定义。

既然没有富贵场就没有温柔乡，没有"公侯富贵之家"就没有"情痴情种"的人物与故事，则塑造出以贾宝玉为代表的情痴情种的作者，又以情痴情种为主要叙事内涵的《红楼梦》，如何会反对"公侯富贵之家"？此所以小说中对于富贵的排场，例如宁府秦可卿大殡、元妃省亲、清虚观打醮等等，往往是用津津乐道的语调加以铺陈，此处还可以特别举第六十四回写贾敬之丧事的这一段为例，其中说道：

请灵柩进城，一面使人知会诸位亲友。是日，丧仪焜耀，宾客如云，自铁槛寺至宁府，夹路看的何止数万人。内中有嗟叹的，也有羡慕的，又有一等半瓶醋的读书人，说是"丧礼与其奢易莫若俭戚"的。

写旁观者的嗟叹、羡慕，正表现出以富贵自豪的心态，因此对发出"与其奢易莫若俭戚"之论的读书人，竟讥之为"半瓶醋"，以嘲讽他们无知于此等贵族的体统。因而一旦面临此一非常富贵的失落，便低回哀思不已，并在追忆书写中随着繁华生活一并罗缕记存。

事实上，文学中的乐园书写都必然包含"失乐园"的构成环节，因为乐园的存在就是以"失落"为其成立的前提，是故乐园的创建与乐园的失落是并存的；再加上"失落追怀"更是特属于中国理想世界观的思维特质，亦即不管是乐园或乌托邦，中国式对理想世界的追寻都奠基在失落的基础上,"失落"与"追寻"或"复归"可以说是中国文化中一切有关理想世界之开展的出发点或深层心理,具有一种"回归复返"的时间向度,同时展现出"逆向追寻"的模式。① 则《红楼梦》便是一阕失乐园的挽歌。

可以说,曾为阀阅名门之王孙公子的曹雪芹,作为"旧梦人犹在"的"旧梦人",乃是在失乐园的处境中以《红楼梦》译写了失落之前的乐园回忆,所谓"废馆颓楼梦旧家"(敦诚《赠曹雪芹》),并后设地以畸零石头为解离"在大荒山中,青埂峰下,那等凄凉寂寞"(第十八回),乃再四苦求入世受享富贵场温柔乡的前身神话为包装,以致入世后亲历目击元妃省亲游园时,那"说不尽这太平气象,富贵风流"的繁华景观,还使石头深心庆幸"若不亏癞僧、跛道二人携来到此,又安能得见这般世面"(第十八回)。则犹如马尔库塞(Herbert Marcuse, 1898—1979)所言:

真正的乌托邦植根于对过去的记取中。②

而写出《追忆似水年华》这部经典的普鲁斯特(Marcel Proust, 1871—1922),即是以小说表示"唯一真实的乐园是人们失去的乐

---

① 参欧丽娟:《唐诗的乐园意识》(台北:里仁书局,2000)。
② 〔德〕马尔库塞著,李小兵译:《审美之维:马尔库塞美学论著集》(北京:三联书店,1992),页256。

园",并"以一千种方式重复这一想法"。①就"乐园"或"乌托邦"的此一本质,即已决定了其所记取的不仅不可能是其所反对的,反倒更应该是其所信仰并热爱的,甚且在失落之后变得更加真切鲜明而美好动人,因为"正是在终结的时刻(一次恋情的终结、一生的终结、一个时代的终结),过去的时光会像个整体似的突然显露出来,而且还具有一种明亮清晰、已然完成的形式"②。这也可以说是所有追忆文学的本质。

以中国文学为例,最伟大的诗人杜甫,也是在安史之乱发生后,突然一改之前使他写出《兵车行》《丽人行》之类讽谕诗的批判态度,而重新挖掘开元、天宝所蕴涵的正面意义,充满了怀思恋慕之情的乐园追寻,也就开始透过回忆的行动而清晰地呈现,于是"忆昔"一词便不断跃现,成为追寻开天盛世的重要指标,其中的"昔"字总是明确而执着地不断回归于此一特定的时刻,笔下的唐玄宗也获得了"政化平如水,皇明断若神"(《能画》)的圣君式推崇③,清楚显示出"失落""追忆"与"乐园"的必然关联。此外,明末张岱的《陶庵梦忆》《西湖梦寻》在同为追忆文学而具有上述基本特质的情况下,又加上与曹雪芹更为接近的家世背景和成长

---

① 此为〔法〕安德烈·莫罗亚(André Maurois)为《追忆似水年华》一书所作的序言,见〔法〕马赛尔·普鲁斯特:《追忆逝水年华》(台北:联经出版事业公司,1992),页7。

② 〔法〕米兰·昆德拉著,尉迟秀译:《小说的艺术》,页71。

③ 详参欧丽娟:《唐诗里的"失乐园"——追忆中的开元盛世》,《汉学研究》第17卷第2期(1999年12月),页217—248。收入《唐诗的乐园意识》。

环境,两书可以说最是《红楼梦》的极佳呼应。

张岱的《陶庵梦忆·自序》云:

> 因想余生平,繁华靡丽,过眼皆空,五十年来,总成一梦。今当黍熟黄粱,车旅蚁穴,当作如何消受?遥思往事,忆即书之,持向佛前,一一忏悔。

在《自为墓志铭》中,张岱又说:"少为纨袴子弟,极爱繁华,好精舍,好美婢,好娈童,好鲜衣,好美食,好骏马,好华灯,好烟火,好梨园,好鼓吹,好古董,好花鸟,兼以茶淫橘虐、书蠹诗魔,劳碌半生,皆成梦幻。"[①] 这恰恰与《红楼梦》卷首的作者自云如出一辙。宇文所安(Stephen Owen)对于中国追忆文学的研究中,曾分析道:"此时此刻,记忆力使他们意识到自己失去了某种东西,由于这种失落,过去被视为理所当然的东西,现在有了新的价值。"[②] 而"凡是回忆触及的地方,我们都发现有一种隐秘的要求复现的冲动"[③],这正是张岱两本书名中的"梦"分别与"忆""寻"相结合的缘由所在,既完全呼应曹雪芹个人对"秦淮风月"的"梦／忆",

---

① (明)张岱:《自为墓志铭》,云告点校:《琅嬛文集》(长沙:岳麓书社,1985),卷5,页199。

② 见〔美〕斯蒂芬·欧文(宇文所安)著,郑学勤译:《追忆——中国古典文学中的往事再现》(上海:上海古籍出版社,1990),〈导论:诱惑及其来源〉,页6。

③ 见〔美〕斯蒂芬·欧文著,郑学勤译:《追忆——中国古典文学中的往事再现》,页117。

也正点出《红楼梦》在"梦"字之下的隐含意义,也就是一种重寻复归的渴望。这才是曹雪芹之所以"十年辛苦不寻常"地创作小说的心理动因,并因此而形成一种"哀挽"的主调。

深知曹雪芹创作底蕴的评点者脂砚斋,于第一回一僧一道以"无常"劝阻石头的入世凡心时,就已经清楚点出"乐极悲生,人非物换,到头一梦,万境归空"这四句"乃一部之总纲"。既然这是一场终归空幻的"乐极"之梦,犹如所谓的"悲剧将人生的有价值的东西毁灭给人看"[①],以致全书的重心就在于对美好事物的全心向往与无比珍爱,并且对于这些美好事物的终必幻灭不胜唏嘘而无限感悼,由此所产生的强大感染力,便如脂砚斋所说:"每阅此本,掩卷者十有八九,不忍下阅看完,想作者此时泪下如豆矣。"(第二十六回)而这些美好事物正包含了个人的青春、贵族家庭的生活,以及使个人青春和贵族生活得以存在维持的整个红尘人世,而辐辏于贾宝玉,以同心圆的模式环环相扣、层层展开。因此,《红楼梦》的主旨应该可以归纳为:

- 青春生命之挽歌
- 贵族家庭之挽歌
- 尘世人生之挽歌[②]

---

① 鲁迅:《再论雷峰塔的倒掉》,《鲁迅全集》第 1 卷,页 192—193。
② 这三点可另外参考梅新林:《红楼梦哲学精神:石头的生命循环与悲剧指归》(上海:学林出版社,1997),页 328—355。

由此，这部小说也才不会受到现实事件的局限，而带有本质性的、整体性的哲理深度，成为人生的、艺术的经典。

一、青春生命之挽歌

"个人"是人类存在的基本单位，也是认识世界的开端。扣除初期的童蒙愚骏，以及成年后种种忧烦困顿的社会负担，"少年十五二十时"的时期可谓最是轻盈亮丽的人生阶段，因此青春颂歌往往成为文学中普遍可闻的主旋律。《红楼梦》也是从单一个体的角度，对其生命过程中短暂而绝美之青春阶段的聚焦，并特别透过少女特有的美感来展现。

就女儿的青春之美而言，一方面是容貌上如春花绽放的鲜嫩可爱，因此宝玉总深受吸引而忍不住品之、嗅之、味之，尽享其芳香柔腻，如第二十四回把脸凑在鸳鸯脖项上，闻那粉香油气，禁不住用手摩挲，其白腻不在袭人之下，便猴上身去，涎皮笑道："好姐姐，把你嘴上的胭脂赏我吃了罢。"又第二十八回看着宝钗的雪白一段酥臂，不觉动了羡慕之心，暗暗想道："这个膀子要长在林妹妹身上，或者还得摸一摸，偏生长在他身上。"此外，女儿之美的第二个特点则是清新自然，心灵未受社会现实改造，第二十回所料定的"天生人为万物之灵，凡山川日月之精秀，只钟于女儿，须眉男子不过是些渣滓浊沫而已"，以及第三十六回所说的"好好的一个清净洁白女儿，也学的钓名沽誉，入了国贼禄鬼之流，……亦且琼闺绣阁中亦染此风，真真有负天地钟灵毓秀之德"，都是由此而发。

而贾宝玉所宣示的"女儿是水作的骨肉,……我见了女儿,我便清爽"(第二回),即体现于流遍大观园的沁芳溪上,此水作为青春之泉(the Fountain of Youth),本是清净女儿的化身,而此园作为众女儿们栖居的净土,是故"处处未尝离水"①,"沁""芳"之命名乃总括了少女身心内外的双重价值,"水"与"女儿"乃是相互定义的一体两面,如以下图示:

$$\left.\begin{array}{l}沁——水——净化(内在)\\ 芳——花——美丽(外在)\end{array}\right\}女儿$$

这一点已为读者所共知,可以不用多说。必须特别指出的是,《红楼梦》中所呈现的少女之美,实际上还透过"富贵"的皴染而更加华丽动人,书名的"红楼"便清楚表明了这一点。

周策纵对于《红楼梦》的"本旨"探讨,已经注意到其中的"富贵"意涵,指出:依唐朝段成式《酉阳杂俎》续集《寺塔记上》所载,"红楼"原是长安长乐坊安国寺唐睿宗在藩邸时的舞榭,沈佺期《红楼院应制》诗也说那是"寺逼宸居",李白《侍从宜春苑》诗:"紫殿红楼觉春好",这当然可说有贵的含义了。其次如白居易《秦中吟》:"红楼富家女",《故事成语考》婚姻项下也说:"红楼是富女之居",这便有富的含义。至如韦庄《长安春》诗:"长安春色本无主,古来尽属红楼女。"以及李白《陌上赠美人》名诗:"骏马骄行踏落花,垂鞭直拂五云车。美人一笑褰珠箔,遥指红楼是妾

---

① 见第十七回脂批。

家。"则应指少女的住处,更含有浪漫风流的意味。① 而我们必须指出,"富"还并不是最重要的范畴,上引诸诗其实主要都只强调"富"而已,有些甚至带有女妓的意味,无怪乎袁枚也将《红楼梦》视为风流名妓的浪漫故事,说:"雪芹撰《红楼梦》一部,备记风月繁华之盛。……当时红楼中有女校书某尤艳。"女校书也者,就是女妓的美称,会将"红楼"误以为"青楼",正是因为一般出身的风流文人没有掌握到小说中的"贵"所导致的误解。

而"贵"与"富"的范畴差异,容我们再藉牟宗三先生之说强调一次,即:贵族有贵族的教养,其所以为贵的地方,在于贵是属于精神的(spiritual),人必须有极大的精神力量才能把礼这个形式(form)顶起来而守礼、实践礼,以之振拔生命并有所担当,这也就是贵族社会的文化才能形成大传统(great tradition)的文化的原因。而"贵"的精神内涵实与礼法、礼教息息相关,这也是六朝以至唐代的衣冠士族所最引以为重的地方,《红楼梦》既是以诗书与富贵相结合的书香世家为叙写对象,同样必然强调礼法教养的必要性,诸如:

贾府为"世代诗书"(第十八回)、"代代读书"(第十九回)的"诗书旧族"(第十三回)、"诗礼簪缨之族"(第一回)与"钟鸣鼎食之家,翰墨诗书之族"(第二回),林如海"之祖曾袭过列侯,今到如海,业经五世,……虽系钟鼎之家,却亦是书香之族"(第二回)、

---

① 周策纵:《〈红楼梦〉"本旨"试说》,《红楼梦案——弃园红学论文集》(香港:中文大学出版社,2000),页83。

"世代书宦之家"（第五十七回），薛家"本是书香继世之家"（第四回）、"也算是个读书人家，祖父手里也极爱藏书"（第四十二回），李纨系"金陵名宦之女，……族中男女无有不诵诗读书者"（第四回），王熙凤属"诗书大宦名门之家"（第四十五回）；至于其他与贾府无姻亲关系者，包括妙玉"祖上也是读书仕宦之家"（第十八回），慧娘"他亦是书香宦门之家"（第五十三回），故有贾母断言"世宦书香大家小姐都知礼读书"（第五十四回）的原则性推论。因此，小说中所写的闺秀千金都是真正的贵族少女，在第一回开卷开宗明义的"作者自云"中，即坦然剖白其创作动机，乃是：

> 今风尘碌碌，一事无成，忽念及当日所有之女子，一一细考较去，觉其行止见识，皆出于我之上。何我堂堂须眉，诚不若彼裙钗哉？实愧则有余，悔又无益之大无可如何之日也！当此，则自欲将已往所赖天恩祖德，锦衣纨袴之时，饫甘餍肥之日，背父兄教育之恩，负师友规谈之德，以至今日一技无成、半生潦倒之罪，编述一集，以告天下人：我之罪固不免，然闺阁中本自历历有人，万不可因我之不肖，自护己短，一并使其泯灭也。

而这些女子固然有着超越须眉的才干灵智，但若非世家大族的陶冶教养，则将是"不拿学问提着，便都流入市俗去了"（第五十六回），也无法"越发历练老成"（第十三回）、"学些眉眼高低，出入上下，大小的事也得见识见识"（第二十七回），无论是才学气度，都难以全面展现其辉煌；同样地，这些女子固然个个天生丽质，但若无高度审美的精致装扮与诗书闲暇所涵孕出来的优雅气质，其美丽也必然失色几分，自非市井寻常的荆钗布裙所能彰显。

就精致装扮所增添的美艳而言，可以举几个例子来看，如第六回刘姥姥眼中所见的平儿是"遍身绫罗，插金带银，花容玉貌的"，遑论第三回"彩绣辉煌，恍若神妃仙子"的凤姐；第五十回让贾母惊艳不已的宝琴立雪，乃是"四面粉妆银砌，忽见宝琴披着凫靥裘站在山坡上遥等，身后一个丫鬟抱着一瓶红梅"，由"这山坡上配上他的这个人品，又是这件衣裳，后头又是这梅花"，构成一幅仇英画的《双艳图》，而其人物、衣裳都更有过之；第五十一回则不但写到"袭人头上戴着几枝金钗珠钏，倒华丽"，还扩大到所有的金钗，"昨儿那么大雪，人人都是有的，不是猩猩毡就是羽缎羽纱的，十来件大红衣裳，映着大雪好不齐整"。小说中对衣饰的描绘甚多，都产生锦上添花的增色效果，可以留意比较。

至于诗书闲暇所涵孕出来的优雅气质，更是让富丽堂皇的衣饰装扮不流于俗艳的最重要原因，如宝琴立雪之美固然有着白雪、凫靥裘的加分，但若无"他的这个人品"，实不能创造出比绘画更美的动人风姿。再想想香菱，以其"倒好个模样儿，竟有些像咱们东府里蓉大奶奶的品格儿"（第七回）的天赋美貌，却因为没有受到读书识字的正统教育，还被宝玉等人私下感慨道："我们成日叹说可惜他这么个人竟俗了。"（第四十八回）"俗"之一字实在挑明了诗书教养对陶冶心性气质的必要性，这些都不是纯然不假雕琢、清新天然的小家碧玉所堪比拟的。

当然，再辉煌的青春都必然会随着年龄而逐渐减色，故第五十八回写宝玉初初病愈，拄杖在园中消散，走到山石之后一株大杏树下，看到花落子成的景观，"又想起邢岫烟已择了夫婿一事，虽说是男女大事，不可不行，但未免又少了一个好女儿。不过两年，便也要'绿叶成荫子满枝'了。再过几日，这杏树子落枝空，再几年，岫烟也未免乌发如银，红颜似槁了，因此不免伤心，只管对杏流泪叹息。"这还只是从时间的角度看女性的外观变化，另外，时间的量变本就会导致人品的质变，尤其在加入"婚姻"的重大因素之后，宝玉便归纳出所谓的"女性价值毁灭三部曲"，第五十九回透过小丫头春燕的转述，宝玉感慨道：

> 女孩儿未出嫁，是颗无价之宝珠；出了嫁，不知怎么就变出许多的不好的毛病来，虽是颗珠子，却没有光彩宝色，是颗死珠了；再老了，更变的不是珠子，竟是鱼眼睛了。分明一个人，怎么变出三样来？

这是从"时间的量变导致人品的质变"这个角度，说明"婚姻"对女性的悲剧性影响，而在这个定义下，也必然导出"只一嫁了汉子，染了男人的气味，就这样混账起来，比男人更可杀了"，以及"凡女儿个个是好的了，女人个个都是坏的了"（第七十七回）的结论。只不过，"女大当嫁"的宿命让女儿们注定都要进入从"宝珠"到"死珠"再到"鱼眼睛"的质变过程，遑论有些女子在还没来得及发生质变之前，就因为各种磨难而香消玉殒。这又岂是一两个护花使者的穷心尽力所能改变的？

因而，当第五回宝玉神游太虚幻境之际，警幻仙子用以暗示众女儿悲剧的"群芳髓（碎）""千红一窟（哭）""万艳同杯（悲）"①，主要便是透过"青春"的消殒以呈现的。这一方面固然是感慨青春之美的短暂，另一方面更是基于"士人家庭一般在女儿青春期到来不久后就把她嫁出去，这是前现代时期全世界普遍流行的做法"②，以致随着青春之美的消殒的，更是纯真心灵与爱宠生活的终结，从此陷入家庭的繁琐无聊与操心劳神上，无忧无虑的个人乐园年代就昙花一现地一去不返。而小说中处处出现的落花意象，便是凌迟般地哀挽着世间没有不老的青春。不甘不舍的心灵既执着于对美好事物的追寻但又悲凉幻灭，于是在幻灭的前提下，以笔墨对过去的美好事物进行重建。

更可叹的是，世间没有永远的童年，也没有长不大的彼得潘（Peter Pan），宝玉终究要被迫长大，在回首中无尽苍凉。而疲惫艰辛的成年人特别眷恋纯真无忧的青少年时代，也可以说是一种心理补偿，于是大观园的青春故事触动了一代又一代被时间所迫而必然成年者的共鸣心弦，大观园的青春乐土也终于取桃花源而代之，成为大多数人一同缅怀唏嘘的年少纪事。

---

① 其中髓与碎、窟与哭、杯与悲的谐音关系，参第五回夹批。
② 〔美〕伊沛霞著，胡志宏译：《内闱——宋代的婚姻和妇女生活》（南京：江苏人民出版社，2004），页64。

二、贵族家庭之挽歌

　　李商隐《七月二十八日夜与王郑二秀才听雨后梦作》是一篇述梦之作，何焯评曰："述梦即所以自寓。"①冯浩亦云："假梦境之变幻，喻身世之遭逢也。"②《红楼梦》又何尝不是如此。只是，我们曾一再引述苏联学者科恩所提醒的一段话，帮助读者注意到"古人回答的不是我们的问题，而是**自己的**问题"，从而力图揣摩《红楼梦》的思想感受是何种方式？而曹雪芹透过小说所回答的他"自己的"问题，又是什么？"青春"的美好短暂虽是其中之一，但这是普世性的问题，并非《红楼梦》与众不同的独特之处；就其作为空前绝后的、唯一一部真正叙写贵族世家的小说而言，曹雪芹透过小说所要回答的他"**自己的**"问题，也就是百年贵族世家何以没落的原因与面临丧败的痛苦，这便是《红楼梦》的特殊课题。

　　就石头幻形入世后的"受享"历程而言，因为不幸遭遇到"末世"，而仅仅只有十几年便面临中断，甚且因为失落后回顾往事的追忆书写，而使得所追忆的内容和笔调也都染上幻灭伤悼的色彩，以致全书开篇时，第一回为贾宝玉个人与整部家族叙事所安排的石头神话，其中的一个基本环节即是"末世"的背景设定，用以点出贾府运势之大环境，并透过"无才补天"的畸零石来传达儒家"济世"理想的落空，故在前五回作为小说文本的楔子中，"末世"这个关

---

　　① （清）沈厚塽：《李义山诗集辑评》，卷上。
　　② （清）冯浩：《玉溪生诗集笺注》（台北：里仁书局，1981），卷1，页192。

键词汇共出现三次,而脂批更在评点中用了五六次之多(请详参本书第五章中对石头神话的解说),并指出"作者之意,原只写末世"(第二回),其感慨之痛切不言可喻。

这是因为对于一个地位崇高、声誉卓著、资产雄厚又历史久远的贵族世家而言,"如何生活"是一个与现代完全不同的课题,所谓的上千人,并不是一个个独立个体的集合,而是在共同生活紧密互动之下,以"宗法"为主要的运作法则,且其中又包含了其他各种人情的潜规范,在在迥别于以个人主义为基本前提所产生的现代社会。其中家族成员的"责任"之重与"传统"之深,较诸以追求个人自由甚至冒险叛逆为人生意义,以个体的自我实践为终极原则的现代价值观,更是截然有别。因而在此必须强调的是,当贵族世家面临"末世"时所要处理的问题,完全不等于是"反思贵族制度"的问题,相反地,贵族世家所最关切的是"**如何让这个家族生存维系下去**"的问题,以及当这个家族遭遇末世时,"**何以致此、又何以复兴**"的问题。

因此,小说在前几回就不断地致意于此,首先是第五回宁荣二公的最后努力,希望透过警幻仙子确保唯一继承人的心志资格:

> 吾家自国朝定鼎以来,功名奕世,富贵传流,虽历百年,奈运终数尽,不可挽回者。故**遗之子孙虽多,竟无可以继业**。**其中惟嫡孙宝玉一人**,秉性乖张,生情怪谲,虽聪明灵慧,**略可望成**,无奈吾家运数合终,恐无人**规引入正**。幸仙姑偶来,万望先以情欲声色等事警其痴顽,或能**使彼跳出迷人圈子**,然

后入于正路,亦吾兄弟之幸矣。

这段话明确指出,当这个家族遭遇末世时,"何以致此"的答案就在于"子孙不肖",这是第二回所谓的"更有一件大事:谁知这样钟鸣鼎食之家,翰墨诗书之族,如今的儿孙,竟一代不如一代了",也正是第七回焦大醉骂的重点所在,所谓:"我要往祠堂里哭太爷去,那里承望到如今生下这些畜牲来!"此所以宁荣二公万分感慨于"无可以继业"者。众子孙中唯一的希望就在于荣府第四代的贾宝玉,身系百年家族存亡绝续的重责大任,故祖灵携手致力于将之"规引入正",可证"子孙不肖"诚然是丧家败业的致命关键。

　　然而单靠一人仍不足以挽回没落之大势,且仅凭一人之力也难撑大局,因此,除了找到恰当的"可以继业"者之外,仍必须因应"将来衰时""将来败落之时""败落下来"的局面,筹画"常保永全"甚至"永保无虞"之"退步",故在"继承人"的问题之外,其次是家势不可挽回之后的保留青山之道,这一点就在第十三回透过秦可卿的托梦所授,

　　　　秦氏道:"常言'月满则亏,水满则溢';又道是'登高必跌重'。如今我们家赫赫扬扬,已将百载,一日倘或乐极悲生,若应了那句'树倒猢狲散'的俗语,岂不虚称了一世的诗书旧族了!"凤姐听了此话,心胸大快,十分敬畏,忙问道:"这话虑的极是,但**有何法可以永保无虞**?"秦氏冷笑道:"婶子好痴也。否极泰来,荣辱自古周而复始,岂人力能可保常

的。但如今能于荣时筹画下将来衰时的世业，亦可谓常保永全了。即如今日诸事都妥，只有两件未妥，若把此事如此一行，则**后日可保永全了**。"凤姐便问何事。秦氏道："目今祖茔虽四时祭祀，只是无一定的钱粮；第二，家塾虽立，无一定的供给。依我想来，如今盛时固不缺祭祀供给，但将来败落之时，此二项有何出处？莫若依我定见，趁今日富贵，将祖茔附近多置田庄房舍地亩，以备祭祀供给之费皆出自此处，将家塾亦设于此。合同族中长幼，大家定了则例，日后按房掌管这一年的地亩、钱粮、祭祀、供给之事。如此周流，又无争竞，亦不有典卖诸弊。**便是有了罪，凡物可入官，这祭祀产业连官也不入的。便败落下来，子孙回家读书务农，也有个退步，祭祀又可永继。**……此时若不早为后虑，临期只恐后悔无益了。"

由此可见，当贵族世家面临"末世"时所要处理的问题，完全不是"反思贵族制度"的自我批判，而是深感痛心疾首，并极力苦思良策以救亡图存，故而宁荣二公与秦可卿都以死者亡魂所特有的通灵能力，既预知未来也以超越现实的洞察力，提供"常保永全"的远见，并托付给最有能力实践的对象。因此，"裙钗一二可齐家"的王熙凤便雀屏中选。

王熙凤中选的原因，乃是秦可卿所言的："婶婶，你是个脂粉队里的英雄，连那些束带顶冠的男子也不能过你。"只是在推赞王熙凤的同时，可以说也一语贬尽贾府中所有的"束带顶冠的男子"，正是宁荣二公之灵所感叹的"遗之子孙虽多，竟无可以继业"者。

其中,唯一"略可望成"的贾宝玉,就其身为继承人的仅存希望都辜负了此一使命,纵情遂性地沉溺于安富尊荣、温柔绮乡之中,使其"聪明灵慧"也无用武之地,导致家族的一败涂地,作者乃处处从原本的隐身幕后介入文本中,对贾宝玉不断施加爱深责切的贬词,并时时流露愧悔交加的忏疚之情。例如第三回引述《西江月》二词后,就以说书人的口吻认证为"批宝玉极恰",其词曰:

> 无故寻愁觅恨,有时似傻如狂。纵然生得好皮囊,腹内原来草莽。
> 潦倒不通世务,愚顽怕读文章。行为偏僻性乖张,那管世人诽谤!
> 富贵不知乐业,贫穷难耐凄凉。可怜辜负好韶光,于国于家无望。
> 天下无能第一,古今不肖无双。寄言纨袴与膏粱:莫效此儿形状!

由"批宝玉极恰"之说,可知这些在小说中不断出现的贬词,实际上并不是现代一般读者所以为的"贬中褒",而是恰如字面的如实表述,也就是作者确确实实是责骂宝玉的,虽然责骂中带有了解与怜惜,但根本上是对宝玉无法完成家族承续使命的悲痛和哀叹。"补天石被弃"的神话就是开宗明义的后设性隐喻。

固然,就"如何让这个家族生存维系下去"的问题而言,主要就是培育足以继承家业的子孙,即所谓"佳子弟"。如王绍玺所指出:"恪守祖宗成法、家业,不改父祖之道,就是好儿孙,不然的话,就是'不肖子孙',就是家门的最大不幸。"① 这一点是自古以来所有的传统大家族的共同课题,自不待言;但宝玉的"不肖"究竟是哪一种呢? 这就必须回到清代的历史背景才能找到最合适的答案。正是在前一章所说明的"随代降等承袭"的制度下,以致原有的爵位必然逐代削减乃至断绝②,且第一代的国公可以在改朝换代的激烈争战中建立军功,因之擘创家业,但三代之后四海晏平,缺乏沙场可以效命,便只能坐待爵位归零。如此一来,失去最后一等爵位的子孙,即使是克绍箕裘的佳子弟,也仍然必须另寻出路,才能使家业延续不坠,这就是"科举"之必要的原因。

而这一点,其实《红楼梦》伊始已清楚地透过两个家族加以展示:

- (贾雨村)也是诗书仕宦之族,因他生于末世,父母祖宗根基已尽,人口衰丧,只剩得他一身一口,在家乡无益,**因进京求取功名,再整基业**。(第一回)
- 这林如海姓林名海,表字如海,乃是前科的探花,今已升至兰台寺大夫,本贯姑苏人氏,今钦点出为巡盐御史,到任方一月有余。原来这林如海之祖,曾袭过列侯,今到如海,业经五世。起初时,只封袭三世,因当今隆恩盛德,远迈前代,

---

① 见王绍玺:《东方两性论》(沈阳:辽宁教育出版社,1989),页83。
② 参金寄水、周沙尘:《王府生活实录》,页14。

> 额外加恩,至如海之父,又袭了一代;**至如海,便从科第出身。虽系钟鼎之家,却亦是书香之族。**(第二回)

其中,贾雨村是与宁荣二府同宗同谱的近亲支系,并且"也是诗书仕宦之族",但在面临"父母祖宗根基已尽"的"末世"时,只能"进京求取功名,再整基业",足见科举具有起死回生的关键性;更显明的,是门当户对得以与贾家联姻的林家,虽有列侯"封袭三世"再额外加恩"又袭了一代"的显赫背景,但第五代的林如海已无爵位,乃改从科第出身,以殿试第三名的"探花"身份延续其钟鼎之族的门第家世,便是一个转型成功的例子。

此一降等袭爵的规例,贾家也不能例外,则宁荣二公之灵所以深怀"吾家自国朝定鼎以来,功名奕世,富贵传流,虽历百年,奈运终数尽,不可挽回""吾家运数合终"(第五回)的焦虑与宿命感,而亟欲培养足以承担家业的新一代继承人,且主要是采"科甲"的方式以谋家族绵延久安的长治之道,真正的原因应该就在这里。而被选出的继承人,一个是第三代的文字辈贾政,如第二回写道:"贾政自幼酷喜读书,**祖父最疼,原欲以科甲出身的**。"另一个则是第四代的玉字辈贾宝玉,作为全书的主角,因此不断描述到他被贾政严格要求读书的庭训。贾政的作为并非迂腐诞谬,而是攸关家族存亡的势所必然,责任之巨大难逃,也相对使宝玉之叛逆不驯流于任性自私,以致失职之罪咎的深重难遭,便往往窜入小说的作者声音中,成为执着不散的对宝玉的归咎批判。

而其中愧悔交加的忏疚之情，更透过脂批充分传达出来。如脂砚斋认为第一回"无材补天，幻形入世"这八字"便是作者一生惭恨"，"无材可去补苍天"一句乃是"书之本旨"，而"枉入红尘若许年"一句则是"惭愧之言，呜咽如闻"，并于"遗之子孙虽多，竟无可以继业"句，批云："这是作者真正一把眼泪。"又于第三回王夫人声言"我有一个孽根祸胎"句，批云：

四字是血泪盈面，不得已、无奈何而下。**四字是作者痛哭。**

因而，第十二回的批语清楚指出："处处点父母痴心，子孙不肖——**此书系自愧而成。**"换句话说，《红楼梦》除了怀念贵族生活之外，并且对身为家族继承人却无力回天的失职，而深感愧悔自责；创作既是曹雪芹的追忆似水年华，也是对祖宗父亲的告解与赎罪，由此两种情怀交织出眷恋与自忏的叙写主调。

可以说，《红楼梦》是一位历尽沧桑的落魄王孙贵公子，在当下"茅椽蓬牖，瓦灶绳床"的贫困处境中回思往事、追忆昔日所写成的小说，其中所反映的，是"当时"的幸福生活与儿少眼光，因此有些顽皮淘气、有些小小的离经叛道，但这却完全不等于是全书的创作宗旨；相反地，作者不断窜入作品中的"当下声音"总是一种愧疚自责的忏悔，从《红楼梦》开卷第一回的自序可知，作者本身深怀"今风尘碌碌，一事无成，……背父兄教育之恩，负师友规谈之德，以至今日一技无成、半生潦倒之罪"的愧疚，痛自忏悔也自甘隐沦，只因不愿使闺阁中的异样女子"因我之不肖，自护己短,一并使其泯灭",遂尔有此书之作,以为诸钗昭传。因此,小说中处处赀谤宝玉的种种贬词,如第一回的"无材可去补苍天,枉入红尘若许年"、第三回的"天下无能第一,古今不肖无双",实皆出于"天地之弃才"由衷的忏情流露,一无"贬中褒"的反讽意味。

就这一点来说,已经有一些学者提出很好的见解,有助于对这一点的清楚把握。如周蕾(Rey Chow)从一般原则性的角度指出,那种倾向"主观性"和"个人主义"的特点,并不足以造成自传体创作的动力,用自传体写作的冲动,其实跟一种忏悔式的迫切感觉有关,①而在《红楼梦》上也是如此,浦安迪(Andrew H. Plaks)便提醒道:很多人基于本书的自传性质,而误以为贾宝玉只代表作者自身的本相,殊不知自传体的虚构作品也常常有作者内省自己往事的反讽意味。②香港学者余珍珠重读《红楼梦》篇首作者自白之后,同样认为其中在一僧一道干预下的佛道梦幻寓言里又蒙上一层儒家思想的罪恶感,"自我忏悔构成写作的原动力,写作又成为自我救赎的契机"。③这些说法,都从学理上与文本证据上提示了《红楼梦》这类自传体虚构小说的"忏悔自讽"的意旨。

---

① 周蕾:《妇女与中国现代性——东西方之间阅读记》(台北:麦田出版公司,1995),页190。

② 〔美〕浦安迪:《中国叙事学》(北京:北京大学出版社,1996),页122—123。

③ 余珍珠:《忏悔与超脱:〈红楼梦〉中的自我书写》,《红楼梦学刊》(增刊:1997北京国际红楼梦学术研讨会专辑),总第75辑(1997年12月),页256。

当然，在百年家族遭遇末世时，其**"何以致此"**的关键就在于"子孙不肖"，而其中，宝玉的"不肖"是极为特殊的一种。由于其天赋禀性中的"正气"使他并未堕入恶道，沦为滥使银钱、淫乐悦己的纨袴子弟，乃走向警幻所谓的"独为我闺阁增光，见弃于世道"（第五回）的情痴情种，因此还能受到读者的同情甚至喜爱；其他贾家子孙的"不肖"则是全然的淫滥堕落，以致连"略可望成"的条件都不具备。此所以宁荣二公的第一次显灵还带有希望，故谆谆嘱咐于警幻以救亡图存；但第七十五回的第二次还魂时，则只剩下绝望的叹息，当时贾珍在父丧守制的情况下违礼欢庆中秋，纵情享乐：

那天将有三更时分，贾珍酒已八分。大家正添衣饮茶，换盏更酌之际，忽听那边墙下有人长叹之声。大家明明听见，都悚然疑畏起来。贾珍忙厉声叱咤，问："谁在那里？"连问几声，没有人答应。尤氏道："必是墙外边家里人也未可知。"贾珍道："胡说。这墙四面皆无下人的房子，况且那边又紧靠着祠堂，焉得有人。"一语未了，只听得一阵风声，竟过墙去了。恍惚闻得祠堂内槅扇开阖之声。只觉得风气森森，比先更觉凉飒起来；月色惨淡，也不似先明朗。众人都觉毛发倒竖。

孝心既是虚设成空，孝行也惨遭扭曲，可见作为礼法核心的孝道已荡然无存，死不瞑目的祖灵夫复何言！

谷川道雄（1925—2013）也强调，贵族之所以为贵族的必要资格，在于其人格所具有的精神性。① 如此一来，"礼法破败，则门第亦终难保"的必然逻辑就宣告了贾府的末世，在礼法破败、失去了精神力量的情况下，《红楼梦》所反映的"末世"，才会多见"假礼假体面"（第七十五回尤氏言）的现象，而这正是贵族失去了身为贵族的必要资格时的"末世"特质所使然。

就此，应该认识到，宝玉天赋禀性中的"正气"使他对女性由衷尊重、谦逊有礼，这诚然也是人格精神性的至高表现，实质上仍属于一种足以守礼、实践礼而以之振拔生命并有所担当的"贵"的力量；至于贾府中其他"假礼假体面"的部分，作者在写实反映的情况下，也对此一"末世"处境的存亡危机中必然出现的黑暗困顿有所刻画，并未刻意回避。小说中许多不堪的例子，尤以第七回宁国府的焦大醉骂最具代表性，道："我要往祠堂里哭太爷去。那里承望到**如今**生下这些畜牲来！每日家偷狗戏鸡，爬灰的爬灰，养小叔子的养小叔子，我什么不知道？咱们'胳膊折了往袖子里藏'！"所谓的"如今"，与第二回冷子兴演说荣国府时所说的"**如今**生齿日繁，事务日盛，主仆上下，安富尊荣者尽多，运筹谋画者无一；其日用排场费用，又不能将就省俭，**如今**外面的架子虽未甚倒，内囊却也尽上来了"，以及"谁知这样钟鸣鼎食之家，翰墨诗书之族，**如今**的儿孙，竟一代不如一代了"，一致而明确指向当下的末世之际，其所醉骂的黑暗丑陋与冷子兴所说的外强中干与子孙不肖，都属于"如今"的这个时间点，也就是"贵族末世"失去了振拔生命

---

① 参〔日〕谷川道雄著，马彪译：《中国中世社会与共同体》，页206。

之精神力量的特定状态。

然而，必须注意并善加分辨的是："触及现象"不等于就是"批判制度"或"反对制度"，"反映贵族世家的末世"完全不等于"反对贵族阶级"，以为"写贵族末世"就等于"反贵族制度"，实是一种范畴混淆的推论。就如同现代人之批评民主乱象者绝大多数都没有反对民主制度的意思，而忍不住抱怨父母者往往都还是爱之深、情之切，所以这实在是一种失之毫厘便谬以千里的重要区别，却往往被习惯于一概而论的读者所忽略。

以《红楼梦》的例子而言，其之未尝反对封建礼教与贵族阶级已不只是逻辑上的可能性问题，还更主要是从内容情调上的质性判断。既然石头幻形入世的基本动机就是"在那富贵场中、温柔乡里受享几年"，而不是大闹天宫式的革命破坏，则对于小说中种种阴暗面的描绘与家族的败亡宿命，与其用现代人所习惯的"反封建礼教""反阶级"概念去解释，不如设身处地，体念作者对其所赖以孕生、所诚挚热爱，以致要后设地用入世神话来包装其享受动机的贵族世家，竟然失去其所以为"贵"的精神根底而沦为"末世"深感痛心，并对其终至面临破灭的结局无尽哀恸，同时为自己的补天无望痛表忏悔。再加上前面第二章的说明，我们应该说，《红楼梦》非但没有反对封建礼教与贵族阶级，甚至恰恰是出于对贵族生活的眷恋，因此反过来对其末世光景深感痛心，并为其终究没落败亡而唏嘘叹惘。

这一点，除了读者必须捐弃成见深刻地浸润其中仔细玩味之外，或许还可以从一种小小笔墨所暗透的讯息略略察知。亦即在精炼用笔的情况下，作者不惜打破"无一笔相重，一事合掌"（第十六回批语）的美学原则，全书中重复使用达两次以上的成语或歇后语（诗词不计），共有以下三个：

- 百足之虫，死而不僵（第二回、第七十四回）
- 胳膊折在袖内（第七回、第六十八回、第七十四回）
- 千里搭长棚，没有个不散的筵席（第二十六回、第七十二回）

这三个成语或歇后语，都是切合名门大族的特性而言的。第一个"百足之虫，死而不僵"说的是家大业大的支撑力与耐受性，第二个"胳膊折在袖内"则是道尽该等望族必须委屈求全与家丑不可外扬的辛酸；第三个虽已成为关于人世无常的一般性感慨，但其实"千里长棚的筵席"也是贵宦之家才最能展现的排场，而曲终人散的凄凉也最是令人震撼。从小说中不惮重复地一再使用，成为小说中严守"不犯"原则——也就是"写法不重复"——的少数例外，可见作者对此感受之痛切；再由这些犯笔的重复使用都集中在第七十二回与第七十四回，亦即抄检大观园的相关情节，可见作者面临家族幻灭败亡的蚀心之悲。

再以与家族维系有关的人物来看，王熙凤是在"死而不僵"的情况下，让表面繁华得以延长的大功臣，因此，第十三回就以回末诗"金紫万千谁治国，裙钗一二可齐家"来赞美她；只是可惜"独木难支大梁"，单凭一妇人之力实在是回天乏术，终究必须面临崩

溃败落的下场。第五回《红楼梦曲》中有关王熙凤的歌词,就是以此为说的:

〔聪明累〕机关算尽太聪明,反算了卿卿性命。生前心已碎,死后性空灵。家富人宁,终有个家亡人散各奔腾。枉费了,意悬悬半世心,好一似,荡悠悠三更梦。忽喇喇似大厦倾,昏惨惨似灯将尽。呀!一场欢喜忽悲辛。叹人世,终难定!

而对于另一位"可齐家"的裙钗贾探春,其才智能力比起王熙凤的维持现状更有过之,其实更能进一步让败落后的贾家起死回生,却因为女儿必须出嫁归属他姓的宿命,而使唯一的机会也葬送于枉然,以致脂砚斋痛切感叹道:"使此人不远去,将来事败,诸子孙不至流散也。悲哉伤哉!"① 这种"悲哉伤哉"之情,正是哀挽的明证。

三、尘世人生之挽歌

事实上,单单由青春的消逝本身,就足以通往一切美好事物的幻灭本质,如第二十八回描写道:

宝玉在山坡上听见,先不过点头感叹;次后听到"侬今葬花人笑痴,他年葬侬知是谁","一朝春尽红颜老,花落人亡

---

① 第二十二回批语。

两不知"等句,不觉恸倒山坡之上,怀里兜的落花撒了一地。试想林黛玉的花颜月貌,将来亦到无可寻觅之时,宁不心碎肠断!既黛玉终归无可寻觅之时,推之于他人,如宝钗、香菱、袭人等,亦可到无可寻觅之时矣。宝钗等终归无可寻觅之时,则自己又安在哉?且自身尚不知何在何往,则斯处、斯园、斯花、斯柳,又不知当属谁姓矣!——因此,一而二,二而三,反复推求了去,真不知此时此际欲为何等蠢物,杳无所知,逃大造,出尘网,使可解释这段悲伤。

而随着青春的消逝,由小观大、从个体到全局地推衍出世间无常的本质,于是从"个人的无可寻觅"扩大到"斯处斯园斯花斯柳,又不知当属谁姓"的家族败灭,效果既是相乘相加也是进一层深化,于是真正进入到架空于世间的无立足之地。此一独立苍茫之境,正是第五回《红楼梦组曲》最后所演唱的终曲:

〔收尾·飞鸟各投林〕为官的,家业凋零;富贵的,金银散尽;有恩的,死里逃生;无情的,分明报应。欠命的,命已还;欠泪的,泪已尽。冤冤相报实非轻,分离聚合皆前定。欲知命短问前生,老来富贵也真侥幸。看破的,遁入空门;痴迷的,枉送了性命。好一似食尽鸟投林,落了片白茫茫大地真干净!

这"落了片白茫茫大地真干净"的幻灭之痛无以复加,令人无以撑持到恸倒于地,乃欲求"逃大造,出尘网,使可解释这段悲伤",

这便提高到由色入空的悟道层次。

然而，在进入终极虚空的悟道层次之前，且让我们仔细玩味这段话中宝玉所反覆推求的无常之理，它所涵摄的范围是从个人到家族再到大造尘网的，从"个人的无可寻觅"到"逃大造，出尘网"的终极虚空之间，其实还有"斯处斯园斯花斯柳，又不知当属谁姓"的家族败灭作为中介——甚且应该说不只是中介，"斯处斯园斯花斯柳，又不知当属谁姓"的家族败灭呼应了六朝王谢大族的命运，所谓"旧时王谢堂前燕，飞入寻常百姓家"（刘禹锡《金陵五题·乌衣巷》），作为"个人的无可寻觅"的集体结果，也才是让石头所幻化的宝玉感到"真不知此时此际欲为何等蠢物"的主要根源，以及欲求"杳无所知，逃大造，出尘网"以"解释这段悲伤"的悲伤所在。如此一来，与其说"逃大造，出尘网"是最终的悟道境界，不如说是"使可解释这段悲伤"的方法，这又更证明了《红楼梦》的创作主旨，便是贵族家庭的挽歌。

当然，从家族集体的无常幻灭距离人世整体的无常幻灭也就只剩一步之遥。早在第一回已先一步藉甄士隐的炎凉遭遇与道人《好了歌》的点化，敷演一段"世上万般，好便是了，了便是好。若不了，便不好；若要好，须是了"的悟空之道，本具有灵性宿慧的士隐一闻此言，心中即已彻悟，因将《好了歌》解注出来，说道：

陋室空堂，当年笏满床；衰草枯杨，曾为歌舞场。蛛丝儿结满雕梁，绿纱今又糊在蓬窗上。说什么脂正浓、粉正香，如何两鬓又成霜？昨日黄土陇头送白骨，今宵红绡帐底卧鸳鸯。金满箱，银满箱，展眼乞丐人皆谤。正叹他人命不长，那知自己归来丧！训有方，保不定日后作强梁。择膏粱，谁承望流落在烟花巷！因嫌纱帽小，致使锁枷扛；昨怜破袄寒，今嫌紫蟒长：乱烘烘你方唱罢我登场，反认他乡是故乡。甚荒唐，到头来都是为他人作嫁衣裳！

随即跟着道士飘然而去。这岂非正体现了第一回二仙师劝阻石头的思凡所言："那红尘中有却有些乐事，但不能永远依恃；况又有'美中不足，好事多磨'八个字紧相连属，瞬息间则又乐极悲生，人非物换，究竟是到头一梦，万境归空，倒不如不去的好。"由脂批说"乐极悲生，人非物换，到头一梦，万境归空"这四句"乃一部之总纲"，可见这种梦幻意识已是全书的核心，甚至是结构组织上的基本要素，如第四十八回脂批云：

  一部大书起是梦，宝玉情是梦，贾瑞淫又是梦，秦之（氏）家计长策又是梦，今作诗也是梦，一并（面）"风月脑（鉴）"亦从梦中所有，故〔曰〕"红缕（楼）梦"也。余今批评亦在梦中，特为梦中之人特作此一大梦也。

这也是对第一回开卷作者所自云"因曾历过一番梦幻"的更进一步补充。由于"梦"的性质是"幻"、是"假"，又竟然可以"为梦中之人特作此一大梦"，这便形成了梦中有梦、幻中之幻，犹如中晚

唐诗中开始大量出现的梦幻意识一样,所谓:

- 况此**梦中梦**,悠哉何足云。(白居易《和微之诗二十三首和送刘道士游天台》)
- 已是**梦中梦**,更逢身外身。(澹交《写真》)
- 浮生暂寄**梦中梦**,世事如闻风里风。(李群玉《自遣诗》)①

此一梦中有梦、幻中之幻更是梦幻意识的最强化,也可知其体悟之深与感慨之切。

只是,"梦"的性质固然是"幻"、是"假",但其实又并非如此简单,《大乘止观法门》卷二云:"据觉论梦,梦里长时,便则不实;据梦论觉,觉是食顷,亦则为虚。"则"梦"与"觉"的真假辩证,也成了梦幻意识的哲理性延伸。王希廉便说:"《红楼梦》一书,全部最要关键是'真假'二字。读者须知,真即是假,假即是真;真中有假,假中有真;真不是真,假不是假。明此数意,则甄宝玉、贾宝玉是一是二,便心目了然,不为作者冷齿,亦知作者匠心。"② 真假的辩证关系恰恰也可以体现在"梦"的这个经验和隐喻上,也就是历经一场人生之"真"后,才能翻出"梦"的意识,由此展开对于虚实的反覆推求,而达到真假不二、互为定义

---

① 见《全唐诗》(北京:中华书局,1990),卷445,页4983;卷823,页9284;卷569,页6596。

② (清)王希廉:《红楼梦总评》,一粟编:《红楼梦资料汇编》,卷3,页147。

的超越性体验，此时，不但人心可以挣脱二元对立的简化认知，也可以摒除特定偏好的执着而自我超脱、甚至超离世界。这可以说是盘薖硕人（相传为徐奋鹏，约略后于汤显祖）所谓的"始迷终悟，梦而觉也"①，而明代静啸斋主人《西游补答问》更说得好：

> 悟通大道，必先空破情根；空破情根，必先走入情内；走入情内，见得世界情根之虚，然后走出情外，认得道根之实。②

这就是必得先有"红楼"而后成"梦"的原因，通过种种恩怨情仇、炎凉起落、聚散离合的刻骨经历，入乎其中而出乎其外，反倒成为彻悟的契机。《红楼梦》中几个先后出家的甄士隐、柳湘莲与贾宝玉，都合乎此一模式。

而可以进一步深思的是，甄士隐的炎凉遭遇固然预告了贾宝玉未来的"悬崖撒手"，然则，贾雨村那"也是诗书仕宦之族，因他生于末世，父母祖宗根基已尽，人口衰丧，只剩得他一身一口"的身世情状，同样是贾府与宝玉之共同命运的预演，是造就他悬崖撒手的关键动因。再则是，宝玉悟道之路上的先行者并不只有甄士隐一人，出现较晚、却出家更早、也道行最深的，是第二回中那位似乎乏味至极的聋哑老僧。小说中描写道：

---

① （明）盘薖硕人：《玩西厢记评》，《盘薖硕人批本西厢记》（台北：广文书局，1982），页3。

② 收入（明）董说：《西游补》（北京：文学古籍刊行社，1955），页1。

这日,偶至郭外,意欲赏鉴那村野风光。忽信步至一山环水旋、茂林深竹之处,隐隐的有座庙宇,门巷倾颓,墙垣朽败。门前有额,题着"智通寺"三字,门旁又有一副旧破的对联,曰:

身后有余忘缩手,眼前无路想回头

雨村看了,因想到:"这两句话,文虽浅近,其意则深。我也曾游过些名山大刹,倒不曾见过这话头,其中想必有个翻过筋斗来的亦未可知,何不进去试试。"想着走入,只有一个龙钟老僧在那里煮粥。雨村见了,便不在意。及至问他两句话,那老僧既聋且昏,齿落舌钝,所答非所问。雨村不耐烦,便仍出来。

就此一所郊外的破庙,以及其中的一位聋哑老僧,脂砚斋曾提点道:

未出宁荣繁华盛处,却先写出一荒凉小境;未写通部入世迷人,却先写一出世醒人。回风舞雪,倒峡逆波,别小说中所无之法。(第二回眉批)

其中的"未出宁荣繁华盛处,却先写出一荒凉小境",正是"斯处斯园斯花斯柳又不知当属谁姓"后的"落了片白茫茫大地真干净",所预告的便是贵族家庭的挽歌;而"未写通部入世迷人,却先写一出世醒人",则更进一步警示了整个人世尘寰的挽歌。

有学者认为,这个"既聋且昏"的老僧,正如《枕中记》那个开悟启蒙的智慧老人吕翁①，这应该是针对贾雨村所言的。我们则以为，他更像是"道体"的化身。作为"翻过筋斗来的"修道有成者，固然已经超越了种种喜怒悲欢与荣辱炎凉，然而所谓"豪华落尽见真淳"②，在到达"真淳"之前"豪华落尽"的过程却不可免，此所以前述所谓的"必先走入情内，然后走出情外"。对于开悟后的"走出情外"，究竟是何状貌？这却并非可以一概而论。第一回写到"空空道人因空见色，由色生情，传情入色，自色悟空，遂易名为情僧"，由他既已"自色悟空"，却反倒改名为情僧，比起原名的"空空"更显"情"之牵滞，可见其境界虽已是"走出情外"，仍还不免回首的唏嘘，因此显露痕迹；相对地，智通寺中这位"出世醒人"却已进入寂灭，"既聋且昏"只是从世俗角度而言的，毋须回首，也不再回应，所谓"太上忘情"，这便是"走出情外"且臻"智通"的终极境界。

整体以观之，将个人的、家族的失落扩大为整个宇宙的本质性体悟，这也让整部作品的境界大为提升，臻及超越性的哲理层次，观照面既广，洞察力更深，于是乃能成就其不朽价值。当然，曹雪芹的书写仍然饱蘸血泪，个人半生潦倒、一无所有，仅剩手中之笔与心中之回忆，则以笔写其所思所忆，正是畸零之弃石的唯一可为；《红楼梦》也还算是一部情僧的忏情录，在"色"与"空"的

---

① 胡万川：《由智通寺一段里的用典看红楼梦》，收入余英时、周策纵等著：《曹雪芹与红楼梦》（台北：里仁书局，1985），页446—447。

② （金）元好问：《论诗三十首》之四，狄宝心校注：《元好问诗编年校注》（北京：中华书局，2011），卷1，页48。

徘徊拉锯中，透过追忆似水年华的重温往事，在笔下重新召唤那些失去不起却又全然失去的东西，因此才会"哭成此书。壬午除夕，书未成，芹为泪尽而逝"。直到生命的最后一刻都还以书稿相伴、以眼泪殉葬，若非出于由衷之挚爱与彻骨之悲恸，又何能致此？尤其在没有名利的干扰之下，所有记得的都是忘不了的刻骨铭心，所有不重要的都已经自动过滤而烟消云散，因此留下来的，都是必要而必然的，在"现在"与"过去"的隐密对话中再度复活，并透过艺术的升华而更臻温暖美丽。此其所以为杰作的因素之一。

第四章
评阅的小众世界：版本与批点

《红楼梦》迄今已是家喻户晓的流行名著，研究分析者百家争鸣，注解笺释者不绝如缕，业余嗜读者更是不可胜数。这种情况是从乾隆后期推出一百二十回足本后所开始的，此一足本由书商程伟元与进士高鹗合作以活字印刷推出，故称"程高本"系统，一共有两个版本：首先是乾隆五十六年（1791）冬付梓的程甲本，是1927年以前的风行本；而仅仅七十多天之后，乾隆五十七年（1792）春又推出第二个版本，称程乙本，比程甲本多出二万多字，前八十回也多所窜改，却是五四以来的普及本。其风行热潮可由当时的几条记载得以窥知，如清人毛庆臻记述道：

乾隆八旬盛典后，京板《红楼梦》流衍江浙，每部数十金。至翻印日多，低者不及二两。其书较《金瓶梅》愈奇愈热，巧于不露，**士夫爱玩鼓掌。传入闺阁，毫无避忌**。[①]

---
① （清）毛庆臻：《一亭考古杂记》，一粟编：《红楼梦资料汇编》，卷4，页357—358。

晚清名臣胡林翼（1812—1861）也说：

> **本朝官僚全以《红楼梦》一书为秘本**，故一入仕途，即钻营挤轧，无所不至。①

再从杨懋建所言：

> 竹枝词所云："开谈不说《红楼梦》，纵读诗书也枉然"，记一时风气，非真有所不足于此书也。余自幼即嗜《红楼梦》，寝馈以之。十六七岁时，每有所见，记于别纸。积日既久，遂得二千余签。拟汰而存之，更为补苴掇拾，葺成《红楼梦注》。②

可见其风靡程度，已到了不分阶级、朝野、性别的地步，各种奇特甚至极端的阅读现象也迭有所见，诸如："酷嗜《红楼》，致成瘵疾""一言不合，遂相龃龉，几挥老拳"等等，足见《红楼梦》的深入人心。

但是，《红楼梦》的成书过程十分曲折，不但最终并未完成，最初也不是为了刊行牟利而作，而仅是个人的追忆书写，以及供少

---

① 引自（清）徐珂编撰：《清稗类钞》第4册（北京：中华书局，2003），"以红楼梦水浒喻官民"条，页1591。

② （清）杨懋建：《梦华琐簿》，一粟编：《红楼梦资料汇编》，卷4，页364。

数亲友圈对家族集体记忆的共同纪念,因此,既导致作者的身份要到民国以后的胡适才考订确认,在此之前,乃是众说纷纭的情况;且在此一前期状态中,文本的形式也与后来的一百二十回足本有很大的不同。试看邹弢《三借庐笔谈》卷十一所述:

> 《樗散轩丛谈》云:《红楼梦》实才子书也。或言是康熙间京师某府西席孝廉某所作。巨家故间有之,然皆抄本。乾隆时,苏大司寇家因此书被鼠伤,遂付琉璃厂书坊装订,坊贾借以抄出付梓,世上始有刊本。惟止八十回,临桂倪云癯大令鸿言曾亲见之。其四十回不知何人所续,或谓高兰墅(鹗)所补,又谓无锡曹雪芹添补,皆无确据。①

可见最初只有"巨家"才得以拥有这部小说,且都属八十回的手抄本,无法像一百二十回本刻印付梓的大量生产,因此是少量流传,物以稀为贵。经过专家的考证,这些原名《石头记》的抄本都是曹雪芹生前所著,以手写的稿本形态在少数的亲友间流传;因为写作时间长,其间历经"十年辛苦不寻常""于悼红轩中,披阅十载,增删五次,纂成目录,分出章回"(第一回)的多次修订,所以随着进度而先后产生内容出入、篇幅不一的几个版本,上面也留存有

---

① (清)邹弢:《三借庐笔谈》,一粟编:《红楼梦资料汇编》,卷4,页389。另外,刊刻足本一百二十回《红楼梦》的程伟元,在程甲本的"序"中说:"好事者每传抄一部置庙中,昂其值得数十金,可谓不胫而走者矣。"又于程乙本的"引言"第一条谓:"是书前八十回,藏书抄录传阅,几三十年矣。"

署名脂砚斋、畸笏叟等评阅者的不少批语。迄今为止，这些幸存的抄本约有十三种之多，被称为"脂本"或"脂评本"系统。其中最重要的版本有三：

1. 甲戌本：即"脂砚斋乾隆甲戌抄阅再评本"的《石头记》，约在乾隆十九年甲戌（1754）所写，残存十六回，是目前所见最早的一种抄本。

2. 己卯本：即"脂砚斋凡四阅评过"、注明"己卯冬月定本"的《石头记》，约在乾隆二十四年己卯（1759），残存四十一回及两个半回。

3. 庚辰本：同样有"脂砚斋凡四阅评过"、但注明系"庚辰秋月定本"的《石头记》，约在乾隆二十五年庚辰（1760），于前八十回中残存七十八回，仅缺第六十四、六十七回，是以上三者中最完整的版本。现在是用己卯本的补抄本来填补第六十四回。

这三个版本因为年代较早，虽然都是过录本，也就是根据某一原本所抄录的本子，原则上应与原本相同，可以说保留了曹雪芹的创作原貌甚至是创作轨迹，因此有较高的研究价值。至于较晚出的，还有"列藏本""戚序本""有正本""蒙府本"等。限于本书篇幅，再加上版本已经属于非常外围的问题，对了解《红楼梦》本身无大关系，请有兴趣的读者自行参考相关书籍[①]，此处从略。

---

① 可参冯其庸：《石头记脂本研究》（北京：人民文学出版社，1998）；刘世德：《红楼梦版本探微》（上海：华东师范大学出版社，2003），等等。

一、脂砚斋及其评点批语

抄本因为保存了小说家的创作原貌，文本价值毋庸置疑，但一样重要的，还包括抄本上所留下来的评点批语。这些评点者原不限一人，至少有脂砚斋、畸笏叟、棠村、松斋、梅溪等等，以脂砚斋和畸笏叟两人的评语最多。他们彼此之间甚至有所对话诘辩，但仍然完全意见一致；另外，还有王府本的立松轩①，也观念接近，甚至在正统立场上更有过之。大体上，一般都以"脂砚斋"总称之，其实是广义上对这些评点者的笼统称呼。

而脂砚斋与其他人究竟是谁，与作者的关系如何，是一个至今仍然未有定论的问题。目前有以下几种说法：

1. 脂砚斋即作者曹雪芹，提出者乃胡适。②
2. 脂砚斋是曹雪芹叔父，此说源于清代裕瑞《枣窗闲笔》所说："《风月宝鉴》一书，又名《石头记》。……曾见抄本卷额，本本有其叔脂砚斋之批语，引其当年事甚确，易其名曰《红楼梦》。"③

---

① 经考证，王府本中的立松轩评语属于广义的脂批，详参郑庆山：《立松轩本石头记考辨》（北京：中国文联出版社，1992）。
② 详参胡适：《跋乾隆庚辰本〈脂砚斋重评石头记〉钞本》，宋广波编校注释：《胡适红学研究资料全编》（北京：北京图书馆出版社，2005），页 268—280。
③ 见（清）裕瑞：《枣窗闲笔》，一粟编：《红楼梦资料汇编》，卷 3，页 113。支持此说的，还有石昕生、毛国瑶：《曹雪芹·脂砚斋和富察氏的关系》，《人文杂志》1982 年第 1 期，页 84—85；吴玉峰：《脂砚斋是谁?》，《韶关学院学报》1985 年第 1 期，页 47—57。

3. 脂砚斋是曹雪芹的妻子史湘云，提出者为周汝昌。①

4. 脂砚斋是曹雪芹的堂兄弟，此说出自胡适。他根据甲戌本第八回中的"作者今尚记金魁星之事乎？抚今思昔，肠断心摧"，及第十三回中"'树倒猢狲散'之语，今犹在耳，曲（屈）指三十五年矣。伤哉！宁不恸杀"等脂批，得出以下结论："看此诸条，可见评者脂砚斋是曹雪芹很亲的族人，第十三回所记宁国府的事即是他家的事，他大概是雪芹的嫡堂兄或从堂弟兄，也许是曹颙或曹𫖯的儿子"。②

基于文学理论与叙事学已充分辨析的"作家"与"作品"的不同范畴，上述各种说法中，以"曹雪芹很亲的族人"之说较为切当；至于是哪一位或哪几位，则无法确证。至于另有极少数的学者质疑这些手抄本的真伪，连带也否定脂砚斋的实有其人，主张他是后人所伪造出来的③，但这并不妨碍脂批的重要价值，尤其对时空环境迥异，思想观念、文化教养几乎截然不同的现代读者而言，脂批的指点仍大大有助于切实理解《红楼梦》的本旨，更是无法取代。

---

① 周汝昌：《红楼梦新证》（北京：人民文学出版社，1976）；还有邓遂夫：《曹雪芹续弦妻考》，《红学论稿》（重庆：重庆出版社，1987）。邓遂夫认为曹公续弦乃其祖母李氏娘家兄弟李煦孙女李兰芳，李煦曾任苏州织造，后抄家，李兰芳历经丧乱与雪芹遇合结为夫妇，乃化名脂砚斋协助丈夫写书，也是小说中史湘云的生活原型。

② 胡适：《考证〈红楼梦〉的新材料》，宋广波编校注释：《胡适红学研究资料全编》，页224—229。

③ 如欧阳健：《还原脂砚斋：二十世纪红学最大公案的全面清点》（哈尔滨：黑龙江教育出版社，2003）。

因此，与其对不明身份的捕风捉影，不如把握其评语本身的价值，以切实理解《红楼梦》的本旨。

二、脂批的价值

（一）反映与曹雪芹近似的生活背景与意识形态

脂砚斋不仅是《红楼梦》早期手抄本上的评点者，作为一个与小说家关系密切、又见过八十回后情节的读者，甚至偶一参与了文本的改写，身兼批评家、读者、客串创作者的三重身份，而以"批评家"的角色最为重要。所留下来的批语，具有文化内涵、阶级特性与意识形态等等高度的可靠性与权威性，大大有助于更切近地了解《红楼梦》，因此最值得受限于"时代"与"阶级"之双重隔阂的现代读者所参酌。

唯立足于现代意识中的读者，对于脂批中许多与现今思想不同的论点，通常的反应是难以接受，更多的是视而不见。以现今思想为绝对标准而强烈反传统的人，甚至会认为脂批中合乎传统封建理念、却悖离现代价值观的评论，乃是扭曲而偏差的片面之见，并判定脂砚斋"不善于读书"，是"对小说意旨的歪曲""对作者思想的曲解"的"糟粕"，与曹雪芹的思想水平有一段距离，最严厉的则是完全否定脂批的价值，认为那是后人伪造出来的评语。

但情况很可能是恰恰相反，《红楼梦》中所蕴含的世界观本质上就是清代贵族世家的意识形态，所谓"曹雪芹的思想水平"是现代人以自己的价值观投射出来的。由批语所反映的同一时代与阶级的思想信念来看,即使不以作者亲友的身份,脂砚斋仍是所有小说读者中最接近曹雪芹的人,甚至可以说是小说家的代言人。当小说家必须隐没于创作中让文字自己说话时,脂砚斋却可以知音的角色代替小说家发言,透过评语指点其中的弦外之意。

事实上,《红楼梦》最初以不完整的《石头记》手抄本出现时,只在极少数的亲友圈中借阅传看,完全不是针对一般广大的陌生读者,也没有市场考量。这些传阅评点的读者们都和曹雪芹出身于同一背景,有着密切的私人关系与共同记忆,因此熟知创作素材的现实来源,也与曹雪芹共有类似、甚至重迭的生活经验,共享了类似的思想感受与价值观,真切理解小说之所奠基的家族特性与阶级文化,是比任何人、尤其是现代的我们都更接近、更了解《红楼梦》的人,因此对于小说中各种人、事、物的认识与判断具备高度的一致性。他们称得上是一种具有类似之习俗、思想、信仰、价值观、心理感受并彼此默认一致(consensus)的"精神共同体"①,并且共有着集体的"文化记忆",文化记忆的内容通常是一个社会群体共同拥有的过去,所关涉的则是"我们是谁"和"我们从哪里来、要到哪里去"的文化认同性问题,其所依靠的有组织的、公共性的集体交流,亦即透过所谓的"记忆形象"(figures of memory)——包括文化形式(文本、仪式、纪念碑等)以及结构化的交流(背

---

① 参〔德〕斐迪南·滕尼斯(Ferdinand Tönnies)著,林荣远译:《共同体与社会:纯粹社会学的基本概念》(北京:商务印书馆,1999),页65、71—74。

诵、实践和庆典）而得以传承。[①] 以上所说的这些现象，都在《红楼梦》的创作与阅读群体的运作中历历可见，所谓"详批于此，诸公请记之"的批语[②]，正是在透过小说的阅读评点进行对话交流的明证。

而这一群共有"文化记忆"的"精神共同体"，到了文本的创作阅读范畴中，也犹如费什（Stanley Fish）所谓的"解释团体"，他指出："意义（meanings）既不是确定的（fixed）以及稳定的（stable）文本的特征，也不是不受约束的或者说独立的读者所具备的属性，而是解释团体（interpretive communities）所共有的特性。解释团体既决定一个读者（阅读）活动形态，也制约了这些活动所制造的文本。"[③] 其中，脂砚斋等构成的解释团体"制约了这些活动所制造的文本"的这一现象，直接地表现在干预作者的原创以更改情节，让曹雪芹删去"秦可卿淫丧天香楼"一段。第十三回回前总批云：

"秦可卿淫丧天香楼"，作者用史笔也。老朽因有魂托凤姐贾家后事二件，岂是安富尊荣坐享人能想得到者，其言其意，令人悲切感服，姑赦之，因命芹溪删去"遗簪""更衣"诸文。

[①] 此处所参考的"文化记忆"之说，是由 20 世纪 90 年代德国学者阿斯曼（Jan Assmann）所提出。参王霄冰：《文化记忆视角下的文字与仪式》，王霄冰等主编：《文字、仪式与文化记忆》（北京：民族出版社，2007），页 21—22。

[②] 第二十一回批语。

[③] 见〔美〕斯坦利·费什著，文楚安译：《看到一首诗时，怎样确认它是诗》，《读者反应批评：理论与实践》（北京：中国社会科学出版社，1998），页 46。

是以此回只十页,删去天香楼一节,少去四五页也。

读者竟然获得了创作的参与权,有能力支配小说家的情节安排,这真是现代人难以想象的。

至于第十八回元妃省亲时,对于贾政竟然采用了贾宝玉的题撰,就此一违背世家大族之礼法的作为,小说家更是特别现身说法,长篇大论地提出说明与辩护,所谓:

已而入一石港,港上一面匾灯,明现着"蓼汀花溆"四字。按此四字并"有凤来仪"等处,皆系上回贾政偶然一试宝玉之课艺才情耳,何今日认真用此匾联?况**贾政世代诗书**,来往诸客屏侍座陪者,悉皆才技之流,岂无一名手题撰,**竟用小儿一戏之辞苟且搪塞?真似暴发新荣之家**,滥使银钱,一味抹油涂朱,毕则大书"前门绿柳垂金锁,后户青山列锦屏"之类,则以为**大雅可观**,岂《石头记》中通部所表之宁荣贾府所为哉!据此论之,竟大相矛盾了。诸公不知,待蠢物将原委说明,大家方知。……因有这段原委,故此竟用了宝玉所题之联额。

这段话显然是对其当时的读者——即同一出身背景之亲友所作的解释,以为堂堂贾府"竟用小儿一戏之辞"的作法给予合理化,以免被当时传抄评阅的亲友群误会为"暴发新荣"的无礼之举,而取得脂砚斋等人的认可,自我辩护的意味十分浓厚。而对"暴发"的批评,恰恰正是充满阶级自豪的脂批中很常见的,诸如：

- 雨村等一干**新荣暴发**之家。（第一回夹批）
- 叙事有法，若只管写看戏，便是一**无见世面之暴发贫婆**矣。写随便二字，兴高则往，兴败则回，方是**世代封君**正传。（第八回批语）
- 所谓诗书世家，守礼如此。**偏是暴发，骄妄自大**。（第十八回批语）
- 此等细事是**旧**族大家闺中常情，今特为**暴发钱奴**写来作鉴，一笑。（第二十六回眉批）
- **近之暴发专讲理法**，竟不知礼法，此似无礼，而礼法井井。（第三十八回批语）
- **近之不读书暴发户**，偏爱起一别号，一笑。（第三十八回批语）

其中不但对"暴发新荣"之家的种种作为鄙夷不屑，而且往往用以和贾府的优雅内敛作对照，以突显"旧族大家""礼法府邸"的特殊门风。这也鲜明地反映出曹雪芹的创作所真正面对的，就是这些同为大家出身的解释团体，可见小说家曹雪芹与评点者脂砚斋等是如何的互为一体。

如此一来，便诚如浦安迪所指出："脂砚斋评本不仅提供了大量有关小说的宝贵史料，同时也展现了绝无仅有的一页，使我们对一个敏感读者的反应以及文化背景，直至于《红楼梦》的文学价值有直观的了解，而这一读者恰恰是生活在作者的同一时代的人。"① 因此其评语反映出明智稳妥之看法与公正客观之态度。② 以如此的特殊条件,脂砚斋比起其他隔空揣摩的传统评点家,实际上是最能达到"通作者之意,开览者之心"(袁无涯《忠义水浒传发凡》)的标准,可以说是我们理解小说之意识形态最可靠的指引。而脂砚斋本身也对此有着深刻自觉,因此常常在评点中流露"唯我知音"的表白,如第五回写宝玉入梦神游太虚幻境前,"犹似秦氏在前,遂悠悠荡荡,随了秦氏,至一所在"一段,夹批:

> 此梦文情固佳,然必用秦氏引梦,又用秦氏出梦,竟不知立意何属。**惟批书人知之**。

而第七回有关焦大醉骂之一段,也眉批:

> 作者秉刀斧之笔,一字一泪,一泪化一血珠,**惟批书者知之**。

种种"惟批书人知之"的说词,表露出他与曹雪芹之间所具有的共同经验与类似感受,例如第十三回秦可卿死前托梦于王熙凤,引述

---

① 〔美〕浦安迪:《晚清儒教与张新之批本〈红楼梦〉》,张锦池、邹进先编:《中外学者论红楼——哈尔滨国际〈红楼梦〉研讨会论文选》(哈尔滨:北方文艺出版社,1989),页834。

② 见〔美〕王靖宇:《"脂砚斋评"和〈红楼梦〉》,《红楼梦研究集刊》第6辑(上海:上海古籍出版社,1981),页334、340。

两句谜样的谶语"三春去后诸芳尽,各自须寻各自门",夹批云:

> 此句令批书人哭死。

又眉批道:"不必看完,见此二句,即欲堕泪。梅溪。"另外,第十八回对"那宝玉未入学堂之先,三四岁时已得贾妃手引口传"两句,批云:

> 批书人领至(过)此教,故批至此,竟放声大哭。俺先姊先(仙)逝太早,不然,余何得为废人耶。

不过,应该要特别指出的是,这些并不只是一般意义上的共同经验与类似感受,还更是奠基于罕见的家世履历所产生的经验感受,因此虽然充满悲哀血泪,却是和其他处处流露的阶级自豪出于同一源头。因为他们都曾经是侯门大家的贵公子,也同样面临了从繁华到憔悴的败落遭遇,所分享的是其他的小团体所不了解的经验感受,是故第八回夹批云:"一路用淡三色烘染,行云流水之法,写出贵公子家常不迹不离气致。经历过者则喜其写真,未经者恐不免嫌繁。"

就"阶级自豪"而言,身为贵族世家的共同成员,脂砚斋毫不客气地一方面以"一何可笑"直率地批评"世俗小家"的言行作为[①],

[①] 第三十八回批云:"若在世俗小家,则云你是客在我们舍下,怎么反扰你的呢。一何可笑。"

一方面则对出自一般文人想象揣摩,以致浮夸失真的富贵生活描写,所谓"何尝他知道那世宦读书家的道理"(第五十四回贾母语),最是强烈表明其反感与嘲讽。如第三回夹批云:

> 可笑近之小说中,不论何处,则曰商彝周鼎、绣幙珠帘、孔雀屏、芙蓉褥等样字眼。

又第十九回亦批曰:

> 阅此则又笑尽小说中无故家常穿红挂绿绮绣绫罗等语,自谓是富贵语,究竟反竟寒酸话。

甚至毫不留情地给予"庄农进京"的辛辣嘲讽,声言:

> 近闻一俗笑语云:一庄农人进京回家,众人问曰:"你进京去可见些个世面否?"庄人曰:"连皇帝老爷都见了。"众罕然问曰:"皇帝如何景况?"庄人曰:"皇帝左手拿一金元宝,右手拿一银元宝,马上稍着一口袋人参,行动人参不离口。一时要屙屎了,连擦屁股都用的是鹅黄缎子,所以京中掏茅厕的人都富贵无比。"试思凡稗官写富贵字眼者,悉皆庄农进京之一流也。盖此时彼实未身经目睹,所言皆在情理之外焉。又如人嘲作诗者亦往往爱说富丽话,故有"胫骨变成金玳瑁,眼睛嵌作碧璃琉"之诮。(第三回眉批)

这段最具代表性的话语清楚地告诉我们,"富贵"并不只是由大量的财富堆砌起来的,把暴发户的"炫富"当作"富贵",完全是乡巴佬的识见,贻笑大方。只有真正"身经目睹"的局中人,才能了解并切合公侯富贵之家的"情理"。而特属于公侯富贵之家的"情理",一则是所用器物的持久以致半旧,如第三回写贾政王夫人房中,所摆设的都是"半旧的青缎靠背引枕""半旧的青缎靠背坐褥""半旧的弹墨椅袱",宝玉则"身上穿着银红撒花半旧大袄";第八回写宝钗房中"吊着半旧的红䌷软帘",身上穿的棉袄棉裙也是"一色半新不旧,看去不觉奢华";同样地,第四十回写黛玉房中"窗上纱的颜色旧了",第四十五回写宝玉"脱了蓑衣,里面只穿半旧红绫短袄",第五十回于雪下咏诗时,"袭人也遣人送了半旧的狐腋褂来";而第五十一回平儿从凤姐房里拿出来的冬大衣,一件是半旧大红猩猩毡的,一件是半旧大红羽纱的。在在可见这等世家大族绝非喜新厌旧,一味追求珠光宝气、富丽堂皇,落入暴发新荣的浮夸炫耀。

其次,乡巴佬对公侯富贵之家的误解,还在于以为这等人家拥有源源不绝的聚宝盆,尤其是身为皇亲国戚,更可以藉裙带关系染指国库。而这种"庄农进京"式的"可笑"也曾出现在小说中,第五十三回描写道:

乌进孝笑道:"那府里如今虽添了事,有去有来,娘娘和万岁爷岂不赏的!"贾珍听了,笑向贾蓉等道:"你们听,**他这话可笑不可笑?**"贾蓉等忙笑道:"你们山坳海沿子上的人,那

里知道这道理。娘娘难道把皇上的库给了我们不成！他心里纵有这心，他也不能作主。岂有不赏之理，按时到节不过是些彩缎古董顽意儿。纵赏银子，不过一百两金子，才值了一千两银子，够一年的什么？这二年那一年不多赔出几千银子来！头一年省亲连盖花园子，你算算那一注共花了多少，就知道了。再两年再一回省亲，只怕就精穷了。"贾珍笑道："所以**他们庄家老实人，外明不知里暗的事。黄柏木作磬槌子，——外头体面里头苦。**"

这种"大有大的难处"，果然是小门小户人家所无法理解的。实际上是，贾府虽有一位皇妃，却无法从皇室得到任何财政挹注，因为清代前中期的皇室严禁后宫干政，妃嫔对银库更不能作主，唯一可以流通到府邸的，是在合乎整体礼仪规范下逢年过节赏赐"彩缎古董顽意儿"之类的礼品，虽然贵重却不能变卖，所谓中看不中用；即使是赏赐现金，一则是"不过一百两金子，才值了一千两银子"，二则是这笔现款也不是直接汇入贾府银库，而是另有用途，所以说这些赏赐完全是于家用无补。这一点可以从第二十八回的端午节赐礼看得很清楚，所谓："昨儿贵妃打发夏太监出来，送了一百二十两银子。叫在清虚观初一到初三打三天平安醮，唱戏献供，叫珍大爷领着众位爷们跪香拜佛呢。还有端午儿的节礼也赏了。"其礼品项目包括：一个香如意、一个玛瑙枕、上等宫扇两柄、红麝香珠二串、凤尾罗二端、芙蓉簟一领，从贾母到诸钗三代依尊卑上下递减，再者是媳妇辈的两匹纱、两匹罗、两个香袋、两个锭子药。可见无论是赏银还是赐礼,都不具备实用功能,却因为皇亲国戚的身份增加了许多开销,反倒"那一年不多赔出几千银子来",这正与一般人的凭空想象背道而驰,其难处果然不足为外人道。

第三,有关公侯富贵之家的"情理",最重要的乃是"礼法""规矩",因此不断地屡屡指示小说描写中的"大家规范""大族规矩""大家风范""大人家规矩礼法""大家势派""大家气派""大家规模""大家风俗""世家风调""侯门风俗""礼法井井",而以贾宝玉为叙事中心的《红楼梦》乃笔笔"写尽大家",因此小说中即使写到较轻松娱乐的家常时刻,仍然是"看他任意鄙俚诙谐之中,必有一个礼字还清,足是大家形景"①,这才是真正的贵族生活。举几个一般读者容易忽略的情节为例,第十九回宝玉偶然撞破茗烟与卍儿私会之丑事后,建议茗烟"咱们竟找你花大姐姐去,瞧他在家作什么呢",脂砚斋挑明道:

> 妙。宝玉心中早安了这着,但恐茗烟不肯引去耳。恰遇茗烟私行淫媾,为宝玉所协,故以城外引以悦其心,宝玉始悦,出往花家去。非茗烟适有罪所协,万不敢如此私引出外。别家子弟尚不敢私出,况宝玉哉,况茗烟哉。文字笋楔,细极。

这种大家子弟"不敢私出"的严谨家规,随后也体现在袭人乍见两人时的惊慌失措与痛骂茗烟上,脂批点出宝玉得以突破家规的关键

---

① 第五十八回批语。

就在于恰好获得茗烟的把柄，正是深谙个中门风之言。

因此另一方面，脂砚斋也对非世家之缺乏礼法，不断透过对照严词批评道：

- **余最恨无调教之家，任其子侄肆行哺啜，观此则知大家风范**。（第八回眉批）
- **所谓诗书世家，守礼如此。偏是暴发，骄妄自大**。（第十八回批语）
- 非**世家公子，断写不及此。想近时之家，纵其儿女哭笑索饮，长者反以为乐，其礼不法何如是耶**。（第二十二回批语）
- **近之暴发专讲理法，竟不知礼法，此似无礼，而礼法井井**。所谓"整瓶不动半瓶摇"，又曰"习惯成自然"，真不谬也。（第三十八回批语）

而在此等贵族世家的礼法观念之下，对于书中人物言行举止的阐释与褒贬评价，便与现代以平等、自由为基础的个人主义式观点迥然不同。以人物的个性特质而言，对贾政、王夫人、薛宝钗、袭人这类现代读者容易视之为压抑个性（包括对自己与对他人）的反派人物，脂砚斋都给予十分正面的评价，单单以宝钗为例，诸如：

- 瞧他写宝钗，真是又**曾经严父慈母之明训**，又是世府千金，**自己又天性从礼合节**，前三人之长并归于一身。前三人向有搢作之态，故惟宝钗一人作**坦然自若**，**亦不见逾规踏矩**也。

（第二十二回批语）

- 若一味浑厚大量涵养，则有何令人怜爱护惜哉。然后知宝钗袭人等行为，**并非一味蠢拙古版，以女夫子自居。当绣幌灯前，绿窗月下，亦颇有或调或妩，轻俏艳丽等说**。不过一时取乐买笑耳，非切切一味妬才嫉贤也，**是以高诸人百倍**。不然，宝玉何甘心受屈于二女夫子哉！（第二十回批语）
- 宝钗可谓博学矣，不似黛玉只一"牡丹亭"，便心身不自主矣。真有学问如此，宝钗是也。（第二十二回批语）
- 总写宝卿**博学宏览，胜诸才人**。颦儿却聪慧灵智，非学力所致，皆绝世绝伦之人也。（第二十二回批语）

宝钗自是最有代表性的人物，但不仅如此，再参照王夫人抄检大观园这一段饱受批判的情节，脂批从王夫人的身份以及全书的情节结构着眼，认为这才是合情合理的安排，第七十七回批云：

一段神奇鬼讶之文，不知从何想来。**王夫人从未理家务，岂不一木偶哉**。且前文隐隐约约已有无限口舌，漫（浸）阔（润）之潜（谮），原非一日矣，**若无此一番更变，不独终无散场之局，且亦大不近乎想理**。

再者，脂砚斋对于其他的女家长也都提点了"世家"的应有教养，如第八回的批语中认为，贾母携了众人过来看戏，至晌午便回来歇息了，这"方是世代封君正传"，因为"若只管写看戏，便是一无见世面之暴发贫婆矣"。而不仅贾母以其悠然自适的风范堪当"世代封君",也一如宝钗般,被称为"亦是世家明训之千金"(第二十二回),甚至一般以为小气吝啬到苛刻自私的邢夫人,也以其若干合乎礼法的自然反应,而仍被视为"世家夫人"。第七十三回描写邢夫人接过傻大姐手持之绣春囊,一看而"吓得连忙死紧攥住"的反应,脂批即点示云:

> 妙,这一"吓"字方是写世家夫人之笔。

如此种种,都表现出与现代信念大为不同的礼法意识。而在小说叙写中,处处自然而然地细腻表现出这种思想感受与言行举止的作者曹雪芹,也因此常常被脂砚斋赞赏为"古今王孙公子""作者不负大家后裔""非世代公子,再想不及此""非世家公子,断写不及此"。由于这一点是我们读《红楼梦》时最容易感到隔阂的地方,因此本项说明乃不厌其详地举例言之。

(二)个人经历的提点

除前一节以整体角度来看脂批中所反映的生活背景与意识形态,此外,对于小说创作素材所取材的个人经历或具体事件,脂砚斋也有所提点。依序可以整理如下:

第三回描写宝玉"色如春晓之花"一句,脂批云:

> "少年色嫩不坚劳",以及"非夭即贫"之语,余犹在心,

今阅至此放声一哭。

第五回巧姐的判词"势败休云贵,家亡莫论亲",双夹批云:

非经历过者,此二句则云纸上谈兵。过来人那得不哭。

第七回宝玉搪塞道:"就说我才从学里来的。"对此脂砚斋眉批道:

余观"才从学里来"几句,忽追思昔日形景,可叹。

第八回写买办谄媚宝玉道:"前儿在一处看见二爷写的斗方,字法越发好了,多早晚赏我们几张贴贴。"眉批云:

余亦受过此骗,今阅至此赧然一笑。此时有三十年前向余作此语之人在侧,观其形已皓首驼腰矣,乃使彼亦细听此数语,彼则潜(潸)然泣下,余亦为之败兴。

又对于初见秦钟时,"贾母又与了一个荷包并一个金魁星",脂批云:

作者今尚记金魁星之事乎?抚今思昔,肠断心摧。

第十三回中,秦可卿死前托梦给王熙凤面授机宜,对其中的

"树倒猢狲散"一句眉批云:

"树倒猢狲散"之语,全(今)犹在耳,曲指三十五年矣。伤哉,宁不恸杀。

其后王熙凤协理宁国府时,分析宁府弊端,谓"此五件实是宁国府中风俗",眉批云:

读五件事未完,余不禁失声大哭,三十年前作书人在何处耶。

第十六回写皇帝南巡时的奢靡浪费,于"罪过可惜四个字竟顾不得了"句,批云:

真有是事,经过见过。

第十七回写宝玉到新建的大观园戏耍,一听贾政要进来了,"带着奶娘小厮们一溜烟就出园来",此处有旁批云:

不肖子弟来看形容。余初看之,不觉怒焉,盖谓作者形容余幼年往事。因(回)思彼亦自写其照,何独余哉。信笔书之,供诸大众同一发笑。

第二十回写贾环输钱耍赖,莺儿抱怨"前儿我和宝二爷顽,他

输了那些,也没着急",夹批云:

实写幼时往事,可伤。

第二十二回宝钗过生日,贾母叫凤姐点戏,有眉批云:

凤姐点戏,脂砚执笔事,今知者聊(寥)聊(寥)矣,不怨夫!

第二十三回描述"忽见丫鬟来说:老爷叫宝玉。宝玉听了,好似打了个焦雷,登时扫去兴头,脸上转了颜色",夹批云:

多大力量写此句,余亦惊骇,况宝玉乎。回思十二三时亦曾有是病来,想时不再至,不禁泪下。

第二十五回马道婆为拐骗香油钱,又向贾母道:"祖宗老菩萨那里知道,那经典佛法上说的利害。"夹批道:

一段无伦无理信口开河的浑话,却句句都是耳闻目睹者,并非杜撰而有。作者与余实实经过。

第三十八回湘云办螃蟹宴还席,宝玉命将那合欢花浸的酒烫一壶来,脂批云:

伤哉，作者犹记矮𩬳舫前以合欢花酿酒乎，屈指二十年矣。

第七十四回写贾母对于凤姐向鸳鸯商借典当一事，其实是心知肚明，只是怕其他子孙也起而效尤，将造成困扰，故假装不知道，脂批云：

盖此等事作者曾经，批者经，实系一写往是（事），非特造出，故弄新笔，究经不记不神也。

第七十五回贾府中秋开夜宴时，以击鼓传花的方式饮酒罚说笑话取乐，可巧花到宝玉手中，宝玉审度各种情况都避不开挨骂，心想"不如不说的好"，求以别的为限，于此脂批道：

实写旧日往事。

第七十七回对于王夫人抄检大观园后又撵逐诸婢，并宣布宝玉"暂且挨过今年，明年一并给我仍旧搬出去心净"一事，脂砚斋有一段长批云：

一段神奇鬼讶之文，不知从何想来。王夫人从未理家务，岂不一木偶哉。且前文隐隐约约已有无限口舌，漫（谩）阏（讠阎）之潜（谮），原非一日矣。若无此一番更变，不独终无散场之局，且亦大不近乎想理。况**此亦此（是）余旧日目睹亲问（闻）**，

> 作者身历之现成文字,非搜造而成者,故向不与小说之离合悲欢窠旧(臼)相对。想遭令(零)落之大族见(儿)子见此,难(虽)事有各殊,然其想理似亦有点(默)契于心者焉。此一段不独批此,真(直)从"妙(抄)脸(检)大观园"及贾母对月典(兴)尽生悲,皆可附者也。

其中有发生在二十年、三十年、三十五年前的往事,包括金魁星、合欢花浸酒、皇帝南巡接驾、整顿家务弊端、典当度日、抄检理家、世态炎凉,尤其是幼时的各种淘气等等,因此批点时不禁心绪为之动荡,最多的是触景伤情、甚至痛哭泪下,最有趣的是误以为作者把自己写进去而发怒,随即领悟这是作者本身就发生过的往事而自我解嘲。这种共通性正是出于同一生活背景与阶级文化所致,也才是强烈引起同情共鸣的原因。

  可见小说中所取材的现实来源不只是"作者身历之现成文字",也是这个独特的阅读群体的集体记忆,透过《红楼梦》这个文本进行交流与对话,一方面因他们"共同拥有的过去"塑造出充满记忆形象的纪念空间,另一方面也让他们"类似的现在处境"在同声一哭中获得抒发。由此,其中涉及了生活背景与思想感受的情感价值,比起使用了何人何事的传记价值,更为重要得多,可以视为前一项的补充。

(三) 提供八十回之后的线索

  所谓"一恨鲥鱼多刺,二恨海棠无香,三恨《红楼梦》未完"①，作为心头大恨之一的"《红楼梦》未完"，使众多读者因为无法忍受空悬无着的失落感，而务必要寻得人物情节的最终结局，才能获得阅读与诠释的心理完成感。因此，自清末以来，补恨以偿的行动即不绝如缕，大略可以分为两种方式展开：

一种透过创作方式，以"续作"让《红楼梦》回复文本的完璧，其对未完部分的揣摩乃隐含于故事情节中，其中以程伟元、高鹗所推出的一百二十回本最有价值，也最成功；至于《后红楼梦》《续红楼梦》《红楼复梦》《绮楼重梦》等等，则是清代嘉庆、道光年间对高鹗续书有所不满所产生的再续作，呈现出向一般小说市场靠拢的通俗取向，兹可不论。

另一种则是以学术研究的方式，根据前八十回所暗示的线索探求未完部分的应有样态，形成了所谓的"探佚学"。就此，也同时就会连带产生对高鹗续作的成败考核。

无论上述的哪一种，都是工夫极深的事业，尤其是高鹗的续作，甚至被有些学者认为不可能是续作而是原作，可见其手笔之高妙。就此，我们还是先参考读过《红楼梦》全稿的脂砚斋，在其批语中所留下的若干鳞爪，因为这虽然也是二手资料，却是见证过小说原貌的最直接纪录。其中包括几件大事：

其一，湘云的婚姻归属问题。第三十一回宝玉因湘云也有而特意拣选的金麒麟，后来是到了卫若兰手中，见第三十一回回后批曰：

---

① 张爱玲认为人生三大恨事的第三件，应该是"恨《红楼梦》未完"。张爱玲：《红楼梦未完》，《红楼梦魇》（台北：皇冠文化出版公司，1995），页16。

> 后数十回若兰在射圃所佩之麒麟，正此麒麟也。提纲伏于此回中，所谓草蛇灰线在千里之外。

只可惜这脂砚斋虽见过后数十回的这份文稿，却在当时不久便遗失了，第二十六回回末总评云：

> 前回倪二、紫英、湘莲、玉菡四样侠文，皆得传真写照之笔，惜卫若兰射圃文字迷失无稿。叹叹。

由此大略可以推测，在与卫若兰等贵公子一起"射圃"时，宝玉遗落了这只金麒麟，为卫若兰所拾去，宝玉便顺势转赠，完成了婚谶的关联。

其次，有关宝、黛、钗三人的婚恋纠葛，主要是集中于八十回后才有完整交代，与贾府的败落密不可分，因此对照后四十回尤其能展现出前后变化的巨大张力。如第二十六回写宝玉信步来到潇湘馆，"只见凤尾森森，龙吟细细"，夹批云：

> 与后文"落叶萧萧，寒烟漠漠"一对，可伤可叹。

透过潇湘馆原本的"凤尾森森，龙吟细细"与后来的"落叶萧萧，寒烟漠漠"，形象地展示了个人、大观园、贾府三位一体的连动式生灭盛衰。而潇湘馆乃至大观园既已是"落叶萧萧，寒烟漠漠"，馆中人林黛玉自也是香消玉殒,在"泪尽夭亡"①的情况下完成"未嫁而逝"的还泪宿命,然而,黛玉的死以及其死后种种,是否如高鹗续书所描写,都已无法确知,从第七十九回的一段眉批,则可以找到现今续书中所无的情节:

> 观此知虽诔晴雯,实乃诔黛玉也。试观"证前缘"回黛玉逝后诸文便知。

显然,八十回后本有"证前缘"回写"黛玉逝后诸文",且在"黛玉逝后诸文"中,还安排了二宝成婚之后共话黛玉的情节,由第二十回描写"宝玉正和宝钗顽笑,忽见人说史大姑娘来了"一段,脂批所言:

> 妙极。凡宝玉宝钗正闲相遇时,非黛玉来,即湘云来,是恐曳漏文章之精华也。若不如此,则宝玉久坐忘情,必被宝卿见弃,杜绝后文成其夫妇时无可谈旧之情,有何趣味哉。

可见宝玉宝钗结为夫妻后,还如老友般一起促膝谈旧,而黛玉就是他们共同的回忆,在怀念中分享了温暖。就此而言,不但宝玉之迎娶宝钗乃是心平气和的坦然接受,这一点在第五十八回中,藕官所

---

① 第二十二回脂批。

说"或有必当续弦者,也必要续弦为是。便只是不把死的丢过不提便是情深意重"的一番话所带来的思想启蒙,便已留下伏笔(详见本书第八章、第九章);甚且两人结褵后情谊如常,相亲度日也相守为生,是为"情理兼备"之"痴理"的实践。① 同时,宝玉除与宝钗结为夫妇,身边还留有旧时怡红岁月中的麝月一人,第二十回脂批云:

> 袭人出嫁之后,宝玉宝钗身边还有一人,虽不及袭人周到,亦可免微嫌小敝等患,方不负宝钗之为人也。故袭人出嫁后云"好歹留着麝月"一语,宝玉便依从此话。可见袭人虽去实未去也。

配合第二十一回"若他人得宝钗之妻、麝月之婢,岂能弃而而僧哉"的批语,说明宝玉于黛玉死后的家庭生活,这都与高鹗续书所写的大相径庭。因而有学者根据前八十回的暗示与脂批所言,将八十回后的情节大要归纳为:"贾府抄家──→宝玉入狱──→黛玉忧思而亡──→宝玉释回──→二宝联姻──→宝玉出家"的顺序,可以说是较为合理的。

至于贾府被抄家的过程应该是最惊心动魄的,也直接影响到许多人的命运。但抄家的过程过于惨烈,历史中就发生过小孩吓死甚

---

① 详参欧丽娟:《论〈红楼梦〉中"情理兼备"而"两尽其道"之"痴理"观》,《台大中文学报》第 35 期(2011 年 12 月),页 157—204。

至全家自杀的纪录，则无论因为情感伤痛不忍碰触的理由，还是政治恐惧的理由，小说中恐怕都无法再现；在个人命运部分，则脂砚斋留下的线索较多。以妙玉而言，应是第四十一回的脂批所言："他日瓜州渡口劝惩不哀哉屈从红颜固能不枯骨□□□。"其意应如周汝昌所校读的："他日瓜州渡口，各示劝惩，红颜固不能不屈从枯骨，岂不哀哉！"①意谓在贾府抄没后，失去蔽荫的妙玉也流落到了瓜州渡口，因生活无以为继，只好"屈从枯骨"，也就是委身于年老官宦为妾，以求生存。

值得注意的是，除了妙玉的流落另有发展外，宝玉、巧姐、袭人、小红、贾芸以及只昙花一现的茜雪等，都涉及"狱神庙"这个地点。以巧姐来说，第四十二回有关刘姥姥为巧姐命名，取其"或有一时不遂心的事，必然是遇难成祥、逢凶化吉，却从这'巧'字上来"之用意一段，脂批云：

> 应了这话固好，批书人焉能不心伤。狱庙相逢之日，始知"遇难成祥""逢凶化吉"实伏线于千里。哀哉伤哉。此后文字，不忍卒读。

又第二十回有夹批云：

---

① 参周汝昌：《红楼梦新证》（北京：人民文学出版社，1976），页1052—1053。引自陈庆浩：《新编石头记脂砚斋评语辑校（增订本）》，页603。

茜雪至"狱神庙"方呈正文。袭人正文标昌（目日）："花袭人有始有终。"余只见有一次誊清时，与狱神庙慰宝玉等五六稿被借阅者迷失，叹叹！丁亥夏，畸笏叟。

可见八十回后曹雪芹是有续写的，但不只"卫若兰射圃文字迷失无稿"，失踪的还有"狱神庙慰宝玉等五六稿被借阅者迷失"，以致其文字究竟如何之"不忍卒读"也无从得窥，可以说是《红楼梦》成书过程中的一大灾难。在这段脂批中，"狱神庙"应该是抄家后宝玉等被拘留审讯的所在，因此袭人才会到"狱神庙慰宝玉"，而从另一段脂批可知，袭人不仅雪中送炭，还与夫婿蒋玉菡一起恭敬照料出狱后沦落贫困的宝玉宝钗夫妇，第二十八回的回末总评说道：

"茜香罗""红麝串"写于一回，棋（琪）官虽系优人，后回与袭人供奉玉兄宝卿得同终始者，非泛泛之文也。

值得注意的是，袭人与蒋玉菡"供奉玉兄宝卿得同终始"的表现，以及出嫁时勉力留下麝月代任己职，种种苦心都被视为忠贞如一的高贵节操，因此标目还强调"花袭人有始有终"，这和高鹗续书对袭人的改嫁不断冷嘲热讽，可以说是截然不同。

至于"茜雪至'狱神庙'方呈正文"的提点，还可以从第二十六回的一段脂批见到：

"狱神庙"回有茜雪红玉一大回文字，惜迷失无稿，叹叹。

丁亥夏，畸笏叟。

可见凡与"狱神庙"有关的，都迷失无稿，这不能不说并非巧合，而主要是含有政治禁忌在内。由于茜雪这个小丫头只有在第七回"答应去了"过场一下，以及第八回因为宝玉早起沏了一碗枫露茶，却因茜雪道："我原是留着的，那会子李奶奶来了，他要尝尝，就给他吃了。"而引发宝玉震怒摔杯泼茶的事故，此外便是第十九回与第二十回共三次提到"为茶撵茜雪"一句话而已，以及第四十六回鸳鸯所提到的"去了的茜雪"，可见参与"狱神庙"情节的茜雪究竟作了什么，是对这个人物的补强甚至是主场，可惜因为无法查考之故，其人格的强度与丰富性都完全丧失。

比起茜雪较为幸运的，是小红（即红玉）。她和茜雪都在"狱神庙"回的"一大回文字"中，却没有因为迷失无稿而失去她的存在感。曹雪芹从第二十四回起，历经第二十五回、第二十六回到第二十七回共好几回的文字，大篇幅地对她深具野心的精明性格，以及与贾芸的暧昧私情给予浓墨重彩的描写。若单单只就这几回的叙述，小红可以说只是一个"因他原有三分容貌，心内着实妄想痴心的向上攀高，每每的要在宝玉面前现弄现弄"（第二十四回），因此被宝钗评为"素昔眼空心大，是个头等刁钻古怪东西"（第二十七回）的奸邪之辈。但是，一旦加入狱神庙的情节，她的人物造型便彻底翻转，从乌云中大放光辉，就此，第二十七回的脂评中罕见地出现了彼此不合的一段对话，先是说：

> 奸邪婢岂是怡红应答者,故即逐之。前良儿,后篆(坠)儿,便是却(确)证。

接着有畸笏叟驳之云:

> 此系未见"抄没""狱神庙"诸事,故有是批。

可见后来狱神庙情节中的"义"足以抵销先前向上攀高的"利",甚至不仅如此,先前向上攀高的"利"也可以因为狱神庙的"义"而产生正面的意义,成为后来施展义行的必要磨练,因此对于第二十七回红玉表示愿跟从凤姐,以"学些眉眼高低,出入上下,大小的事也得见识见识"一段,脂批云:

> 且系本心本意,狱神庙回内方见。

而同回亦有回末总评云:

> 凤姐用小红,可知晴雯等理(埋)没其人久矣,无怪有私心私情。且红玉后有宝玉大得力处,此于千里外伏线也。

如此一来,"学些眉眼高低,出入上下,大小的事也得见识见识"是使她后来能成为"宝玉大得力处"的重要条件,而她与贾芸之间不见容于礼法的暧昧私情,竟成了遭受压抑而不甘雌伏的改弦更

张,情有可原。连带地,最后与小红共结连理的贾芸也表现了雪中送炭的义举,第二十四回对于醉金刚倪二借钱贾芸一段,脂批云:

- "醉金刚"一回文字,伏芸哥仗义探庵(监?)。
- 此人后来荣府事败,必有一番作为。

"仗义探庵"的义举,与袭人的"狱神庙慰宝玉""供奉玉兄宝卿得同终始"一样,都和刘姥姥的拯救巧姐出于同一高贵情操。这当让我们感慨人性之复杂微妙,有时是图穷匕首见,有时是日久见人心,真的只有疾风之下才能知劲草;而正如开卷第一回中,作为第一组真假对照的甄士隐与贾雨村居都被安排住在"十里(势利)街"中的"仁清(人情)巷"①,隐喻"势利"与"人情"互相依倚交织,势利算计与人情义助之间只有一线之隔的微妙难辨。也因此让我们更了解知人论人之不易,必须盖棺才能论定,不可轻下断言。

当然,贾府的"事败""抄没",也导致"落了片白茫茫大地真干净"的幻灭下场,其家族成员应是第五回《红楼梦组曲·聪明累》所说的"家亡人散各奔腾",且脂砚斋也针对探春之远嫁痛切感叹

---

① "十里"与"势利""仁清"与"人情"的谐音关系,见第一回夹批。有学者认为,"仁清巷"代表世俗的欲望,这些欲望构成启迪道路上的障碍,Hua Hsau(邵华),*The Heart Sutra and Commentary*(《心经及评注》),San Francisco: Buddhist Text Translation Society(佛教文本翻译社),1980, p. 17. 引自〔美〕裔锦声:《红楼梦:爱的寓言》(北京:北京大学出版社,2000),页103。但其中所谓"仁清巷"应为"十里街"之误,而又以"葫芦庙"取代之最为切要,见下文。

道:"使此人不远去,将来事败,诸子孙不至流散也。悲哉伤哉!"①可见子孙流散殆尽的惨烈。而其中的宝玉乃是先在家势败落后过着贫寒交迫的潦倒生活,第十九回"袭人见总无可吃之物"句旁有脂批云:

　　补明宝玉自幼何等娇贵。以此一句,留与下部后数十回"寒冬噎酸齑,雪夜围破毡"等处对看,可为后生过分之戒。叹叹!

可见八十回之后本有篇幅描写到"寒冬噎酸齑,雪夜围破毡"的处境,就此,有一说宝玉是沦落到以提灯巡夜的"帮更"维生,从身居绮罗锦绣中的贵公子沦落为社会底层挣扎求生的贱民,委实令人极端不堪,炎凉之对比与无常之冲击更催化了沉睡的慧悟灵智,最后便以出家的方式,实践了第二十八回所显露的"逃大造,出尘网,使可解释这段悲伤"的心念。第二十一回于宝玉心想"权当他们死了,毫无牵挂,反能怡然自悦"数句,脂批云:"宝玉看此世人莫忍为之毒,故后文方能'悬崖撒手'一回。若他人得宝钗之妻、麝月之婢,岂能弃而而僧哉。"所谓的"悬崖撒手"一词,首先出现于第一回甄士隐的出家,可证确是代表出家的用语,来自佛家的概念;不过第二十五回脂砚斋又说:"叹不得见玉兄悬崖撒手文字为恨。"则这一段全书收结的压轴情节,或者是来不及完稿,或者

---

① 第二十二回批语。

也是迷失无稿，后人也只能藉续书的苴补聊且揣想了。

最后，脂批所提供的八十回后佚文，还包括若干诗词，如第六十四回的评语提到：

"五美吟"与后"十独吟"对照。

除了《十独吟》之外，当然，最著名的还是将小说人物加以排名并下评语的"情榜"。脂批透露有关情榜的线索，主要包括：

- 观警幻情榜，方知余言不谬。（第六回批语）
- 按警幻情讲（榜），宝玉系"情不情"。凡世间之无知无识，彼俱有一痴情去体贴。（第八回眉批）
- 树（前）处引十二钗总未的确，皆系漫拟也。至末回"警幻情榜"，方知正副、再副及三〔四〕副芳讳。壬午季春，畸笏。（第十八回眉批）
- 后观"情榜"评曰："宝玉情不情，黛玉情情。"此二评自在评痴之上，亦属囫囵不解，妙甚。（第十九回批语）

可知这个情榜是放在最后一回的人物总结，共有正、副、再副、三副、四副等五册，每一册都有十二金钗，所以共有六十位女性上榜。这是类似于《水浒传》之石碣、《封神演义》第九十九回、《儒林外史》之揭榜、《镜花缘》之无字碑，或当时流行的花榜，其中的正册最完整，也就是第五回贾宝玉神游太虚幻境时所见的十二位贵族女子，但其余的不仅并不完整，甚至是漫拟未确，因此可以毋须深究。

（四）艺术手法的揭示

在《红楼梦》庞大复杂的叙事过程中，其结构情节、组织事务的创作手法很容易被匆忙粗心的读者轻易略过，但这其实是深入掌握小说精妙之所在。于是脂批往往对其细腻巧妙处多所提点，所用的相关词汇许多是来自传统评点学的术语，如周思源指出：脂批者归纳的写作技巧不下二三十种，并没有将其提炼成系统的理论[①]，丁维忠则认为：脂评谓《红楼梦》各种写法，散见于各回的批语中，不下三四十种，这种种手法，有些是从金圣叹等前人那里沿用的，有些则是脂评新创的。[②] 如果从所有的批注数量来考察，涉及写作技巧方面的脂批总共便约有二百条之多，远超过关于小说主题思想的四十条批注，以及关于主要人物的九十条批注[③]，可见对小说艺术特色之分析的重视。

而这些无论是袭用还是新创的术语，于第一回脂批中一口气罗列甚多：

[①] 周思源：《红楼梦创作方法论》（北京：文化艺术出版社，1998），页36。

[②] 丁维忠：《红楼梦：历史与美学的启思》（哈尔滨：黑龙江教育出版社，2007），页464。

[③] 〔美〕王靖宇：《脂砚斋评注与〈红楼梦〉——脂评文学价值的探讨》，《红楼梦学刊》1991年第2辑，页294。

事则实事，然亦叙得有间架、有曲折、有顺逆、有映带、有隐有见、有正有闰，以致草蛇灰线、空谷传声、一击两鸣、明修栈道、暗度陈仓、云龙雾雨、两山对峙、烘云托月、背面传（傅）粉、千皴万染诸奇。书中之秘法，亦不复少。

另外，不用传统术语而自行归纳的方法学，以第二十七回脂批回末总评提供了较整体的汇编：

石头记用截法、岔法、突然法、伏线法、由近渐远法、将繁改俭法、重作轻抹法、虚敲（敲）实应法。种种诸法，总在人意料之外，且不见一丝牵强。所谓"信手拈来无不是"是也。

此外，其他章回中针对特定情节零零星星所提到的也不少，诸如：

- 借用冷字一人略出其大半，使阅者心中，已有一荣府隐隐在心，然后用黛玉、宝钗等两三次皴染，则耀然于心中眼中矣。此即画家三染法也。（第二回批语）
- **回风舞雪，倒峡逆波**，别小说中所无之法。（第二回批语）
- **偷度金针**法。（第八回批语）
- 余亦想见其物矣。前回中总用**草蛇灰线**写法，至此方细细写出，正是大关节处。（第八回批语）
- 一路用**淡三色烘染，行云流水**之法。（第八回批语）
- 所谓曾（层）峦叠翠之法也。野史中从无此法。（第十三回

批语）

- 伏下栊翠庵、芦雪广、凸碧山庄、凹晶溪馆、暖香坞等诸处，于后文一断一断补之，方得**云龙作雨**之势。（第十七回批语）①
- **倒卷帘法**。实写幼时往事，可伤。（第二十回批语）
- 纯用画家**烘染法**。（第二十一回批语）
- 此处透出探春，正是**草蛇灰线**，后文方不突然。（第二十二回批语）
- 闲言中叙出黛玉之弱，**草蛇灰线**。（第二十六回批语）
- 提纲伏于此回中，所谓**草蛇灰线**在千里之外。（第三十一回批语）
- **草蛇灰线**，后文方不见突然。（第八十回批语）

其中，"草蛇灰线法"出现的次数最多，是指作者重复运用关键的形象或象征，而达到一种统一的、或其他某种效果，宛如重复出现的主旋律在交响乐中所起的作用；而有时指把不引人注目的线索精心地插入描述中，将来再作发展，指这一层意思时，其名称常和"伏线法"交替使用。"层峦叠翠法"有时也叫作"两山对峙法"，指或者一个接一个地，或者在不同的地方处理类似的题材，既不着力，也不重复。"画家三染法"又称"千皴万染法"，指逐步地、再

---

① 这是针对第十七回游园时，写到"贾政皆不及进去"而言。

三地在一个轮廓上加添细节。① 至于第二十回所说的"倒卷帘法"，是用在贾环输钱耍赖，惹得莺儿抱怨道："前儿我和宝二爷顽，他输了那些，也没着急。"而所谓的"倒卷帘法"即"反卷帘法"，脂砚斋清楚说明其义是："观者至此，有不卷帘厌看者乎。"显然是指不但不想"卷起帘子"以看个清楚，反倒是想放下帘子掉头不看，以示其景象之可厌。

另外，第十六回针对元妃省亲之事，一再提到"避难法"，所谓：

- 一段赵姬讨情闲文，却引出道部脉络。所谓由小及大，譬如登高必自卑之意。细思大观园一事，若从如何奉旨起造，又如何分派众人，从头细细直写将来，几千样细事，如何能顺笔一气写清，又将落于死板拮据之乡。故只用琏凤夫妻二人一问一答，上用赵姬讨情作引，下用蓉蔷来说事作收，余者随笔顺笔畧一点染，则耀然洞彻矣。此是**避难法**。
- 大观园一篇大文，千头万绪从何处写起，今故用贾琏夫妻问答之间，闲闲叙出，观者已省大半。后再用蓉蔷二人重一渲染，便省却多少赘瘤笔墨。此是**避难法**。

显然这是指一种在千头万绪的复杂状况下，特别能够举重若轻、纲

---

① 参见〔美〕王靖宇：《"脂砚斋评"和〈红楼梦〉》，《红楼梦研究集刊》第6辑，页333—349。

举目张的描述手法，不会流于繁杂笨重而失去叙事的节奏与理路，以致令人读来清晰流畅，保持高度的阅读趣味。可见"避难"并不是消极的逃避难题，而是积极地化难为易的高妙策略。

可以特别说明的是，第一回涉及的"背面傅粉"是唯一也出现在小说情节中的词汇，作为取自绘画技巧的一个专门术语，意指作者描写时不从正面落墨，转由反面的着眼点或间接的立场下笔，从而透过反衬的效果，使正面的主旨获得进一步的烘托与强化，其义往往与"从对面写来"可以相通。而小说中也恰恰是用在诗歌妙处的品评上，第三十八回开社作菊花诗之际，当众人作完十二首诗之后，书中描写的是："众人看一首，赞一首，彼此称扬不已。"而其所称扬的情形，即包括林黛玉认为史湘云《供菊》的"圃冷斜阳忆旧游"一句作到了背面傅粉，在"抛书人对一枝秋"一句已经妙绝，将供菊说完、没处再说的情形下，故翻回来想到未折未供之先，因此意思深透。这确实符合"从对面写来"的精髓。

而从绘画那里借来的小说分析概念，不只是"背面傅粉"，第一回中所提到的还包括"云龙雾雨、两山对峙、烘云托月、千皴万染"等等，而这种越界的挪借，第二十一回所说的"纯用画家烘染法"就是清楚的表白，这也符合明清时代文学、史学、艺术界在批评观念上的合流现象。甚且不仅仅只是画坛，被文学创作与批评借用其手法的艺术界，还有场上戏剧，第二十一回"贾琏与平儿对话"一段，脂批云："此等章法是在戏场上得来。"就说明了某些情节的设计刻画，因为以戏场上的对话与动作给予加强，造成更生动活泼、如在目前的传神效果。这也证明了伟大的文学家海纳百川的眼光与融会贯通的能力。

　　当然，小说作为"稗史"，不仅在价值上往往依傍经史，在写作笔法上也可以从史传的人物描写与情节安排中揣摩获益，并且明清时评点家本就是同时进行史书、小说、书法、绘画、古文、诗词的分析的，因此不免汇通而论，脂批中也提到《红楼梦》的写法有些就是吸收了传统史传的精华，如第三回写宝、黛第一次见面，黛玉心中正疑惑着，"这个宝玉，不知是怎生个惫懒人物"，脂批便说："文字不反不见正文之妙，似此应从'国策'得来。"也许小说家的书写只是偶然暗合，但这样的提点仍然带给读者一种认识角度，更体贴到创作者的学养与小说笔法的精妙。

　　而这种种的精巧设计，也使得脂砚斋藉怡红院双关地指出《红楼梦》之"集大成"所在，所谓："花样周全之极。然必用下文者，正是作者无聊，换出新异笔墨，使观者眼目一新。所谓集**小说之大成**，游戏笔墨，雕虫之技，无所不备，可谓善戏者矣。又供诸人同同一戏。妙极。"（第十七回）可见花样周全的"雕虫之技"也是助成伟大小说的必要条件，亦有赖于读者一一慧心领略。

第五章
神话的操演与破译

在《红楼梦》中，开篇第一回即设计了"女娲补天"与"神瑛绛珠"两个神话系统，分别为贾宝玉和林黛玉的前身因缘与天赋的人格特质提出隐喻式的解释。

就此，神话的意义早已不是粗浅素朴的"神的故事"，更绝非迷信心理的产物；神话内容也不是在其价值获得肯定后，于一般意义下所说的："戏剧性地表现了我们隐藏最深的本能生活和宇宙中人类的原始认识"，"是一种超越科学的直接玄学陈述。它以具有连贯结构的象征或叙述体现了对现实的幻想。它是关于人类存在的浓缩的描述，试图以结构上的忠实来表现现实，并一笔勾勒出构成人类现实的那些显著的根本的关系"。① 对于如《红楼梦》这样一部诞生于高度文明社会中的杰出小说，神话内涵实与小说中复杂的存在现实紧密连结，而透过特殊指涉使该存在现实焕发出一种根源性、永恒性的深邃意义。在这个情况下，可以参考波兰人类学家马林诺

---

① 引自〔美〕古尔灵等著，姚锦清等译：《文学批评方法手册》，页214—215。

夫斯基（Malinowski, 1884—1942）所指出的：

> （神话）乃是合乎实际的保状、证书，而且常是向导。另一方面，仪式、风俗、社会组织等有时直接引证神话，以为是神话故事产生的结果。文化事实是纪念碑，神话便在碑里得到具体表现；神话也是产生道德规律、社会组合、仪式或风俗的真正原因。①

这段话可以帮助我们深刻地认识到，神话在《红楼梦》中正是合乎实际的保状、证书与向导，小说家之所以在第一回开篇就引述神话，为的是对作品中的人物性格、家庭背景、道德规律、社会组合、仪式或风俗等各种文化事实给予本质上的解释，并以之构成全书情节的叙事框架。这样的神话运用自然是寓意十分深远的，有待详加说明。

一、女娲补天：石头神话（贾宝玉）

《红楼梦》一开篇，在作者的自序之后，就是女娲补天的神话。

这个挪用自传统古老神话的设计，固然是为贾宝玉所量身订制的，却更是为全书的书写奠定了基本框架与主要象征意涵，神话

---

① 〔波兰〕马林诺夫斯基著，李安宅译：《巫术科学宗教与神话》（上海：上海文艺出版社，1988），页132。

故事中的每一个环节与构成要素，不仅都蕴蓄着深厚久远的文化积淀，也都被吸纳到小说人物情节的塑造中，成为整体安排与重要寓意的巧妙对应。

  列位看官：你道此书从何而来？说起根由虽近荒唐，细按则深有趣味。待在下将此来历注明，方使阅者了然不惑。
  原来女娲氏炼石补天之时，于大荒山无稽崖炼成高经十二丈、方经二十四丈顽石三万六千五百零一块。娲皇氏只用了三万六千五百块，只单单剩了一块未用，便弃在此山青埂峰下。谁知此石自经煅炼之后，灵性已通，因见众石俱得补天，独自己无材不堪入选，遂自怨自叹，日夜悲号惭愧。（第一回）

既然作者使用了这个最原始的救世想象，以此后设地为贾宝玉的天赋禀性与今世处境给予象征性的说明，那么，充分掌握这个神话的全貌以及在历史流传中所累积的相关寓意，可以说是理解这个手法的必要的知识装备。以远古神话所载，女娲乃是炼五色石以补苍天，完整的过程与具体的情况保留在以下两段文献中：

- 往古之时，四极废，九州裂，天不兼覆，地不周载，火爁炎而不灭，水浩洋而不息，猛兽食颛民，鸷鸟攫老弱，于是女娲炼五色石以补苍天，断鳌足以立四极。杀黑龙以济冀州，积芦灰以止淫水。（《淮南子·览冥训》）
- 然则天地亦物也。物有不足，故昔者女娲氏练五色石以补其阙;断鳌之足以立四极。其后共工氏与颛顼争为帝,怒而触不周之山,折天柱,绝地维;故天倾西北,日月辰星就焉;地不满东南,故百川水潦归焉。(《列子·汤问篇》)

从这些相当一致的描述来看,其中都具备了"母神女娲""五色石""乱世补天"的三个基本要素,缺一不可,可见此一神话运用涉及的层面与意义很广,绝不仅限于石头以及石头所化身的贾宝玉一人。美国学者浦安迪认为,《红楼梦》之所以用女娲故事开篇,是因为宝玉和宝钗、黛玉二人的关系对应着女娲与伏羲兼具兄妹与夫妻的关系,"在书的前半,宝玉、黛玉体现了兄妹关系;到后半部,宝玉、宝钗体现了夫妇关系。他们是'三位一体'",完全符合中国文学传统中的"原型"。[1] 这一方面是以宝玉的婚恋意涵严重限缩了女娲补天神话在《红楼梦》中的全面性开展,甚至忽略了其中并未涉及宝玉的婚恋问题;另一方面则是以后出的伏羲女娲神话取代了原来的补天神话,失去了原神话的丰富性与深刻性。

以下,就女娲补天神话在《红楼梦》中的全面性开展,来呈现神话象征意义的丰富与深刻,以及小说家运用之巧妙天成。

(一)女娲:母神的崇拜心理

女娲作为整个补天事业之推动者,正属于埃利希·诺伊曼(Erich

---

[1] 见尹慧珉:《近年英美〈红楼梦〉论者评介》,《红楼梦研究集刊》第3辑(上海:上海古籍出版社,1980),页476。文中称"普拉克斯",为Plaks的直接音译。

Neumann, 1905—1960）所说的"大母神"（The Great Mother），又称大女神（The Great Goddess）或译"原母神"，而大母神崇拜是人类最早的宗教崇拜形式，是比较宗教学中的专有术语，指父系社会出现以前人类所崇奉的最大神灵，她的产生比我们文明社会中所熟悉的天父神要早两万年左右。[①] 人类学家和宗教史学家认为，大母神是后代一切女神的终极原型，甚至可能是一切神的终极原型；换句话说，大母神是女神崇拜的最初形态，从这单一的母神原型中逐渐分化和派生出职能各异的众女神及男神。[②] 作为"时间"范畴上从无到有的太初之母（primordial mother），与"空间"范畴上地负海涵的大地之母（earth mother），可以说是一切存在的先验范畴，其擘创宇宙万物的伟大等同于造物主：

太初之母——时间之始
大地之母——空间之始

因而代表了创造、保护、丰饶、温暖、繁衍的崇拜对象，女娲于《红楼梦》中同样被赋予高度而丰富的指涉能量，而此一母神意涵也最受到学界的阐发。若从全书结构而言，梅新林抉发女娲之为"孤雌纯坤"的性别意义，以及在书中神俗二界分化而成的母神递

---

① 〔德〕埃利希·诺伊曼著，李以洪译：《大母神——一个原型的分析》（北京：东方出版社，1998）。

② 萧兵、叶舒宪：《老子的文化解读——性与神话学之研究》（武汉：湖北人民出版社，1996），页172。

接与循环的完整系统,可谓最具洞见,兹将其说简化列表如下:①

```
         神界                              俗界
  女娲    ——→  警幻仙子  =*=   贾母           刘姥姥
(救世之神)    (命运之神)      (命运之神)      (救世之神)
```

本文深受启示之余,又透过小说本身之内证而另有所见。首先是,《红楼梦》的俗界女性中具有母神内涵与地位的,自不仅有贾母、刘姥姥二人,其实还包括王夫人、元妃在内,她们也都实践了刘姥姥给巧姐取名时所说"逢凶化吉,遇难成祥"的母神功能,这一点请参后续拙著的补充,此处不予详述;另外,参酌神话学的其他进路,可以从造型与功能的不同角度对母神的内涵提供相关知解,以为补缺参考。

首先,就"蛇"与"肠"的造型与功能来看。

女娲神话自当以女娲为主,了解这位女神的各种形象描述,可以提供母神崇拜意识的基本内涵。最古老的记载当属《山海经·大荒西经》所云:

> 有国名曰淑士,颛顼之子。有神十人,名曰女娲之肠,化为神,处栗广之野,横道而处。②

---

① 梅新林:《红楼梦哲学精神:石头的生命循环与悲剧指归》,页178—191。
② (晋)郭璞注,袁珂校注:《山海经校注·大荒西经》(上海:上海古籍出版社,1980),页388—389。

郭璞注："女娲，古神女而帝者，人面蛇身，一日中七十变，其腹化为此神。"参照《楚辞·天问》王逸注曰："传言女娲人头蛇身，一日七十化。"以及《淮南子·说林训》所说的，女娲"一日而七十化""抟土造人"，可见透过"一日七十化"以及"抟土造人"所展现的化育创生之功，都透过"人面蛇身"的混合造型呈现出来。

可以注意到，"人面蛇身"此一人类与动物形体交融、重组而共存于一身中的怪异现象，本身就是一种高度生命力的创造性想象，初民相信如此一来就能使动物的力量与人的力量相结合，此一思维方式同样出现在源于15世纪末，将人、动物、植物各种成分精巧地交织、组合在一起，随后所逐渐发展成一种综合性的怪诞绘画风格。对巴赫金而言，这种怪诞风格大胆打破了生命的界限与习见的静止感，因为这些形体互相转化、仿佛彼此产生，展现出异类存在之间流动生发的变换过程，以致"运动不再是现成的、稳定的世界上植物和动物的现成的形式的运动，而变成了存在本身的内在运动，这种运动表现了在存在的永远非现成性中一种形式向另一种形式的转化"，体现了一种快活的、随心所欲的异常自由。[①] 而这种流转相生、彼此同化的动态生命形式，更透过"蛇"此一特定动物所具有的蜕皮重生、多产等生理特性及其所衍生的象征意义，而获得强化与充分传达。

[①] 参钱中文主编，参李兆林等译：《巴赫金全集》第6卷《弗朗索瓦·拉柏雷的创作与中世纪和文艺复兴时期的民间文化》（石家庄：河北教育出版社，1998），页38。

以蜕皮重生而言，坎贝尔（Joseph Campbell, 1904—1987）举出蛇蜕皮的实例来说明死亡与重生的相对与和谐，"有时候蛇的形象是咬着自己的尾巴形成一个圆圈。那是生命的形象。生命代代接续散发光芒，为了不断的再生"[1]。金芭塔丝（Marija Gimbutas, 1921—1994）则透过其考古人类学研究，从另一角度推论道："蛇既能栖息于陆地又能生活在水中。冬天，它们在土中冬眠，春天，又重回地上。除此之外，它们还能周期性地蜕皮，这就更加强化了它们作为再生象征的功能。人们因而认为蛇在春季能带来生命。它们还被视为已故祖先的显灵。"[2] 至于多产与分娩的特性，更使得"蛇常与大地母亲联系在一起"[3]，因此，"奥林匹亚之前的赫尔墨斯神（Hermes）也与阳具和蛇相关，用来刺激植物生长和动物多产。……作为一个神人同形的神，他携带着一个蛇杖（Kerykeion）———根缠绕着蛇的魔杖。……也是一个再生之神。……另一个与蛇有关的男神是希腊的阿斯克勒皮俄斯（Asklepios）———拯救和治疗之神。他的魔法工具上缠绕着蛇，正如赫尔墨斯的蛇杖上缠绕着蛇一样。……阿斯克勒皮俄斯的蛇是用来治疗的，而赫尔墨斯的蛇则是用来催眠和唤醒的。"[4] 这就解释了蛇作为西方医学之代表动物的原

---

[1] 〔美〕坎贝尔著，朱侃如译：《神话》（台北：立绪文化公司，1995），页74—75。

[2] 〔美〕马丽加·金芭塔丝著，叶舒宪等译：《活着的女神》（桂林：广西师范大学出版社，2008），页15。

[3] 〔英〕米兰达·布鲁斯—米特福德（Miranda Bruce-Mitford）等著，周继岚译：《符号与象征》（北京：三联书店，2010），页67。

[4] 〔美〕马丽加·金芭塔丝著，叶舒宪等译：《活着的女神》，页173。

因,正是由拯救与治疗这类与"重生"相联系,甚至应该说由"重生"衍生而来的功能所致。

但除了"蛇"之外,在阐释女娲之为母神意义的种种论述中,似乎还没有人注意到同样参与其形象与功能之建构的"肠"及其意义。从前引《山海经·大荒西经》所说的"有神十人,名曰女娲之肠,化为神",可知女娲的创造不仅是"一日而七十化"以及"抟土造人"之类,属于人间俗界的创世范畴,还更兼涵其他之神界存有,合乎前引诺伊曼所言,大母神是女神崇拜的最初形态,由之逐渐分化和派生出职能各异的众女神及男神。值得注意的是,"有神十人,名曰女娲之肠,化为神"数句,郭璞注明其名实之间的因果关系乃是"其腹化为此神",而该句于《藏经》本作"其肠化为此神"[1],更清楚点出此神十人乃是自其所从出之处而得名,亦即女娲经由其身体内部的"肠"而创化神子,迥异于取资身体之外的泥土来塑造人类,因此才能透过自体分化而将神性直系传衍下去,有如一种维持神圣血统的基因保证。

值得注意的是,对于"女娲之肠"的名称及其隐喻来源,实际上《红楼梦》中提供了一个绝佳明证。当赵姨娘横受贾环所说"你不怕三姐姐,你敢去,我就伏你"之激,便如戳了肺般喊说:

我肠子爬出来的,我再怕不成!(第六十回)

---

[1] 参(晋)郭璞注,袁珂校注:《山海经校注·大荒西经》,页389。

随即一头冲往大观园掀起一场斯文扫地的混战。较诸第五十九回何婆子怒骂女儿春燕"你是我屁里掉出来的"、第七十三回邢夫人批评贾琏熙凤时云"但凡我身上吊下来的",赵姨娘用以表达探春为其身之所出的亲生女儿的血缘关系者,乃是以"肠子爬出来"比喻分娩动作,足见"肠"确实具有明确的生殖意义。参照关汉卿杂剧《邓夫人苦痛哭存孝》第二折也出现类似用法,剧中刘夫人引述宋元时俗语云:"亲儿落马撞杀了,亲娘如何不疼?可不道'肠里出来肠里热'?我也顾不得的,我看孩儿去也。"①其义更为明确。

推考"肠"与生殖作用的高度关联、甚至直接成为生殖器官的原因,一方面固然是基于与腹部的关联相通,其萦绕填充腹部的位置与体积,足以造成"肚破肠流"的现象,而由此形成"肠—腹—胎儿"的连动式推理;另一方面,肠的细长条状也是人体内各种脏器中与"蛇"最为近似者,蛇的神话意涵可透过形象联想而强化"肠"的生殖象征,回应了蛇的再生神话意涵;甚至"肠"在形象与功能上更与"阴道"如出一辙,所谓"大肠者,传道之官,变化出焉;小肠者,受盛之官,化物出焉"②,都具备了"传导运送"与"变化出物"的现象,因而连类并比,肠的生殖象征就此发展出来。值得注意的是,在传统妇科医学已经发展成熟的盛清时期,赵姨娘依然将"肠"视为生殖器官,喊出"我肠子爬出来的"以为母子血缘的形象化表述,诚属从神话时代进入历史时代后,遭到文明压抑之

---

① 徐征等编:《全元曲》(石家庄:河北教育出版社,1998),第1卷,页19。

② (唐)王冰次注:《黄帝内经素问补注释文》,张继禹主编:《中华道藏》第20册(北京:华夏出版社,2004),页48。

神话思维仍然伏潜于民间话语的遗迹，是对神话时代"女娲之肠"的直接回响，更是《红楼梦》承袭女娲神话之母神内涵的清晰印证。

从"蛇身"所象征的多产、再生，再加上"肠"的形象运用，在在都与母神之创造、丰饶、繁衍、保护、温暖等功能相契。这就是母神崇拜心理的主要趋向，因此才能担当救世之重责大任，重新赐予世界另一个生命。当然，到了汉代加入了伏羲与女娲形成夫妻关系，女娲便成为配偶神，落入必须配合男神的附属地位，她原先"孤雌纯坤"的独当一面也就随之被大幅削减，这已经是女娲神话的新阶段，而"补天"的伟大元素便湮灭不存了。这恐怕不是《红楼梦》所取材的。

（二）玉石：贵族血统的隐喻

而女娲虽有补天之大能，却无法只手撑持，而必须创造工具、培养人才，她用以"补天"的，是石头。像铆钉一样，弥补破损、黏合错榫，让天空恢复平整，使世界平顺运转，这也就是满天繁多难数却稳固有序的星辰。但，应该仔细推敲的是，这些"补天石"究竟是怎样的石头？

如果从"顽石"的认知角度来说，一般都以石头的自然原始特性以及初民的石头崇拜心理来发挥其象征意义，如王孝廉指出："石头，是打破人类原始动物性的茫昧而进入文明的第一个符号"[①]，

[①] 王孝廉：《石头的古代信仰与神话传说》，《中国的神话与传说》（台北：联经出版事业公司，1985），页41。

显示石头代表着人类历史和文明的起源。况且石头不仅为人类推进社会发展的最初劳动工具之一，亦作为纪录思想文化和想象死亡的载体，将人文精神展现为得以长期流传的石刻、壁画、建筑等。此外，初民崇石信仰的本体论和宇宙论课题，多重向度地表现为：石头不仅被初民视作驱魔避邪的保护神，或展现生育繁殖的母性象征意涵①，或代表不可毁灭与永恒不变的延续性物体，因而派生为象征再生的神圣空间。②

但这些石头虽然参与了人类的历史文明，本身却还是原始的质地，是否可以用来涵盖贾宝玉前身的补天石的所有意义呢？或许应该注意到，作为贾宝玉前身的补天石虽然是畸零的剩余物，但其本质却早已不是原始自然的石头，称之为"顽石"实际上是名实不符的。试看无论是原初神话或《红楼梦》的挪用，那颗石头与其他派上补天用场的所有石头一样，都是女娲炼造之后的产物，而《淮南子·览冥训》的"女娲炼五色石以补苍天"与《列子·汤问篇》的"昔者女娲氏练五色石以补其阙"，说的都是"五色石"，也就是色彩优美的精致石头，就传统所认为的"美石为玉"而言，这其实已属半玉；再从第一回所说的"此石自经煅炼之后，灵性已通"，则这些女娲炼造的石头更是通灵之物，这又具备了玉的另一半条件，也就是文化意识。如此一来，石头兼具五色之美与通灵之性，其实已经

---

① 何星亮：《中国自然崇拜》（南京：江苏人民出版社，2008），页313—316。
② 〔美〕米尔恰·伊利亚德（Mircea Eliade）著，杨素娥译，胡国桢校：《圣与俗——宗教的本质》（台北：桂冠图书股份有限公司，2006），页101。

完完全全等于"玉",其关系如下表:

$$石\begin{cases}形：五色\\质：通灵\end{cases}玉$$

可以说,《红楼梦》中的玉、石本为一物,而"至坚"也是玉、石的共通特性,所谓"石可破也,而不可夺坚;丹可磨也,而不可夺赤。坚与赤,性之有也"(《吕氏春秋·诚廉篇》)、"石生而坚"(《淮南子·说林训》),对照《红楼梦》第二十二回黛玉藉"宝玉"之名所打的禅机:

宝玉,我问你:至贵者是"宝",至坚者是"玉",尔有何贵?尔有何坚?

可见"至坚"者是石也是玉,更证明曹雪芹的设计确实是玉石一体的,两者之间并不存在"自然"与"文明"、"真"与"假"的对立,而应该直接称为"玉石"。也因此,当石头幻形入世之际,"那僧便念咒书符,大展幻术,将一块大石登时变成一块鲜明莹洁的美玉,且又缩成扇坠大小的可佩可拿"(第一回),其具体形貌是"五彩晶莹"(第二回)、"大如雀卵,灿若明霞,莹润如酥,五色花纹缠护"(第八回),可见其实只是量体上的由大缩小,至于从"五色"到"五色花纹缠护"的形态却是一以贯之的;再从脂批中,无论是对贾宝玉本身或那块衔诞入世的通灵玉,都笼统地称为"玉兄""石兄",玉与石互代为名,直是彼此定义,又且对"大如雀卵,灿若明霞,莹润如酥,五色花纹缠护"分别提点各句——所指涉的乃是"体""色""质""文"[1],"色"者指仪表装饰之范畴,"文"者即文化、文明之意,正构成文质彬彬、里外俱美之整体。由此必须说,入世前的畸零石并不等于自然纯真素朴,入世后的通灵玉也不代表人为虚假矫饰,贾宝玉自前身到今世一直都是"玉石"的属性,是同一本质的两世直系延续。

就这一点来说,如果进一步思考贾宝玉衔玉而诞的特殊出生,更可以清楚认识到,这是他之所以能降生于贵族世家的必要条件:既然《说文解字》释"玉"道:"玉,石之美有五德者。"且在考古中大量发现于权贵者之墓葬中的玉器,本身就意味着玉器已经成为权势、财富、等级身份等的象征物,与上层社会的交往活动有关,并对后世礼制的定型化产生过重要影响[2],而东周时也以如各种玉饰象征着贵族的品格与情操及修养,为贵族所看重,如《诗经·大雅·荡之什》云:"白圭之玷,尚可磨也;斯言之玷,不可为也。"即是用制玉比喻贵族的道德修养,要求贵族要像玉一样质地纯洁,无污点无瑕疵;又《礼记·聘义》记载:

> 子贡问于孔子曰:"敢问君子贵玉而贱碈者,何也?为玉

---

[1] 第八回夹批。

[2] 详参张苹:《从美石到礼玉——史前玉器的符号象征系统与礼仪文化进程研究》(成都:巴蜀书社,2011),页93—94。

之寡而磻之多与？"孔子曰："非为磻之多故贱之也，玉之寡故贵之也。夫昔者君子比德于玉焉：温润而泽，仁也；缜密以栗，知也；廉而不刿，义也；垂之如队，礼也；叩之，其声清越以长，其终诎然，乐也；瑕不揜瑜，瑜不揜瑕，忠也；孚尹旁达，信也；气如白虹，天也；精神见于山川，地也；圭璋特达，德也；天下莫不贵者，道也。《诗》云：'言念君子，温其如玉。'故君子贵之也。"①

从孔子所言，不难看出玉已被赋予人格化的含义，故可与贵族君子相比拟，玉也被用作了规范衡量贵族道德行为的器物。再由《礼记·玉藻》所言："古之君子必佩玉，右徵角，左宫羽。趋以《采齐》，行以《肆夏》，周还中规，折还中矩，进则揖之，退则扬之，然后玉锵鸣也。故君子在车，则闻鸾和之声，行则鸣佩玉，是以非辟之心无自入也。"②如此一来，贵族佩玉就要求他们须循规蹈矩，从而起到了约束贵族行为的作用；而从春秋时期贵族墓葬中所发现的大量的玉器，也都足以证明当时贵族佩玉、重玉习俗的广泛与流行。③则宝玉所在的世界自必非一般泛泛之家，而始终是与"礼器"的仪式作用与世俗权力相结合，如此便非贵族世家不可。这就清

---

① （东汉）郑玄注，（唐）孔颖达疏：《礼记》，阮元校刻，《十三经注疏》（台北：艺文印书馆，1995），卷63，页1031。

② 同上书，卷30，页563—564。

③ 详参蔡锋：《春秋时期贵族社会生活研究》（北京：中国社会科学出版社，2004），页152—153。

楚解释了畸零玉石之所以能够"到那昌明隆盛之邦，诗礼簪缨之族，花柳繁华地，温柔富贵乡去安身乐业"，其实是有着此一相应条件的。

何况，在第二回中，透过贾雨村对贾宝玉所代表的"情痴情种"所作的性格分析，除了指出正邪二气的先天特质外，后天的"公侯富贵之家"同样是不可或缺的必要条件。只有在"公侯富贵之家"的后天环境中，正邪二气才会被具体化为"情痴情种"，而有别于在"诗书清贫之族""薄祚寒门"等其他环境所产生的"逸士高人""奇优名倡"。换言之，这颗在神界"无才补天"而"落堕情根"的玉石，到了俗界之后也是在"公侯富贵之家"中才完成"情痴情种"的人格类型，可见这颗玉石有如贵族血统的隐喻，"五色"的美形正是其必要的表征。

其次，这颗相配于贵族的玉石是三万六千五百零一块补天石中唯一剩余的一块，又暗示一种"畸零"——即不完整的、剩余的，因此被弃在"青埂峰"下——即脂批所谓的"落堕情根，故无补天之用"。就此，一般多是从"以情为根"来解释宝玉耽于温柔乡的情痴之美，如警幻所谓的"独为我闺阁增光，见弃于世道"（第五回），因此从道家"畸于人而侔于天"（《庄子·大宗师》）的角度赞扬此一畸零处境乃是"逍遥"理想的落实，甚至将其不羁性格赋予叛逆者的意涵。这一点诚有其道理，从《庄子》一书中多以"畸人"作为体道的代表，宣扬"无用之为大用"的人生哲理，确实也是石头神话的一个重要意义，但因为这一思想意涵发挥者众，已属人所共知，所以此处不再赘言；但是从另外的角度来看，还有其他一样重要、甚至更为重要的象征意义值得开掘，即因应于玉石的社会文化意涵所展开的思考，而这可能是更切合《红楼梦》的历史环境与家世背景。

首先，以神话学的隐喻而言，"补天石"的锻造与目的本就意味着"脱母入父""由自然到文明"的过程。如诺伊曼所言，"逐渐放弃母性原型世界，同父亲原型相妥协、相认同，变成循规蹈矩的父权社会中的一成员，现存秩序的维护者"[1]，亦即从母亲怀中那种没有责任、无忧无虑的生活——在那种生活里还保存着许多动物时代朦胧的记忆，当时没有"你应该""你不能"的清规戒律，一切都自然而然地发生，让人随心所欲[2]——进入到文明与责任的"象征秩序"[3]之中，承担着种种把人从美妙和谐的动物本性中分离出来的蛮横法规，故第二十五回和尚对宝玉前身所描述的即是："天不拘兮地不羁，心头无喜亦无悲。却因锻炼通灵后，便向人间觅是非。"玉石锻炼通灵前的"天不拘兮地不羁，心头无喜亦无悲"正对应于母性空间的特质。但微妙的是，贾宝玉这颗"补天石"所展开的"脱母入父"的过程竟横遭中断而并未完成，所谓"女娲所弃

---

[1] 见萧兵、叶舒宪：《老子的文化解读——性与神话学之研究》，页192。

[2] Carl G. Jung, *The Collected Work of C. G. Jung* (Princeton: Princeton University Press, 1967), Volume 9. Part 5, p. 235. 引自杨瑞：《〈聊斋志异〉中的母亲原型》，《文史哲》1997年第1期，页90。

[3] 依拉康（Jacques Lacan）的理论，"象征秩序"实际上就是父权制的性别和社会文化秩序，以菲勒斯（phallus）为中心，受父亲的法律（The Law of the Father）的支配。参张岩冰：《女权主义文论》（济南：山东教育出版社，1998），页115。

之石，谅因其炼之未就也"①，甚且在前往最终目的之中途即以"被弃"的方式暂时停留在一种"非母非父"的中介地带，既已失去自然母亲的庇护，无法回归锻炼之前浑沌的母性空间（chora）；锻炼通灵后却又徘徊于父亲的文明事业之外，丧失了象征秩序的编码，因而陷入一种进退失据的茫惑状态，以致其所暂居之"赤瑕宫"的"瑕"字即表明"玉有病也"②的不健全性质。故其"日夜悲号惭愧"的自责与"便向人间觅是非"的另寻出路，未始不是暧昧失据的身份认同所致。

所谓"身份"，是一个人在体系中所占据的结构位置，身份让我们和各个社会体系产生关联，提供我们经历、参与这些体系时，一条阻力最小的路。③至于"身份认同"（identification）则绝不只是阶级、职业、伦理角色等外在的归属问题，而是如泰勒（Charles Taylor）所认为的，"认同"不是"自己是谁"的描述性问题，而是"自己是什么样的人"之叙事，这样的叙事是关于个人如何陈述自己的"道德领域"的问题，藉此传达出个人的意义和价值。④因而身份认同往往指涉了"自我觉醒""自我形象""自我投射"和"自我尊重"等心理学意涵。据此可以说，幻形入世的贾宝玉既是从"非母非父"

---

① （清）二知道人：《红楼梦说梦》，一粟编：《红楼梦资料汇编》，卷3，页89。

② 脂砚斋并认为"以此命名恰极"，见第一回眉批。

③ 参〔美〕亚伦·强森（Allen G. Johnson）著，成令方等译：《见树又见林：社会学作为一种生活、实践与承诺》（台北：群学出版社，2003），页101—110。

④ Charles Taylor, *Sources of the Self: The Making of the Modern Identity* (Cambridge: Harvard University Press, 1989).

而丧失明确之身份认同的状态化身而来，则从仙界顽石之向往"得入红尘，在那富贵场中、温柔乡里受享几年"，到入世后一变而为既依恋富贵场之生活、却又否定富贵场赖以建立之前提与价值（因而排斥经济功名），既沉迷于温柔乡、却又洞悉温柔乡之短暂易失（包括否定温柔乡赖以建立之富贵场的因素），以致往往受困于自我矛盾的挣扎中，并陷入失据无解所逼出的及时行乐状态，同样是"非母非父"处境的变形表现。而书中第二回所谓"正邪二气"的禀赋，使之"在上则不能成仁人君子，下亦不能为大凶大恶。置之于万万人中，其聪俊灵秀之气，则在万万人之上；其乖僻邪谬不近人情之态，又在万万人之下"，也恰恰即是此一畸零状态的哲理式说明。

由此说来，若从"补天"的角度来看，所谓的"补天"，当然不是最原始的救世想象，在人文传统的象征用法里，意指对大我的群体世界进行安顿，所补的"天"、所救的"世"即为广大人群生活所寄的社会秩序，以儒家的理想来说就是经世济民，以贵族世家来说便是永保无虞，而双双绝缘于这颗无才补天的畸零玉石，诚所谓"于国于家无望"（第三回），因此加倍愧悔自责。就儒家经世济民的理想来说，包含自宋玉、司马迁、董仲舒、东方朔等以来的文人，早已因此一理想的失落而形成一种"士不遇"题材，到了苏轼、辛弃疾等更以"补天石被弃"自喻，累积了源远流长的历史悲愤；[①]

---

① 如苏轼《儋耳山》的"君看道旁石，尽是补天余"、辛弃疾《归朝欢》的"补天又笑女娲忙，却将此石头闲处"，参刘上生：《走近曹雪芹——〈红楼梦〉心理新诠》（长沙：湖南师范大学出版社，1997），页147。自宋玉《九辩》之后，陆续有董仲舒《士不遇赋》、司马迁《悲士不遇赋》、陶渊明《感士不遇赋》等，篇名尤其显豁其义。

而从曹雪芹的家学渊源来看，曹寅作品中也清楚出现了同一典故运用，特别是曹寅《巫峡石歌》所云：

> 巫峡石，黝且斓，周老囊中携一片，状如猛士剖余肝。……娲皇采炼古所遗，廉角磨礲用不得。或疑白帝前、黄帝后，灊堆倒决玉垒倾。风煦日暴几千载，旋涡聚沫之所成。胡乃不生口窍纳灵气，崚嶒骨相摇光晶。嗟哉石，顽而矿，砺刃不发硎，系舂不举踵。研光何堪日一番，抱山泣亦徒溷溷。

有学者认为这与《红楼梦》的石头故事诚然是形神皆似[①]，确实是很有道理的，足见此一女娲石的新发展，从宋代以来就已经众多文人所熟悉而有所共鸣的历史典故，曹寅的书写正是其中之一。

由此可见，以补天石被弃自喻怀才不遇或救世无成，已是文人熟悉的文学手法，只是曹雪芹或贾宝玉更兼具家族继承人的失败无能，更甚于一般意义的怀才不遇。从宝玉之为总数三万六千五百零一块补天石中，"娲皇氏只用了三万六千五百块，只单单剩了一块未用"之"弃石"，其意义实为脂砚斋所指出的，"娲皇氏只用了三万六千五百块"乃是"合周天之数"，至于"顽石三万六千五百零一块"的用意，则是："数足，偏遗我，'不堪入选'句中透出心眼。"并认为"无材补天，幻形入世"这八字"便是作者一生惭恨"，"无材可去补苍天"一句乃是"书之本旨"，而"枉入红尘许多年"一

[①] 参朱淡文：《红楼梦研究》（台北：贯雅文化公司，1991），页5—9。

句则是"惭愧之言,呜咽如闻",故清楚指出"此书系自愧而成"[①],可见当其百年家族已面临末世之际,在此存亡绝续的危殆处境中,宝玉这个由玉石所化的家族继承人,却是"落堕情根,故无补天之用",则其在富贵场中耽于温柔乡的处境,乃是"无补天之用"之后的堕落以自我补偿,也呼应了末世的自忏心理。

此所以第五回宝玉神游太虚幻境之契机,就是出于荣宁二公之嘱托,于"遗之子孙虽多,竟无可以继业"句,有脂批云:"这是作者真正一把眼泪。"而第四十二回针对宝钗所谓"男人们读书明理,辅国治民,这便好了",脂批亦曰:

作者一片苦心,代佛说法,代圣讲道,看书者不可轻忽。

又第十六回秦钟临死前,对宝玉遗言劝道:"并无别话。以前你我见识自为高过世人,我今日才知自误了。以后还该立志功名,以荣耀显达为是。"说毕,便长叹息一声,萧然长逝。作为"人之将死"时的"其言也善",此说所带有人生总评的"暮鼓晨钟"之意,岂非正与其名中的"钟"字有所对应?是故脂批云:

此刻无此二语,亦非玉兄之知己。……读此则知全是悔迟之恨。

---

① 第十二回眉批。

则书中往往出现的自我调侃之词，诸如"潦倒不通世务""于国于家无望""天下无能第一，古今不肖无双"（第三回），恐怕不是寓褒于贬的反讽用语，而是痛切自责之余情不自禁的真心流露。

这也正是小说中反覆皴染家族之末世光景，又极力赞美"当日所有之女子，一一细考较去，觉其行止见识，皆出于我之上。何我堂堂须眉，诚不若彼裙钗哉？"从第十三回回末诗所总评的"金紫万千谁治国，裙钗一二可齐家"，可见所谓出于他之上的行止见识绝不只是如花似水的天地灵气之类，还更包括"齐家治国"的补天才干，因此在第五回的人物判词中，王熙凤与贾探春这两位女子都出现了"才"和"末世"的结合，此一现象绝非偶然。无怪乎脂砚斋也清楚表示："余为宝玉肯效凤姐一点余风，亦可继荣宁之盛，诸公当为如何？"（第二十回）

（三）末世：畸零弃石的自忏

回到"女娲补天"的神话情节来说，女娲之所以要补天，正是因为天塌、天破，形成乱世失序的局面，因此才挺身而出，致力于恢复宇宙秩序。而神话中"折天柱，绝地维""四极废，九州裂，天不兼覆，地不周载，火爁炎而不灭，水浩洋而不息，猛兽食颛民，鸷鸟攫老弱"，到了家族故事中，则是另一番人事样貌，而涵摄于"末世"的专有词汇与特定指涉中。

贾府的"末世"，早在第一回描述贾雨村的身世情状时即已埋下伏笔，并取得明确定义，所谓：

这贾雨村原系胡州人氏，也是**诗书仕宦之族**，因他生于**末世，父母祖宗根基已尽，人口衰丧，只剩得他一身一口**，在家乡无益，因进京求取功名，再整基业。

其中，正是针对"诗书仕宦之族"提供了"末世"的具体定义——对于这种家族类型而言，一是"父母祖宗根基已尽"，指历代累积的家产倾荡无余，失去经济依靠，难以糊口维生；二是"人口衰丧，只剩得他一身一口"，因此举目无亲，萧疏冷落，导致"在家乡无益"，转而远赴异乡寻求其他出路，而其方式则是"进京求取功名，再整基业"，这也就是读书之重要性所在。从第二回冷子兴所叹："如今的这宁荣两门，也都萧疏了，不比先时的光景。"而贾雨村随即发出疑问道："当日宁荣两宅的人口也极多，如何就萧疏了？"可知"人口萧疏"确实是大族败落的一大指标。作为与"荣府一支，却是同谱"（第二回）的贾氏子裔，所谓"同谱"用指彼此血缘与生活关系较近的同源支系①，贾雨村一门的发展显系荣府一支的前导预示，故脂批即称之"又写一末世男子"，点出贾府运

---

① 或可参考以下说法："本宗，从经济的这个角度来看，只能指溯及好几代的时点之前，彼此有同居共财的男系的共同祖先，且已经依据兄弟均分的原则，分割家产的这个集团，才能叫本宗。亦即，所谓别居异财的本宗是，虽然依时间远近而有所差异，但都是指曾营同居共财的男系血亲以及该男子孙的妻子们而言。从而，一般来说，本宗的亲疏，亦即服制的序列，不只是根据男系血缘的浓淡，而且也跟同居共财关系的解消（＝行家产分割）的时点远近也相一致。"参见〔日〕高桥芳郎：《唐代以来的窃盗罪与亲属——罪责减轻的缘由》，高明士编：《东亚传统家礼、教育与国法（二）：家内秩序与国法》（台北：台大出版中心，2005），页207。

势之大环境,作为全书悲剧的起点。

果然,随后在第五回宝玉神游太虚幻境时,于十二金钗的人物图谶中,与贾探春、王熙凤这两位贾府女性有关的判词中,就不约而同地出现"末世"一词:

> 凡鸟偏从末世来,都知爱慕此生才(王熙凤)
> 才自精明志自高,生于末世运偏消(贾探春)

可见这两位女性的性格特质与生命风采,都与贾府的末世背景息息相关;而从这两段判词中,"末世"都与"才"相连结,恰恰正是"无才补天"的反面表述,也就是相对于宝玉的"富贵不知乐业""于国于家无望",末世的乌云阴霾则突显了两位女性力挽狂澜的晶华光辉,为女娲补天所蕴含的治世理想镶上金边,将悲伤化为悲壮。因此,第十三回写秦可卿之所以托梦于王熙凤,乃因其所授家族的长保永全之道,"非告诉婶婶,别人未必中用",就此脂批云:"一语贬尽贾家一族空顶冠束带者。"而王熙凤在秦可卿死后协理宁国府的大展长才,更获得"金紫万千谁治国,裙钗一二可齐家"之回末总评作为压轴,其功之大于过乃不言可喻。至于探春"才自精明志自高,生于末世运偏消"的才志兼备,比起王熙凤的有才无志,更不但安顿了自我,也足以安顿周遭世界,因而脂砚斋感叹道:"使此人不远去,将来事败,诸子孙不至流散也。悲哉伤哉!"[①]这正是

[①] 眉批第二十二回。

对探春虽为妇人身却有丈夫志,足为末世之天柱的最大赞美。① 换言之,相对于王熙凤与贾探春,宝玉的"无才补天"乃是儒家"济世"理想与家族"救亡"事业的双重落空,同属于"贬尽贾家一族空顶冠束带者"之列,这更加倍呈现其"于国于家无望"的悔恨心理。

而除了上述文本中的三个词例之外,深知曹雪芹创作底蕴的脂砚斋,也透过评点对此一必然宿命时时明示,多处提点荣宁二府的末世处境。单单第二回的脂批就出现三次"末世"之词,颇有一唱三叹的感慨之至,如于"如今的这宁荣两门也都萧疏了,不比先时的光景"一段,有批语道:

记清此句。可知书中之荣府已是**末世**了。

接着于"当日宁荣两宅的人口也极多,如何就萧疏了"一段,脂批又云:

作者之意原只写末世。此已是贾府之**末世**了。

尔后言及"贾敬袭了官,如今一味好道,只爱烧丹炼汞,余者一概不在心上"一段,脂批复曰:

---

① 此点详参欧丽娟:《身份认同与性别越界——〈红楼梦〉中的贾探春新论》,《台大中文学报》第 31 期(2009 年 12 月),页 197—242。

>亦是大族**末世**常有之事，叹叹！

除了第二回的再三致意之外，第十三回回前总批亦云：

>此回可卿梦阿凤，作者大有深意。惜已为**末世**，奈何奈何！

第十八回于"又另派家中旧有曾演学过歌唱的女人们，如今皆已皤然老妪了"一段，脂批更谓：

>又补出当日宁荣在世之事，所谓此是末世之时也。

如此不惮其烦地反覆提点、殷殷致意，正是与作者同声共哀的同一心曲。这八个由作者到评者不断强调的"末世"，便如流泻一种没落子弟的椎心之痛，强化了全书的主调。

然而，何以会落入"末世"的局面？末世的形成又有哪些原因？"子孙不肖"固然是最直接又最明显的因素，然而，却还有另一个来自传统观念的宿命论。从第五回宁荣二公对警幻所说的一番话语中，一再提到"虽历百年，奈运终数尽，不可挽回者""无奈吾家运数合终"，"运数"一词都指出一种人力无法抗拒的形上超越支配力，导致家族生命也在一定的生灭循环规律下步上衰亡。此一生灭循环的规律，一方面是如第十三回秦可卿托梦中所说的"否极泰来，荣辱自古周而复始，岂人力能可保常"，但只是一般性的无常规律；当无常的对象是世家大族时，则显示出"百年"的时间限定，而符合一般所谓"富不过三代"的观察归纳。

诸如：宁荣二公对警幻所说的"吾家自国朝定鼎以来，功名奕世，富贵传流，虽历百年，奈运终数尽，不可挽回"，以及秦可卿死前托梦于王熙凤所说的"如今我们家赫赫扬扬，已将百载，一日倘或乐极悲生，若应了那句'树倒猢狲散'的俗语，岂不虚称了一世的诗书旧族了"，都清楚指出"百年"的时间限度，而且对此一"百年之末世"家族命运，小说中又以"人参"给予极为形象化的呈现。第七十七回描述王夫人为了帮王熙凤配药，向贾母寻来珍藏已久的人参，却被太医退了回来，理由是：

> 这一包人参固然是上好的，……但年代太陈了。这东西比别的不同，凭是怎样好的，只过一百年后，便自己就成了灰了。如今这个虽未成灰，然已成了朽糟烂木，也无性力的了。

此一外强中干的"百年人参"，即是用以隐喻贾家"外面的架子虽未甚倒，内囊却也尽上来了"之现状。而这种"虽历百年，奈运终数尽，不可挽回"的观念，除了是现实观察中"富不过三代"的印证，其实早已被"究天人之际，通古今之变"的历史学家司马迁给予哲理化，《史记·天官书》云：

> 夫天运，三十岁一小变，百年中变，五百载大变。[①]

[①] （西汉）司马迁：《史记》（台北：鼎文书局，1993），页1344。

此说也大略出现在《汉书·天文志》。可以说，"三十岁"作为一代的约数，其"一小变"本不足以涵括家族的历史兴衰；而"五百载"继承了古代"五百年而文王兴"之类的大历史循环周期，又远远超乎家族的生命史，于是包笼三四代族裔的"百年中变"，乃恰恰成为最佳范畴。影响到小说的时间架构，大约与《红楼梦》同时代诞生的《林兰香》《歧路灯》也基本上采取了以"百年"统筹一个家庭盛衰变迁的叙事策略。由此确实可以说：中国古代小说的"百年"叙事时间机制不仅来源于人们认识历史发展规律所操持的"天运""气运"等思维方式，而且还受到了"百"以及其约数"108"等神秘数字的定向影响。这种构架在史学基础之上的时间机制蕴含着人们对社会人生的深层思考，从而使得小说文本内部散发出充满空幻感和梦幻感的人文气息，从而成为反讽人世"瞬间百年"之岁月蹉跎的代名词。①

就在"百年思维"的运数命定下，处于末世的贾府势必补天不成，也诚然更加促进了"红楼"之"梦"的空幻意识，令人唏嘘不已。

（四）神瑛侍者

除石头神话之外，第一回有关贾宝玉的神话还有"神瑛侍者"，与绛珠仙草发生一段灌溉还泪的故事，是为"木石前盟"。

就小说叙事的整体结构而言，神瑛侍者势必是畸零玉石的另一

---

① 详参李桂奎：《论中国古代小说的"百年"时间构架及其叙事功能》，《求是学刊》第32卷第1期（2005年1月），页109—113。

化身。当此一畸零于天外的玉石欲下凡历劫之前,曾以自由之身至警幻仙子处游玩,此时其身份一变而为神瑛侍者,如此始得以甘露之水对林黛玉之前身的绛珠仙草有灌溉之恩,最后才在警幻仙子前"挂了号",由一僧一道引领至凡间受享繁华欢乐,并连带地引发绛珠仙草的入世以还泪偿恩,展开人间的另一段情缘。换言之,玉石幻形入世的过程里还有一个步骤,那便是以"神瑛侍者"为中介,其实也更透露石玉一体的内在消息:其中所谓的"神"字作为对立于"俗"界的意义自不待言,而所谓的"瑛"字就殊堪玩味了:《说文解字》对瑛字的解释是"玉光也",《玉篇》则谓:"瑛,美石,似玉;水精谓之玉瑛也。"可见瑛与玉根本就出于同一个范畴,彼此十分近似,而且可以连"玉瑛"二字为一词,作为水晶之别称,则尚在神界的层次时,石头已非素朴之野物,而是经过锻炼、美质已具的玉石了。就此,可以再度证明女娲补天所遗之石确然为玉石,与入世后的通灵宝玉一以贯之。

只是,对于许多读者而言,补天弃石与贾宝玉、神瑛侍者的关系似乎很难等同为一。例如说,既然石头在听了一僧一道说到红尘中荣华富贵,"不觉打动凡心,也想要到人间去享一享这荣华富贵,但自恨粗蠢,不得已,便口吐人言,向那僧道说道:'大师,弟子蠢物,不能见礼了。'"如此之粗蠢笨重而"不能见礼",又如何可能是那一位游逛到西方灵河岸上,对干枯濒危的绛珠仙草"日以甘露灌溉"的赤瑕宫神瑛侍者?而此石化为美玉之后,是被含衔于宝玉口内落世的,玉石似乎又与贾宝玉分别为两个不同的个体。

这确实是一个很难科学化厘清的问题。然而,若把宝玉与玉石、神瑛区分为三，或个别地两两等同（如宝玉等于玉石而不等于神瑛、宝玉等于神瑛而不等于玉石），而非三者合一，却是万万不可，因为从整体的叙事结构而言，他们必须是同一的。唯有畸零玉石与神瑛侍者都是贾宝玉，才能与入世后的种种故事相符；更何况，人与玉石的合一可以有许多形式，不只是机械式的彼此等同，而可以是 1 + 1 = 1，且 1 + 1 的组合方式可以有许多形态，而综摄于贾宝玉的整体人格内涵与个人命运上。就此，应该仔细思考的是，绛珠仙草受恩于神瑛侍者，故欲以眼泪还他，而入世后的苦恋对象为贾宝玉，因此第五回《红楼梦曲》的终身误一阕说的是："都道是金玉良姻，俺只念木石前盟。"第三十六回宝玉梦中喊骂的也是："和尚道士的话如何信得？什么是金玉姻缘，我偏说是木石姻缘！"足证神瑛侍者与贾宝玉是二合一的；再看第二十五回中，宝玉为马道婆的魔法所祟，已奄奄一息，就在生死一线之际，一僧一道及时赶来救治，要贾政将那块通灵宝玉取出来：

> 那僧道："长官，你那里知道那物的妙用。只因他如今被声色货利所迷，故不灵验了。你今且取他出来，待我们持颂持颂，只怕就好了。"贾政听说，便向宝玉项上取下那玉来递与他二人。那和尚接了过来，擎在掌上，长叹一声道："青埂峰一别，展眼已过十三载矣！人世光阴，如此迅速，尘缘满日，若似弹指！可羡你当时的那段好处：
>
> 天不拘兮地不羁，心头无喜亦无悲；
> 却因锻炼通灵后，便向人间觅是非。

可叹你今日这番经历：

　　粉渍脂痕污宝光，绮栊昼夜困鸳鸯。
　　沉酣一梦终须醒，冤孽偿清好散场！

念毕，又摩弄一回，说了些疯话，递与贾政道："此物已灵，不可亵渎，悬于卧室上槛。将他二人安在一室之内，除亲身妻母外，不可使阴人冲犯。三十三日之后，包管身安病退，复旧如初。"说着回头便走了。

如果宝玉不等于玉石，则僧道来拯救玉石有何意义？被作祟待毙的可是宝玉。既然他们的目的是救宝玉，却持颂作法于通灵玉石，岂非更证明补天弃石与贾宝玉二者为一？果然"如今被声色货利所迷"的，是玉石也是宝玉，而玉石的恢复灵明同时也就是宝玉的起死回生，玉石可以说是宝玉的灵性或曰灵魂，甚至是生命本源。所以，会认为宝玉与玉石、神瑛并非一人的，都是执着于机械化的认知方式，忽略了"同一性"在人文世界与文学创作里具有多种可能的形式。

因此毋宁说，作者是根据入世后的种种叙事需要，也就是对贾府而言是人生价值上的无才补天、对林黛玉而言是爱情上的苦恋还泪，才后设地为之创造神话论述，分别给予一种先天命定的解释，因此他并不是在统一的构想下进行一个系统神话，也不在乎两者之间是否可以符合科学的一致性；或者应该说，这两个神话之间以一种神秘的连结而通贯为一，其统一性或一致性不是以现代的物理机械式思维所建立的。因此，最近有学者甚至主张："实际上，作者写了六位一体：石头、通灵玉、石书、神瑛、贾宝玉、作者。这些意象、幻相、物相六位一体,有共性,有个性,有相通相似内在联系,又各有区别。作者还写了一些意象、幻想、物相及事情加强六者之间的联系,如:悼红轩、赤瑕宫、绛芸轩、怡红院,并在通部书把石、玉、瑛的品格精神在宝玉身上充分体现出来;最后,石头复还本质,复归山下,身上'编述历历',是石头'亲自经历的一段陈迹故事'(作者带有自传色彩的书)。所以说,石头是投胎,起到了贯串始终的重要作用。"[1] 当然,其中把作者与小说人物相等同,仍是可商的,请参本书第二章的说明;而除此之外,视石头、通灵玉、石书、神瑛、贾宝玉为五位一体,确是合乎整体叙事架构的认知。

二、娥皇女英与绛珠仙草(林黛玉)

若采严格范围加以考察,《红楼梦》书中直接涉及而真正与林黛玉之形象塑造有关的神话,乃限于传统现成的"娥皇女英"以及作者独创的"绛珠仙草"两者,而这两个神话又在"情""泪"与"死亡"的三焦点上交迭互通,以致第五回《红楼梦曲·收尾》即以"欠命的,命已还;欠泪的,泪已尽"作为林黛玉的命运表述;至于这种透过"情""泪"与"死亡"的三焦互通所蕴含的意义,也或许可以有完全不同于"把爱情视为终极价值"的诠释。

---

[1] 参展静:《〈红楼梦〉两个神话的意义》,崔川荣、萧凤芝主编:《红楼梦研究辑刊(第一辑)》(香港:文汇出版社,2010),页153。

（一）娥皇女英

第三十七回大观园众钗雅结海棠诗社，在李纨提出"何不大家起个别号，彼此称呼则雅"的建议下，探春对讥讽她的黛玉笑道：

> "你别忙中使巧话来骂人，我已替你想了个极当的美号了。"又向众人道："当日娥皇女英洒泪在竹上成斑，故今斑竹又名湘妃竹。如今他住的是潇湘馆，他又爱哭，将来他想林姐夫，那些竹子也是要变成斑竹的。以后都叫他作'潇湘妃子'就完了。"大家听说，都拍手叫妙。林黛玉低了头方不言语。

其中"娥皇女英洒泪在竹上成斑"之说，所根据的典故已经是比较晚出的神话增订版，见于南朝梁任昉《述异记》卷上：

> 昔舜南巡而葬于苍梧之野。尧之二女娥皇、女英追之不及，相与恸哭，泪下沾竹，竹文上为之斑斑然。①

唐代刘禹锡《潇湘神词二首》也承袭这个内涵：

> 湘水流，湘水流。九疑云物至今愁。若问二妃何处所，零陵芳草露中秋。
>
> 斑竹枝，斑竹枝。泪痕点点寄相思。楚客欲听瑶瑟怨，潇

---

① （南朝梁）任昉：《述异记》（台北：新文丰出版公司，1985），卷上，页34。

湘深夜月明时。①

从"爱情"的主题、"洒泪成斑竹"的情节、"帝妃"的高贵身份、"潇湘"之山水地理,都是作者所取意、探春所命名的重点,而以"潇湘妃子"之别称达到名实相符的境界。

不过,以上的这些传说内容还缺乏一个重要环节,也就是"眼泪"与"死亡"的连结关系。就林黛玉"泪尽夭亡"②的特殊形态而言,从娥皇女英神话到《红楼梦》潇湘妃子神话的转化关键,可以说是唐代李白《远别离》一诗:

远别离,古有皇英之二女。乃在洞庭之南,潇湘之浦。海水直下万里深,谁人不言此离苦?……帝子泣兮绿云间,随风波兮去无还。恸哭兮远望,见苍梧之深山。**苍梧山崩湘水绝,竹上之泪乃可灭。**③

其中,李白取材于汉乐府《上邪》诗所言:"上邪!我欲与君相知,长命无绝衰。山无陵,江水为竭,冬雷震震,夏雨雪。天地合,乃敢与君绝。"而与娥皇女英神话相融合,变质朴为优美,化率直为缠绵,更重要的是,将爱情的执着黏附于长流不息的泪水,以致原

---

① 瞿蜕园校点:《刘禹锡全集》(上海:上海古籍出版社,1999),卷27,页200。
② 第二十二回批语。
③ 瞿蜕园、朱金城校注:《李白集校注》(上海:上海古籍出版社,1980),上册,卷3,页191。

本单纯白描的"山无陵，江水为竭"与"天地合，乃敢与君绝"，被点染成悱恻凄怆的"苍梧山崩湘水绝，竹上之泪乃可灭"，而爱情的永恒宣言就成为爱情的万古悲歌，更切合潇湘妃子林黛玉的生命历程。若再参照晚唐李商隐《无题》的"春蚕到死丝方尽，蜡炬成灰泪始干"，在在都是林黛玉"泪尽夭亡"之生命形态的形象化表征，有如下表所示：

    形躯的消亡 —— 泪水的枯竭
   苍梧山崩湘水绝 —— 竹上之泪乃可灭
  春蚕到死，蜡炬成灰 —— 丝（思）方尽，泪始干

我们可以清楚看到，"情"直接关联于"眼泪"与"死亡"，成为一体三面的共同表述，而且眼泪与生命相始终，两者等同为一，以致眼泪甚至成为生命存在的迹证，眼泪的枯竭即代表生命的终结，这才完全符应林黛玉"泪尽夭亡"的生存样貌，也因此才说这是从娥皇女英神话到《红楼梦》潇湘妃子神话的转化关键。

  如此一来，正如姚燮所谓："泪一日不还，黛玉尚在；泪既枯，黛玉亦物化矣。"① 正是看到这一点而言的，以致第四十九回林黛玉自觉到"近来我只觉心酸，眼泪却像比旧年少了些的。心里只管酸痛，眼泪却不多"，此一现象便暗示了"泪尽夭亡"的宿命已经逐渐地趋向终点。无怪乎，第四十五回写宝钗来望候黛玉，因说起其病症，黛玉道："不中用。我知道我这病是不能好的了。……今年比往

---

① （清）姚燮：《读红楼梦纲领》，一粟编：《红楼梦资料汇编》，卷3，页170。

年反觉又重了些似的。"说话之间,已咳嗽了两三次;而第七十九回宝玉祭完了晴雯后,与恰巧现身的黛玉对改祭文,黛玉也是"一面说话,一面咳嗽起来",这都是与泪尽而逝相配合的写实笔法。

值得注意的是,这个神话透过"情""眼泪"与"死亡"一体三面的共同表述,同样的元素与组合也再现于作者为黛玉所独创的"绛珠仙草"神话中,获得更清楚的强化,而此种塑造对于女性的生命意义也十分发人深省。

(二)绛珠仙草

实际上,在小说中与林黛玉有关的神话,"绛珠仙草"是比"娥皇女英"更早出现的。第一回记载林黛玉的来历云:

> 西方灵河岸上三生石畔,有绛珠草一株,时有赤瑕宫神瑛侍者,日以甘露灌溉,这绛珠草始得久延岁月。后来既受天地精华,复得雨露滋养,遂得**脱却草胎木质,得换人形,仅修成个女体**,终日游于离恨天外,饥则食蜜青(案:"蜜青"谐音"秘情")果为膳,渴则饮灌愁海水为汤。只因尚未酬报灌溉之德,故其五内便郁结着一段缠绵不尽之意。……那绛珠仙子道:"他是甘露之惠,我并无此水可还。他既下世为人,我也去下世为人,但把我一生所有的眼泪还他,也偿还得过他了。"

不少学者都认为"绛珠仙草"即灵芝草,源自《山海经·中山经·中次七山》的"䔄草":"又东二百里,曰姑媱之山,帝女死焉,其名曰女尸，化为䔄草。其叶胥成，其华黄，其实如菟丘，服之媚于人。"再配合《文选·别赋》李善注引宋玉《高唐赋》所云："我帝之季女，名曰瑶姬，未行而亡，封于巫山之台，精魂为草，实曰灵芝。"而断之为炎帝季女瑶姬所化。[①] 然而，这两处所描写的帝女，不但在《红楼梦》中缺乏直接证据，且《山海经》写此草的功能乃是"服之媚于人"，更与林黛玉的性格全然不符。整体看来，两者之间仅有"未行而亡"这一般性的雷同，其他则没有必然相关之处，甚至还彼此严重抵牾，似不宜以渊源关系坐实为论。

因此，我们认为这是作者以一般传说的仙草概念为黛玉所量身独创的神话，应该直接从小说文本来推敲其意义。首先，"绛珠"之名是指仙草的圆小果实还是叶子上的斑点，根本并不重要，因为小说中完全没有提到，任何推论都缺乏有力证据，难以确立；所谓"绛珠"的真正重点，其实是在于此一名称所引发的形象联想。脂砚斋于"有绛珠草一株"句批云："点红字。细思'绛珠'二字岂非血泪乎。"这就清楚告诉我们，"绛珠"正是取意于"血泪"，呼应了第八回"一泪化一血珠"的批语，则沾上血泪的仙草正与娥皇女英"泪下沾竹"所形成的斑竹完全一致，"绛珠仙草"就是带着泪斑的"湘妃竹"的平行转化，是同一个概念在不同植物上的形象分化。

而这朵阆苑仙葩所依傍植根生长的西方灵河，其中"灵河"的"灵"字反映出融合了中国本身的仙界概念，代表一种具有神性、

[①] 如李祁：《林黛玉神话的背景》，《大陆杂志》第30卷第10期（1965年5月）；朱淡文：《红楼梦研究》，页10—11。

或能赋予生命灵性的力量所在，因此木石双方就在河边，如万物之"灵"的人类般缔结因缘。但又不仅如此，"西方"的方位本就具有浓厚的佛教色彩，如西方极乐净土、到西天取经等等，都显示出这个方位的释家指涉。就此而言，"灵河"也很可能隐含了佛教中所譬喻的"爱河"之义。所谓"爱河"，意指："爱欲溺人，譬之为河。又贪爱之心，执着于物而不离，如水浸染于物，故以河水譬之。"①这种执着不离有如溺水浸透的迷妄，乃是造成人生大苦的根本原因，犹如《般若心经事观解·序》所云：

众生迷心，受五蕴体。溺于爱河，中随风浪，漂入苦海，不得解脱，徒悲伤也。②

众生唯有破除执迷，脱身于爱河，才能超拔而获得解脱，这也就是《楞严经》卷四所说的"爱河干枯，令汝解脱"。精妙的是，林黛玉入世后泪尽而逝的生命历程，可以说是"爱河干枯，令汝解脱"的形象化表现，"爱河"者，可以狭义化为因爱而生的眼泪所漂成的大河，一旦泪尽则河枯，至此乃解离人世而复返仙界。故不但脂批有云："爱何（河）之深无底，何可泛滥，一溺其中，非死不止。"③

---

① 见丁福保编：《佛学大辞典》（台北：新文丰出版公司，1992），页2352。

② 见（清）续法：《般若心经事观解·序》，《频伽大藏经》（北京：九州图书出版社，2000），第123册，页722。

③ 第三十五回回末总评。

传统评点家亦有"绛珠幻影，黛玉前身，源竭爱河"①之说。

至于畸零玉石之"落堕情根"与绛珠仙草之"源竭爱河"，双方所交集的邂逅之地——"西方灵河岸上三生石畔"，"三生石"也带有明显的佛教意涵。"三生"本是佛教所说的"前生、今生、来生"，但一般使用上并不拘泥于此，如我们平常所说的"三生有幸"，便是一种表示超越一世的因缘的象征运用，这也比较切合宝、黛之间的两世关系。据唐代袁郊《甘泽谣》所载：和尚圆观与李源交好，预约十二年后见面的时间地点后即逝世，李源依约来到杭州天竺寺，即遇见由圆观转世的牧童口唱山歌云："三生石上旧精魂，赏月吟风不要论。惭愧情人远相访，此身虽异性长存。"其中的三生石，便不限于"前生、今生、来生"，而主要是喻示一种超越生死的深刻因缘。至于"三生石"的典故应该不是起源于圆观故事，因为这个故事也是借取自佛教，不过，《红楼梦》中的三生石恐怕还是以圆观故事为其对应文献，理由是他们事实上都只是两世关系，而且都与双方的深厚情感（主要是友情）有关，以强调超越生死与生命形态的精神执着。

其中，十分重要的讯息是，这样的深刻因缘最初并不是男女爱情，所谓"情人"并非爱侣而是指有情义之友人，可见其"情"实涵摄了超越性别的知己同心，原不限于狭义的男女之爱，这也与宝、黛幼年之初始情感本质乃是"亲密友爱"（第五回）相对应。再者，就"木石前盟"的建立过程与订定本质而言，宝玉的前身神

---

① （清）华阳仙裔：《金玉缘·序》，一粟编：《红楼梦资料汇编》，卷2，页42。

瑛侍者之所以灌溉灵河岸边的绛珠仙草,动机并不是出于对特定对象的情之独钟,而是一种博爱普施万物的举手之仁,幻形入世后的宝玉依然保留了这样的人格特质,所谓:"自天性所禀来的一片愚拙偏僻,**视姊妹弟兄皆出一意,并无亲疏远近之别**。其中因与黛玉同随贾母一处坐卧,故略比别个姊妹熟惯些。既熟惯,则更觉亲密"(第五回)。其次,神瑛侍者施予绛珠草的"甘露之惠",造成了绛珠草"只因尚未酬报灌溉之德"的偿债心理,而促成了入世还泪的俗世因缘,其最初的本质也不是一般意义的爱情。这一点,本书第八章的爱情观会有进一步的详论。

而无论如何,这样历经前生后世的深刻因缘,后来还是以爱情的性质造成礼教少女的苦恋隐衷,再加上本来就是奄奄一息的幸存仙草所赋予纤弱多病的先天体质,以及以还泪为宿命的规范,最直接的结果就是导致林黛玉青春夭亡的早逝命运。

(三)"女性意识"的正与反

对于"还泪"的诠释,一般多以"为情而死"的浪漫角度叹赏之,毕竟最贵重者无如生命,将生命尽付于爱情,则爱情也似乎获得了与生命等价的贵重。

说"似乎",是因为未必如此。姑且不论"怎样的爱情"值得付出生命,而黛玉与宝玉的爱情又是"怎样的爱情",单就"爱情"的价值是否可以用"生死"来衡量,便是一个很大的问题,这些问题请参本书第八章的分析,此处暂且不表。这里所要讨论的,是针对"娥皇女英"以及"绛珠仙草"这两个神话的某些共同特点,去思考一些恐怕连曹雪芹自己都没有自觉到的性别意识，而对于这部在自觉层次上极力张扬女性的作品来说，更显出传统性别意识的深入人心。

简要地说，与林黛玉之形象塑造有关的"娥皇女英"以及"绛珠仙草"这两个神话，都具备了"情""泪"与"死亡"的共同要素，是在"情""泪"与"死亡"的三焦点上交迭互通并建构其女性主体，以致第五回《红楼梦曲·收尾》即以"欠命的，命已还；欠泪的，泪已尽"作为林黛玉的命运表述。至于这种透过"情""泪"与"死亡"的三焦互通所蕴含的意义，也或许可以有完全不同于"把爱情视为终极价值"的诠释。以下是文本叙述中几个值得特别注意的陈述方式，以及发人深省的地方：

一是绛珠仙草神话属于传统植物崇拜的一种表现，且吸收了传统仙话中仙草与玉石往往并出而互相依存的模式，如《海内十洲记》载："瀛洲在东大海中，……上生神芝、仙草。又生玉石，高且千丈。出泉如酒，味甘，名之为玉醴泉。饮之数升辄醉，令人长生。"此外，同时也反映了明清小说植物类宝物崇拜描写中才增加的、以前少见的男欢女爱的丰富情感内容。[①] 然而，其中却又发生微妙变化，由"三生石畔，有绛珠草一株"之说，可见仙草与玉石之并存模式如旧，但透过"有赤瑕宫神瑛侍者，日以甘露灌溉，这绛珠草始得久延岁月"，可见原本仙草与玉石彼此平等、且同具长生效能

---

① 有关明清小说中的植物类宝物崇拜，详参刘卫英：《明清小说宝物崇拜研究》（北京：中国社会科学出版社，2008），页228。

的地位已然受到调整而有所倾斜，化身为神瑛侍者的玉石独具甘露而能广施生命泉源，仙草则被褫夺长生特权而柔弱待毙，由此变质为一种建立在"施／受"关系上的不平等结构，符合入世为人后男女不同的性气质与性地位。

二是"脱却草胎木质，得换人形"的物类变形向度，印证了中野美代子在谈及小说中"变形的逻辑"时所言："在中国的怪异故事中，人由于某种缘故变幻成别的型态的故事比较少，绝大多数都是鬼怪（幽灵）或动植物变幻成人形与有生命的人交往的故事。中国的怪异故事与自希腊以来主要描写人变他物的离心形的欧洲怪异故事相反，引人注目之处在于，是以其他形态变成人形，也可以说是以向心形为主流。"此即是一种"从人类以外的其他生命型态变为人"的"向心"表现①，也体现了中国传统"天生万物，唯人为贵"②的人本主义思想。证诸绛珠仙草若非"既受天地精华，复得雨露滋养"，则终与人类无缘的设计，同样表现出以人类为万物至尊的中心思考（anthropomorphism），合乎第二十回所言的宝玉"他便料定，原来天生人为万物之灵"，如此一来，黛玉的草木前身实为一种次于人类的低等生物，也与其"我们不过是草木之人"（第二十八回）的自贬语法相呼应。

其三是"得换人形，仅修成个女体"之说，进一步揭示了女性为次等人类（所谓"第二性"）的性别价值观，由"仅"字所带有

---

① 〔日〕中野美代子著，若竹译：《从小说看中国人的思考样式》（北京：十月文艺出版社，1989），页 50-51。

② 杨伯峻：《列子集释》（北京：中华书局，1997），页 22。

的未臻上乘之次等义，所谓"仅，犹劣也"①"材（案：即才、只）能也"②，最是明白可征。参照第一回所描述，甄士隐这位"神仙一流人品，只是一件不足：如今年已半百，膝下无儿，只有一女，乳名唤作英莲"，以及第二回林如海因"夫妻无子"，故让独生女黛玉"读书识得几个字，不过假充养子之意，聊解膝下荒凉之叹"，比观两段中，破坏了甄士隐这位"神仙一流人品"之人生完满的"只有一女"以及其所呈现的"不足"，还有林黛玉之于林如海的"不过假充""聊解"等勉强式功能，在在都与"仅修成个女体"的"仅"字相呼应，而清楚反映了《列子·天瑞篇》所谓"男女之别，男尊女卑，故以男为贵"的性别判准。

尤其是，"得换人形，仅修成个女体"之说还涉及"转身"这个佛教经典中非常普遍的主题。佛教思想认为，女性生命乃是出于"少修五百年而业障较重"③的匮乏不足，因此产生"女身不能成佛"④的性别价值判断；而在佛教各部派都接受女人是不净的想

---

① （东汉）何休注：《春秋公羊传》，《十三经注疏》，页50。
② （东汉）许慎著，（清）段玉裁注：《说文解字注》。
③ 《佛说大乘金刚经论·长得男身第二十六》载文殊菩萨问佛："修何福业，长得男身？"世尊曰："恭敬三宝，孝养二亲，常行十善，受持五戒，心行公道，志慕贤良，修此善根，常得男身。**三劫不修，便堕女身。**五百年中，为人一次。"
④ （西晋）聂承远译：《佛说超日明三昧经》卷下即云："不可女身得成佛道也。所以者何？女有'三事隔''五事碍'。"《大藏经》第15册（台北：新文丰出版公司，1995），页541。唐代敦煌的《佛说阿弥陀经》也说明晨起跪佛前念咒的功用，乃是："灭四重、五逆等罪，现身不为诸横所恼，命终生无量寿国，永离女身。"许国霖：《敦煌石室写经题记》上辑，收入《敦煌丛刊初集》第10册（台北：新文丰出版公司，1985），页23。

法中，部派之一的一切有部则提出"转身论"（transformation of the body）的女人观，以鼓励女人努力修行，他们相信，女人修行之后便能"转身成男子"，再由"男子身成佛"。[①] 黛安娜·保尔（Diana Paul）分析大乘经典中的女性形象时，也发现有些经典根本反对女性可以成佛，净土系的佛国中不现女身，便是一例，至于能够转身证道的女菩萨都是属于位阶较低的。[②] 由此流衍至唐传奇小说《红线传》中，主角乃因罪而从前世之男人谪为今生之女身，以及元杂剧《马丹阳度脱刘行首》第一折中王重阳在引度刘倩娇时所说："可下人间托生做女子，还了五世宿债，然后方可度你成道。"都以女性的受苦牺牲进行赎罪补过，显然与佛教以"女身"为罪恶[③]的观念相符。衡诸《佛说转女身经》所言："若有女人，能如实观女人身过者，生厌离心，速离女身疾成男子。女人身过者，所谓欲瞋痴心并余烦恼，重于男子。"而"欲瞋痴心并余烦恼"果然正都是林黛玉的生命核心，其远超乎常人的多心、敏感、小性儿，也与仙界"其五内便郁结着一段缠绵不尽之意"的存在特质一以贯之，凡此都证成了"仅修成个女体"的佛教性别寓涵。

于是乎，上述有关物类价值观与性别价值观的两种隐含意义，

[①] 古正美：《佛教与女性歧视》，《当代》第11期（1987年3月），页30。

[②] 引自李玉珍：《佛学之女性研究——近二十年英文著作简介》，《新史学》第7卷第4期（1996年12月），页201。

[③] 例如《金刚心总持论·男子七宝论第二十七》的"男身具七宝，女身有五漏"、《大智度论·释初品中三十七品义第三十一》的"头生腹脊胁肋，诸不净物和合名为女身"等，故有"一切女人身，众恶不净本"之说。

都一致地指向林黛玉的先天性质受到了双重限制——包含了性别限制，以及由此一性别限制而来的人格限制。身兼"人类／草木""男性／女性"这两组阶序中的双重劣势者，其吸收化入体内赖以存活的物质，所谓"饥则食蜜青果为膳，渴则饮灌愁海水为汤"，也都缺乏活力而充满深沉浓郁的抑郁哀愁，既与其弱势处境互为补充，同时也恶性循环，导致了"黛玉一味痴情，心地褊窄，德固不美，只有文墨之才"①的偏执性格。

从这个角度而言，由癞头和尚所谓的"既舍不得他，只怕他的病一生也不能好的了。若要好时，除非从此以后总不许见哭声；除父母之外，凡有外姓亲友之人，一概不见，方可平安了此一世"（第三回），可知林黛玉的爱情具有高度的致命性，以致必须透过出家之类脱离社会、与世隔绝的"去性"方式才能消解——这固然可以浪漫化地解释为"为爱情付出生命"，然而，从作者对林黛玉的"致命性"爱情还设计出离恨似天、灌愁如海的先天"秘情"，以及"终身还泪"之神话作为补充，因而"情"直接关联于"眼泪"与"死亡"，成为一体三面的共构表述，都隐隐然暗示着不够健全成熟的爱，导致了西蒙·波伏娃（Simone de Beauvoir, 1908—1986）所谓的"以弱者的态度去体验爱情所产生的生命的危机"，因而最后是以不毛的地狱作为解脱之地。波伏娃犀利地指出：

> 有一天这一切都会变得可能——那就是女人以强者，而

---

① （清）王希廉，《红楼梦总评》，一粟编：《红楼梦资料汇编》，卷3，页150。

非弱者的态度去经验爱情；在爱中她不是为了逃避自我，而是为了面对自我；不是去贬低自我，而是去确定自我——在那一天，爱情对于女人（就如对于男人一般）将变成生命的泉源，而非生命的危机。在那一天到来之前，爱情是以最动人形式表现的祸根，它沉重地压在被束缚于女性世界的女人的头上，而女人则是不健全的，对自己无能为力的。①

如果我们同意弗洛姆所主张的，爱情即是人格的表现，成熟的人格才能有成熟的爱，所谓："爱的能力是依爱者的人格发展而定，……一个人如果要具有爱的能力，先决条件是他已达到了以建设性为主的人格发展方向"，而"成熟的爱是在保存自己的完整性、保存自己的个人性之条件下的结合"；②则针对前期的林黛玉性格来看，确实可以发现其爱情形态正是处于不成熟的幼稚状态，甚至在高度的不安全感中，更落入"唯女子与小人为难养也，近之则不孙，远之则怨"（《论语·阳货》）的人格误区，因而有红学评论家将"还泪之说"看成是宝、黛之间的"母子情结"。③以致虽然林黛玉的眼

---

① 〔法〕西蒙·波伏娃著，陶铁柱译：《第二性》（北京：中国书籍出版社，1998），第23章，页756。引文中的翻译文字略有出入。

② 引文依序参〔美〕弗洛姆著，孟祥森译：《爱的艺术》（台北：志文出版社，1984），页37、32。

③ 比如 Jeanne Knoerle 即认为："黛玉接受贾母和舅娘们对她的爱，用这些爱替代她失去的母爱。'她的全部关于爱的想法，都源于母爱……我们也可以假定她对宝玉的爱也是源于对母爱的需要'。"引自〔美〕裔锦声：《红楼梦：爱的寓言》，页56。

泪洋溢着诗性感伤，其泪尽而逝的先天规定也充满了悲剧之美，却无法由此转化出"生命的泉源"，成为成熟之爱的典范，乃至以死亡作为最终的救赎；相反地，贾宝玉前身的神瑛侍者能以甘露灌注弱小生命，为之续命延年，正如《西游记》第二十六回观音菩萨声称净瓶中的甘露水能治得仙树灵苗，也果然以杨枝蘸甘露救活了被推倒的人参果树般，酿造出名符其实的"生命的泉源"，恰恰与爱情之于黛玉的"生命的危机"成为鲜明对比。其间正构成了"男性／给予／强者／泉源"与"女性／接受／弱者／危机"的性别差异，而与前述"人类／草木""男性／女性"这两组优劣阶序对应一致，并可进而连结成以下的二元分立的完整概念系统：

高／尊／上：人类—男性—给予—强者—泉源
低／卑／下：草木—女性—接受—弱者—危机

这就让我们清楚看到，《红楼梦》中所潜藏的、连极力推崇女性的作者也都未必意识到的性别歧视，实在是根深柢固而难以根除。

因而全书中处处流露的浓厚的少女崇拜意识，所谓："女儿是水作的骨肉，男人是泥作的骨肉。我见了女儿，我便清爽；见了男子，便觉浊臭逼人"（第二回）、"女孩儿未出嫁，是颗无价之宝珠；出了嫁，不知怎么就变出许多的不好的毛病来，虽是颗珠子，却没有光彩宝色，是颗死珠了；再老了，更变的不是珠子，竟是鱼眼睛了。分明一个人，怎么变出三样来？"（第五十九回）虽然对少女的纯真心充满赞美，认为是比男人更高的人格形态，但如果从女性主义的角度来看，其中实际上隐含了"完美女人必须是个可爱的青春前期的姑娘"（society's perfect woman must be a cute preadolescent）——一种"婴儿女神"（baby-goddess）——的价值观①，而不自觉地折射出父权社会所潜藏的性别歧视。因为以柔弱纯真之少女原型为完美女性的神话理想，所制造出美丽单纯、纤细无力的女性形象，势必限制了真实女性的成长与发展，否定女性参与社会的各种成就与表现，也削减了女性人格的厚度与丰富度。则绛珠仙草神话在社会纪念碑中所具体表现的性别意识，恰恰反映了男尊女卑的文化事实，甚至巩固了既有的性别结构。这恐怕是《红楼梦》的性别论述中最独特奥妙的深沉内涵。

---

① Kate Millett, *Sexual Politics* (London: Virago Press, 1977), p. 143. 中译参〔美〕凯特·米利特 (Kate Millett) 著，宋文伟译：《性政治》（南京：江苏人民出版社，2000），页177。

第六章
作者的塔罗牌:"谶"的制作与运用

上一章在神话中所强调的宿命观,其实充盈于小说中处处可感,而且以各种独特的手法给予暗示。这是因为《红楼梦》一书乃是一阕追悼失乐园的悲歌,在事后回思追忆的伤悼笔调之下,难免会处处流露先知的口吻而暗示未来的天机,在综观全局、胸有成竹的创作基础上,便自然而然地凝结为谶语式的预言表现,此乃作者主观创作上的可能因素。同时这种谶语式的表达,一再分见于各主要场合与次要情景的结果,又可以持续地唤起读者的记忆,自动将叙述过程中因断裂的空白而遗忘的指示召唤回来,并透过不断地重现而发挥前前后后缝合内部情节的美学功能,从而为全书架构庞大、内容繁复的体式建立一种稳定持久的视野与节奏,无形中将偌许庞巨复杂的内容联缀为一个彼此统合的整体。如此则又可以有效地发挥客观上的创作效果。

先就整部小说的全体结构而言,依康洛甫(Manuel Komroff, 1890—1974)在《长篇小说作法研究》一书中所分析,小说组织可依其叙事内容分成几种图示:

第一种，是读者在小说开头就能察觉小说已发出命运的讯号，即觉察点（point of recognition）和小说开端距离甚短。

第二种，若故事进行甚久后，读者才能发现一张命运之网已开始被编织起来，则其所呈现的图式就会有一下降的曲线，**表示命运一旦出现，人物生命情境便急遽下坠殒灭**。

第三种，若是人物居然从注定要倒霉的故事叙述中，由命运圈上升，超脱出来，则它便将成为一种不自然、畸形、悖乎所有一致法则（rules of consistency）的图式。[①]

以此一标准而言，《红楼梦》这部长篇小说的组织作法很明显是第一种，即觉察点和小说开端距离甚短，读者在小说一开头就能察觉小说已发出命运的讯号，这主要是前五回（尤其是第五回）的预告所致。因此，清光绪年间梦痴学人便说道："若将前五回打透，其全部之义自显。"[②] 现代许多学者也称前五回为"楔子""序幕""引子"和"纲领"[③]，甚至说："《红楼梦》前五回是一个相对独立的整体，它绾冠全书，是《红楼梦》通部内容的缩影，是全书情节发展的纲要，是描绘主要人物形象的蓝图。"[④] 都是有鉴于此之论。

但《红楼梦》的叙事组织却并不仅止于这个单一图式，虽然小

[①] 〔美〕康洛甫著，陈森译：《长篇小说作法研究》（台北：幼狮文化事业公司，1975）。

[②] （清）梦痴学人：《梦痴说梦》，一粟编：《红楼梦资料汇编》，卷3，页220。

[③] 诸如段启明：《红楼梦艺术论》（北京：北京师范学院出版，1990），页17；邢治平：《红楼梦十讲》（台北：木铎出版社，1987），页135、142。

[④] 张春树：《〈红楼梦〉结构简论》，《红楼梦学刊》1981年第3辑，页42。

说开端即明确出现人物命运的讯号,但在前五回的背景铺陈与预言暗示之后,从第六回开始、直到第七十几回进行甚久的整个叙事过程,都只能说命运之网仅仅是潜在地编织着,大多数的主要人物仍生活在富贵场与温柔乡的太平顺境之中;必须到第七十几回才能发现这张命运之网的编织成型与开始收拢,而逐一看到第二种图式中"命运一旦出现,人物生命情境便急遽下坠殒灭的下降曲线",如芳官、晴雯、四儿、司棋等的被逐与夭亡,乃至直贯于续书后四十回的全面笼罩。如此一来,从第六回开始、直到第七十几回之间为期甚长的整个故事中,作者所打出的命运的讯号,便是以一种闪烁其词、稍纵即逝的方式微露天机,所采取的便是"富贵中作不如意语,少壮时作衰病语,诗家往往以为谶"[①]的不祥模式。换言之,与中国文化中其他谕示各种命运的预言形态有所不同,这种全然用以预告悲剧的"凶谶",就是《红楼梦》这部繁华叙事中的命运讯号,如脂砚斋所言:"偏于极热闹处写出大不得意之文,却无丝毫纤强,且有许多令人笑不了,哭不了,叹不了,悔不了,唯以大白酬我作者。"(第十六回)而其具体手法既包括传统的资源,又有其独特的创发,正足见其青出于蓝而胜于蓝的集大成表现。

作为脂砚斋所提点的"书中之秘法,亦不复少"[②]的"秘法"之一,这种洞观全局而预先泄露天机的作法,属于修辞形式上所谓的"隐语",即以隐约闪烁的话来暗示本意,脂批中也一再提到"隐

---

① (宋)洪迈:《容斋随笔》(上海:上海古籍出版社,1995),卷1,页14。
② 第一回眉批。

语"这个词汇：

- 这是**隐语微词**，岂独指此一事哉。（第八回夹批）
- 摸写富贵，至于家人女子无不妆颜；论诗书，讲画法，皆尽其妙；而**其中隐语**，**惊人教人**，**不一而足**。作者之用心，诚佛菩萨之用心，读者不可因其浅近而渺忽之。（第四十二回回末总评）

此外，清代评点家周春也看到了这一点，说："十二钗册多作隐语，有象形，有会意，有假借，而指事绝少，是在灵敏能猜也。"[①] 这段话十分明确地指出，《红楼梦》中的"隐语"类型，主要即是小说回目中所直揭的"谶"，如第二十二回的"制灯谜贾政悲谶语"与第七十五回的"赏中秋新词得佳谶"，而脂砚斋也同样明白揭示这一点，于第四十二回有关刘姥姥为巧姐命名之用意一段，批云：

作签（谶）语以射后文。

尤其在第五回"宝玉看正册"一段，脂批更详细地说：

世之好事者争传"推背图"之说，想前人断不肯煽惑愚迷，即有此说，亦非常人供谈之物。此回悉借其法，为儿女子数运

[①] （清）周春：《阅红楼梦随笔》，一粟编：《红楼梦资料汇编》，卷3，页69。

之机,无可以供茶酒之物,亦无干涉政事,真奇想奇笔。

其中所提到的《推背图》,正是谶言的最知名之作,相传为唐代李淳风与袁天纲合著,为预言历代变革之事的图谶,至六十图时,袁推李背止之,故名;宋太祖即位后禁之,然民间收藏已久仍流传不息。《推背图》一直流传至今,《红楼梦》"悉借其法"以"以射后文""为儿女子数运之机",都是谶的具体表现。

所谓的"谶",从训诂上而言,"谶"字初见于汉初贾谊《鵩鸟赋》,其原义本与"验"相通,可能是因为方士的关系,而称谶不称验。所谓"谶"者,是一种以文字符号为工具,透过象形、会意、假借等造字法则的指引,以进行双关的联想与暗示的特殊预言方式。其预言功能可以见诸各种传统典籍中,如:

- 谶,纤也,其义纤微而有效验也。(《释名》)
- 立言于前,有征于后。故智者贵焉,谓之谶书。(《后汉书·张衡传》)
- (谶)诡为隐语,预决吉凶。(《四库全书·总目提要》)

这样的作法属于与作品深度无关,却能增加文学趣味的写作技巧,展现出作者对文字符号的娴熟灵活的功力,也能满足读者猜谜解密的乐趣,只要不运用过度,就可以如刘勰《文心雕龙·正纬篇》所言:不但可以展现一种"神道阐幽,天命微显"的"天命神道"观,从艺术效果而言,还因"事丰奇伟,辞富膏腴,无益经典而有助文章,是以后来辞人,采撷英华",而《红楼梦》也确实藉之达到了"有助文章"的境界。

至于《红楼梦》"悉借其法"以"以射后文""为儿女子数运之机"的"法"有许多种,主要都是来自此一预言形式的历史发展所累积而成的;而因为这些不同的发展内涵,也以不同的使用方式为《红楼梦》所吸收,主要是"谶谣"与"诗谶"这两种,且在产生性质与运用方式上迥然有异,必须严加区分,以免在混淆的情况下造成穿凿附会的解读。此外,《红楼梦》在集大成之余更后出转精,发展出前所未有的制作方式,使谶语的运用与表现更加多样化,在"有助文章"的境界上英华更甚,实也达到"有益经典"之效。

以下,先就历史中隐谶的主要类型按时代先后加以归纳说明之。

一、历史中隐谶的主要类型

就谶语的历史渊源与发展类型而言,依序是先秦的"谶谣"、两汉的"谶纬"、魏晋的"诗谶"。

(一)"谶谣"

先秦时代就已出现的谶谣是一种韵文形式的隐语,《国语·郑语》所载周宣王时代的一首童谣是谶谣最早的纪录,时当公元前8世纪初。这类谶谣的特点,包括有图有文字而形成"图谶",其文字部分表现出民间歌谣、童谣的口语化风格,功能上则是部分地用作地方政治的预言，是从此一直延续到清代的一种常见形式。

谶谣既然是一种暗示，就必须使用可以交流认知的社会符号，透过一定的理解程序来传达，在善用中文字单音单形多义的特点之下，制作时所采用的方法多样而完备，包括：拆字法、双关法（一词多义，一语双关）、谐音法、别名法、关系法（社会关系或家庭关系）、特征法、五行法、生肖法、对象隐喻法、时间隐喻法、地点隐喻法、过程隐喻法、直言法、综合法，[①] 甚至配合图画而形成的"图谶"。这些在《红楼梦》的预言式诗歌中，如太虚幻境的人物判词、元宵节的灯谜诗等多有所善用，而有清楚的反映。

（二）"谶纬"

这是两汉时期所发展出来的一种完全集中在政治范畴的预言，虽是"谶"的一大类型，但因其强烈的政治性，在汉代就已经往往被有心篡位者所利用，这对于一再宣称"朝代年纪、地舆邦国却反失落无考""何必拘拘于朝代年纪"、"虽有些指奸责佞贬恶诛邪之语，亦非伤时骂世之旨；及至君仁臣良父慈子孝，凡伦常所关之处，皆是称功颂德，眷眷无穷，实非别书之可比。……因毫不干涉时世，方从头至尾抄录回来，问世传奇"（第一回），以极力避开任何现实政治联想的《红楼梦》而言，却是一无所涉。且谶纬因为明确对应于两汉政治实况的特定性，也使之大大受限而难以运用在其

[①] 参谢贵安：《中国谶谣文化研究》（海口：海南出版社，1998），页 81、98—164。

他文艺范畴,故此处置之不论。

(三)"诗谶"

这是历史中较晚出现的一类,最早的纪录是魏晋时代所留下来的,却是影响文人创作思考最大的一种。

观察历代在诗歌中以诗为谶,由诗句之衍生而推断命运的作法,最早的例子是石崇、潘岳"白首同所归"的故事。《晋书·潘岳传》记载:潘岳曾经因为厌恶孙秀之为人而数加挞辱,导致衔恨在心、无日或忘的孙秀后来在赵王伦辅政时任中书令,一上任不久即诈诬潘岳及石崇、欧阳建谋反为乱,遂行诛杀并夷灭三族以为报复。结果潘岳和石崇就在刑场上发抒一段有关诗谶的临终感慨:

> 初被收,俱不相知。石崇已送在市,岳后至,崇谓之曰:"安仁,卿亦复尔邪!"岳曰:"可谓白首同所归。"岳《金谷诗》云:"投分寄石友,白首同所归。"乃成其谶。[①]

此处将原本只是一般性的叙述赋予特定的指涉,使"白首"被突出"临终阶段"的意涵,而非物理性、身体上真正的年老;"归"字也狭义地限定其"归返生命源初"的死亡之义,于是"同"字便得到了落实。从原先只是表达欢乐到老、知交一生的正面期望,变成了

---

① 参(唐)房玄龄等:《晋书》(台北:鼎文书局,1992),卷55,页1506—1507。

"同时赴死"的负面结局,这首形成在先的诗句,就这样在后事已发生之际获得了新的诠释。同样地,《南史·贼臣传·侯景传》也记载了一则诗谶的故事,书中在详述侯景叛乱弑帝的经过之后,接着又云:

> 初,(梁)简文《寒夕诗》云:"雪花无有蒂,冰镜不安台。"又《咏月》云:"飞轮了无辙,明镜不安台。"后人以为诗谶,谓无蒂者,是无帝。不安台者,台城不安。轮无辙者,以邵陵名纶,空有赴援名也。①

很显然,整个诗谶的形成与认定,首先必须有梁简文帝纯粹咏物抒情的诗句,再来则是发生侯景叛乱,使京城扰攘奔蹿乃至帝王被弑,最后再由附会者回头反思整个过程,于是从诗句中字词之谐音、类比的联想而找到足以比附的象征,从而将"言"与"事"结合在同一诠释内涵里,最终即形成了诗谶;尤其那"后人以为诗谶"之说,更已点出诗谶之为事后附会者逆推追证的性质。

时间到了唐代,孟棨《本事诗》中的《征咎》篇原本即是为了记载诗谶之例证而设,全篇共收事例三则,第一则记录了初唐诗人刘希夷的故事,也是文学史上著名的例证,其事云:

---

① (唐)李延寿:《南史》(台北:鼎文书局,1974),卷80,页2007。

> 诗人刘希夷尝为诗曰:"今年花落颜色改,明年花开复谁在?"忽然悟曰:"其不祥欤?"复构思逾时,又曰:"年年岁岁花相似,岁岁年年人不同。"又恶之。或解之曰:"何必其然。"遂两留之。果以来春之初下世。①

可见在诗谶观念流行已久之后,"谶"已经产生令人警觉的高度魔力,刘希夷在诗成之初即敏感而悲观地探测到这个狭义的可能性,后来也确实一语成谶,因此才会记录下来,否则就只会是过敏性的杞人忧天而已。但这个现象最晚迟至宋代就被扩大了,而且更定型化为一种"以诗观运"的方式,洪迈《容斋随笔》卷一指出:

> 今人富贵中作不如意语,少壮时作衰病语,诗家往往以为谶。②

"诗家往往以为谶"便无形中说明了诗谶观的普遍与深入人心,几乎成为诗人创作的共识;而其作用于诗人心灵的主要影响,则是让诗人对人生际遇中由盛而衰、从上沦降的落差走向特别敏感而惊疑,所谓"富贵中作不如意语,少壮时作衰病语",正透显诗人趋福惧祸、喜吉避凶的迷信心理,因而在创作之际便

---

① 见丁福保辑:《历代诗话续编》(北京:中华书局,1983),页19。同处又载:"崔曙进士作《明堂火珠》诗试帖曰:'夜来双月满,曙后一星孤。'当时以为警句。及来年曙卒,唯一女名星星,人始悟其自谶也。"

② (宋)洪迈:《容斋随笔》,卷1,页14。

被制约出不祥的自觉意识。由此，只要是在"富贵""少壮"的处境中作出"不如意""衰病"之语句，"谶"的阴影便立刻当头笼罩。

由此，严格说来，诗谶是一种范围被狭隘化的预言，因为它的预言范围偏重在由盛而衰、从上沦降的落差走向，只有这种"福兮祸之所伏"（《老子》第五十八章）的潜在思维，才是诗谶建构的原则与关注的焦点。而这些诗谶的特点，也正是《红楼梦》中诗谶运用的精义所在。

至于历代诗评家之所以能够如此"以诗观运"，由诗风通向命运地一脉推证，是因为诗歌作为中国抒情传统的主流，本就以深刻的抒情本质为主，因此诗歌往往不免于"夫子自道"的功能，此即所谓"诗言志"也；再加上诗所言的"志"不独只是当下"心之所之"的意旨而已，在言志抒情之余，还更进一步地通向远较广义的"志"，此种"志"固然仍是心之所之，代表了一个人内心中情感、志趣或理念的方向，但其内容则更被扩大、广延，由此"心之所自"与"心之所至"者前后延伸出去，便成为足以决定人物之情志方向的"性格"因素，而包笼个人之性格偏向、情感态度、处世模式、人生理念、价值判断和出处取舍等攸关生命趋向的内涵。换言之，诗是一种自繁复庞杂的生命土壤中所提炼出来的纯粹结晶体，在简短的尺幅之中却蕴蓄有折射出生命之万端的概括作用；而生命本又是一接连相承而具有延续性的有机体，因此"言志之诗"便可以提供"象征"或"预示"的功能。正因此之故，北宋魏泰即推论道：

> 诗岂独言志，往往谶终身之事。①

到了清代，诗论家袁枚甚至更进一步指出：

> 方知一时感触，未尝非谶云。②

所谓"往往谶终身之事"，便是将"志"所涵括之整体经验与"诗"所凝塑之概括作用加以推衍扩充的结果；而"一时感触"竟也未尝不能成谶，其背后所依据的，仍然是以同样逻辑推衍的思考理路，因为虽则只是眼前之"一时感触"，其根源却是发自个人所有心智活动与特质所构成的整体经验，因此带有个体内在本质性的烙印，其所提供的概括作用便发挥了"未尝非谶"的效果。这都是将传统"言志说"加以扩大、深化的表现，而如此一来，诗歌语言就成为诗人命运之载体。

由此心智活动、性格特质等生命整体经验与个人命运发展的连带关系，再加上诗与生命整体经验直接联系的一体性质，彼此对应连结的结果，便形成"性格──→诗风──→命运"一脉融通、连贯牵带的认识论结构，使得传统诗论中原本就存在着由诗风推断命运的一派论点，得以在《红楼梦》中获得大幅宣扬，从而在书中可以

---

① （北宋）魏泰：《临汉隐居诗话》，收入（清）何文焕辑：《历代诗话》（北京：中华书局，1983），页329。

② （清）袁枚：《随园诗话》，卷9，第40则，页303。

刻意作出"富贵中作不如意语，少壮时作衰病语"的设计，从而使全书处处洋溢着悲剧的气息；最重要的是，在这种诗谶的看法中，"诗谶"虽然也不失"一语成谶"的表现，但其重点则不是拆解诗句、谐音联想来关合人物或隐射情节，断章取义地去按图索骥、对号入座，以寻找隐寓其中的谜底为终极目的；而是将诗歌作品视为艺术创作的结晶，就诗作中所必然凝聚的性格特征、生命视野、心灵界域、美感旨趣与终极关怀等整体以观"性格"与"命运"的无形绾合，因此都只是笼统地表示一种不祥。这就是诗谶最大的特性。

总而言之，比较谶谣与诗谶这两种形式，本质上可以说是非常不同的，这也直接决定了对《红楼梦》中诗词韵文的应有理解态度。首先，诗谶与谶谣虽然都具备了韵语的形式，也都带有预言吉凶祸福的功能，但两者其实是两种不同的文化向度造就得来的产物。就外在层面来观察，谶谣的历史可以溯及先秦时代，而盛行于两汉，其形式主要是民间流传的俗谚童谣，其性质则是一种先知的预告；至于诗谶，今日所见最早的记载却已迟至魏晋时代，其间之差距超过一千年，而其形式则必然是文人纯粹创作的诗歌艺术，且其谶的功能乃是将诗句作断章取义、附会后事的结果。换言之，谶谣与诗谶不但在时代的起源有先后之分，其制作的范畴亦有雅俗之别，而其预言成立的过程更是一顺向取验、一逆向追证而恰恰相反。因此诗谶的形成虽然隶属于谶谣的一种变形，但从内在层次而言，其构成因素却与向民间心理认取的谶谣大相歧异。兹将两者之差异表列如下：

类型	性质	预言模式	预言模式	预言模式	预言对象
谶谣	民间谣谚	"言/事"之顺向落实预言式的先见之明	符号拆解	吉凶兼有	社会政治
诗谶	文人艺术	"言/事"之逆向追验穿凿附会的后事之明	风格特质	凶验	个人命运

就《红楼梦》中的运用与创新而言，谶的系统化使用共有"谶谣""诗谶""戏谶""物谶"等四种。

其中，数量最多的是"谶谣"类型，每一出现便是多首成组的大型规模，总共至少有三十多首；而因为政治禁忌的关系，具有高度政治功能的"谶纬"自无存在空间，在小说中全无踪迹；至于"诗谶"这一类，除了保留传统的以诗观运外，经过彻底改造后则是完全加以变化出新，与传统的运用形态完全不同，等于是创造了新的类型；"戏谶""物谶"则是一无传统依傍下的崭新独创，丰富了这项既严肃又有趣的预言秘法，可谓后出转精。

二、谶谣：个别人物悲剧的预言

对曹雪芹而言，在繁华消散后追忆前尘的立场上形成一种成局在胸、一目了然的透视景观，出于"追言之"的作法，透过这种"后事之明"，在构设情节之时，反倒可以改装为"先知之谕示"，形成"言/事"前后符应的对应模式，亦即事前预言、事后应验，利用"前之所言"预示了"后之所是"，让小说的情节发展可以顺向地由虚而实、前后印证的直线落实，发挥有如"神谕"的预告性质，从而使全书处处绾合着宿命的锁链，时时埋下有待验证的伏笔，在命运的纠结缠绕和符应的检证需要之下，人物的发展便无法自外于命定的幻灭，而一步步走向预设的终点。

这种带有民间歌谣、童谣之口语化特质的谶谣，文字风格都类似于《红楼梦》中第一回甄士隐的《好了歌注》，脂批便说："此等歌谣原不宜太雅，恐其不能通俗，故只此便妙极。"这种"通俗"也都表现在其他的谶谣上，包括：第五回《人物判词》十四首、第二十二回《灯谜诗》七首、第五十回《灯谜诗》三首、第五十一回《怀古诗》十首。其中，第五回《人物判词》以文字与图画配合的"图谶"形式独树一格，且押韵的文字部分又比较充分地使用了谶谣的制作手法，因此独立成一节加以说明。

（一）图谶

第五回中"金陵十二金钗"的人物判词，每一则都有图画、有诗语，图画可以有效地传达特征，以人物景致种种具体的形象来帮助理解，而与判词的内容相辅相成，这也是传统谶谣形式的一种表现。

就诗语文字的部分而言，谶谣制作时所采用的拆字法、双关法、谐音法、别名法、关系法、特征法、五行法、生肖法、对象隐喻法、时间隐喻法、地点隐喻法、过程隐喻法、直言法、综合法等等，有好几项被《红楼梦》加以采用，其具体情况如下：

1. 别名法

晴雯之于"霁""云""雾",香菱之于"莲"、"荷",宝钗之于"金簪"。

晴雯的册页中,"又非人物,也无山水,不过是水墨滃染的满纸乌云浊雾"的图画以及"霁月难逢,彩云易散"的判词,是透过"云""雾"来暗示"雯",三者都是水气的形态,而"霁"本身就是"晴"的意思,故有所谓"雪霁天晴"之语。

而香菱的图谶中,图画的"莲枯藕败"与判词的"根并荷花一茎香",也是以"莲、藕""荷、茎"来暗示同为水生植物的"菱"。

此外,钗黛合一的第一幅图谶中,薛宝钗的"金簪雪里埋"也以"金簪"暗示"宝钗",两者都是指女性装扮用的贵重发饰。

2. 过程隐喻法

贾元春判词中的"虎兕相逢大梦归"以两种猛兽暗示了宫廷恶斗,应是元春薨逝与贾府败落的原因。程高本中将"虎兕相逢大梦归"更改一字为"虎兔相逢大梦归",指虎年与兔年相交之际过世,则属于"时间隐喻法"的运用,当然,这并不是曹雪芹的原意。

3. 对象隐喻法

贾迎春判词中的"子系中山狼"隐指所嫁不淑的孙绍祖。

4. 拆字法

这是利用中文字体中往往又包含几个单形字体的结构特征所产

生的方法，例如：香菱判词中的"自从两地生孤木"可以组合为"桂"字，与图画上的"一株桂花"相呼应，都暗示薛蟠将来迎娶的正室夏金桂，会是"致使香魂返故乡"的刽子手。

而王熙凤判词中的"凡鸟偏从末世来""一从二令三人木"，"凡鸟""人木"分别可以组合为"凤""休"二个字，"凤"字暗示这是王熙凤的图谶，"休"字则暗示王熙凤的下场是被休弃。从"七出之条"所包括的无子、淫佚、妒忌、窃盗、口舌、不事舅姑、恶疾来看，等于七条全犯的王熙凤可谓无所逃于被休的命运。

5．双关法

这里指的是以自然现象双关于人事现象，如李纨判词中的"桃李春风结子完"，整句是以桃李春天开花、夏天结子、秋冬枯萎的大自然现象，以及先秦《诗经》中"桃之夭夭，灼灼其华。之子于归，宜其室家"的婚姻象征，而暗喻李纨结婚生子后即丧夫守寡的命运，她的人生幸福于婚后生子及丈夫逝世后结束。薛宝钗判词中的"金簪雪里埋"，整句也是隐喻她在宝玉出家后寡居的凄冷处境。

6．谐音法

这是小说中用得最多的方法，不独第五回的图谶为然。单单以这一回来看，依序是：

袭人图画中的"一簇鲜花，一床破席"，是以"花""席"谐音"花袭"，即花袭人。

香菱图画中的"莲枯藕败"，则是以"藕败"谐音"偶败"，指与薛蟠的夫妻关系遭到败坏。以"藕"谐音"偶"是传统民歌中甚至文人仿作时常见的双关法。

林黛玉图画中的"玉带林中挂",则是以"玉带林"逆读谐音"林黛玉"。

薛宝钗判词中的"金簪雪里埋",以"雪"谐音"薛"。

贾元春图画中的"一张弓,弓上挂着香橼",是以"弓""橼"谐音"宫""元",暗示入宫为妃的元春。

李纨判词中的"桃李春风结子完",是以"李完"谐音"李纨"。

秦可卿判词中的"情天情海幻情身,情既相逢必主淫",是以"情"谐音"秦"。

从以上的整理来看,有几句判词用的其实是综合法,如李纨判词中的"桃李春风结子完",一方面是以"李完"谐音"李纨",同时整句又以大自然现象双关李纨生子后丧夫守寡的命运;至于薛宝钗判词中的"金簪雪里埋"则设计得更加精密复杂,除了以"雪"谐音"薛"字之外,尚以"金簪"同名暗示"宝钗",同时"金簪雪里埋"整句又将其人被整个封建时代所活埋[①]的悲剧形象化,则在谐音法之外还兼用了别名法与双关法。

以上所谈到的只是纯粹就个别文字上的技巧,而这些图画的描

---

① 太愚:《红楼梦人物论·薛宝钗论》末尾指出:"黛玉没有金锁锁住,被抛到时代外面去了;宝钗死抱着自己的项炼,却被活埋在时代的里面!"见王国维等:《红楼梦艺术论》(台北:里仁书局,1984),页186。此处藉以诠释图画的涵义,亦颇为贴切传神;至于"宝钗死抱着自己的项炼"一句中的讽意,实则不然,可置勿论。

述与判词文字的整体表述特点,也具有制作手法上的共通原则,必须更进一步说明,以厘清常见的、严重的误解。

应该注意到,这些判词内容都是正面而含蓄委婉的,虽然有时提到人格特质却并不涉及负面人格评价,合乎同一回《红楼梦·引子》所说的"怀金悼玉"之宗旨。再考察针对图画所作的文字描述,多是以"形容词+名词"的方式呈现,诸如:"乌云浊雾""鲜花破席""水涸泥干,莲枯藕败""枯木""香橼""飞云逝水"等等。其中的名词,固然透过谐音、别名等方法暗示图主所指涉之人,而附加其上的负面形容词,则是用以暗示其悲剧下场,就诸人都隶属于太虚幻境之"薄命司"而言,所谓的"群芳髓(碎)""千红一窟(哭)""万艳同杯(悲)"①,都是"命运表述"而非"人格表述"。从整体的设计手法来说,其中的一致性如下:

- 名词——云、雾、花、席、莲、藕、木、雪、金簪、弓、橼 ——▶画主
- 形容词——乌、浊、破、涸、干、枯、败——▶命运表述=薄命

只是,由于一般对袭人的主观恶感,导致将"破席"之"破"字孤立为说,并解释为人格卑劣之意,如谓:"席虽微,一人眠之不破,多人眠之则破。……只此一字,袭人之罪状未宣,袭人之典

---

① 其中髓与碎、窟与哭、杯与悲的谐音关系,参第五回夹批。

刑已正。"① 但这个说法不仅是成见之下的望文生义，而且很显然带有极端的双重标准，只要试着把同一逻辑施用于其余图谶，就会发现结果是十分荒谬的：如画着"又非人物，也无山水，不过是水墨滃染的满纸乌云浊雾而已"的一幅，在同一原则下岂非应该推衍出"晴雯乃是恶浊低俗之人"的论点？而画着"有一池沼，其中水涸泥干，莲枯藕败"的一幅，恐怕也免不了得到"香菱乃是残花败柳之人"的解释。依此思考逻辑推而扩之，则画着"两株枯木"的图画，亦不免将画主林黛玉推入极其不堪之境地。则何以这些情况都没有出现，只有袭人的"破席"一词被拿出来猛烈攻击？其中的主观偏颇显而易见。

　　对于曹雪芹这位严谨的创作者来说，这些人物的命运暗示都是精心规画缜密设计的，应有统一的构想与共同的原则，既然所有的负面形容词都是用来暗示女儿薄命的悲剧，没有理由单独在袭人的图谶中给予负面恶评，这是成见已深的读者所应该理性思考的。

　　另则，除第五回之外，书中其他各处更善用谐音法为命名之道，以寄托人物批判或世道哲理等深意，可以藉此一并整理，以便读者完整掌握。只是由于中文字同音与音近者甚多，一旦以谐音联想就很容易过度牵连，导致歧路亡羊的穿凿附会，故在此仅以脂批为限，依序整理如下：

---

① （清）洪秋蕃：《红楼梦抉隐》，参冯其庸纂校订定，陈其欣助纂：《八家评批红楼梦》（北京：文化艺术出版社，1991），页139。

第六章 作者的塔罗牌:"谶"的制作与运用

第一回	"青埂"峰＝情根	"十里"街＝势利	"仁清"巷＝人情
	"葫芦"庙＝糊涂[1]	甄费＝真废	甄士隐＝真事隐
	甄英莲＝真应怜	贾化＝假话	时飞＝实非
	贾雨村＝假语存	胡州＝胡诌	"严"老爷＝炎[2]
	霍启＝祸起	封肃＝风俗[3]	
第二回	娇杏＝侥幸	元迎探惜＝原应叹息	
第三回	张"如圭"＝如鬼		
第四回	冯渊＝逢冤[4]		
第五回	千红一"窟"＝哭	万艳同"杯"＝悲	群芳"髓"＝碎
第七回	香菱＝相怜[5]	余信＝愚性	秦钟＝情种[6]
第八回	詹光＝沾光	单聘仁＝善骗人	吴新登＝无星戥
	戴良＝大量	钱华＝钱开花	秦业＝情孽[7]
第十三回	戴权＝大权		
第二十四回	卜世仁＝不是人		
第六十三回	"榆荫"堂＝余荫		

---

[1] 第一回"人皆呼作葫芦庙"夹批:"糊涂也,故假语从此具焉。"

[2] 取意于"炎既来,火将至矣",第一回夹批。

[3] 蕴藏"世风日下,人心不古"之意,见第一回批语。

[4] 意谓"冤孽相逢",第四回夹批。

[5] 第七回批语,谓:香菱"二字仍从莲上起来,盖英莲者应怜也,香菱者亦相怜之意。"

[6] 第七回批云:"设云惜(情)种。……此话大讽刺处。"

[7] 所谓:"妙名。业者,孽也,盖云情因孽而生也。"见第八回批语。

另外，解盦居士对此道亦颇有体会，其不流于迂曲为说者，如谓："傅试者，附势也；……史者始也，赵者造也，周者诌也，尤者尤物也，湘莲者相怜也，刘者留也，妙玉者妙喻也，毕知庵者必知俺也，詹光者沾光也，单聘人者善骗人也，卜世仁者不是人也，吴良者无良也，贾化者假话也，湖州者胡诌也，卜固修者不顾羞也。"① 其中与脂批巧合者不在少数，其余亦多称意合理，颇富参考价值，故附录于此，聊备一说。

以上是对"图谶"的制作手法的说明，而这些手法都是为了提供相关人物及其命运的线索，给予联想与暗示才受到采用的。第五回太虚幻境中的图谶、判词以及后面搭配的《红楼梦曲》，是对于这些女性未来命运的终极暗示，可以说是推究后四十回情节尤其是结局的客观依据，因此必须一一加以说明。其中，有一些地方会涉及诠释问题，但此处只能处理"命运"的部分，详细论证还请参考后续出版的拙著。

1. 晴雯

宝玉便伸手先将"又副册"橱门开了，拿出一本册来，揭开一看，只见这首页上画着一幅画，又非人物，也无山水，不过是水墨渲染的满纸乌云浊雾而已。后有几行字迹，写的是：

---

① （清）解盦居士：《石头臆说》，一粟编：《红楼梦资料汇编》，卷3，页191—192。

> 霁月难逢，彩云易散。心比天高，身为下贱。风流灵巧招人怨。寿夭多因毁谤生，多情公子空牵念。

如前所言，"霁月难逢，彩云易散"中的"霁月、彩云"是暗示晴雯，"难逢、易散"则表示与宝玉没有缘分的意思，原因是"风流灵巧招人怨，寿夭多因毁谤生"，导致短命死别，使得"多情公子空牵念"。然而必须补充说明的是，晴雯固然拥有"风流灵巧"的优点，也是她让宝玉爱宠纵容的地方，但她的"招人怨、毁谤生"却未必是无辜受害的，所谓"心比天高"指的也恐怕不是一般所以为的高傲、清高，而是"掐尖要强"的攀高争胜之心。从第七十七回临终前所说的"只说大家横竖是在一处"，但实际上对"身为下贱"的丫鬟来说，只有当上姨娘才有可能"横竖是在一处"，可见晴雯本就有"准姨娘"的自觉，合乎贾母把她给了宝玉的用意；再从她接着所说："今日既已担了虚名，而且临死，不是我说一句后悔的话，早知如此，我当日也另有个道理。"便清楚揭示其原初不忮不求的光明磊落，并非出于德行意志上的人格坚持，而只是一路顺风之下十拿九稳、势在必得的淡定安然，所以一旦面临冤屈与意外转折，便产生悔不当初的想法。由此可见，当姨娘就是"心比天高"的最佳成果，就这一点来说，晴雯与袭人等其他大丫鬟的心态并无不同，也都不必予以苛责。

2. 袭人

宝玉看了，又见后面画着一簇鲜花，一床破席，也有几句言

词,写道是:

> 枉自温柔和顺,空云似桂如兰。堪羡优伶有福,谁知公子无缘。

判词中,"枉自""空云"都是指可惜的意思,是说宝玉无福消受袭人的"温柔和顺、似桂如兰",与最后一句的"谁知公子无缘"同义;而有缘人则是一位优伶,也就是琪官蒋玉菡,两人的姻缘是在第二十八回经由宝玉的中介,使两人的茜香罗与松花汗巾无意间彼此交换而形成婚谶,脂砚斋于这一回的回末总评也指出:"'茜香罗''红麝串'写于一回,棋(琪)官虽系优人,后回与袭人供奉玉兄、宝卿得同终始者,非泛泛之文也。"

从"堪羡优伶有福"一句,也明白地肯定袭人的"温柔和顺、似桂如兰",因此才会对有福娶得袭人的蒋玉菡致以羡慕之心。再从袭人的生日与黛玉一样,都是二月十二日(见第六十二回),而小说中同一天生日的人都有某种类似的、亲近的特殊联系,这也可以见出袭人与黛玉并不是对立的关系。脂批所给予袭人的"有始有终"的赞美,就是从内在心性的忠贞而非外在形式的守一而言的。

3. 香菱

宝玉又去开了副册橱门,拿起一本册来,揭开看时,只见画着一株桂花,下面有一池沼,其中水涸泥干,莲枯藕败,后面书云:

根并荷花一茎香，平生遭际实堪伤。自从两地生孤木，致使香魂返故乡。

　　"根并荷花一茎香"指的是香菱与生俱来的良好遗传与美好质性，"平生遭际实堪伤"指的是自幼不幸被拐，过着被打怕了的生活；长到十二三岁时被卖与薛蟠，算是有了好归宿，可惜却又为时不长，"自从两地生孤木，致使香魂返故乡"是暗示薛蟠娶了正室夫人夏金桂之后，香菱即会惨遭折磨而亡，与第六十三回所抽的花签词"连理枝头花正开，妒花风雨便相催"相一致，也呼应了"藕败"所谐音的"偶败"之意，整体构成了小说人物中最悲惨可怜的一位女性。高鹗续书的安排，显然与曹雪芹原意是有出入的。

4. 薛宝钗与林黛玉合一

　　宝玉再去取"正册"看，只见头一页上便画着两株枯木，木上悬着一围玉带；又有一堆雪，雪下一股金簪。也有四句言词，道是：

　　　　可叹停机德，堪怜咏絮才。玉带林中挂，金簪雪里埋。

　　钗黛合一是《红楼梦》中的一贯笔法，包括第五回"其鲜艳妩媚，有似乎宝钗；风流袅娜，则又如黛玉"而名为"兼美"的仙界女神，还有第十七回怡红院的"蕉棠两植""两全其妙"，显示两人相提并论的重要地位。"可叹停机德"是叹赏宝钗的完美妇德，"堪怜咏絮才"是爱怜黛玉的超逸诗才；可惜如此优秀美好的两人却都注定要面临悲剧下场,林黛玉的"玉带林中挂"是枉然荒弃,薛宝钗的"金簪雪里埋"也是无辜葬送,"叹"与"怜"因此也同时具有悲叹哀怜的含意。配合《红楼梦曲》的前两支来看:

- 〔终身误〕都道是金玉良姻,俺只念木石前盟。空对着,山中高士晶莹雪;终不忘,世外仙姝寂寞林。叹人间,美中不足今方信。纵然是齐眉举案,到底意难平。
- 〔枉凝眉〕一个是阆苑仙葩,一个是美玉无瑕。若说没奇缘,今生偏又遇着他;若说有奇缘,如何心事终虚化?一个枉自嗟呀,一个空劳牵挂。一个是水中月,一个是镜中花。想眼中能有多少泪珠儿,怎经得秋流到冬尽,春流到夏!

其中的"山中高士""齐眉举案"都与"停机德"相对应,说明薛宝钗的美德情操是无庸置疑的,只是爱情本就是情有独钟的特殊缘分,因此宝、黛的有缘无分令人唏嘘伤感,而宝钗的空心婚姻却也丧送了一生。两种分具高才、美德的女性产生了两种悲剧,被小说家如实而深刻地加以展现,在缅怀悲挽的书写中为她们留下永恒的身影。

5. 贾元春

宝玉又往后看时,只见画着一张弓,弓上挂着香橼。也有一首歌词云:

二十年来辨是非,榴花开处照宫闱。三春争及初春景,虎
兕相逢大梦归。

"弓""橼"与"初春"都暗示了入宫为妃的元春,第二回说元春"因贤孝才德,选入宫作女史去了",到了第十六回则"晋封为凤藻宫尚书,加封贤德妃",判词中的"榴花开处照宫闱,三春争及初春景"都是指这一非凡的荣华际遇。石榴花正是元春的代表花,第三十一回写大观园中"有棵石榴,接连四五枝,真是楼子上起楼子,这也难为他长",从湘云依照天人感应的思维解释为"花草也是同人一样,气脉充足,长的就好",可知这种奇迹式的盛况反映了贾府的充沛气脉。而元妃的荣宠自然是罕有其匹者,因此说"三春争及初春景","争及"是"怎及""岂及""哪里比得上"的意思,整句诗意指迎春、探春、惜春(也代表了其他的所有金钗)都比不上元春的盛景。

只是在宫中的真实生活并不是缤纷花园的甜美牧歌,"二十年来辨是非"便暗示元春自入宫以后的二十年间都处在"辨是非"的步步为营中,因为后宫的勾心斗角、尔虞我诈实在惨烈无比,即使以元春的仁德,虽无意害人却也仍然必须防范被害,因此同样少不了眼观四面、辨是察非,而结果还是面临"虎兕相逢大梦归"的悲剧结局,在宫廷恶斗中以死收场。而她的心声就在《红楼梦曲》中具体地表露出来:

〔恨无常〕喜荣华正好,恨无常又到。眼睁睁,把万事全

抛。荡悠悠，把芳魂消耗。望家乡，路远山高。故向爹娘梦里相寻告：儿命已入黄泉，天伦呵，须要退步抽身早！

在"荣华正好"中来到的"无常"，导致"大梦归"的命入黄泉，便是"虎兕相逢"的惨烈斗争，这也就是芳魂远逝前，要对爹娘谆谆嘱咐"须要退步抽身早"的原因，而与秦可卿在死前托梦王熙凤，面授"于荣时筹画下将来衰时的世业"以"永保无虞"的作法相对应，差别在于：元妃是劝告避开朝廷的派系牵连，而可卿则是因应败落后的补救之法，两者因应的情况与具体作法有所不同。

至于元妃的死亡年龄，就其入宫所反映的选秀女制度来看，也大略可以推知。随着外八旗与内三旗的两个系统，清代的选秀女制度也分成两种管道："其一，八旗满、蒙、汉军正身女子，年满十三岁至十七岁者，每三年一次参见验选，选中者，入宫为皇帝嫔妃或备王公贵族指婚之选，验选前，不准私相聘嫁。其二，内务府三旗佐领、内管领下女子，年满十三岁亦选秀女，选中者，留作宫女，余令父母择配。"① 则元春的际遇似乎是融合了这两种管道，为的是以封妃强化贾府的荣盛等级，这是文学的虚构所允许的，而"十三岁"应该就是元春入宫时的年纪。再参照第十八回说"那宝玉未入学堂之先，三四岁时，已得贾妃手引口传，教授了几本书、数千字在腹内了。其名分虽系姊弟，其情状有如母子"，若元春在宝玉三四岁时入宫，当时正是十三四岁，两人相差十岁，已足以产

---

① 详参刘小萌：《清代北京旗人社会》，页 535—536。

生"姊弟有如母子"的情况,则所有描述都十分吻合。

据此可以推论元春是在十三岁时入宫的,经过二十年的孤独奋斗,死亡时得年仅三十三岁,这又是另一种特殊的女性悲剧类型。

6. 贾探春

后面又画着两人放风筝,一片大海,一只大船,船中有一女子掩面泣涕之状。也有四句写云:

才自精明志自高,生于末世运偏消。清明涕送江边望,千里东风一梦遥。

这是说"才自精明志自高"的探春虽然有能力为家族救亡图存,却"生于末世运偏消",终究空负才志,原因是女儿必须出嫁的命运,致使一身扭转乾坤的治世才能无用武之地,而只能眼睁睁地看着家族灭亡。"清明涕送江边望,千里东风一梦遥"的悲哀不只是一般女性出嫁辞亲的悲哀,还更有这一层意义在。配合《红楼梦曲》所说的:

〔分骨肉〕一帆风雨路三千,把骨肉家园齐来抛闪。恐哭损残年,告爹娘,休把儿悬念。自古穷通皆有定,离合岂无缘?从今分两地,各自保平安。奴去也,莫牵连。

可见女儿出嫁的情感割裂之痛,犹如元春的"望家乡,路远山高"、晋代傅玄《苦相篇》所描写女性的"垂泪适他乡,忽如雨绝云",探春的远嫁更是距离遥远到"千里东风一梦遥""一帆风雨路三千",再加上"一片大海,一只大船"所显示的远渡重洋,以致"生离"即形同"死别"。如此非同一般的出嫁路线,参照第六十三回探春掣得"日边红杏倚云栽"的花签词时,所注的"得此签者,必得贵婿,大家恭贺一杯",以及众人对此笑道:"我们家已有了个王妃,难道你也是王妃不成?大喜,大喜!"可见探春应该是嫁作海疆藩王为妃。

尤其是,"风筝"意象特别在探春身上被反覆运用,就命运暗示的这一点而言,也与婚谶息息相关,不仅第二十二回探春的灯谜诗就是以"游丝一断浑无力,莫向东风怨别离"的风筝为谜底,第七十七回众人放风筝时,探春的凤凰更和天外渐逼近来的另一个凤凰绞在一处,正不开交时,又见一个门扇大的玲珑喜字带响鞭,在半天如钟鸣一般,也逼近来,又与这两个凤凰绞在一处,三下齐收乱顿,断线后那三个风筝便飘飘飘飘都去了。这便清楚暗示以"喜"字结合的双方,都是带有皇室成员尊贵意义的"凤凰",两人成亲后一同飞往天涯海角,这也可以辅证探春是嫁作王妃,只是必须从海路才能抵达归宿。或许有人会推测探春是和番到东南亚的异国,但从传统中国本身的民族骄傲,往往轻视周边国家的文化低落而以夷狄称之,当不致称其领主为"凤凰",故对象实以戍守海疆的藩王为是。

至于图上所画的两人放风筝,"风筝"固然是指探春,将因远嫁海疆而断线;而放风筝的"两人"则是"爹娘",亲子双方都饱受"分骨肉"的椎心之痛。而此一心痛还必须加上"才自精明志自高，生于末世运偏消"的遗憾，如此一来，才志兼备同时对家族兴亡抱有高度使命感的探春，也就成为《红楼梦》中唯一聚焦在"出嫁"所造成之身心割离而悲痛伤心的女子。就此，可以参考曼素恩（Susan Mann）的研究，她指出："在中国的家族体系中，女儿生命周期的这个关键性特征引起了一些心理上的创伤，它们直接抵触西欧和北美的精神科医师和心理学家所指认的性别模式。在大多数的西欧与北美社会中，必须经历与母亲分离之创伤的是儿子；这种创伤成为影响其性别认同的基础经验。……在盛清家族中，女儿，而非儿子，承受着分离所造成的创伤。女儿在成长的过程中，便知道她们终究必须'出嫁'而进入另一个家族；相对地，儿子则可以指望与母亲维持着长久而亲密的关系，直到死亡将他们分离为止。"[①]衡诸书中环绕在探春身上的刻画焦点，在在都以"远嫁离家"的无力回天之悲为核心，显然成为建构探春之生命图像的关键性事件。尤其是探春受限于远行离嫁之女性命运而被剥夺撑持家族的机会与权利，以致空负"才志兼备"、徒留末世中兴革图治的未竟之业，被迫眼睁睁放任家运颓败而无以尽力一搏，其遗憾不甘更是令人嗟叹怅恨。《红楼梦》所挖掘的女性之悲剧，就此更添一种独特形态。

---

① 〔美〕曼素恩著，杨雅婷译：《兰闺宝录：晚明至盛清时的中国妇女》（台北：左岸文化事业有限公司，2005），页53。

7. 史湘云

后面又画几缕飞云,一湾逝水。其词曰:

富贵又何为,襁褓之间父母违。展眼吊斜晖,湘江水逝楚云飞。

与《红楼梦曲》合并来看,会更为周详:

〔乐中悲〕襁褓中,父母叹双亡。纵居那绮罗丛,谁知娇养?幸生来,英豪阔大宽宏量,从未将儿女私情略萦心上。好一似,霁月光风耀玉堂。厮配得才貌仙郎,博得个地久天长,准折得幼年时坎坷形状。终久是云散高唐,水涸湘江。这是尘寰中消长数应当,何必枉悲伤!

"襁褓之间父母违"即"襁褓中,父母叹双亡",其"幼年时坎坷形状",就是第三十二回宝钗所描述的:"我近来看着云丫头神情,再风里言风里语的听起来,那云丫头在家里竟一点儿作不得主。他们家嫌费用大,竟不用那些针线上的人,差不多的东西都是他们娘儿们动手。为什么这几次他来了,他和我说话儿,见没人在跟前,他就说家里累的很。我再问他两句家常过日子的话,他就连眼圈儿都红了,口里含含糊糊待说不说的。想其形景来,自然从小儿没爹娘的苦。我看着他,也不觉的伤起心来。……上次他就告诉我,在家里做活做到三更天，若是替别人做一点半点，他家的那些奶奶太太们还不受用呢。"由此可知，即使出身于"贾史王薛"四大家族之一，因为没有父母照顾而惨遭叔婶的苛待，受到比女仆还不如的劳工剥削，所以才会说"富贵又何为""纵居那绮罗丛，谁知娇养"，这也是大大出乎人们的意料之外。

　　幸亏湘云"生来英豪阔大宽宏量"，才能不被恶劣环境扭曲心性，而维持如光风霁月般的均衡健全、坦荡爽朗，未曾钻牛角尖地自苦自怜，陷溺于感伤情绪中不可自拔，所以才会劝慰黛玉说："我也和你一样，我就不似你这样心窄。"（第七十六回）这样的好女孩也获得了好归宿，曲文中的"厮配得才貌仙郎，博得个地久天长"暗示湘云会嫁得佳婿，希望恩爱到白头。而这位带给湘云幸福，补偿其"幼年时坎坷形状"的"才貌仙郎"，由脂批可知就是卫若兰，第二十六回回末总评曰："前回倪二紫英湘莲玉菡四样侠文，皆得传真写照之笔，惜卫若兰射圃文字迷失无稿。叹叹。"以及第三十一回回末总评曰："后数十回若兰在射圃所佩之麒麟，正此麒麟也。提纲伏于此回中，所谓草蛇灰线在千里之外。"可见金麒麟以物谶的方式，成为牵引双方良缘的媒介。而卫若兰在小说文本中也出现过一次，于第十四回秦可卿的丧礼过程中，位列于前来送殡的"神武将军公子冯紫英、陈也俊、卫若兰等诸王孙公子"之中，与湘云算是门当户对。

　　可惜美中不足的是，这段佳姻良缘也为期不长，因为"尘寰中消长数应当"的宿命而终结，所谓"湘江水逝楚云飞""云散高唐，水涸湘江"，都是指夫妻离散的悲剧。脂批中对此并未再留下其他线索，倒是其他的一些传闻提供了很特别的具体情节，如王伯沆《红楼梦批语》就第六十二回"探春忙命将醒酒石拿来"一语批曰：

> 此石在全书中仅见，乃亦衔在口内，与宝公生时之玉相似，殊不可解。曾闻一老辈言，**宝公实娶湘云，晚年贫极，夫妇都中拾煤球为活**，云云。今三十一回目有"因麒麟伏白首双星"语，此说不为无因。再拈此义，似亦一证据也。

此外，赵之谦《章安杂说》还提到另一种本子：

> 余昔闻涤普师言：本尚有四十回，**至贾宝玉作看街兵、史湘云再醮与宝玉，方完卷**，想为人删去。①

又有甫塘逸士《续阅微草堂笔记》载：

> 戴君诚甫曾见一旧时真本，八十回之后均不与今同。荣宁籍没后，均极萧条，宝钗亦早卒，**宝玉无以作家，至沦于击柝之流。史湘云则为乞丐，后乃与宝玉仍成夫妇**，故书中回目有"因麒麟伏白首双星"之言也。闻吴润生中丞家尚藏有其本，惜在京邸时未曾谈及。②

---

① （清）赵之谦：《章安杂说》，一粟编：《红楼梦资料汇编》，卷4，页375—376。

② （清）甫塘逸士：《续阅微草堂笔记》，一粟编：《红楼梦资料汇编》，卷4，页395—396。

这些记载说的都是湘云最后嫁给宝玉,以此解释第三十一回"因麒麟伏白首双星"的回目意义。不知诸家所见"旧时真本"的版本来源,姑且附志于此以聊备一说。

8. 妙玉

后面又画着一块美玉,落在泥垢之中。其断语云:

欲洁何曾洁,云空未必空。可怜金玉质,终陷淖泥中。

"欲洁何曾洁,云空未必空"指的是妙玉虽为出家人,但其实尘心未断、六根不净,不但贡高我慢、睥睨众生,对用品器物之讲究更是超乎寻常,因此被邢岫烟形容为"'僧不僧,俗不俗,女不女,男不男',成个什么道理"(第六十三回);尤其是对宝玉产生儿女之心,一再地以己杯斟茶借饮(第四十一回),以粉笺庆生贺寿(第六十三回),独向宝玉微妙传情,因此确实是"何曾洁""未必空"。结果就有如"带发修行"这样的形象一般,在性别上一身双绾男性与女性之异质组合,在宗教上同时横跨出世与入世之悖反统一,以致造成道姑/名流这样矛盾综合的独特处境,而彻底模糊了"槛外"与"槛内"的分际,并造成"太高人愈妒,过洁世同嫌"的处境。犹如《红楼梦曲》所说:

〔世难容〕气质美如兰,才华阜比仙。天生成孤癖人皆罕。你道是啖肉食腥膻,视绮罗俗厌;却不知太高人愈妒,过洁世同嫌。可叹这,青灯古殿人将老;辜负了,红粉朱楼春色阑。到头来,依旧是风尘肮脏违心愿。好一似,无瑕白玉遭泥陷;又何须,王孙公子叹无缘!

可怜的是,这样一位"天生成孤癖人皆罕"的极端洁癖的年轻女子,最后的下场竟是"终陷淖泥中""到头来,依旧是风尘肮脏违心愿",遭到她最厌恶卑视的肮脏泥垢所污染,实在是令人怵目惊心。不同于续书所写的遭盗匪挟持,妙玉在贾府败灭后的下落,应是第四十一回的脂批所言:"他日瓜州渡口劝惩不哀哉屈从红颜固能不枯骨□□□。"对这一段阙漏错乱的批语,周汝昌《红楼梦新证》校读暂拟如下:

> 他日瓜州渡口,各示劝惩,红颜固不能不屈从枯骨,岂不哀哉!①

其意可采。"枯骨"者,意谓老人。整段批语的意思是说,在贾府抄没后失去庇荫的妙玉也流落到了瓜州渡口,因生活已到无以为继的地步,只好"屈从枯骨",也就是委身于年老官宦为妾,以求生存。就先前对乡野老妪刘姥姥饮过的茶杯犹且嫌脏,忙命"将那成窑的茶杯别收了,搁在外头去罢"(第四十一回)的妙玉来说,其

---

① 参周汝昌:《红楼梦新证》(北京:人民文学出版社,1976),页1052—1053。引自陈庆浩:《新编石头记脂砚斋评语辑校(增订本)》,页603。

脏实在远远有过之而无不及，但为了活下去却必须吞忍，内心之苦楚亦不言可喻。

应该说，作者对此一下场虽是同情万分，但从另一个角度而言，却也未尝没有感叹：当她幸运地在贾府受到礼遇时，就放任个性以致"他这脾气竟不能改，竟是生成这等放诞诡僻"（第六十三回）；一旦失去庇荫必须独自面对现实的严酷考验时，就放弃坚持而学会忍辱偷生，岂非表示了其高傲洁癖的性格其实是因为命太好，得到别人的支持与环境的包容乃至纵容所养成？而所谓的"个人主义"之缺乏自足性的单薄脆弱，也由此可见。世事多艰，人生难料，一个人能够任性通常只是因为幸运，并不是自己真的超越其他人，真的天生就该拥有特权和优越感。因此对自己多一点自我控制的要求，对世人多抱持一些的慈悲宽容，岂不是理所应当？

9. 贾迎春

后面忽见画着个恶狼，追扑一美女，欲啖之意。其书云：

> 子系中山狼，得志便猖狂。金闺花柳质，一载赴黄粱。

配合《红楼梦曲》所说的：

> 〔喜冤家〕中山狼，无情兽，全不念当日根由。一味的骄奢淫荡贪欢媾。觑着那，侯门艳质同蒲柳；作践的，公府千金

似下流。叹芳魂艳魄,一载荡悠悠。

说的都是迎春被嫁予"中山狼"孙绍祖,其"得志便猖狂""一味的骄奢淫荡贪欢媾"在第七十九回有详细的描述:"原来贾赦已将迎春许与孙家了。……贾母心中却不十分称意,……贾政又深恶孙家,虽是世交,当年不过是彼祖希慕荣宁之势,有不能了结之事才拜在门下的,并非诗礼名族之裔,因此倒劝谏过两次,无奈贾赦不听,也只得罢了",果然这类势利的暴发户不念旧恩、品德败坏,迎春嫁后饱受欺凌,惟有背地里淌眼抹泪的,第八十回迎春回府说起孙绍祖甚属不端,哭诉道:孙绍祖"一味好色,好赌酗酒,家中所有的媳妇丫头将及淫遍。略劝过两三次,便骂我是'醋汁子老婆拧出来的'。又说老爷曾收着他五千银子,不该使了他的。如今他来要了两三次不得,他便指着我的脸说道:'你别和我充夫人娘子!你老子使了我五千银子,把你准折卖给我的。好不好,打一顿撵在下房里睡去。当日有你爷爷在时,希图上我们的富贵,赶着相与的。论理我和你父亲是一辈,如今强压我的头,卖了一辈,又不该作了这门亲,倒没的叫人看着赶势利似的。'"一行说,一行哭的呜呜咽咽,连王夫人并众姊妹无不落泪。

其中,"好不好,打一顿撵在下房里睡去"应该不只是孙绍祖的口头威吓而已,从"一载赴黄粱""一载荡悠悠"可知迎春这位柔弱的千金小姐必然不堪身心的双重折磨,短短一年即香消玉殒。而显贵如贾府竟也只能坐视而无能为力,可见传统女性的命运是完全由婚姻决定的,出嫁的女儿就是断线的风筝、泼出去的水,都只能在夫家自生自灭，幸与不幸操诸他人之手，其孤独辛酸实在不言可喻。而像迎春般付出生命，更是惨烈之尤，不只令人悲痛，甚至还足以引发惊恐不安之感了。

10. 贾惜春

后面便是一所古庙，里面有一美人在内看经独坐。其判云：

> 勘破三春景不长，缁衣顿改昔年妆。可怜绣户侯门女，独卧青灯古佛旁。

与后面的《红楼梦曲》配合，一并来看：

> 〔虚花悟〕将那三春看破，桃红柳绿待如何？把这韶华打灭，觅那清淡天和。说什么，天上天桃盛，云中杏蕊多。到头来，谁把秋捱过？则看那，白杨村里人呜咽，青枫林下鬼吟哦。更兼着，连天衰草遮坟墓。这的是，昨贫今富人劳碌，春荣秋谢花折磨。似这般，生关死劫谁能躲？闻说道，西方宝树唤婆娑，上结着长生果。

可见惜春终将出家为尼。但必须仔细分辨的是，惜春之所以出家的原因，并不是人世后受到现实挫败或情感打击而灰心遁世，如柳湘莲、贾宝玉等一般常见的模式，而是年纪轻轻就"勘破三春景不长""将那三春看破"，因此从小就刻意"把这韶华打灭，觅那清淡天和",采取与俗世隔离甚至决裂的态度。早在第七回"送宫花"一段,惜春在小说中的第一次开口说话,便明确表露出这个独特的心愿,书中叙写道:

> 惜春正同水月庵的小姑子智能儿一处顽耍呢,……周瑞家的便把花匣打开,说明原故。惜春笑道:"我这里正和智能儿说,我明儿也剃了头同他做姑子去呢,可巧又送了花儿来;若剃了头,可把这花儿戴在那里呢?"说着,大家取笑一回。

当时惜春仅仅是一个大约六岁的孩子,而此一出家意愿就已经根植于这个幼小儿童尚未成熟的心灵中,成为她首要的人生选择,并且一以贯之,到了第二十二回的灯谜诗中依然说:

> 前身色相总无成,不听菱歌听佛经。莫道此生沉黑海,性中自有大光明。

可见惜春所看到的并不是一般人眼中"天上夭桃盛,云中杏蕊多"的繁华,而是"春荣秋谢花折磨,生关死劫谁能躲"的苍凉,以致早早出离红尘,对身边的世界沉默以对。第七十四回说她是"天生成一种百折不回的廉介孤独僻性",部分地解释了这种独特的世界观,而这种天生的极端洁癖再受到后天的刺激强化,让整个世界更被视为"黑海沉沦",只有在佛门净土才能有所解脱,因此也就注定了"独卧青灯古佛旁"的人生选择。

就此应该说,"惜春"的"惜"字并不是一般所以为的正面的"珍惜"之意,而是负面的"吝惜"之意,也就是惜春自幼就不要春天,对"桃红柳绿"不屑一顾甚至避之唯恐不及,以至于要"把这韶华打灭""不听菱歌听佛经",情愿到佛门的清净孤独中安顿此身。这又是一个与众不同的独特女性悲剧形态。

11. 王熙凤

后面便是一片冰山,上面有一只雌凤。其判曰:

凡鸟偏从末世来,都知爱慕此生才。一从二令三人木,哭向金陵事更哀。

"凡鸟"合成"凤"(鳳)字,与图画上的"雌凤"相对应。而图画上的"冰山"则是象喻这只雌凤所栖息的是冰冷险恶之地,也就是对"末世"的呼应。"凡鸟偏从末世来,都知爱慕此生才"则是指在贾府衰败危殆的局面中,王熙凤以其非凡的才干撑持家务并延续太平时日,令人赞叹;配合《红楼梦曲》所说的:

〔聪明累〕机关算尽太聪明,反算了卿卿性命。生前心已碎,死后性空灵。家富人宁,终有个家亡人散各奔腾。枉费了,意悬悬半世心;好一似,荡悠悠三更梦。忽喇喇似大厦倾,昏惨惨似灯将尽。呀!一场欢喜忽悲辛。叹人世,终难定!

应该公平地说，凤姐"机关算尽太聪明"的施展才干固然也是同时享受着权力快感，满足了功成名就的虚荣心，但客观来看，她的"才"对于贾府的末世局面还是达到"家富人宁"的支撑延续，推迟了败落的时程，让全家人多过几年的太平日子，因此，第十三回就以回末诗"金紫万千谁治国，裙钗一二可齐家"来赞美她。因而"机关算尽太聪明"就如同"意悬悬半世心"一样，主要还是指面对家族末世的苦心费神，"反算了卿卿性命""生前心已碎"都是指她个人为此所付出的重大牺牲，却终究无法扭转家族的败落之势，因此才会说"枉费了，意悬悬半世心"，判词与曲文都绝无嘲笑讽刺之意。

至于"一从二令三人木"虽然有不同的解释，但应该还是以下面的这个说法最合理，也就是把"一、二、三"作顺序来看，意指：首先是听从贾母一人，获得最高权力者的信任而得到授权，接着便可以号令贾府上下，最后则是被贾琏休妻，契合凤姐一生起伏盛衰的梗概。"哭向金陵事更哀"应该是指被休后悲伤回到金陵娘家，却又遇到王家发生不测，以致发生比被休弃还更惨烈的悲剧，而其具体情节已无从确知。

可叹这位"脂粉队里的英雄"因为理家之所需而不得不违反妇德闺训，给予最后被休的充足理由，最是令人感慨。试就"七出之条"一一查对：

无子：只有巧姐一女，在第五十五回的小月时流失了唯一男胎，这一点于第六十一回有平儿的清楚补述："自己又三灾八难的，好容易怀了一个哥儿，到了六七个月还掉了，焉知不是素日操劳太过，气恼伤着的。"

淫佚：对讲究礼法之家而言，女性抛头露面与男性有所接触，已属于违反礼教的男女之防，如第二十一回贾琏所抱怨："等我性子上来，把这醋罐打个稀烂，他才认得我呢！他防我像防贼的，只许他同男人说话，不许我和女人说话；我和女人略近些，他就疑惑，他不论小叔子侄儿，大的小的，说说笑笑，就不怕我吃醋了。以后我也不许他见人。"

妒忌：就此最具代表性的，是第六十五回兴儿说："人家是醋罐子，他是醋缸醋瓮。凡丫头们二爷多看一眼，他有本事当着爷打个烂羊头。"

窃盗：这指的是存私房钱。凤姐果然也藉由包揽官司收受贿赂、放银子收利钱而增加个人财富，第三十九回平儿对袭人透露说："只他这梯己利钱，一年不到，上千的银子呢。"

口舌：这不仅是指说长道短，还包含能言善道，吕坤《闺范》就说明其理，道："盖妇人以多言为凶，以谨口为德，世俗妇人对丈夫，则道兄弟姒娣短长；见父母，则言舅姑姊妹是非。蹑足附耳，诡态佯声，言则戒人慎密，听者深为掩覆。嫌成怨结，家破人亡，而彼立身为不败之地，故先王七出，多言居其一焉，为鉴深矣！"而凤姐在这一方面也是可以被人藉题发挥的，第六回周瑞家的道："这位凤姑娘年纪虽小，行事却比世人都大呢。如今出挑的美人一样的模样儿，少说些有一万个心眼子。再要赌口齿，十个会说话的男人也说他不过。"其口齿之伶俐甚至可以杀人于无形，对付尤二姐就是一例。

不事舅姑：因受王夫人的器重与委托，所以住在二房贾政这边方便处理家务，从而疏于侍候本房的婆婆邢夫人，导致婆媳之心结。第六十五回藉兴儿之口指出："如今连他正经婆婆大太太都嫌了他，说他'雀儿拣着旺处飞，黑母鸡一窝儿，自家的事不管，倒替人家去瞎张罗'。若不是老太太在头里，早叫过他去了。"

恶疾：五十五回说："刚将年事忙过，凤姐儿便小月了，在家一月，不能理事，天天两三个太医用药。……凤姐禀赋气血不足，兼年幼不知保养，平生争强斗智，心力更亏，故虽系小月，竟着实亏虚下来，一月之后，复添了下红之症。他虽不肯说出来，众人看他面目黄瘦，便知失于调养。"而此症一直断断续续纠缠直到最后，并未真正痊愈。

所以说，凤姐的才干固然是理家事业之不可或缺，但得之东隅也同时失之桑榆，将来归建本房时反倒为她招来祸患，一旦失去贾母庇护而夫权得以伸张，等于七出全犯的王熙凤便毫无立足之地。这正是对所谓的女强人的最大痛惜，也是传统对女性不公的一种反映。

12. 巧姐

后面又是一座荒村野店，有一美人在那里纺绩。其判云：

势败休云贵，家亡莫论亲。偶因济刘氏，巧得遇恩人。

"势败""家亡"指的都是贾府的抄没败亡，"休云贵""莫论亲"

则是指过去的尊崇地位荡然无存,连亲人也丧失情分而落井下石。配合《红楼梦曲》的相关歌词来看,所谓:

〔留余庆〕留余庆,留余庆,忽遇恩人;幸娘亲,幸娘亲,积得阴功。劝人生,济困扶穷,休似俺那爱银钱忘骨肉的狠舅奸兄!正是乘除加减,上有苍穹。

可见"莫论亲"的"亲"指的是"爱银钱忘骨肉的狠舅奸兄",也许是续书所说的王仁与贾环。"偶因济刘氏,巧得遇恩人"与"幸娘亲,积得阴功"都是指王熙凤对刘姥姥的济助所积留的余庆阴功,最后反馈到不幸的女儿身上。"巧得遇恩人"的"巧"字既是点出巧姐之名,也双关她落难时在机缘巧合的情况下遇到刘姥姥的救援,如第四十二回有关刘姥姥为巧姐命名,取其"或有一时不遂心的事,必然是遇难成祥、逢凶化吉,却从这'巧'字上来"之用意一段,脂批云:"应了这话固好,批书人焉能不心伤。狱庙相逢之日,始知'遇难成祥''逢凶化吉'实伏线于千里。哀哉伤哉。此后文字,不忍卒读。"这也与〔留余庆〕中"忽遇恩人"的"忽"字相一致,但其具体情况已不得而知。

再从第四十一回脂砚斋于"忽见板儿抱着一个佛手,便也要佛手"两句批云:"小儿常情,遂成千里伏线。"于"又忽见这柚子又香又圆,更觉好顽,且当球踢着顽去,也就不要佛手了"一段,又批曰:"抽(柚)子即今香团之属也,应与缘通。佛手者,正指迷津者也。以小儿之戏,暗透前后通部脉络,隐隐约约,毫无一丝漏泄，岂独为刘姥姥之俚言博笑而有此一大回文字哉？"可见巧姐最后是嫁给板儿。又第六回写刘姥姥初入荣国府时，对王熙凤"忍耻"开口求助一段，脂批云："老妪有忍耻之心，故后有招大姐之事，作者并非泛写。"可见贾家败落后，巧姐儿应是身陷风尘，如第一回《好了歌注》中所谓的"择膏粱，谁承望流落在烟花巷"，"忍耻"之说正合乎巧姐儿沦落风尘之身份。则巧姐儿最终虽为刘姥姥所搭救，毕竟已非良家女子的清白之身，兼且家势沦丧失去依靠，更是谋婚不易，与板儿成亲实为刘姥姥对贾府数次济助之恩情的回报。根据第四十至四十一回所安排的互换佛手的婚谶，最后蒙刘姥姥作主嫁予幼时曾有一面之缘的板儿，过着在荒郊乡野中亲自纺绩的贫苦生活。然而能够拥有正常而安定的归宿，不致飘零一生，已算是不幸中的大幸，仿佛"佛手"牵引所给予的慈悲，因此曲文一再强调人们应该要有济困扶穷的仁心善举，天道好还，终究是恩恩相报。

　　由此推测，作者之所以安排佛手此一装饰性果品以为媒介，盖欲就字面取其象征涵义：所谓"佛"者，慈悲也；"手"者，牵引也，"佛手"即为拯救于苦海劫难中的慈悲引渡者。一如约瑟夫·坎贝尔所说："菩萨代表慈悲，有了它的帮助，生命才有可能。生命是痛苦的，但是慈悲是生命可能继续的原因。"依此义进一步推测，佛手之所以出现于探春房中而发生此一情节，将来巧姐之命运或也与探春有关，只是全书之后四十回已失落难考，只得存而不论矣。

13. 李纨

后面又画着一盆茂兰，旁有一位凤冠霞帔的美人。也有判云：

桃李春风结子完，到头谁似一盆兰。如冰水好空相妒，枉与他人作笑谈。

图上画的"一盆茂兰"与判词中的"一盆兰"，指的是李纨之独子贾兰。"桃李春风结子完"一句意谓李纨结婚生子后不久就丧夫寡居的遭遇，如第四回所描述道："这李氏即贾珠之妻，珠虽夭亡，幸存一子，取名贾兰，今方五岁，已入学攻书。……这李纨虽青春丧偶，居家处膏粱锦绣之中，竟如槁木死灰一般，一概无见无闻，惟知侍亲养子，外则陪侍小姑等针黹诵读而已。"配合《红楼梦曲》所说的：

〔晚韶华〕镜里恩情，更那堪梦里功名！那美韶华去之何迅！再休提绣帐鸳衾。只这带珠冠，披凤袄，也抵不了无常性命。虽说是，人生莫受老来贫，也须要阴骘积儿孙。气昂昂头戴簪缨，气昂昂头戴簪缨；光灿灿胸悬金印；威赫赫爵禄高登，威赫赫爵禄高登；昏惨惨黄泉路近。问古来将相可还存？也只是虚名儿与后人钦敬。

再加上第一回甄士隐《好了歌注》中"昨怜破袄寒，今嫌紫蟒长"

之句，脂批云："贾兰、贾菌一干人。"可知贾兰长大后十分争气，头戴簪缨、胸悬金印、爵禄高登，李纨也母以子贵扬眉吐气而"凤冠霞帔"，所谓"晚韶华"是也；但迟到的光耀荣华也为时甚短，随即"昏惨惨黄泉路近"，整个人生其实是空虚寂寞又短暂的。因此最后即使教子有成荣显于世，也"只是虚名儿与后人钦敬"甚至"枉与他人作笑谈"，令人叹惋。

14. 秦可卿

后面又画着高楼大厦（天香楼），有一美人悬梁自缢。其判云：

情天情海幻情身，情既相逢必主淫。漫言不肖皆荣出，造衅开端实在宁。

由第十三回回前总批所云："'秦可卿淫丧天香楼'，作者用史笔也。老朽因有魂托凤姐贾家后事二件，岂是安富尊荣坐享人能想得到者，其言其意，令人悲切感服，姑赦之，因命芹溪删去'遗簪''更衣'诸文。是以此回只十页，删去天香楼一节，少去四五页也。"可知曹雪芹原本的安排，是让秦可卿与贾珍发生乱伦关系，并于事迹败露后于天香楼上悬梁自缢，其中本有涉及淫秽的"遗簪""更衣"等情节。配合《红楼梦曲》所说的一并来看：

〔好事终〕画梁春尽落香尘。擅风情，秉月貌，便是败家的根本。箕裘颓堕皆从敬，家事消亡首罪宁。宿孽总因情。

从判词的"情天情海幻情身，情既相逢必主淫"以及《红楼梦曲》的"宿孽总因情"，可见曹雪芹虽然肯定秦可卿与贾珍之间的乱伦是有真情为基础，在"两情相悦"之下进入淫欲关系，才形成了不为道德法律所容的"宿孽"，并不全然是一般的皮肤滥淫；但放任这种不正当的情感以致陷入败德至极的乱伦，则是必须给予严厉谴责的，因为这个现象意谓着精神力量的薄弱与堕落，完全丧失了自我控制的意识与努力，连带便危及家族生命，故以死给予惩罚，绝不宽贷。就这一点来说，秦可卿与贾珍之间的乱伦既显示了这个家族的精神腐烂，因此说她与他们是导致"家事消亡"的"败家的根本"，至于"擅风情，秉月貌"更被视为女性败德的罪魁祸首。当然必须在此特别提醒，相对于男方贾珍的始终夷然无事，也证明了男女在性待遇上的严重不平等，而反映了现实社会在性别意识上的双重标准，曹雪芹实际上并没有反对这一点，并客观地加以呈现。

尤其最值得注意的是，由"箕裘颓堕皆从敬"这一句，也清楚地表明曹雪芹对贾家子孙之所以精神薄弱与心灵堕落的解释，认定是源于贾敬一味妄想求仙而弃家教于不顾，以致贾珍在没有父亲管辖的情况下恣意妄为，这才是"家事消亡"的更根本原因。换句话说，"子孙不肖"和家庭教育不彰是分不开的，良好的父教是维系子孙精神品质的关键，因此在秦可卿的判词与曲文中，非但不断地强调宁国府实在是贾家败亡的始源，所谓"造衅开端实在宁""家事消亡首罪宁"，还更进一步探本溯源地指出造成此一现象的原因，就是"箕裘颓堕皆从敬"，显示小说家对"克绍箕裘"的无比重视，而对贾敬的谴责就聚焦在"箕裘颓堕"上。换句话说，贾敬的佞道迷信根本就不是重点，重点是在由此所导致的"箕裘颓堕"，没有尽到培养佳子弟的家族责任，这才是宁国府堕落的真正根源。

最后，应该特别提醒的是，这些女性分册的依据是警幻所定义的："即贵省中十二冠首女子之册，故为'正册'。……贵省女子固多，不过择其紧要者录之。下边二橱则又次之。余者庸常之辈，则无册可录矣。"宝玉听说，再看下首二橱上，果然写着"金陵十二钗副册"，又一个写着"金陵十二钗又副册"。这便是后面警幻所说的"彼家上中下三等女子之终身册籍"。从这些女性分册的现象，可以看到晴雯、袭人都被归入"又副册"，而两人恰好都是"身为下贱"的女婢，此所谓"下等"；香菱属于"副册"，是出身良好却沦落为妾的特殊例子，因此不属于"又副册"的女婢，却也无法上升到"正册"，只好放在介乎其间的"副册"，此所谓"中等"。从其余在"正册"的十二个人都是贵族女性来看，连很少出现的巧姐都在其中，此所谓"上等"，这就很明显是以阶级身份、而不是以对宝玉的重要性为划分原则。如此便显示出《红楼梦》对于礼法制度中的身份是信守不渝的，因此并没有依贾宝玉的观点进行等级的安排，正合乎脂批所说的"礼法井井"。

当然，因贵族末世所导致的"树倒猢狲散"，覆巢之下无完卵的道理也使得这些载入册簿的紧要女性都列名于薄命司，而《红楼梦曲》的最后终曲则是简要地总结所有的命运类型，道是：

〔收尾·飞鸟各投林〕为官的，家业凋零；富贵的，金银散尽；有恩的，死里逃生；无情的，分明报应。欠命的，命已还；欠泪的，泪已尽。冤冤相报实非轻，分离聚合皆前定。欲知命短问前生，老来富贵也真侥幸。看破的，遁入空门；痴迷的，枉送了性命。好一似食尽鸟投林，落了片白茫茫大地真干净！

这些金钗或死去或离散，各奔前途也各有缘法，只留下"落了片白茫茫大地真干净"，正是贾府的终末写真。

（二）灯谜

由于《红楼梦》对元宵节的重视，数度写到过节的情节，趁便可以善用灯谜来暗示人物命运。第一次是第二十二回的《灯谜诗》七首，其中除贾政所作外，其余六首各是对制谜者的命运暗示，而其寓意则透过贾政的心内沉思所明白表述，与第五回太虚幻境的人物判词完全一致。依序可以表格图示如下：

人物	灯谜	谜底	寓意	命运
贾母	猴子身轻站树梢（暗示"立枝"）	荔枝	树倒猢狲散	薨逝
贾政	身自端方，体自坚硬。虽不能言，有言必应。	砚台	脂批：包藏贾府祖宗自身	
元春	能使妖魔胆尽摧，身如束帛气如雷。一声震得人方恐，回首相看已化灰。	爆竹	一响而散	薨逝

人物	灯谜	谜底	寓意	命运
迎春	天运人功理不穷, 有功无运也难逢。 因何镇日纷纷乱? 只为阴阳数不同。	算盘	打动乱如麻	惨嫁
探春	阶下儿童仰面时, 清明妆点最堪宜。 游丝一断浑无力, 莫向东风怨别离。	风筝	飘飘浮荡	远嫁
惜春	前身色相总无成, 不听菱歌听佛经。 莫道此生沉黑海, 性中自有大光明。	海灯	清净孤独	出家
宝钗	朝罢谁携两袖烟? 琴边衾里总无缘。 晓筹不用鸡人报, 五夜无烦侍女添。 焦首朝朝还暮暮, 煎心日日复年年。 光阴荏苒须当惜, 风雨阴晴任变迁。	更香	聚散无常	守寡

其中除了贾政所作合乎佳节吉言,并切合其端正性格之外,其余皆如"贾政心内沉思道:'娘娘所作爆竹,此乃一响而散之物。迎春所作算盘,是打动乱如麻。探春所作风筝,乃飘飘浮荡之物。惜春所作海灯,一发清净孤独。今乃上元佳节,如何皆作此不祥之物为戏耶?'心内愈思愈闷,因在贾母之前,不敢形于色,只得仍勉强往下看去。只见后面写着七言律诗一首,却是宝钗所作,……贾政看完,心内自忖道:'此物还倒有限。只是小小之人作此词句,

更觉不祥，皆非永远福寿之辈。'想到此处，愈觉烦闷，大有悲戚之状，因而将适才的精神减去十分之八九，只是垂头沉思。"

灯谜第二次出现在第五十回，因为"昨儿老太太只叫作灯谜"的吩咐，于是众人各有发挥，宝钗道："这些虽好，不合老太太的意思，不如作些浅近的物儿，大家雅俗共赏才好。"众人都道："也要作些浅近的俗物才是。"最后依贾母品味所作的《灯谜诗》三首，却因为小说中并未提出谜底，于是留下悬缺，引起后人的猜拟试答，诸如周春解云：

灯谜儿，宝钗"镂檀镌梓一层层"，余拟猜纸鸢，第三句"虽是半天风雨过"暗藏高字。宝玉"天上人间两渺茫"，拟猜纸鸢之带风筝者。黛玉"骏骓何劳缚紫绳"，拟猜走马灯。①

王希廉解云：

宝钗灯谜似是树上松球，宝玉灯谜似是风筝琴，俗名鹞鞭，黛玉灯谜似是走马灯。②

张新之《妙复轩评石头记》认为宝钗的灯谜是松塔，宝玉的灯谜是

---

① （清）周春：《阅红楼梦随笔》，一粟编：《红楼梦资料汇编》，卷3，页74。
② 冯其庸纂校订定，陈其欣助纂：《八家评批红楼梦》，中册，页1222。

吹火筒,"状其通灵",黛玉的灯谜是走马灯。① 这三家的谜底可以配合诗谜,整理如下表:

人物	灯谜	谜底
宝钗	镂檀锲梓一层层,岂系良工堆砌成? 虽是半天风雨过,何曾闻得梵铃声!	纸鸢 松球 松塔
宝玉	天上人间两渺茫,琅玕节过谨堤防。 鸾音鹤信须凝睇,好把唏嘘答上苍。	纸鸢 鹞鞭 吹火筒
黛玉	騄駬何劳缚紫绳?驰城逐堑势狰狞。 主人指示风雷动,鳌背三山独立名。	走马灯

其中,灯谜诗的内容与制谜人物的命运如何关涉,显得颇为艰涩难解,此处只好存而不论,以免穿凿附会。

在这三首灯谜诗之后,紧接着是宝琴走过来笑道:"我从小儿所走的地方的古迹不少。我今拣了十个地方的古迹,作了十首怀古的诗。诗虽粗鄙,却怀往事,又暗隐俗物十件,姐姐们请猜一猜。"其诗见诸第五十一回,显然也是为了猜谜而制作的灯谜诗,只是隐藏在"怀古"的名义下,因此其内涵更为复杂。值得注意的是,与前面的三首灯谜诗一样,小说中对这组《怀古十绝句》也一直没有揭晓谜底,连书中饱读诗书的传统文士,在切近其身的历史脉络与

---

① 冯其庸纂校订定,陈其欣助纂:《八家评批红楼梦》,中册,页1220。

情境脉络之下，仍然是现场"大家猜了一回，皆不是"，则缺乏传统文化学养与当下之情境讯息的现代读者，更容易陷入缺乏校正系统的多方揣测而难以取得定解；再加上这组诗歌的寓意十分复杂，此处只能就"暗隐俗物十件"的部分加以整理说明。

经由清末以来许多研究者的努力，包括：周春《阅红楼梦随笔》、妙复轩《评石头记》、徐凤仪《红楼梦偶得》、赵曾望《窃言·下》，以及近人陈毓羆《红楼梦怀古诗试释》、毕可生《红楼诗谜如何猜》、洪玉宋《怀古诗谜答案综介》、孙念祖《薛宝琴"怀古"诗谜试解》、杜海《〈薛小妹新编怀古诗〉谜底浅探》、李友昌《〈红楼梦·怀古绝句十首〉探谜》等等，其所猜拟的谜底虽无确证，然亦多有合理可参之处，可以依序大略整理图示如下：

篇名	诗歌（灯谜）内容	谜底	小说人物
赤壁怀古	赤壁沉埋水不流， 徒留名姓载空舟。 喧阗一炬悲风冷， 无限英魂在内游。	走马灯、法船蚊子灯	集体总述
交趾怀古	铜铸金镛振纪纲， 声传海外播戎羌。 马援自是功劳大， 铁笛无烦说子房。	喇叭、洋琴	元春
钟山怀古	名利何曾伴汝身， 无端被诏出凡尘。 牵连大抵难休绝， 莫怨他人嘲笑频。	耍猴、傀儡	李纨

篇名	诗歌（灯谜）内容	谜底	小说人物
淮阴怀古	壮士须防恶犬欺， 三齐位定盖棺时。 寄言世俗休轻鄙， 一饭之恩死也知。	打狗棒 纳宝瓶 马桶、钵盂	王熙凤
广陵怀古	蝉噪鸦栖转眼过， 隋堤风景近如何。 只缘占得风流号， 惹得纷纷口舌多。	雪柳 柳木牙签 剔牙棒、笛子	晴雯
桃叶渡怀古	衰草闲花映浅池， 桃枝桃叶总分离。 六朝梁栋多如许， 小照空悬壁上题。	团扇、拨打 棍门神纸 纱灯、佛龛	
青冢怀古	黑水茫茫咽不流， 冰弦拨尽曲中愁。 汉家制度诚堪叹， 樗栎应惭万古羞。	琵琶 墨斗	
马嵬怀古	寂寞脂痕渍汗光， 温柔一旦付东洋。 只因遗得风流迹， 此日衣衾尚有香。	白芍药冠子 肥皂、香露	
蒲东寺怀古	小红骨践最身轻， 私掖偷携强撮成。 虽被夫人时吊起， 已经勾引彼同行。	骰子、鞋拔 竹帘、毛笔	
梅花观怀古	不在梅边在柳边， 个中谁拾画婵娟。 团圆莫忆春香到， 一别西风又一年。	秋牡丹 月光马 纨扇、迎春 花	

三、诗谶：个别人物悲剧的预言

《红楼梦》中的"诗谶"运用，包含了两种类型，一是传统抒情言志范畴所产生的"以诗观运"，另一则是曹雪芹独创的"引诗法"。

（一）传统"诗谶"及其看待方式

首先必须指出，犹如前文所言，以主观抒情言志为本质的诗歌创作，其谶的谕示乃是性格特质的表征，在"性格导致命运"的逻辑下才与命运相关涉；也就是透过诗人的人格特质，依照其性格偏向、情感态度、处世模式、人生理念、价值判断和出处取舍等攸关生命趋向的内涵，来进行"以诗观运"的推测，因而是以笼统的不祥为说，其本身并不采"谶谣"之字句关合命运的方式进行预言，也不坐实于现实事件的附会。

最具代表性的是第七十六回黛玉与湘云的中秋夜联句，先是湘云对黛玉所作的"冷月葬花魂"表示忧虑，认为"诗固新奇，只是太颓丧了些。你现病着，不该作此过于清奇诡谲之语"，后来旁听的妙玉更现身打断，理由是"有几句虽好，只是过于颓败凄楚。此亦关人之气数而有，所以我出来止住"，所谓的"颓丧""颓败凄楚"都是一般性的形容词，与"人之气数"有关，却不指涉具体事件。因此，一般常见的将《葬花吟》中的"一年三百六十日，风刀霜剑严相逼"认实为黛玉在贾府中的处境写照，而断定黛玉在贾府受到欺压迫害；或者把《中秋联句》中的"冷月葬花魂"解释为黛玉将在大观园中投水自尽，都是混淆"抒情"与"实录""性情流露"与"客观写实"的差异所致，也完全与黛玉身为贾府中足可与宝玉相提并论的宠儿地位完全不合。其余常见的类似作法就不一一举例，其不合传统诗谶所产生的附会之处，概可以此原则衡量之。

因此，如果我们误以"诗谶"为"谶谣"，而将小说中的抒情诗词以文字拆解的方式来关合人物、隐射情节，则诗歌解读就不免脱离了真正的诗谶，流于"命理学"或"占星术"的卜算技术了。对于《红楼梦》中产生诗谶作用的抒情诗甚至应酬诗，如：《四时即事诗》四首、《葬花吟》、《咏白海棠诗》六首、《菊花诗》十二首、《螃蟹咏》三首、《秋窗风雨夕》、《咏红梅花诗》四首、《五美吟》五首、《桃花行》、《柳絮词》与《姽婳词》，乃至芦雪庵与凹晶馆的两次联句，等等，皆应作如是观。

（二）"诗谶"的创新：冰山一角式的引诗法

至于《红楼梦》中所创造的另一种前所未有的"诗谶"类型，则是所谓的"冰山一角式"的引诗法。

海明威于《午后之死》一文中说："冰山之所以雄伟壮阔，就是因为它只有 1/8 浮在水面，7/8 沉在水底。"以此作为小说创作追求简约却涵蕴深厚的原则。借之说明曹雪芹所创造的诗谶手法，不仅有着异曲同工之妙，在形式上其实更为切合，这就是出现在第六十三回"寿怡红群芳开夜宴"一段情节中，众人占花名签时所用的签诗，可谓"冰山一角式"的引诗法。

当时晴雯拿了一个竹雕的签筒来，里面装着象牙花名签子，摇了一摇，放在当中；又取过骰子来，盛在盒内摇了一摇后，依照出现的点数算至当家者掣签，每一支签上都画着一种花卉，并题着四字成语与一句旧诗，都是为签主所量身订制的。虽然只镌着一句签诗，但该句诗都是从一首完整的诗篇中节录出来的，那一首完整的诗篇才是隐喻了签主命运的真正线索所在，是为沉在水底的冰山底层。水面上的冰山一角阳光明媚，而水面下的冰山主体则是冰冷漆黑，这时，引文的艺术被发挥到最高的复杂度，表面上是就所引之文直接取义，然其真正的实质意涵却系于其他未引的部分；当唐宋诗被切割出一句，而框上引号被纳入小说情节中时，那引号就有如海平面一样，将整首诗拦颈划分为隐、显两个不同层次的美学存在：

　　脱颖而出被明白引录的诗句断片现身于显处，当场堂而皇之地与小说情节发生互动，透过彼此烘托而收取相得益彰之效；但就在同时，表面上被屏弃于引号之外的其他诗句断片，却幽居于深藏不露的隐处，由文字海面以下那潜在却更为广阔的层面来进行意义的激荡。一如蔡义江所言：《红楼梦》中所引用的诗句大部分都来自通俗而人人耳熟能详的《千家诗》，其用意即是"因为人们比较熟悉，所以只要提起一句，就容易联想到全诗，这就便于作者采用隐前歇后的手法，把对掣签人物的暗示，巧寓于明提的那一句诗的前后诗句之中，而达到雅俗共赏的目的。"① 其实不仅《千家诗》中的

---

① 蔡义江：《红楼梦诗词曲赋评注（修订本）》（北京：团结出版社，1995），页297—298。

诗歌如此，其余被以"冰山一角式"引用法所处理的诗歌，也都同样具有类似的功能。

这种"冰山一角"式的引用法，引号之外的诗歌内容之所以必须容易为读者所联想，最重要的考虑则是它们暗藏了探寻人物终极命运的线索。由此，我们可以看到曹雪芹在这种冰山一角式的引诗法中，每一被引述出来的孤立诗句都具有高度的暗示力，就像称职的领路人般，依循作者与读者所共有的知识网络以激发读者的联想，从内容到形式都是透过"省略"而指向更大的丰富与完整，可以说是"冰山原则"最完美的印证。①

而必须注意的是，这些诗谶有几个统一的制作原则，因为攸关理解的正确性，必须提醒如下：

一、该句被节引出来的签词，本身都是正面的、含蓄的，以符合节庆场合的吉祥需求。

二、签词以及签词所属的整首诗，只关涉"命运"而没有"性格褒贬"，且其所关涉的"命运"一如太虚幻境中所归入的"薄命司"，都是悲剧命运。

三、必须由全诗脉络来对应签主的命运变化，而不是由植物本身的生物特点来缉合发挥，因此所选的诗篇都是带有叙事性的作品，以宋诗为大宗。这是因为"宋诗是对于人之世界具有浓厚兴趣的诗"，结果就如小川环树（1910—1993）所指出的，常有把自然

---

① 各诗句之寓意的解说，参欧丽娟：《诗论红楼梦》，页385—392。

拟人化，或把自然风景引进人间世界的倾向。① 这种拟人化的描述方式，使得诗篇采取直线发展的叙事性结构，对诗中主角的植物并不重在意境的审美品味，而是透过时间的演绎强调其遭遇的变化，如此才能切合人物的命运脉络。

　　这就是曹雪芹在诗谶的选材上，一反他所偏好的唐诗，而宋诗竟占有压倒性比例的原因。② 所以必须从这个角度切入，从"命运"而不是"性格"、从"全诗的叙事发展"而不是"植物本身的生物特性"来掌握。

　　1. 宝钗的"任是无情也动人"一句出自晚唐罗隐《牡丹花》："似共东风别有因，绛罗高卷不胜春。若教解语应倾国，任是无情也动人。芍药与君为近侍，芙蓉何处避芳尘。可怜韩令功成后，辜负秾华过此身。"③

　　此处表面上是以"任是无情也动人"的牡丹花赞美薛宝钗那身为"群芳之冠"的美丽与地位，但同时却也透过节录以外的诗句，来暗示钗、黛之间的颉颃关系以及其人生的悲剧结局：所谓"芍药与君为近侍，芙蓉何处避芳尘"意指身为"芙蓉"的林黛玉无法与如同"近侍"般贴近传统价值观的薛宝钗相抗衡，衬显出薛宝钗在封建社会中的优势；而"可怜韩令功成后，辜负秾华过此身"则隐

------

　　① 见〔日〕吉川幸次郎著，郑清茂译：《宋诗概说》（台北：联经出版事业公司，1988），页58-59。
　　② 详参欧丽娟：《〈红楼梦〉中诗论与诗作的伪形结构——格调派与性灵说的表里纠合》，《清华学报》第41卷第3期（2011年9月），页477—521。
　　③ 见《全唐诗》，卷655，页7532。

喻宝钗入主贾家成为宝二奶奶之后,却因为贾宝玉作了"悬崖撒手"、出家为僧的选择,而终究落得独守空闺,"辜负秾华"地虚度青春岁月的不幸结局,成为李纨的第二个翻版。

必须提醒的是,由于现代读者脱离传统语境而望文生义,"任是无情也动人"一句往往被孤立看待,并就"无情"一词断章取义,就此应该略作补充解释。"任是无情也动人"与上句之"若教解语应倾国"乃是彼此对仗的完整一联,从语法学或修辞学的分类来看,这两句都不是一般的叙述句(narrative sentence)、描写句(descriptive sentence)或判断句(determinative sentence),也就是它们在构句形式上并不是叙述行为或事件,而其语意内涵并不是对某一现象、状况或事物属性的描写,更没有断定所指事物属于某种性质或种类,因为两句之结构都属于句中包含两个句子形式的"复合句"(composite sentence),各以"若教"和"任是"等语词形成前分句,然后再以"应"、"也"等联词所领起的后分句共同构组而成。更精确地说,两句都属于"假设复句"中的"让步句",其中的前分句有退一步着想的意味,亦即先承认某种假设的情况,后分句却从不同或相反的方面作出结论;[1] 换句话说,前分句("任是无情")表示让步,即姑且承认某种既成事实或某种假设情况,后分句("也动人")表示转折或反问,指出后事并不因前事而不成立。[2] 由此

---

[1] 参刘兰英、孙全洲主编,张志公校定:《语法与修辞》(台北:新学识文教出版中心,1990),页225-226。

[2] 此一句型的解说,参董治国编著:《古代汉语句型大全》(天津:天津古籍出版社,1988),页509。

可见，这句诗的本意反而是牡丹并不"无情"。

甚且即使单就"无情"一词来看，在传统的文化思想中也早就有"圣人无情"之说，如宋代理学家程颢《答横渠张子厚先生书》指出："夫天地之常，以其心普万物而无心；圣人之常，以其情顺万物而无情。故君子之学，莫若廓然而大公，物来而顺应。"这和第二十一回脂批对宝钗的性格评论，所谓："待人接物，不疏不亲，不远不近，可厌之人亦未见冷淡之态，形诸声色；可喜之人，亦未见醴密之情，形诸声色。"正是一致的。

2. 探春的"日边红杏倚云栽"一句出自晚唐高蟾《下第后上永崇高侍郎》："天上碧桃和露种，日边红杏倚云栽。芙蓉生在秋江上，不向东风怨未开。"①

此诗句表面上是暗示贾探春将会嫁为王妃而得到荣华富贵之归宿，另一方面则透过节录之外的诗句微露其他天机："芙蓉生在秋江上，不向东风怨未开"恰恰可以与第五回"清明涕送江边望，千里东风一梦遥"的人物判词，以及第二十二回"游丝一断浑无力，莫向东风怨别离"的灯谜诗相对应，综合三处拼贴而成的全幅景观，便是江水浩淼、迢远无尽，在春天东风的吹送之下，一片孤帆无奈地飘然远引的图像，正曲折而巧妙地传达探春乃是循水路远嫁海疆，如断线风筝般一去难回的悲怨命运，仿佛秋天的荷花错时而生，因此无力绽放一般。正如脂砚斋所惋惜的："使此人不远去，将来事败，诸子孙不至流散也。悲哉伤哉！"（第二十二回眉批）

---

① 见《全唐诗》，卷655，页7649。

3. 李纨的"竹篱茅舍自甘心"一句出自宋代王淇《梅》："不受尘埃半点侵，竹篱茅舍自甘心。只因误识林和靖，惹得诗人说到今。"

此句为"青春丧偶"之李纨所抽得的花签诗，除了"竹篱茅舍自甘心"一句传达其对封建礼教的衷心臣服之外，必须配合"不受尘埃半点侵"才更能表现出她那心如止水、波澜不兴的彻底沉寂，所谓："居家处膏粱锦绣之中，竟如槁木死灰一般，一概无见无闻，惟知侍亲养子，外则陪侍小姑等针黹诵读而已"（第四回）、"不管事，只宜清净守节。……只把姑娘们交给他，看书写字，学针线，学道理，这是他的责任。除此问事不知，说事不管"（第六十五回），这种"一概无见无闻"的心灵断隔，正是"不受尘埃半点侵"的真实写照。因此李纨看了签诗之后的反应，才会是："真有趣，你们掷去罢。我只自吃一杯，不问你们的废与兴。"果然是彻底无动于衷的红尘旁观者。

而所谓的"只因误识林和靖，惹得诗人说到今"，又岂非意有所指地影射曹雪芹自己？这位欲将其"半世亲睹亲闻的这几个女子"之"事迹原委"加以"真传"（第一回），因而创作《红楼梦》一书的诗人兼小说家，正是使李纨两百多年来一直被"说到今"的关键人物；若非"误识"曹雪芹，则李纨将永远保有她那槁木死灰、不问废兴的封闭静止的世界，然后随着时间之递嬗消亡而完全走入遗忘的历史，绝不会以"金陵十二金钗"之一的身份，至今犹然受到难以数计的《红楼梦》爱好者不断地品评议论，无法如其所愿地置身于世道人心的废兴之外！第五回判词所谓的"枉与他人做笑谈"，或许也同样包含这一层次的意思。这可以说是曹雪芹引诗为谶时，一个小小的自我解嘲罢!

4.麝月的"开到荼蘼花事了"一句出自宋代王淇《春暮游小园》:"一从梅粉褪残妆,涂抹新红上海棠。开到荼蘼花事了,丝丝天棘出莓墙。"

这是麝月抽中的花签,"开到荼蘼花事了"句中隐指繁华消散、诸芳已尽的寓意十分明显,因此宝玉看了之后才会不愿对麝月解释而"愁眉忙把签藏了"。此句诗签既是麝月所抽中,自亦与其未来之命运有关。书中第二十回描写麝月表现得顾全大体、沉稳周详,"公然又是一个袭人"之后,脂砚斋评道:"袭人出嫁之后,宝玉、宝钗身边还有一人,虽不及袭人周到,亦可免微嫌小敝等患,方不负宝钗之为人也。故袭人出嫁后云'好歹留着麝月'一语,宝玉便依从此话,可见袭人虽去实未去也。"则麝月乃为大观园中遗留下来的最后一位女性,在诸艳或离世或离去之后,独守在宝玉身边收拾残棋败局,正是春尽花谢之际,以晚芳独秀的姿态为春天画下句点的写照。

而既然花事已了,随之而来的,自然便是"丝丝天棘出莓墙"的景观。乐园的围墙已然失去屏障的力量,因着崩毁倒塌而沦为莓苔遍布的废墟,只得任由"天棘"这蔓生植物攀墙而出,有如柔弱的女性越界流散,敷演红楼梦醒之后的另一番故事。

另外,对此一引诗的潜在寓意,蔡义江则解释为:"据脂评,袭人出嫁后,麝月是最后留在贫穷潦倒的宝玉夫妇身边的唯一的丫头。那么,'花事了'三字就义带双关:它既是'诸芳尽'(所以大家都'送春')的意思,又是说花袭人之事已经'了'了——她嫁人了。而歇后一句'丝丝天棘出莓墙',则是隐脂评所说的宝玉弃宝钗、麝月而去。因为,不但莓苔墙垣代表着'陋室空堂'的荒凉景象,据《鹤林玉露》所说,连初用'天棘'一词的杜甫《巳上人茅斋诗》(其'天棘梦青丝'句曾引起历来说诗者的争论),也本是'为僧'而'赋'的。"① 附志于此以为参考。

5. 香菱的"连理枝头花正开"一句出自宋代朱淑真《惜春》(一作《落花》):"连理枝头花正开,妒花风雨便相催。愿教青帝常为主,莫遣纷纷点翠苔。"

此句原本是用以形容香菱与丈夫薛蟠的夫妻关系,一如园中斗草时香菱所说的"夫妻蕙"(第六十二回)。但由未节录的"妒花风雨便相催"一句来看,则与香菱"自从两地生孤木,致使香魂返故乡"的判词(第五回)相应,而暗示了香菱终究被薛蟠后娶之正室悍妇夏金桂折磨至死的悲惨下场。虽然她"愿教青帝常为主,莫遣纷纷点翠苔",而寄望身为一家之主的薛蟠可以挺身护卫,不使花朵被狂风暴雨摧折残害以致香消玉殒,但却依然是天不从人愿,香菱终究是无所逃于风墙雨幕的围困锤击,而沦落于阴湿的青苔上化为尘泥,恰恰与先前"连理枝头花正开"的情景形成巨大的反差。

至于以"连理枝头花正开"形容香菱与丈夫薛蟠的夫妻关系,是否切实得宜?对于现代读者而言,恐怕难免以"痴汉偏骑骏马走,巧妻常伴拙夫眠"② 为之不平而深致感慨。但回到香菱的个人

---

① 蔡义江:《红楼梦诗词曲赋评注(修订本)》,页302。
② (清)袁枚:《随园诗话》,卷9,第26则,页297。

生命史加以体察,实际上情况却是适得其反。观其为挨打受伤的薛蟠"哭得眼睛肿了"(第四十七回),一如黛玉为受笞的宝玉哭得"两个眼睛肿得桃儿一般"(第三十四回);还有最后因夏金桂的挑唆离间,导致气胡涂了的薛姨妈要将她转卖了事,"香菱早已跑到薛姨妈跟前痛哭哀求,只不愿出去,情愿跟着姑娘"的苦苦坚持,以及与薛蟠断绝往来之后,其"对月伤悲,挑灯自叹"的悲哀反应(第八十回),在在显示出香菱以薛府为归宿,欲与薛蟠厮守终身的衷心真情。其中所需要考辨探究的各种因素,详待后卷再完整说明之。

6.黛玉的"莫怨东风当自嗟"一句出自宋代欧阳修的《明妃曲·再和王介甫》:"汉宫有佳人,天子初未识。一朝随汉使,远嫁单于国。绝色天下无,一失难再得。虽能杀画工,于事竟何益?耳目所及尚如此,万里安能制夷狄?汉计诚已拙,女色难自夸。明妃去时泪,洒向枝上花。狂风日暮起,飘泊落谁家?红颜胜人多薄命,莫怨春风当自嗟。"

此为林黛玉所抽到的花签诗,但仅仅"莫怨春风当自嗟"一句是无法全面描绘林黛玉的个人形象的,只有整体综观欧阳修在此诗中的悉心刻画,才能透过"绝色天下无"的非凡才貌、"泪洒枝花"与"日暮飘泊"的孤零多愁,以及"汉计诚已拙,女色难自夸"的不合时宜,而充分展现"红颜胜人多薄命"的悲剧形象。

尤其,紧接于掣花签情节之后的第六十四回,林黛玉因感而作大胆突破传统的《五美吟》中,其第三首的《明妃》诗也同样是以王昭君为题材,既歌咏昭君"绝艳惊人出汉宫,红颜命薄古今同"

的不遇悲怀，并质疑"君王纵使轻颜色，予夺权何畀画工"，对帝王之昏庸凌厉直斥，与欧阳修《明妃曲》所说"绝色天下无，一失难再得。虽能杀画工，于事竟何益？耳目所及尚如此，万里安能制夷狄？汉计诚已拙，女色难自夸"的这一段描述可谓异曲同工，而其中"红颜薄命"之语词与意旨更是差相仿佛。因此藉王昭君以代言传心的林黛玉，其自嗟自叹的就不仅仅是风露清愁而已了。

7. 袭人的"桃红又是一年春"一句出自宋代谢枋得《庆全庵桃花》："寻得桃源好避秦，桃红又见一年春。花飞莫遣随流水，怕有渔郎来问津。"

此句乃是怡红院中的第一等丫头袭人所抽到的花签诗，全诗隐含之意实即袭人的一生遭遇。首句为袭人因家道艰难，即第十九回脂批所言的"补出袭人幼时艰辛苦状，与前文之香菱，后文之晴雯大同小异"，如逢秦末乱世，被饥荒穷极的家人卖到贾府，"幸而卖到这个地方，吃穿和主子一样，又不朝打暮骂"，因此"他母兄要赎他回去，他就说至死也不回去的"，反倒要求家人"权当我死了，再不必起赎我的念头"（第十九回），这就的确有如"寻得桃源"的情况一般，故而无意出园；但当贾府衰败、宝玉出家，而众女儿如"花飞"般纷纷流落之时，妾身未分明的袭人却可以"莫遣随流水"地免于飘零的厄运，是因为她在贾家与自家的安排之下被嫁与蒋玉菡，此即所谓的"有渔郎来问津"是也。由于新郎蒋玉菡自始至终都"极柔情曲意的承顺"，"越发温柔体贴"地更加周旋、不敢勉强（第一二〇回），因此被迫出嫁的袭人也就终于接受命运错置的安排；虽然事与愿违地没有成为贾宝玉的姨太太，结果却也出乎意外地获得了另一段幸福的婚姻，这就是"桃红又见一年春"的深层涵义。

四、戏谶：贾府集体命运的暗示

除了"冰山一角式"的引诗法所发明的"诗谶"类型，属于曹雪芹所独创者还有"以戏为谶"的崭新技巧，也就是透过戏名剧目依序的排列组合，作为贾府家族集体命运由盛而衰的暗示。

话石主人已经注意到"《红楼梦》戏文皆有关会"[①]，其为隐谶之一种独特形态殆无疑义，其中所阐述之隐义也有几处与下文所说的不谋而合。我们认为，基于戏曲乃团体表演艺术，一人无以成剧，即使独角戏都仍须有舞台布置、乐班伴奏的配合，故书中乃藉此一集体特质对应整个贾府；再加上搬演戏曲的场合多为节庆喜事，更能构成"热中冷""盛中衰"的宿命式凶谶。其手法为：于庆生贺寿拜神之类的喜庆场合中，安排以三出为主的戏码依序演出。这三出剧自有其戏文故事，但主要是藉由剧目的字面意义，分别对应直线型时间的"过去──▶现在──▶未来"三个时态，透过顺时单向进展，而象征贾府"肇基──▶荣盛──▶衰亡"的运势变化或"成──▶住──▶坏空"的集体命运，正是第五回宁荣二公所谓"吾家自国朝定鼎以来，功名奕世，富贵传流，虽历百年，奈运

[①] （清）话石主人：《红楼梦本义约编》，一粟编：《红楼梦资料汇编》，卷3，页183。

终数尽,不可挽回"的模式化。

前八十回中共有四次戏谶的安排以下一一加以说明。

(一)第十一回"庆寿辰宁府排家宴"

双官诰(创建)——➤还魂(庇荫)——➤弹词(衰亡)

这一段情节描述贾敬寿辰,宁府安排家宴庆生,过程中邢夫人、王夫人对回到席中的王熙凤说道:"我们和亲家太太都点了好几出了,你点两出好的我们听。"凤姐儿立起身来答应了一声,方接过戏单,从头一看,点了一出《还魂》,一出《弹词》,递过戏单去说:"现在唱的这《双官诰》,唱完了,再唱这两出,也就是时候了。"

《双官诰》:本为清代陈二白《双官诰》传奇,此处以其字面明指宁国公贾演、荣国公贾源两兄弟同时封官晋爵,创建贾府,奠立家业。二人各名曰源、曰演,正取其发源、演化之意。

《还魂》:本为明代汤显祖《牡丹亭》的第三十五出。话石主人认为"开场贾敬生辰演《双官诰》应两府全局",可谓正解;然接着所云"《还魂》《弹词》应秦氏"[①],则可以商榷。盖《还魂》直承《双官诰》而来,此处也是用其字面,以"还魂"的象征意义

---

① (清)话石主人:《红楼梦本义约编》,一粟编:《红楼梦资料汇编》,卷3,页183。

指涉荣宁二公的庇荫，所谓"功名奕世，富贵传流"（第五回），以及贾氏宗祠抱厦两边对联所写的"功名无间及子孙"（第五十三回），致使贾府维持百年繁盛荣景，大观园中的榆荫堂便是取"余荫"①，即 under the ancestors' shadow 之意，可见其波澜之余势。

不仅如此，书中荣宁二公也确实以两度显灵人间的方式，关怀家业未来而力图延续宗族生命。如第五回贾宝玉之所以能神游太虚幻境，乃导源于荣宁二公对警幻的嘱托，以期"使彼跳出迷人圈子，然后入于正路，亦吾兄弟之幸矣"；第七十五回"开夜宴异兆发悲音"中，贾珍以族长带孝之身，却领着成群妻妾杀猪宰羊纵情彻夜狂欢，引得旁观的先祖魂灵痛心叹息，只听得一阵风声，竟过墙去了，恍惚听得祠堂内槅扇开阖之声。两度还魂，先是希冀尚存，终则绝望无言，家族之倾灭也就成为必然了。

《弹词》：本为清初洪昇《长生殿》的第三十八出，写唐玄宗宠幸之李龟年于安史之乱后流落江南，从宫廷帝王嬖佞而权倾一时，一变而为民间席间卖唱的歌者，如杜甫《江南逢李龟年》一诗云："岐王宅里寻常见，崔九堂前几度闻，正是江南好风景，落花时节又逢君。""弹词"即其晚年的凄凉处境，所谓"落花时节"也。可用以喻示宝玉最终沦为帮更为生，过着"寒冬噎酸齑，雪夜围破毡"②之潦倒生活的下场，具体而微地点示贾家的败落。

---

① 第六十三回正文。
② 第十九回"袭人见总无可吃之物"句，脂批云："补明宝玉自幼何等娇贵。以此一句，留与下部后数十回'寒冬噎酸齑，雪夜围破毡'等处对看，可为后生过分之戒。叹叹！"

而凤姐所谓"现在唱的这《双官诰》,唱完了,再唱这两出,也就是时候了",从谶的角度而言,"也就是时候了"正一语双关,既是指当天的庆典到了收场尾声,要告一段落,同时也是作者对贾府之运势已至终点的暗示。

(二)第十八回:元妃点戏

豪宴──→乞巧──→仙缘──→离魂

该情节写元妃回府省亲,作完了诗接着便是演戏,贾蔷急将载有戏目的锦册呈上给太监,太监出来,只点了四出戏:第一出《豪宴》,第二出《乞巧》,第三出《仙缘》,第四出《离魂》,贾蔷忙张罗扮演起来。《豪宴》是清初李玉《一捧雪》传奇中的一出,为昆曲老生的戏,此处取其字面上的"豪门排场"之意;《乞巧》为清初洪升《长生殿》中的一出,演唐玄宗和杨贵妃之间最深情真爱的高潮;《仙缘》原为明代汤显祖《邯郸记》中《合仙》一出,演吕洞宾度化卢生的故事;《离魂》乃汤显祖《牡丹亭》中的一出,演杜丽娘的思慕而亡。

依照脂砚斋的说法,此四出乃分别伏"贾家之败""元妃之死""甄宝玉送玉""黛玉死"等四事,"乃通部书之大过节、大关键";[①]

---

① 第十八回脂批。

然而，话石主人慧眼洞见"省亲四出应元妃全局",① 可能更为切合。徐扶明更从戏曲特点提出精细之诠释，指出：《豪宴》与《仙缘》交错地成为一组，以昆曲老生为重，乃用以预言贾府必将由盛而衰；《乞巧》与《离魂》也交错地成为一组，以昆曲五旦为重，乃用以预示元春必将由得宠而夭折，两组剧目之间互有联系，使元春之宠夭与贾府之盛衰息息相关。② 此意可表列如下：

  豪宴（鼎盛）——▶仙缘（衰亡）：昆曲老生：政治——▶贾府由盛而衰

  乞巧（受宠）——▶离魂（薨逝）：昆曲小旦：爱情——▶元妃由受宠而薨逝

从曹雪芹在书中前八十回所设计的谶语式手法中，其透过戏目剧码之隐射内涵往往与贾府集体命运有关的现象，元春点戏的意义似乎也应就此理解始得其要，并取得创作策略的一致性。

（三）第二十二回：宝钗庆生

  西游记——▶刘二当衣——▶鲁智深醉闹五台山（《寄生草》）

---

① （清）话石主人：《红楼梦本义约编》，一粟编：《红楼梦资料汇编》，卷3，页183。

② 徐扶明：《红楼梦与戏曲比较研究》（上海：上海古籍出版社，1984），页82。

该回写贾母特地出资为宝钗庆生，吃了饭点戏时，贾母一定先叫宝钗点。宝钗推让一遍，无法，只得点了一折《西游记》。贾母自是欢喜，然后便命凤姐点。凤姐亦知贾母喜热闹，更喜谑笑科诨，便点了一出《刘二当衣》，至上酒席时，贾母又命宝钗点，宝钗点了一出《鲁智深醉闹五台山》。这三出都是所谓的热闹戏，彼此的关联没有其他的戏谶那么清楚，如果从戏谶的模式来把握，或许可采以下的解释：

《西游记》：虽然书中仅言宝钗点的是其中一折，未详明确剧码，但从贾母"自是欢喜"的反应，其内容应属轻松喜剧，可对应于贾府之缤纷荣况。

《刘二当衣》：此乃充满谑笑科诨的热闹戏，写没落的刘二官人到当铺去当衣，其中南腔北调，东拉西扯，诙谐滑稽，类似京剧的《十八扯》，临时任意插唱各种戏曲段子，[①]故凤姐点此出戏后，贾母果真更又喜欢。但从"当衣"的名目与剧情，正可对应于贾府历经百年而外强中干的勉强之态，所谓"外面的架子虽未甚倒，内囊却也尽上来了"（第二回）、"外头体面里头苦"（第五十三回），果然后期也开始出现以典卖押借度日，甚且偷出老太太的东西去当银子的窘况（第七十二回）。此戏正以反面手法暗示贾府在繁盛掩盖下的真相，热闹包覆中的辛酸。

《鲁智深醉闹五台山》：是清初《虎囊弹》中的一出，演《水浒传》故事。书中特别强调《寄生草》这一阕曲子，歌咏出世离尘的幻灭

---

① 徐扶明：《红楼梦与戏曲比较研究》，页65。

意趣:"漫揾英雄泪,相离处士家。谢慈悲剃度在莲台下,没缘法转眼分离乍,赤条条来去无牵挂。那里讨烟蓑雨笠卷单行?一任俺芒鞋破钵随缘化!"乃喻示宝玉最终"悬崖撒手"①之出家下场,如上一组剧目中的《仙缘》般,具体而微地涵摄贾家"落了片白茫茫大地真干净"的败落。

此一顺序隐然合乎"成──→住──→坏、空"的潜在脉络,仍反映出戏谶安排的基本模式。

(四)第二十九回:神前拈戏

白蛇记(创建)──→满床笏(荣盛)──→南柯梦(衰亡)

该回写贾母往清虚观打醮祈福,贾珍一时来回:"神前拈了戏,头一本《白蛇记》。"贾母问《白蛇记》是什么故事?贾珍道:"是汉高祖斩蛇方起首的故事。第二本是《满床笏》。"贾母笑道:"这倒是第二本上?也罢了。神佛要这样,也只得罢了。"又问第三本。贾珍道:"第三本是《南柯梦》。"贾母听了,便不言语。

其中,《白蛇记》乃是一出冷僻的戏,故不但贾母额外垂询演的是什么,现今专业学者亦考察不出其剧种所属,而猜想应是从曹

---

① 第二十一回宝玉心想"权当他们死了,毫无牵挂,反能怡然自悦"数句,脂批云:"宝玉看此世人莫忍为之毒,故后文方能'悬崖撒手'一回。若他人得宝钗之妻、麝月之婢,岂能弃而而僧哉?"

寅《楝亭藏书十二种》所辑的《录鬼簿》中载有白朴《汉高祖斩白蛇》杂剧借用而来；并推测这一组剧目或在暗示贾府的由盛而衰，但却又谦称这只是猜测，不足为据。① 从全书的系统设计而言，此一猜测实为探中肯綮之说，故话石主人也认为"清虚观三本应荣府全局"，完全与第十一回"庆寿辰宁府排家宴"直接对应：

《白蛇记》：写汉高祖斩白蛇起义，"赤帝当道"建立新朝的故事，与《双官诰》相映并共喻贾府之创建。

《满床笏》：演唐郭子仪"七子八婿，富贵寿考"的故事，象征贾府之荣盛。

《南柯梦》：即唐传奇小说《南柯太守传》的故事。

由《满床笏》再到《南柯梦》，暗示性太强以致寓意呼之欲出，因此先以《满床笏》为"神佛要这样"而欣喜笑纳的贾母，也感受到终为幻梦的不祥而沉默下来，"神谕"之不可违，也暗示贾府衰亡之必然。

当然，书中的戏曲群被泛泛带过者亦在所难免，诸如：

1. 第十九回宁府庆元宵而演戏放花灯，唱的是《丁郎认父》《黄伯央大摆阴魂阵》，更有"孙行者大闹天宫""姜子牙斩将封神"等类的戏文。但这似乎都只是借其"倏尔鬼神乱出，忽又妖魔毕露"而"繁华热闹到如此不堪的田地"，以烘托宁府贾珍的悖乱不肖。

2. 第五十三回至第五十四回串联而成的《西楼·楼会》、八出《八义》《寻梦》《惠明下书》，前两部是纯粹应景，话石主人《红楼

---

① 参徐扶明：《红楼梦与戏曲比较研究》，页70。

梦本义约编》即言:"元宵《八义观灯》写繁华景象。"后两出是取其唱腔,彼此之关联上似无多深意。

3. 第七十一回贾母八十寿庆,首日先宴请皇亲驸马王公诸公主郡主王妃国君太君夫人等。当天贾母等皆是按品大妆迎接,大家厮见后,先请入大观园内嘉荫堂茶毕更衣,再至荣庆堂上拜寿入席,"南安太妃谦让了一回,点了一出吉庆戏文,然后又谦让了一回,北静王妃也点了一出。众人又让了一回,命随便拣好的唱罢了"。这更完全放弃了戏曲之参与情节的任何功能。

由上述所见,前八十回中以戏目为谶的设计集中于前三十回内,形成高频率现象;之后戏曲的功能便失去谶隐的载体意义,甚至完全丧失一般性的情节功能。值得注意的是,续书对此一谶语手法竟有所意会与继承,编排于第八十五回黛玉生日筵中:"黛玉略换了几件新鲜衣服,打扮得宛如嫦娥下界,含羞带笑的出来见了众人。……外面已开戏了。出场自然是一两出吉庆戏文,乃至第三出,只见金童玉女,旗幡宝幢,引着一个霓裳羽衣的小旦,头上披着一条黑帕,唱了一回儿进去了。众皆不识,听见外面人说:'这是新打的《蕊珠记》里的《冥升》。小旦扮的是嫦娥,前因堕落人寰,几乎给人为配,幸亏观音点化,他就未嫁而逝,此时升引月宫。不听见曲里头唱的"人间只道风情好,那知道秋月春花容易抛,几乎不把广寒宫忘却了!"'第四出是《吃糠》,第五出是达摩带着徒弟过江回去,正扮出些海市蜃楼,好不热闹。"这几出戏目的排序如下:

两出吉庆戏文——→冥升 ——→吃糠——→达摩渡江

其中,《冥升》所演的情节已在小说中叙明,"未嫁而逝"显系黛玉的命运,连"嫦娥下凡"的身世也与黛玉"打扮得宛如嫦娥下界"前后呼应;《吃糠》出自元代高明《琵琶记》第二十一出的《糟糠自厌》,写赵五娘甘于贫困侍奉公婆的故事,影射宝玉出家后宝钗贫穷孤守之命运甚明;《达摩渡江》为明代张凤翼《祝发记》的第二十四出,描写达摩点化徐孝克的情节,恰为宝玉出家之提示。

由各出剧码都是个别用以指涉主要人物之终极命运,彼此之间也没有构成特定脉络,可知续书的作法乃是对原作模式的变更改造,形似而神离,这或也提供了区判续作手笔之不同的另一证据。

五、物谶:两性婚姻关系的缔结

由于《红楼梦》是一部"为闺阁昭传"的小说,以大量的年轻女子为主体,因此也必然与婚恋的题材密切相关。然而,婚姻与爱情之间的关系是什么?是才子佳人式的有情人终成眷属吗?至于"有情"与"成眷属"之间是否有差异,若有,差异又在哪里?或者如我们今天所认为的,两者互相等同只差一纸证书?这都必须回到贾府的阶级文化与意识形态重新检验,才能得出较切合小说文本的答案。

男女之间的亲密结合,可以基本分为"联姻""关情""涉淫"这三种,虽然三者之间彼此可以有所重迭,但依照所强调的范畴不同,仍可以清楚划归为这三类。分类的标准在于:"联姻"类必须有正式定亲的婚姻关系,"涉淫"类则是必须有肉体的交合关系;而排除前两类的条件之后,只有纯粹的情感交流者,则归入"关情"类。这样的区分可以更明确地看出《红楼梦》的婚恋观,特别是在这三种关系中,都有小物件的存在,以发挥连结双方的功能;但以物为谶的情况,就只发生在"联姻"一类上。为了突显此一物谶的意义,以下还是将三种男女关系中的小物运用一并说明之,以有助于充分比较。

首先,从戏剧的角度来说,这些流转于男女双方之手的小物件都可以算是道具。而与故事情节及主题相关的关键道具,在明代后期的短篇小说中就开始出现,这样一种与人物行为丝丝相扣或互为表里的小物,在《红楼梦》的婚恋关系中更是多彩多姿,如第二十一回写因巧姐儿生病而与凤姐分房斋戒的贾琏,终于搬回来后,凤姐即交代收拾行李的平儿仔细检查,其中是否多出与人偷情所遗留下来的迹证,说道:"或者有相厚的丢下的东西:戒指、汗巾、香袋儿,再至于头发、指甲,都是东西。"就此而言,提到的多是一般日常生活中的贴身之物,充满了下层俗文化的民间气息。

此外,还有一段与此同类的描述,基于先前宝玉已因为湘云有一只金麒麟而刻意拣选另一只,颇有"成双成对"的私情,因此当第三十二回湘云来到贾府时,担心两人发生不轨的林黛玉心下便忖度着:"近日宝玉弄来的外传野史,多半才子佳人都因小巧玩物上撮合,或有鸳鸯,或有凤凰,或玉环金佩,或鲛帕鸾绦,皆由小物而遂终身。"可见这是由才子佳人小说导引的行为套式,由这类小说所传授的知识，使得两人对于这些小物的特殊功能有所知悉，甚至宝玉还加以模仿实践，因此引起黛玉的警觉。其中所涉及的物件都偏向于上层富家典藏之珍玩贵器，固然是因为才子佳人小说总是虚拟"书香门第，父亲不是尚书就是宰相"的贵宦出身，在单一小巧物件上选择贵重器物还算容易合乎实际，因此成为另一个等级的关联物。

上述两种不同等级的"小物"与"小巧玩物"，都在小说中对男女关系发挥了"撮合"与"遂终身"的功能，达十六次之多，其重要性可想而知。加以充分探究之后，可以有效地帮助我们了解到《红楼梦》对于婚恋价值观的意见所在。

（一）联姻

1. 宝玉、宝钗——由金锁片、通灵玉所共构的金玉良姻（第八回）

这组姻缘诚为人所熟知，但必须进一步澄清说明的是：一般皆视之为"门当户对"的社会力量所致，实则不然。首先，宝玉之通灵玉乃出自前世而与生俱来，宝钗之金锁片则是和尚所赠予，还"给了两句吉利话儿，……叫天天带着""是个癞头和尚送的，他说必须錾在金器上"（第八回），并嘱咐"等日后有玉的方可结为婚姻"（第二十八回），都是源于非凡俗所及的超自然力量；其次，通灵玉正面所镌刻的"莫失莫忘，仙寿恒昌"两句，与金项圈正反两面錾上的"不离不弃，芳龄永继"八字，彼此正如莺儿与宝玉所说的真"是一对"。从《文心雕龙·丽辞篇》所谓的"造化赋形，支体必双，神理为用,事不孤立。……高下相须,自然成对"的观点而言,宝玉、宝钗的金玉良姻实属"自然成对"的体现,换言之,正是"天作之合"之谓。

2. 蒋玉菡、袭人——茜香罗、松花汗巾(第二十八回)

第二十八回描述宝玉与蒋玉菡首次见面,一见如故,宝玉将一个玉玦扇坠相赠,蒋玉菡则回礼以茜香国女王进贡的大红汗巾子,并要求宝玉将自己一条松花汗巾交换。事后宝玉才想到该松花汗巾是袭人的,不该给人,于是以茜香罗赔补,推却不了的袭人从此将它留在空箱里。

从第二十八回回末总评所言:"'茜香罗''红麝串'写于一回,棋(琪)官虽系优人,后回与袭人供奉玉兄宝卿得同终始者,非泛泛之文也。"可知贾府崩溃后,袭人辗转嫁与蒋玉菡,一同照顾沦落的宝玉。二知道人说得好:"袭人为宝玉妾,妾身未分明也。宝玉潜逃,袭人无节可守,嫁与琪官,夫优妇婢,非凤随鸦也,又何足怪。……一束茜香罗,不俨然纳采在昔乎?"① 也是对此一婚谶的有见之说。

3. 史湘云、卫若兰——金麒麟(第三十一回)

第三十一回"因麒麟伏白首双星"一段,写宝玉因湘云的金麒麟而特意也拣选一只,却遗失于园中恰被湘云拾去,复归还于宝

---

① (清)二知道人:《红楼梦说梦》,一粟编:《红楼梦资料汇编》,卷3,页98。

玉。回末总评云:"后数十回若兰在射圃所佩之麒麟,正此麒麟也。提纲伏于此回中,所谓草蛇灰线在千里之外。"加上第二十六回回后批道:"前回倪二紫英湘莲玉菡四样侠文,皆得传真写照之笔,惜卫若兰射圃文字迷失无稿。叹叹。"则宝玉的金麒麟已转赠给卫若兰,暗示他才是最后与史湘云真正成双成对的夫婿。

4. 板儿、巧姐——佛手、柚子(第四十至四十一回)

于第四十回刘姥姥逛大观园,至探春居处秋爽斋时,见到其卧室的种种摆设中,包括了"左边紫檀架上放着一个大观窑的大盘,盘内盛着数十个娇黄玲珑大佛手",板儿略熟了些便要佛手吃,探春拣了一个与他说:"顽罢,吃不得的。"至第四十一回巧姐儿也被抱进园中,"因抱着一个大柚子玩的,忽见板儿抱着一个佛手,便也要佛手。丫鬟哄他取去,大姐儿等不得,便哭了。众人忙把柚子与了板儿,将板儿的佛手哄过来与他才罢。那板儿因顽了半日佛手,此刻又两手抓着些果子吃,又忽见这柚子又香又圆,更觉好顽,且当球踢着顽去,也就不要佛手了"。

其中,脂砚斋于"忽见板儿抱着一个佛手,便也要佛手"两句批云:"小儿常情,遂成千里伏线。"于"又忽见这柚子又香又圆,更觉好顽,且当球踢着顽去,也就不要佛手了"一段,又批曰:"抽(柚)子即今香团之属也,应与缘通。佛手者,正指迷津者也。以小儿之戏,暗透前后通部脉络,隐隐约约,毫无一丝漏泄,岂独为刘姥姥之俚言博笑而有此一大回文字哉?"又第六回写刘姥姥初入荣国府时,对王熙凤"忍耻"开口求助一段,脂批云:"老妪有忍耻之心，故后有招大姐之事，作者并非泛写。"可见贾家败落后，巧姐儿应是身陷风尘，因缘巧合地为刘姥姥所搭救，如第五回人物判词所点出的"偶因济刘氏，巧得遇恩人"，与板儿成亲实为刘姥姥对贾府数次济助之恩情的回报。

5. 宝玉、宝琴——由雀金呢与凫靥裘所共构的潜在的金玉良姻（第四十九回、第五十二回）

在《红楼梦》全书的布局中，宝琴最大的功能是作为"金玉良姻"之俗界姻缘的补足、加强、巩固与彰显。因此清人陈其泰甚至认为："突然来一宝琴，是衬托宝钗文字。……勿认真看作有一个宝琴。"① 而"同日生日就是夫妻"固然是丫头无所避忌之时的玩笑话（见第七十四回王夫人所揭发四儿与宝玉的私语），然而置诸《红楼梦》谶语式的表达方法中来看，又何尝不是一种隐微的暗示？而恰巧宝琴的生日正与宝玉相同（第六十二回），这就应该不是作者的偶然涉笔所致。还有，第五十二回贾母把一件珍贵无比的氅衣给了宝玉，说："这叫作'雀金呢'，这是哦啰斯国拿孔雀毛拈了线织的。前儿把那一件野鸭子的给了你小妹妹，这件给你罢。"如此一来，宝琴的凫靥裘和宝玉的雀金呢恰恰可以两方相互辉映，这岂非是"金玉相对"的另一种形式的表现？而著名的"宝琴立雪"一幕，所引出的明代画家仇英所绘《双艳图》的联想（第五十回），也是

---

① （清）陈其泰：《红楼梦回评》，第四十九回评语，收入朱一玄：《红楼梦资料汇编》（天津：南开大学出版社，2001），页736。

由宝琴与宝玉联合塑造出来的。从这种种伏笔的勾连和曲笔的暗示，可见宝玉、宝琴此"二宝"乃是"金玉良姻"的另一个投影，也是另一个潜在的金玉良姻，是台面上宝钗与宝玉之金玉良姻的呼应与补充。①

6. 邢岫烟、薛蝌——衣服、当票（第五十七回）

第五十七回邢岫烟受欺于迎春房中的奴仆，只好典当衣物应付各种需索。宝钗出手相助，问道："你且回去把那当票叫丫头送来，我那里悄悄的取出来，晚上再悄悄的送给你去，早晚好穿，不然风扇了事大。但不知当在那里了？"岫烟道："叫作'恒舒典'，是鼓楼西大街的。"宝钗笑道："这闹在一家去了。伙计们倘或知道了，好说'人没过来，衣裳先过来'了。"岫烟听说，便知是他家的本钱，也不觉红了脸一笑。

7. 柳湘莲、尤三姐——鸳鸯剑（第六十六回）

出于尤三姐的钟情指定，贾琏乃于远道途中匆匆向柳湘莲议婚索聘。柳湘莲当下以祖传两把合体的鸳鸯剑作为聘礼，事后却反悔意欲追回，尤三姐"知他在贾府中得了消息，自然是嫌自己淫奔无耻之流，不屑为妻"，灰心绝望之下乃以鸳鸯剑自刎而死。定亲之吉祥物适为毁婚丧命之凶器，成毁集于一身而彼此否定，物与事牵

---

① 此义详参欧丽娟：《〈红楼梦〉论析——"宝"与"玉"之重迭与分化》，《国立编译馆馆刊》第28卷第1期（1999年6月），页211—229。

连辩证,遂成柳湘莲顿然悟道的绝佳契机。

8. 探春、海疆藩王——凤凰造型之风筝（第五、二十二、六十三、七十回）

小说中一再透过风筝来暗示探春远嫁海疆藩王的命运,包括第五回的人物判词与《红楼梦曲》、第二十二回的灯谜诗、第六十三回的花签词,尤其是第七十回描写众人放风筝,探春的凤凰风筝先是和另外一只凤凰风筝绞在一处,接着又和一个门扇大的玲珑喜字带响鞭的风筝纠缠为一,三方齐收乱顿后都断了线,飘飘飖飖地都远去了。明确暗示两只"凤凰"是由"喜"字联结,对方便是第六十三回的花签词注中所言的"贵婿",成为众人所认定的"王妃",配合第五回图谶的"一片大海,一只大船",可见探春应该是嫁作海疆藩王为妃。

（二）关情

1. 小红、贾芸——手帕（第二十四、二十六、二十七回）

第二十六回描写道："原来上月贾芸进来种树之时,便拣了一块罗帕,便知是所在园内的人失落的,但不知是那一个人的,故不敢造次。今听见红玉问坠儿,便知是红玉的,心内不胜喜幸。又见坠儿追索,心中早日得了主意,便向袖内将自己的一块取了出来,向坠儿笑道:'我给是给你,你若得了他的谢礼,可不许瞒着我。'坠儿满口里答应了,接了手帕子,送出贾芸,回来找红玉,不在话下。"而到了下一回,小红对于这条冒充的手帕竟然说:"可不是我那块!拿来给我罢。"另外还回应贾芸的要求,"拿我这个给他,就算谢他的罢",以另一不明物件回赠,两人的处心积虑、故作姿态,都历历在目。

2. 二玉——旧手帕（第三十四回）

宝玉挨打后,为了宽慰黛玉之心,想想便伸手拿了两条手帕子撂与晴雯,笑道:"也罢,就说我叫你送这个给他去了。"晴雯质疑道:"这又奇了。他要这**半新不旧的两条手帕子**? 他又要恼了,说你打趣他。"宝玉笑道:"你放心,他自然知道。"果然已就寝的黛玉听到晴雯说:"二爷送手帕子来给姑娘。"便心中发闷:"做什么送手帕子来给我?"因问:"这帕子是谁送他的? 必是上好的,叫他留着送别人罢,我这会子不用这个。"晴雯笑道:"不是新的,就是家常旧的。"林黛玉听了越发闷住,着实细心搜求,思忖了半日,方大悟过来,连忙说:"放下,去罢。"这里林黛玉体贴出手帕子的意思来,不觉神魂驰荡,"宝玉这番苦心,能领会我这番苦意,又令我可喜;我这番苦意,不知将来如何,又令我可悲;忽然好好的送两块旧帕子来,若不是领我深意,单看了这帕子,又令我可笑;再想令人私相传递与我,又可惧;我自己每每好哭,想来也无味,又令我可愧。如此左思右想,一时五内沸然炙起。黛玉由不得余意绵缠,令掌灯,也想不起嫌疑避讳等事,便向案上研墨蘸笔,便向那两块旧帕上走笔"题诗。

而黛玉之所以能体会宝玉送帕之意,正是因为读过"宝玉弄来的外传野史，多半才子佳人都因小巧玩物上撮合，或有鸳鸯，或有凤凰，或玉环金佩，或鲛帕鸾绦，皆由小物而遂终身"，故能揣摩到宝玉的情意表示。

3. 妙玉、宝玉——茶杯绿玉斗（第四十一回）

第四十一回描写刘姥姥逛大观园的过程中，贾母一行人来到了栊翠庵，妙玉招待大家后便把宝钗和黛玉的衣襟一拉，二人随她出去到耳房内，宝玉也悄悄地随后跟了来，一同喝体己茶。妙玉拿出"觚瓟斝"与"点犀盉"两只杯来，分别递与宝钗与黛玉使用，仍将前番自己常日吃茶的那只绿玉斗来斟与宝玉。对一个极端洁癖成性的少女来说，连没用过的茶杯都因"为刘姥姥吃了，他嫌脏不要了"，甚且表示："幸而那杯子是我没吃过的，若我使过，我就砸碎了也不能给他。"可见对宝玉的情意非凡。

4. 晴雯、宝玉——指甲、贴身袄衣（第七十七回）

第五十一回"晴雯从幔中单伸出手去。那大夫见这只手上有两根指甲，足有三寸长，尚有金凤花染的通红的痕迹"，可见晴雯虽为丫鬟，却比一般的千金小姐还娇贵。第七十七回晴雯临终前，与前来探望的宝玉之间有了一番互换贴身物件的私密之举，作者描述道："晴雯拭泪，就伸手取了剪刀，将左手上两根葱管一般的指甲齐根铰下；又伸手向被内将贴身穿着的一件旧红绫袄脱下，并指甲都与宝玉道：'这个你收了，以后就如见我一般。快把你的袄儿脱下来我穿。我将来在棺材内独自躺着，也就像还在怡红院的一样了。论理不该如此，只是担了虚名，我可也是无可如何了。'宝玉听说，忙宽衣换上，藏了指甲。"这显然是不甘受冤，而刻意将"虚名"坐实为真正的"私情密意勾引你"的作法。而互换贴身袄衣就和宝玉与蒋玉菡的互换贴身汗巾一样，都是"论理不该如此"的情私行为。

（三）涉淫

1. 贾珍、秦可卿——发簪（第十三回）

这是出自原第十三回被删去的情节，脂砚斋回前总批云："'秦可卿淫丧天香楼'，作者用史笔也。老朽因有魂托凤姐贾家后事二件，岂是安富尊荣坐享人能想得到者，其言其意，令人悲切感服，姑赦之，因命芹溪删去'遗簪''更衣'诸文。是以此回只十页，删去天香楼一节，少去四五页也。"[①] 而她之所以"淫丧天香楼"，从第七回宁府家奴焦大的放肆醉骂，越发连贾珍都说出来，乱嚷乱叫说："我要往祠堂里哭太爷去，那里承望到如今生下这些畜牲来！每日家偷狗戏鸡，爬灰的爬灰，养小叔子的养小叔子。"已揭发公媳通奸的"爬灰"之事，再加上秦可卿死后，贾珍种种非比寻常的过度表现，都指向两人发展出不可告人的乱伦关系。又对于贾珍回

[①] 第十三回末总评与此类同，谓："'秦可卿淫丧天香楼'，作者用史笔也。老朽因有魂托凤姐贾家后事二件，嫡是安富尊荣坐享人能想得到处。其事虽未漏，其言其意则令人悲切感服。姑赦之，因命芹溪删去。"

应众人劝他节哀，且商议如何料理要紧时所言"如何料理，不过尽我所有罢了"，脂砚斋清楚批示道："'尽我所有'为媳妇，是非礼之谈，父母又将何以代之。故前此有恶奴酒后狂言，及今复见此语，含而不露，吾不能为贾珍隐讳。"则被删去的"遗簪""更衣"诸文便是与乱伦有关的情节，"遗簪"的"簪"也是与双方偷情有关的物件。

2. 贾琏、多姑娘——一绺头发（第二十一回）

第二十一回写凤姐之女大姐儿病了，凤姐听了，登时忙着一面打扫房屋供奉痘疹娘娘，一面传与家人忌煎炒等物，一面命平儿打点铺盖衣服，与贾琏隔房，贾琏只得搬出外书房来斋戒。贾琏独寝了两夜，便与多姑娘儿偷腥；后来搬回卧室，平儿收拾贾琏在外的衣服铺盖，不承望枕套中抖出一绺青丝来，是为偷情后"两个又海誓山盟"的信物。

3. 贾琏、尤二姐——槟榔、九龙玉佩（第六十四回）

此回中，贾琏向尤二姐索取槟榔，于尤二姐撂过来的荷包中"拣了半块吃剩下的撂在口中吃了，又将剩下的都揣了起来"，一面暗将自己带的一个汉玉九龙玉佩撂回去，为尤二姐趁隙收取，"郎有情、妹有意"乃在此一物质交换中完成互证。尤其贾琏特意拣了尤二姐吃剩的半块撂在口中，其作法与时间都紧追前一回的贾蓉和二姐抢砂仁吃，"尤二姐嚼了一嘴渣子，吐了他一脸，贾蓉用舌头都舔着吃了"，皆属涉及体液交换而带有浓厚性暗示的调情行为，故迅速打通日后的悖礼偷娶之路，也正是二姐、三姐"与贾珍贾蓉素有聚麀之诮"的具体表现。

4. 司棋、潘又安——绣春囊（第七十一、七十三回）

第七十二回写到司棋、潘又安俩姑表姊弟"海誓山盟，私传表记，已有无限风情"，到了第七十三回，傻大姐在大观园所中拾取的绣有"两个人赤条条的盘踞相抱"的绣春囊，便是两人约会时所遗落的。虽有真情为基础，不过已因情入淫，何况绣春囊就像进入乐园的魔鬼撒旦一样，使大观园安宁的生活跃进不幸的深渊[①]，成为大观园之唯情世界崩溃的催化剂，故置于"涉淫"类。

（四）对"才子佳人"小说婚恋模式的悖逆

从上面透过十六组男女关系所形成的三个类型中，存在着彼此不同的一些类型特点，以及隐含在这些现象下的特定意义，可以进一步加以说明。

1. 在"联姻"类型中，除"金玉"与"鸳鸯剑"这两组外，其他当事人对其姻缘暗示与婚偶对象都是全无所知的，既不自觉，也无欲求，属于小说家在幕后安排下的外力所加，有如冥冥之中的命运注定，即使宝玉、宝钗的金玉良姻也是出于"金锁是个和尚给的，等日后有玉的方可结为婚姻"（第二十八回）的天赐神授；至

---

① 〔美〕夏志清著，胡益民等译，陈正发校：《中国古典小说史论》，页291。

于"关情"与"涉淫"这两种类型中，当事人则都是自觉且自主的，属于内发而生，因此也对特定对象有所欲求与费心经营，表现出人为努力的种种机心。

2. 在"联姻"类型中，所用到的物品可以是"二物相对"的映照组合模式，如宝玉与宝钗的通灵玉与金锁片、宝玉与宝琴的雀金呢与凫靥裘、史湘云与卫若兰的雌雄金麒麟、探春与海疆藩王的两个凤凰风筝；可以是"二物互换"的对等交流模式，如袭人与蒋玉菡的松花汗巾与茜香罗、板儿与巧姐的佛手与柚子、邢岫烟与薛蝌的衣服与当票；也可以是"一物二手"的转移联系模式，如柳湘莲与尤三姐的鸳鸯剑。其中又以"二物相对"的映照组合模式所占比例较高，于八例中领有四例之多，占有半数比重，远高于其他两类；再加上"二物互换"的对等交流模式共七例，全数都是外在因缘巧合所致，显然反映了传统婚姻之缔结乃是"父母之命，媒妁之言"乃至"月老天定"，本就与当事人之自主意识无关，正可与上一个特点互证。

至于"关情"与"涉淫"这两种类型中，除了小红与贾芸的手帕、贾琏与尤二姐的槟榔与九龙玉佩、以及晴雯与宝玉的贴身袄衣乃是"二物互换"的对等交流模式，此外所涉及的物品则大多属于"一物二手"的转移联系模式，总体而言，其身体接触性的暗示成分较高。此或因情感生发本就出于当事人之自主意识，情欲交合甚至必待双方而成，在心灵切近乃至身体贴近的情况下，自无碍于品物之分享共有。

3. 最特别的是"关情"类型的"手帕"一物，独独在《红楼梦》

中被重复用了两次，无怪乎有学者特别注意到手帕在书中有示情、释情、传情的作用①，完全合于其类型特征。至于头发、指甲作为身体的直接产物，更属于医学人类学所区分的，用于身体与身体、身体与环境之交际行为的"体物质"（substances）②，而更宜于情色衍绎。

4. 更进一步可以发现，非自主的"联姻"类八例中，除了宝玉/宝琴这一组本就是作为潜在烘托，故可不计外，其余有六例都是在命运安排下顺势结偶成双而完成预告，证明了"是无儿女之情，故有夫人之分"③的"婚/恋"悖逆结构；相反地，在自主性的"关情"与"涉淫"这两种类型中，各自除了小红/贾芸这一组、贾琏/多姑娘这一组之外，其他共六例都是以离散尤其是死亡之悲剧收场。若再加上"联姻"类中唯一带有自主意识而半属关情、以致其定婚物也属于是"一物二手"的转移联系模式，却也是唯一没有修成正果的柳湘莲/尤三姐这一组，更可见男女之间凡出于自主意志所缔造的情/淫关系率多难以善终，与婚姻无缘，证明了"犯淫与

---

① 冯曦缘：《浅析〈红楼梦〉中手帕的作用》，《兰州交通大学学报》第 28 卷第 5 期（2009 年 10 月），页 27。

② 另一种则为"体液"（Humors），乃构成身体基础的血、水、脂等基本元素。参 Pamela J. Stewart and Andrew Strathern, *Humors and Substances: Ideas of the Body in New Guinea* (Westport, CT: Bergin & Garvey, 2001)。

③ 此乃脂砚斋藉娇杏对贾雨村从无心思而纯属偶然的关联，于"丫环到发个怔，自思这官好面善，到像在那里见过的，于是进入房中，也就丢过不在心上"一段所指点者，第一回夹批。

情,都无结果"①之说,可谓完全违反才子佳人小说"有情人终成眷属"与"婚姻自主"的模式。②是故最终与湘云结褵者,并非因"情"始挑拣金麒麟且天天带在身上的宝玉,而是千里之外见尾不见首的陌生人卫若兰,这就真正显示"婚谶"超越于个人之上的强大支配力量。

以上所说的差异,可以表列如下:

关系类型	促成力量	主观意愿	品物的主要关联方式	结果
联姻	命定天成	无	"二物相对"的映照组合模式 "二物互换"的对等交流模式	成功
关情	人为作用	有	"一物二手"的转移联系模式	失败
涉淫	人为作用	有	"一物二手"的转移联系模式	失败

而这种在情节中所暗示的"姻缘天定"观,在小说中也透过人物的表述而清楚显示,如第二十五回贾政所说:"儿女之数,皆由天命,非人力可强者。"③第七十九回贾母所想的"儿女之事自有天

---

① (清)话石主人:《红楼梦精义》,一粟编:《红楼梦资料汇编》,卷3,页175。

② 婚姻自主是才子佳人小说重要的思想特色,参见唐富龄:《在新旧之间彷徨——才子佳人小说孔见》,收入林辰编:《才子佳人小说述林》(沈阳:春风文艺出版社,1985),页27—39。

③ 当时所指涉的虽是生死,但其实也合乎婚姻观。

意前因"，以及第五十七回薛姨妈所谓：姻缘"这一件事都是出人意料之外，……若月下老人不用红线拴的，再不能到一处。"在在都是相关情节安排的印证，说明了《红楼梦》的立场是十分一致的正统观念。这也可以从它对才子佳人小说的批判反映出来。

第七章
《红楼梦》与才子佳人模式

在前一章对"物谶"所作的说明，已经可以清楚看到，在两性关系中凡有自主意志的"关情"与"涉淫"类型，除了别有安排的极少数例外，几乎全数以失败收场；而当事人浑然不觉、或本身并无意图的"联姻"类型，则全部顺利进入婚姻，其中的柳湘莲、尤三姐这一组，虽有鸳鸯剑以为定礼却终究失败，恰恰又是唯一牵涉到私情的一组。从这些现象，清楚传达出《红楼梦》的婚恋观其实是"父母之命，媒妁之言"的天定论，据此而言，其实也就必然注定了它对以"婚恋自决"为主要宗旨的才子佳人小说的反对。

这对习惯于以自由自主为终极价值，并对情欲持开放态度的现代人来说，固然是不容易接受的，然而，对于仅仅在大观园中发现绣春囊，就足以使邢夫人一看便"吓得连忙死紧攥住"（第七十三回），而王夫人获报后向王熙凤兴师问罪，既盛怒又泪如雨下，颤声说道："幸而园内上下人还不解事，尚未拣得。倘或丫头们拣着，你姊妹看见，这还了得！不然有那小丫头们拣着，拿出去说是园内拣着的，外人知道，这性命脸面要也不要？"以致凤姐听说，又急又愧，登时紫涨了面皮，便依炕沿双膝跪下，也含泪诉冤（第七十四回）。种种非比寻常的强烈反应，都说明了仅仅如此就已牵涉到"性命脸面"的严重性，遑论其他。如此一来，就足以清楚表现出与现代信念大为不同的礼法意识。

因此，如实地了解《红楼梦》对男女婚恋的态度，以及对才子佳人小说的看法，而不要以我们所习惯或信仰的价值观作为诠释或评量的准则，才是客观理性的应有态度。

首先，从客观的历史现象来看，才子佳人这类小说在曹雪芹之前已是"脍炙人口，由来已久"①，据估算，从17世纪下半叶至19世纪，才子佳人小说曾经流行了二百多年，出版过才子佳人小说的书坊多达一百二十多家，其流行程度使《平山冷燕》《玉娇梨》皆存有二十九种版本②，再版频率远胜于《西游记》和《水浒传》③，可见其传播时空之久且广。在如此强大的文类笼罩下，有学者考证认为曹雪芹早年在南京度过，当时流传于长江中下游的才子佳人小说他是读过的④，另外，从脂砚斋的批语中多次出现"小说"一词，主要是指"近之小说"——即青年男女之间的情／欲故事，也就是

---

① （清）静恬主人：《金石缘·序》，见《明清善本小说丛刊初编》（台北：天一出版社，1985年影印本），第10辑，上册，页4。

② 〔日〕大冢秀高：《中国通俗小说书目改定稿》（东京：汲古书院，1984），页56—59。

③ 周建渝：《才子佳人小说研究》（台北：文史哲出版社，1998），页78、165。

④ Richard C. Hessney, *Beautiful, Talented, and Brave: Seventeenth-Century Chinese Scholar-Beauty Romances* (Ph.D. diss., Columbia University, 1979), p. 306.

所谓的才子佳人小说，用以突显《红楼梦》的儿女真情而多方加以批判，可知在男女婚恋的这个题材上，才子佳人小说的流行之广与影响之深，才会需要如此不厌其烦地提点其谬失，也足见《红楼梦》在处理婚恋议题时的主要针对性。

虽然不可否认的，曹雪芹在阅读这些才子佳人小说时，确实也发挥了敏感而如海绵般善于吸收的才能，因此从中汲取了一些零星的材料，为建构小说添入几片砖瓦。以《金云翘》而言，可以发现与套曲有关的设计上有着很强的相似性，如"每一首单曲都有各自的曲牌题目，符合词曲的要求。使用套曲的场合，都被安排在小说主角的睡梦之中，而且都是由一个与女主角命运相似的红颜女子来介绍套曲"；① 而"太虚幻境中的'薄命司'就与《金云翘传》中女主人公王翠翘梦中所游的'断肠会'很是相类，《红楼梦》十二支曲无论立意还是命名方式都与载入'断肠册'的那十首'怜薄命''悲歧路''嗟蹇遇''哀青春'与'哭相思'等曲子相似；更引人注目的，是束守瞒了妻子宦娘在外偷娶了王翠翘，而宦娘得知消息后，就设计将王翠翘逼入府中，处心积虑地要置她于死地，而这一切又都是面带笑容进行的，这令人很难不想到王熙凤与尤二姐故事对它的模仿。……《红楼梦》第57回有一段宝玉听紫鹃说黛玉要回苏州后因急而痴的情节，其中相当一段文字几乎与《定情人》中双公子听蕊珠的丫鬟若霞一番话后'竟吓痴了'的描写相同，而紫鹃劝黛玉早拿主意定下终身一节，又与彩云向蕊珠进言甚是相

---

① 周建渝：《才子佳人小说研究》，页250。

类"①，这些应该都不是偶然的巧合。

　　但是应该说，这些雷同只是细节上的，不是结构上的、更不是思想或意识形态上的借鉴，而是一个伟大小说家在面对所有传统文化资源时，所表现出来的吸收力与广博性，包括才子佳人小说在内的文学内容都有如储存与蕴蓄的创作资料库，成为书写时信手拈来的灵感。至于主张"才子佳人"小说在思想价值观上对《红楼梦》有所影响，所谓："或多或少地揭露了封建统治阶级的丑恶""表现了对八股取士制度的不满情绪""在妇女和婚姻观点方面具有民主色彩""绝无淫秽描写"，其中"在妇女和婚姻观点方面具有民主色彩"的这一项则包括：颂扬女子的才能、赞扬婚姻自主、打破门第界限等②，恐怕都是大可商榷，必须重新检验。

　　就第一点"或多或少地揭露了封建统治阶级的丑恶"来说，一个作家从他最熟悉的生活中取用创作素材，是理所当然的，而曹家与贾府本来就是上层特权阶级，涉及其中的各种面向，也同样是自然而必然的；何况，就如同"人无完人"，世上哪一个阶级没有丑恶面？《红楼梦》中所写的下层庶民也有颇多可议之处，连刘姥姥都有见风转舵、投其所好的机巧，属于清楚可见的瑜中之瑕。因此，一个伟大的小说家把他所看到的复杂世界细腻生动地呈现出

---

① 详见陈大康：《通俗小说的历史轨迹》（长沙：湖南人民出版社，1993），页275—285；陈大康：《悲剧、喜剧，再回归到悲剧：〈莺莺传〉、〈红楼梦〉及其间的经典转化》，王瑷玲、胡晓真主编：《经典转化与明清叙事文学》，页290—291。

② 参见黄立新：《清初才子佳人小说与〈红楼梦〉》，《红楼梦研究集刊》第10辑（上海：上海古籍出版社，1983），页259—280。

来，以致涉及若干官场的黑暗面，诚然谈不上是"揭露了封建统治阶级的丑恶"，从涵盖面来说，反倒构成了《红楼梦》之博大丰富且与众不同的地方。

其次，最重要的是，一般很容易感到非常近似的"表现了对八股取士制度的不满情绪""在妇女和婚姻观点方面具有民主色彩""绝无淫秽描写"这三点，其实只是极为粗略的表面形似，真正的情况是本质迥异或根本恰恰相反，否则全书第一回就不会以"至若佳人才子等书，……其中终不能不涉于淫滥"作为开宗明义，请参下文的说明。而小说文本和脂批中都不断以批判才子佳人小说为务，一方面因为才子佳人小说的流行已达不能忽视的地步，更重要的是这样的流行会误导更深，更扭曲贵族世家的真正风貌，因此藉由批评不断地提醒两者本质上的差别，颇有拨乱反正的意味。就此而言，说《红楼梦》受到才子佳人小说的影响，其实是可商榷的；或者应该说，所谓的"影响"其实是负面教材式的反影响。

再者，上述所谈到的是狭义的才子佳人小说，也就是现代文学史所认知的17世纪明末清初二十回左右的男女婚恋故事。但应该特别留意的是，曹雪芹在两百多年前所看到的才子佳人小说比现代人所看到的必然更多，这是很残酷的历史现实，并非人为的努力所能弥补，第五十四回引发贾母破陈腐旧套的《凤求鸾》，就是今天已经看不到的一部说话新书（当然也有可能是曹雪芹自行虚拟的文献）。因此当他批评这个文类的缺失时，是就其所见所闻整体而言的，其合理与否绝不能以我们的现代视野来判断，否则就是"以今律古""以偏概全"的主观傲慢了；更何况，既然我们要了解的是

《红楼梦》，就应该以《红楼梦》的见解为主，这是我们对传统典籍应有的尊重。

由《红楼梦》本身对才子佳人小说的定义，事实上并不限于17世纪明末清初二十回左右的男女婚恋故事，而是将《莺莺传》、特别是《西厢记》与《牡丹亭》都统并归类为广义的才子佳人作品，如第二十三回即是将《会真记》算入"外传与那传奇角本"中，这便是第三十二回所谓的"近日宝玉弄来的外传野史，多半才子佳人……皆由小物而遂终身，……做出那些风流佳事来"，故黛玉称莺莺为"佳人"（第三十五回），称蒲东寺、梅花观等诗题所出之《莺莺传》《牡丹亭》为"外传"（第五十一回）。可知因为它们都具备"人物""故事"等构成小说之条件，以及"才子佳人"之爱情主题，故可合为"传统浪漫爱情故事"以统括之，而其共通之叙事特点即可概称为"才子佳人叙事模式"，这才是《红楼梦》所要谈论的范围。但为了避免拗口的问题，以下行文时还是以才子佳人小说为言，但其定义则是采广义的"才子佳人叙事模式"。

另外，将《西厢记》与《牡丹亭》都纳入"才子佳人叙事模式"时，还会直接遇到一个问题，也就是"场上剧"与"剧本"的艺术范畴差异问题。虽然两者之间有部分的重迭，但其实在剧情内容、欣赏重点、传播方式、表现手法上都存在着重大区隔，一般把"戏曲"与"小说"混为一谈，其实是忽略了这种艺术形态对受众的不同影响，以及由此所产生的两种迥然不同的接受态度。这是我们在讨论《红楼梦》对才子佳人叙事模式之态度时，必须先加以厘清的。

一、"戏曲"与"小说"之别：传播途径与闺阁接受的双重性

就此，最可注意的是第五十一回有关薛宝琴编写《怀古诗》十首的一段情节，该组诗分别以赤壁、交趾、钟山、淮阴、广陵、桃叶渡、青冢、马嵬、蒲东寺、梅花观等十处为题，最后的两首因出自《西厢记》前身的唐传奇小说《莺莺传》和明代戏曲《牡丹亭》，因此引发在场诸人的一场争议：

> 宝钗先说道："前八首都是史鉴上有据的；后二首却无考，我们也不大懂得，不如另作两首为是。"黛玉忙拦道："这宝姐姐也忒'胶柱鼓瑟'，矫揉造作了。这两首虽于史鉴上无考，**咱们虽不曾看这些外传，不知底里，难道咱们连两本戏也没有见过不成**？那三岁孩子也知道，何况咱们？"探春便道："这话正是了。"李纨又道："况且他原是到过这个地方的。这两件事虽无考，古往今来，以讹传讹，好事者竟故意的弄出这古迹来以愚人。……如今这两首虽无考，**凡说书唱戏，甚至于求的签上皆有注批，老小男女，俗语口头，人人皆知皆说的**。况且又并不是看了'西厢''牡丹'的词曲，怕看了邪书。这竟无妨，只管留着。"宝钗听说，方罢了。

对于蒲东寺与梅花观这类来自浪漫爱情小说的虚构地点，宝钗以"无考"和"我们也不大懂得"而提出另选题材重作的建议，表面理由是非正史据实所录者，但隐含于话中之玄机，实在最主要是闺

秀避嫌、"怕看了邪书"而干犯当时社会禁忌之防制心理。因此，就在同样谨守闺训女教中不得看这些"淫辞小说"的分际之下，林黛玉和探春、李纨都以"看过两本戏"为由，透过说书唱戏老少咸宜的普及性来维护这类创作题材的正当性，以洗脱"看了邪书"之疑虑，故不但黛玉犹然声称"咱们虽不曾看这些外传，不知底里"，李纨的说辞更明挑宝钗之所以反对的真正顾忌，所谓："并不是看了'西厢''牡丹'的词曲，怕看了邪书。"其中，由众口一声所确立的"外传＝邪书＝《西厢》《牡丹》的词曲"的同义互证关系，便与"说书唱戏"形成微妙却判然分明的森严区隔。

黛玉和探春、李纨共同以说书唱戏为浪漫爱情小说之相关知识的正当来源，在书中并不是单一的孤立情节。第十六回当王熙凤听说朝廷恩准省亲之事时，即是以"历来听书看戏，古时从未有的"加以赞叹，就其身为贵宦小姐却又不识字的教育程度，可证说书唱戏之普及性，确实是与书本无关的知识来源，故第四十回贾母也提到"你们听那些书上戏上说的小姐们的绣房，精致的还了得呢"。而闺中女性所看的戏则可以包括这些才子佳人剧，对此，不但清宫内廷中所搬演的戏曲，即可以包括《西厢记》之《寄柬》与《拷红》、《牡丹亭》之《学堂》与《拾画》、《玉簪记》之《琴挑》等等传奇剧码之折子戏[①]，书中也曾多次以具体事例加以落实与支持。

诸如：第三十六回宝玉往梨香院央求龄官唱"袅晴丝"一套，

---

① 详参丁汝芹：《清代内廷演戏史话》(北京：紫禁城出版社，1999)，页59—60、130。

即指《牡丹亭·惊梦》一出的曲子。

　　第四十三回为凤姐庆生而演出了《荆钗记》,看戏的有宝玉和众姊妹,其中林黛玉还对《男祭》一出提出批评。

　　加以第五十四回描写荣府元宵夜宴时,贾母在众姊妹都在场的情况下,叫来梨香院的女戏子所搬演的戏曲中,更包括芳官唱一出《牡丹亭》的《寻梦》、葵官唱一出《西厢记》的《惠明下书》,而随后贾母追忆少女时代也听过史家戏班所弹奏的《西厢记》的《听琴》、《玉簪记》的《琴挑》,越发印证了说书唱戏之为这类爱情题材的合法管道,因此闺中并无禁忌。

　　乃至在第十八回礼制肃然的省亲大典上仍可以堂而皇之地上演,不仅元妃所点的四出戏中即包括《离魂》,随后在其加演的谕令下,贾蔷命龄官所作的亦是《游园》《惊梦》二出。

　　是故第五十八回当芳官受欺于干娘,散发哭成泪人一般时,麝月即就其伶人身份与戏剧专业取材发挥,藉《西厢记》的角色调侃道:"把一个莺莺小姐,反弄成拷打红娘了!"这都清楚证明《西厢记》《牡丹亭》在传播途径与闺阁接受上的双重性,并因之竖立了妇德女教之分寸拿捏的森然准线。

　　这是因为自宋元以来,所谓"戏曲"一直就包含了两种范畴,一是舞台上动态表演的"场上剧",一是以文字为表现媒介的"案头剧",而形成了戏曲文学与戏曲表演之间特殊的分离现象[①],是为前述两种传播管道的形式因素;由此,也连带决定了阅听者对这

---

① 详参傅谨:《戏曲美学》(台北:文津出版社,1995),页239—240。

两种艺术类型的审美反应与伦理区隔。对此一范畴差异有所判别之后，我们才能真正掌握《红楼梦》对才子佳人小说的批判态度，尤其是曹雪芹绝未将《西厢记》《牡丹亭》用作宝、黛之爱情启蒙乃至情欲张本的立场。就此，我们必须进一步探究此两种不同的传播途径之所以形成闺阁接受上的双重性，其原因何在。

以李纨用来作为该类知识之合法传播管道的"说书"部分而言，传统说书乃建立在与听众之间对一般社会价值的认同上，并非向私人阅读开放，① 因此无虞于挑战禁忌造成冲撞的问题。至于黛玉首揭而李纨承续的"唱戏"部分，首先我们注意到，第二十三回述及黛玉偶然路过梨香院，适巧听到女伶演习戏文，"只是**林黛玉素昔不大喜看戏文，便不留心**，只管往前走"，若非此际恰巧一字不落、明明白白吹进耳内的"原来姹紫嫣红开遍，似这般都付与断井颓垣"这两句乃是"十分感慨缠绵"，黛玉也不会止步侧耳倾听；待接下来又唱的是"良辰美景奈何天，赏心乐事谁家院"，这才点头自叹，自思道：

> 原来戏上也有好文章，可惜世人只知看戏，未必能领略这其中的趣味。

由此可见，"林黛玉素昔不大喜看戏文"并非个别特例，而属"世

---

① 陈建华：《欲的凝视：〈金瓶梅词话〉的叙述方法、视觉与性别》，王瑷玲、胡晓真主编：《经典转化与明清叙事文学》（台北：联经出版事业公司，2009），页 98—99。

人只知看戏"的一般通例。参照第二十二回宝玉一味认定《鲁智深醉闹五台山》是他最怕的"热闹戏",宝钗即点拨道:"要说这一出热闹,你还算不知戏呢。……只那词藻中有一支《寄生草》,填的极妙,你何曾知道。"随后藉由宝钗的引述说明,宝玉始大大改观并称赏不已,也足为"世人只知看戏"而"不大喜看戏文"的有力旁证。

就此,已清楚区隔了"戏曲"与"戏文"的范畴差异,盖戏曲当然包含演员之唱词,即所谓"戏文";然而单单"戏文"却远远无法涵括"戏曲",甚至并不是"戏曲"的重要部分。场上的戏曲表演是一种全然不同于文字叙述的综合性艺术,其重要组成因素除了曲词之外还包括宾白、科介,在"有声皆歌,无动不舞"的原理下,审美重心其实在于第二十二回宝钗所说的"铿锵顿挫"的"排场韵律",以及演员的唱腔与身段,所谓"曲者歌之变,乐声也;戏者舞之变,乐容也"①,因而第十八回元妃回府省亲时,所搬演的四出戏"一个个歌欺裂石之音,舞有天魔之态","歌"与"舞"便揭示戏曲之为音乐与肢体表演的舞台内涵,故其表演曰"演戏""唱戏",欣赏舞台表演则为"看戏""听戏",也是就此而来。相较而言,"听戏"又比"看戏"更为重要,盖戏曲在它的整部发展史上,自始就是一种对音乐性特别关注的艺术类型,不但其中的

---

① (明)程羽文:《盛明杂剧三十种·序》。传统戏曲美学范畴包括"唱、念、做、打",而以"曲"为中心,"戏"则是为曲的表现而服务,观众所欣赏的是歌、舞、乐与说白等等,"戏"与"技"始终密不可分,参朱恒夫主编:《中国戏曲美学》(南京:南京大学出版社,2008),页6—8、126。

方言白是经过一定程度音乐化加工的艺术语言,与唱及吟诵、韵白都是"歌",连"念"也是在"以歌舞演故事",乃至哭、笑、惊叹、咳嗽等,也常要把它音乐化并配以打击乐;① 而且戏曲经常被视为宴饮时的精神佐餐物,尤其是在小规模的演出活动中,无论是表演者还是欣赏者对于音乐的关注,都超过了对戏剧性与情感表现等其他因素,由此也发展出一些非常典型的唱工戏,成为戏曲史上非常特殊的现象,而大凡在官僚富豪府上演出的戏曲,都有同样的风格。② 换言之,"怎么唱"比"唱什么"重要得多,无怪乎高罗佩 (R. H. van Gulik, 1910—1967) 即已特别提醒:"读者务必记住,中国戏剧要比我们的戏剧更加强调听、看,而不是阅读。"③ 故有学者主张,将此种表演艺术称为"歌剧"应更加恰当。④

衡诸《红楼梦》中的观戏经验类型正是如此。府内之搬演戏曲都在种种节庆场合,作为酒席宴饮之助兴陪衬,至于欣赏重点也是放在音乐表演上,如第二十二回述及为宝钗庆生所定的一班新出小戏是"昆弋两腔皆有",可见府中声腔种类俱备;当贾母偶然听

---

① 因此早自宋、元起以迄明代的戏曲中,就有许多只有"念"而一句唱词也没有的"折子戏",如《荆钗记·疑会》《白兔记·分娩》《香囊记·拾囊》《南西厢·警传闺寓》《明珠记·鸿逸》以及《琴心记》《昙花记》等中的多折。参陈多:《戏曲美学》(成都:四川人民出版社,2001),页103。

② 详参傅谨:《戏曲美学》,页330—333。

③ 〔荷〕高罗佩著,李零、郭晓惠等译:《中国古代房内考:中国古代的性与社会》(上海:上海人民出版社,1990),页349。

④ 〔美〕高彦颐著,李志生译:《闺塾师——明末清初江南的才女文化》(南京:江苏人民出版社,2005),页78。

见"咱们的那十几个女孩子们演习吹打"后，便命她们进来演习，"就铺排在藕香榭的水亭子上，借着水音更好听"（第四十回）；又文官顺着贾母之意，谦说"我们的戏自然不能入姨太太和亲家太太姑娘们的眼，不过听我们一个发脱口齿，再听一个喉咙罢了"（第五十四回），故十二女伶中的龄官便是因"最是唱的好"（第三十六回）而独受青睐，则"戏文"作为歌舞的附属性便不言可喻。在此情况下，即使歌词关涉风化甚至带有浓厚的性爱象征，也会因"不大喜看戏文"而无伤大雅。

更进一步言之，舞台表演之梨园本"戏曲"与案头书面之"小说"（即茗烟带进大观园的"传奇角本"、黛玉所称的"外传野史"与李纨所谓的"邪书词曲"）虽然往往同出一源，在流传发展过程中彼此借鉴互动而交相渗透[①]，故其戏文不免与传奇小说有所重迭，但两者（即"墨本"与"台本"）的分别比起"看戏"与"看戏文"之差异程度尤甚。盖小说全赖文字铺陈构筑，世情百态尽在其中，经由个人之阅读活动而激发想象、摇荡情思，其感染力可直透心灵深处，作用处全在人心；但戏曲的舞台演出受限于时间与空间，势必削减内容、简化情节，甚至另行改编（即所谓"改戏"）。果然书中所提及的《牡丹亭》之《游园》与《寻梦》、《西厢记》之《惠明下书》与《听琴》、《玉簪记》之《琴挑》等，

[①] 此所以明清时期戏剧与小说往往在禁毁言论中并提同责，也在官方张榜的禁毁名单中混同列目的原因。详参丁淑梅：《中国古代禁毁戏剧史论》（北京：中国社会科学出版社，2008），页472。

皆是单本唱片的演出形式，属于盛行于自康熙以迄乾嘉（1662—1820）期间，将经典戏文传奇进行改编后以"出"为独立单位，而随意穿插串演于厅堂宴席之间的"折子戏"。①与原著相比较，其改编策略包括脚色行当之发展变化、出目结构之挪移分隔、关目情节之删除剪裁、唱词宾白之精简调整、歌舞演唱之丰富变化、排场舞台之调度设计、唱做身段之繁复细腻等②，甚至可说是二度创作，而归结于舞台表演艺术的精进，其作用处则在耳目之娱，与书面传奇之作用处全在人心，两者层次迥异。尤其是文字所描绘的情色场面必然无法移诸舞台如实搬演，而徒存唱腔之缠绵、身段之留连；再配合上述"不大喜看戏文"的过滤作用，便形成了双重防疫效果，此即唱戏得以获得老少咸宜的普及性的原因。

至此，"戏曲"与"小说"的辨析已明，也厘清《红楼梦》所真正针对以及反对的，是"阅读版传奇小说"而非"听看版唱戏说书"的才子佳人故事，这便是所谓广义的才子佳人叙事的指涉范围。同时，"看戏"的纯娱乐行为完全不等于思想观念的取法，否则就不会出现"看戏"可以、"看小说不行"的双重立场，这是我们在推论上应该严加区分的。

---

① 有关折子戏的来源与演变，参陆萼庭：《昆剧演出史稿（修订本）》（台北：国家出版社，2002），页261—266。

② 参李惠绵：《〈审音鉴古录·牡丹亭〉折子戏的改编与表演》，华玮主编：《汤显祖与牡丹亭》（台北："中央"研究院中国文哲研究所，2005），下册，页803—853。

接下来就可以在这个基础上,说明《红楼梦》的真正批判所在。

二、结构缺陷:"千部共出一套"

在全书开宗明义的第一回中,曹雪芹即假借石头之言说,严厉抨击一般才子佳人的故事道:

> **历来野史,皆蹈一辙**,莫如我这不借此套者,反倒新奇别致,不过只取其事体情理罢了,又何必拘拘于朝代年纪哉!……更有一种风月笔墨,其淫秽污臭,屠毒笔墨,坏人子弟,又不可胜数。至若**佳人才子等书,则又千部共出一套,且其中终不能不涉于淫滥**,以致满纸潘安、子建、西子、文君,不过作者要写出自己的那两首情诗艳赋来,故假拟出男女二人名姓,又必旁出一小人其间拨乱,一如剧中之小丑然。且鬟婢开口即者也之乎,非文即理。故逐一看去,悉皆自相矛盾、大不近情理之话,竟不如我半世亲睹亲闻的这几个女子,虽不敢说强似前代书中所有之人,亦可以消愁破闷;……至若离合悲欢,兴衰际遇,则又追踪蹑迹,不敢稍加穿凿,徒为供人之目而反失其真传者。……所以我这一段故事……亦令世人换新眼目,不比那些胡牵乱扯,忽离忽遇,满纸才人淑女、子建文君红娘小玉等**通共熟套之旧稿**。……虽其中大旨谈情,亦不过实录其事,又非**假拟妄称,一味淫邀艳约、私订偷盟**之可比。

脂砚斋便特别说:"开卷一篇立意,真打破历来小说窠臼。"其中,"皆蹈一辙""千部共出一套""通共熟套之旧稿"是众所公认的艺术缺陷,并且清楚点出此一缺陷是由"假拟出男女二人名姓,又必旁出一小人其间拨乱,一如剧中之小丑然"的结构模式被反覆因袭所造成的;这在第五十四回"史太君破陈腐旧套"时,贾母藉由对《凤求鸾》所批评的"这些书都是一个套子",又再度获得强化。

而此一"皆蹈一辙"的"熟套",到了鲁迅便第一次用"才子佳人定式"称呼这种叙述方式,① 具体地看,构成此一定式的题材内容与各个环节,犹如林辰所说的:

> 一般来说,所谓才子佳人小说是指才子和佳人的遇合与婚姻故事,它以情节结构上的:(1)男女一见钟情;(2)小人拨乱离散;(3)才子及第团圆这样三个主要组成部分为特征。也有人把作品中的人物身份和情节结构混合在一起,分为五条:(1)男女双方的家庭,都是官僚或富家;(2)男女双方都是年轻美且才;(3)男女个人以某种机缘相接触,往往以诗词唱和为媒介;(4)小人拨乱其间,男女离散;(5)男方及第,圆满成功,富贵寿考。无论三条或五条,都说明了才子佳人小说的一般特征。②

---

① 鲁迅:《中国小说史略》,《鲁迅全集》第9卷,页189—195。
② 林辰:《明末清初小说述录》(沈阳:春风文艺出版社,1988),页60。

其中,《红楼梦》的主要角色与情节安排都与之似同实异,几乎可以说是完全不同。单单就"男女一见钟情""小人拨乱离散""才子及第团圆"这三个主要组成部分就大相径庭,而《红楼梦》中爱情的发生不但不是"一见钟情",爱情的发展也都不曾"以诗词唱和为媒介",连家庭背景都未必切合,因为"官僚或富家"与贾府的世袭爵位仍有一些距离。于是唯一相近的便只有"男女双方都是年轻美且才",但这是写青春故事的必然现象,谈不上影响。

可以说,才子佳人叙事的特点有如加拿大文学批评家诺思罗普·弗莱所指出:"浪漫故事的模式表现了一个理想化了的世界:男主人公勇敢豪侠,女主人公美丽动人,反派人物阴险恶毒,而平凡生活中的挫折、窘迫以及模棱两可,则很少得以表现。因此这种意象再现的是神启世界在人类世界的对应物,我们可以称之为'天真的类比'(analogy of innocence)。"① 这也适用于中国传统的浪漫爱情故事。正由于才子佳人小说中这种把世界的复杂加以简化的天真幻想,因而所突显的三个主要思想内容,包括:"(1) 男女婚姻自愿自主;(2) 忠于爱情,坚贞不屈;(3) 有情人终成眷属"②,不但迎合了现实界读者的心理需要,在追求婚恋自主、反对传统"父母之命,媒妁之言"的现代个人主义价值观之下,才子佳人小说在缺乏社会土壤而以真空状态所达到的婚恋自主,也一直受到极高的赞美,不但在 19 世纪一些才子佳人小说《平山冷燕》《玉娇梨》《好

---

① 见〔加〕诺思罗普·弗莱著,陈慧等译:《批评的剖析》,页 174。
② 林辰:《明末清初小说述录》,页 75。

述传》《金云翘传》传入欧洲，并被译介、改编，成为中国的浪漫传奇，现代读者也很容易地将这种熟悉的思想投射到《红楼梦》中，认定它也具有这种超前于时代的进步意识。

然而，才子佳人小说中基于把世界的复杂加以简化的天真幻想，以致在社会真空状态下所达到的表面的婚恋自主，不但在创作上所涉及的各种层面都问题重重，连所谓的婚恋自主的价值观都大可商榷，与《红楼梦》遵循写实逻辑以反映贵族世家的趋向，实际上是恰恰相反。下面就要对这些问题一一加以说明。

三、情理缺陷："庄农进京"式的伪富贵想象

从石头言说中完整所说的"至若佳人才子等书，则又千部共出一套，且其中终不能不涉于淫滥，以致满纸潘安、子建、西子、文君"，可见实际上在"皆蹈一辙""千部共出一套""通共熟套之旧稿"的公式化问题之外，让才子佳人小说受到严厉抨击的关键，还有内容上"终不能不涉于淫滥"的道德缺失，而比较说来又以这一点最为重要。因为对于贾府的世家阶级而言，这涉及到世家大族的礼法观念与生活实况，当面临道德问题时，其严重性绝非单纯的文学形式缺陷所能比拟，却因为不符合现代人的视野而遭受忽略。

也正因道德问题至关重大，在第一回只用一句话点到的"终不能不涉于淫滥"，就在第五十四回的"史太君破陈腐旧套"时，透过贾母对《凤求鸾》的批评给予充分的说明，其中非常全面地表达出这类浪漫爱情故事的各种隐含范畴，可以说是极为精彩的一段文

学批评论述。所谓：

> 这些书都是一个套子，左不过是些佳人才子，最没趣儿。**把人家女儿说的那样坏**，还说是佳人，编的连影儿也没有了。开口都是书香门第，父亲不是尚书就是宰相，生一个小姐必是爱如珍宝。这小姐必是通文知礼，无所不晓，竟是个绝代佳人。**只一见了一个清俊的男人，不管是亲是友，便想起终身大事来，父母也忘了，书礼也忘了，鬼不成鬼，贼不成贼，那一点儿是佳人**？便是满腹文章，做出这些事来，也算不得是佳人了。比如男人满腹文章去作贼，难道那王法就说他是才子，就不入贼情一案不成？可知**那编书的是自己塞了自己的嘴**。再者，既说是仕宦书香大家小姐都知礼读书，连夫人都知书识礼，便是告老还家，自然**这样大家人口不少，奶母丫鬟伏侍小姐的人也不少，怎么这些书上，凡有这样的事，就只小姐和紧跟的一个丫鬟**？你们白想想，那些人都是管什么的，可是前言不答后语？

对于贾母的这段话，除了结构上落入千篇一律的陈腐套式这一点没有争议之外，其余贾母所提到的几个批评重点，对于认定才子佳人故事是追求婚恋自主而符合现代价值观的读者来说，则是难以接受而多以"反讽"加以反对。但是，从它与第一回石头言说的呼应契合所构成文本上内证的高度一致，"反讽论"其实是缺乏成立条件的，何况回前脂批曰：

首回楔子内云：古今小说"千部共成（出）一套"云云，犹未泄真，今借老太君一写，是劝后来胸中无机轴之诸君子不可动笔作书。

于回末总评更明揭道：

会读者须另具卓识，单着眼史太君一夕（席）话，**将普天下不尽理之奇文，不近情之妙作，一齐抹倒**。是作者借他人酒杯，消自己傀（块）儡（垒）。

可见贾母的这一段"破陈腐旧套"是对第一回的充分发挥，其实是理解第一回的绝佳钥匙，就如何理解石头所谓"其中终不能不涉于淫滥"的重要议题而言，都可以由此获得解答。

可惜的是，在习惯以婚恋自主为人生终极价值之一的现代人眼中，贾母的评论与脂砚斋的批语都被视为是扭曲而偏差的片面之见，认为与曹雪芹的意见相反，因为，伟大的《红楼梦》怎会主张如此落后保守的思想呢？于是就只能以"反讽"来解释这个现象。但是，我们在第一章就已经思考并提醒，一部作品的伟大并不在于合乎现代的价值观，小说家的任务也根本不是反对他的时代；作为一个历史中的人，他有他的思想感受与自己的问题，这是其他时空环境的读者所必须理解与尊重的。既然被视为作者之化身的石头都说"其中终不能不涉于淫滥"，这是明确不能故意视而不见的证据，而贾母的破陈腐旧套本也是与此一以贯之，则贾母所说又何来的

"反讽"？事实上，她和石头都代言了同一个思想价值观，也就是作者的思想价值观，因此脂砚斋的批语也才会说贾母之言是"将普天下不尽理之奇文，不近情之妙作，一齐抹倒"的"卓识"，其中的"尽理、近情"是切合贾府作为贵族世家的情理而言的，却是那些虚拟富贵家庭的"奇文妙作"所认识不到的。这就是脂砚斋会批评"凡稗官写富贵字眼者，悉皆庄农进京之一流也。盖此时彼实未身经目睹，所言皆在情理之外"的原因。

其中的关键在于，贾母所采取的批判角度乃是富贵家族中事体情理的现实逻辑性与读者反应的受众影响论，却往往被缺乏该阶级经验的论者混淆于文学虚构的理想性与艺术表现的审美论，以致受到扭曲与批评，而这并不是贾母言说本身的问题；更重要的是，所谓"其中终不能不涉于淫滥"的"淫滥"，显然与现代的一般认知是不同的，而才子佳人小说的"不尽理，不近情"之处，也必须回到贵族世家特有的生活实况才能呈现。与其忽略、否定小说中和我们不同的价值观，不如放下主观意识，设身处地穿上他们的鞋子，理解这个世界中的人的思想感受是什么，更能真切地把握《红楼梦》的意旨。

（一）"终不能不涉于淫滥"："淫滥"的意义

石头言说中的"终不能不涉于淫滥"，再度出现于第三十二回黛玉的心中默想上："多半才子佳人……皆由小物而遂终身，……做出那些风流佳事来。"清楚表明了《红楼梦》确实认为才子佳人故事是"终不能不涉于淫滥"的，而黛玉所归纳的"风流佳事"，应该就是指肉欲交合的隐晦说法。不过，若更仔细地加以推敲，可以发现这等极端讲究礼法的世家大族，对于"淫滥"的认知其实是更为严格的。贾母对才子佳人小说的批评中就提到，"只一见了一个清俊的男人，不管是亲是友，便想起终身大事来，父母也忘了，书礼也忘了，鬼不成鬼，贼不成贼，那一点儿是佳人？"配合石头言说中"终不能不涉于淫滥""一味淫邀艳约、私订偷盟"，可以说是详尽地解释了"淫滥"也包括"私情密恋"以及对"终身大事"的主观追求在内。

对于完全以"父母之命，媒妁之言"为依归的婚姻规范而言，待月西厢之类的淫欲行为固然会导致身败名裂而万不可行，连心中的所思所想也会因为抵触了"父母之命，媒妁之言"而同为悖德表现，因此，无论只是"私情密恋"或对于婚姻归属的心理想望，都属于"淫滥"的定义范围。这就是为什么在深具自主性的"关情"与"涉淫"这两种类型中，除非小说家另有特殊安排，否则绝大多数都是以离散尤其是死亡之悲剧收场，在在显示出"犯淫与情，都无结果""无儿女之情，故有夫人之分"的"婚／恋"悖逆结构。换言之，在阀阅大家的眼中，"顺情""风流"即属"越礼"而"伤风教"，而不为该等阶级环境所容。

也只有从这个角度才能理解，何以黛玉在获得宝玉以旧帕定情之际，竟然产生"再想令人私相传递于我，又可惧"之恐畏心理（第三十四回），且当"慧紫鹃情辞试忙玉"一段故事发生时，会有"幸喜众人都知宝玉原有些呆气，自幼是他二人亲密，如今紫鹃之戏语亦是常情，宝玉之病亦非罕事，**因不疑到别事去**"（第五十七回）之"庆幸"；而宝钗唯一的一次哭泣，即发生在有关婚恋之话题上。第三十四至三十五回中，宝钗被狗急跳墙而口不择言的薛蟠歪派对宝玉有私情秘恋之心，单单只是今天看来无关紧要的"从先妈和我说，你这金要拣有玉的才可正配，你留了心，见宝玉有那劳什骨子，你自然如今行动护着他"这几句话，仅此便足以导致当场宝钗气怔而哭、薛姨妈气得乱战，立即以"那孽障说话没道理"加以劝慰，而满心委屈气忿的宝钗回到房中后仍整整哭了一夜，次早起来也无心梳洗，去望候薛姨妈时，又由不得哭将起来，薛姨妈也随之哭了一场，一面又劝她："我的儿，你别委曲了，你等我处分他。你要有个好歹，我指望那一个来！"满怀内疚的薛蟠乃百般道歉，自承撞客胡说并极力赔罪弥补，甚至藉此"发昏"之举发誓痛改前非。此一几近家破人亡（所谓"有个好歹"）的喧扰万状，在在显示其指控之严厉程度与杀伤力道的非比寻常，已犹如"不贞"的重大道德犯罪。可见无论宝钗或黛玉，都表现出以"自择自媒"之私情秘恋为莫大罪愆的心态，而呼应了第一回石头所谓的"私订偷盟"。这才是石头言说中才子佳人"终不能不涉于淫滥"的真正意旨。

　　值得玩味的是，这种视婚姻之前的男女私情为违礼非正之"淫滥"，续书者也曾清楚把握到此一阶级特质，于末回透过甄士隐针对"贵族之女"指出：

　　　　贵族之女俱属从情天孽海而来。大凡古今女子，那"淫"字固不可犯，只这"情"字也是沾染不得的。所以崔莺苏小，

无非仙子尘心；宋玉相如，大是文人口孽。凡是情思缠绵的，那结果就不可问了。（第一二〇回）

这段文字可以说是把前八十回中隐而未显的意识形态加以挑明，有如作思想总结般带有说教的露骨直接，却与前八十回透过情节安排来表达的，以"私情"为非礼而不为该等阶级环境所容的价值观，可以说是相当一致的。更有趣的是，事实上，连才子佳人小说家本身也未尝不知"私情"就是"非礼不正"的道理，因此"皇帝赐婚"作为"千部共出一套"在结构上最后的必要一环，除了以大团圆、大成功带给阅众心理的满足之外，实际上还有以皇权将私情加以合理化而获得社会承认的用意，这就是所谓"始若不正，卒归于正"[①]的叙事模式与伦理意涵。

换句话说，即使佳人行为上是"止乎礼"的，但因心中已"发乎情"就仍然被判定为"非正"，脂批更是对皇帝赐婚的安排不以为然，认为假拟皇权将私情加以合理化其实是诬陷君父的作法，因此尖锐地指出：

> 可笑近时小说中，无故极力称扬浪子淫女，临收结时，还必致感动朝廷，使君父同入其情欲之界，明遂其意，何无人心之至。不知被（彼）作者有何好处，有何谢报到朝廷廊庙之上，

---

① （明）孟称舜：《节义鸳鸯冢娇红记题词》，朱颖辉辑校：《孟称舜集》（北京：中华书局，2005），卷3，页559。

直将半生淫朽（污）秽渎睿聪，又苦拉君父作一干证护身符，强媒硬保，得遂其淫欲哉。（第二回）

而这些"浪子淫女"的判定，标准就在于违反礼教的先于婚姻之男女情欲，参照脂砚斋针对"秦钟"之谐音"情种"所下的批语，此理最为显豁：

设云秦钟（有正本"秦钟"作"情种"）。古诗云："未嫁先名玉，来时本姓秦"，二语便是此书大纲目、大比托、大讽刺处。（第七回）

其中所引的两句诗，出自南朝梁刘缓《敬酬刘长史咏名士悦倾城诗》，加以巧妙转换后乃形成情（秦）和欲（玉）的谐音双关，意谓着："未嫁"前先以"欲"为"名"、"来时"已以"情"为"姓"，综合起来便是嫁来之前以"情欲"为"姓名"，言外之意即等同于抛父忘母、失姓无名的缺乏家教，完全合乎贾母所斥责的"父母也忘了，书礼也忘了，鬼不成鬼，贼不成贼"，可以说是对情、欲之先行于嫁娶的"非正"所给予的最严厉讽刺。

而犹如清代刘熙载所感慨的："流俗误以欲为情，欲长情消，患在世道。"① "秦钟"之谐音为"情种"，不但不是正面的对情

---

① （清）刘熙载著，袁津琥校注：《艺概注稿》（北京：中华书局，2009），页577。

/欲的颂扬,恰恰相反,其实正是《红楼梦》对情/欲的"大讽刺处"。这可以说是对晚明以来"以欲为情"的情论主流的反拨。

(二)边缘文人的创作心理:"妒富"与"欲望满足"

接下来,贾母更从"创作心理"揭示这类作品的产生因素,所谓:

> 这有个原故:编这样书的,有一等妒人家富贵,或有求不遂心,所以编出来污秽人家。再一等,他自己看了这些书看魔了,他也想一个佳人,所以编了出来取乐。何尝他知道那世宦读书家的道理!(第五十四回)

其第一个"妒富心态"的解释,正合乎现代学者所注意到的,一般通俗小说中常有的那种"很嫉妒地不赞成有权势有财富的人,但又无情地蔑视出身卑微和不幸的人"的特点[1],就在"贬人妻女"(第一回石头所批评),将大家闺秀丑化为荡妇淫娃,"把人家女儿说的那样坏"以"污秽人家"的同时,即满足其"求不遂心"而由羡转妒的嫉恨心理。微妙的是,也只有"把人家女儿说的那样坏"使之沦为"淫女""流荡女子",才能提供男主角恣意遂欢的捷径,而同

---

[1] 〔美〕夏志清:《金瓶梅新论》,徐朔方选编,沈亨寿等译:《金瓶梅西方论文集》(上海:上海古籍出版社,1987),页152。

时符应了贾母的第二个解释:"他也想一个佳人,所以编了出来取乐。"既然"今古穷酸色心最重"①,因之"妒富"与"欲望满足"可以说是边缘文人创作心理的一体两面。

目前的研究显示,这类小说的主要读者群是来自中下阶层的文人,并非上层文人②,其作者更也是不遇失意的边缘文人。③衡诸清初首开才子佳人小说之风的天花藏主人所自剖:

> 顾时命不伦,……欲人致其身,而既不能,欲自短其气,而又不忍,计无所之,不得已而借乌有先生以发泄其黄粱事业。……凡纸上之可喜可惊,皆胸中之欲歌欲哭。④

适可证明在"欲人致其身而既不能"的仕进无望之下,透过"纸上之可喜可惊"以获取"事业"与"佳人"的食色兼得乃是最快的方式,故晚明的李渔(1611—1680)也说:

> 予生忧患之中,处落魄之境,自幼至长,自长至老,总

---

① 第一回夹批。

② 周建渝:《才子佳人小说研究》,页 89。

③ 如 Andrew H. Plaks, *The Four Masterworks of the Ming Novel* (Princeton: Princeton University Press, 1987), pp. 3-52; Robert Hegel, *The Novel in Seventeenth-Century China* (New York: Columbia University Press, 1981), pp. 1-4.〔美〕浦安迪:《中国叙事学》,页 21。

④ (清)荻岸散人:《平山冷燕·序》,《古本小说集成》(上海:上海古籍出版社,1990),第 231 册,页 12—15。

> 无一刻舒眉,惟于制曲填词之顷,非但郁藉以舒,愠为之解,且常僭作两间最乐之人,觉富贵荣华,其受用不过如此,未有真境之为所欲为,能出幻境纵横之上者:我欲做官,则顷刻之间便臻荣贵;我欲致仕,则转盼之际入又山林;我欲作人间才子,即为杜甫、李白之后身;我欲娶绝代佳人,即作王嫱、西施之元配;我欲成仙成佛,则西天蓬岛即在砚池笔架之前;我欲尽孝输忠,则君治亲年,可跻尧、舜、彭篯之上。①

由此诚可以合理地推论:"写这样的小说也是一种心理缺憾的补偿。这种补偿通常是借助于创作或阅读过程中'角色置换'的方式来实现的。当作者采用与个人真实经历相对应的某种理想方式来设计小说的世界与角色的时候,'角色置换'成为可能。"② 其中的替代心理(vicariousness)也同样出现在六朝广泛流传的人神婚恋型游仙故事中,文士在门第阶级社会下透过俗人与女仙的特殊关系,藉由艺术创作活动以满足其被压抑的欲望(wish-fulfillment)③,可见这一类创作所蕴含的心理疗效,而为贾母/曹雪芹所洞穿并明白揭露。

值得注意的是,贾母所说的"他也想一个佳人,所以编了出来

---

① (清)李渔:《闲情偶寄》,卷2"词曲部下",收入浙江古籍出版社编:《李渔全集(修订本)》(杭州:浙江古籍出版社,1991),第3卷,页47。

② 周建渝:《才子佳人小说研究》,页64。

③ 李丰楙:《六朝仙境传说与道教关系》,《误入与谪降:六朝隋唐道教文学论集》(台北:台湾学生书局,1996),页303—310。

取乐",揭发了这些文人藉创作满足攀附高门女子的意淫心态,也恰恰符合林黛玉对这类女性所判定的"成了爷们解闷的"。

一般读者都被进入大观园后宝、黛共读《西厢记》的优美场景所感动,并因此以为这些才子佳人故事是两人的爱情启蒙甚至是情欲张本,赋予两人反礼教的超时代意涵。但是,如果仔细检验宝玉引述《西厢记》以进行情欲试探时黛玉的反应,其实清楚地证明了黛玉的礼教立场是丝毫不打折扣的。试看第二十三回与第二十六回有关的两段情节,都是一旦宝玉挑动《西厢记》的情色范畴,以其中"妙词"使两人关系越界而产生爱欲影射,便立刻引起黛玉的痛愤羞怒,单单第二十三回的"我就是个'多愁多病身'"与"你就是那'倾国倾城貌'"的情侣类比,就使黛玉连腮带耳通红,登时竖眉瞪眼、带怒含嗔,指宝玉道:

> 你这**该死的胡说**!好好的把这**淫词艳曲**弄了来,还学了**这些混话**来**欺负我**。我告诉舅舅舅母去。

说着早又把眼圈儿红了,转身就走。第二十六回的"好丫头,'若共你多情小姐同鸳帐,怎舍得叠被铺床'"的露骨投射,就更是让黛玉登时撂下脸来,哭道:

> 如今新兴的,外头听了**村话**来,也说给我听;看了**混帐书**,也来**拿我取笑儿**。我成了爷们解闷的。

一面哭，一面下床来往外就走。从贬责痛斥宝玉所看的《西厢记》乃是"淫词艳曲""混帐书"，所引用的书中话语乃是"混话""村话""该死的胡说"，都与宝钗兰言教诲中所指陈的"杂书"，和李纨所声称的"邪书"（第五十一回），还有贾母、李婶、薛姨妈等所谓的"杂话"（第五十四回），属于差相仿佛的同义词；尤其"淫词艳曲"一词，与乾隆时期称《西厢记》为"小说淫辞"，以"诱人为恶"为由而加以禁毁[①]，两者在用语上更是如出一辙，可见黛玉的反应都是出于礼教之防的反击。

最重要的是，在这种诉诸淫艳关系的比喻里，林黛玉所处的情色地位，使她深深感到自己是被"欺负""取笑""成了爷们解闷的"，因此勃然大怒又羞愤生悲，最后都立刻加以翻脸挞伐，并都以"转身就走"的脱离现场表达强烈的抽离意志与极力抗议，力图将陷入欲望客体乃至性对象（sex object）的物化自我解脱出来，从而掀起二玉之间更甚于"金玉良姻"的重大风波，在在可见林黛玉对其中的爱欲部分乃是分割判然。对照后来第四十九回宝玉引《西厢记·闹简》中的"是几时孟光接了梁鸿案"，来委婉探问黛玉与宝钗之冰释因由，黛玉则是听了笑称两者都问的好，而一无芥蒂，前后对比十分鲜明，这正是因为"孟光梁鸿"在此一借喻中解消了宝、黛

[①] 史传记载：有清一代，于康、雍、乾三朝时曾多次禁毁"淫辞小说"，如乾隆五十八年上谕云："近见坊肆间多卖小说，淫辞鄙亵荒唐，渎乱伦理。不但诱惑愚民，即缙绅子弟，未免游目而盘心，伤风败俗，所关非细。着该部通行中外，严禁所在书坊，仍卖小说淫辞者，从重治罪。"另可参王利器：《元明清三代禁毁小说戏曲史料》（上海：上海古籍出版社，1981），书中详列三朝从各个角度加以防范的法令与评论。

之间异性爱恋的"情侣义",而转为钗、黛二人同性情谊的"朋友义",伦理界限的泾渭分明正是构成差异的根本所在。

由此可见,一般以为《红楼梦》继承了才子佳人小说婚恋自主观的说法,是不符合宝、黛之间的爱情心理的。

(三)不合情理的逻辑安排:"红娘"的重估

贾母的破陈腐旧套中,一般也被忽略的重点,就在于才子佳人小说的开展背景完全不符合世家大族人口众多、互动紧密的基本条件,所谓:"既说是世宦书香大家小姐都知礼读书,连夫人都知书识礼,便是告老还家,自然这样大家人口不少,**奶母丫鬟伏侍小姐的人也不少,怎么这些书上,凡有这样的事,就只小姐和紧跟的一个丫鬟?**你们白想想,那些人都是管什么的,可是前言不答后语?"(第五十四回)

以其生活群体之庞大而言,以第五回宝玉所说的"单我家里,上上下下,就有几百女孩子呢",以及第六回作者所交代的"荣府中一宅人合算起来,人口虽不多,从上至下也有三四百丁",其总数恰恰是第五十二回麝月所概括的"家里上千的人"。如此众多的人口并不是以独立的个体为单位,个别而抽象地集合为一,如现今的社会一般;而是紧密地日夜生活在一起,无论是食衣住行各方面都有各级人等的集体参与,因此时时刻刻都处在群体之中,实际上是完全缺乏隐私与自主空间的。一如姚燮所整理的:

贾府姊妹自乳母外,有教引老妈子四人,贴身丫头二人,充洒扫使役小丫头四五人,自拨入大观园后,各添老嬷嬷二人,又各派使役丫头数人,以一女子而服役者十余人,其他可知矣。①

因此连身为男性,而可以"外头常走出去"(第五十七回)的少爷贾宝玉,都不免感慨:

> 我只恨我天天圈在家里,**一点儿做不得主,行动就有人知道**,不是这个拦就是那个劝的,**能说不能行**。(第四十七回)

则深闺千金势必更缺乏隐密不为人知的单独行动自由。如第五十一回胡大夫到怡红院看诊,误以为所诊治的晴雯是小姐,老嬷嬷即笑叹:"怪道小厮们才说今儿请了一位新大夫来了,真不知我们家的事。……若是小姐的绣房,小姐病了,你那么容易就进去了?"连生病延医的正当理由,以及被正式允许的合法身份,医生都不得轻易进入小姐的闺房,则一般年轻男客如何可能单凭一个丫鬟之力就直闯深闺,如入无人之境?贾母所质疑的"那些人都是管什么的",就是针对小姐身边时时环绕的"奶母丫鬟伏侍小姐的"十多人所给予的有力批判。

如此一来,诸联所说的一段话就很值得进一步思考:

---

① (清)姚燮:《读红楼梦纲领》,一粟编:《红楼梦资料汇编》,卷3,页165。

> 自古言情者，无过《西厢》。然《西厢》只两人事，组织欢愁，搞词易工。若《石头记》则人甚多，事甚杂，乃以家常之说话，抒各种之性情，俾雅俗共赏，较《西厢》为更胜。①

诸联虽是就铺写范围之繁简难易程度来突显《红楼梦》的杰出，但所谓的"只两人事，组织欢愁"，却也恰恰点出《西厢记》与才子佳人小说等脱离现实语境的架空状态，以便提供一厢情愿的简便性，让大家出身的千金小姐竟可以旁若无人地轻易与人互许终身，看在真正的世家大族眼中就是违反阶级文化的"前言不答后语"，正是"实图便于随意扭捏成书而无所难耳"②的伪富贵叙事。

而在脱离贵族生活的架空状态中，"凡有这样的事，就只小姐和紧跟的一个丫鬟"的那个丫鬟，在包括《牡丹亭》在内的浪漫爱情故事中，都是负责在才子佳人之间穿针引线，并促进双方交合的行动使者。即使是《牡丹亭》中朴实的春香，也是透过戏谑的方式将陈师父的《诗经》讲解变成了性的双关语，并拿来螺子黛、薛涛笺取代文房四宝，使得书写实践具有了色情意味（第七出）③，从

---

① （清）诸联：《红楼评梦》，一粟编：《红楼梦资料汇编》，卷3，页118。
② （清）三江钓叟：《铁花仙史·序》，丁锡根编著：《中国历代小说序跋集》，页1335。其说虽是就"各摘其人名之一字以传之，草率若此"的命名而言，却正触及该文类情节安排的共通弊病。
③ 有关春香尿溺的性意涵，参〔美〕艾梅兰（Maram Epstein）著，罗琳译：《竞争的话语——明清小说中的正统性、本真性及所生成之意义》（南京：江苏人民出版社，2005），页75、77。

而铺垫了杜丽娘接下来的交媾春梦,遑论《西厢记》中红娘的抱衾携枕。《红楼梦》第五回秦可卿闺房中触发贾宝玉神游太虚幻境而初试云雨的种种色情化陈设中,即包括"红娘抱过的鸳枕",正是透过互文的巧妙呼应。

而"红娘"作为小姐身旁那"紧跟的一个丫鬟",担任"传书递简,或寄丝帕,或投诗笺"之务的代表人物,于整部《红楼梦》中共被提及五次,实为曹雪芹进行角色类型之反思的聚焦对象。从第一回开宗明义的"那些胡牵乱扯,忽离忽遇,满纸才人淑女、子建文君红娘小玉等通共熟套之旧稿",显系将红娘的角色定位为胡牵乱扯之熟套旧稿的结构因素与陈滥符码之一,属于与全书对才子佳人小说之批判态度相一致的盖棺定论,也奠立了书中对此一角色的根本定位,而第五回的"红娘抱过的鸳枕"即隐约带出色情媒介的意涵。此外,扣除第四十回的"纱窗也没有红娘报"是黛玉情急之下脱口而出的曲词,必须从黛玉的角度另加讨论[1],至于第五十四回的"拷打红娘"与第五十一回的"被夫人时吊起",都是取酷刑严惩的处置为说,可知书中对红娘所采取的挞伐立场。尤其薛宝琴《蒲东寺怀古》一诗在"咏史宜明白断案"[2]的类型要求下,乃是直接针对红娘提出批判:

---

[1] 请另见欧丽娟:《论〈红楼梦〉的"佳人观"——对"才子佳人叙事"之超越及其意义》,《文与哲》第 24 期(2014 年 6 月),页 129—138。

[2] (明)谢榛:《四溟诗话》,丁福保辑:《历代诗话续编》(北京:中华书局,1983),卷 2,页 1159。

小红骨贱最身轻，私掖偷携强撮成。虽被夫人时吊起，已经勾引彼同行。（第五十一回）

在这段很少被注意的材料中，红娘扮演的堪称为淫媒的角色①，首句的"轻贱"先提出对其人其行的盖棺定论，接下来则分别以"私掖偷携""勾引"表述其不正当行为，尤其以"强撮成"点出其大力参与的主导性地位，最是火眼金睛的洞察之见。

　　对照原初元稹《莺莺传》中，在面对莺莺以礼守身的意志屏障时，红娘竟建议求爱受挫的张生"试为喻情诗以乱之，不然则无由也"，利用密友优势授外人以入侵弱点的攻坚之道，其行径形同内部间谍或卧底奸细，更使之与"以乱易乱"的张生缔结为一共犯结构，乃被莺莺视为"不令之婢"。故伊维德（Wilt L. Idema）甚至从现实角度，推论红娘在张崔关系中并非纯粹的观察者和支持者，而是有其切身利益考虑的名副其实的当事人，之所以热心成全张崔之好事的行为动机，在于透过为自己找到合适的主人而脱离奴婢地位，以解释为何红娘不顾莺莺"在这种爱情关系里，她是唯一可能的受害者"，在本质上处于非常软弱的地位，因为发生性关系之后莺莺只能依靠张生的怜悯与忠诚，而承担被抛弃的巨大

---

① 就其媒合促进的设计而言，实与艳情小说相类。有关艳情小说以贴身丫鬟、书僮、家奴、邻居、朋友与三姑六婆等发挥淫媒功能的情况，详参黄克武：《暗通款曲：明清艳情小说中的情欲与空间》，熊秉真主编：《欲掩弥彰：中国历史文化中的"私"与"情"》（台北：汉学研究中心，2003），页261—263。

风险。①则红娘究竟是热心助人的推手，还是藉势牟利的黑手？从"私掖偷携"的贼径盗行与"骨贱身轻"的人格论断，《红楼梦》的看法已是不言可喻。

因此，到了《红楼梦》一书，便完全解消了贴身丫鬟媒合双方的色情仲介成分，如宝玉对黛玉唯一一次以物为凭的定情表示，乃是差遣毫无概念的晴雯去潇湘馆传赠家常旧帕，任务执行完毕后晴雯还"一路盘算，不知何意"（第三十四回），正合乎其"素习是个使力不使心"（第五十三回）的性格。至于忠心护主的紫鹃虽然直接介入宝、黛爱情之中，但其动机完全是基于黛玉"他又和我极好，比他苏州带来的还好十倍，一时一刻我们两个离不开，……他倘或要去了，我必要跟了他去"的姊妹深情，是故"一片真心为姑娘，替你愁了这几年了，无父母兄弟，谁是知疼着热的人？趁早儿老太太还明白硬朗的时节，作定了大事要紧"，且其作为至多也只是"情辞试忙玉"——以迂回的言语测度宝玉心意，确立"最难得的是从小儿一处长大，脾气性情彼此知道"的"心实"情真；而此后的"心下暗暗筹画"，也仅仅是在薛姨妈有意向贾母提亲以撮合宝、黛时，趁机建议"和太太说去"（第五十七回），以婚姻为依归，遵守父母之命、媒妁之言的礼教界限十分明确，迥非浪漫爱情小说中积极媒合双方，而成为情欲活动之推动者与参与者的红娘者流。

对照之下，《红楼梦》中唯一具有红娘行动者乃是坠儿，在

---

① 引自孙歌、陈燕谷、李逸津：《国外中国古典戏曲研究》（南京：江苏教育出版社，2000），页184—186。

第二十四至第二十七回中，她穿梭于小红与贾芸之间私相传递手帕①，甚且索取谢礼，证示了三方各有图谋的现实考量甚至势利算计，故乃一并被视为"奸淫狗盗的人"（第二十七回）。果然坠儿所关联的另一情节即是第五十二回偷窃平儿的虾须镯，该事明确的犯罪性质更确立了坠儿的不良属性，成为完全名副其实的"奸淫狗盗"，因此脂砚斋批云：

> 可知奸贼二字是相连的，故情字原非正道，坠儿原不情，也不过一愚人耳，**可以传奸，即可以为盗**。

则其名中的"坠"字除了"坠子"的名物实指之外，也应该双关了"堕落"的隐含意义，毋怪脂砚斋以谐音的"赘"视之，②从而也强化了红娘之类角色的悖德人品，构成了对才子佳人模式的真正反讽。

（四）阅读反应的受众影响

大众文学作为文化的一种机制，作品的生产与行销在市场经济中将面临文化商业的包装与促销等问题，宋元之际王炎午（1252—1324）于《回耘庐刘尧咨》中即提及"不谐俗则难为售，此必然之

---

① 因此，张爱玲评贾芸"他那遗帕拾帕的一段情太才子佳人公式化"，而这段情节"也太像作者抨击最力的弹词小说"，张爱玲：《四详红楼梦——改写与遗稿》，《红楼梦魇》（台北：皇冠文化出版有限公司，1998），页 250、253。

② 第二十六回批云："坠儿者赘也。人生天地间已是赘疣，况又生许多冤情孽债。"

势",① 谈的虽然是杜诗评注,但市场贩售的本质却无二致;尤其是才子佳人之类的浪漫爱情小说,本来就是诉诸商业追求营利的产物,再加上作家基于"谋食方艰"②的困境,也必然遵行"谐俗"的畅销法则,因此成为一种消费性质强烈的大众文学。

而这种大众文学的操作方式,必然以满足消费心理(即所谓的"谐俗")为原则,因此,为了吸引最多的阅读群众,其作法便犹如詹明信(Fredric Jameson)所认为,大众文化一方面提出对社会的不满与抗议,但另一方面却又在幻想、想象的层次解决问题,因此,大众文化一定要或多或少地触及社会问题,然后再以圆满的方式解决,这样才能符合阅听人的心理需求,并发挥大众文化的意识形态效果。③换言之,大众文学一方面要引发社会大众的共鸣,却不能以深刻的、本质性的思辨加以启蒙,而是要透过简易的童话式安排,让阅读成为一种情绪发泄与心理满足的轻松管道。如此一来,无论小说家本身的思想价值观为何,都必须在作品中表现出"反社会"的幻想成分,以便满足在社会中感到压抑苦闷的读者心理。而蕴藏于其中的隐忧,犹如福柯(Michel Foucault, 1926—1984)在讨论"浪漫化的疯癫"(madness by romantic identification)

---

① (元)王炎午:《吾汶藁》,《四部丛刊三编》(台北:商务印书馆,1966),卷1,页15。

② (清)烟水散人:《女才子书序》,丁锡根编著:《中国历代小说序跋集》,中册,页831。

③ 参林芳玫:《解读琼瑶爱情王国》(台北:商务印书馆,2006),页250—251、270。

时所指出:

> 这些幻想是由作者传达给读者的,但是**作者的奇想却变成了读者的幻觉。作者的花招被读者天真地当作现实图景而接受了**。从表面上看,这不过是对幻想小说的简单批评,但是在这背后隐藏着一种巨大的不安。这是对艺术作品中的现实与想像的关系的忧虑,或许也是对想像力的创造与谵妄的迷乱之间以假当真的交流的忧虑。①

这种"现实与想像不分"导致以假为真地加以模仿,特别是在年轻天真的少年人身上最容易发生,而由于涉及不正当情欲的重大社会禁忌,以及身败名裂的严重后果,正统人士的忧虑便引发了对才子佳人小说的批判与反对,如清代李仲麟已有所触及:

> 淫词小说,多演男女之秽迹,敷为才子佳人,以淫奔无耻为逸韵,以私情苟合为风流。云期雨约,摹写传神,**少年阅之,未有不意荡心迷、神魂颠倒者。在作者本属子虚,在看者认为实有**,遂以钻穴逾墙为美举,以六礼父命为迂阔。遂致伤风败俗,灭理乱伦,则淫词小说之为祸烈也。②

---

① 〔法〕福柯著,刘北城、杨远婴译:《疯癫与文明:理性时代的疯癫史》(北京:三联书店,1999),页24—25。

② (清)李仲麟:《增订愿体集》,卷2"防微"条,同类看法可参王利器:《元明清三代禁毁小说戏曲史料(增订本)》(上海:上海古籍出版社,1981),页234—242。

其中所说的"在作者本属子虚,在看者认为实有",恰恰正是福柯所谓"作者的奇想却变成了读者的幻觉。作者的花招被读者天真地当作现实图景而接受了"的绝佳注脚。以至于这种以假为真、虚实不分的模仿引发了读者仿效的悖德问题,这对于性别待遇双重标准下的女性读者尤其严重,基于现实利害的考量,因此也是贾母以及大族家长禁止府中少女看小说的原因。

四、贾母的批判权力/权利

最后,从贾母所承认,自己"偶然闷了",也会让人把这些才子佳人故事"说几句听听",有人便认为"这样的表白实际上大大削弱了她前面那一通冠冕堂皇的议论可能含有的批评力量。一方面不许别人听这些故事,一方面却自己喜欢听之,这样的行为不能不使读者对她的批评态度是否严肃、诚实和可靠发生怀疑",[①]这是就阅读行为的双重标准而言。

然而事实上,其中并不存在双重标准的诚信问题,细考贾母所说的完整内容是:

> 这几年我老了,他们姊妹们住的远,我偶然闷了,说几句听听,他们一来,就忙歇了。(第五十四回)

---

① 周建渝:《才子佳人小说研究》,页236。

其中，明确以"年龄代层"树立了阅听才子佳人浪漫爱情小说的不同分际。参照第四十二回贾母受到风寒而身体欠安，在王太医进来看诊前，拒绝了婆子们请进帐幔以回避男宾之礼数要求，理由就是："我也老了，那里养不出那阿物儿来，还怕他不成！不要放幔子，就这样瞧罢。"可知贾母这时已是"去性化"（de-genderized）的孤雌纯坤，作为一位年逾古稀之高龄长者，早已超越了青春期未成熟的不安定性格，所谓"人在年少，神情未定"①，而具备了由丰富的人事历练与稳定心智所产生的明辨智慧与精神定力，故完全可以超越男女之防并豁免情欲影响，获取阅听的合法性，这也符合现代文论家的可靠假定："青年人受阅读的影响要比老年人更为直接而有力，没有经验的读者会较天真地把文学当作是人生的抄袭而不是诠释，那些只有少数书籍的人要比广泛阅读的或职业性读者更为认真。"②其偶一为之的阅读兴趣不过是排闲解闷所致，且用以解闷者亦绝非少年男女捧读聆听时的感性满足，而比较倾向于分析思辨的智性作用，故时时表现出对这类虚构作品的批判话语。至于少女们作为被禁止阅听的"别人"，则与不受约制的高龄长者如贾母完全分属于不同的层次，本就不能施以同一标准。

　　从贾母对不同年龄层之世代差异的严明判分，表现出她对才子佳人小说作用于青少年男女的偏差影响力深有洞悉，反而证明

---

① （北齐）颜之推撰，王利器注：《颜氏家训集解》（台北：明文书局，1982），页128。

② 见〔美〕韦勒克、华伦合著，王梦鸥、许国衡译：《文学论——文学研究方法论》，页163。

了贾母对才子佳人小说的批评是极为严肃、诚实和可靠的，极具高度效力。

五、"佳人"的真正典范："心身自主"的学识才女

从上面所讨论的，已经可以清楚地确定《红楼梦》是反对才子佳人之类的浪漫爱情故事的。而贾母所谓"我们家也没有这样的事"，指的是才子佳人一见钟情、抛忘父母书礼的事，这也完全合乎《红楼梦》之情实——不但宝、黛之间的关系迥非一见钟情，且两人之爱情发展也始终谨守情、欲分际而未曾丝毫逾越，甚至连对"情"的存在也都心怀戒慎恐惧，以免落入严格意义下的"淫滥"，这一点已从上文得见。

因而宝玉连在言语上的情意表白，都往往因为担心冲撞了黛玉而极力加以压制，最具代表性的，是当宝玉劝慰黛玉不可过作无益之悲，脱口说出"若作践坏了身子，使我……"的半截心声私语时，立刻警觉到"以下的话有些难说，连忙咽住"，却因自知"把话又说造次了，接不下去，心中一急，又怕黛玉恼他"，因而转急为悲，早已滚下泪来；而黛玉听了果然也"恼宝玉说话不论轻重"，对此一微微触及情意表示的言词即将动怒，若非宝玉及时煞车，并转急为悲滚下泪来，以致见状有感地随之无言对泣，恐怕一场风波又在所难免（第六十四回）。可见双方都严守"止乎礼"的道德标准，对"发乎情"的表达界限十分警戒而自制，从而这种"**心里有话，只是口里说不出来**"（第二十五回）、"**早存了一段心事，只不好说**

出来"(第二十九回)、"好妹妹,我的**这心事,从来也不敢说**"(第三十二回)、"他虽说和黛玉一处长大,情投意合,又愿同生死,却**只是心中领会,从来未曾当面说出**"(第六十四回)的情况乃终其一生。

落实于具体情节中,对第十九回"意绵绵静日玉生香"写黛玉独自歇午,宝玉进来推她唤醒一段,脂评云:

> 若是别部书中写此时之宝玉,一进来便生不轨之心,突萌苟且之念,更有许多贼形鬼状等丑态邪言矣。此却反推唤醒他,毫不在意,所谓"说不得淫场(荡)"是也。

又第五十二回宝玉关切黛玉道:"你一夜咳嗽几遍?醒几次?"脂批更曰:

> 此皆好笑之极,无味扯淡之极,回思则皆沥血滴髓之至情至神也。**岂别部偷寒送暖,私奔暗约,一味淫情浪态之小说可比哉**。

此所以虽然第三十五回中,林黛玉触景思及《西厢记》中的崔莺莺,所感叹者乃是:

> 双文,双文,诚为命薄人矣。然你虽命薄,尚有**孀母弱弟**;今日林黛玉之命薄,一并连**孀母弱弟**俱无。古人云"佳人

命薄",然我又非佳人,何命薄胜于双文哉!

表面上乍看之下,这似乎有彼我对照、相互定义的投射意味,然而若加以精密推敲,必须严格厘清的是,黛玉之援引崔莺莺以彼我对照的"命薄论"并不是建立在婚恋范畴上,而是建立在"有无亲眷"的身世基础上——崔莺莺的"命薄"是基于"无父",黛玉则因既"无父"又"一并连孀母弱弟俱无"而自认"命薄"犹甚,显然是纯粹就身世范畴借之发抒一种孤伶无托之悲感。这种"我又非佳人"的自我认定,否决了她与《西厢记》《牡丹亭》等才子佳人小说的模拟关系,也直接排除了私订终身、婚前云雨的两性互动,从而确保二玉爱情之纯粹性,即评点家对黛玉所赞美的:"古亦未有儿女之情而终身竟不着一字者,古未有儿女之情而知心小婢言不与私者,古亦未有儿女之情而白圭无玷痴至于死者。"[①] 林黛玉所声称的"我又非佳人",正清楚标示了《红楼梦》与传统浪漫爱情小说分道扬镳的告别宣言。

另外,平行于黛玉"我又非佳人"的自我否定,脂批则一致地明确标举出宝钗为佳人的真正典范。

具体而言,从第二回对甄家丫头娇杏之偶然一回顾,便阴错阳差晋升为贾雨村之正室夫人一段,作者给了"偶因一着错,便为人上人"的评语,脂砚斋也逐句分别下了注解,于"偶因一着错"

---

① (清)西园主人《红楼梦论辨·林黛玉论》,一粟编:《红楼梦资料汇编》,卷3,页198。

句批云：

> 妙极，盖女儿原不应私顾外人之谓。

而于"便为人上人"句则批曰：

> 更妙，可知**守礼俟命**者，终为饿莩，其调侃寓意不小。

如此一来，第一回回目称之为"闺秀"即明显不是身份的客观指称，而是就其未曾动心用情、私奔遂欲的内外合节所言。一个"礼不下庶人"的乡宦丫头已然如此，则贵胄世族的大家闺秀更不言可喻，故第四十九回写宝琴"本性聪敏，自幼读书识字"，脂批即借以宣告：

> 我批此书竟得一秘诀以告诸公：凡**埜**史中所云才貌双全佳人者，细细通审之，只得一个粗知笔墨之女子耳。此书凡云知书识字者，便是上等才女，不信时只看他通部行为及诗词诙谐皆可知。

可见《红楼梦》中"知书识字"的"上等才女"便足以压倒"埜史中所云才貌双全佳人"，而其比较条件除了"诗词诙谐"之外，也包括"通部行为"的衡量，荡检逾闲者自远远不及，正与前述章学诚所批判者相一致。因此第九回写林黛玉在宝玉初次上学时，对前来辞行的宝玉笑道:"好,这一去,可定是要'蟾宫折桂'去了。"脂批即云:"此写黛玉,差强人意,《西厢》双文能不抱愧。"黛玉之不以私害公尚且差强人意,浪漫言情小说中恣情遂欲的佳人当然只能抱愧自惭了。

但单单符合"通部行为及诗词诙谐"的外在标准是不够的,若要从"上等才女"进入到更高层次的"真正佳人",还必须更要求"守礼俟命"的内在心性境界。脂砚斋便透过对宝钗的赞美,明确为其佳人观下一定义:

> 知命知身,识理识性,博学不杂,庶可称为佳人。可笑别小说中一首歪诗,几句淫曲,便自佳人相许,岂不丑杀。(第八回)

比观另一批语云:

> 宝钗可谓博学矣,不似黛玉只一"牡丹亭",便心身不自主矣。真有学问如此,宝钗是也。(第二十二回)

以及:

> 总写宝卿博学宏览,胜诸才人。颦儿却聪慧灵智,非学力所致,皆绝世绝伦之人也。(第二十二回)

再配合探春称美宝钗之"你这么一个通人",尤其藉由宝钗所声言的"不拿学问提着,便都流入市俗去了"(第五十六回),可见这种"拿学问提着,而不流入市俗"的"博学不杂",足以抗衡"只一'牡丹亭',便心身不自主"的偏至失控,并保有一种不以物喜、不以己悲而廓然大公的沉静平和,表现出"心身自主"的定力,以致"逐回细看,宝卿待人接物,不疏不亲,不远不近,可厌之人,亦未见冷淡之态,形诸声色;可喜之人,亦未见醴密之情,形诸声色";① 犹有甚者,适其遭逢人生迁变无常的动荡时刻,更得以呈显"万缕千丝终不改,任他随聚随分"(第七十回《临江仙》)、"受得富贵、耐得贫贱"(第一○八回贾母评语)的超然自足之性。其素日行止则是"罕言寡语,人谓藏愚;安分随时,自云守拙"(第八回)② 的

---

① 第二十一回批语。
② 应该注意的是,其中的"藏愚""守拙"都是来自传统儒道二家的人格价值观,所谓"大智若愚,大巧若拙",仁人君子乃守之、养之、效之,尤为儒家精神所在。"藏愚"者,如初唐崔湜自谓"余本燕赵人,秉心愚且直。群籍备所见,孤贞每自饬"(《景龙二年余自门下平章事削阶授江州员外司马寻拜襄州刺史春日赴襄阳途中言志》),盛唐王维《田家》亦云:"住处名愚谷,何烦问是非。"中唐韦应物也不断声称:"效愚方此始,顾私岂获并"(《自尚书郎出为滁州刺史》)、"日出照茅屋,园林养愚蒙"(《答畅校书当》)、"我以养愚地,生君道者心"(《酬令狐司录善福精舍见赠》),而晚唐郑谷字"守愚",更为其甚者。至于"守拙"一词,乃首创于陶渊明《归田园居五首》之一的"守拙归园田",三百年后更由最伟大的诗人杜甫所继承,其诗作中"拙"字出现多达二十八次,主要都是涉及个人的人生态度与自我评价,并且在陶渊明所创的"守拙"词汇外,更增加"养拙""用拙"之用法,其《自京赴奉先县咏怀五百字》的"杜陵有布衣,老大意转拙。许身一何愚,窃比稷与契",可谓"愚""拙"兼而有之的综合表述。

性情，为人处世的表现皆"稳重和平""不妄言轻动""坦然自若"（第二十二回）。其中，脂砚斋对"稳重和平"批云："**四字评倒黛玉**。"而早在第五回，书中即藉由众人之口对钗、黛高下给予定论，所谓："来了一个薛宝钗，**人多谓黛玉所不及**。"就此，脂砚斋亦批云："**此句定评**。"

值得注意的是，脂砚斋将宝钗此一性情成因归诸自然天性与后天教养之共同作用所致，认为：

> 瞧他写宝钗，真是**又曾经严父慈母之明训**，又是世府千金，自己又天性从礼合节，前三人之长并归一身。前三人向有捏作之态，故惟宝钗一人作**坦然自若**，**亦不见逾规踏矩**也。（第二十二回批语）

可见除天性之外，后天所接受"严父慈母之明训，又是世府千金"的大家教养，才足以使之"坦然自若，亦不见逾规踏矩"，而与林黛玉的"向有捏作之态"以及"接待不周，礼数粗忽"（第四十五回）迥然有别；如果再参照第四十五回中，黛玉对自我性格特质所作的归因，所谓：

> 细细算来，**我母亲去世的早，又无姊妹兄弟**，我长了今年十五岁，竟没一个人像你前日的话教导我。

则显然也牵涉到"母教""兄姊"的训育问题，其所谓"没一个人像你前日的话教导我"——岂非即自承"没有家教"之意？这就构成了与"曾经严父慈母之明训"的薛宝钗性格分化的关键因素之一。幸而同为"世府千金"的阶级熏陶还最低限度地保障了"发乎情"却能"止乎礼"的基本界限，而始终维持二玉之爱的纯净不染；唯毕竟"发乎情"已使之不得与宝钗比肩，薛宝钗遂成为《红楼梦》之新佳人的代表性典范。

第八章
《红楼梦》的爱情观：人格与意志的展现

在"革命加恋爱"的现代式叙事图景之下，"爱情"往往被赋予革命的意义或期待，这样的眼光引导读者去找寻宝、黛爱情中不合礼法的部分，强调其中具有反抗礼教的意涵。但实情并非如此，甚且恰恰适得其反，在宝、黛的爱情发展中，始终都是合乎礼法道德的，借此探究《红楼梦》的爱情观，可以更进一步补充"佳人"的意义，也让我们更清楚地了解到，曹雪芹对人性中真正美好的那一个层次的深刻洞察。

一、"不只是"一部爱情小说

《红楼梦》是一部"爱情小说"吗？正确的答案是："不是"。或者更精确地说，《红楼梦》所讲的"绝不只"是爱情故事而已。

清代讷山人《增补红楼梦序》曾感慨：

> 其书则反复开导，曲尽形容，为子弟辈作戒，诚忠厚悱恻，有关于世道人心者也。顾其旨深而词微，具中下之资者，鲜能望见涯岸，不免堕入云雾中，久而久之，直曰情书而已。①

实际上，《红楼梦》是中国"百科全书式"小说的登峰造极之作，其中对传统文化的全景探照，真可称得上洋洋大观、包罗万象，尤其最是聚焦于"人情事理""世道人心"的深刻展现。毕竟，"人"才是伟大的小说家最为关心的终极核心，究竟在各式各样的人生之路的开展过程中，天赋的人格气质与后天的环境影响共同作用之下，塑造了多少形形色色的生命风景？其笔下的各个人物造型，就是对于这些现象与问题进行观察与解答的总成果，而由于书中角色凝聚了高度典型性的鲜明形象，因此作为纸上的虚构人物，却甚至比现实的人类更有趣、更吸引人，不但读者为之醉心神往，连将他们创造出来的小说家本身，都反过来受到他们的启发，从探索与塑造的过程中感到人性的丰富与神奇。

可以说，人是怎么活着的？人又可以活出什么样子？而这个世界的构成与社会的运作，更有哪些复杂幽微的奥秘？这种种关于"存在"的问题的探索，也同样在《红楼梦》中获得深刻的展现。

虽然长期以来，《红楼梦》确实只是被当作爱情小说来阅读，无数读者以宝、黛的爱情为中心，为他们的苦恋与悲剧收场一掬同

---

① （清）讷山人：《增补红楼梦序》，一粟编：《红楼梦资料汇编》，卷2，页53。

情的眼泪；而其他仿佛对这段爱情有所阻碍或压制的人物，也就顺势被打入恶魔党，惨遭污名化与猛烈抨击，这当然不是小说家的本意。不过，爱情本来也诚然是《红楼梦》书写的主轴之一，只是这个主轴被融摄到深厚复杂的"人情事理""世道人心"中，反倒比一般人所以为的爱情更接近真正的爱情，所以不妨用来作一支观测宇宙的显微镜，带领我们切入《红楼梦》的世界。

二、"怎样的"爱情：深度、厚度与长度

　　人心总是向往传奇，因为真实生活太过平淡琐碎；爱情如果加入柴米油盐酱醋茶，也就注定与神话绝缘。而要如何创造爱情神话呢？方法是添加一些超现实或非理性的元素，给予一种非理性所能解释的神秘联结，就足以让爱情获得一种超现实的力量。例如向迷雾中的前世延伸，透过前世今生的流转轮回，往往就能让爱情升华，从历史的沧桑中进入宿命的永恒；即使就在今生今世的情况下，还有"死亡"可以提供最好的炼金术与防腐剂，似乎在最痴迷的巅峰时刻登上死亡祭坛，献出最炽热燃烧的灵魂，就可以使青春夭折的生命淬炼出灿烂光彩，不再有褪色的疑虑，不再有平凡的威胁，被死亡冻结的强大爱情变得鲜明而不朽。

　　因此，古今中外无数的"爱情神话"都是以情感的强度为衡量标准，人们注目于最浓烈的瞬间，那"一见钟情"的石破天惊、心醉神迷，可以令人为之生、为之死，甚至可以为之复活，而这种强烈的心灵震撼也最能撩动读者的共鸣。汤显祖的《牡丹亭》以及其

中所塑造的女主角杜丽娘，便可以说是这类爱情神话的代表，汤显祖并且在《牡丹亭记题词》中清楚主张：情是"不知所起"的，且"一往而深，生者可以死，死可以生。生而不可与死，死而不可复生者，皆非情之至也"。从此以后的四百多年来，这就成为最受传颂的爱情宣言。

表面上，《红楼梦》似乎也落入了这样的套式中，宝、黛的爱情不但有前世"木石前盟"的神话设定，藉着三生石、灵河岸的仙界情缘，因此豁免了门当户对、金玉良姻的世俗气；而且在此一宿命的规范之下，幻形入世后的黛玉注定泪尽而亡，宝玉也注定出家为僧，透过不同的形式，双双在十几岁的青春华年告别人间世，以致他们的爱情没有婚姻的磨损、没有衰老的侵蚀，永远晶莹剔透。

但，真的是这样吗？深谙人情事理的曹雪芹，又怎会仅止于此呢？流星虽然比恒星更耀眼、更动人，更适合传奇；然而，恒星才是宇宙的坐标，告诉我们正确的方向，不会迷失在茫惑动荡的虚空与黑暗里。曹雪芹正是针对传统浪漫爱情故事的主要类型——"才子佳人模式"加以批判并有所超越而写，他透过《红楼梦》重写爱情，完整地说明了爱情是如何发生，又该如何发展以及完成的，从而深刻触及了爱情的真正本质。

（一）爱情的发生："日久生情"——对"一见钟情"的反拨

正如瀑布喷泉往往比细水长流更具直接的震撼力，才子佳人浪漫故事也大多以"强度""速度"为诉求，因此，对于爱情是"如何发生"的问题，总是以"一见钟情"为诠释；而感性直觉上的"不知所起"，也似乎才能配得上爱情那不可言说的神秘。

因此，"初会"作为一般才子佳人小说最重要的情节之一，犹如论者所指出的，往往被安排为初次相遇便彼此发生好感，甚至是一见钟情，用以强调人物相互间某种超越常理的深深理解和欣赏，也就是人们通常说的"知音"①，以解释爱情的"发生"。不过，《红楼梦》对才子佳人小说的"初会"此一现象的解释则有所不同，认为其实质只是奠基于外貌的强烈吸引，而与人格心灵的理解和欣赏无关，第五十四回贾母破陈腐旧套时所谓的"只一见了一个清俊的男人，不管是亲是友，便想起终身大事来"，"清俊"即指出才子之与佳人相当的高度容貌条件，这也解释了"才子无貌"的《霍小玉传》之不被视为才子佳人模式之滥觞的原因。

其次，除了外貌条件外，浪漫故事中爱情的发生还往往与性欲的萌动相混淆。如《牡丹亭》中的杜丽娘与柳梦梅的爱情就完全只是建立在"外貌"上，甚至连"初会"这种浮浅的一面之缘都有所欠缺，则杜丽娘的为情而死，并谈不上是真情，第二十三出《冥判》所说的"慕色而亡"、第二十七出《魂游》所说的"只为痴情慕色，一梦而亡"，都承认了这一点；而双方的"情"，其实质也是"欲"的同义语，故在真正的交往之前，杜丽娘就发生《惊梦》《幽媾》之情事，而柳梦梅对着杜丽娘的写真肖像画，日夜所想的也都是"倘然梦里相亲，也当春风一度""怎勾姐姐风月中片时相会""怎能勾他威光水月生临榻"之类的色欲满足，显然都只是爱欲而不是

---

① 参周建渝：《才子佳人小说研究》，页243—244。

爱情，因此当乍见敲门入室的杜丽娘时，乃惊赞道："何处一娇娃，艳非常使人惊诧"、"奇哉，奇哉，人间有此艳色！"惊喜多于惊怪，感性之欢迷中毫无理性之省思与道德之节制的余地，一旦画中人主动投怀送抱，其反应便是"果然美人见爱，小生喜出望外"。

推究其原因，季新曾提供极其发人省思的社会学式的解释：

> 男女隔绝时代，其见也难，其乱也易。夜拒奔女，侈为盛德；坐怀不乱，播为美谈：饿夫之喻，诚哉确也。若夫相处，则习为恒事，此心理所必然者。①

亦即两性之间在缺乏适当管道的情况下，一旦偷偷摸摸地逾越禁忌，即往往陷入一种暗中摸索的暧昧不明，欠缺理性之光所照耀的智能作用与客观省察的空间；复以处在时间压缩的匆迫急切中，以致情窦初开的心灵激荡往往跳过经验交流、人格碰撞的认知探索阶段，只能猎取一时冲动的快感刺激，而迅速流于偷试云雨的性爱享乐。这种社会学的思考，诚然为此类浪漫爱情形态提供了一种深刻的解释，事实上，即使到了1940年代上海迈入现代化的时空环境中，都还不免存在着以下的事实："浪漫爱的观念开拓了青年人的视野，使他们的感受力更敏锐丰富。然而，这只是观念上的革命，并未形成一套规范约会与男女交往的社会制度。青年男女纵然有满腔热情，却常无所适从。上述研究者因此认为，缺乏表达情感的管

---

① 季新：《红楼梦新评》，一粟编：《红楼梦资料汇编》，卷3，页318。

道，造成了当时中国青年人格上的不平衡及适应不良。……由这些社会心理学上的案例可看出，爱情看似浪漫唯美，实则仍需一套行为规范的引导，才能使男女双方的交往顺利展开且持续。"① 尤其在男女交往之公共空间与观念支持都完全缺乏的情况下，这种情感发生时的情欲混淆、以及情感发生后的后继失调等现象，于传统社会自更有过之。

对此，《红楼梦》是深有觉察与省思的，从这两个问题检视《红楼梦》中"一见钟情／欲"式的事例，诚然可以看到在在充满了不确定的危险因素。以建立在外貌吸引的一见钟情而言，曹雪芹用以证示其理的例子，如第四回冯渊对香菱一见倾心，不但为之由"酷爱男风，最厌女子"而性向突变，更决心放弃其他妻妾以之为唯一，却因此身亡殒命，其情感之强烈与下场之惨烈被视为"前生冤孽"；尤三姐对柳湘莲贞心自誓的执着固然令人动容，但最终却落得以鸳鸯剑自刎而死的悲剧下场，实即必须归因于一面之缘让彼此欠缺深厚的了解，乃横受传闻与成见之干扰影响所致。至于喜剧收尾的娇杏，从被贾雨村注目、纳妾、生子、扶正的一连串戏剧化过程，则是透过"偶因一着错，便为人上人"的"偶"字、"错"字与其名字的谐音"侥幸"②，揭示出一见钟情式之婚恋关系的偶然成分与不确定因素，乃至其中所蕴含的高风险比例。这三段情节的结果有正有反，却殊途同归地指向欠缺相互交流与深刻认识之爱情

---

① 参林芳玫：《解读琼瑶爱情王国》，页54。
② 相关情节见第一至二回，其名字的谐音则见诸第二回夹批。

的基础薄弱。

事实上,即使不从"结果论"来反推,单单建立在外貌吸引的情/欲混淆,甚至更受到作者本质性的直接非议。如第十九回宝玉撞破茗烟与卍儿的幽会偷情后,向茗烟探询:"那丫头十几岁了?"茗烟答以模棱两可的"大不过十六七岁了",宝玉听了便感叹道:

> 连他的岁属也不问问,别的自然越发不知了。可见他白认得你了。可怜,可怜!

"白认得"正揭示此类情感基础的薄弱如纸与浮浅似纱,可以说并不认为两人之间有真正的爱情,语末一再感叹而余音不断的"可怜,可怜",便是对轻易献身之无知少女的深深惋惜,诚如脂批所转达的爱深责切:

> 作书者视女儿珍贵之至,不知今时女儿可知?余为作者痴心一哭,又为近之自弃自败之女儿一恨。(第五回眉批)

这种以欲为爱而"自弃自败"的少女,除了卍儿外,还包括"如今大了,渐知风月,便看上了秦钟人物风流,那秦钟也极爱他妍媚"的智能儿。第十五回描述秦钟于乃姐秦可卿之大殡过程中,先是就一十七八岁的陌生丫头暗拉宝玉道:"此卿大有意趣。"其心术之不正,连始终对他怀抱钦敬之情的宝玉都忍不住将他一把推开,严正抗议道:"该死的!再胡说,我就打了。"更有甚者,继之则是"得趣馒头庵",以"我已急死了,你今儿再不依,我就死在这里"和"远水救不得近渴"的急色之姿,强拉小尼姑智能儿就范于云雨之欲。较诸《莺莺传》中张生之不暇于"三数月间"明媒正娶的等待,以免届时"索我于枯鱼之肆",故急切于西厢之夜会,正有着异曲同工之处,都足以透显有欲无爱、有色无情的真相。尤其是秦钟于亲姐之死毫无悲戚之情,反倒借机于出殡过程中专注于猎取女色;于情人则缺乏尊重与顾惜之意,全然未曾考虑对方的现实处境与可能危机,纯粹视对方为一时泄欲的性对象,并终致智能儿的流落失所,则其所名"秦钟"之谐音为"情种",实大有反讽的意味,故脂批即云:

> 设云秦钟(有正本"秦钟"作"情种")。古诗云:"未嫁先名玉,来时本姓秦。"二语便是此书大纲目、大比托、大讽刺处。(第七回批语)

其中所引的两句诗,即是透过情(秦)和欲(玉)的谐音,以"未嫁先名欲(玉),来时本姓情(秦)"对情欲混淆、以淫代情,以及所谓的情欲自主给予讽刺。张新之甚至认为:

> "秦""禽"同音,转声为"情"。《红楼》首叙此人,则《红楼》自云"谈情",正面反面,一齐在内。①

---

① 冯其庸纂校订定,陈其欣助纂:《八家评批红楼梦》,页112。

"禽"之与"秦"同音，较诸转声之"情"字更切，其贬抑尤其发人深省，揭示出"情"之通往"禽兽"的肉欲本质，足为对这类一见钟情（欲）者的春秋定评。

然而，宝、黛之情则与此前"才子佳人"型一见倾心而产生的"痴情""情欲"迥然不同。在《红楼梦》里，宝、黛的爱情虽然是奠基于前世"木石前盟"的神话设定，但仔细阅读相关的文本描述，我们就会发现，两人的关系实际上是以儒家范畴的"德惠"提供了"恩义"的伦理前提。第一回中，一僧一道以"智慧老人"（the wise old man）的身份，由和尚交代了林黛玉的来历，以及她下凡的原因：

> 只因西方灵河岸上三生石畔，有绛珠草一株，时有赤瑕宫神瑛侍者，日以甘露灌溉，这绛珠草便得久延岁月。后来既受天地精华，复得雨露滋养，遂得脱却草胎木质，得换人形，仅修成个女体，终日游于离恨天外，饥则食蜜青果为膳，渴则饮灌愁海水为汤。只因尚未**酬报灌溉之德**，故其五内便郁结着一段缠绵不尽之意。恰近日这神瑛侍者凡心偶炽，乘此昌明太平朝世，意欲下凡造历幻缘，已在警幻仙子案前挂了号。警幻亦曾问及，**灌溉之情未偿，趁此倒可了结的**。那绛珠仙子道："他是**甘露之惠**，我并无此水可还。他既下世为人，我也去下世为人，但把我一生所有的眼泪还他，**也偿还得过他了**。"因此一事，就勾出多少风流冤家来，陪他们去了结此案。

首先应该注意到,"西方灵河岸上三生石畔"用的是唐代袁郊《甘泽谣》中的典故,叙述李源与和尚圆观死后化身牧童的重逢故事,其中牧童口唱山歌云:"三生石上旧精魂,赏月吟风不要论。惭愧情人远相访,此身虽异性长存。"所谓的"情人"并非爱侣,而是指有情义之友人,可见这种生死不移的深情是用在超越性别的同心知己上,原本就不限于狭义的男女之爱。而这也与曹雪芹称宝、黛幼年之初始情感本质乃是"亲密友爱"(第五回)相对应。

再者,就"木石前盟"的建立过程与订定本质而言,从宝玉的范畴来看,其前身神瑛侍者之所以灌溉灵河岸边的绛珠仙草,使之得以久延岁月,动机也并非出于对特定对象的情之独钟,乃在男女之爱的范畴中刻意为之;而是一种博爱普施万物的举手之仁,幻形入世后的宝玉依然保留了这样的人格特质,所谓:"**自天性所禀来的一片愚拙偏僻,视姊妹弟兄皆出一意,并无亲疏远近之别**。其中因与黛玉同随贾母一处坐卧,故略比别个姊妹熟惯些。既熟惯,则更觉亲密"(第五回)。其次,从黛玉的范畴来看,神瑛侍者施予绛珠草的"甘露之惠",造成了后者"只因尚未酬报灌溉之德"的偿债心理,直接促成了入世还泪的俗世因缘,其最初的本质也不是一般意义的爱情。

尤其是,从这段文字中不断出现的"灌溉之德""甘露之惠",以及"酬报""偿还"等用语,可见"木石前盟"的建立过程与订定本质,完全是出自儒家的"报恩"范畴。旅美学者杨联陞指出,报恩的基本精神,就是《礼记·曲礼》中所说的:"太上贵德,其次务施报。礼尚往来,往而不来,非礼也;来而不往,亦非礼也。"

中国人相信行动的交互性,这种给别人好处的行为通常被视为一种社会投资(social investment),而实际上每一个社会中这种交互报偿的原则都是被接受的,只是在中国此一原则有由来久远的历史,高度意识到其存在,广泛地应用于社会制度上,并产生深刻的影响。① 历史社会学家文崇一则进一步指出,"恩"是一种泛称,史书中所说的德、惠、赠与、招待、救济等,都可以算是一种恩惠,施恩行为集中于生活救济、挽救生命和照顾事业,而报恩方式则集中于生命、升官、赠与诸方面;且报偿行为多由本人执行,其内容以转换的报偿居多,以同样方式回报的较少。至少自战国以来,知恩报恩是一种正常的交换行为,不回报才是反常。② 由以上说法印证宝、黛两人的神话故事,都完全合契,像是:神瑛侍者以甘露灌溉奄奄一息的绛珠草,就是出于对弱者的怜悯所给予的德惠,其施恩行为属于生活救济、挽救生命;而绛珠草为了报恩,入世为人亲自执行回报,其报偿内容也确实是以转换的方式,由"甘露"改为"眼泪"——也就是变相的"生命"来偿还。

如此一来,曹雪芹在刻画宝、黛的爱情关系时,一则是掺杂了佛教的因缘观,将那穿过生命之链(chain of lives)的"业"(karma)报以及轮回的观念融入"报恩"形态;另外也似乎承袭了道教文学

---

① 参〔美〕杨联陞著,段昌国译:《报——中国社会关系的一个基础》,《中国思想与制度论集》(台北:联经出版事业公司,1985),页349—372。

② 详参文崇一:《报恩与复仇:交换行为的分析》,杨国枢主编:《中国人的心理》(台北:桂冠图书股份有限公司,1988),页347—360;后收入文崇一:《历史社会学》(台北:三民书局,1995),页221—226。

中的谪凡神话,以"情、爱"为触犯天律的理由,而谪降下界则是到红尘生活里遭受罪罚;但是,经过曹雪芹的融会改造后,使得宝、黛的俗世之情爱成为神界之恩义的延续与完成,男女之爱其实是建立在"德惠"与"报恩"的儒家伦理基础上。这与一般才子佳人宣扬爱情为"不知所起",可以说是截然不同的。

因此,虽然"爱情"本来就是一种独特的人际关系,其付出之深切无悔,远超过一般讲究互惠的朋友原则,故有人以较庸俗的"还债"来解释,曹雪芹改创为"还泪",当然美得多、也动人得多;但在新鲜特殊之余,其实所包藏的仍是一种报恩还债的伦理概念,也就是"爱情"不仅是一种强烈的激情而已,要能持久深厚,必须经由双方的互信互助而转化成为一种恩情。恩情也者,包含一种感恩之心,不只是享受对方所给的爱,并且还能感谢对方所给的爱。因为感谢、感动,而更为珍惜、珍爱,于是更为温厚深沉,这就是所谓的"恩爱"。

(二)爱情的发展:"日常生活"的累积深化

《红楼梦》既然连"不知所起"的神秘性都不惜抛开,可见对爱情的认识并不是非理性的激情,而是建立在人与人之间互相体贴、彼此关怀的真心对待上。如此一来,对于爱情发生后又应该如何发展,也出现与才子佳人故事完全不同的主张。

首先,回到"爱情本质"的思考来看,有关情欲分合的这个议题,其辨析对现代人仍然同样适用,因为其中实际上涉及了今古皆然的人格问题,曹雪芹对"以欲为情"的反对,我们并不能直接以封建迂腐加以批评。德国学者布鲁格（Walter Brugger, 1904—1990）就指出：爱（Love）乃是心灵的整体状态，"尤其不应该把爱与纯本能的冲动（即使是升华的冲动）视为一事，……冲动本身原以满足其嗜欲为能事，而把对方视为满足嗜欲的方法，爱则是以肯定价值及创造价值的态度把自己转向对方"①。这个区隔从本质上将情与欲断然二分，简单地说，"爱"是心灵感受，而"欲"是肉体感觉；"爱"是因为要使对方幸福而付出，而"欲"则是为了自己的快感而利用对方，因此情与欲的断然二分才能真正确保爱的纯粹。更值得注意的是，不只是"欲"不等于"爱"，由杜丽娘、崔莺莺所代表，令无数读者神魂颠倒的"痴情"，其实也与真正的"爱"大相径庭。

在这里，我们要分享一段公布在网络上的解释，很可以厘清一般所谓"痴情"的盲点，以及它对真正的爱的蒙蔽：

Is it Love or Infatuation?

Infatuation is instant desire. It is one set of glands calling to another.

Love is a friendship that has caught fire. It takes root and grows, one day at a time.

Infatuation is marked by a feeling of insecurity. You are excited and eager, but not genuinely happy. There are nagging doubts, unanswered

---

① 参〔德〕布鲁格编著，项退结编译：《西洋哲学辞典》，页243。

questions, little bits and pieces about your beloved that you would just as soon not examine too closely. It might spoil the dream.

Love is quiet understanding and the mature acceptance of imperfection. It is real. It gives you strength and grows beyond you to bolster your beloved. You are warmed by his/her presence even when he/she is away. Miles do not separate you. You want him/her nearer, but near or far, you know he/she is yours and you can wait.

Infatuation says, "We must get married right away! I can't risk losing you!"

Love says, "Be patient. Do not panic. Plan your future with confidence."

Infatuation has an element of sexual excitement. If you are honest, you can admit it is difficult to be in one another's company unless you are sure it will end – in intimacy.

Love is the maturation of friendship. You must be friends before you can be lovers.

Infatuation might lead you to do things you will regret later, but love never will.

Love is an upper. It makes you look up. It makes you think up. It makes you a better person.[①]

---

① 见 Dr. Irene's Verbal Abuse Site: http://www.drirene.com/isitlove.php (检索日期: 2014/11/26)。

这种种对"痴情"与"爱"的观念的区分与定义,尤其是"爱是友谊的成熟,在一天又一天点点滴滴的累积中逐渐生根成长,因此彼此有着平静的了解,有着等待的耐性,能够坦然接受对方的不完美,并且能因为爱而使你向高处眺望,成为一个更好的人",恰恰吻合了《红楼梦》的爱情观,也都可以在宝、黛的爱情发展过程中获得印证:

根本地说,《红楼梦》对才子佳人之类浪漫爱情模式的最大突破,便在于藉由宝玉"因老太太疼爱,原系同姊妹们一处娇养惯了的"之特殊地位,使宝、黛之间有别于"七年,男女不同席,不共食"①的传统规范,以致打破了"姊妹同处,兄弟们自是别院别室"(第三回)的一般性别分隔形态,而得以"日则同行同坐,夜则同息同止"(第五回),透过"从小儿一处长大"的共同成长经验,以及大观园所提供的正常、日常而健全合法的交往环境,在伦常允许的状况下累积深厚的情感基础,所谓"因与黛玉同随贾母一处坐卧,故略比别个姊妹熟惯些。既熟惯,则更觉亲密"(第五回),由此才产生"脾气性情都彼此知道"的知己关系。评点家二知道人也清楚看出这一点:

> 人见宝、黛之情意缠绵,或以黛玉为金钗之冠。不知宝、黛之所以钟情者,无非同眠同食,两小无猜,至于成人,愈加亲密。不然,宝钗亦绝色也,何以不能移其情乎?今而知

---

① 见《礼记》,《十三经注疏》,卷28《内则》,页538。

> 一往情深者，其所由来者渐矣。若藻鉴金钗，不在乎是。[①]

这段话除了提醒读者：不要用宝玉的主观情衷为标准，去进行宝钗和黛玉的高下评断，因为"情人眼里出西施"，这种比较是不公平的；更重要的是他指出，宝玉对黛玉之情有独钟，其实是一种来自青梅竹马的日久生情，是建立在日积月累的生活点滴上的。而应该进一步指出，随着年龄与见闻的增长，此一"亲密友爱"才逐渐转化为男女之爱，第二十九回就清楚指出两人之间由友情到爱情的转化关键：

> （宝玉）如今稍明时事，又看了那些邪书僻传，凡远亲近友之家所见的那些闺英闱秀，皆未有稍及黛玉者，所以早存了一段心事，只不好说出来。

可见宝玉对黛玉的情感性质是与时变化的，具备了渐进的、学习的历程，与充分的了解认识甚至比较取舍，并非一般建立于感性直觉上"不知所起"的一见钟情。这就符合了现代学者米契尔（Mitchel）及赫特（Heit）所提出之"同质理论"（compatibility）：也就是发生情感的对象往往是家世背景相当、社会地位及经济能力类似，兼具彼此生理的吸引力、沟通人格特质及对婚姻有高度承诺与期许

[①] （清）二知道人：《红楼梦说梦》，一粟编：《红楼梦资料汇编》，卷3，页101。

等；① 这不就是宝玉比较过"凡远亲近友之家所见的那些闺英闱秀，皆未有稍及黛玉者，所以早存了一段心事"的学理所在？

注意到这个现象后，我们其实也毋须因此对爱情的本质感到幻灭。诚如帕斯卡（Blaise Pascal, 1623—1662）所说的一段名言：

> 总而言之，我们爱的不是人，而是他的素质。我们不必嘲笑有些人老是要求别人尊重他们的地位和官职，因为我们爱一个人也都是爱他不过占有一时的那些素质。②

从这个道理来说，因为"某些素质"而爱上一个人，也因为"某些素质的丧失"而不再爱一个人，其实都是非常合理的，贾宝玉不也是因为"女儿是水作的骨肉，……我见了女儿，我便清爽"（第二回），所以才对少女推崇备至，以致一旦少女变成了少妇乃至老妇，就贬之为死珠和鱼眼睛，认为比男人更可杀？而所谓"独有林黛玉自幼不曾劝他去立身扬名等语，所以深敬黛玉"（第三十六回），岂非也清楚证明双方的契合本身就是一种条件，所谓"知己式爱情"仍是出于"人的素质"、而不是对"人"本身所致。因此，爱情的发生虽然不是理性所能完全解释，却也不是彻底不带条件、没有原因的。一旦过分地强调"不知所起"，反而让人走向盲目并

---

① 参考彭怀真：《婚姻与家庭》（台北：巨流图书公司，1996），页30—31。
② 〔法〕布莱兹·帕斯卡：《思想录》。引自〔苏联〕伊·谢·科恩著，佟景韩等译：《自我论：个人与个人自我意识》，页26。

陷入混淆迷乱，既失去真爱，也失去自我。

而当爱已发生，其发展也并非"强度"的立即爆发，而是有如大树的根系绵延般的"深度"与"厚度"，且具体表现在"寻常饮食起坐"的温柔体贴。因此我们常常可以看到宝玉对黛玉的爱，都是化为生活中琐琐碎碎的关怀照顾，诸如：第四十五回宝玉来到潇湘馆，一见黛玉就问："今儿好些？吃了药没有？今儿一日吃了多少饭？"第六十三回则细心打点"林妹妹怕冷，过这边靠板壁坐。又拿个靠背垫着些"，第五十二回在正要迈步离去时，又回身致问："如今的夜越发长了，你一夜咳嗽几遍？醒几次？"从而脂砚斋据此明确地为"至情"重新定义，道：

> 此皆好笑之极，无味扯淡之极，**回思则皆沥血滴髓之至情至神也**。岂别部偷寒送暖，私奔暗约，一味淫情浪态之小说可比哉。

足见所谓"至情"并不是借由"生者可以死，死可以生"来证明，而是体现在"你一夜咳嗽几遍？醒几次"这种日常性的生活关怀中，即属"**沥血滴髓之至情至神**"的境界，恰恰呼应了第五十八回藕官与药官之间以"寻常饮食起坐，两个人竟是你恩我爱"所开创的"痴理"说。如此种种，真是细腻入微，已经有一点"婆婆妈妈"的程度了。可是，他的体贴表现却正合乎弗洛姆在《爱的艺术》中所说的，爱包含责任、照顾、尊重与了解，并且"爱在本质上必须是出于意志的行为,是一种决心";①也让我们想到《圣经·哥林多前书》所说,爱就是"恒久忍耐,又有恩慈",因此才能如此设身处地将自己转向对方。

再从宝、黛爱情关系中各个发展阶段都恪守伦理范畴以观之,曹雪芹显然意识到"情欲主体"的浮荡不稳与复杂吊诡,且它的不安定性与破坏力不只是指向社会礼法,同时也指向个体自身,因此仍然把两性之爱与男女之情安置在伦理秩序与道德规范中,而非一味与外在礼法相对抗;其反传统思想并未架设在"情""礼"对立的极化选择中②,反而是"情""礼/理"兼备以求"两尽其道"。首先,应该注意到宝玉那番将黛玉置于血亲尊长之后,而排在第四位的自白,宝玉自己亲口对黛玉表示:

> 我心里……除了老太太、老爷、太太这三个人,第四个就是妹妹了。(第二十八回)

此一伦理亲情胜于爱情的排列位序,使得才子佳人小说中爱情高于亲情及社会秩序的排序再度逆转,回到传统的认知架构中,而直接推翻了汤显祖在《弋说序》中所主张的"是非者理也""爱恶者情

---

① 〔美〕弗洛姆著,孟祥森译:《爱的艺术》,页38—44、70。

② 论者以情、礼对立为说之现象极为普遍,如余英时即认为:"从上面所指出的曹雪芹反传统思想的特性来看,红楼梦中的'情'字无疑正是'礼'字的对面。"余英时:《曹雪芹的反传统思想》,《红楼梦的两个世界》(台北:联经出版事业公司,1981),页254—255。

也""情在而理亡"①的唯情价值观。因此宝玉对黛玉的情感保证也是说道：

> 你这么个明白人，难道连"亲不间疏，先不僭后"也不知道？我虽糊涂，却明白这两句话。头一件，咱们是姑舅姊妹，宝姐姐是两姨姊妹，论亲戚，他比你疏。第二件，你先来，咱们两个一桌吃，一床睡，长的这么大了，他是才来的，岂有个为他疏你的？（第二十回）

此中用以为人际关系之判准的"时间先后"（即故旧之优先性，所谓"先不僭后"）、"血缘差序"（即亲疏之伦理性，所谓"亲不间疏"），在在都属于恩义范畴，而非一般的爱情挂帅。② 如此一来，宝、黛爱情关系中的各个发展阶段，都属于伦理性质：

前生——恩义、德惠的报偿基础
今世——日常生活的伦理情感

---

① （明）汤显祖：《弋说序》，徐朔方笺校：《汤显祖全集》（北京：古籍出版社，2001），页 1647。

② 故确实可以认为《红楼梦》的"大旨谈情"中有强调亲情的指向，而宝玉、黛玉之间因表兄妹关系而日久生情，其描写中对亲情的渲染强调也淡化了"风月事故"与礼法之间的冲突，将"爱情"之"情"是否自由的问题转化为"亲情"之"情"是否真挚的问题。薛海燕：《红楼梦：一个诗性的文本》（北京：中国社会科学出版社，2003），页 141。

就此,与其说黛玉的整体生命结构是"为情而生,为情而死",不如说是"受惠而生,报恩而死",只是在恩惠之中裹挟了生活中自幼至长逐日累积的由衷真情,因此比单纯的男女之爱更深厚,又比单纯的偿债关系更感人。

这样的爱如果顺利发展,便可以进入婚姻,得到终身的实践,而彼此了无遗憾地唱起《白发吟》。但毕竟生命是布满残缺的,当不幸爱已离去,人生是否在缺憾中仍然可以获得圆满?曹雪芹的回答是:可以!

(三)当爱已残缺:"两尽其道"的"痴理"观

合"理"之"情"则为"情之正",必然使情/欲获得区分,保障情之为心灵的整体状态,不因纯本能的冲动而变质;也不至于"为情所陷",或流于情私之弊,或甚至成为一种以"痴情"自豪、并炫耀其魅力的"感情的人"(homo sentimentalis),造成感情的模仿而反失其真,或因炫耀过了头而变得歇斯底里。[①]汤显祖透过《牡丹亭》中的杜丽娘,大力宣扬"一往而深,生者可以死,死可以生。生而不可与死,死而不可复生者,皆非情之至也"的主张,正是这种现象的代表。但有别于这种极端的激情说法,《红楼梦》改用自己独创的"痴理"加以取代,认为分手而不放手的方式,绝不是一

---

① 此处有关"痴情"的负面意义及其可能产生的问题,详参康正果:《边缘文人的才女情结及其所传达的诗意》,《交织的边缘——政治和性别》(台北:东大图书股份有限公司,1997),页193。

死了之，而是让爱留在心中，跟着自己继续活下去。由此，爱情在深度、厚度之外，更获得了超越生死的"长度"。

第五十八回"杏子阴假凤泣虚凰"描述道：戏子藕官为死去的菂官烧纸泣念，两人的关系"那里是友谊？他竟是疯傻的想头，说他自己是小生，菂官是小旦，常做夫妻，虽说是假的，每日那些曲文排场，皆是真正温存体贴之事，故此二人就疯了，虽不做戏，寻常饮食起坐，两个人竟是你恩我爱。菂官一死，他哭的死去活来，至今不忘，所以每节烧纸。后来补了蕊官，我们见他一般的温柔体贴，也曾问他得新弃旧的"，而对于同辈们"得新弃旧"的质疑，藕官的答覆是：

这又有个**大道理**。比如男子丧了妻，或有必当续弦者，也必要续弦为是。便只是**不把死的丢过不提便是情深意重了**。若一味因死的不续，孤守一世，妨了**大节**，也不是**理**，死者反不安了。

这一大段描述中，一方面呼应了前面所看到的"日久生情"观，以致假戏可以真做，弄假可以成真，而所产生的情同样真挚无比；并且夫妻情人之间不需要送上钻戒金项链，也不用九千九百九十九朵玫瑰，爱就是表现在日常的饮食起坐上。最重要的是，"至情"的证明，并不是只有死亡的这种方式，甚至必须说，根本就不应该以"死亡"的方式来定义。因为轻易以死为证的人，其实才是最与生命为敌的人，所采取的是最与爱为敌的方式。

藕官所谓"不把死的丢过不提便是情深意重",话语中所蕴含的情理兼备观,毋宁是对宝玉的重大思想启蒙,因为他开始认识到"情"的执着不是只有"全无"与"全有"这两种极端方式,而是可以情理两全的,因此宝玉不但当场赞叹有加,对日后他的婚姻态度也直接发生影响,让他在黛玉死后仍然可以心平气和地迎娶宝钗,而不是一味顽强对抗,续书所写的情节显然并没有体会到这一点。而无论是藕官所说的"不把死的丢过不提便是情深意重",还是宝玉领会这个道理后,进一步引申的"**一心诚虔,就可感格**""**只一'诚心'二字为主**""只要心诚意洁,便是佛也都可来享,所以说**只在敬,不在虚名**",在在可见"痴理"都是将爱情的定义权还诸内心,完全不以生死、婚寡、烧纸等外在形式为衡量标准,其中之深刻寓意在于:若能心中长存情感的纯度、厚度与持久度,那么,是否续弦改嫁便纯粹是无关紧要的外在形式;如果以是否续弦改嫁作为真情的判准,则反倒是舍本逐末,将爱情的定义权与判断标准转让给外在形式,心灵本身竟丧失了根源意义。心灵本身始终不失其根源意义,这也正是"情理兼备"而"两尽其道"之所以可能的原因所在。这种"痴理"观,可谓直接挑战、甚至正面推翻了汤显祖在《牡丹亭记题词》中所主张的"情至说"。

更必须思考的是,实际上比起乍然失去挚爱而悲恸寻死的状态来说,要一辈子清楚记得已经不在身边的人,一辈子对离去已久的人永怀悲思,所需要的深情远远要来得多、来得深,因为他要对抗的是时间的遗忘,以及日常生活的消磨;而相较起来,要维持同一种思念的强度与长度,"孤守一世"又比"续弦再娶"容易得多。

就"时间的遗忘"而言,智利诗人聂鲁达(Pablo Neruda, 1904—1973)在《今夜我可以写》一诗中感叹道:

爱情太短,而遗忘太长。①

人类本就是善于遗忘的,这也是一切生命必须往前活下去所必然具备的生存本能,因此随着时间的淡化,任何激情都会平复乃至消失。而"日常生活的消磨"更是可怕的敌人,在无休无止的、琐碎又平庸的柴米油盐中,逐日承受生活的齿轮滚压,心神自然会逐渐涣散,而往日之爱也就容易随之模糊。同样地,"孤守一世"又比"续弦再娶"更容易维持情感强度与长度的原因,在于身边日夜共处的另一个人会带来新的生活内容与生活形态,在时时有另一主体需要回应的情况下,就会再增加分神分心所导致的削弱,相较于"孤守一世"的心无旁骛、专意陷溺,要能保持爱的鲜明不忘更是困难得多。因此,无论是在年深岁久甚至有新侣为伴的情况下,都还能"不把死的丢过不提""至今不忘,所以每节烧纸",这确实正是"情深意重",比起不堪生离死别所产生的情感激动而采取极端的自毁作法,其实是更难能可贵的。

除藕官之外,小说中还提供了一个实例作为体证:第二十九回描述贾母带领全家到清虚观打醮的时候,张道士作为当日荣国府国

---

① (智利)巴勃罗·聂鲁达著,李宗荣译:《二十首情诗与绝望的歌》(台北:大田出版有限公司,1997),页108。

公的替身，从宝玉身上看到了国公爷的翻版，而与贾母之间有一幕共同追忆故人的感人场景：

张道士叹道："我看见哥儿的这个形容身段，言谈举动，怎么就同当日国公爷一个稿子！"说着两眼流下泪来。贾母听说，也由不得满脸泪痕，说道："正是呢，我养这些儿子孙子，也没一个像他爷爷的，就只这玉儿像他爷爷。"

这里的国公爷，指的应该是贾母的夫婿贾代善，从张道士接下来又向贾珍道："当日国公爷的模样儿，爷们一辈的不用说，自然没赶上，大约连大老爷、二老爷也记不清楚了。"则贾代善大约在孩子还小的时候就撒手人寰，所以才会连大老爷贾赦、二老爷贾政这两个儿子也记不清楚长相，至于孙子辈的贾珍等这一代当然就更是从没见过了。如此说来，贾代善过世到这时已经至少四十年了，贾母也是七十岁的老人家，对于早已过世的伴侣仍然一碰触记忆就动容流泪，若非深情至极，怎能做到？她对夫婿贾代善的深厚感情，可以从这里清楚表露，而这正是曹雪芹所开创的"痴理"的表现——人即使失去了最重要的、失去不起的挚爱，仍然应该好好活着——好好地活着，好好地记得他，好好地把他放在心里一辈子，这就是至情和痴情的最高境界。

　　换句话说：守寡的、殉情的不一定都是出于真爱，续弦的、再嫁的也仍然可以对旧人永保真心。甚至可以说，"为情而死"根本就不是真爱，通常那只是缺乏承担的勇气或一时的情绪冲动；再加上永远没有人可以做得到"死可以生",这种至情说恐怕只是廉价的浪漫包装,强烈却空洞,美丽而危险。爱的意义只有对活着的人才存在。用死去证明爱,最多只能证明一时的激情,却不能证明一生的真情。在孤独、痛苦的现实人生中努力活下去,心中的挚爱才有永生的可能。

而这种调和折衷的"两尽其道"的观念与作法,其实更早在第四十三回贾府阖家为凤姐庆生,宝玉却偷偷出府私祭金钏一事上即已发端并有所演绎。当茗烟陪祭后,用以劝宝玉回府的"大题目"便是:

> 若有人不放心,二爷须得进城回家去才是。**第一老太太、太太也放了心,第二礼也尽了**,不过如此。就是家去了看戏吃酒,也并不是二爷有意,原不过**陪着父母尽孝道**。二爷若单为了这个不顾老太太、太太悬心,就是方才那受祭的阴魂也不安生。二爷想我这话如何?

宝玉的反应亦是深表赞同,故谓:

> 我才来了,不过为**尽个礼**,**再去吃酒看戏**,并没说一日不进城。这已完了心愿,赶着进城,大家放心,岂不**两尽其道**。

这种"尽礼"乃用以"尽情"、情即在礼中的思维,已呈现情礼浃洽合一的相容性;而"尽孝道"与"尽情"彼此共适并存的"大题目",

也全然在藕官所指的"大道理""大节"的范畴中,"方才那受祭的阴魂也不安生"之说更与"死者反不安"如出一辙。新旧可以互相定义,孝道与爱情可以两全兼备,"怜取眼前人"与"无忘旧时恩"可以一体并存,甚至"尽礼"适足以"尽情",情即在礼中,正是"两尽其道"之义。于是,"名教中自有乐地"便在婚姻爱情之范畴获得了新的演绎。

从而在牵绊重重的生活罗网中,"两尽其道"甚至可以扩充为"各尽其道"。第四十七回述及自由自在的柳湘莲可以随时守护旧友秦钟的坟茔,宝玉则是心有余而力不足,"只恨我天天圈在家里,一点儿做不得主,行动就有人知道,不是这个拦就是那个劝的,能说不能行。虽然有钱,又不由我使",柳湘莲即对此表示道:

> 这个事也用不着你操心,外头有我,**你只心里有了就是**。……这个事不过**各尽其道**。

所谓"这个事不过**各尽其道**"的具体涵义,意指每个人在其客观局限下尽心或尽力,都足以为"道"。至此,由婚恋范畴延伸到朋友范畴,从"两尽其道"扩充为"各尽其道",便达到了人我之间一切伦理关系的圆满。

三、超越爱情霸权:广度与高度

从前面的说明中,我们可以看到《红楼梦》认为,传统浪漫爱情观中所谓的"不知所起""一见钟情"其实是流于抽象的、甚至是虚妄的幻思，本质是感性冲动下的激情，因此也往往流于情、欲不分；然而，却因为在抽象的、感性层次上对激情的推崇，更落入一种形式主义式的思想，以"为情而死"来突显爱情的伟大，实际上却反而把爱情变成一种"吃人"的霸权，本质上和要求女性为夫殉节的思维是完全一样的，都扭曲了人性与爱情的宽广与更高境界。

从提出"爱欲"就是爱情的晚明社会背景，可知其中蕴含了一种"性消费"心理，亦即："在快乐主义的意识形态之下，性已经呈现'消费化'倾向，成为人们追求快乐休闲的一个活动。……当商业逻辑一旦支配了文化市场，就可能把人的本能当作商业资源来开发，这就必然破坏其自律性，形成严重的文化物化现象，从而遮蔽、挤兑媒介应有的公共性、公益型的本质规定。"① 但是，最值得反思的是，现代社会也普遍接受此一观念，其心态则反映出一种视情、理对立，并强调爱欲之革命力量的现代思路，这就属于尤金·韦伯（Eugen Weber, 1925—2007）所定义的"反乌托邦论"。韦伯指出：作为时代的超现实主义者，反乌托邦论者在在呼吁人的非理性面，要以本能、幻想、非理性的和属于个人的特质去摧毁那计画好的秩序，向社会表明：他们强调社会组织和其价值的荒谬性，以便解放个人。不过，反乌托邦论者虽然急着来重新肯定被忽略了的人性价值，把信心寄托在性、爱、自私、幻想等人的基本情

---

① 杨柳：《性的消费主义》（上海：上海社会科学院出版社，2010），页144。

感上，我们却不可忘记，追求秩序，想要控制自然，扫除不可预料的事情，也是人性本然的要求，也是合理的、人性的；而如果梦境推展得过分，不是把我们带到梦魇，就是让我们在沮丧挫折之中醒来。①

这个道理对于女性范畴尤其适用，因此，对潜伏于浪漫爱情小说中的性消费危机深刻洞察、又着力刻画女性悲剧的曹雪芹，其《红楼梦》中并不存在"超越法律的真实身体的幻觉"②与"抽象化的自由独立目标的幻想"③，也没有把人性价值片面寄托在性、爱、自私、幻想等人的基本情感上；而是从"特定的、经验上面的个人"④的角度，毫不掩盖地正视人与人在阶级、性别等方面的不平等事

---

① 〔美〕尤金·韦伯：《二十世纪的反乌托邦》，收入凯特布（George Kateb）编，孟祥森译：《现代人论乌托邦》（台北：联经出版事业公司，1982），页117—119。

② 这是女性主义者所提醒的迷思，实际上"被解放于父系法枷锁的女体，可能证实为父系法的另一化身，貌似颠覆，却时而运作加强及散播父系法。"因此不要以为不遵守法律的身体与情欲可以代表自主性。〔美〕巴特勒（Judith Butler）著，林郁庭译：《性／别惑乱——女性主义与身份颠覆》（台北：桂冠图书股份有限公司，2008），页146—147。

③ 这也是一般人的迷思，因此福克斯—简诺维希特别提醒，妇女问题必须放到社会现实中来考虑，要先保护女性再来谈两性平等。Elizabeth Fox-Genovese, *Feminism Without Illusion: A Critique of Individualism* (Chapel Hill: University of North Carolina Press, 1991). 参余宁平：《女性主义政治与美国文化研究》，鲍晓兰主编：《西方女性主义研究评介》，页66。

④ 路易·杜蒙对有关"个人"这个字的两种意义作出区别：一为特定的、经验上面的个人，另一种则把人视为价值之拥有者，并强调此一区别的必要性。〔法〕路易·杜蒙著，黄柏棋译：《个人主义论集》，页24—25。

实，让失节之情欲一直与死亡相联系。①

汤显祖主张了"为情而死、死而复生"的"情至说"，却不但连自己都从没做到"为情而死"，只是鼓励了一些涉世未深的单纯少女为情而死；而世界上也根本完全没有人能做到"死可以生"，那就好比要人摘下星星或飞到外太空才能证明至情一样，两者都足以令人警觉，这种爱情的观点是很值得检讨的。尤其是，固然从本质上而言，任何人都有其定义权，只要他在运用时保持一致即可；然则，以垄断而极端排他的方式独占定义权，声称"生而不可与死，死而不可复生者，皆非情之至"，让"至情"只剩下"为情而死、死可以生"的唯一标准，如此则是一种"只有这个定义才对"的思想独裁，并且严重地忽略了人生的复杂与各种可能性，甚至产生了"情教吃人"的问题；也果然，柯丽德（Katherine Carlitz）便指出，明末以"情"为中心的解放论述，虽鼓励女性追求情感、肉体的满足，但另一方面，"为情而死"的主张也压迫着女性②，而这本质上和"礼教吃人"其实是一样的，只不过因为包装了"爱情"，有了浪漫的外衣，不像"礼教"那么容易被注意到罢了。因此，甚至可以合理地怀疑，这种定义很可能只是一种商业思维之下的廉价

---

① 有关情欲与死亡的关联，可参〔挪威〕艾皓德（Halvor Eifring）著，胡晴译：《秦可卿之死——〈红楼梦〉中的情、淫与毁灭》，《红楼梦学刊》2003 年第 4 辑，页 252。

② Katherine Carlitz, "Desire, Danger, and the Body: Stories of Women's Virtue in Late Ming China," in Christina K. Gilmartin, Gail Hershatter, Lisa Rofel, Tyrene White, *Engendering China: Women, Culture, and the State* (Cambridge, Mass.: Harvard University Press, 1994), pp. 101-124.

包装与媚俗表态,既欠缺社会责任感,也没有对爱情与人生的严肃深思,因此曹雪芹特别创造一种"情理兼备"的"痴理观",让人们可以认识到爱情的真正伟大之处,以及人人都可以藉由爱情而变得更好的方式,既提升了爱情,也提升了自己。

弗洛姆说:对于情爱,"通常,人们把它误认是占有性的依恋,我们常常可以发现两个'相爱'的人对于任何别的人都不再感到爱。事实上,他们的爱只是**二人份**的自私。"① 但吊诡的是,情爱如果不能打破这种排他性的两人份的自私,往往也就导致双方在越来越狭窄的空间中彼此生厌而窒息,终究注定了自身的枯槁死亡。而能让情爱生生不息的超越之道,修伯里(Antoine de Saint-Exupery, 1900—1944,又译作圣埃克苏佩里)在《风沙星辰》中有一段极为动人的说法:

> 生命教给我们,爱并非存于相互的凝视,而是两个人一起望向外在的同一个方向。②

如此一来,就能为爱情的深度再增加广度与高度,看到两人世界之外的无垠宇宙,而这份对无垠宇宙的看见,就反过来使爱情更深刻,于是承受得起平庸琐碎的日常生活的消磨,达到"恒久忍耐,

---

① 〔美〕弗洛姆著,孟祥森译:《爱的艺术》,页69。
② 〔法〕修伯里著,苏白宇译:《风沙星辰》(台北:水牛出版社,1988),页241。

又有恩慈"的强韧，而历久弥坚。

　　流星虽然比恒星更耀眼、更动人，更适合浪漫传奇，然而却一闪即逝；恒星作为宇宙的座标，支撑了广大无限的天空，更不只是由牵牛星和织女星所构成。《红楼梦》对"才子佳人模式"的批判，正是基于"人情事理""世道人心"的包罗万端，爱情作为其中的一部分，再怎么重要，都不能被架空为世界的单一主线；也唯有透过"人情事理""世道人心"的高度与广度，才能真正认识"爱情"的内涵与价值。加缪（Albert Camus, 1913—1960）曾在《瘟疫》这部小说的最后提出了深刻的感言，说："'瘟疫'又是什么呢？那就是生活，如此而已。"[①] 我们可以借用一下，改编为："'爱'又是什么呢？那就是生活，如此而已。"因此，神瑛侍者的甘露灌溉表现了仁者对弱势者的博爱与悲悯，绛珠仙草的知恩图报则是情义合一的终身承诺，道德之美处处充盈于其间；换言之，爱情的最高境界，其实也就是人格的最高境界，具有人格高度的爱情才会真正美丽。而这恰恰是西方的弗洛姆都完全同意的。

---

① 〔法〕卡缪著，孟祥森译：《瘟疫》（台北：桂冠图书股份有限公司，2003），页 284。

第九章
度脱模式：贾宝玉的启蒙历程

情爱是人生中非常重要而不可或缺的一种成长经验，因此对于情爱的思考也是《红楼梦》的叙写重心之一；而整部小说又是以贾宝玉为唯一男主角，集中在他自出生以后到最后出家的整个过程进行描写，成为全书的叙事主轴，因此，前一章所谈到的爱情观，就构成了贾宝玉成长蜕变的一个范畴。

而宝玉的成长启蒙当然绝不仅止于婚恋，随着身心发展的不同阶段，也遇到其他不同的成长学习，并且他最后之所以出家，也绝不是因为爱情的失败或婚姻的不如意。由于他的出家结局被视为"悟道"的表现，如脂砚斋早已批云："宝玉至终一着全作如是想，所以此（始）于情终于语（悟）者。"[1] 后来也有非非子认为"《红楼梦》，悟书也"[2]，就这一点来说，小说之刻画宝玉由迷而悟之宗旨自无可议。但其所悟者为何？其具体情况是什么，又具有哪些涵义？这些都值得多加讨论；并且不仅是宝玉个人的启悟经历，我

---

[1] 第七十七回批语。
[2] 见（清）乐钧：《耳食录》二编，一粟编：《红楼梦资料汇编》，卷4，页347。

们还可以扩大来看，包含整部小说如何为完成这个启悟历程所安排的种种设计。从"悟"的角度而言，《红楼梦》从佛道二教思想都有所摹借，而似乎更得益于道教文学的影响。如此一来，《红楼梦》作为一部"悟书"，其丰富的意涵与细腻的手法，将能获得较全面的朗现。

其次，就其中的"悟道"层次而言，使得《红楼梦》具备了启悟故事（initiation story）的种种特质，也同时可以是一部成长小说（bildungsroman）。① 以人为书写对象的小说本来就是要深入心灵迷宫，从叙事情节探测其中所蕴藏的人性奥秘，成长小说更是极聚焦于主角内在自我的发展变化过程，可以说是对人性最饶富趣味的深层探索。巴赫金对"成长小说"的类型特征所作的清晰的说明或定义，最是切中以"成长"为框架来建构人物发展轨迹的关键：

> 另一种鲜为人见的小说类型，它塑造的是成长中的人物形象。这里主人公的形象，不是静态的统一体，而是动态的统一体。主人公本身、他的性格，在这一小说的公式中成了变数。主人公本身的变化具有了情节意义；与此相关，小说的情节也从根本上得到了再认识、再构建。时间进入人的内部，进入人物形象本身，极大地改变了人物命运及生活中一切因素所具有的意

---

① 参廖咸浩：《在有情与无情之间——中西成长小说的流变》，《美丽新世纪》（台北：印刻出版有限公司，2003）；薛海燕：《论〈红楼梦〉作为"成长小说"的思想价值及其叙事特征》，《红楼梦学刊》2009年第4辑，页114—129。

义。这一小说类型从最普遍涵义上说，可称为人的成长小说。①

然而应该辨析的是，成长小说的开宗成派一直隐含了强烈的性别专利权，"男性的成长"几乎涵括了这类小说的大宗。学者已经注意到，纵观美国成长小说，很少有反映女性成长心路历程的佳作出自男性作家之手，原因很简单，成长小说具有很强的自传性；②至于成长小说之所以多为男性作家的自传表白，根本上还是来自文化中性别政治的深刻影响。从性别角度来看，有别于男性一生中先后受到各种仪式性划分，而形成鲜明截然的成长阶段以及生活形态，女性则终其一生囿限于家内领域，只需扮演人妻、人母、人媳的附属性、辅佐性角色，其一生中最重要的时间就是成人和结婚的日子，因此对女性来说，从童年向青少年的过渡没有任何社会意义，而表现出一种"不在年龄中生活"的模糊性③，则其成长变化

---

① 参见〔俄〕巴赫金：《教育小说及其在现实主义历史中的意义》，白春仁、晓河译：《巴赫金全集》第3卷《小说理论》（石家庄：河北教育出版社，1998），页230。

② 参见 Jerome H. Buckley, *Season of Youth: The Bildungsroman from Dickens to Golding* (Cambridge: Harvard University Press, 1974).引自芮渝萍：《美国成长小说研究》（北京：中国社会科学出版社，2004），页194。

③ 一如汉学家对中国社会中的性别研究所指出，相较于男性透过取得新名号、新角色、新关系与新特权来加以标划的生命周期，妇女的生命则维持着模糊暧昧的情形，参 Rubie S. Watson, 1986, "The Named and the Nameless: Gender and Person in Chinese Society," *American Ethnologist* 13: 619-631. 而这个现象也表现在罗马时期的社会中，参〔法〕让－皮埃尔·内罗杜（Jean-Pierre Néraudau）著，张鸿、向征译：《古罗马的儿童》（桂林：广西师范大学出版社，2005），第1章、第2章，页21—39。

也就失去了刻画着墨的复杂内蕴。

从下面可以看到的,一僧一道依性别分工原则进行度脱行动,但由僧人所负责的女性被度者全部都没有达成度化的目的,也可以印证这个性别差异。

一、传统"度脱模式"的挪借与超越

全书第一回于僧道有关绛珠还泪之因缘的对话中,僧人论及另有"情痴色鬼、贤愚不肖"的一干人入世,道人便顺势说:

> "趁此何不你我也下去**度脱**几个,岂不是**一场功德**?"那僧道:"正合吾意。你且同我到警幻仙子宫中,将蠢物交割清楚,待这一干风流孽鬼下世已完,你我再去。如今虽有一半落尘,然犹未全集。"道人道:"既如此,便随你去来。"

这段对话开宗明义地清楚出现"度脱"一词,书中也确实触及了佛、道之度脱概念以及若干度脱剧之叙事因素。自青木正儿针对"神仙道化"题材而提出"度脱剧"类型[①]后,学界陆续进行了各种层次的相关研究,所谓"度脱"者,为得度解脱之略称,该词汇已习见于六朝之佛、道文献,诸如"故欲洗拔万有,度脱

---

① 〔日〕青木正儿著,隋树森译:《元人杂剧序说》(台北:长安出版社,1976),页32。

第九章 度脱模式：贾宝玉的启蒙历程

群生"①，"至于翾飞蠕动，犹且度脱，况在兆庶"②，"度脱凶年，赖阿而全者"③，其基本定义即是度一切苦厄、解脱一切执着烦恼也，就其佛教来源而言，"度"字即佛典里所翻译的"波罗密多"，本义为"到彼岸""度无极"，让人从现世生死苦海的此岸到达涅槃的彼岸，故"度"字同时有"渡"的意义，包含了普度众生、济世助人的双重作用；此外，"度"字又融合了道教的阐释，如《隋书·经籍志》即言："道经者，……授以秘道，谓之开劫度人。然其开劫，非一度矣。"宋元间符箓派道士编纂的《灵宝无量度人上经大法》亦有"永断执迷，度脱轮回之道"之说，可见无论佛、道都以拯救人生罪恶，使之超离尘俗而脱然无累于心为目的。④ 此所以《红楼梦》中，道人称其度脱行动可造"一场功德"。

而"度脱"作为一种人类活动，"度脱剧"作为表征此一活动过程的戏剧类型，为演示该宗旨使之具体化或达到目的，所具备的各种构成要素包含："度人者"和"被度者"（戏剧人物）、度人的行动（戏剧动作）、悟道成仙或获得永恒的生命（结果），诸项彼此连结依序组合，即是"被度者"通过"度人者"的帮助，经过度脱

---

① （南朝梁）王僧儒：《礼佛唱导发愿文》，（清）严可均辑：《全梁文》（北京：商务印书馆，1999），卷 52，页 555。

② （南朝梁）贺琛：《陈事条封奏》，（唐）魏征、姚思廉：《梁书》（台北：鼎文书局，1993），卷 38《贺琛传》，页 544。

③ （南朝梁）陶弘景：《真诰·运象篇第四》，〔日〕吉川忠夫、麦谷邦夫编，朱越利译：《真诰校注》（北京：中国社会科学出版社，2006），页 146。

④ 参赵幼民：《元杂剧中的度脱剧（上）》，《文学评论》第 5 集（台北：书评书目出版社，1978），页 154。

的过程和行动，领悟生命的真义，最后得到生命的超升——成仙成佛，由此构成剧情发展的一般模式。[①]虽然《红楼梦》以其小说的不同艺术范畴与关怀焦点，将重心偏置于被度者处身于"家庭—社会"的凡间历程，而被归类为"世情小说"，但其悟道的指向性仍然大体上挪借度脱剧的构成要件与基本模式。首先可确证的即是被度者的佛、道因缘，书中涉及的被度者除了贾宝玉之外，尚有"警幻仙子宫中"的"一干风流孽鬼"，既出自天庭仙宫，自是禀赋仙缘宿契者流，故以"下世""落尘"的方向语词隐喻其谪降人间的身份变化；而从第五回的描述来看，可知这些下世落尘者包括薄命司中正册、副册、又副册等所注记的所有金钗，因此于历幻完劫之后都必须重返天庭，其中尤三姐耻情归地府之后，还奉警幻之命捧册前往太虚幻境修注案中一干情鬼，甚至贾宝玉、林黛玉亦能以生魂的形式被接引到仙界游玩，完全符合传统度脱戏剧中，被度者绝非单纯的一般凡人；甚至林黛玉之前身绛珠仙草另可归类为"植物而为仙者"型，整体上确实都反映了度脱剧中被度者"本为仙者""有神仙之分者""鬼妖物而为仙者"的出身来历[②]，这也先天地解释了

[①] 此乃容世诚综合前人的说法所归纳者，容世诚：《度脱剧的原型分析——启悟理论的运用》，《戏曲人类学初探》（台北：麦田出版股份有限公司，1997），页229。关于"度脱剧"的定义、主题内容与艺术特色，除文中已涉及者之外，另可参刘水云：《浅谈元杂剧"神仙道化剧"中"度脱剧"之梦幻》，《南京大学学报（社会科学版）》1997年第2期，页118—121；李丰楙：《神化与谪凡：元代度脱剧的主题及其时代意义》，李丰楙主编：《文学、文化与世变》（台北："中央研究院"中国文哲研究所，2002），页237—272。

[②] 参赵幼民：《元杂剧中的度脱剧（上）》，《文学评论》第5集，页165。

这些人物与众不同之独特性情与非常遭遇的原因。

　　当然，除了被度脱者必须具有仙缘宿契之外，《红楼梦》中所对应的度脱要素尚不止此，而其间既继承又超越的微妙精细之处更颇有可说。以下一一分述之，冀以充分明其内蕴。

二、度人者：一僧一道

　　在度脱模式中，值得特别说明的是居于仙凡之中介的度人者，他们属于神话学中荣格所谓的"智慧老人"（the Wise Old Man），遍见于悟道类的叙事作品中。如张汉良视《枕中记》中赐枕予卢生的吕翁为智慧老人，并引述荣格《原型与集合潜意识》第二章讨论神话故事中精神（The Spirit）的现象时所言，神话、民间文学与梦中的精神因素，通常是由一个智慧老人代表，"梦中的他，可能扮成巫师、医生、僧侣、老师、祖父，或其他任何有权威的人。每当主角面临绝境，除非靠睿智与机运无法脱困时，这位老人便出现。主角往往由于内在或外在的原因，力有未逮，智慧便会以人的化身下来帮助他"[①]。"这位老人，一方面象征着知识、深思、卓见、睿智、聪敏与直觉，另一方面也象征着道德意义，诸如善意和助人等美德，这些特点使得他的'精神'性格清楚显现。"[②] 而文学作品

[①] Carl G. Jung, *The Archetypes and the Collective Unconscious* (Princeton, N.J.: Princeton University Press, 1969), pp. 215-218.

[②] Carl G. Jung, *The Archetypes and the Collective Unconscious*, p. 406.

中有无数这样的例子,尤其当主角游地狱或梦游时,指点他的都是这位老人。[1] 至于同以启悟为主旨的中国度脱剧,既表现为一种道、佛混淆的综合宗教意识,其中的度人者即多属仙佛人物,包括:钟离权、吕洞宾、铁拐李、蓝采和、马丹阳、月明尊者、弥勒佛化身之布袋和尚等[2],流衍于《红楼梦》也呈现此一特质。

据不完全的统计,《红楼梦》中写僧道的回目约有 66 次,全书一百二十回中平均每 1.8 回就要出现一次,可见其频率是相当高的。[3] 但此一计数笼统地包含了依附信众维生的宗教寄生者甚至欺世盗利的宗教骗徒,用以寄寓作者对妄人佞教的讽刺与批判,当然不是此处所要讨论的对象;书中真正具有智慧老人功能的度人者乃是往来仙凡、贯串始终的"一僧一道"。尤其特别的是,有别于传统度脱剧中有源有本的历历其人,《红楼梦》刻意抽离角色的个人性以突破历史限制,透过"一僧一道"这缺乏具体指称的抽象共名统摄两教,而以"不可名"的"常道"体现为"智慧本体"的综合化身,自第一回之后即穿梭全书,发挥了既联系又引导的结构功能。脂批清楚指出,"通部中假借癞僧跛道二人点明迷情幻海中有

---

[1] 参张汉良:《杨林故事系列的原型结构》,《中国古典文学论丛·神话与小说之部》(台北:中外文学月刊社,1976),页 267。

[2] 其或是以佛教人物出现,却含有道教思想;或是道教藉佛家语敷衍道教故事,乃当时一种自然趋势。参赵幼民:《元杂剧中的度脱剧(上)》,《文学评论》第 5 集,页 157、165。

[3] 俞润生:《试论〈红楼梦〉中一僧一道的哲理蕴含》,《红楼梦学刊》1997 年第 3 辑,页 65。

数之人也，非袭西游中一味无稽，至不能处便用观世音可比"菩萨天尊皆因僧道而有，以点俗人"①，解盦居士甚至认为：

> 士隐梦中所见一僧一道，即作者魂魄所化。作者自谓冥心搜索，精诚所通，出神入化，说此一段风流公案，尽属幻境，所以开首姑倡此人此地，以总括全书之妙义也。②

这两位不以姓名称呼的智慧本体，在书中的度脱对象非仅贾宝玉一人，其诸般事迹如姚燮所整理归纳的：

> 英莲方在抱，僧道欲度其出家；黛玉三岁，亦欲化之出家，且言外亲不见，方可平安了世；又引宝玉入幻境；又为宝钗作冷香丸方，并与以金锁；又于贾瑞病时，授以风月宝鉴；又于宝玉闹五鬼时，入府祝玉；又于尤三姐死后，度湘莲出家；又于还宝玉失玉后，度宝玉出家，正不独甄士隐先机早作也。则一部之书，实一僧一道始终之。③

大略而言，一僧一道的共通点在于作为这些被度者的精神导师（initiator），更且往往身兼起死回生的生命救赎者。一僧欲化英莲

---

① 第三回眉批；第五回眉批。
② （清）解盦居士：《石头臆说》，一粟编：《红楼梦资料汇编》，卷3，页185。
③ （清）姚燮：《读红楼梦纲领》，一粟编：《红楼梦资料汇编》，卷3，页167。

与林黛玉出家,固是疗疾保生的奇特医方,一道赠予正反异形的风月宝鉴,更是贾瑞唯一的活命仙丹,遑论当宝玉为马道婆的魔法所祟而奄奄待毙之时,其与生俱来"能除邪祟"的通灵宝玉已然失效,于十三年之间"被声色货利所迷,故不灵验了",有赖僧道的"持颂持颂"才得恢复灵明本性,并由此复活重生,显然兼具了生命机能的存续疗救与精神启悟的心灵救赎的双重神职。然而十分特别的是,经过深入辨析,可以发现一僧一道在度脱行动上所隐含的种种差异,其实更加微妙而令人玩味。

(一)同中之异:性别、方式与成效

首先,姚燮所未及区辨、而为现今学者抉发的是,僧道的度脱行动带有明显的性别分工,依对象的男女性别而进行责任分配各尽其职:

> 一僧——甄英莲(第一回)、林黛玉(第三回)、薛宝钗(第七回)
> 一道——甄士隐(第一回)、贾瑞(第十二回)、柳湘莲(第六十六回)[①]

唯独于第二十五回贾宝玉遭祟待毙的救治工程上一僧一道同时

[①] 首先注意到此一分工特点的,是梅新林:《红楼梦哲学精神:石头的生命循环与悲剧指归》,页35。本文此表乃据之加以补充。

现身,一如最初的顽石入世、最后的悬崖撒手都是由此二仙师齐为推手一般,宝玉不为单一性别囿限的双性特质即隐约可见。[①]值得注意的是,在攸关贾宝玉的顽石入世与驱邪抢命这两个关键点上,虽然在场的是一僧一道,但真正出手发挥神力的却主要都是和尚:第一回大施佛法,藉由念咒书符、大展幻术,将一块大石登时变成鲜明莹洁的小小美玉并袖之携带投胎的,是为僧;而从贾政手中接过通灵宝玉,擎在掌上摩弄持颂,使贾宝玉当夜起死回生的,也是僧。这或许意味着贾宝玉的女性偏向性更强,故与身为女性导师的僧更关系密切;也或许隐含了佛略胜于道的宗教评价,故以道士为辅助,而由僧担任关键时刻的主力。但若进一步探究,则前者的性别解释尚称合理,后者有关佛、道轩轾之说则切切不然,这从僧道之间另一个更重要的区隔即可得见。

我们注意到,一僧在对宝玉生命的转化与救治上所施展的法术神力,也同样及于对其他女性的度脱上,因此给宝钗的冷香丸药方与其说是医嘱,提供合乎医理的疗效,不如说是咒符,发挥的是超验法力,故被称为"海上方"。而在化人出家的作为上,更总是没头没脑地忽如其来,有若扶乩作法一般或乍然大哭、或直截了当以"舍我罢"的突兀要求进行,致使处于生活常态中的被度者横遭惊吓而视之为疯癫,属于纯外力强行介入式的"外在超越",其作用处偏向于人身层次。至于道士总是出现在被度者历尽生死苦厄的饱

[①] 第二十五回脂批则曰:"僧因凤姐,道因宝玉,一丝不乱。"如此则更完全符合该性别分工的原则了。

受沧桑之际，恰恰是一切归零后的重建契机，在被度者的积迷困惑已达临界点的关键时刻给予点化，以致瞬间冲破迷障而顿悟开解，属于建立在被度者亲身经验上顺势而然的"内在超越"（immanent transcendence）①，其作用处全在人心，由此明显形成了僧道在度人方式上"法术符咒"与"言语机锋"的分化，连带地也决定了度化效果的成败有别；再结合度化对象的性别差异以观之，两人度化效果的成败有别更显得饶富深意。

　　盖一僧所负责的女性被度者或者拒绝出家之根治法，如甄英莲、林黛玉，或者接受冷香丸药方，如薛宝钗，但无论接受与否，结果都是终身陷于俗世尘网无以超脱，眼泪与苦难至死方休，度化目的并未达成；而一道所负责的男性被度者中，除了贾瑞的至死不悟乃是冥顽不灵的咎由自取之外，其余者甄士隐、柳湘莲则都得以成功度脱，两人一先一后的出家了局，表现出在彼岸灵光折射下人生轨道的豁然转弯，并毅然舍离尘世飘然无踪。尤其在面对生命转弯的关键时刻，与道士间那冲破神俗界线的对话充满了彼此心领神会的灵犀机锋："连我也不知道此系何方，我系何人，不过暂来歇足而已"，几句打禅般的话头，让昏默中茫然迷走的柳湘莲顿感冷然如寒冰侵骨，当下挥剑断发随之而去；至于《好了歌》更受到凤

---

　　① "内在超越"这一概念是在 20 世纪 50 年代初期由唐君毅、牟宗三等新儒学家学者提出，后来广泛运用于解释儒释道三家的思想，意指超越所要达到的目标内在于人们自心，而且超越的实现亦依赖于人们内在的悟与修。参看董群：《从慧能禅学看禅宗的内在超越性》，《中国禅学》网站（http://xylt.fjnet.com/cnzen/ten6-1-15-06.htm）。此处所用之"外在超越"与"内在超越"乃相对为说。

慧彻悟的甄士隐多方引申演绎，以《好了歌注》与之形成一场智慧对唱，激荡出灵慧明心的火光；即使道士赐与贾瑞的是一面风月宝鉴，但透过物质凭藉仍是欲以佛教"白骨观"之功法①打破俗人"以假为真"的幻象偏执，充满了虚实正反的辩证智慧，因此是"单与那些聪明杰俊、风雅王孙等看照"。

其中，《好了歌》最是言语机锋的淋漓展现，其似歌似偈的诗赞形式与"证情了缘"的解悟内容乃直承千百年来道教渊源流长的民间道情说唱传统，虽有学者认为《好了歌》是由四支山歌组合而成②，但"其文体应该属于道情一类。道情最初起源于唐代以来道士们在道观内所唱的经韵。宋代后吸收词、曲牌，衍变为在民间布道时演唱的新经韵，又称道歌。……道情作为一种文学题材，其内容以劝世人轻名利、多修身为主。道情属于乐府歌词，多为游方道士所唱，后来受到文人的喜爱。"③衡诸张三丰《道情歌》所云："道

---

① "白骨观"是佛教的修行方式之一，源自不净观之九想观中的骸骨想。《杂阿含经》卷7云："世尊告诸比丘：'何所有故，何所起？何所系者，何所见我？令诸众生作如是见、如是说："诸众生此世活，死后断坏无所有，四大和合，士夫身命终时，地归地、水归水、火归火、风归风，根随空转，舆床第五，四人持死人往冢间，乃至未烧。可知烧然已，骨白鸽色立，高慢者知施，黠慧者知受，若说有者，彼一切虚诳妄说，若愚若智，死后他世，俱断坏无所有。"'"简言之，是从观想肉身的腐烂，以致成为一具白骨，藉以袪除对色相界之幻象的执着。相传为鸠摩罗什（344—413）所译的《禅秘要法经》中，有大量关于修习"白骨观"的指导。

② 见梁石：《红楼梦与诗歌》，《文坛》200期，页285—288。

③ 李根亮：《〈红楼梦〉与宗教》（长沙：岳麓书社，2009），页159。对于道情的专门研究，可参张泽洪：《道教唱道情与中国民间文化研究》（北京：人民出版社，2011）。

情非是等闲情,既识天机不可轻。"①可见道情的宣教作用,目的正是从"有情"至"无情"的超度和升华,②则道士正是采诗赞体的道情歌,透过言语说唱以度化人心。

然而究实说来,此法并非道教专利,佛教本亦擅长,历代丰富的民间俗讲或公案故事皆足以为证,但在《红楼梦》中却完全让渡给道教人士充分为用,就此言之,道士的度脱能力岂非高于僧人,而与前述法术施展上之佛胜于道有所矛盾?是故正确地说,僧、道之间的差异关键并不在于度脱能力的孰高孰低,而在于被度者性别的是男是女。无论是一僧将神力作用于贾宝玉/玉石的法术范畴,还是一道以禅机触发甄士隐、柳湘莲(其实也应包括贾瑞)的启悟范畴,真正发挥效力而成功度脱的对象都是男性,其度脱方式也都是采取心灵启悟的范畴,由此似乎可以说,男性才是彼岸智慧的真正选民,而女性则是超越界的绝缘体,以致身为责任者的那僧并不采取同样模式进行度化。证诸林黛玉前身之"得换人形,仅修成个女体",所隐含的佛教经典中非常普遍的"转身"主题③,即以"女身"为罪恶,而有"女身不能成佛"之主张,如《佛说转女身经》所言:"若有女人,能如实观女人身过者,生厌离心,速离女身疾成男子。女

---

① (元)张三丰著,方春阳点校:《张三丰全集》(杭州:浙江古籍出版社,1990),页27。

② 武艺民:《道情艺术概论》(太原:山西古籍出版社,1997),页2-13。

③ 此一论证,详参欧丽娟:《〈红楼梦〉中的神话破译——兼含女性主义的再诠释》,《成大中文学报》第30期(2010年10月),页101—140。

人身过者,所谓欲瞋痴心并余烦恼,重于男子。"①故那面蕴含着虚实辩证智慧的风月宝镜也是"单与那些聪明杰俊、风雅王孙等看照",性别的限定十分明确。扩而言之,宝玉在参禅一事中也感悟到钗、黛、湘"他们比我的知觉在先,尚未解悟"(第二十二回),相较于其他男性之相继开悟以及全书之以宝玉出家告终,女性的"尚未解悟"则贯彻始终,犹如西蒙·波伏娃所指出:"相对于男性生命是'超越'(transcendence)的化身,女性被编派传宗接代和操持家务的任务,她的功用是'内囿'(immanence)的""女子的一生,消磨在等待中。这是由于她被禁闭在'内囿'与'无常'的牢里,她的生命意义永远操在他人手中。"②这就符合了女性在成长小说主角上的缺席情况,也从另一个角度提供了《红楼梦》中所隐含的不平等的性别意识,诚然是巩固了传统既有的性别结构。

兹将上述一僧一道双方既在身份与功能上同构为一,又进一步在其他方面分化出微妙区隔的种种表现列表如下,以醒眉目并作为总结:

度人者	被度者	主要方式	现身时机	度脱性质	基本成效
一僧	女性	符咒法术	日常生活	外在超越	失败
一道	男性	言语机锋	非常处境	内在超越	成功

---

① (南朝宋)罽宾三藏法师昙摩蜜多译:《佛说转女身经》,《大藏经》第14册,页919。

② 〔法〕西蒙·波伏娃著,南珊译:《第二性——女人》(台北:志文出版社,1973),页6、200;另参陶铁柱译:《第二性》(台北:猫头鹰出版社,1999),页409。

（二）异中之同：形象上的神俗变化

有关一僧一道的同异比较，不能不涉及外貌形象的微妙变化。先就其形象的历史渊源而言，最早关于"唱道情"的史书记载中，所描绘的道士状貌如下：

> （五代时）蓝采和，不知何许人也。常衣破蓝衫，六銙黑木腰带，阔三寸余。一脚着靴，一脚跣行。……每行歌于城市乞索，持大拍板长三尺余，常醉踏歌，……周游天下。①

可谓奠定了后来游方道士说唱道情以度人时的形象特征。此外，其他度人者如钟离权的"或虬髯蓬鬓不冠巾，而顶双髻，文身跣足，颀然而立"②、铁拐李的"足跛而貌更丑恶"③、布袋和尚的"形裁腲脮，蹙额皤腹，言语无恒，寝卧随处"④、吕洞宾的"诡为丐者，……衣服褴褛，血肉垢污"⑤，都成为《红楼梦》中一僧一道的形象取资所自。在此基础上，《红楼梦》中僧道的形貌表现出较多层次的变化，以配合其所蕴含的真假辩证的深刻哲理。

---

① （唐）沈汾：《续仙传》，《四库全书珍本十一集》（台北：台湾商务印书馆，1981），卷上，页2。

② （宋）著者不详：《宣和书谱》（台北：艺文印书馆，1965），卷19，页11。

③ 《古今图书集成》引《续文献通考》。

④ 此人名"契此"，为弥勒佛与布袋和尚合流的前身，见（宋）赞宁等撰：《宋高僧传》卷21，《大藏经》第50册，页848。

⑤ （明）著者不详：《吕祖志》，《重编影印正统道藏》第30册（台北：大化出版社，1986），页26295。

就在第一回的出场中，僧道的外在状貌即随着神俗二界的出入转换而发生了明显的改变：当青埂峰下的石头正在嗟悼自己的无材补天之际，首度现身的一僧一道乃是"远远而来，生得骨格不凡，丰神迥异"，随后石头与梦境中的甄士隐也都称之为"仙师"，可想其形姿之潇洒脱俗，脂砚斋即就此指出**"这是真像，非幻像也"**；①然而一旦换到俗界场景中，梦醒后的甄士隐眼中所见者已变成"那僧则癞头跣脚，那道则跛足蓬头，疯疯癫癫"，更从此定型化为俗界的一贯形象，如第一回度脱甄士隐的"跛足道人，疯癫落脱，麻屣鹑衣"、第三回欲化黛玉出家的"癞头和尚"、第七回提供宝钗冷香丸药方的"秃头和尚"、第八回给宝钗两句吉利话的"癞头和尚"、第十三回度化贾瑞时的"跛足道人"、第六十六回点化柳湘莲时的"瘸腿道士捕虱"等皆是；尤其第二十五回赶来救治宝玉的"一个癞头和尚与一个跛足道人"，其形象特征最为鲜明，那和尚是：

鼻如悬胆两眉长，目似明星蓄宝光。破衲芒鞋无住迹，腌臜更有满头疮。

那道人则是：

一足高来一足低，浑身带水又拖泥。相逢若问家何处，却在蓬莱弱水西。

---

① 第一回批语。

都与前后各处的类似描述互相皴染，集中地让一僧以"癞头"为标志，一道则以"跛足"为特征，并各自与脓疮破衣、蓬发捕虱相对应，构成彼此之别；然而此一差别仍属于同一范畴，都强化其畸陋污秽的低下负面形象，是为俗界共相。此外，这两首形象诗赞却又伺机透出两人本质的超俗非凡，"鼻如悬胆两眉长，目似明星蓄宝光"即将其源于净土仙境而在所难掩的灵魂锋芒如如传示，只待有缘人的慧眼辨识。比照回目所言的"通灵遇双真"，以及前述"这是真像，非幻像"之脂批，可知其形为假（幻像）、其质为真，构成畸陋其形、灵智其质的矛盾组合。

若探究此一从神界的表里皆真到俗界的内真外假，其形变之所由，固因神界的纯一不杂致使一切事物得以表里通透无碍，其本来面目无虞于种种颠倒扭曲，故绝对的单一正面而彻底为真；然而一如度脱剧中的"凡界"（mundane world）要分出"现实—虚幻"（reality-illusion）的两个境界，①俗世中人处于各种认知层次的杂糅混淆而生妄造假，既有真中幻、幻中幻，又有幻中真、真中真，表里错置、虚实不一，一僧一道形象上的神俗变化即是应此而生。基于脂批所感慨的"世上人原自据看得见处为凭""世上原宜假，不宜真也"②，往往导致"弥勒真弥勒，时人皆不识"③的误解与错失，因此出入于仙凡之间的中介者也刻意随之易容变装，不以真示现，

---

① 参赵幼民：《元杂剧中的度脱剧（上）》，《文学评论》第5集，页231。
② 第一回夹批。
③ 见（宋）赞宁等撰：《宋高僧传》，《大藏经》第50册，卷21，页848。

透过"畸于人而侔于天"(《庄子·大宗师》)的智慧,考验出"以世眼观,则无真不俗;以法眼观,则无俗不真"的圣凡之别,则现形于尘世者即为欺人之状貌。换言之,纵使都同在俗世层次中,土木形骸的凡胎肉眼将深受表象所囿,永远只能看到癞头跛足的畸陋外貌,在退避之余也就连带推开引渡的佛手;但若有不为表象蒙蔽的法眼得以传神写照,便可瞥见智慧的闪耀而领受神通的救赎。其间关联所对应的天／人、神界／俗界、法眼／世眼的层次,可整理表示如下:

神界形象——以法眼观,则无俗不真——形神俱全 → 侔于天
俗界形象——以世眼观,则无真不俗——外型畸陋(形残)→ 畸于人
　　　　——以法眼观,则无俗不真——内禀神通(神全)→ 侔于天①

正因为如此,故第一回中,虽然甄士隐尚在凡界之时,即由于"禀性恬淡,不以功名为念,每日只以观花修竹、酌酒吟诗为乐,倒是神仙一流人品",而能够透过梦境的中介参与了一僧一道的部分神迹,于神俗交界处听闻绛珠下世、蠢物交割的天机运作,并请示因果以求"稍能警省,亦可免沉沦之苦",以致得观该鲜明美玉的正面字迹,此其法眼开张之所致;唯毕竟尚未洞然解悟,故欲进

---

① 梅新林《红楼梦哲学精神:石头的生命循环与悲剧指归》中首先注意到此一特点,而以《庄子》中的"真人"与"畸人"申论之,见页37—42。本文则另以度脱剧的来源稍加补充。

一步细看美玉之背面时即被那僧强行夺去,也无缘随之进入太虚幻境。一旦梦醒后再遇僧道时,仙境中的仙师却已然化出畸陋假象,那僧突兀的度化行为更使之心生不耐而撤身离去,此其世眼凌驾于法眼故然。但即使世眼显而法眼隐,法眼毕竟轻启微张,敏感于真人天机的微光,因此当他回身进屋前听到那僧念了四句谶诗,又闻道士对那僧说:"三劫后,我在北邙山等你,会齐了同往太虚幻境销号。"随后两人一去不见踪影,即心中自忖:"这两个人必有来历,该试一问,如今悔却晚也。"实不愧为世俗中的"神仙一流人品"。

以一人之眼而兼识僧道的两种形象,《红楼梦》中仅见甄士隐一位,实乃绝非偶然;而甄士隐的神俗跨界还微妙地隐含于其居所的安排设计上,并与贾雨村的唯俗是从形成对比。

同样在开卷第一回中,作为第一组真假对照的甄士隐与贾雨村居都住在"十里(势利)街"中的"仁清(人情)巷"①——"势利"与"人情"互相依倚交织,暗喻势利算计与人情义助之间只有一线之隔的微妙难辨,欲望与超脱更是彼此定义的孪生子;若要对两人进行区隔与比较,也只有在相对上的偏向性而言,因此仁清巷中又特设一座葫芦庙,庙旁住的是甄士隐,而庙内寄居的则是贾雨村。

---

① "十里"与"势利"、"仁清"与"人情"的谐音关系,见第一回夹批。有学者认为,"仁清巷"代表世俗的欲望,这些欲望构成启迪道路上的障碍,Hua Hsau(邵华),*The Heart Sutra and Commentary*(《心经及评注》),San Francisco: Buddhist Text Translation Society(佛教文本翻译社),1980, p. 17, 引自裔锦声:《红楼梦:爱的寓言》,页 103。但其中所谓"仁清巷"应为"十里街"之误,而又以"葫芦庙"取代之最为切要,见下文。

第九章　度脱模式：贾宝玉的启蒙历程

于此，"葫芦"作为"世俗物质欲望"的隐喻，与"壶中天地"①具有若干关联，两人之居所便充满象征意义：

"葫芦庙旁"的甄士隐——　人性世情多元内涵的旁观者，故领衔最早悟道出世

"葫芦庙内"的贾雨村——　尘世中功名权势的泥足陷溺者，故为全书中悟道者的殿军

而此一以小摄大的"葫芦"，更扩而包笼全书全局，故脂批有言："至此了结葫芦庙文字，又伏下千里伏线。起用葫芦字样，收用葫芦字样，盖云一部书皆系葫芦提之意也，此亦系寓意处。"②则同样与葫芦作为全书起结的一僧一道，岂非寓意深远？若干评点家对一僧一

---

① 《后汉书·方术传》载："费长房者，汝南人也，曾为市掾。市中有老翁卖药，悬一壶于肆头，及市罢，辄跳入壶中。市人莫之见。唯长房于楼上睹之，异焉，因往再拜奉酒脯。翁知长房之意其神也，谓之曰：'子明日可更来。'长房旦旦复诣翁，翁乃与俱入壶中，唯见玉堂严丽，旨酒甘肴盈衍其中，共饮毕而出。翁约不听与人言之。后乃就楼上候长房曰：'我神仙之人，以过见责，今事毕当去，子宁能相随乎？'"葫芦中的别有洞天固然是仙境的象征，然而其全属物质享乐的内涵却也充满世俗性，故据此论之。

② 第四回夹批。王希廉回末总评亦云："'葫芦庙'有二义：葫芦虽小，其中日月甚长，可以藏三千大千世界，喻此书虽为小说而包罗万象，离合悲欢、盛衰善恶，有无数感慨劝惩，此一义也。"冯其庸纂校订定，陈其欣助纂：《八家评批红楼梦》，页 23。

道的角色安排之有所质疑甚至反对，① 只不过是未解其中味的局外隔靴之言罢了。

三、启悟经历

被度者在列，度人者就位，接下来更重要的，是双方之间为被度者之启悟成长所建立的度脱过程。学者曾由伊利亚德（Mircea Eliade, 1907—1986）的"启悟"理论来分析度脱剧的深层结构，其中也恰恰符合坎贝尔（Joseph Campbell）所谓"舍离——➤启悟——➤回归"（departure–initiation–return）的原型模式；而在这一原型模式的开展过程中，总强调"死亡—再生"（death–rebirth）的启悟仪式，因为无论在任何地方，"启悟"过程都包含"死亡"与"新生"的象征符号，死亡是再生前的一个必要经历，唯有通过死亡的阶段，才可获得新的生命，进入生存的另一境界，亦即使被启导者在一个更高的生命模式里诞生。②

就狭义的"死亡"而言，贾宝玉也的确面临过生死一线的危急

---

① 如周澍《红楼新咏·笑一僧一道》的"碌碌繁华富贵场，干卿底事为谁忙"、孙桐生《编纂石头记评藏事奉和太平闲人之作即步原韵》之三的"芥纳须弥岂易量，文坛一瓣热心香。参禅不祖王摩诘，问道谁师魏伯阳？敢以为山亏一篑，由来作史重三长。儒门亦有传灯法，不涉虚无堕渺茫"，分见一粟编：《红楼梦资料汇编》，卷5，页492；一粟：《红楼梦书录（增订本）》（上海：上海古籍出版社，1981），页56。

② 此段櫽括多家的启悟理论内容，参容世诚：《度脱剧的原型分析——启悟原理的运用》，收于《戏曲人类学初探》，页226、232。

第九章 度脱模式：贾宝玉的启蒙历程

时刻。第二十五回宝玉遭魔法所祟而奄奄待毙之际，其赖以起死回生之助力即紧系于僧道所施展的超自然神力，待僧道驾临将通灵宝玉持颂一番后，病患便依言被安放在王夫人卧室之内由生母亲身守着，当晚宝玉即渐渐醒来，效验神速。从启悟角度而言，这确实符合了"被启导者重回母体子宫，得以再生（reborn）"①的实质仪式，故其复活过程必须在生母王夫人的卧室中发生②，而真正落实了神话学和比较宗教领域中集体无意识表现或神秘体验常见的"双重母亲""二重出生"之母题与原型③，获得一般意义的重生效应。只是，与元代度脱剧常以"死亡"为最大磨难与最终解脱的重心④不同的是，这次惊天动地的形体濒死经验其实并没有为贾宝玉带来心灵的转折，真正使之内在发生蜕变而跃进成熟境界的，反倒是表面上不着痕迹却发生深远影响的灵魂触动，即坎贝尔所以为，意味着"脱离某种境界并发现生命的来源，以将自己带入另一个更多采多姿而成熟的境界"；⑤更具体地说，在这种广义的死亡发生后，"被启导者因对外界和生命，得到一决定性的启迪而得以脱胎换骨"，获取

---

① Gorman Beauchamp, "The Rite of Initiation in Faulkner's 'The Bear'," *Arizona Quarterly*, 28(1972), p. 234.

② 详参欧丽娟：《母性・母权・母神——〈红楼梦〉中的王夫人新论》，《台大中文学报》第 29 期（2008 年 12 月），页 317—360。

③ 参〔瑞士〕荣格著，王艾译：《集体无意识的概念》，叶舒宪编选：《神话—原型批评》（西安：陕西师范大学出版社，1987），页 107—108。

④ 李丰楙：〈神化与谪凡：元代度脱剧的主题及其时代意义〉，李丰楙主编，《文学、文化与世变》，页 264—265。

⑤ 见〔美〕坎贝尔著，朱侃如译：《神话》，页 213。

"生存模式"(modes of existence)的大转变,① 这种自我超越才是真正的启悟意义与度脱关键所在。

就此,我们首先注意到《红楼梦》中,同样是在第二十五回僧道赶来救治宝玉,使之起死回生的这段情节,于那僧手擎美玉持颂消灾,而感慨"沉酣一梦终须醒,冤孽偿清好散场"之处,脂砚斋留下一条重要批语,云:

> 三次煅炼,焉得不成佛成祖。②

"成佛成祖"固然是度脱行动的终极目的或最后境界,"三次煅炼"则更清楚回应了传统度脱模式的开展格局。从《隋书》所言道经"授以秘道,谓之开劫度人,然其开劫,非一度矣",可见多次度脱是道教度人的特色③,并具体表现于元代度脱剧的三次点化上④,正是脂批"三次煅炼"之所由。其次,这种长达半生的"积迷顿悟"式的心理历程,并不全赖单一角色的点化始能发展,马致远《邯

---

① Mircea Eliade, *Rites and Symbols of Initiation: the Mysteries of Birth and Rebirth*, trans. W. R. Trask (New York: Harper & Row, 1975), p. x.

② 第二十五回夹批。

③ 参赵幼民:《元杂剧中的度脱剧(上)》,《文学评论》第 5 集,页 156。

④ 如马致远《马丹阳三度任风子》、谷子敬《吕洞宾三度城南柳》等,从剧名的"三度"可知,其他剧本内容中也同样表现出这种三度手法;若追索此一呆板而统一的安排,则是因杂剧一本四折的结构形式所致。参赵幼民:《元杂剧中的度脱剧(下)》,《文学评论》第 6 集(台北:巨流图书股份有限公司,1980),页 170。

第九章 度脱模式：贾宝玉的启蒙历程

郸道省悟黄粱梦》中的启悟导师钟离权，即先后四次化身为高太尉、院公、樵夫、邦老等不同身份，给予主角不同形式的磨练和启示①，则在越是长篇的小说中，某些构成要件的基本功能也越是可以分化到其他人物身上，从单一到多元，从直线到网状，透过复杂的叙事纹理映射出真实人生的多样面貌，《红楼梦》正是如此。最重要的是，有别于度脱剧中片面强化度人者的巨大主导力，以致严重忽视被度者的内在心理，被度者的内心反应与心理转变甚少受到着墨而显得薄弱的情况②，《红楼梦》的启悟重心则是都放在贾宝玉的意识变化上，可谓对传统度脱剧的缺陷加以弥补并进一步深刻阐发。

虽然从保存真我的追求面上，基本上可以解盦居士《石头臆说》所说的："神瑛侍者必居赤瑕宫者，得毋谓其不失赤子之心乎！故宝玉生平，纯是天真，不脱孩提之性。"然而，"生平纯是天真"者绝无法担任成长小说的核心角色或推展启悟故事的主线建构，我们对贾宝玉的认识如果只坚持在拒绝长大的"反成长"这一面，便会严重削弱此一人物的复杂性格内涵。诚如马尔卡斯（Mordecai Marcus）所定义："启悟故事所要表现的，可以说就是故事中年轻主角经历过的，无论是他对于自我世界认识的重大转变，还是性格上改变，还是两者兼有。而且这些转变，必会指示或引领他迈向成

---

① 容世诚：《度脱剧的原型分析——启悟理论的运用》，《戏曲人类学初探》，页240—241。

② 容世诚：《度脱剧的原型分析——启悟理论的运用》，《戏曲人类学初探》，页256。

人世界。故事中不一定有某种仪式,但至少有某些证据,显示这些转变似乎是有永久的影响的。"[1] 据此衡量《红楼梦》叙事内涵中触及"省悟"与"试炼"意义,并因之而戒断原本欲求以致升华的里程碑式情节,其实不仅止于度脱模式或脂批所称的三次;且各次的启悟者或引路人分别由不同的人物担任,他们所带来的转变在具有永久影响的情况下,使贾宝玉的人生跳脱出儿童式的单纯自我,对世界的认识与存在的认知也都因之臻至成熟境地。

以下便依序就贾宝玉的四度启蒙经验与其成长内涵加以分述。

(一)性启蒙:兼美云雨

费德勒(Leslie A. Fiedler, 1917—2003)曾指出,在英美传统之外的欧洲文学,特别是德、法小说中,男主人公进入成年的启悟通常是以性的方式完成的;[2] 黄德伟也即视初试云雨为宝玉的启悟之始。[3] 第五回中,警幻与兼美给予贾宝玉的"性启蒙"(sexual initiation),除了说明人的身体成熟速度较快较早的现象,透过这件

---

[1] Mordecai Marcus,"What is an Initiation Story?" *Journal of Aesthetics and Arts Criticism*, 19 (1960), p. 222. 中译参容世诚:《度脱剧的原型分析——启悟理论的运用》,《戏曲人类学初探》,页 227。

[2] 见 Leslie A. Fiedler, "From Redemption to Initiation," in *New Leader*, 41 (May, 1958), p. 22.

[3] 见 Tak-wai Wong, "The Theme of Initiation in Chinese and Anglo-American Fiction," ed. Zoran Konstantinovic, Eva Kushner, and Béla Köpeczi, *Proceedings of the Ninth Congress of the International Comparative Literature Association* (Innsbruck, 1982), p. 378.

事是出于宁荣二公所安排,而与家业承续攸关的严肃宗旨,可知其中大有深意存焉。

若进一步探究"性成熟"作为"成长"的必经步骤,此一生理变化所隐含的意义,除反映了人的身体成熟速度较快、也较早的客观事实外,首先即是确立唯一"略可望成"的宝玉具备传宗接代的能力,犹如普列汉诺夫所指出:"氏族的全部力量、全部生活能力决定于它的成员的数目。"① 因此具有生育力以承担家族传流、确保香火不息的基本任务,才能获得继承人的坚强资格。更重要的是,在"通过了性启蒙后,便变为成人"的意义上,宝玉进一步"变成了父亲",而父亲的权力对他来说实在太重要了,如门德尔(Sydney Mendel)所指出:"父亲的权力范围,可用几个不同层次来分析。例如,从文学层次来看,他简单地指出血肉之躯的父亲,可以享有财富、权力、名誉,和女人。"② 因而在启蒙仪式后,宝玉虽然还是少年,却给一群少女围绕着;他的"父亲"地位,更可从他认贾芸为干儿子(见第二十四回)和鬼差怕他的事(见第十六回)来证明。由此,在接下来的大观园进驻仪式中,"作为园里唯一男性的住客,宝玉应被视为园的主人",于是在担任这职位之前他要经过一个性

---

① 转引自程德祺:《原始社会初探》(北京:中央民族学院出版社,1988),页33。这也是何以贾家产生"我们家的规矩,凡爷们大了,未娶亲之先,都先放两个人服侍的"(第六十五回)之惯例的原因。

② Sydney Mendel, "The Revolt against the Father: the Adolescent Hero in *Hamlet and The Wild Duck*," *Essays in Criticism* 14:2 (April, 1964), p. 177.

的启蒙仪式。①

若采取另一角度切入,性启蒙之所以关涉人的"成长",尚有其他象征意义。从普遍基型而言,成长小说的主人公原型最早可以追溯到《圣经》中的人类祖先亚当和夏娃②,而正是在亚当和夏娃的故事中蕴涵了一些重大主题,即:"原始朴真的消逝,死亡的降临,以及对知识的首次有意识的体验,所有这一切都与性紧密相关。"据匈牙利心理分析人类学家吉扎·罗海姆(Géza Róheim, 1891-1953)所言:"在神话中,性成熟被视作一种剥夺了人类幸福的不幸,被用于解释尘世中为何会有死亡。"③这更恰恰解释了《红楼梦》中"情欲"与"死亡"结合为一的现象,举其荦荦大者以观之,不但第五回人物判词中,秦可卿的"秦"所谐音的"情"与宁府的"淫"被彻底地放在一起,且又跟贾府的衰落相联系④,大观园的崩溃更是由绣春囊之入侵与暴露所揭发的性意识所启动;而宝玉对于女儿出嫁所表现出念兹在兹的忧心与抗拒,不也是因为与婚姻俱来的童贞的丧失,注定会同时迫使"女儿"踏入"女人"那充满磨难的悲剧世界?

---

① 有关性启蒙与"父亲"权力的阐述,参陈炳良:《红楼梦中的神话和心理》,收入王国维等:《红楼梦艺术论》(台北:里仁书局,1984),页319—320。

② 芮渝萍:《美国成长小说研究》,页111。

③ 〔匈〕吉扎·罗海姆:《伊甸园》(Eden),载于《心理分析评论》(*Psychoanalytic Review*),第27卷,纽约,1940。引自〔美〕凯特·米利特著,宋文伟译:《性政治》,页62—63。

④ 参(挪威)艾皓德著,胡晴译:《秦可卿之死——〈红楼梦〉中的情、淫与毁灭》,《红楼梦学刊》2003年第4辑,页252。

事实上，宝玉的性成熟也让他脱离了真正无邪的童年乐园，进入承担成人的艰巨、以及面临幻灭的痛苦的准备期。证诸宁荣二公之灵所嘱托的启悟方式，所谓"万望先以情欲声色等事警其痴顽，或能使彼跳出迷人圈子，然后入于正路"，可见代表了成人之担负的"入于正路"才是其最终目的，只不过"入于正路"却是经由"情欲声色"的规引所致，其中隐含的认知逻辑，显然是"情欲声色"能够提供"警其痴顽"——打破其儿童式的无知无识——的作用。换言之，性成熟宣告了童年原始朴真的死亡。不过，此一非常教育手段之特别，其实存在着当事人"执迷不悟"的可能风险，贾瑞的例子就是一个警讯，因此脂批就其中"先以情欲声色等事警其痴顽"一句指出："二公真无可奈何，开一觉世觉人之路也。"可见此一启蒙方式本身是不够的，是无可奈何之下的选项，因而接下来贾宝玉还要不断接受更多、也更重要的心智锻炼，始能真正达到启悟的境界。

（二）出世思想启蒙：宝钗说戏

前面所提到亚当和夏娃的成长故事中，与性紧密相关的"对知识的首次有意识的体验"，也表现在贾宝玉继性启蒙之后，接下来的三次启悟都是发生于意识层次的价值观改变上，而以出世价值与幻灭美学的思想启蒙最为根本。

虽然第二十一回已先有宝玉看了一回《南华经》，提笔续《外篇·胠箧》一段，因此王国维认为："彼于缠陷最深之中，而已伏解脱之种子，故听'寄生草'之曲而悟立足之境，读'胠箧'之篇

而作焚花散麝之想。"① 然而严格说来,该情节实如脂批所言:

> 试思宝玉虽愚,岂有安心立意与庄叟争衡哉。且宝玉有生以来,此身此心为诸女儿应酬不暇,眼前多少现(成)有益之事尚无暇去作,岂忽然要分心于腐言糟粕之中哉。可知除闺阁之外,并无一事是宝玉立意作出来的。大则天地阴阳,小则功名荣枯,以及吟篇琢句,皆是随分触情,偶得之不喜,失之不悲,若当作有心谬矣。只看大观园题咏之文,已算平生得意之句,得意之事矣,然亦总不见再吟一句,再题一事,据此可见矣。然后可知前夜是无心顺手拈了一本《庄子》在手,且酒兴醺醺,芳愁默默,顺手不计工拙,草草一续也。若使顺手拈一本近时鼓词,或如"钟无艳赴会,其(齐)太子走国"等草野风邪之传,必亦续之矣。观者试看此批,然后谓余不谬。所以可恨者,彼夜却不曾拈了"山门"一出传奇;若使"山门"在案,彼时捻着,又不知于"寄生草"后续出何等超凡入圣、大觉大悟诸语录来。(第二十二回批语)

其说明挑宝玉之作为乃随意挂搭而"无心顺手"的草草本质,《庄子》一书与"近时鼓词"或"草野风邪之传"并无不同,如此一来,遂使《庄子·胠箧篇》续笔沦为游戏之作,启悟功能大为减低;何况,庄子并未主张建立在空幻意识上的出世思想,因此脂批最后明确指

---

① 王国维:《红楼梦评论》,收入王国维等:《红楼梦艺术论》,页11。

出《寄生草》的仿作才算是"超凡入圣、大觉大悟诸语录"之类，而如杨恩寿所言："《红楼梦》曾引是曲，虽为宝玉出家借作楔子，而于传奇中独拣是折，可见作《红楼梦》者洵此中解人也。"[1] 因此，为宝玉埋伏解脱之种子者，其实是《寄生草》而非《庄子·胠箧篇》，是入世最深的宝钗而非其他别人。

就在第二十二回"听戏文宝玉悟禅机"一节中，作者原本设计宝钗在自己的生日宴上，为投合贾母之所好而点了一出《鲁智深醉闹五台山》的热闹曲目，又因其耍性弄气、舞棍使棒的戏文被宝玉讥为"热闹"而不以为然，一箭双雕地勾画出宝钗安分随时、顺任尊长的个性，以及二宝之间人生意趣的分歧。但就在此一情节初初碰触到两人人生意趣的分歧之际，紧接而来的，却是两人之间在生命归趋与审美意趣的层面上绝无仅有的一次全然的契合。书中描述宝钗遭到宝玉的质疑之后，便对他含笑细加解说道："要说这一出热闹，你还算不知戏呢。……一套《点绛唇》，铿锵顿挫，韵律不用说是好的了；只那词藻中有一支《寄生草》，填的极妙，你何曾知道。"而在被此说燃起莫大兴趣的宝玉央请之下，宝钗便念其辞道：

漫揾英雄泪，相离处士家。谢慈悲剃度在莲台下。没缘法转眼分离乍。

---

[1] （清）杨恩寿：《词余丛话》，卷2，中国戏曲研究院编：《中国古典戏曲论著集成（九）》（北京：中国戏剧出版社，1959），页244。

赤条条来去无牵挂。那里讨烟蓑雨笠卷单行？一任俺芒鞋破钵随缘化！

结果宝玉听了曲文以后，其心理反应之强烈，甚至称得上是到了欣喜若狂的地步，他"喜的拍膝画圈，称赏不已，又赞宝钗无书不知"，以致黛玉拈酸带醋地讥刺道："安静看戏罢，还没唱《山门》，你倒《妆疯》了。"让大家听了忍不住一笑。

如果只将黛玉在这里的出言讥刺看作是与宝钗较劲的心态下"小性儿"发作的嫉妒反应，实在未免过于泛泛浮浅。固然黛玉本来就会因为宝玉赞美宝钗这位假想情敌而拈酸吃醋，但此一情节的意义却绝对不仅于此。试看此中宝玉所赞者除了宝钗的博学之外，其实唤起他心灵如此强烈震动最重要的原因，是宝钗对《寄生草》一词中蕴藏的幻灭感与出世离尘之人生归趋，所展现的真切了解与衷心肯定，一方面宝钗具有从"热闹喧哗"的戏曲中看到此一出世离俗之辞藻的眼光，本质上已然具备悟道者的特殊禀赋，而所谓"填的极妙"，更透露出对此一悟道之境界的深刻了解与高度欣赏；至于宝玉听后"喜的拍膝画圈，称赏不已"的反应，则正是对此一解悟毫不保留的最大迎合，连带地也在无形中向传达此一解悟的宝钗大大倾其知己的欣赏之情。于是这两条始终遥遥各自延伸的平行线居然在此乍然交会，彼此碰撞激发的潜德幽光，甚至还进一步瞬间照亮宝玉内在深层的幻灭性格，以至于接下来便引发宝玉生平首次展现出世思想的"悟禅机"一段情节。

其结果便是：就"启蒙"的意义而言，抉发《寄生草》而为宝玉埋伏解脱之种子,初步唤醒宝玉之幻灭性格与出世思想的女性,非但不是身为贾宝玉灵魂伴侣的林黛玉,反而是建立于俗世基础之上、以"金玉良缘"为命运联系的薛宝钗;而此种透过戏文曲调所展现的生命归趋的契合,甚至还超过宝玉与黛玉这"二玉"之间的关系。

因为在《红楼梦》中,二玉除了自幼由青梅竹马所培养起来的胶漆之情外,两人之间契合无间的相知固然深刻稳固,却从来未见黛玉对宝玉身上终究趋向"悬崖撒手"的终极性格有任何的了解、认同、趋近或鼓励,试看宝玉受此戏文之影响而随后作偈填词以悟禅机时,她和一般人一样,都是站在尘世的角度而以"痴心邪话"一语加以抹倒,观此即可知一二。相对说来,反倒是平常脾胃大相径庭的宝钗对《寄生草》的引述与诠释,却无意有意地触及了宝玉性格中最深沉的一个面相,因此才紧接着创造了下文"宝玉悟禅机"的一个关键,由宝钗自责道:"这个人悟了。都是我的不是,都是我昨儿一支曲子惹出来的。"可见这一段情节乃是建立于世俗基础之上的"二宝"之间,唯一一次真正的心灵契合与精神切近。

虽然曹雪芹立刻又让薛宝钗回归其正统的价值观,而以"疯话"自责,以"我成了个罪魁"自悔,使"二宝"又再度在生命旨趣上分道扬镳,各自滑转回到原来彼此平行的轨道,但这次短暂却紧密的心灵切近,毕竟是被聪慧敏感的林黛玉所察觉了;尤其是这次之心灵切近所属的范畴又是二玉之间所未曾涉及者,因而潜在却尖锐的不安与惊惶才会披上嫉妒的外衣,使黛玉借"妆疯"之戏曲名目出言制止宝玉的欢喜雀跃之情,以切断二宝之间首度突破心灵之藩篱而乍乍建立起来的连线。

由此可知，即以书中所开启的空、情、色三个人生视点而言，其中"空"的层次乃立足于宗教哲学的形而上角度，展示出对世界清醒认识的灭情观[①]，虽以一僧一道为代表人物，但事实上被视为务实的、世俗取向的薛宝钗亦具备了此一精神范畴。她以"热闹繁华中洞见虚无幻灭"的悟道者禀赋，为望文生义的贾宝玉指出《鲁智深醉闹五台山》并不是一出喧哗嘈杂的"热闹戏"，其中那支《寄生草》的"词藻动人"之处，乃是归结于"赤条条来去无牵挂"的幻灭意趣，而成为贾宝玉性灵成长过程中"出世哲学"的思想启蒙者，最后甚至成为其人生终极价值。[②] 仅此一端，便足见薛宝钗之人格厚度确有其深不可测之处，由此跃升为宝玉终极归属的启蒙者，不但合理更且微妙深刻。

（三）情缘分定观启蒙：龄官画蔷

有关出世价值与幻灭美学的思想启蒙虽然最具根本性，然而宝

---

① 依孙逊所言，曹雪芹以三个视点审度人生，分别是：

空——终极关怀———僧一道——忘情者，梦醒者——对世界清醒认识的灭情观，立足于宗教哲学的形而上角度。

情——中间关怀——宝、黛——钟情者，梦迷者——陷溺于情感执着的唯情观，彻底投入对生命理想的痴迷追求。

色——基础关怀——刘姥姥——不及情者，从不作梦者——实用的物质的功利观，来自现实生活的形而下直观。

参孙逊：《红楼梦探究》（台北：大安出版社，1991），页 31—55。

② 详参欧丽娟：《诗论红楼梦》，页 311—314。

第九章　度脱模式：贾宝玉的启蒙历程

玉毕竟于富贵温柔的包围中缠陷甚深，缺乏对现有生活的撼动，因此即使有所触发，结果往往是"仍复如旧""至次日也就丢开了"，潜伏的种子也只能默默沉睡以待狂风暴雨的唤醒破土；顺着日常轨道运行的安稳岁月，带领着宝玉继续坐享宠儿生活，让他依然抱持"你们同看着我，守着我"（第十九回）的钟情幻思。但就在平凡生活的一角，不意间受到龄官以"抬身起来躲避"且"正色""坐正"的态度，而破天荒亲历了受人疏离冷落的遭遇，姚燮已经注意到：

> 宝玉过梨香院，遭龄官白眼之看；黛玉过栊翠庵，受妙玉俗人之诮，皆其平生所仅有者。①

正因此一"从来未经过这番被人弃厌"的空前遭遇，使自幼集万千宠爱在一身的宝玉别开眼界，更从龄官对贾蔷之情有独钟而豁然领悟自己意欲独占天下之情的褊狭虚妄，自叹道：

> "我昨晚上的话竟错了，怪道老爷说我是'**管窥蠡测**'。昨夜说你们的眼泪单葬我，这就错了。我竟不能全得了。从此后只是各人各得眼泪罢了。"……**自此深悟人生情缘，各有分定**，只是每每暗伤"不知将来葬我洒泪者为谁？"（第三十六回）

其中宝玉所领悟的"管窥蠡测"一语，乃见诸第十七回大观园的题

---

① （清）姚燮：《读红楼梦纲领》，一粟编：《红楼梦资料汇编》，卷3，页169。

咏过程中贾政对宝玉的批评,因而也与大观园的本质形成一种微妙的内在联系。一如浦安迪所指出,"出""入"大观园,"可以园里的圆满性延伸到园外庞大宇宙的周全性",而宝、黛二人以"自我"求全的角度来看,终难自安于宇宙之大,《红楼梦》作者再三表明,若将"自我"的世界误以为宇宙整体,那便是管窥蠡测了,因此,"大观园"一面寓万物富足之意,另一面又影射个人生命之无常。换言之,这样的宇宙观不但表扬一种"超越自我的丰富感"(self-transcending fecundity),同时也容许"自我不足感"的存在。①

正是在表扬"超越自我的丰富感"的同时也隐含了"自我不足感"的体认,于是可以说,"这个体悟不啻在宝玉迹近于幼儿'以世界一切皆是为我'的世界观中凿下了裂痕"②,使之从我与世界没有区隔的混沌整体中开始意识到了分离与局限,也让他那根源于人生伊始所有的物我合一的"神漾"(jouissance)追求,以及透过黛玉(女人)所代表的"少年的世界"而彰显的不愿长大、不愿进入成人世界的"意淫"③发生崩毁,为其进入成人式的孤独铺下道路。随着情节的发展,这个瓦解了儿童式自我中心观的裂痕随着事例的增多与认知的加强而不断扩大,姑不论先前有彩霞之偏好于猥

---

① 〔美〕浦安迪著,孙康宜译:《西游记、红楼梦的寓意探讨》,《中外文学》第8卷第2期(1979年7月),页53—54。

② 廖咸浩:《前布尔乔亚的忧郁——贾宝玉和他的恋情》,《美丽新世纪》,页128。

③ 此一对意淫的解释,参廖咸浩:《说淫:〈红楼梦〉"悲剧"的后现代沈思》,《中外文学》第22卷第2期(1993年7月),页86。

琐偏邪的贾环,在龄官画蔷后,不但有鸳鸯之全然不屑于宝玉这位"宝天王""宝皇帝"(第四十六回),遑论尤三姐自一见钟情后,五年之间即心中默默守候柳湘莲,之子靡他,甚至对贾琏之误解鄙薄道:"难道除了你家,天下就没了好男子了不成!"(第六十五回)终于发生香菱当面对宝玉的挂虑忧心表示敬谢不敏,使之怅然若失呆立半天,不觉滴下泪来,而加重其逐司棋、别迎春、悲晴雯等羞辱惊恐悲凄之感,终致卧病不起(第七十九回)。无论是主观选择还是客观环境所逼,这些接踵偏离宝玉的女子都重创了宝玉的价值观,既让他陷入"不能全得"的缺憾,又使其泛爱博施的志愿受挫,其结果便是以一种特殊方式抽离了母体中乳与蜜的包覆,逐步跨入人我分殊状态而体证了人类存在的孤寂本质,而有"不知将来葬我洒泪者为谁"的荒寂之悲。由此乃导致"各人各得眼泪"的孤独证言,也是对前次启蒙中"赤条条来去无牵挂"之孤独意识的进一步落实。

而这位心灵上的"异乡人"便从此一步步成为情感世界的畸零者,在情的全幅版图逐渐缺块裂解之后,终究以出家的方式彻底投入情的终极虚空之中,结束了尘世的旅程。

(四)婚姻观启蒙:藕官烧纸

不过,贾宝玉既然以"弃在此山青埂峰下"而"落堕情根,故无补天之用"①的顽石为前身,在彻底投入情的终极虚空之前,不

---

① 第一回眉批。

但在广度上极力追求情的全备皆有，同时也在深度上全心执着于情的唯一不二。在这个过程中，如果说"龄官画蔷"让他"极力追求情的全备皆有"之信念产生崩解，在他迹近于幼儿"以世界一切皆是为我"的世界观中凿下了裂痕；则"藕官烧纸"乃使他对"全心执着于情的唯一不二"之定义重新诠释，并更进一步从儿童自我中心的状态中解除，于去中心化后达到人我之间的观点协调。①

第五十八回"杏子阴假凤泣虚凰"所展示的就是一种"情理兼备"而"两尽其道"的"痴理"，由此达到人我两全的伦理世界的圆满，带给宝玉崭新的婚姻观。其中描述藕官为死去的菂官烧纸泣念，两人的关系乃是芳官所说：

> 那里是友谊？他竟是疯傻的想头，说他自己是小生，菂官是小旦，常做夫妻，虽说是假的，每日那些曲文排场，皆是真正温存体贴之事，故此二人就疯了，虽不做戏，寻常饮食起坐，两个人竟是你恩我爱。菂官一死，他哭的死去活来，**至今不忘**，所以每节烧纸。后来补了蕊官，我们见他一般的温柔体贴，也曾问他得新弃旧的，他说："这又**有个大道理**。比如男

---

① 所谓自我中心，是皮亚杰（Jean Paul Piaget, 1896—1980）在儿童心理学上的重大发现，指儿童把注意力集中在自己观点和自己动作上的现象；而去中心化则是指在其成长过程中，随主客体之间相互作用的深入，认知机能不断发展和认知结构不断完善，个体能从自我中心的状态中解除出来。至于任何一次的去中心化，都必须达到把自己的观点和他人的观点协调起来，而不是把自己的观点当作绝对真理。参林泳海：《儿童教育心理学》（北京：商务印书馆，2006），页66—67。

子丧了妻，或有必当续弦者，也必要续弦为是。便**只是不把死的丢过不提，便是情深意重了**。若一味因死的不续，孤守一世，**妨了大节，也不是理**，死者反不安了。"……宝玉听了这篇呆话，独合了他的呆性，不觉又是欢喜，又是悲叹，又称奇道绝，说："天既生这样人，又何用我这须眉浊物玷辱世界。"

对此，俞平伯首先提出这是"交互错综"的句法，即"以虚假的恋爱明真实的感情道理"，而"藕官的意思代表了宝玉的意思。她跟药官的关系，显明是宝、黛的关系，她跟蕊官的关系，显明是黛玉死后，钗玉的关系，咱们平常总怀疑，宝玉将来以何等心情来娶宝钗，另娶宝钗是否得新弃旧。作者在这里已明白地回答了我们，嗣续事大，必得另娶，只不忘记死者就是了。这就说明了宝玉为什么肯娶宝钗，又为什么始终不忘黛玉。"① 如果不将这几个人之间的配置关系过度比附坐实，则这段话确实关涉到茜纱窗下黛玉死后，宝玉得以接纳宝钗之续弦真情的心理基础。

可以说，藕官的"专情"与"续弦"兼容并蓄、"新人"与"旧爱"共存无碍的婚姻观——自我与伦理世界的兼美圆满，开启了贾宝玉面对爱情婚姻相背离之现实处境的崭新的应对之道。对先前只能在"全有"（all）与"全无"（nothing）这两种情感极端之间进行

---

① 俞平伯：《读红楼梦随笔》，《红楼梦研究参考资料选辑——俞平伯专辑》（北京：人民文学出版社，1973），页129—130。

排他性选择，因此往往誓言"你死了，我做和尚"（见第三十回、第三十一回）的贾宝玉而言，不啻为一新婚姻观的除昧启蒙，而回应以醍醐灌顶般豁然开悟之由衷共鸣，所谓"这篇呆话，独合了他的呆性，不觉又是欢喜，又是悲叹，又称奇道绝"，并以之赞叹"天既生这样人，又何用我这须眉浊物玷辱世界"，实与听了宝钗对《寄生草》的介绍后"喜的拍膝画圈，称赏不已，又赞宝钗无书不知"的反应如出一辙，都是思想受到重大冲击而幡然憬悟的表现，可以说奠定了将来在"必当续弦"以免"妨了大节"的情况下，清醒自觉地迎娶宝钗的前置准备。这与高鹗续书所写的，宝玉是在失玉而糊涂昏聩之下任人摆弄，以致身陷掉包计中被动进入二宝联姻的安排本质上迥然不同，也使将来夫妻二人"共话谈旧"①的情节得到更合理的人性逻辑。这种"痴理"观，可谓直接挑战、甚至正面推翻了汤显祖"情在而理亡"（《弋说序》）、"一往而深，生者可以死，死可以生。生而不可与死，死而不可复生者，皆非情之至也"（《牡丹亭记题词》）的"情至说"。

　　参照书中另一段类似情节安排，益可证明"痴理"之于人我两全的完满：当贾府抄没后，妾身不明的袭人也被迫出嫁，但却并非一走了之，堪称丝仍连而藕更未断，透过脂批留下来的线索可知：

---

① 第二十回评："妙极。凡宝玉宝钗正闲相遇时，非黛玉来，即湘云来，是恐曳漏文章之精华也。若不如此，则宝玉久坐忘情，必被宝卿见弃，杜绝后文成其夫妇时无可谈旧之情，有何趣味哉。"

第九章 度脱模式：贾宝玉的启蒙历程

> 袭人出嫁之后，宝玉宝钗身边还有一人，虽不及袭人周到，亦可免微嫌小敝等患，方不负宝钗之为人也。故袭人出嫁后云"好歹留着麝月"一语，宝玉便依从此话。可见袭人虽去实未去也。（第二十回批语）

除了以分身代任，情义长存之外，更有甚者，即使婚后得所而故主落难，袭人仍不忘旧恩，无惧牵连地冒险至"狱神庙慰宝玉"，此后并与夫婿蒋玉菡"供奉玉兄、宝卿得同终始"，因而在《红楼梦》的后续情节中，原定给予"花袭人有始有终"的回目[①]，肯认其不以荣枯聚散而异心别抱的忠贞如一。此所以第五十八回回目中称之为"痴理"——作为曹雪芹之所独创，用以与"痴情"分庭抗礼、甚至对"痴情"有所超越的崭新语汇，其慑人心目之处就在于拆解了"情"与"痴"的当然连结，将原本只用于"情"的"痴"字与概念移诸"理"上，以致"理"作为超越主观情感的客观规范竟渗透了"情"的温柔凄美，不同范畴的重组造成"情与理的调和"。[②]

此种矛盾统一的全新建构令人不可思议却又境界一开，比诸"痴情"更为丰富也更为圆满，遂足以担当"启蒙"之重责大任——传统的"启蒙"概念，结合了"对成人礼候选人之职业技术、

---

① 第二十回夹批云："茜雪至'狱神庙'方呈正文。袭人正文标昌（目曰）：'花袭人有始有终。'余只见有一次誊清时，与狱神庙慰宝玉等五六稿被借阅者迷失，叹叹！丁亥夏，畸笏叟。"

② 详细论证，请参欧丽娟：《论〈红楼梦〉中"情理兼备"而"两尽其道"之"痴理"观》，《台大中文学报》第 35 期（2011 年 12 月），页 157—204。

责任和权利的介绍,以及他对双亲意象情绪关系的根本调整两个部分。秘教传教师(也就是父亲或替代父亲的角色)只将权力的象征委付给已成功清涤所有婴儿期不当情结的儿子——对这样的人而言,公正无私的执行权力不会因自我膨胀、个人偏好或愤恨等无意识动机而受挫,……涤净希望与恐惧,并在对存有启示的了解中得到平静。"① 而"痴理"观恰恰可使宝玉在日后面对"续弦"的内心冲突时,能够因情绪关系的根本调整而得到平静,不因个人偏好或愤恨等动机而受挫。则婚姻观启蒙所带给贾宝玉的情理调和、主客谐一,使其最终的出家不是逃避而是超离,不是抗议而是了结,故成为迈向度脱的最终一步。此实乃其深沉寓意之所在。

整体而言,宝玉的四次启蒙中,除了第一次之外,都清楚蕴含了一种跳跃式的精神顿悟,而精神顿悟正是成长小说的一个典型特征,主人公在探索的过程中,突然获得对人、社会等的一种真理性认识,产生了人生观和世界观的根本转变。② 所谓顿悟(epiphany),原来是基督教神学的一个术语,用来表示上帝在人间的显灵,乔伊斯(James Joyce, 1882—1941)借此来表示世俗世界的启示,把它定义为"精神的突然显露"(sudden spiritual manifestation),其间,

---

① 〔美〕坎贝尔著,朱侃如译:《千面英雄》(台北:立绪文化公司,1997),页143。

② 孙胜忠:《美国成长小说艺术与文化表达研究》(合肥:安徽人民出版社,2008),页296、312。

事物的本质或姿态向观察者散发出光芒。① 衡诸贾宝玉的各次启悟过程,在在合乎此一描述,从整体以观之,尤其表现出浦安迪所言:"从上述解决双重世界观的可能性中,透露出一种明确的动态,至少是明确的方向感:从不完美、不完善甚至臭名昭着的丑恶之物,指向完美、纯真的目标。这种潜在的从此境到彼境的动势,似乎是寓意作家藏于内心的嗜好,他们常常描写'定向历程',其代表作是朝圣或追寻故事。有些作品,虽然在字里行间看不出实际的历程,但就启蒙的次序而言,无论是顿悟还是渐悟,动态的情状仍宛然在目:从无知到获得真理。"② 这恰恰是贾宝玉四度启蒙之整体意义的绝佳概括说明。

其次,无论是从中国传统度脱表现还是西方启悟叙事而言,宝玉的"成长"仍是其人生历程的根本核心,情缘分定观启蒙、婚姻观启蒙等两种开悟都促成了宝玉逐步与社会接轨的身心成熟,每一步的启蒙都恰恰与秦钟临终前所言"以前你我见识自为高过世人,我今日才知自误了"(第十六回)的心理转折相呼应,尤其曹雪芹所独创用以超越"痴情"的"痴理"观,所达成"情与理的调和"更为其最;因而出世思想启蒙所致的出家,并不是对社会的逃避而是超离,不是对社会的抗议而是了结,故非但不是反成长,反而是其成长步骤中最终"灵"的成熟。一如坎贝尔所言:"突破个

---

① 〔英〕波尔蒂克(Chris Baldick):《牛津文学术语辞典》(上海:上海外语教育出版社,2000),页72。

② 〔美〕浦安迪:《中国叙事学》,页129。

人局限的巨痛乃是精神成长的巨痛。艺术、文学、神话与礼拜、哲学及苦修的锻炼，都是帮助个人突破局限的视域，以进入不断扩大理解领域的工具。当他跨越一个又一个门槛，……最后，心打破了宇宙的局限范畴，而达到一种超越所有形相——所有的象征，所有的神——经验的领悟；一种对无可遁逃之虚空的体悟。"① 就此以观之，则《红楼梦》不但是传统度脱模式的深化，也同时提供了成长小说的独特类型。

于是，悲剧就不仅只是悲剧，而焕发着饱含沧桑之后的豁达与慈悲，再回首前尘往事时，可以绽放出一朵含泪的微笑。犹如弘一大师圆寂前所写的"悲欣交集"，第一百二十回写宝玉由一僧一道伴随，在雪地上遥遥向贾政拜别时，脸上的表情也是"似喜似悲"，曹雪芹历历刻画《红楼》故事到卷终之际，那一种满足与惆怅的怔忡心境，亦莫非如是。

---

① 〔美〕坎贝尔著，朱侃如译：《千面英雄》，页200。

第十章
总　结

据罗威廉所观察，清朝时作为帝国晚期的中国，其家族中仍进行着严格的道德价值，如伦常、安分、辨上下、严内外等；①贵族世家由于地位崇高、人口众多、关系复杂，"礼法"更是维持家族秩序不可或缺的仪则，而礼法本质上就是儒家思想的具体化。

本书在第二章谈到"清代贵族世家的阶级特性"时，就已经藉由具有类似阶级特性的六朝世族门第，说明："血缘本于儒家，苟儒家精神一旦消失，则门第亦将不复存在"，故"当时门第在家庭中所奉行率守之礼法，此则纯是儒家传统。可谓礼法实与门第相终始，惟有礼法乃始有门第，若礼法破败，则门第亦终难保"；②如

---

① William T. Rowe, "Ancestral Rites and Political Authority in Late Imperial China: Chen Hongmou in Jiangxi," *Modern China* (October, 1998), pp. 378-407. 及 *Saving the World: Chen Hongmou and Elite Consciousness in Eighteenth-Century China* (Stanford: Stanford University Press, 2001). 引自张寿安：《十八世纪礼学考证的思想活力——礼教论争与礼秩重省》，页5。

② 见钱穆：《略论魏晋南北朝学术文化与当时门第之关系》，《中国学术思想史论丛（三）》，页152、174。

果再加上满人汉化后极力吸收儒家观念，甚至比起汉人更有过之的情况，如旗人妇女尤其是上层社会的妇女，很自觉地用汉族儒家的观念来要求自己，"对儒学的尊崇和实践甚至达到了汉族社会也望尘莫及的地步"。[①] 推而扩之，则世家子弟在历时长达百年的祖德庭训与周身亲族绵密的庞大群体环境中，自必产生礼法的节度与涵养，这是我们在理解《红楼梦》的各种内涵时，所必须建立的基本认识。

而在贵族世家中所形成特殊的生活方式与意识形态等阶级文化性质，作为作者失落后眷恋缅怀的过去式、以及《红楼梦》所聚焦刻画的现在进行式，势必直接牵动了家族成员的个人价值定位与婚恋安排等相关思想。而这些都清楚地直接表露于脂砚斋的评点上，本书第四章就针对这些拥有特殊身份与特定权威的批评家及其批语作一整理说明，可以看到他们和曹雪芹出身于同一背景，甚至有着密切的私人关系与共同记忆，因此熟知创作素材的现实来源，也与之共享了类似的思想感受与价值观，称得上是一种具有类似之习俗、思想、信仰、价值观、心理感受并彼此默认一致的"精神共同体"，并且共有着集体的"文化记忆"，透过小说的阅读评点进行对话交流；甚至还介入了文本的创作阅读范畴中，形成了所谓的"解释团体"，而或多或少地制约了这些作者所制造的文本。这一现象，正是后代读者如我们应该重视脂评的原因。

[①] 参定宜庄：《满族的妇女生活与婚姻制度研究》，页136。

于是，透过小说文本的描述、脂砚斋评语的指示，让我们可以透过另一种与现代不同的眼光，较切近地理解以贾宝玉为中心的《红楼梦》，所面对、所思考的问题是什么，因而更认识到整部小说的主要宗旨何在。基于百年贵族世家的传统之深与责任之重，小说家实以"追忆"与"忏悔"为寄托而构成作品的主旨，这就是本书第三章所讨论的主要重点。也正是基于百年贵族世家的传统之深与责任之重，其特定的历史条件与后天环境，使成长中的个人无意识内化社会结构影响，因而所产生的"惯习"（habitus）以及由此所形成的个人的禀性（disposition），促使行动主体以某种方式行动和反应，也让家族成员的个人价值定位与婚恋安排等相关思想随之塑造出特定的倾向。

就个人的价值定位而言，我们重新认识到构成《红楼梦》最主要叙事框架的石头神话中，女娲补天所余的畸零石其实是德美兼具的玉石，其象征意义与中国传统文化中的贵族阶层的密切相关，因此更完善地解释了该石得以被携带转世于贵族世家的原因，并合理地突显贵族末世的悲哀与无才补天的自忏，这便是本书在第五章所提出的新看法。

而家族与个人是密不可分的，事实上，家族的覆灭甚至是贾宝玉之最终出家的最大关键因素，因此小说家在时时暗示家族集体命运的悲剧而感恸叹惋之际，还处处就贾府的生活规模与意识形态批评其他小说中"庄农进京"式的伪富贵叙事，首当其冲的就是当时的流行文类"才子佳人小说"，这一点可以见诸本书第七章的说明；另一方面则是以真正的百年世家思维，就与个人之人生关系最密切的婚恋安排加以展现。因此，于第六章中系统地厘清小说中"谶"的制作与运用时，可以看到以"戏谶"预告家族败灭的创新手法，更特别的是以"物谶"强调"父母之命，媒妁之言"的无上命令，否决了私情在婚姻上的作用，也构成了对"才子佳人小说"的真正反对原因，从而对于"佳人"的认知也就脱离不了这个判断标准。

更重要的是，这种对于婚姻的看法势必影响到个人如何看待"爱情"的角度，而这也确实构成了贾宝玉成长历程中启蒙内涵的核心，三个带给他飞跃性启发的观念顿悟，就有一半以上是与婚恋有关的。"情缘分定观"与"婚姻观"的两道启蒙仪式，让贾宝玉突然获得对人、社会等的一种真理性认识，产生了人生观和世界观的根本转变，由此而一步一步地从无知到获得真理，达到伦理与个人、社会与自我、情与理的完美协调，这便是本书第八章、第九章所呈现的内容。

至此，对于《红楼梦》作为中国文学史上空前绝后的、唯一一部真正叙写贵族世家的小说，又是在"写实逻辑"（非"写实内容"）下进行书写所反映的阶级特殊性，可以获得较完整的认识；同时在此一特殊性之外，又可以一般性地让我们重新省思：主体与存在的"自由"，其真义应如梅洛-庞蒂（Maurice Merleau-Ponty, 1908—1961）所言，绝对不是来自脱离外在的束缚，而是来自认知到人不过是关系的网络（network of relationships）的一份子，并融入其中；错失自由并不是因为摆脱不了这些关系，反而是因为"试图规避我的自然与社会情境"。① 对于还在试验中、充满各种困惑的现代意识而言，这份来自传统贵族世家的思考固然已经不合时宜，也毋须视为模仿的典范；但却可以作为一种参照与借鉴，尤其是其中所蕴含的"贵"之精神性，也许可以让我们窥见那失落的大传统所涵容的宏伟深刻，有助于振拔生命、升华心灵。

这或者便是"重新看见"的意义。

---

① Maurice Merleau-Ponty, *Phenomenology of Perception*, trans. Colin Smith (London: Routledge & Kegan Paul, 1962). 这段有关梅洛庞蒂学说的综述，出自苏秋华：《从角色扮演谈观影的没入经验：以〈卧虎藏龙〉及〈花样年华〉为例》，《中外文学》第33卷第11期（2005年4月），页101—102。

附录 《红楼梦》主要人物关系表

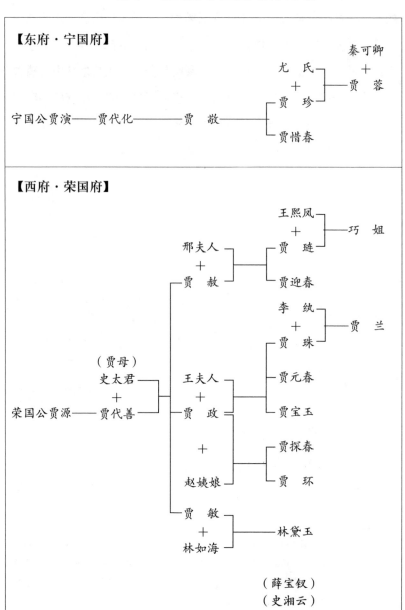